Histoire de l'industrie en France

du XVIe siècle à nos jours

Du même auteur

AUX MÊMES ÉDITIONS

La République bourgeoise,
de Thermidor à Brumaire (1794-1799)
1972

AUX ÉDITIONS DE L'EHESS

L'Industrie sidérurgique en France
pendant la Révolution et l'Empire
1984

DIRECTION D'OUVRAGES

Rapport à l'Empereur sur le progrès des sciences,
des lettres et des arts depuis 1789
Belin, 1989

Révolution et espaces forestiers
L'Harmattan, 1989

Forges et forêts,
recherches sur la consommation proto-industrielle de bois
Éditions de l'EHESS, 1990

Denis Woronoff

Histoire de l'industrie en France

du XVIe siècle à nos jours

Éditions du Seuil

Une première édition illustrée de cet ouvrage
a été publié dans la collection
« L'Univers historique ».

ISBN 2-02-033824-6
(ISBN 2-02-012369-X, 1re publication)

Introduction

La France n'aime pas son industrie, déplorait Georges Pompidou. Formule excessive, destinée à donner l'alarme. Il y eut plutôt, selon les époques et les groupes sociaux, fascination, détestation, ignorance. La civilisation agraire, qui a si longtemps fourni l'essentiel de l'emploi, façonné les paysages, déterminé les valeurs, a maintenu le travail manufacturier, au sens large, dans un rôle subordonné. Par ailleurs, la culture des élites n'a jamais été accueillante à l'industrie, même si elle la reconnaissait comme une activité nécessaire. Elle lui a refusé durablement une légitimité plénière, malgré une admiration épisodique pour ses réalisations. On dérogeait toujours un peu à se mêler de marchandise. Parallèlement, l'opinion s'est vite persuadée que les produits nationaux ne supportaient pas la comparaison, en quantité et en qualité, avec l'étranger. À l'article « Industrie française » du *Dictionnaire des idées reçues* on lirait sans doute : « Est toujours en retard. » La critique justifiait la tutelle. A-t-on seulement connu une véritable civilisation industrielle ? Après la « fin des paysans », tardivement intervenue, voici que s'annoncerait déjà la « société postindustrielle », comme si la France sortait d'un monde sans y être vraiment entrée. Enfin, la crise a donné à voir que l'industrie n'est plus capable de créer ni souvent de conserver des emplois. À mesure qu'elle se retire de régions entières, l'activité fabricante bascule dans la mémoire. Les friches industrielles s'installent, puis s'effacent au profit d'autres occupations.

Que peut l'histoire ? Certainement pas donner des recettes ni des leçons, mais restituer des traces, rétablir des perspectives. Rappeler, par exemple, que la France a été, de longue date, l'une des principales puissances industrielles, et le demeure. Expliquer que l'industrie, avant d'être un secteur, a été une qualité, et l'est restée. « Dextérité, invention, adresse », lit-on dans le *Dictionnaire de Trévoux* (1743), et l'*Encyclopédie* de Diderot caractérise l'industrie à la fois par le « simple travail des mains » et par les « inventions de l'esprit en machines utiles aux arts et métiers ». Il faut dire aussi que l'esprit d'initiative et d'entreprise est associé à la notion même d'industrie, et qu'elle ne se conçoit que dans la dynamique. C'est pourquoi l'histoire de l'industrie doit être l'histoire de l'industrialisation.

Deux axes ont mobilisé jusqu'ici le gros de la recherche : celui des produits, celui des profits. À force de monographies et de statistiques rétrospectives, il a été possible, avec une marge supportable d'incertitude, de reconstituer non seulement les niveaux de production, mais aussi les cycles. La précision naît avec le XIXe siècle. Auparavant, il faut se contenter d'indications plus ponctuelles, que les travaux ne cessent cependant d'enrichir. Du côté du capital, le financement et les résultats des entreprises ont suscité de nombreuses enquêtes, dont l'objet est de proposer mieux que des exemples, une typologie. Ce vaste corpus de données et d'analyses à diverses échelles procure une trame cohérente au récit. Mais des travaux plus récents, regards croisés d'historiens français et étrangers sur l'industrie française, autorisent de nouvelles ambitions. Il s'agira d'abord d'aller au plus près du processus productif. Le propos n'est pas de contester les grandes coupures que l'histoire des techniques assigne à l'industrie, mais de vérifier leur bien-fondé à un niveau moins général. N'y a-t-il pas des continuités, qui méritent explication plutôt que condamnation, par exemple dans l'usage des énergies ? Ne trouve-t-on pas des équipements et des procédés d'âges divers qui coexistent dans une branche ou dans une entreprise ? L'aménagement « réformiste » n'est-il pas plus fréquent que le saut révolutionnaire ? Ce qui conduirait à un emploi plus modéré des notions de « retard » et d'« archaïsme ». Il convient aussi d'interroger les pratiques, dans la banalité des gestes, voire dans la modestie des équipements ; comprendre, en somme, l'industrie au quotidien. Cette démarche ne doit pas être séparée d'une approche du patrimoine industriel. Le site de la production, si discret soit-il, est un élément constitutif de l'activité fabricante. Connaître l'organisation spatiale du travail, de la « chambre du tisseur » aux chaînes de l'industrie automobile, apporte un éclairage irremplaçable, pour l'histoire concrète des industries, sur la circulation de l'énergie, des matériaux et des hommes. Le bâtiment est plus qu'une enveloppe. Il reflète, bien sûr, l'objet et le mode de la production, ainsi que les moyens de la construction. Il nous parle aussi des choix de l'entrepreneur. L'histoire sociale a également été renouvelée. L'approche prosopographique, ou, si l'on préfère, les biographies collectives ont modifié la perception que l'on pouvait avoir du patronat, au moins pour le XIXe siècle. Au lieu d'une histoire quantitative mais anonyme, ou au contraire excessivement individualisée, voici le « qualitatif sériel » (Ernest Labrousse) qui conjoint les personnes et les réseaux. Le milieu des techniciens et des ingénieurs se dégage mieux, depuis que ces groupes ont été examinés au travers de leurs structures et de leur formation. Enfin, le monde du travail a fait l'objet d'investigations multiples, avec un accent particulier pour les oubliés de cette histoire, les femmes, les étrangers. L'État, lui, autre acteur majeur, n'a jamais été délaissé. Le colbertisme et ses succédanés ont fait recette. L'intérêt s'est un peu déplacé des doctrines vers les pratiques et les relais. Une histoire plus fine des institutions et des hommes qui les composent – des inspecteurs des manufactures du XVIIIe siècle aux planificateurs de l'après-guerre – se construit de nos jours. Il faudra enfin tirer parti d'une histoire encore balbutiante mais nécessaire, celle des images et des représentations de l'industrie. Un tel programme marque des intentions. Il butte fréquemment sur le silence des sources ou sur l'inégal développement de la recherche. La consolation, si l'on peut dire, sera que le plus contemporain et le plus considérable ne sont pas forcément les mieux connus. Il y a donc place pour une histoire dense, hors du temps présent et des grandes affaires.

De quelle France est-il question ? Entre Louis XI et Louis XVI, le royaume s'est dilaté ; entre la France de la fin du XIXe siècle et la nôtre, le pays a retrouvé l'Alsace-Lorraine et perdu son Empire. L'espace national et étatique n'est qu'une des échelles d'observation, et pas toujours la plus appropriée. Il opposera longtemps son inertie et son opacité à une industrie qui vit, au contraire, de fluidité. Il faut donc l'associer à d'autres espaces, des horizons les plus lointains des échanges à la localisation la plus étroite de l'activité. C'est leur réunion qui donne l'image la plus vraisemblable du territoire de l'industrie. Question de temps aussi. On a retenu la très longue durée qui, sur un demi-millénaire, nous conduit des débuts de la proto-industrie aux restructurations en cours. On suivra, dans cette perspective, les vagues d'industrialisation qui instaurent un nouveau système productif sans éliminer aussitôt le précédent. Elles s'articulent l'une à l'autre par l'intermédiaire de transitions douloureuses, crise de la fin du XVIIIe siècle, Grande Dépression, crise des années 1930. Il est bien probable que nous vivons un tournant équivalent. Ainsi espère-t-on dégager les rythmes propres, y compris de court terme, de l'histoire matérielle, sociale et politique de l'industrie. Ce sera également le moyen de mettre en évidence les tendances lourdes de la géographie manufacturière, la lente décantation du travail industriel hors de la sphère familiale et rurale, l'affirmation de l'entrepreneur face au capital marchand. Au bout du compte, ces approches multiples ne définissent-elles pas une voie française d'industrialisation ?

PREMIÈRE PARTIE

L'ère proto-industrielle (fin XVe siècle-vers 1780)

Pourquoi la France est-elle entrée en industrie en même temps qu'en Renaissance ? D'où est venu le besoin d'une production à grande échelle de marchandises ? La réponse est peut-être dans le mouvement de fond qui inaugure l'Europe de la modernité. Quelle place tient, dans la nouvelle demande, l'économie-monde née des Grandes Découvertes ? Le royaume, en outre, se signale par une démographie conquérante qui a dû stimuler à son tour la consommation. Si l'industrie est neuve, elle doit, dès l'origine, composer avec la présence écrasante de l'économie agraire. En est-il différemment, trois siècles plus tard ? Malgré les progrès spectaculaires de la production industrielle, la France de 1780 demeure une nation de paysans. Pour comprendre l'industrie de la période, il faut interroger les campagnes. Elles offrent le potentiel d'une clientèle immense. Est-ce un débouché sur lequel les négociants puissent compter ? Elles dispensent l'énergie, puisqu'elles détiennent eau, bois et charbon. Comment ces ressources ont-elles été mises en valeur ? Une évolution est-elle perceptible, qui améliorerait le rendement de ces énergies et préparerait la substitution de l'une à l'autre ? Ici se croisent techniques et société, car l'exploitation intensive de ces ressources les raréfie. Comment se sont conciliés, ou combattus, les intérêts des particuliers et des communautés, les droits des privilégiés, les exigences de l'État ? Les campagnes sont aussi un réservoir de main-d'œuvre. Pour l'exploiter dans les meilleures conditions, l'industrie doit intégrer un certain nombre de contraintes de lieu et de temps. Il a fallu inventer et faire vivre une organisation du travail adaptée à ces paysans-tisserands, paysans-voituriers, paysans-mineurs. Une fraction d'entre eux a-t-elle pris le chemin de la spécialisation et s'est-elle faite ouvrière, tout en restant rurale ? Le gros du travail est à la campagne, mais le commandement est à la ville : c'est le principe de la proto-industrie. Quelle place le monde urbain a-t-il prise dans ce système ? Quel maillon tient-il dans la chaîne des fabricants ? Le négoce assure-t-il seulement la fourniture, le ramassage et la vente, ou prend-il une participation active à la manufacture ? Lieu de consommation et de pouvoir, la ville est aussi un lieu éminent de fabrication. Le royaume se décline en particularités nombreuses. Coutumes, privilèges, exemptions, métrologie variée, péages composent un inventaire des obstacles que le commerce et l'industrie doivent surmonter. Que valent ces handicaps ? Le pouvoir royal s'efforce-t-il d'éliminer ces contraintes ou de les reprendre à son seul bénéfice ? Est-il allé plus loin que le prélèvement et le contrôle pour s'attribuer une mission industrialiste ? C'est poser la question de l'intervention publique à plusieurs niveaux, celui de sa réalité, celui de ses principes et celui de ses pratiques. De Colbert à Turgot, le débat n'a pas cessé sur le bien-fondé de cette intervention. Qu'en est-il résulté pour la tutelle ? Enfin, au terme de la trajectoire, l'industrie est-elle devenue assez puissante, à l'image du royaume, pour affronter la concurrence anglaise ?

1. Les nouveaux horizons de l'échange

Les Grandes Découvertes marquent le début des Temps modernes. On ne saurait surestimer l'importance de l'ébranlement qui s'est ensuivi dans l'économie européenne. De nouveaux produits, de nouveaux marchés, des besoins inédits apparaissent. Ici commence, pour paraphraser Marx, la « biographie moderne » de l'industrie. Comment la France s'inscrit-elle dans ce mouvement mondial ? L'essor de la fabrication marchande ne repose pas seulement sur l'appel de la demande étrangère, mais aussi sur le dynamisme de la consommation intérieure. De nouveaux horizons d'échange s'ouvrent aux portes mêmes des ateliers, à la ville comme à la campagne. Peut-on faire l'inventaire des attentes de la clientèle, ou plutôt des clientèles, en tracer aussi les contraintes, les limites ? L'intensification des échanges suppose que deux conditions soient réunies. L'une est matérielle, avant d'être sociale ou réglementaire : c'est la capacité à transporter les produits manufacturés au moindre coût et dans les meilleurs délais. Comment s'opère, dans la France d'Ancien Régime, l'expédition des marchandises de l'industrie, selon quels trajets et quels relais ? L'autre condition est de nature économique. À mesure que la distance s'accroît entre aires d'approvisionnement et aires de vente, l'intervention du capitalisme marchand devient de plus en plus nécessaire. Lui seul, en outre, peut surmonter la dispersion des producteurs et supporter l'incertitude des acheteurs. Qui tient le négoce dans le royaume ?

Renaissance et expansion

La récupération

1453 : la guerre est finie. La bataille de Castillon, près de Bordeaux, achève, au bénéfice de la France, la lutte qui l'opposait depuis plus de cent ans à l'Angleterre. D'autres guerres suivront, guerres d'Italie, puis guerres contre la Maison d'Autriche. Elles n'auront pas, pour l'économie du royaume, l'impact dramatique du long conflit précédent. Les malheurs de la guerre s'accompagnaient d'un second fléau, la peste, foudroyante en 1350, récurrente ensuite. La chute verticale de la population la ramène en deçà des chiffres des années 1300, surtout dans les villes et dans le Midi de la France : Aix perd la moitié de ses habitants entre 1346 et 1357, et le Languedoc atteint son « étiage démographique » (Emmanuel Leroy-Ladurie) vers 1450. Les travaux des champs et l'activité fabricante ont été touchés par les désordres et la mortalité massive. Parfois, les villages ont été désertés, partout les terroirs se sont rétractés ; la forêt ou la lande gagnent du terrain. Dans la seconde moitié du XVe siècle, les effets de la peste s'atténuent notablement. Résistance des hommes ou affaiblissement du bacille ? Toujours est-il que la vie est moins dure pour les survivants ; ils ont davantage de terres et de meilleurs salaires en perspective. Les trois suppliques de la prière médiévale : *« A bello, a peste, a fame, libera nos Domine ! »* semblent provisoirement exaucées.

À partir de 1450-1480, les villes et les campagnes sont gagnées par la « peuplade ». Les Languedociens ne sont pas seuls à se multiplier « comme des souris dans une grange ». Marseille comme Périgueux, Le Puy-en-Velay ou Cambrai, le pays de Caux, le Vexin rebondissent aussi fort qu'ils avaient reculé. En 1560 environ, la France a retrouvé le niveau record du premier tiers du XIVe siècle, peut-être 17 millions d'habitants. Cette population considérable – de quatre à cinq fois celle de l'Angleterre – fournit un potentiel de travail et de consommation qui pousse en avant l'économie du « beau XVIe siècle », jusque vers 1560-1580. Les paysages en portent vite la trace. La reconstitution des terroirs et, localement, leur expansion se font au détriment des landes et des forêts. Dans un système technique globalement stable, l'accroissement nécessaire du produit n'est obtenu que par l'extension des cultures. Là où la forêt est plus fragile – en climat méditerranéen et sur les pentes des montagnes –, l'écosystème rural se ressent de cette pression. Conséquence positive d'un mouvement qui affecte aussi les forêts du Nord, l'administration royale prend décidément conscience de ses responsabilités. Une doctrine, une législation et des hommes pour la mettre en œuvre vont peu à peu émerger. Protéger la forêt – on le verra plus loin –, c'était, entre autres choses, assurer la base de développement de toutes les « industries du feu ».

La récupération plutôt que la croissance, ce pourrait être, au-delà de l'extrême variété des situations régionales, la caractéristique d'ensemble de la production céréalière du royaume, au terme de cette longue reprise. C'est dire que les conditions d'un décrochement entre la dynamique de la population et le niveau des ressources alimentaires hors importations se trouvent à nouveau réunies. Toutefois, le plafonnement probable de l'agriculture à l'issue de défrichements de moins en moins rentables n'entraîne pas, au milieu du XVIe siècle, les mêmes conséquences dramatiques que deux siècles auparavant. L'économie agraire de la Renaissance a su exploiter, à une échelle modeste, des activités compensatoires. S'agit-il d'un progrès de l'élevage ? Il ne semble pas. Celui-ci se maintient difficilement, car les troupeaux sont refoulés de leurs pacages naturels par l'avancée des défrichements. Après le « siècle de l'homme rare » et de l'espace libre, voici revenu le temps de l'hégémonie des emblavures. Des signes montrent que des communautés sont soucieuses de ne pas perdre la chance d'un bétail qui procure viande et fumure. Rien cependant qui annonce une spécialisation soit pour la viande – sauf autour de Paris –, soit pour la laine. En revanche, des cultures proprement commerciales se sont implantées pendant la reconquête. Le vignoble est le grand gagnant de cette poussée de diversification. Une viticulture paysanne et péri-urbaine, dont l'essor est sensible à la fin du Moyen Âge, progresse vers le nord. L'adoucissement du climat est certainement pour beaucoup dans le succès d'une culture qui a gagné jusqu'à la Picardie. L'autoconsommation y a sa part, mais la vente est bien au principe de l'expansion du vignoble qui se rapproche des villes. Les crus si fameux d'Argenteuil ou de Suresnes ont peut-être la réputation de leur prestigieux voisinage ; il n'est bon vin que de Paris. La proximité d'un fleuve est un atout commercial décisif ; les bords de la Seine et de la Loire attirent les plantations. Orléans et Nantes fixent un vignoble tourné vers les débouchés extérieurs. Selon le mot d'Olivier de Serres, « si n'êtes en lieu pour vendre votre vin, que feriez-vous d'un grand vignoble ? » La vigne, on le sait, est une culture peuplante. Son extension est possible parce que les densités rurales s'accroissent ; elle est, en retour, l'une des réponses à la pression démographique, source de morcellement des exploitations et de paupérisation paysanne. Le vin, par ailleurs, est une monnaie internationale d'échange. Il est expédié vers l'Europe du Nord, contre le blé balte. L'intensification du commerce intra-européen accentue au XVIe siècle des formes de spécialisation régionale. D'autres cultures spéculatives donnent à certaines campagnes un air de modernité. Le pastel toulousain approvisionne, à partir de la fin du XVe siècle, l'industrie textile de Burgos avant de fournir la Normandie et l'Europe du Nord. Deux cultures de jardinage qui consomment plus de temps que d'espace, le chanvre et le mûrier, connaissent un succès prononcé au XVIe siècle. La première se répand dans l'Ouest et fournit la base d'une production familiale de toiles ; la seconde se déploie en Provence et dans les Cévennes, avant de devenir dans cette région au XVIIIe siècle l'« objet essentiel de l'agriculture ». Ces plantes ont en commun d'être la matière – première ou auxiliaire – de textiles. Par elles s'articulent agriculture et industrie. Leur culture intensive occupe des bras et procure des revenus dans les campagnes. Elle est surtout le signe d'une demande vive du négoce, d'une clientèle élargie.

L'économie-monde

Vers 1450-1550, l'Europe est parvenue à construire à son profit un système mondial d'échanges qu'Immanuel Wallerstein a théorisé sous le nom d'« économie-monde ». Ce n'est pas le lieu ici de suivre la richesse d'une démonstration qui doit beaucoup à Fernand Braudel et à Pierre Chaunu. On se bornera à rappeler la nouveauté et l'ampleur de ce système, pour mieux situer le premier développement industriel du royaume, 1492 : Christophe Colomb débarque aux îles Bahamas. 1497 : Vasco de Gama rejoint l'Inde par la voie maritime, en achevant la progression portugaise le long des côtes de l'Afrique inaugurée en 1445 au Cap-Vert. 1521 : l'expédition de Magellan atteint les Philippines par l'ouest. La découverte de l'Amérique pour le compte de l'Espagne et la prise de possession par le Portugal de la route qui mène des Açores à l'Insulinde ont eu des conséquences qui excédaient de beaucoup le domaine de la production et des échanges. Pourtant c'est bien l'or, le « fabuleux métal », qui est à l'origine de ce mouvement d'expansion. Or connu de Guinée et du Soudan que les Portugais veulent saisir sans l'intermédiaire des Arabes, or rêvé des Indes occidentales, l'Eldorado dont l'Europe monétaire a besoin. Le flux de métaux précieux s'amplifie vers 1550 par l'exploitation des mines d'or de Buritica (actuelle Colombie) qui relaie la production des Antilles et par l'extraction de l'argent mexicain, puis péruvien (Potosí). Ce dernier surclasse dès lors en valeur le métal jaune, dans les arrivages à Séville. À la fin du XVIe siècle, 270 tonnes d'argent – trois fois la production d'Europe centrale à son meilleur niveau – sont débarquées chaque année sur le Vieux Continent. La disette d'espèces, si sensible au XVe siècle, fait place non à l'abondance mais à un équilibre plus favorable à l'intensification des échanges. Si l'*American treasure* n'a pas déclenché la hausse générale des prix au XVIe siècle et n'a pas été seul à l'alimenter, l'or et l'argent du Nouveau Monde ont puissamment contribué à la Renaissance économique de l'Europe. Avec eux vient le sucre de canne dont la culture entamée à Hispaniola (Saint-Domingue) en 1515 s'implante au Brésil à partir de 1570. D'Afrique (Bénin) et d'Asie (Malabar), les Portugais tirent les épices. Enfin la traite des Noirs vers l'Amérique permet de remplacer, dans des conditions de transport effroyables, la force de travail indienne, décimée par les travaux forcés et par le choc microbien. L'Europe aussi envoie ses hommes pour conquérir, exploiter, tenir garnison. Ce nouveau peuplement, encore restreint au XVIe siècle, est promesse d'un marché très vaste, où les produits de l'industrie – quincaillerie, textiles – figurent en bonne place. Séville a le monopole des relations avec l'Amérique espagnole, mais l'Espagne, pas plus que le Portugal, ne peut fournir à ses possessions les denrées alimentaires, matériaux et marchandises qu'elles réclament. À la fin du XVIe siècle, d'autres pays ont pris la relève, dont la France. Plus encore que la dynamique commerciale qu'elle induit, l'économie-monde crée, sous hégémonie européenne, une intégration sans précédent. Il s'agit d'une frange – côtière ou sociale – qui entre ainsi, des Caraïbes à la Guinée et à l'Insulinde, dans le champ d'influence de Séville, Lisbonne et Anvers. Mais l'expansion n'en a pas moins des effets en profondeur sur les économies, aux deux bouts de la chaîne. Pour nous limiter au pôle dominant, l'ouverture de marchés à l'échelle planétaire et les possibilités d'approvisionnement à très longue distance transforment radicalement la nature des activités fabricantes. Les volumes en jeu, les capitaux à engager, les bénéfices accumulés, les compétences et les réseaux à mobiliser, tout concourt à structurer la production des marchandises autour du capitalisme commercial, dans les secteurs et les régions qui participent au nouveau système. Pour ces zones du « centre » qui commandent la « périphérie », selon la terminologie un peu sommaire des économistes, l'intégration a aussi un coût, celui d'une forme de dépendance. Plus elles se tournent vers le grand large, plus elles se situent dans une conjoncture d'échanges qu'elles ne maîtrisent pas.

Sur les pourtours de la vieille Europe, la Méditerranée

et la Baltique accueillent un commerce encore prospère au XVIe siècle. Il ne faudrait pas que l'essor rapide des façades atlantiques fasse oublier trop vite le rôle capital, dans les échanges, de ces deux mers intérieures. La France n'est pas mal placée, grâce à Marseille, dans la compétition pour les marchés de Barbarie et pour ceux du Levant. Pourtant, les Génois et les Vénitiens l'emportent largement tandis que la concurrence anglaise monte en puissance jusqu'à mettre en péril, au XVIIe siècle, la draperie du Languedoc. En provenance de la Baltique, des volumes croissants de matériaux et de matières premières, bois, lin, chanvre, arrivent aux chantiers et aux ateliers de l'Europe du Nord. La partie septentrionale de la France est incluse dans ce trafic par l'intermédiaire de Rouen. L'essentiel des cargaisons de la Baltique, toutefois, est fait du blé des grands domaines d'Europe centrale et orientale qui contribue à l'alimentation des grandes villes du Nord-Ouest. Cette agriculture repose sur ce que l'on a appelé le « second servage ». Ainsi l'*encomienda* (travail forcé) et l'esclavage de l'Amérique espagnole, le servage des paysans polonais ou hongrois sont la contrepartie, le versant d'ombre du grand capitalisme marchand qui triomphe d'Anvers à Milan et de Medina del Campo à Augsbourg. Il faudrait évoquer enfin la vitalité des échanges au cœur même de l'Europe de la Renaissance. Le cuivre de Suède, le fer du Pays basque, les soieries de Milan, les draps des Costwolds, autant de produits qui manifestent à Rouen, à Marseille, Lyon et Paris, la puissance industrielle et commerciale de leurs régions d'origine. Le royaume de France ne peut rester en retrait ni ignorer ce premier cercle où l'étranger est à la fois client et concurrent.

Les marchés intérieurs de l'industrie

Les besoins de la ville

La France d'Ancien Régime est une nation de paysans. En 1789, la population urbaine groupe à peine 20 % du total. C'est pourtant deux fois son poids relatif du début du

XVIe siècle. Sur trois siècles, le trait dominant de la démographie des villes est une croissance vigoureuse, malgré les cassures qu'entraînent, par exemple, les guerres de Religion. À la mi-XVIe siècle, Lyon atteint 80 000 habitants ; elle n'en avait que 40 000, cinquante ans plus tôt. Bordeaux comptait 45 000 habitants en 1700 et 111 000 en 1790. Nîmes passe de 13 000 habitants à la fin du XVIe siècle à 49 000 en 1780. Quant à Paris, il aurait eu 300 000 habitants en 1565. Ce chiffre serait porté à 450 000 vers 1680 et à 750 000 en 1789. Ces records ne doivent pas masquer l'histoire plus silencieuse de l'essor des petits centres, de moins de 10 000 habitants (on en compte 2 000 en 1700), qui sont les nœuds d'un réseau de relations de plus en plus serré. Cette armature urbaine de plus en plus dense, quoique inégalement répartie, est un trait majeur de la modernité. Par son dynamisme et ses exigences propres, la ville est un moteur de l'industrie. S'agit-il de construire de nouvelles maisons pour loger l'excédent de population ? Il y faut non seulement de la pierre – 7 000 tonnes pour une grande demeure, a-t-on calculé – ou de la brique, ou encore du bois et de la terre mais aussi beaucoup de métal. Clous pour la charpente, renforts d'angle, ferrures et serrures diverses, plomb pour la toiture : un édifice urbain en contient plusieurs tonnes. Un nouveau matériau est apparu à la Renaissance dans les constructions civiles : le verre. Deux techniques sont à l'œuvre, celle qui rend le verre presque incolore et transparent, celle qui permet de produire un verre plat de grande taille. Au XVIe siècle, l'usage de la vitre reste l'apanage des demeures seigneuriales et patriciennes, sauf à Paris où elle commence à se répandre et triomphe au siècle suivant. Les grandes villes suivent, puis les agglomérations plus modestes sont gagnées par la contagion, selon un processus étagé que l'on retrouvera souvent. Les maîtres vitriers, tels ce Ménétra dont Daniel Roche nous a restitué l'histoire, sont les agents de cette dissémination. Ainsi la ville de la Renaissance et des Lumières mobilise-t-elle pour loger ses habitants une quantité inusitée de matériaux et d'ouvriers.

Construire ou reconstruire n'est pas qu'une affaire privée. L'urbanisme royal et édilitaire concourt à l'embellissement et à la transformation du paysage urbain. Pour aller à l'essentiel, disons que la grande époque est le XVIIIe siècle. Un siècle plus tôt, Paris s'est doté de plusieurs ponts, et des places royales sont taillées dans le tissu de plusieurs villes. Mais le besoin et l'envie de changer la ville pour qu'elle absorbe un trafic accru, au détriment des remparts et de la trame des rues médiévales, pour qu'elle ait les commodités et les signes de prestige dignes de son élite, ne se traduisent guère dans la pierre avant les années 1750. Alors, sous l'action conjuguée des intendants (tel Tourny à Bordeaux) et des municipalités, des allées, des quais, des places, des bâtiments publics (théâtre, Bourse) surgissent, accompagnant une nouvelle poussée d'hôtels particuliers. Les deux grands ports de l'Atlantique, Nantes et Bordeaux, sont les témoins les plus éclatants d'une effervescence qui saisit bien des cités. Plus discret, l'effort pour faire face aux besoins domestiques d'eau (de 5 à 7 litres par Parisien à la fin du XVIIIe siècle ?) conduit à multiplier les fontaines, à développer sous la « peau de la ville » (André Guillerme) un réseau de canalisations en plomb puis, tardivement, en fonte, à installer des « pompes à feu » élévatrices, comme celle des frères Perier à Chaillot (1781). Le vêtement est un autre besoin que l'industrie permet de remplir. En dehors de l'essor quantitatif de la demande, qui se lit dans les chiffres de la population des villes, le marché urbain donne à la fabrication textile une impulsion inédite. Certes, les règles et habitudes vestimentaires sont inscrites dans la longue durée. Elles marquent des positions sociales et professionnelles selon un code accepté par tous. Ce qui naît en ville au XVIe siècle – en écho de l'Italie ? – est un changement de comportement et d'économie vestimentaires qui s'accélère et se généralise à la fin du XVIIe siècle. À l'initiative de la Cour et des Grands, les élites urbaines sont séduites par des tissus nouveaux, des couleurs et des formes nouvelles. L'investissement dans la parure crée une sollicitation forte, agrandit l'horizon des échanges.

L'imitation de cette attitude progresse dans les couches urbaines au point que la symbolique sociale du vêtement s'en trouve profondément atteinte. L'ordonnance royale de 1583 veut rétablir la hiérarchie « car malaisément peut-on reconnaître aujourd'hui les qualités et conditions des personnes, pour le peu de différence qui est ès étoffes, valeur et somptuosité de leurs vêtements ». Barrière de papier. La mode est subversive, qui perturbe les repères et déplace les frontières. Plus profonde que la mutation des apparences, une révolution du vêtement, disons mieux du sous-vêtement, s'affirme à Paris à la fin du XVIIe siècle (Daniel Roche). Le linge de corps, jusque-là rudimentaire, n'est plus une expression d'aisance mais un besoin d'hygiène. La frivolité se fait nécessité. En même temps, le linge de table et les tissus d'ameublement accomplissent une sorte d'invasion textile des intérieurs. Le goût, la mode, le luxe dessinent un univers de consommation placé sous le signe du renouvellement des tissus ou, si l'on veut, de l'usure sociale de ces marchandises. La « bataille des indiennes » illustre bien ce comportement : le succès de ces cotonnades imprimées, au détriment des draps fins et des soieries, avait poussé le pouvoir à en interdire l'importation et la fabrication dans le royaume en 1686. En 1759, il faudra se rendre à l'évidence et autoriser ce que l'on ne parvient plus à empêcher. Ce qui est vrai de la consommation de tissus l'est-il d'autres produits manufacturés ? Pas au même degré, assurément. Quand il est question d'ustensiles domestiques et plus encore d'outillage, le souci majeur reste sans doute la solidité et la commodité d'emploi. Ici, les « caprices et bizarreries du jour » influent peu sur la masse des consommateurs. Pourtant, les matériaux des objets quotidiens changent aux XVIe-XVIIIe siècles d'une façon beaucoup plus prononcée qu'auparavant. Dès le XVIe siècle, les bouteilles de verre tendent à remplacer les pots de grès. Au XVIIIe siècle, la vaisselle de faïence l'emporte en ville sur celle d'étain. Enfin les écuelles de bois disparaissent des foyers urbains. La substitution de matériaux n'est que l'un des aspects de la mutation, l'autre est la part grandissante de ce mobilier dans les ménages. Quant aux outils, l'information est trop lacunaire pour que l'on puisse argumenter. Il manque un dépouillement massif d'inventaires après décès, comme celui qu'a réalisé Françoise Piponnier pour Dijon et le Dijonnais aux XIVe et XVe siècles. Malgré tout, certains indicateurs témoignent d'une montée de l'équipement matériel de l'artisanat parisien dans la période, de l'importance accrue des instruments de précision, comme les limes, dans les ateliers. Le nombre des serruriers parisiens (3 000 maîtres et ouvriers au XVIIIe siècle), qui étaient aussi des mécaniciens fabricants d'outillage manuel et de machines, laisse penser qu'il y avait sur place un débouché important.

Les aléas de la consommation populaire

Peut-on étendre à tout le peuple des villes un type de consommation né chez les puissants ? Avec retard et sur le mode mineur, il semble bien que de larges couches de la population urbaine ont adopté des comportements issus d'une élite restreinte. On l'a dit pour le port du linge au XVIIIe siècle. La domesticité des riches, les compagnons des maîtres artisans ont copié et transmis des façons d'être, des aspirations supplémentaires à la marchandise. La différence entre les citadins aisés et les autres ne s'analyse pas uniquement en termes de décalage et de réduction. En effet, les crises économiques amènent une paupérisation cyclique des milieux populaires, contraints de s'en tenir un temps à l'indispensable, c'est-à-dire au pain. Les produits manufacturés, même les plus usuels, n'apparaissent-ils pas alors comme un luxe ?

À la campagne, la demande joue par sa masse. Le monde paysan forme un immense débouché pour les tissus, les outils, la verrerie, etc. Sur trois siècles, la croissance démographique et l'élévation tendancielle du niveau de vie ont notablement élargi la clientèle de l'industrie. L'habitat rural suit, avec retard sans doute, l'évolution des bourgades environnantes, elles-mêmes sous influence de la ville. Ainsi le vitrage gagne-t-il du terrain. Le confort de chauffage, le souci d'un meilleur éclairage, qui sont des acquis du XVIIIe siècle, impliquent des installations et des objets spécifiques. Entre le XVIIe et le XVIIIe siècle, un changement se produit dans l'environnement domestique des ménages ruraux de la Brie, note Micheline Baulant. En particulier, les inventaires mobiliers révèlent une forte augmentation des objets métalliques, avec une percée du fer-blanc. Le progrès passe par la paysannerie aisée des laboureurs et coqs de village. La hiérarchie des niveaux de vie et des distinctions ne s'efface pas ; il faudrait pouvoir en repérer les effets. Voici dans la paroisse de Plouider, en Bretagne, trois inventaires mobiliers au XVIIIe siècle. Un paysan, qui est aussi marchand de toiles, laisse en 1712 une abondante batterie de cuisine. Y figurent, entre autres, un chaudron, sept bassines d'« airain », trois poêles, trois baquets, dix plats, des assiettes d'étain et d'argent. Quelques outils, un fusil, une épée, des chandeliers complètent la panoplie. En 1771, on trouve chez un petit paysan un mobilier domestique beaucoup plus rudimentaire : il n'employait qu'un trépied, deux pots de fer et cinq bassines. En revanche, les instruments de travail ne manquent pas. Sa succession comporte en effet des masses, des pelles, des faucilles, des crocs, des haches, une serpe, une herminette, une scie. Enfin un journalier mort en 1789 se contentait d'un chaudron, de pots de terre et d'écuelles de bois.

La demande de marchandises, pour un emploi domestique ou productif, dépend largement du degré d'intégration à l'économie monétaire, aux échanges. Les régions d'agriculture commerciale sont les plus ouvertes à ces produits. Proches des grandes villes ou en relations avec elles, ces zones entrent dans une division du travail qui donne aux producteurs-vendeurs les moyens et le goût d'imiter le mode de consommation urbain. D'autant que la spécialisation rend difficile, dans le partage du temps, le maintien d'une production (textile, par exemple) des paysans pour leur propre usage. Enfin, une fois des besoins créés, des habitudes prises, le retour en arrière n'est guère envisageable. On ne recouvre pas de chaume une toiture qui a reçu des tuiles ; on n'obstrue pas des fenêtres qui ont été vitrées. S'il est nécessaire d'abandonner provisoirement un type de consommation trop dépendant du marché, cela est vécu comme une défaite. Là où une économie de subsistance persiste jusqu'au XVIIIe siècle, la demande de biens manufacturés demeure faible ; les paysans ont recours, autant qu'il est possible, à l'autoconsommation, à leur « industrie » familiale. Dans la Bretagne rurale du XVIe siècle, rares sont les inventaires ruraux où ne figure pas un stock de chanvre et de laine, avec l'outillage adéquat. Le lin aussi peut parcourir tout le cycle productif à la ferme et qu'importe aux usagers que ces tissus n'aient subi ni apprêt ni teinture. Le bois et, dans certaines limites, la terre, le jonc, fournissent des récipients qui échappent à la sphère marchande. Quant aux métaux, il n'est pas contradictoire d'observer à la fois que leur consommation progresse (ce qui explique, pour l'essentiel, la croissance de la sidérurgie) et que leur utilisation, sur les outillages, reste parcimonieuse, fût-ce au détriment de l'efficacité. Plus généralement, le monde paysan s'efforce de prolonger le cycle de vie des biens manufacturés aussi longtemps qu'il est matériellement possible. On répare les outils, on récupère des pièces, on ravaude des habits avant de songer à du neuf. C'est une sorte d'économie de la fripe qui domine les campagnes, même en des temps prospères. Le peuple des villes, sans possibilité aussi étendue de se passer du marché, ne s'en abstient que contraint et forcé. Le monde rural peut encore se reporter sur ses ressources propres et résister en partie à la pénétration marchande. Les crises, bien sûr, restreignent brutalement ce débouché à la fois immense et fragile. Les six millions de « feux » de la France du XVIIIe siècle constituent un marché incertain que la cherté des grains déstabilise.

« On vendrait plus de draperies communes si la population était moins pauvre », écrit Tolosan en 1789.

Les commandes militaires

L'État est-il un bon client ? La fonction régalienne de la guerre absorbe-t-elle une part appréciable des produits de l'industrie ? Il convient d'éviter tout anachronisme et de ne pas imputer aux conflits de l'ère moderne les exigences en matériel des guerres contemporaines. Les armées, ce sont avant tout des hommes. Cette affirmation reste vraie, indique François Crouzet, pour tout le XIXe siècle. Les besoins d'équipement militaire augmentent cependant dans des proportions spectaculaires, à partir du XVIe siècle. Guerres d'Italie et guerres contre la Maison d'Autriche pendant lesquelles François Ier multiplie les commandes pour l'artillerie, guerres de la fin du règne de Louis XIV où la stratégie devient un art du siège, guerre de Sept Ans, en partie maritime, la dépendance des rois à l'égard des fabricants ne faiblit pas. L'habillement des troupes correspond à une dépense délicate à apprécier, sporadique. De toute façon, les effectifs en cause – 250 000 hommes au plus fort de la guerre de Succession d'Espagne, vers 1710 – suggèrent l'étendue du marché. La logistique implique un parc de charrettes et autres voitures dans lesquelles le fer (bandages de roues, essieux) entre en abondance. Mais ce sont évidemment les armes et leurs munitions qui entraînent le prélèvement le plus notable sur l'industrie. Si les armes blanches et les cuirasses continuent bien au-delà de notre période à équiper la cavalerie, une transformation radicale affecte, à la fin du XVIIe siècle, les troupes à pied, avec la généralisation du fusil. L'arme est moderne dans sa fabrication autant que dans son emploi. Elle incorpore des pièces très élaborées (platine), repose sur une division poussée du travail et s'intègre dans une production de masse. À la même époque, l'artillerie de bronze se développe, tout en restant fragile et en exigeant donc un renouvellement rapide. Quant aux munitions, balles, boulets, bombes et mitraille, les batailles statiques et l'assaut de places fortes conduisent à en user sans retenue. Du côté de la marine, l'effort principal se place sous le ministère de Richelieu. Des vaisseaux portant 72 canons sont construits. Après une longue éclipse, la marine royale a l'ambition d'être l'instrument d'une politique active outre-mer. La construction navale consomme surtout du bois, mais le fer, sous toutes ses formes, représente un poids appréciable, si l'on pense qu'un grand vaisseau en contient probablement de 100 à 150 tonnes. À cela s'ajoute le lest en fonte (au moins autant) et, à partir de la guerre d'Indépendance américaine, le cuivre pour le doublage de la coque. L'artillerie de marine est composée de pièces en fonte, les essais de canons de bronze – chers et trop mobiles – ne s'étant pas révélés convaincants. C'est, à nouveau, placer beaucoup de produits métallurgiques à bord : 300 tonnes de fonte pour un « trois-ponts » (munitions comprises) à la fin du XVIIIe siècle.

Ce marché volumineux s'organise, à compter des vingt dernières années du XVIIe siècle, autour de quelques manufactures royales et au profit de quelques pôles sidérurgiques. De la manufacture de Charleville (1688) à la fonderie du Creusot (1785), des entreprises à statuts variés fournissent les fusils, les boulets et les canons, pour le service du roi. Certaines régions se sont spécialisées très tôt dans ce type de production. Ainsi les Ardennes ont, dès le XVIe siècle, acquis une bonne réputation pour les fontes de moulage destinées à l'artillerie. L'implantation de places fortes au siècle suivant devait conforter cette tradition naissante. En Périgord, c'est vers 1680 que le débouché naval s'affirme, avec les besoins de canons et de munitions du tout récent port de Rochefort. À la mi-XVIIIe siècle, les nouvelles fonderies de Ruelle (Charente) compléteront un dispositif régional de fourniture pour la marine. L'entrepreneur Blanchard de Sainte-Catherine, qui fait rouler plusieurs hauts-fourneaux du Périgord, peut se présenter fièrement, après sa contribution à l'effort de guerre de Sept Ans, comme « un des premiers fondeurs de canons des provinces d'Angoumois et de Périgord pour le service des vaisseaux, côtes et forteresses de Sa Majesté ». L'aventure de Babaud de La Chaussade à Guérigny, dans le Nivernais, a été encore plus spectaculaire. L'entreprise qu'il avait constituée, en cinq implantations, produisait des ancres et des fers pour la marine royale. Au total, une dizaine de hauts-fourneaux et une quarantaine de forges s'activaient alors, sous sa direction, pour ce seul débouché militaire.

La déconfiture de l'industriel, dès 1770, illustre les risques de ce métier. Concurrencé par l'importation d'ancres suédoises et devant compenser par des emprunts très coûteux les retards de paiement que lui inflige l'État, Blanchard se trouve dans l'obligation de reconvertir ses productions, faute de commandes publiques, après 1765. Déjà l'établissement des prix entre les agents de l'État et les fabricants est un combat sans vainqueur. Tel commissaire de la marine, opérant en Nivernais vers 1690, accuse les maîtres de forges de ne pas vouloir lever le mystère des coûts : « Ils font de ce leur magie noire, dans quoi ils prétendent qu'on ne puisse pénétrer. » La querelle n'a pas fini de prospérer… Les prévisions de retard ou de mauvais vouloir de la Trésorerie inclinent les industriels à se protéger par une marge proportionnée. Surtout, l'exigence d'une qualité parfaite est ici un trait de longue durée. Faire en sorte que les canons n'explosent pas, voilà un stimulant à la recherche industrielle. Mais à force d'exigences et en « rebutant » souvent le matériel qui ne leur convient pas, les commissaires et inspecteurs mettent les entreprises « privées » en péril. On ne s'étonne pas que l'évolution quasi naturelle des manufactures et usines de guerre ait été de passer – ou plutôt de tenter de passer – sous le contrôle direct de l'État par le moyen d'une régie. Enfin, il y a des cycles d'équipements militaires – et de moindre impécuniosité publique – qui correspondent, sauf politique ambitieuse, à l'imminence d'un conflit. Les industries, les régions et les entreprises très engagées dans les fournitures militaires doivent s'accommoder de cette conjoncture spécifique. « En temps de paix, la Cour n'ordonne rien, les ouvriers sont obligés de passer à étranger », lit-on dans un texte du XVIIe siècle. Débouché nécessaire, débouché dangereux ? La plus puissante entreprise sidérurgique du XVIIIe siècle, la maison de Wendel, l'une des rares (avec Dietrich, et plus tard Schneider) dont notre mémoire collective ait gardé la trace, travaillait presque exclusivement pour l'artillerie du roi, au point de faire figurer un canon sur les armoiries de la famille. La guerre peut être une bonne affaire.

L'emprise du négoce

La circulation des produits

Les produits industriels ne sont qu'un élément modeste, en poids comme en valeur, de l'ensemble des marchandises transportées dans le royaume ou à partir de lui. Les grains, le vin, le bois comptent beaucoup plus. Quoi qu'il en soit, les tissus, les fers, les porcelaines et les papiers doivent s'inscrire dans un système complexe de transports pour parvenir à leur destination finale, à l'intérieur ou à l'extérieur du pays. Pour nous limiter ici à la partie française du trajet, deux solutions s'offrent aux marchandises, en dehors du cabotage pour la frange côtière : la route, le fleuve. L'industrie n'a pas de préférence, car elle couvre toutes les situations possibles. Sur de petites distances, par exemple 5 lieues (20 km), les charrois l'emportent. Sinon les chemins d'eau dominent l'économie des transports. Cette vérité d'Ancien Régime s'applique évidemment aux marchandises manufacturées, à cette nuance près que la valeur du produit autorise à choisir la voie terrestre, même pour un long parcours. Après tout, le transport n'entre que pour quelques pour cent dans le prix d'une soierie. Marchandises de route, marchandises de riches, la formule convient au haut de la gamme industrielle. En revanche, tous les produits pondéreux ou qui peuvent voyager en vrac empruntent la rivière, dès qu'il est possible. Les deux moyens de transport n'ont pas le même cycle d'emploi : les routes et chemins sont « roulants » à la saison sèche ; les eaux sont « marchandes » hors de cette saison et des crues d'hiver. Cela ne signifie pas que les marchandises s'immobilisent quand les meilleures conditions de leur transport ne sont pas réunies, mais que l'expédition en devient plus coûteuse. Un trajet routier de cinq jours l'été en prend deux ou trois de plus l'hiver, et les voitures circulent à moindre charge pour ne pas s'enfoncer. De même, les bateaux doivent-ils réduire leur cargaison, multiplier les transbordements sur « allèges » quand un débit trop faible rend dangereux certains passages. Car, contrairement à une idée très répandue, la circulation fluviale est précaire et périlleuse, même sur la Marne ou la Seine. Un bateau imprudemment engagé sur la Mayenne à la mauvaise saison pourra mettre plusieurs semaines pour relier Laval à Angers. Les rivières navigables nécessitent des aménagements, au moins sur les rives pour le halage. En dépit de ces artifices et de ces inconvénients, les rivières passent, selon l'expression d'une ordonnance de 1779, pour un « bienfait précieux de la Nature », dont l'« heureuse distribution » est « propre à contribuer essentiellement à la prospérité du royaume ». Ce texte fait partie de l'exposé des motifs d'un arrêt visant à supprimer progressivement tous les péages, qu'ils soient sur les rivières ou sur les routes. S'il y a, du point de vue des fabricants et des marchands, un malheur commun à toutes les catégories de transport, c'est bien cette succession de droits prélevés sur la circulation marchande.

Les pondéreux, de faible valeur unitaire, sont les plus pénalisés. À côté des péages royaux, on compte des péages créés par des seigneurs ecclésiastiques et laïques, en l'échange d'un service, tel que l'entretien d'un pont, d'un embarcadère, d'une portion de chaussée. L'État monarchique s'efforcera, nous le verrons ultérieurement, d'endiguer le pullulement des péages – on en dénombre près de 6 000 au XVIIIe siècle –, puis de les supprimer. Sources de dépenses et de temps perdu, les péages entraînent au XVIIIe siècle de véritables stratégies de contournement. Ainsi, les voituriers au long cours évitent-ils Soissons ou Compiègne, réputés pour la lourdeur de leurs prélèvements. Des itinéraires compliqués joignent la Champagne et la Picardie. Les octrois pèsent au moins autant que les péages : c'est le cas, par exemple, du tronçon de la Saône entre Lyon et Gray, vers 1771. Au total, les trajets s'apparentent à des courses d'obstacles. Des négociants de Nantes rappellent, en 1783, que la Loire connaît de Saint-Rambert à leur ville « quatre-vingts sortes de droits ».

La masse du trafic terrestre est aux mains des paysans, surtout pour les petites distances. Ils y trouvent un complément de revenu. Selon le mot du maire de Pont-Saint-

Canaux et cours d'eau navigables (1660-1789)

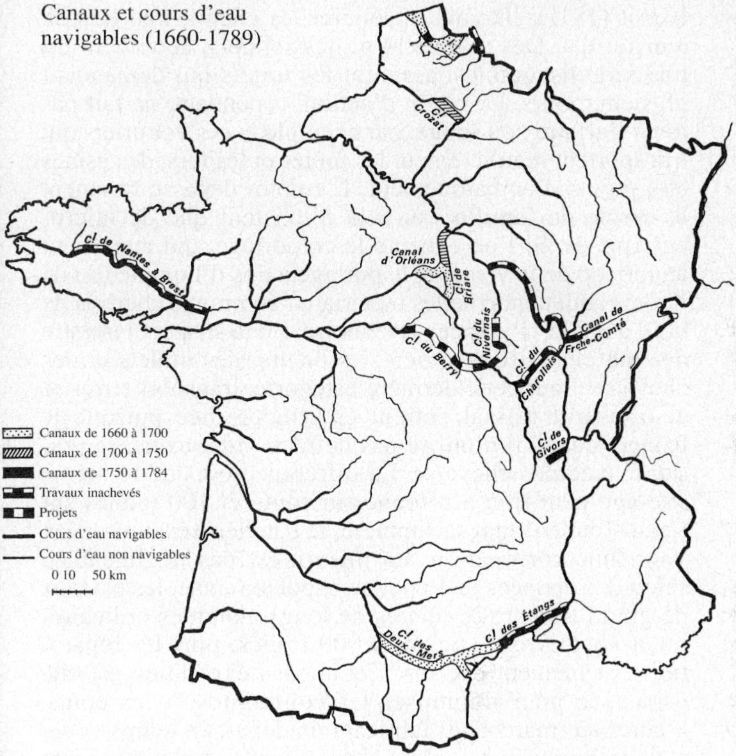

Les canaux prolongent les voies navigables ou les associent. Ils sont donc des vecteurs de commerce appréciables. Les premiers tronçons ont eu pour objectif de réunir la Loire à la Seine et de relier plusieurs rivières en Flandre et en Picardie. Les besoins croissants de Paris ont stimulé ces projets. Le canal des Deux-Mers, voulu par Colbert et réalisé par Riquet entre 1667 et 1681, devait établir une communication entre Bordeaux et le nouveau port de Sète. Ainsi espérait-on vivifier toute l'économie méridionale. En fait, ce canal de prestige a essentiellement profité au Languedoc car la Garonne restait de navigation difficile. D'autres liaisons, pourtant utiles à la circulation du charbon et des fers, n'ont pu être achevés avant 1789, faute de capitaux. Le royaume disposait alors de 1 000 kilomètres de canaux. (D'après Fernand Braudel et Ernest Labrousse, *Histoire économique et sociale de la France,* tome II.)

Esprit (1811), ils vont « labourer les chemins au lieu de leur terre ». Des voituriers professionnels, autrement dit toujours disponibles, assurent les trajets qui demandent plusieurs jours. Le rayon d'action, cependant, ne fait pas toute l'affaire : on songe, par exemple, à ces voituriers qui transportent régulièrement les fontes et les fers, des usines aux points d'embarquement. L'emploi dépasse rarement le cercle de famille ; au-delà n'existent que de micro-entreprises. Si l'on excepte le colportage, qui appartient au monde de la vente, et le portage à dos d'homme (ou de femme) qui concerne les matériaux, comme le charbon de bois dans les Pyrénées ariégeoises, le transport terrestre des marchandises requiert des bœufs, des mulets et des chevaux. Pour cette dernière catégorie, transport terrestre et transport fluvial entrent en concurrence puisque le halage, quand il n'utilise pas la traction humaine, se pratique avec des chevaux. La différence est que le même attelage peut tirer 1,5 tonne sur route et 100 tonnes sur l'eau. Tout en étant saisonnière, la batellerie est un métier, voire une corporation. La mise n'est pas négligeable : selon des données de l'époque napoléonienne, les bateaux de grand format (28 mètres de long), nommés ordinairement « gabarres », valent 6 000 francs, plus les réparations, et tiennent dix ans. Comment l'expédition est-elle organisée pour minimiser les contraintes et les coûts, assurer au (marchand) fabricant un départ en temps voulu et au voiturier (batelier) un chargement complet, peut-être un fret de retour ? À la fin du XVIIe siècle, on relève l'existence – plus ancienne ? – d'un réseau de « maisons de commission » qui auront leur âge d'or au siècle suivant. Ce sont des entreprises qui se situent à l'articulation de la fabrique et de l'échange, rouages nécessaires aux deux parties. Les grandes places de commerce en abritent une dizaine chacune, généralement spécialisées soit dans le transport par eau, soit dans le transport par terre. En revanche, sauf dans le cas très particulier des soies lyonnaises, ces maisons pratiquent le mélange des genres et font face à tous types de demande. Le réseau, tel qu'il se dégage de l'enquête sur le roulage de 1811, recoupe largement le maillage des villes marchandes, avec quelques variations. On note des effets de domination qui aboutissent, par exemple, à créer un vide autour des maisons de Lyon ou de Toulouse. Certaines villes, comme Barcelonnette, doivent la présence de maisons de commission à leur fonction de relais plus qu'à leur activité propre. D'autres centres n'ont que des correspondants. Enfin, des négociants peuvent décider de se dispenser de commissionnaires ; ainsi à Bourges, les fers, les laines, les verres et les chanvres sont expédiés directement.

Le capitalisme marchand

L'activité industrielle, dans toutes ses phases, est forte consommatrice de capital. Les grands marchands du XVIe siècle, les négociants, pour parler comme au XVIIIe, lui ont permis de faire face à ce besoin permanent de fonds. Sans eux, comment l'approvisionnement des ateliers en matières premières de provenance lointaine aurait-il pu s'effectuer ? La dilatation des espaces commerciaux allonge les lignes et les délais ; il est nécessaire de disposer d'un bon crédit. L'économie-monde se traduit, bien sûr, par des immobilisations d'argent, à la mesure de la durée des trajets. Moins spectaculaire, l'approvisionnement des manufactures de draps fins en laines d'Espagne ou des épingliers de Laigle en laiton allemand exprime peut-être mieux la nouvelle géographie industrielle, en amont. Le Moyen Âge n'avait pas ignoré ce type d'échanges ; la nouveauté est qu'ils sont devenus la norme, en bien des cas. Le cycle productif lui-même a ses contraintes de temps, sa pesanteur. Entre l'achat du bois sur pied et l'arrivée du charbon à l'usine sidérurgique s'écoule au moins un an. On ne coupe, on ne carbonise et on ne voiture pas à n'importe quelle saison. Au reste, se presser en ce domaine gâterait la marchandise. Un raisonnement analogue s'appliquerait aux diverses opérations textiles, avec l'alternance fondamentale de l'humidification et du séchage. Ce sont encore des avances monétaires à consentir. Enfin, les aires de vente se sont notablement agrandies. Le transport intérieur, nous l'avons vu, est déjà une source de dépense.

Mais combien plus aléatoire, plus lente et plus coûteuse est la partie maritime de l'expédition quand la clientèle visée est extra-européenne ! L'ultime étape couvre les délais de paiement. Au total, il n'est pas rare d'attendre trois ans, comme les drapiers languedociens commerçant avec les Échelles, entre l'achat des matériaux et la réception de l'argent.

Qui sont ces providentiels porteurs de capitaux ? Au XVIe siècle, l'aristocratie marchande en France est dominée par les étrangers. À Lyon, principale place d'échanges, la suprématie italienne est totale. Florentins, Génois et surtout Lucquois se partagent les affaires. La maison emblématique des Bonvisi atteint, chaque année vers 1580, le million de livres tournois. Des commerçants ibériques et allemands (de Nuremberg, d'Augsbourg et d'Ulm) sont également bien implantés dans cette cité. Ce sont plutôt les Espagnols qui tiennent alors le commerce de Rouen et celui de Nantes (où s'illustre la famille Ruiz, de Medina del Campo). Des Italiens, toutefois, sont présents dans ces ports, comme ils le sont, avec d'autres nations, à Paris. Les réseaux de l'Europe méridionale qui organisent cette première Internationale du capital marchand s'effacent au XVIIe siècle au profit de l'Europe germanique, dont le succès est incontestable, à Bordeaux, par exemple, un siècle plus tard. Les Hollandais et les Britanniques complètent cette nouvelle cartographie des grandes maisons étrangères du royaume. Pourquoi les Français ne sont-ils pas au premier rang ? Au XVIe siècle, les maisons autochtones ont du mal à émerger face à la concurrence des familles étrangères, bien rodées à la science des affaires. Ainsi, à Lyon, on saisit la pusillanimité des marchands du cru dont la formation financière est courte et les horizons, limités. Le talent et l'argent vont ailleurs ; les élites urbaines ne sont guère attirées par la marchandise et la banque. La situation changera au XVIIe siècle au point qu'un observateur pourra dire en 1688 que les Lyonnais ont « acquis l'expérience et l'habileté nécessaires pour le commerce universel [de la soie] ». Pourtant, même dans les villes où triomphe une oligarchie marchande, comme à Amiens, la reproduction de cette strate socioprofessionnelle semble compromise. Les offices, l'armée, l'Église ou la terre attirent les fils des marchands. Pierre Deyon souligne l'indifférence ou le mépris qui, au XVIIe siècle, entourent encore les activités commerçantes et manufacturières dans la capitale picarde. L'état de marchand n'est pas considéré comme une fin en soi, dans l'éthique dominante, mais comme un moment d'ascension sociale à faire oublier. Au XVIIIe siècle, le discrédit est moins pesant, bien que la rente, voire l'annoblissement, restent le couronnement espéré et la meilleure justification d'une carrière de négociant. La fortune des grands armateurs et commissionnaires et plus encore leur enrichissement rapide sont révélateurs des mutations de la société bordelaise au XVIIIe siècle. Un Bonaffé, qui déclare 200 000 livres à son mariage en 1756, en a accumulé 5 millions, trente-cinq ans plus tard. Les Gradis, venus du Portugal, à la fin du XVIIe siècle, ont porté leur capital de 5 000 à 4 millions de livres, en trois générations. On trouverait à Marseille ou à Nantes des réussites équivalentes, accompagnées d'honneurs municipaux.

Malgré l'ampleur des affaires de certaines de ces maisons, la famille en est très souvent la base. La collecte des fonds est canalisée par le jeu des alliances, ce qui concilie sécurité et développement. Le capitalisme familial a cependant ses limites ; il faut bien se risquer à l'extérieur. L'ouverture prend la forme d'une association temporaire, pour une opération donnée, telle que la pratiquent les maisons malouines au XVIIe siècle, ou se formalisent en sociétés, soit en commandite soit en nom collectif. Quel que soit le statut retenu, l'activité de ces maisons repose sur un usage intensif du crédit, sur la pratique moderne du change et davantage encore sur un système d'information très ramifié. Au XVIe siècle, les grands marchands se déplacent eux-mêmes, mais déjà diverses procédures leur permettent de se faire représenter. Les « voyageurs », par exemple, datent de cette époque, qui connaît aussi une floraison d'agents, de facteurs, de correspondants. Michel Van Damme, Brugeois installé à Rouen, dispose, en 1587, de 211 correspondants répartis dans toutes les places qui comptent. Les nouveaux réseaux se sont mis à l'échelle des nouvelles aires d'approvisionnement et de vente.

Lyon et Rouen, au XVIe siècle, Paris, au XVIIe siècle, rejoints par les grands ports de l'Atlantique et par Marseille au siècle suivant : tels pourraient être les lieux majeurs de ce capitalisme marchand. Il conviendrait d'y ajouter quelques foires qui n'ont pas cristallisé de groupes négociants mais ont été des relais indispensables pour les flux des produits industriels. Ces moments privilégiés d'échange réunissent les diverses catégories de marchands-fabricants et de négociants demandeurs de matières premières, de matières ouvrées et des services financiers associés aux transactions. La foire la plus importante au XVIIIe siècle est, à coup sûr, celle de Beaucaire, en face de Tarascon. Elle correspond à la sollicitation méridionale de l'économie française d'Ancien Régime selon l'axe de la Saône et du Rhône. Sur ce chemin compte aussi, en dehors du pôle lyonnais, le centre actif de Chalon-sur-Saône, en particulier pour les cuirs, les peaux et les fers. À égalité de chiffre d'affaires (15 millions de livres par an dans la décennie 1770), la foire de Guibray-Caen draine les produits manufacturés du grand Ouest. À une échelle régionale, il faudrait citer d'autres foires polyvalentes, telles que celle de Lille, le 29 août, célèbre pour ses étoffes et pour ses faïences. En affinant l'analyse, de plus petites foires, à Niort, par exemple, apparaîtraient sur la carte. Des espaces marchands, pas encore unifiés, mais de mieux en mieux articulés, se dessinent dans la France des XVIe-XVIIIe siècles. Ils sont le support et le stimulant du travail manufacturier (Dominique Margairaz).

À partir du XVIe siècle, la France est intégrée à un système mondial d'échanges dominé par l'Europe. Son industrie profite ainsi des flux de matériaux à ouvrer et des demandes nouvelles à satisfaire. Cette situation, en retour, lui crée une double dépendance à l'égard de l'étranger, quant à la fourniture et quant à la conjoncture. Surtout, la manufacture du royaume doit affronter sur ces marchés la concurrence des autres nations. Qu'il s'agisse des draps fins vers le Levant, des cristaux pour les cours d'Europe ou des chaudrons pour les Caraïbes, aucun débouché n'est garanti longtemps. Il faudra, pour s'y maintenir ou, mieux, y progresser, savoir fabriquer les produits qui conviennent, en misant peut-être sur la qualité. L'atout majeur des fabricants français ne serait-il pas, finalement, la population du pays, qui passe de 17 millions d'habitants à la fin du XV*e siècle à 28 millions d'habitants à la fin du* XVIII*e siècle ? Ce marché potentiel est certes imposant, mais il reste, tout au long de la période, segmenté, fragile, soumis aux aléas de l'économie agraire.*

Le progrès le plus net s'observe dans les villes où s'élabore et d'où se diffuse un nouveau modèle de consommation. C'est incontestablement un stimulant pour l'activité industrielle, non une base de développement suffisante. L'industrie française, qui doit compter avec les rigidités et les lacunes du système des transports intérieurs, a besoin des moyens du négoce pour mettre en œuvre ses savoir-faire.

2. L'État nécessaire ?

L'industrie peut-elle prospérer dans le royaume sans intervention de l'État ? Le « colbertisme » serait la réponse en actes de ceux qui ne le croient pas. Le triptyque règlements, protection, subventions définirait une politique systématique de contrôle et de puissance, symbolisée par les corporations et par les manufactures royales. Cette image convenue mérite un nouvel examen. L'action du ministre, en matière industrielle, ne se résume sans doute pas à ce volontarisme un peu sommaire. Il vaudrait la peine aussi de s'interroger sur les principes, sur la complexité réelle d'une pratique. Celle-ci a des antécédents ; elle a surtout une postérité qui s'est réclamée, parfois indûment, de cette œuvre. Colbert après Colbert, au XVIIIe siècle, c'est un autre combat. Devant la montée générale du libéralisme, comment défendre la légitimité de l'intervention publique ? L'opinion se divise à ce propos. Le clivage passe-t-il entre le monde du négoce et celui du pouvoir ? Comment s'établit entre les deux camps – s'il y a deux camps – le rapport de forces ? Enfin, l'État s'est donné progressivement les moyens de ses ambitions. Des institutions, des commis, des experts ont été les instruments de la politique industrielle. Quel a été leur rôle dans l'élaboration et dans l'application de celle-ci ?

Les racines du colbertisme

L'État, l'industrie : vieux débat. À force de polémique et d'anachronisme, on a fait de Colbert le père du dirigisme manufacturier, autant dire du mal français. C'est assurément trop prêter au Rémois. S'il a su donner forme et sens à une politique industrielle, il ne fut pas le premier à défendre les activités fabricantes du royaume. Louis XI, déjà, avait encouragé l'extraction minière et la diffusion de la saieterie. Il avait même commencé à naturaliser l'industrie de la soie. Le règne d'Henri IV sera l'occasion, en ce domaine, d'une entreprise plus systématique. Barthélemy de Laffemas, nommé « contrôleur du commerce » en 1602 (l'année précédente, Sully avait été fait « grand maître des mines »), soutint efficacement l'essor de l'industrie de la soie à Tours, Lyon et Nîmes. À la tête d'une commission consultative, il fit faire un examen du « commerce général » et de l'« établissement des manufactures ». Engager concertation et enquêtes, miser sur une industrie à forte valeur ajoutée, esquisser un programme d'action, voilà qui annonce Colbert. Celui-ci mènera, avec éclat et persévérance, une action de grande envergure en faveur de l'industrie nationale. Les traces en seront durables, et la postérité, le plus souvent critique, nommera *colbertisme* la politique ainsi mise en œuvre. Si l'on entend par là une doctrine bien élaborée et transmise sans modifications, l'expression manque pour le moins de rigueur. Mais pendant un siècle, de 1660 à 1760, s'imposeront, entre État et industrie, des manières de voir, des manières de faire. On peut accepter d'appeler colbertisme cet ensemble d'idées-forces, d'institutions et de pratiques, sous bénéfice d'inventaire.

Droits et devoirs de l'État

Le commerce, c'est la guerre continuée par d'autres moyens, une guerre d'argent qui fixe en permanence la hiérarchie des puissances selon le solde des flux monétaires. Installés dans cette certitude que la balance commerciale est la meilleure mesure de la souveraineté, les champions du mercantilisme, comme Antoine de Montchrestien (*Traité de l'économie politique,* 1615), légitiment par là l'intervention de l'État. Protéger nos fabricants de la concurrence étrangère et leur ouvrir des marchés est l'une de ses prérogatives. Le déficit est une défaite, il marque une dépendance. Au roi revient la charge d'empêcher ce malheur. Par exemple, selon Montchrestien, il faut « ou défendre l'usage de la soie » en France « ou y disposer l'entière fabrique ». Au fond, la prohibition des cotonnades peintes – les indiennes – de 1686 à 1759 suit un peu la même pente : on interdit ce contre quoi on ne sait pas lutter. Le combat pour la prépondérance est d'autant plus âpre que, aux yeux de Colbert et de ses contemporains, le commerce international est une sorte de jeu à somme nulle ; ce qu'un État gagne, un autre doit le perdre. Cette conception fixiste et minimaliste des échanges peut nous étonner ; un siècle plus tard, beaucoup la jugeront bien frileuse. Pourtant Trudaine, directeur général des Manufactures en 1749, ne reste-t-il pas dans la même ligne de pensée lorsqu'il écrit : « Il est de l'intérêt de l'État d'employer tout ce qui est du cru du royaume » ?

La manufacture et le pouvoir ont partie liée. Si l'industrie progresse, l'État n'y gagne pas seulement une place éminente parce qu'il peut parler au nom d'une grande nation. Il renforce aussi les moyens de sa puissance, par le biais de la fiscalité. L'État nouveau a de grands besoins mais reste impécunieux. La taxation des activités de fabrication et d'échange aide à nourrir les cohortes croissantes de préposés et de commis. Le travail manufacturier est créateur de richesses. Il contribue donc à la prospérité publique et mérite protection. Ce sont là les « mines du royaume », dit Colbert. Le travail est aussi créateur d'ordre. Tout homme mis au travail est une victoire sur le désordre. Ce thème revient souvent dans la pensée du ministre. Ainsi, parlant de la situation des draperies du Languedoc, il écrit : « Avant 1600, les manufactures faisaient gagner une infinité de peuples ; l'argent ne sortait pas du royaume » ou encore : « Il est certain que, par les manufactures, un million de peuples qui vivent dans la fainéantise gagnent leur vie. » En somme, les pauvres sont redoutables par leur « fainéantise » ; s'ils sont laborieux, ils cessent d'être dangereux. Cette conception de l'industrie comme maintien de l'ordre aura longue carrière : les préfets de Napoléon apprécieront les entrepreneurs d'abord comme des employeurs. La défense du travail national est, par là aussi, une nécessité publique.

Faiblesses de l'industrie nationale

Intervenir fortement, directement, n'allait pas de soi. Colbert, pas plus que ses successeurs, ne s'est pas satisfait d'une situation où l'État devait se mettre souvent en avant. Mais il constatait les carences et l'urgence. Les libéraux diront volontiers que les faiblesses de l'industrie découlent pour partie du renforcement, de la surprotection de l'État. Reste que, dans la longue durée, ce pessimisme mobilisateur a justifié tous les avatars du colbertisme. À la mi-XVIIe siècle, l'économie française entre durablement en récession. Les industries, d'Amiens à Lodève, ne sont pas épargnées. La conjoncture de crise dans laquelle se situe l'expérience colbertienne n'a pas seulement pesé sur ses résultats, elle a marqué profondément la mémoire de cette entreprise.

Au-delà de la contraction cyclique et du désastre qu'il faut conjurer, la politique colbertienne prend acte des retards et des blocages de l'industrie du royaume. Des marchés ont été perdus, comme le Levant, des produits étrangers font prime à l'intérieur de nos frontières. La concurrence des Vénitiens, des Génois, des Anglais, des Hollandais, l'avance de chacune de ces nations sur un produit ou sur un groupe de produits créent un sentiment d'infériorité. Il faudra regagner le terrain. Ce retard de l'industrie française est la donnée de base, la justification permanente de la politique industrielle. Au XVIIIe siècle, on n'évoquera plus les Italiens ; ce seront davantage encore les Anglais et, déjà, les Allemands. Les tissus ne seront plus en cause, mais les qualités des aciers.

Les administrateurs s'inquiéteront désormais du retard général de l'industrie française face à sa principale concurrente : « Le sieur Jars observera surtout pourquoi l'industrie est poussée beaucoup plus loin en Angleterre qu'en France », est-il écrit, en 1764, dans une lettre de mission. La principale faiblesse de l'industrie française tient à la médiocre qualité de ses produits. Sur les marchés étrangers où la concurrence est vive, comme l'Espagne et le Levant, tout relâchement nous condamne, car la confiance se regagne difficilement. Un cercle vicieux peut se mettre en place, comme pour les étamines du Perche au milieu du XVIIe siècle. À trop économiser sur la laine et sur la façon, les fabricants diminuaient encore leurs chances de reprendre pied sur les marchés les plus rémunérateurs. Viser, dans chaque catégorie, les produits de luxe, de haut de gamme, c'est non seulement restaurer la prospérité du commerce, mais aussi encourager toute l'industrie à soigner son travail. On songera ainsi à améliorer les teintures pour que leur durée égale, selon la recommandation de Colbert, « celle des marchandises où elles s'appliquent ». Effet d'entraînement pour les fabricants, propension d'achat pour les consommateurs. Une morale du travail et une logique de la dépense doivent donner une nouvelle vitalité à l'industrie nationale et enrayer son déclin (A. Guéry). On voit que les mesures protectionnistes auxquelles on a voulu réduire le colbertisme ne sont que l'un des éléments d'une stratégie de la reconquête. Antoine de Montchrestien l'avait bien senti. Tout se joue sur la qualité des produits nationaux dont « le décri donne le jour et même le cours aux marchandises étrangères ».

Bien vendre, c'est d'abord bien produire. Peut-on espérer que la masse des fabricants s'appliquera spontanément cette discipline exigeante ? Colbert et la plupart de ses successeurs ne le croient pas. Ainsi, à l'extrême fin de l'Ancien Régime, l'intendant du commerce Tolosan prône-t-il le maintien des règlements de fabrication, car, dit-il, ils sont le « contrepoids aux efforts de la cupidité ». Quant à l'intendant du Languedoc, il rappelle que ces mêmes règlements ont pour objet de « ne laisser aucun procédé à la disposition des fabricants ». Pessimisme d'administrateurs. Dans cet état d'esprit, l'innovation semble bannie. Il est vrai que, pour asseoir la réputation d'un produit, il ne faut pas commencer par en modifier les procédés de fabrication. En outre, dans la bataille de la qualité, la recherche d'économie n'est pas prioritaire. Mais l'amélioration du travail n'est pas pour autant rejetée ; elle a un cadre adapté : la manufacture. Qu'il s'agisse de draps fins, de miroirs ou de canons, l'excellence y est la règle ; les meilleurs savoir-faire y sont conviés. Encore faut-il susciter des entrepreneurs. La plus grave faiblesse de l'industrie nationale, vue de l'État, est peut-être ce déficit de l'initiative privée. Colbert en sait la raison : il convient, dans ce type d'entreprise, d'accepter de risquer beaucoup d'argent. « Tous les grands desseins, écrit-il, ne peuvent pas réussir sans de grandes pertes dans les commencements. » De meilleurs emplois s'offrent aux capitaux : le grand commerce et, plus encore, les terres, les offices. Privilèges et subventions n'auront jamais d'autre but que de compenser ce handicap. L'État des manufactures est la contrepartie de l'État des offices.

Les aides, quel qu'en soit le destinataire – entrepreneurs ou communauté –, ne sont donc pas arbitraires. Elles ne sont pas davantage indéfinies. Écoutons encore Colbert : « Les habitants de cette ville [il s'agit de Lyon] feraient bien de considérer les faveurs dont leur industrie est l'objet comme des béquilles à l'aide desquelles ils devraient se mettre en mesure d'apprendre à marcher le plus tôt possible, et que mon intention est de leur retirer ensuite. » Le colbertisme ou comment (re)mettre l'industrie sur pied.

Intervenir

Protéger et encadrer

Le premier domaine d'intervention étatique – lieu, par excellence, de la souveraineté – est celui des tarifs douaniers. À l'abri de tarifs dissuasifs, l'industrie peut s'organiser et se renforcer. Il serait toutefois erroné d'imaginer que la France d'Ancien Régime se constitue en un espace uniformément protégé. Le royaume n'est pas plus unifié au regard du commerce extérieur qu'il ne l'est dans ses échanges internes. La France est en voie de constitution, de Sully à Colbert, de Colbert à Turgot. Elle gardera la trace de ces agrandissements successifs jusqu'à la Révolution. La vraie frontière douanière, celle des « Cinq Fermes », laisse dehors les provinces réputées étrangères. La politique tarifaire ne porte que sur le cœur du royaume. En outre, certains droits intérieurs ne sont pas également perçus, ce qui crée des brèches dans le système douanier et des disparités entre marchandises selon leur origine et leur lieu d'arrivage. Soit les fers en barre, assujettis depuis 1626 à un droit de marque, que l'ordonnance de juin 1680 a confirmé. Tous les Parlements ne l'ont pas enregistré et certaines provinces ont obtenu des aménagements. Aussi des fers russes entrant en France par Marseille sont-ils dispensés de ce droit puisque le Parlement d'Aix ne l'a pas enregistré. Ils rencontrent en foire de Beaucaire des fers champenois ou lorrains qui ont acquitté la marque et ont payé en outre de nombreux péages au long de leur trajet. Ces disparités paraîtront insupportables, à la fin du XVIIIe siècle. « Il faut que le droit de marque soit établi partout uniformément ou qu'il ne soit levé nulle part », lit-on dans un mémoire de 1775. De même, les milieux d'affaires lorrains feront campagne pour le « reculement des barrières » aux limites du royaume. Dernier trait caractéristique de la politique douanière d'Ancien Régime : elle ne cesse pas d'être fiscale en devenant industrialiste. Les droits de sortie ne sont donc pas effacés, même s'ils ne sont plus, comme au début du XVIIe siècle, supérieurs aux droits d'entrée. L'exportation est à la fois encouragée et taxée. Ces réserves faites, il ne faut pas méconnaître la cohérence nouvelle de la politique douanière dont Colbert résume ainsi l'esprit : « Décharger les entrées de marchandises qui servent aux manufactures du dedans du royaume ; charger celles qui entrent manufacturées ; décharger entièrement les marchandises du dehors qui ayant payé l'entrée sortent pour le dehors ; soulager les droits de sortie des marchandises manufacturées au-dedans du royaume. » Les tarifs de 1664, aggravés en 1667 et modifiés en 1678 (à la suite de la paix de Nimègue), forment une digue non négligeable pour contenir les marchandises étrangères les plus menaçantes : la taxe sur la douzaine de bas de laine passe alors de 3,10 livres à 8 livres tandis que la pièce de drap fin, d'Angleterre ou de Hollande, acquitte 80 livres à l'entrée des Cinq Fermes, au lieu de 40. Politique énergique mais sélective : si les verreries et dentelles de Venise sont pratiquement exclues du territoire, les fers étrangers n'encourent, au tarif de 1701, que la taxe modérée de 5 livres le mille. Dans le premier cas, il s'agissait de défendre les fabriques autochtones, dans l'autre, de laisser entrer le complément indispensable de la production nationale.

L'originalité du colbertisme n'est pas dans le mercantilisme – que la France partage avec l'Angleterre ou les Provinces-Unies – mais dans la réglementation. De 1660 à 1750, dates rondes, le gouvernement conduira un effort systématique pour légiférer sur le détail de la fabrique urbaine, organiser et contrôler celle-ci. Une profusion sans égale de textes (peut-être un millier ?) dit assez la volonté d'encadrement. Deux types de règlements se dégagent de cette avalanche : ceux qui visent un produit dans une ville donnée, ceux qui concernent un ensemble de produits pour tout le royaume, comme l'édit du 13 août 1669 instituant le droit de marque sur les draps de laine. Toutes les pièces de ce corpus ont au moins un point commun : elles énoncent, point par point, le détail des opérations à suivre. L'industrie, mode d'emploi. Origine et qualité des matières, nature, dimensions, présentation de la marchandise, tout doit être prévu pour que le produit corresponde à son appellation. Ainsi normalisés, les pinchinats d'Amboise ou les tirtaines de Beaucamp devraient retrouver crédit. Deux phases d'activité « réglementariste » intense – 1666-1690 et 1730-1740 (sous Colbert et sous Orry) – encadrent une période moins fournie. Ce n'est qu'en 1750 que les fabricants de draps à Castres et à Mazamet recevront leurs normes de fabrication, particulièrement rigoureuses. Le souci de précision tourne au délire d'exhaustivité. Le règlement de 1739 sur la papeterie est un modèle du genre, mais le sommet de cette littérature bureaucratique est sans doute atteint par le règlement sur les toiles pour la généralité de Caen (décembre 1740) qui ne couvre pas moins de 128 pages !

Le travail artisanal en milieu urbain est fondé sur le principe des « métiers », héritage médiéval qui n'a rien perdu de son efficacité. Les artisans y trouvent les avantages d'un système collectif, fait de solidarité et de surveillance mutuelle. Les autorités échevinales et, avec elles, la hiérarchie des pouvoirs, assurent par les métiers le contrôle indispensable de ce monde turbulent. Certains métiers sont organisés en corporations – on dit plutôt communautés jurées ou jurandes, par opposition aux « métiers libres ». Ces derniers n'exigent pas de chefs-d'œuvre pour accueillir de nouveaux maîtres et se contentent d'un droit généralement modique. Les jurandes sont dotées de statuts reconnus ; elles sont de véritables institutions. Au XVIe siècle, Paris était une ville de métiers jurés, et Lyon, une cité fière de sa « liberté ». Toutes les situations intermédiaires se rencontrent, et il est difficile d'assigner à cette carte complexe une logique de répartition. Tout au plus peut-on remarquer que les métiers jurés sont très présents au nord de la Loire et beaucoup moins dans le reste du royaume. Au cours du XVIe siècle, la tendance est à la progression des jurandes. La monarchie y pousse, non seulement par intérêt pécuniaire (puisqu'elle touche le montant des « lettres de maîtrise ») mais par souci de contrôle, d'ordre social.

Colbert s'inscrit donc dans un mouvement de formalisation qu'il amplifie ; l'institution corporative devient un élément clé de sa politique industrielle. En effet, ces communautés sont des réservoirs d'expérience professionnelle, des lieux de qualification. Comme telles, elles constituent une ressource précieuse. En réglementant la durée de l'apprentissage, l'accès à la maîtrise, le pouvoir peut espérer améliorer la compétence des fabricants, en ville. Par ailleurs, les corporations feront respecter mieux que toute autre structure les arrêts, édits et règlements divers qui tendent à organiser le travail. L'édit de 1673, qui généralise les jurandes, vise à mettre de l'ordre dans un paysage institutionnel confus. À sa suite, de nombreuses communautés reçoivent leurs statuts ; des métiers récents sont ainsi reconnus. Regroupements ou divisions : quel que soit le processus retenu, le but est de diffuser et de moderniser cet outil de pouvoir. Paris comptait 60 corporations en 1672, 129 en 1691. Poitiers en avait 25 en 1650, 43 en 1717 (P. Léon). Ce succès a des limites : le sous-encadrement relatif du midi de la France demeurera, après l'épuisement de l'élan réglementariste. Quant au Dauphiné, il ne sera atteint par le mouvement que dans les années 1730. La communauté jurée est une affaire urbaine, qui ne touche pas le plat pays. Le travail manufacturier à la campagne n'est pas laissé sans règles, mais celles-ci sont très souples, et tout contrôle est illusoire. Cette zone de basse pression administrative et corporative crée nécessairement un appel d'air. On verra ultérieurement comment les négociants utiliseront cette brèche pour contourner et finalement ruiner le colbertisme. L'encadrement ne concerne pas non plus des industries inscrites en milieu rural, comme la sidérurgie, les verreries, l'extraction houillère. La marque des fers, qui est, sinon un contrôle, au moins un pointage de la production, avait été instituée pour distinguer concrètement le fer doux (D) du fer aigre (A). Ainsi devaient être évitées les malversations et les erreurs d'emploi. La qualité des produits en serait, pensait-on, améliorée. Mais, dès l'ordonnance de 1680, il ne demeurait plus de ce beau programme que la réalité de l'impôt. Le pouvoir royal ne se désintéresse pas pour autant de ces industries. Mais son intervention porte sur les conditions préalables de l'exploitation et non sur l'organisation du travail.

Enfin la diffusion du modèle corporatif repose sur un double malentendu. Les membres des communautés jurées, qui ont généralement revendiqué ce statut, pensaient ainsi défendre efficacement leurs intérêts acquis. En fait, ils seront progressivement dessaisis de leurs pouvoirs et de leur autonomie par l'autorité royale. Ils subiront une mise en tutelle. Quant à l'administration, qui y gagne assurément un contrôle, elle s'apercevra, au cours du XVIIIe siècle, que, en cautionnant des structures rigides, elle a donné des idées et des armes à l'immobilisme.

Encourager
L'administration royale surveille l'industrie, la taxe et l'encourage. Le soutien à l'activité fabricante est une donnée permanente de l'intervention de l'État. Selon les moments, l'accent est mis sur l'un ou sur l'autre rôle. Mais ce sont les mêmes conseils, les mêmes inspecteurs, qui alternent contrôle et encouragement. D'où le malaise, perceptible dès le milieu du XVIIIe siècle dans les milieux « éclairés », d'où la suppression en 1791 du corps des inspecteurs des manufactures, tout entier assimilé à sa fonction répressive.

Le Conseil de commerce, créé en septembre 1664, fut le premier instrument de la politique colbertienne en matière d'industrie. Des délégués du commerce de dix-huit villes y siègent aux côtés des conseillers. La consultation du négoce, avant toute mesure de quelque envergure, sera désormais la règle de gouvernement. Le Conseil, supprimé puis rétabli, aura un moment d'activité intense dans les premières années du XVIIIe siècle. Sans disparaître tout à fait – il se prononce, entre autres, sur l'attribution de privilèges aux manufactures –, il sera suppléé, à partir de 1722, par le Bureau de commerce. Ce dernier groupe tous ceux qui, à des titres divers, ont leur mot à dire dans les décisions : les quatre intendants du commerce qui gèrent l'ensemble de ce secteur sous l'autorité du contrôleur général, les inspecteurs généraux des manufactures, des députés du commerce, des conseillers d'État et des académiciens, associés comme experts à l'examen des privilèges d'invention. Ici arrive un flux constant d'informations et de requêtes et se préparent les arrêts, édits, lettres patentes qui jalonnent l'intervention de l'État dans le commerce et l'industrie.

L'instauration d'un droit de marque sur les étoffes, par l'ordonnance du 13 août 1669, entraînait nécessairement un contrôle. Il fallut cependant attendre vingt ans pour que celui-ci, assuré par divers commis, soit enfin pris en charge par de nouveaux venus, les inspecteurs des manufactures. Ceux-ci, dont le nombre oscillera autour de cinquante au XVIIIe siècle, forment un organisme de plus en plus hiérarchisé. À partir de 1730-1740, il comprend en effet des élèves, des sous-inspecteurs, des inspecteurs et des inspecteurs généraux. Leur activité fondatrice est donc de veiller au respect des règlements de fabrication, en se substituant aux jurés-gardes des communautés de métier. Ils y sont d'autant plus attentifs que leur traitement dépend de la perception du droit de marque. Pourtant la fonction de conseil n'est pas mineure, leur rappelle-t-on souvent. Ainsi, selon Terray, « l'inspecteur est essentiellement le conseil du fabricant, il doit le guider dans son travail, lui faire part des découvertes qu'il a pu faire, enfin porter sa fabrication au plus haut degré de perfection ». Si l'accent, à la fin de la période, paraît mis sur ce devoir d'assistance, mieux accordé à l'esprit du temps, la tâche de contrôle et, s'il le faut, de sanction, ne sera jamais oubliée. C'est le paradoxe originel du corps (P. Minard). Quoi qu'il en soit, le pouvoir a disposé là d'un relais de qualité. Certains des inspecteurs seront de remarquables incitateurs de progrès technique – nous reviendrons sur le rôle d'un Vaucanson ou d'un Holker – des économistes célèbres (Dupont de Nemours), voire des hommes d'État (Roland de la Platière, ministre de l'Intérieur en 1792).

L'industrie minière ne bénéficia pas d'un corps technique aussi précocément que la fabrique textile. La surveillance des exploitations releva, jusqu'en 1740, d'un grand maître des mines, aidé, bien entendu, de toute une hiérarchie d'autres officiers. L'efficacité commandant un dispositif plus moderne, proprement administratif, la question des mines fut confiée au Contrôle général. Trudaine, alors intendant des Finances, organisa le premier Bureau des mines, noyau stable, malgré quelques péripéties, d'une véritable administration. Par ce moyen, l'information qui remontait des intendances était centralisée et exploitée. Mais le binôme de toute politique active, contrôle-encouragement, ne peut se passer d'hommes de terrain, d'inspecteurs. Inspirée, en un sens, de l'inspection des manufactures, celle des mines fut beaucoup plus lente à mettre en œuvre. Succédant à des missions temporaires, quatre inspecteurs généraux furent nommés en 1781. En revanche, la professionnalisation de ce corps le distinguait de son aîné. Dès 1783, une École des mines assurait la formation initiale des élèves ingénieurs. Là aussi, une hiérarchie et des carrières se dessinaient. Un nouvel appareil technique d'État était né.

Les instructions adressées aux inspecteurs des mines disent l'étendue de leurs activités et de leur pouvoir. Ils doivent être à la fois comptables – pour vérifier les bénéfices, les pertes annuelles –, extracteurs-minéralogues – en prélevant des échantillons pour analyse –, s'intéresser aussi bien aux salaires des ouvriers qu'aux capacités des directeurs. Ils avaient, en outre, un devoir de conseil « et si ces conseils sont rejetés, soit par jalousie, soit par entêtement d'ignorance, ils en feront le rapport à l'administration, qui avisera aux moyens de rectifier les abus, de pourvoir au bien de la chose, soit en instruisant les bailleurs de fonds, soit en usant d'autorité, si le cas paraît de nature à l'exiger ». Une telle ingérence découlait de la propriété éminente du roi sur le sous-sol, réaffirmée par l'arrêt de 1744. Les six inspecteurs, même aidés d'une quinzaine d'autres techniciens, pouvaient difficilement remplir le rôle qu'on leur assignait. Il entre, dans ce volontarisme du pouvoir central, beaucoup d'illusion ; la pression bureaucratique aura, en définitive, un rendement modeste. Mais l'ambition demeure.

L'existence de corps d'inspection ne disqualifiait pas les intendants. Débarrassés de préoccupations étroitement techniques, ils étaient encouragés à intervenir dans l'activité industrielle de leur ressort pour susciter des initatives ou arbitrer des contestations. Deux futurs grands commis, Bertin en Lyonnais et Trudaine en Auvergne, tiendront un rôle notable. Pierre Léon a montré combien le dynamisme, en Dauphiné, d'un Bouchu au XVIIe siècle et d'un Pajot de Marcheval au XVIIIe siècle avait été bénéfique à l'industrie de la province. L'efficacité de l'intendant dépendait largement de la compétence de ses subordonnés. Tant vaut le subdélégué… Faute de travaux portant sur le personnel des intendances, la question reste ouverte.

Mais il suffit d'examiner les réponses aux enquêtes, comme celle sur les forges de 1772, pour voir la disparité dans la qualité des observations transmises par les subdélégués.

On a souvent associé le colbertisme et la manufacture privilégiée. Comme si les tapisseries de Beauvais, les miroirs de Saint-Gobain ou les draps fins du Dijonval étaient la vérité de cette politique. Pour le ministre, la création de grandes entreprises (ce qui ne signifie pas forcément d'ateliers concentrés) nanties de privilèges n'est pas la panacée : le module corporatif a ses préférences, et les divers monopoles lui paraissent gros de dangers. « Vous pouvez être assuré, écrit-il à son ami Dalliez de La Tour, que toutes les fois que je trouve un plus grand avantage ou un avantage égal, je n'hésite pas à retrancher tous les privilèges. » Dès 1681, il est annoncé que « le roi ne donnera plus les mêmes privilèges et exemptions que par le passé parce que ces manufactures sont à présent suffisantes dans le royaume ». Toutefois, Colbert et ses successeurs ont considéré que la manufacture privilégiée pouvait être, dans des circonstances et des localités données, le passage obligé de l'industrialisation. Implanter en France une fabrication nouvelle est une aventure ; l'État doit donner ses chances à l'entreprise en compensant les risques. Acclimater le drap fin à la hollandaise (Van Robais, à Abbeville, 1665), ou le velours de coton (Holker, à Saint-Sever, 1752), introduire la fabrication du fer-blanc (Dalliez, à Beaumont-la-Ferrière, 1665) ou moderniser celle de l'acier (Sanche et Hyde, à Amboise, 1772) mérite assurément le soutien du roi.

Parmi les manufactures, il convient de mettre à part celles du roi, réunions d'artistes plus que de fabricants, établissements de prestige fournisseurs de la Cour. C'est le cas des Gobelins, de Beauvais, de la Savonnerie, ou de la Manufacture de Sèvres.

Les autres manufactures, qui ne relèvent pas simplement de l'initiative privée, sont dites « royales » ou « privilégiées ». Les premières bénéficient d'un plus grand prestige et d'avantages plus étendus. Quels sont-ils ?

D'abord, des capitaux. Van Robais a reçu 80 000 livres de prêt (jamais rendues) et 20 000 livres de don. À Beaumont-la-Ferrière, les entrepreneurs touchent 60 000 livres de prêt et 30 000 livres de don. Les débuts de la Compagnie de Saint-Gobain ont été pareillement soutenus. Aide au premier investissement ou financement ultérieur, il n'est guère de manufacture royale qui n'ait été subventionnée. On a calculé qu'une des caisses publiques, celle du « Demi-pour-cent », avait ainsi distribué plus de 6 millions de livres, de 1740 à 1789. L'autre avantage de poids est le privilège commercial, autrement dit le monopole de fabrication et de vente d'une marchandise donnée. Il peut être d'extension régionale, vingt lieues autour de la ville, par exemple ou s'appliquer à tout le royaume : c'est la chance de Saint-Gobain.

Ce privilège n'est généralement donné que pour vingt ans, renouvelable. Il se double d'une dispense très appréciable qui délivre les manufactures du contrôle corporatif. Puisque la manufacture privilégiée est, à tous égards, un établissement pilote, cette liberté se comprend aisément. Elle n'en sape pas moins le système des métiers. Les entrepreneurs de ces manufactures ont tout intérêt à maintenir l'excellence de leurs fabrications. « Ils tiennent à leur réputation », écrit Tolosan. Au demeurant, ils sont soumis à la visite des inspecteurs. En outre, ils doivent maintenir un certain niveau de production et, dans certains cas, s'engager à former des ouvriers.

Il faudrait énumérer enfin une série d'autres avantages qui caractérisent ces manufactures. Avantages pour les personnes : non-dérogeance pour les entrepreneurs nobles, naturalisation à terme des étrangers, privilèges de juridiction – pour éviter que le droit coutumier ne l'emporte sur les statuts octroyés –, exemption de la taille, de la corvée, de la milice. Quant aux avantages accordés à l'entreprise, ils se résument d'ordinaire dans des facilités de circulation intérieure (dispense d'octrois et de péages) et dans des allégements douaniers, soit à l'entrée pour l'achat de matières premières soit à la sortie. Libérée des contraintes corporatives, péagistes et coutumières, la manufacture privilégiée, exorbitant du droit d'Ancien Régime, ne serait-elle pas, en somme, la préfiguration de l'entreprise moderne qui est débarrassée de toutes ces entraves ? Claude Pris, historien de Saint-Gobain, a défendu ce point de vue. Il est vrai que, pour encourager l'industrie, l'État monarchique est conduit à multiplier les dérogations à ses propres règles. En accumulant les exemptions, on arrive, en effet, à la suppression. Mais reste le cœur du système, c'est-à-dire le monopole. Ici le privilège s'appuie sur les valeurs dominantes de la société d'Ancien Régime. On ne fera pas l'économie d'une rupture.

L'innovation technique est une affaire d'État. Les nouveaux procédés doivent venir de l'étranger ; seul le gouvernement est en mesure d'organiser et d'accélérer ce transfert. Les manufactures privilégiées ont vocation d'accueillir ces savoir-faire et d'être, selon le mot de Montchrestien, de « belles pépinières d'artisans ». La venue du Hollandais Van Robais à Abbeville, en 1665, accompagné de cinquante ouvriers, est la manifestation la plus spectaculaire de cette politique.

D'autres Hollandais sont attirés en Normandie et dans les manufactures languedociennes. Chaque nation contribue, dans sa meilleure spécialité, au progrès de l'industrie française. Aux Vénitiens revient d'apporter l'art du verre : Colbert débauchera des ouvriers au bénéfice de Saint-Gobain. Les Liégeois, métallurgistes réputés, ainsi que les Allemands, mineurs et fondeurs, participent au développement de l'industrie du fer et des non-ferreux au XVIIe siècle. Les Anglais sont recherchés, au XVIIIe siècle, pour leurs qualités de mécaniciens et comme porteurs des techniques sidérurgiques d'avant-garde ; d'un côté, les Milne, de l'autre, William Wilkinson.

L'embauche d'ouvriers étrangers est une entreprise délicate, qui s'apparente, dans ses méthodes, à la guerre secrète. Une fois les ouvriers recrutés, une difficile acculturation commence. Malgré des salaires élevés, l'autorisation de garder leur culte et la promesse d'une naturalisation, il semble que les départs précipités, les rébellions ou simplement le mauvais vouloir forment l'ordinaire de cette immigration de spécialistes. Entre les entrepreneurs et eux, les relations s'établissent souvent sur le mode du malentendu et de la déception. Dalliez, à Beaumont-la-Ferrière, trouve ses Allemands « insolents » et souhaite s'en passer le plus tôt possible. Les miroitiers vénitiens de Saint-Gobain refusèrent de former des apprentis. Des contre-exemples obligent cependant à relativiser le pessimisme des employeurs. Ainsi la draperie languedocienne a-t-elle été revitalisée, à la fin du XVIIe siècle, par la présence de tisserands hollandais hautement productifs. L'État recrute et retient, tant bien que mal. La solution de Holker ou d'Oberkampf, qui font venir des « pays », est d'un meilleur rendement.

L'autre démarche consiste à aller chercher les techniques aux lieux de leur élaboration. La pratique des « voyages » prend, au XVIIIe siècle, une allure systématique. De 1757 à 1768, Antoine Gabriel Jars visite toute l'Europe minière et métallurgique, de la Suède à l'Angleterre, de la Saxe au pays de Liège. Le chimiste Hellot parcourt la Grande-Bretagne ; l'inspecteur des manufactures Desmaret va examiner aux Pays-Bas les « cylindres hollandais », innovation capitale pour l'industrie papetière. Ces experts en mission ne se contentent pas d'examiner les outillages et les procédés. Ils essayent de contribuer concrètement au transfert de techniques en rapportant en France machines et ouvriers. L'Écossais Holker, installé en Normandie à partir de 1746, sera le plus fameux de ces intermédiaires.

Comme manufacturier de coton et constructeur de « mécaniques » textiles, autant que comme « inspecteur général des manufactures étrangères », il contribue de façon décisive à acclimater les nouvelles machines anglaises. Il veut aider, dit-il, « à faire naître de nouvelles fabrications dans tous les endroits où elles peuvent être avantageuses à l'État ». Transfert et acculturation n'épuisent pas le contenu de la politique d'encouragement à l'innovation. Le gouvernement s'applique aussi bien à soutenir les inventeurs nationaux. Vaucanson, inspecteur des manufactures de soie et mécanicien de génie, reçoit des subventions très importantes, entre 1744 et 1783, pour mettre au point ses multiples inventions : tour à tirer la soie, métier automatique à tisser la soie, machines-outils surtout visant à construire ces mécaniques délicates. Ces inventions étaient-elles prématurées et ces machines trop perfectionnées, pas assez « rustiques » pour supporter une diffusion large ? L'échec industriel de Vaucanson est celui d'un certain volontarisme d'État. Au-delà de ce cas emblématique du lien entre administration technique et industrie, la politique royale vise à privilégier les inventeurs, en ce sens qu'elle leur accorde distinction et protection. Ces privilèges, que l'on a pu utilement comparer aux « patents » anglais (Liliane Perez), accordent, en effet, un monopole d'extension variable et une liberté d'entreprendre qui échappent aux contraintes des métiers. Dans la procédure de la demande, qui met en mouvement presque toute la hiérarchie administrative, comme dans la mise en œuvre du privilège, le pouvoir contrôle et garantit l'intérêt de l'invention. Contrairement à son homologue anglais, l'inventeur français du XVIIIe siècle est un élément, voire un instrument, d'une politique économique.

Vers un libéralisme mitigé

L'offensive antiréglementaire

« Monseigneur, laissez-nous faire. » Ce mot, que l'on prête à un négociant rouennais à l'adresse de Colbert, est repris cent ans plus tard par les actionnaires de la Manufacture royale de Bourges dans une lettre au Conseil ; « protégez-nous beaucoup », ajoutent-ils. La résistance à l'endroit des contraintes et du dirigisme est ancienne ; elle ne va pas sans contradictions, aussi. Jusqu'à la mi-XVIIIe siècle, le colbertisme ne faiblit pas. De 1730 à 1745, sous l'impulsion du contrôleur général Orry, il connaît même un surcroît de vigueur. Mais déjà, la réglementation suscite de plus en plus d'oppositions ; ce courant du refus ira en s'amplifiant. La légitimité même du système de contrôle est contestée. En Dauphiné, où la résistance des fabricants en particulier toiliers se mue, à partir de 1770, en véritable révolte, le Parlement exprime en 1768 une critique radicale du colbertisme en réclamant l'« affranchissement de l'industrie des lois qui oppriment de toutes parts sa liberté ». L'attaque frontale contre la politique industrielle se recommande ainsi du puissant mouvement libéral qui s'empare alors des élites. Dans la bataille des idées et des mots, il ne fait pas bon être du côté des « oppresseurs ». Répondant à l'enquête de 1772 sur les forges, Turgot – alors intendant de Limoges – écrit qu'on ne peut pas plus « diriger [...] sans déranger » le cours du commerce que celui de la nature. Il faut « laisser aller les choses, poursuit-il, précisément comme elles vont, toutes seules, par la seule action des intérêts des hommes qu'anime la balance d'une concurrence libre ». On ne peut pas mieux donner congé au colbertisme.

L'offensive se porte d'abord contre le carcan réglementaire, contre cette prolifération de textes tatillons, voire absurdes. L'intendant Ballainvilliers reconnaîtra en 1788 que ces règlements « tant de fois refondus et toujours éludés, sont aujourd'hui tombés en désuétude ». Mais, trente ans plus tôt, ils avaient encore leur nocivité. L'autre cible est le privilège exclusif, le monopole. Par nature, il ne pouvait être populaire. Mais, dans la seconde moitié du XVIIIe siècle, il devient difficile à justifier. À l'occasion d'un renouvellement, il est fréquement dénoncé comme symbole de sclérose, face à l'« industrie », qui est mobilité, inventivité. Il faut laisser jouer la « précieuse concurrence », assurent, par exemple, les détracteurs de la manufacture de Van Robais. Quant à la Manufacture des glaces de Saint-Gobain, elle fut l'objet, en 1757, d'une campagne de libelles. Les députés du Commerce, interrogés l'année suivante sur le principe de ces privilèges, disent de cette manufacture qu'elle « jouit du privilège de rançonner le bien national ». Les interventions de l'État deviennent suspectes, même une simple enquête statistique. Dans sa réponse déjà citée au questionnaire sur les forges de 1772, Turgot approuvera presque la réticence de ses administrés, « fondée sur trop d'exemples » et ajoutera, avec une rare insolence, que « le gouvernement le plus habile, le plus actif, le plus détailleur risquera toujours de se tromper au moins de la moitié ». Les esprits les plus libéraux ne vont pas jusqu'à contester à l'État le droit de récompenser les manufacturiers innovateurs, comme il s'en donne le moyen par un prix annuel institué en 1777. Mais des initiatives privées, comme la Société libre d'émulation [...] pour les arts et métiers créée en 1776, montrent que ce soutien est, moins que jamais, le monopole du pouvoir. Les fondateurs de cette société se réclament de l'exemple de la Society for the Encouragement of Arts, Manufactures and Commerce anglaise. L'Angleterre, pour beaucoup, n'est pas seulement le haut lieu de l'innovation technique. Elle semble aussi inventer un nouveau type de rapports entre État et industrie. Imitons ce « peuple industrieux, s'exclame un cotonnier, en 1786, [il] ne connaît que des avances, des encouragements et point de lois dans cette partie de sa prospérité ».

Libérer l'industrie de toute tutelle, tel est le programme qui vient, à compter de 1750, contester le colbertisme dominant. Un autre projet économique, celui des physiocrates, s'affirme au même moment. Son ambition est de libérer l'agriculture et, avec elle, la société entière des privilèges de l'industrie. Sans doute, les « économistes » aboutissent-ils à la même conclusion que les tenants du libéralisme puisqu'ils veulent rendre sa liberté à l'industrie. Pourtant, le sens de leur démarche, leur vision des choses sont radicalement différents. Pour eux, l'industrie métamorphose la matière première, mais ne crée pas de richesses nouvelles, de « produit net ». Il est donc particulièrement choquant et dangereux qu'une politique fondée sur des privilèges et toutes sortes de protection l'ait emporté. Elle conduit à un échange inégal au détriment des agriculteurs dont les productions sont maintenues à bas prix tandis qu'ils sont contraints d'acheter des marchandises à des prix artificiellement élevés. L'industrie paupérise ainsi les cultivateurs et, en leur offrant la perspective d'un travail mieux rémunéré, les distrait du travail de la terre. La régression de la production agricole et l'exode rural sont au bout de ce chemin.

Il convient d'établir une véritable concurrence nationale et internationale entre les fabricants pour faire cesser cette situation néfaste. L'ouverture à l'étranger ne va-t-elle pas défavoriser, voire ruiner, telle ou telle branche de notre industrie ? Turgot répond ici qu'il n'y a pas lieu de s'alarmer. Si, par exemple, le « commerce des forges » entre en décadence, il sera remplacé par des productions plus lucratives, et la France achètera son fer là où il est fabriqué à meilleur prix. La division internationale du travail, l'inégal développement des industries donnent sans cesse de nouvelles chances ; mieux vaut ne pas « s'obstiner, par les vues d'une politique étroite, qui croit pouvoir tout tirer de son cru, à contrarier cet effet nécessaire ». On ne peut pas mieux prendre le contre-pied du projet colbertien d'autosuffisance nationale et par là remettre en cause le type d'État qu'il implique.

Les physiocrates contredisent le colbertisme sur deux autres points. D'abord en retournant à leur avantage l'argument du retard français. Oui, reconnaissent-ils, bien des branches de l'industrie nationale n'ont pas atteint le niveau de perfection des concurrents étrangers les plus avancés. Il faut donc avoir recours à ces derniers si l'on ne veut pas pénaliser les consommateurs. Ou alors, acceptons d'attendre un demi-siècle pour avoir, par exemple, un acier correct… Par ailleurs, la politique colbertiste vise à soutenir l'exportation des produits industriels, en privilégiant les marchandises de haute qualité. Les physiocrates estiment qu'il n'y a pas lieu d'encourager les exportations ni les biens de luxe, mais d'approvisionner le marché national en produits courants. L'addition de ces reproches, le renversement des perspectives sont de nature à alimenter l'anti-industrialisme. Celui-ci peut revêtir des formes diverses, exprimer des intérêts contradictoires. La physiocratie lui fournit une légitimité, un argumentaire. Sans doute tous les aspects de cette doctrine ne suscitent pas une même adhésion : Turgot ne partage pas l'idée que les manufacturiers appartiennent à la « classe stérile ». Mais beaucoup se reconnaissent au moins dans le souci de ne pas sacrifier les agricultcurs, c'est-à-dire la masse des consommateurs, à une autarcie utopique.

Le compromis

L'administration royale était traversée par le débat entre dirigisme et libéralisme industriels. Passé le milieu du XVIIIe siècle, plus personne ne pense qu'il faille maintenir toutes les règles en l'état. Le clivage se fait désormais entre ceux qui réclament le démantèlement et ceux qui plaident pour l'aménagement. Vincent de Gournay est incontestablement le théoricien du premier courant. Auteur supposé de la formule fameuse : « Laisser-faire, laisser-passer », il a exercé une influence notable, moins comme intendant du Commerce (1757-1759) que comme inspirateur de Turgot. Il désavoue clairement la politique suivie jusque-là lorsqu'il se dit « convaincu que les règlements ont répandu le découragement dans la fabrique et qu'ils ont arrêté les progrès qu'une grande concurrence et beaucoup de génie et d'émulation auraient immanquablement produits ». Turgot, qui a écrit un *Éloge de Gournay,* a revendiqué sa filiation avec cette pensée de rupture qu'il tendra de mettre en pratique au Contrôle général. Éloge pour éloge, Necker choisit celui de Colbert (prix de l'Académie française, 1773). Il ne s'agit pas pour lui de s'arc-bouter à un dispositif largement suranné, mais de le faire évoluer, en en conservant les exigences de base. La liberté dans le commerce ? Soit. Mais Colbert, rappelle-t-il, « avait aperçu que cette liberté n'était pas un guide infaillible et il n'était pas effrayé de lui imposer une limite quand le bien public demandait une exception ». Necker est prêt à abandonner les règles qui sont devenues des entraves. « Si les règlements sont utiles pour servir de frein à la cupidité mal entendue et pour assurer la confiance publique, ces mêmes instruments ne devraient pas s'étendre jusqu'au point de circonscrire l'imagination et le génie d'un homme industrieux et encore moins jusqu'à résister à la succession des modes et à la diversité des goûts » (Lettres patentes du 5 mai 1779 sur la fabrication des étoffes). Alors que Turgot, en 1772, semblait réfuter l'intérêt, voire le bien-fondé, des enquêtes, Necker en défend la nécessité. Il importe de savoir, écrit-il en 1789, « quelles sont les branches de notre industrie qui languissent et qui ont besoin d'être vivifiées ». L'État n'a pas le droit de se désengager.

Les exécutants directs de la politique industrielle, intendants des généralités et inspecteurs des manufactures, sont pris entre leur devoir de contrôle et d'intervention et le souci croissant de ne pas perturber inutilement les mécanismes de la production et des échanges. Signe, parmi d'autres, d'une prise de conscience, Jars est chargé d'observer, dans la lettre de mission déjà citée, si la différence entre les industries française et anglaise vient, « comme il y a lieu de le supposer, de ce que les Anglais ne sont point gênés par les règlements ni par les inspections ». Cela sonne un peu comme une autocritique. L'application stricte des textes met Roland mal à l'aise. « J'ai vu, raconte-t-il, sentence en main, huissiers et cohortes poursuivre à outrance, dans leur fortune et dans leur personne, de malheureux fabricants, pour avoir acheté leurs matières ici plutôt que là, à telle heure plutôt qu'à telle autre. » Interrogés, à la fin de 1758, sur un projet d'arrêt qui restreignait la portée et la durée des privilèges d'industrie, les intendants assurent que l'industrie ne doit pas être encouragée au prix de privilèges exclusifs et qu'il faut « exciter l'émulation » tout en préservant la liberté. L'intendant de Rouen profite de la circonstance pour suggérer d'abolir les droits des corps et communautés. Il ne s'agit pas pour autant d'une politique de la table rase. Bien de ces administrateurs poursuivent l'idéal du « bon règlement », c'est-à-dire légitime et efficace. Ainsi Balainvilliers estime-t-il que le succès des exportations des draperies languedociennes au Levant dépend du maintien de quelques contrôles, chaque fois que la fraude est possible. Elle ne l'est pas sur la qualité de la laine. Si un fabricant « trouve une laine excellente en Languedoc, ne serait-il pas tyrannique de lui faire une loi de n'employer [...] que des laines de Ségovie ? ». En revanche, il faut continuer de veiller à l'exacte largeur des draps, à la qualité de la teinture. Dégageons les fabriques, poursuit-il, de « tout l'appareil de l'inspection des jurés-gardes », mais conservons les bureaux de visite. Tolosan, dont le livre paraît en 1789, peut déjà parler d'« Ancien Régime réglementaire ». Il rappelle cependant et défend les raisons de ces diverses contraintes. Le règlement n'est pas fait pour la manufacture concentrée, où l'industriel « tient à sa réputation » et est capable de contrôle, mais pour la manufacture dispersée ; le négociant y est dans l'incapacité technique et pratique de repérer les fraudes. Le règlement aide à la perfection ; les maîtrises y contribuent aussi. Jurandes et communautés sont « essentielles pour le progrès des manufactures et des arts ». Enfin les privilèges d'exploitation doivent être proscrits, mais les privilèges d'invention mériteraient d'être accordés plus souvent qu'ils ne le sont. Il serait un peu court d'attribuer ces hésitations, ces contradictions, à la seule position professionnelle des intendants et des inspecteurs. Sans doute, la vague libérale déstabilise-t-elle les façons de penser et les missions de ces corps. Mais ce qui apparaît, au travers d'un débat qui n'est pas achevé en 1789, c'est l'exigence de conjuguer l'équilibre social, la réussite économique et le nouveau paradigme, la liberté.

Dans les trente dernières années de l'Ancien Régime, le système colbertiste, contesté de diverses parts, est sérieusement endommagé au nom du libéralisme. Laisser-faire : à l'automne de 1759 (5 septembre et 28 octobre), l'interdiction édictée en 1686 d'importer ou de fabriquer des toiles de coton imprimées dites « indiennes » est levée. La demande sociale a triomphé de tous les barrages ; ces étoffes légères, colorées et bon marché avaient remporté depuis longtemps la bataille de l'opinion. Les interdictions répétées, « ni observées, ni exécutées », selon Grimm, marquaient l'impuissance de l'État à réprimer un goût aussi fort, devenu presque un besoin. Le Bureau de commerce et l'administration royale dans son ensemble comprirent qu'il valait mieux profiter de cet engouement pour susciter une industrie nationale des indiennes plutôt que d'opposer au déferlement de la contrebande une résistance dérisoire.

La deuxième brèche dans le dispositif réglementaire intervint le 7 septembre 1762. Un arrêt prétend faire cesser tous les obstacles qui peuvent nuire au progrès de l'industrie et de celle des habitants des campagnes en particulier et assurer « la liberté de fabriquer et de vendre toutes les sortes d'étoffes aux habitants des campagnes et de tous les lieux où il n'y a pas de communauté ». C'est inciter les négociants à contourner par le plat pays les monopoles urbains. L'aboutissement de cette politique, qui mine les structures corporatives de production en suscitant une concurrence, s'affirme dans les lettres patentes du 5 septembre 1779. Suivant des attendus cités plus haut, ces lettres autorisent la fabrication d'étoffes hors de tout contrôle réglementaire, sans garantie, pourrait-on dire, du gouvernement. Les étoffes « marquées » retrouvent symétriquement leur signe d'excellence, le consommateur pouvant choisir en toute connaissance de cause. Necker créait donc une situation inédite de coexistence, voire de compétition, entre les deux types de fabrication. Ces trois mesures libérales, dont l'application fut d'ailleurs délicate, prenaient acte du nouveau rapport des forces et, sans briser le système, contribuaient à l'affaiblir. En revanche, les édits du 22 février 1776, préparés par Turgot, représentaient bien une attaque frontale. Toute personne était libre « d'exercer tel commerce et telle profession d'arts et métiers qui lui conviendra ». Seuls quelques métiers comme l'imprimerie échappaient à l'affranchissement général. Le procès fait aux corporations était radical : apprentissage inadapté, favoritisme dans le recrutement, immobilisme technique, prix excessif des marchandises. La chute du ministre, en mai suivant, fit sombrer sa réforme. Turgot et son entourage avaient sous-estimé le poids des intérêts opposés à cette politique. Lors de l'enregistrement des édits au Parlement de Paris, l'avocat général Séguier avait élevé une protestation exaspérée. « Le but qu'on a proposé, déclara-t-il, […] est d'étendre et de multiplier le commerce en le délivrant des gênes, entraves, des prohibitions introduites, dit-on, par le régime réglementaire. Nous osons avancer à Votre Majesté la proposition diamétralement opposée : ce sont ces gênes, ces entraves, ces prohibitions qui font la gloire, la sûreté, l'immensité du commerce de la France. » Combat d'arrière-garde, pour un système dépassé ? Rien de moins sûr. Jean-Pierre Hirsch, étudiant le négoce lillois de la fin du XVIIIe siècle, juge qu'il n'était ni totalement libéral ni totalement interventionniste. Les entrepreneurs entretenaient « deux rêves », écrit-il : bénéficier des avantages du contrôle sans perdre les possibilités de la libre entreprise. Les corporations n'ont pas empêché, à Lille en tout cas, la concentration de l'outillage. Elles ont l'avantage de garantir la qualité pour les exportations, de réprimer les fraudes, de donner un cadre à l'action collective de la profession. Autrement dit, même aux yeux des fabricants les plus dynamiques, le système n'était pas forcément rétrograde et nuisible. Après le départ de Turgot, la restauration des communautés ne fut pas complète, preuve que le camp libéral n'était pas entièrement défait. Fusions et simplifications mirent de l'ordre et de la rationalité dans un ensemble qui apparaissait clairement sur la défensive. L'appareil d'État supportait mal, après l'avoir longtemps encouragée, l'autonomie, même très tempérée, de l'organisation corporative.

Laisser-passer : la première mesure à prendre était le « reculement des barrières », autrement dit le report de la ligne des douanes des Cinq-Fermes aux frontières du royaume. Malgré une campagne active de certains milieux d'affaires, notamment lorrains, l'unification au moins formelle du marché national n'était pas acquise en 1789. L'État, en revanche, avait contribué à la suppression progressive des péages. À vrai dire, la monarchie n'avait jamais accepté cette forme de taxe privée consentie en échange de l'entretien d'un passage. La justification du privilège ne tenait plus dès lors que le gouvernement menait une politique ambitieuse pour les ponts et les chaussées. En outre, vers le milieu du XVIIIe siècle, beaucoup ne supportaient plus ces prélèvements incongrus, ces contrôles vexatoires, et dénonçaient les péagistes comme des « pirates privilégiés ». Une commission des péages auprès du Contrôle général, établie en 1724, examinait les titres et proposait la suppression des péages dépourvus d'autorisation. Mais ce lent travail de chartiste s'accéléra brusquement en 1759. Désormais, la question ne portait pas seulement sur la légalité des péages mais aussi sur leur utilité. Élargissement redoutable, car, en dehors des bacs, bien peu de taxes correspondaient à un service réel. L'arrêt du 15 août 1779 marqua le terme de cette évolution : tous les péages fondés en droit seraient rachetés, et les autres, supprimés sans indemnité. Texte de délivrance, l'arrêt se rangeait entièrement du côté de la pensée libérale en rappelant que ces droits « nés pour la plupart des malheurs et de la confusion des anciens temps, formaient autant d'obstacles à la facilité des échanges, ce puissant encouragement de l'agriculture et de l'industrie ». À la fin de l'Ancien Régime, sur près de 6 000 péages, 3 600 avaient été supprimés, faute de titres. L'opération, toutefois, avait eu pour résultat paradoxal de conférer une légalité incontestable aux autres. Ces propriétés devaient être rachetées, or l'État n'en avait pas les moyens. La Révolution brisera le cercle où s'était enfermé le réformisme. Mais, dès le Directoire, la taxe sur les barrières prendra le relais, puis viendra le droit de navigation sous le Consulat. L'État ne pouvait se passer d'une fiscalité sur la circulation des marchandises.

Autant la transition avait été progressive, pour le commerce intérieur, autant est brutal, en 1786, le changement de politique douanière vis-à-vis du principal concurrent industriel de la France, l'Angleterre. Le traité dit Eden, du nom du négociateur anglais, rompt avec le colbertisme en établissant à un niveau modeste les taxes d'entrée sur les principales marchandises : de 5 à 10 % de la valeur de la quincaillerie et des aciers ouvrés, 12 % pour les cotonnades. Trois éléments caractérisent la nouvelle politique. L'abandon de tarifs prohibitifs signifie que le gouvernement ne veut pas sacrifier les consommateurs et laisser aux fabricants nationaux le monopole d'un marché dont ils sont, pour le moment, hors d'état de satisfaire la demande. Par ailleurs, l'afflux de marchandises anglaises suscitera de nouveaux besoins et élargira ainsi la base de la clientèle potentielle des industriels français. On peut espérer que, dans certaines catégories de produits, les Français sauront se faire une place sur le marché anglais ; seules les soieries y restent prohibées. Enfin, le traité n'a pas essentiellement pour but d'exposer l'industrie française aux vents du large, mais d'ouvrir le marché anglais aux productions de notre agriculture, en particulier aux vins. Le négociateur français le dit sans détours : « L'intérêt que l'on doit prendre à l'industrie doit être subordonné à l'intérêt de l'agriculture. » Les effets du traité sur l'industrie française demeurent controversés. Son entrée en application – à la suite de la convention du 15 janvier 1787 – coïncide avec la crise finale de l'économie d'Ancien Régime. Les manufacturiers, surtout les cotonniers, accusent la politique douanière d'être responsable du malheur des fabriques. La contraction de la demande en biens industriels, que provoque la crise agricole, est probablement plus décisive. L'ouverture des frontières s'est faite, pour le moins, à contre-conjoncture. Cette expérience fâcheuse de libéralisme pèsera longtemps dans les esprits. Ici n'est intervenu aucun compromis entre les forces et les doctrines en présence, mais la pratique libérale d'effacement de l'État a éprouvé ses limites.

État nécessaire ? Le débat n'est pas clos dans les années 1780, quoique l'économie administrée apparaisse alors comme la pire des solutions. État utile, efficace en tout cas, si l'on en juge par les effets différés de la politique de Colbert sur les exportations de produits textiles. Au vrai, nous sommes en présence d'une dépendance réciproque, car l'industrie est également nécessaire à l'État. La politique d'intervention n'a pas que des résultats positifs. Elle est porteuse, en effet, d'une contradiction. À renforcer les communautés jurées et son emprise sur elle, l'administration a pris le risque de conforter le conservatisme technique. Une certaine vision de la qua-

lité peut servir d'alibi à la répétition. Quant aux manufactures royales, leur réussite est indéniable. Ont-elles eu pour autant un rôle pilote vis-à-vis des branches industrielles concernées ? Il ne le semble pas. À la fin de l'Ancien Régime, le courant d'idées dominant récuse ouvertement le bien-fondé d'une intervention de l'État dans le domaine industriel. Tout juste lui concède-t-il un pouvoir d'arbitrage, une fonction douanière. La crise révolutionnaire va exacerber les positions, en faisant se heurter principes et mesures d'urgence. Dès avant ce moment paroxystique, une sorte de culture de l'intervention, qui aura très longue carrière, avait commencé à se constituer dans l'appareil d'État comme dans les milieux de la fabrique et du négoce, comportant donc à la fois l'offre et la demande. Mais, dans les deux groupes, ce point de vue est combattu. Entre Colbert et Roland, le siècle a été la matrice des comportements futurs.

3. La proto-industrie textile

Toiles de lin ou de chanvre, draps de laine, étoffes de soie, cotonnades diverses, les textiles dominent l'activité industrielle de l'Ancien Régime. Quelle que soit la fragilité des évaluations globales, on peut estimer qu'ils concourent au XVIIIe siècle pour la moitié du produit industriel national et occupent l'essentiel de la main-d'œuvre non agricole. Il est peu de régions du royaume où le textile ne soit pas présent, bien qu'une géographie des implantations fasse apparaître des regroupements significatifs. Enfin, le vocabulaire aussi témoigne de cette omniprésence – fabrique, manufacture sont des termes qui renvoient d'abord au monde textile.

Ces industries ont été surtout étudiées là où elles étaient les plus visibles, c'est-à-dire en ville, sous la double modalité de l'artisanat et de la manufacture concentrée. Ici, les inspecteurs et autres agents du roi, les autorités municipales contrôlent et, au besoin, endiguent le travail des fibres. À la campagne, la fabrication est discrète et comme silencieuse. Elle est immergée dans l'économie familiale, où se mêlent production domestique et production marchande. Des monographies régionales ont cependant contribué à éclairer ce dossier, principalement dans la France du Nord et de l'Ouest. Il est vrai que la notion de proto-industrialisation a donné un nouvel élan à l'étude traditionnelle de l'industrie rurale, dans sa branche majeure. Le souci de connaître l'organisation interne de ce type d'industrie à domicile, en particulier dans la division sexuelle des tâches, n'a pas disparu. De même, la place de cette activité dans l'économie rurale, en termes de temps de travail et de revenus, n'a pas cessé de préoccuper les historiens. Mais l'accent est mis sur la structure qui combine le travail et le négoce, sur le circuit des matériaux et des produits finis, sur les hommes qui, à chaque niveau, servent de relais. En ville, les communautés de métiers et les manufactures concentrées ont bénéficié d'un renouveau d'attention. Là encore, l'intérêt se porte sur les relations qu'entretiennent les divers éléments du système, autrement dit, les formes de complémentarité, de subordination et de conflits.

L'offre de tissus

La gamme des qualités

Quels produits l'industrie textile française offre-t-elle à sa clientèle ? Des étoffes à la bonneterie, des toiles grossières aux soieries de luxe, tous les types de marchandises sont proposés. Ainsi, les fabricants s'adaptent-ils à un marché segmenté où les effets de la mode se font sentir. Aucune fibre n'a de privilège de situation. Il existe des toiles de chanvre de bonne facture et des soieries communes. Aucune qualité n'est à dédaigner : il y a toujours preneur pour les tissus les plus ordinaires, si des coûts de production modestes amortissent les frais de transport. Les marchandises communes s'entendent comme des produits économiques, les plus répandus, qui sont de matériaux et de finition médiocres. Beaucoup de toiles répondent à cette définition. Celles de chanvre qui sont destinées aux voiles (les « Vitré ») ou à l'emballage voisinent avec les « canevas » grossiers. Le lin donne également, pour partie, des produits frustes, ceux, par exemple, qui se fabriquent dans le Perche et dans le Haut-Maine. Ces « bougranes » sont vendues aux colonies, par Nantes, ou diffusées dans tout le royaume, par Paris. Sous l'appellation de « saieterie », l'industrie lainière picarde a développé aux XVIe et XVIIe siècles une production moins soignée que les draps épais, fort réputés au Moyen Âge. Ces « petites étoffes », faciles à fabriquer et à tailler, constituent le courant du travail des ateliers. Dans la variété de ces nouveaux draps, on retiendra les « serges » et autres « cameloteries » pour consommateurs populaires. Au plus bas de l'échelle des qualités et des prix, les « droguets » sont encore très présents parmi les produits textiles du Maine et d'autres régions lainières, jusqu'à la mi-XVIIe siècle.

La qualité supérieure englobe le linge de table de Voiron et diverses toiles de lin. Les « fines » de Bretagne, dénommées « nantaises », « bretagnes », « quintins » ou « saint-brieucs », les toiles du Bas-Maine et les « batistes » de Cambrai constituent des produits recherchés, des valeurs sûres, dont on a pu dire, à la fin du XVIe siècle, qu'elles étaient le « Pérou des Français ». Montchrestien y voit, en 1615, l'une des « sources inépuisables de richesse ». Les draps fins forment la catégorie supérieure des étoffes de laine. Généralement teints en noir, ils s'exportent bien, au début du XVIIIe siècle, habillant, selon le mot de Gérard Gayot, « les alcades de Castille, les prêtres d'Amérique latine, les mandarins chinois et les juges d'Amérique du Nord ». Pourquoi ce succès ? Une laine excellente et une technique de fabrication minutieuse expliquent la percée des draps de Sedan, d'Abbeville et de Louviers ou encore des « londrins » (un peu moins fins) du Languedoc sur tous les marchés. Encore a-t-il fallu battre en brèche la suprématie des Anglais et des Hollandais. Quant aux étoffes de soie, elles figuraient sans conteste l'aristocratie des textiles lorsque Louis XI puis François Ier voulurent en naturaliser la fabrication. L'installation à Tours de la première manufacture (1466) illustre le lien entre la Cour et la soie. Mais c'est à Lyon, porte de l'Italie, que cette industrie prit en France son vrai départ. Grâce aux Lucquois et aux Florentins, l'art de la soie trouvait dans cette ville, à partir de 1536, une base de développement spectaculaire. Après avoir été le centre d'importation des soieries italiennes, Lyon devint l'instrument de l'autonomie progressive des soyeux français. Non que ceux-ci aient réussi d'emblée à atteindre l'excellence. Ils ne parvinrent d'abord qu'à fournir des taffetas et des velours unis. En obtenant, au XVIIe siècle, des « façonnés », ils s'ouvraient les marchés extérieurs. D'élèves, ils étaient passés concurrents. L'échelle des prix reproduit l'éventail des qualités. Entre l'étoffe la plus ordinaire et la plus raffinée, l'écart est communément de 1 à 10, voire davantage. Tout en ne dédaignant pas la clientèle ordinaire, qu'elle soit autochtone ou exotique, les négociants français visent généralement à fournir des marchandises de haut de gamme, à accroître la part des draps de laine ou des toiles de la meilleure qualité. Ainsi pensent-ils garder leurs débouchés dans la clientèle aisée dont la consommation ne fluctue pas exagérément. « La perfection des draps, écrit Duhamel du Monceau dans son *Art de la draperie* (1765), dépend principalement du choix des laines, car il n'y a point d'apprêt qui puisse en corriger la défectuosité. » La remarque pourrait s'appliquer à toutes les fibres. Si la matière première décide du produit, il convient de s'approvisionner aux meilleures sources. Les marchands de Beauvais achetaient les toiles écrues aussi bien dans le Cambrésis, en Flandres, dans le Bas-Maine que dans les environs immédiats. Pour la laine, certaines provinces du royaume ont une réputation qui attire de loin le négoce : c'est le cas du Berry. Pourtant, la recherche de la haute qualité détermine l'industrie textile à se fournir de plus en plus hors de France. Il en va ainsi pour le lin que l'on fait venir de Hollande ou des rives de la Baltique, dès le XVIe siècle, pour fabriquer les toiles les plus fines. La manufacture de Lyon tire 80 % de la soie grège qu'elle transforme de l'étranger, à raison de 50 % du Piémont, de 25 % du Levant et de 5 % d'Espagne. L'exemple le plus éclatant de la délocalisation des matières premières – avant l'ère des cotonnades – vient de la laine. Quand on souhaite obtenir des draps fins, on se tourne vers les toisons des mérinos de Ségovie. Du Languedoc aux Ardennes, les manufactures étaient donc dépendantes des troupeaux de Castille, pour les qualités supérieures. Cette situation rappelle celle des fabricants français du Moyen Âge à l'égard de l'Angleterre ou anticipe, si l'on veut, l'hégémonie des laines d'Australie au XXe siècle. Cela conduit à s'interroger sur la médiocrité et sur le discrédit persistants des troupeaux ovins de France, comme bêtes à laine. Les toisons bouclées des moutons du Sussex ou de la Vieille Castille n'ont pas leurs équivalents dans le royaume. L'effort, au tournant des XVIIIe et XIXe siècles, pour acclimater le mérinos traduit la préoccupation des autorités devant ce déficit. L'élevage du mouton est pratiqué avant tout pour sa viande, et l'importation massive de laine d'Espagne (plus de la moitié du total consommé vient de ce pays, en 1760) encourage cette spécialisation. La tonte est trop précoce pour donner de bons résultats. En outre, le mouvement de défrichement, qui s'accélère à la mi-XVIIIe siècle, réduit les terrains de parcours, tandis que la mise en herbe ne profite qu'aux bovins. Le prix des laines importées croît au XVIIIe siècle, au point que la matière première, qui représentait 47,5 % du prix de revient des draps fins de Sedan en 1708, en absorbe 75 % en 1767. La contre-épreuve est fournie par la mésaventure des drapiers du Perche. Lorsqu'ils ont remplacé, à la mi-XVIIe siècle, la laine d'Espagne, jugée trop coûteuse, par de la laine de Normandie, du Maine et de la Beauce, la qualité a sombré et leurs ventes aussi.

L'innovation de produits

Puisque l'offre de tissus avait à suivre les changements de goût de la clientèle française et internationale, l'effort de qualité à l'intérieur d'une même production ne suffisait pas. L'objectif devait être également de proposer de nouvelles marchandises aux consommateurs. L'innovation sera donc marchande, non technique, mais ne créera pas moins des occasions inédites pour l'industrie textile. Envisageons deux exemples réussis de l'innovation de produits. D'abord, les étoffes et les bas de soie fabriqués à Nîmes. Cette manufacture est née d'une reconversion. L'industrie drapante de cette ville s'est, en effet, effondrée, dans les années 1650, mettant en péril une cité dont l'activité était largement fondée sur ce travail. La concurrence des serges picardes avait ébranlé un système de production lainier peu organisé, mal préparé à répondre à une contraction conjoncturelle du marché. Or, explique Line Teisseyre-Sallman, le négoce nîmois a réagi rapidement à ce défi. Dès le dernier tiers du XVIIe siècle, la fabrication des soieries relance l'économie urbaine. En un siècle, elle s'affirmera comme l'une des industries majeures du royaume, rapportant en 1778, avant la fermeture des marchés espagnols, près de 7 millions de livres. Ce succès est le fruit d'une stratégie commerciale très judicieuse. Face aux monopoles de la fabrique lyonnaise et des manufactures de Paris et de Tours, il ne pouvait être question de viser le marché intérieur des soieries de luxe. Il fallait, au contraire, trouver une autre cible, c'est-à-dire produire des étoffes et des articles de soie de consommation courante, à destination de l'étranger. D'où la spécialisation dans des étoffes de « petite tire » (telles que les taffetas et satins) et dans la bonneterie (les bas). John Holker soutint cette division du travail en indiquant : « Lyon peut décorer les riches. Il me paraît naturel que l'on permette aux fabricants de Nîmes de suppléer aux autres. » Ces articles de grande consommation n'ont pas les mêmes caractéristiques que les soieries traditionnelles ; ainsi les bas sont moins résistants. Mais en étant moins épais, ils conviennent mieux à la clientèle coloniale. Des améliorations techniques sont apportées par les fabricants nîmois au traitement du fil ; cela ressemble plus à un bricolage astucieux qu'à une innovation. En revanche, la manufacture ne cesse d'inventer des formes et des décors. Partie de 5 genres d'étoffes, elle en propose 120 en 1760 et est passée dans le même temps de 7 articles de bas à 80. Les dessins, confiés à des spécialistes, suivent l'évolution des goûts. « Les manufacturiers de Nîmes, assure Balainvilliers, [sont] attentifs à étudier tous les changements de mode [en] variant leurs combinaisons autant que les caprices et la bizarrerie de leurs acheteurs. » Par exemple, les soieries et les bas vendus au Pérou s'inspirent des motifs et des couleurs de tradition locale. Tant de souplesse et de capacité à s'adapter justifie la réussite de l'entreprise en Europe (Allemagne, Italie, Russie) et dans l'Amérique espagnole. On comprend le jugement de Lamoignon, qui déclarait en 1734 : « Les marchands nismois sont appliqués à leur commerce, habilles négociants, hardis dans leurs entreprises, et ont tout le génie que l'on peut avoir pour réussir dans la profession. Et si tous ces marchands sont encore mauvais catholiques, du moins ils n'y ont pas cessé d'estre très bons négociants. »

Un second cas d'innovation de produit – celui-ci longtemps contrarié par les autorités – nous est fourni par l'aventure des indiennes. Ces toiles de coton, peintes de couleurs chatoyantes, ont séduit l'Europe, avide d'exotisme et de nouveauté. Elles sont attestées à Marseille dès 1587 et ont partie gagnée, un siècle plus tard, lorsque la Compagnie anglaise des Indes commence à introduire les excellentes toiles fabriquées à Yanam et dans d'autres centres du Coromandel. Pourquoi cet attrait ?

Ces cotonnades colorées sont réputées à bon droit plus agréables à porter, plus faciles d'entretien et plus durables. Elles conviennent aussi bien au vêtement qu'à l'ameublement. Ce succès entraîne des imitations ; des manufactures d'impression de toiles se créent en Europe à la fin du XVIIe siècle, entre autres à Amsterdam, à Genève, à Marseille et à Orange. En France, les indiennes menacent les étamines de laine et les soieries dans la catégorie des étoffes légères. On aurait pu concevoir de protéger cette nouvelle industrie de la concurrence étrangère et de lui laisser faire ses preuves. Mais la pression des intérêts en jeu devint trop forte à la mort de Colbert. L'arrêt du 26 octobre 1686 interdit l'importation des « toiles peintes aux Indes » et l'impression dans le royaume « sur toiles de coton blanches ». D'autres arrêts interdisent l'impression sur lin, droguets, siamoises. Le « port et usage » de toutes ces toiles sont également prohibés. Les défenses seront réitérées jusqu'au milieu du XVIIIe siècle. Pour quel résultat ? L'interdiction de fabriquer était plus aisée à faire respecter que celle d'importer. Les spécialistes français, privés d'emploi, durent chercher en Allemagne (Berlin, Francfort) et en Suisse (Genève, Neuchâtel) de nouveaux lieux d'exercice. Par là, ils renforcèrent la capacité de l'indiennage étranger, stimulé par ce grand marché sans producteurs. Car la demande n'avait pas cessé. S'il est vrai que draps fins et soieries ont bénéficié de la mise à l'écart du produit concurrent, les indiennes continuaient de pénétrer en France.

Le célèbre Mandrin, en 1754, en faisait largement contrebande entre la Suisse et le Dauphiné. La Lorraine, la Franche-Comté servaient aussi de zones de passage. Bien des personnes bravaient l'interdiction d'utiliser ces toiles. On vit même l'intendant de Rouen, en 1752, s'en faire envoyer de Lorient… et être découvert.

Les arrêts de l'automne de 1759 libèrent l'industrie des indiennes et, simultanément, la protègent. Les besoins, qui peuvent enfin s'exprimer, sont tels que les fabrications étrangères se répandent en France, malgré les droits à l'importation. À la fin du XVIIIe siècle, la moitié de la production de Neuchâtel y a son débouché. Les manufactures françaises de toiles peintes ne travaillent pas nécessairement, dans les années 1760-1770, sur du coton pur. Par commodité technique et facilité d'approvisionnement, elles se tournent volontiers vers des toiles « fil [de lin] et coton » qu'elles se procurent dans le pays. La procédure du travail « à façon », c'est-à-dire sur des toiles que les marchands confient aux fabricants, conforte cette solution. Le démarrage d'une industrie nationale des indiennes, note Serge Chassagne, s'effectue sur des bases variées : la manufacture angevine de Tournemine se fournit, dès 1759, à la Compagnie des Indes tandis que les « fils et coton » sont majoritaires chez Oberkampf jusqu'en 1776. L'innovation demeure, qui est dans l'apparence de l'étoffe, à la fois consistance et couleurs. Avec la garance d'Alsace (et du Comtat-Venaissin, à partir de 1770), l'indigo de Saint-Domingue, la gaude (réséda jaune) de Picardie et du Languedoc, la gomme du Sénégal, les indiennes représentent un exotisme à la portée d'un vaste public. Alors que l'étamine a perdu la bataille du luxe pour ne pas avoir suivi le « goût du moment », dit un inspecteur des manufactures en 1784, les toiles peintes annoncent le règne du roi coton.

La ruralisation de l'activité textile

Villes et campagnes : quel partage ?
La ville a été au Moyen Âge le lieu principal, sinon exclusif, de la production marchande de textiles. L'autoconsommation, en campagne, demeure forte à l'époque moderne : de l'ordre de 20 % pour la laine, selon Markovitch. Toutefois, dès le XVIe siècle, la ligne de partage s'est déplacée. La paysannerie est progressivement intégrée à l'économie des textiles. Elle contribue au moins à certaines étapes de la fabrication. Quelle est cette nouvelle répartition des tâches ? Rien sur le plan technique ne commande une localisation urbaine ou rurale. Il est vrai que plusieurs opérations du cycle de la laine – lavage, foulage, teinture – réclament beaucoup d'eau, mais cela n'en assigne aucune à la campagne ou à la ville. La division du travail emprunte plutôt une logique économique et sociale. Au-delà des cas particuliers et des fluctuations diverses, la ville retient la qualité, le fini, bref ce qui décide du produit, de la plus-value et doit être soumis à une surveillance rapprochée.

Entre deux fibres, la laine et le lin, et deux tissus, l'étamine et la toile, Le Mans garde les premiers et laisse les autres au plat pays. Ici, le délicat, là le grossier. À l'intérieur de la filière lainière, on constate en Picardie un clivage identique au XVIIe siècle : haute lisse à Amiens, draps communs dans les villages. Le tissage, qui est un moment d'élaboration décisif, est d'autant mieux accueilli en ville que la matière première est chère et que sa mise en œuvre est compliquée. Le tissage de la soie, par opposition au tissage du lin ou du chanvre, correspond à cette typologie. En outre, le coût de l'outillage renforce la ségrégation. À la mi-XVIIIe siècle, le métier d'un canut vaut 500 livres, soit un petit capital, tandis que celui d'un toilier, vingt fois moins cher, demeure à portée d'un paysan. L'investissement nécessaire justifie aussi la présence en ville, sans contre-exemple connu, des ateliers de blanchiment des toiles, de teinture et d'apprêts des étoffes de laine. Mais d'autres raisons y concourent. Il s'agit d'opérations demandant une qualification spéciale, c'est-à-dire un savoir-faire précieux, élaboré et transmis en milieu citadin. Surtout, ces phases ultimes de la fabrication font la valeur et la renommée de la marchandise. Au XVIe siècle, le « [drap] fin » de Paris est fort réputé. Or le tissage en est normand ou picard et non plus parisien. Les apprêts et davantage encore la teinture suffisent à maintenir le nom et l'excellence du tissu. La ville donne la marque, pour ainsi dire. Au bout du processus, le marchand dépend de cette valeur ajoutée. Sans être indifférent, on l'a dit, à la qualité de la matière et du travail préliminaire, il est particulièrement attentif aux finitions. L'appareil réglementaire aussi bien que la discipline coutumière des métiers visent à protéger l'activité artisanale contre ses propres manquements et contre les empiétements de la campagne. La répartition des tâches est légitimée.

L'approvisionnement en matières premières relève de l'économie paysanne, sauf importations. La culture du lin et du chanvre, l'élevage des moutons pour la laine et, à partir du XVIIe siècle, la sériciculture constituent la base des industries textiles. La préparation des fibres végétales est assurée à la ferme, en famille. La laine doit être peignée et dégraissée ou peignée et cardée par un professionnel, muni d'un outillage léger : c'est l'affaire de la ville. En revanche, la culture du mûrier et l'éducation des vers à soie s'intègrent à l'économie rurale, d'abord en Touraine, puis en Vivarais, en Provence et enfin, dans le premier tiers du XVIIIe siècle, en Dauphiné.

L'étape de la filature s'effectue en campagne, à partir du XVIe siècle. Les rouets citadins n'ont désormais plus qu'une part marginale dans l'approvisionnement des métiers. De tous les maillons de la chaîne productive, la filature apparaît le plus rudimentaire. Elle peut donc, sans risque, être confiée aux foyers paysans, à la main-d'œuvre la moins qualifiée et la moins surveillée. C'est, par ailleurs, devenu une nécessité. La croissance de la demande des textiles a un effet multiplicateur sur l'effectif engagé dans la production. La productivité s'améliorant peu dans cette industrie, avant les diverses innovations mécaniques de la seconde moitié du XVIIIe siècle, c'est par l'augmentation du nombre des travailleurs qu'elle répond à la sollicitation des marchés. Chaque nouveau métier réclame la participation de six à dix fileuses. Seules les campagnes peuvent offrir tant de bras.

Le tirage des cocons, qui produit le fil de soie grège, est très largement assuré par les familles paysannes, en annexe des magnaneries. Pourtant, des ateliers de tirage ont été établis en ville, à Alès ou à Anduze, par exemple, sans doute comme installations complémentaires des quelques magnaneries citadines. Si le tirage ne demandait qu'un peu de place et d'outillage (des bassines pour chauffer les cocons et un tour à la main), l'autre phase de la filature de la soie, le moulinage, implique une mécanique complexe, mue par l'énergie hydraulique. Il y faut des capitaux importants. Deydier à Pont-d'Aubenas, à la fin du XVIIe siècle, et Jubié à La Sône (sur l'Isère) au début du XVIIIe siècle ont été à l'avant-garde d'un courant d'entreprise qui affecte le Vivarais et le Dauphiné. À l'origine, la technique est bolognaise. Il faut attendre la mi-XVIIIe siècle pour que le mécanicien dauphinois Vaucanson apporte une double innovation, celle d'un tour, qui améliore la qualité du fil, celle d'un moulin, dont la rotation régulière détermine une torsion du fil bien plus satisfaisante. Ces procédés seront adoptés par les mouliniers, fortement encouragés par l'État. Vers 1780, le moulinage, qui s'associe un tirage moderne, est implanté dans les faubourgs des cités ou dans des vallées proches, alors que la majeure partie du tirage n'a pas quitté les villages. La filature hydraulique, capitaliste, coexiste avec le tirage manuel et domestique. Ce dualisme persistera au moins encore cinquante ans.

La filature du coton s'implante dans les campagnes à la fin du XVIIe et au début du XVIIIe siècle. Le plus souvent, elle se substitue au travail du lin ou du chanvre. On le constate dans le pays de Caux comme en Picardie. Mais dans les régions drapières du Midi, c'est au détriment de la laine que le coton progresse. « Les femmes [sont] séduites, écrit l'intendant du Languedoc en 1788, par un travail plus lucratif, moins fastidieux. » Plus lucratif ? Les marchands-drapiers de Crest, en Dauphiné, confrontés à la même concurrence, ne le pensent pas ; mais, certainement, moins pénible. « Beaucoup de femmes et presque toutes les filles, assurent-ils dans une pétition en 1788, préfèrent le coton, parce qu'il ne laisse pas de crasse aux doigts, tandis que la laine, qu'on est obligé d'humecter d'huile pour la peigner et la carder laisse non seulement une crasse mais une odeur. » Ils n'ajoutent pas que, avant d'être humectée d'huile, la laine avait été lavée dans une eau mélangée d'urine. La modernité du coton commence peut-être là.

Pour en rester à cette dernière fibre, son tissage ne connaît pas un partage tranché. Il est massivement campagnard pour les toiles de fil et de coton ou pour les siamoises, en Normandie, tout en se pratiquant en ville, pour le coton pur. Montpellier tisse ce que lui fournissent les Cévennes et le Vivarais, et à Valence se crée en 1764 une fabrique qui abrite cent métiers. Cette voie de développement ne sera cependant pas dominante ; ici, aussi, la ruralisation l'emportera. Quant à la laine, elle se tisse partout. En ville, dans les faubourgs et à la campagne. Au début du XVIIIe siècle, les deux tiers des tisserands de laine picards sont des paysans. Les métiers peuvent donc être hors de la ville. Mais ils forment alors un premier cercle, à portée de connaissance, de surveillance du négoce urbain.

Économie agraire et industrie

La proto-industrie est fille de la misère. Si tant de rouets et de métiers fonctionnent dans la campagne au XVIIIe siècle, c'est bien parce qu'ils fournissent un revenu indispensable aux familles paysannes. Les régions agricoles structurellement déficitaires appellent le travail industriel textile qui ne dépend pas prioritairement de la localisation des matières premières ou de l'énergie, comme les industries métallurgiques, mais de la disponibilité de la main-d'œuvre. En cas de déséquilibre prolongé entre la production moyenne de grains et la charge humaine, la proto-industrie évite l'exode saisonnier ou définitif, voire la « correction démographique » brutale. Pour acheter les céréales manquantes, la paysannerie doit compléter une agriculture déficiente par l'élevage et le textile, à partir du XVIe siècle, explique Jacques Bottin. L'économie agraire s'ouvre par nécessité. Bien entendu, les périodes de hausse du prix des grains accentuent cette orientation. Deux autres facteurs jouent dans le même sens. D'abord, les pratiques successorales qui, par exemple, dans le pays d'Auge, conduisent à l'émiettement micro-fundiaire à cause de l'égalité dans les partages. Les prélèvements féodaux, proportionnellement plus lourds dans ces régions pauvres, participent également à la dynamique de la paupérisation. Mais en Normandie orientale, cette insuffisance agricole ne saurait être retenue comme principe d'explication. Comment le pays de Caux, région d'une céréaliculture d'exportation, a-t-il basculé au XVIIIe siècle dans la proto-industrie textile ? Ici, la concentration foncière a eu progressivement pour effet de priver beaucoup de paysans du moyen de vivre par la seule agriculture. Le sous-emploi chronique, la différenciation sociale, et non pas les termes régionaux de l'échange, sont à la source du changement.

Du côté de l'offre, les marchands de la ville ont de fortes raisons, à la fin du XVIIe siècle, de redéployer vers les campagnes tout l'emploi textile qui peut sans dommage quitter la cité. Le système réglementaire colbertien et post-colbertien, la combativité des communautés de métiers handicapent la fabrique, estiment les donneurs d'ordres qui voudraient bien sauver leur marge de profit et de manœuvre. La crise des débouchés qui a sévi vers 1630-1660 a montré la fragilité des positions françaises sur les marchés extérieurs. Il faut produire moins cher, concurrence oblige. Or, des deux postes de dépenses – matières premières et auxiliaires, main-d'œuvre – seul le second est susceptible d'économie. En effet, la stratégie de la qualité, appliquée aux matières premières, et l'élargissement corrélatif des aires d'approvisionnement ne laissent pas le choix.

En Gévaudan, expose l'intendant Balainvilliers, « tout homme est fabricant. Il n'est point de journalier, d'artisan, de laboureur qui n'ait chez lui un métier monté pour son compte, auquel il s'occupe lorsque les travaux de la campagne lui manquent : sa femme, ses enfants filent et préparent la laine et, surtout pendant l'hiver, une faible lampe éclaire ces différents ouvrages fort avant dans la nuit. Cette heureuse succession […] entretient l'activité parmi les paysans et surtout le bas prix de la main-d'œuvre. » Ce texte, qui décrit la « cadisserie » languedocienne à la fin du XVIIIe siècle, a valeur plus générale, car s'y trouvent énumérées la plupart des conditions favorables à la ruralisation des textiles. Quels sont ces atouts ? D'abord un potentiel de main-d'œuvre que les travaux des champs n'occupent pas. Dans une économie fondée sur la céréaliculture, l'activité agricole faiblit beaucoup pendant l'hiver. Même si l'on a peut-être sous-estimé les multiples façons que les cultivateurs doivent donner à la terre, il est clair que les grains laissent du temps, contrairement aux vignobles qui accaparent les bras et repoussent l'industrie. À ces tisserands saisonniers ou intermittents s'ajoute l'emploi des femmes et des enfants, ces oubliés de l'économie agraire. Dans l'exemple de la cadisserie, ils apparaissent à la fois comme les fournisseurs (pour le fil) et les auxiliaires du chef de famille. Une telle situation n'est pas la plus fréquente : filature et tissage sont généralement séparés, un marchand ou courtier servant d'intermédiaire entre ces deux activités. Retenons ici l'articulation de l'emploi saisonnier et de l'emploi permanent qui élargissent les revenus monétaires de la famille sans perturber les équilibres fondamentaux de l'agriculture. La proto-industrie est une mise au travail massive, en extension et en intensité. Le travail domestique « entretient l'activité », indique Balainvilliers. D'autres disent plus fortement qu'il combat l'« oisiveté », la « fainéantise ». Les rythmes propres aux travaux des champs, avec leur succession de moments intenses et de temps morts, sont jugés insuffisants et presque condamnables, au nom de la rationalité économique. En se glissant dans les « pores » de l'économie familiale, la proto-industrie paraît ne pas ôter de bras à l'agriculture. Ce sera, en tout cas, un débat – ou un seuil – qui retiendra l'attention des élites aux XVIIIe et XIXe siècles. Quant à la division sexuelle des tâches, particulièrement lisible dans le cas de la laine, elle attribue d'une manière semble t-il rigoureuse, la filature aux femmes et le tissage aux hommes. Ici un travail jugé subalterne, préparatoire, là un savoir-faire qui valorise. Ici un instrument simple, là, la responsabilité d'une installation.

Cette main-d'œuvre abondante est en outre bon marché. Elle revient de 20 à 50 % moins cher que son équivalent citadin. Le marchand est-il toujours en position de force pour imposer son prix ? Certaines situations peuvent être favorables au « fabricant ». Mais, dans le cas général, le revenu proto-industriel est un complément ; une partie de la subsistance familiale revient à l'agriculture ou à l'élevage. Cela permet de comprimer les salaires. Les marchands se félicitent de la « moindre exigence » des paysans. Ils suggèrent aussi que ces travailleurs de la campagne sont plus dociles que ceux des villes. À coup sûr, ils ne se rendent pas coupables d'émotions collectives et de cette « longue insolence » que les manufacturiers sedanais imputaient à leurs tondeurs de draps. Mais cette main-d'œuvre rurale est aussi plus volatile, plus rebelle à l'encadrement. Elle peut jouer d'un marchand contre l'autre. L'absence de corporations et de contrôle administratif réel, dont se félicitent les marchands, peut se retourner contre eux. Ultime avantage du transfert, la souplesse qu'il apporte à la production. Les crises de la mi-XVIIe siècle avaient mis en évidence les fluctuations erratiques des marchés textiles. Les changements brutaux, difficiles à prévoir, dans les goûts obligent cette industrie à intégrer le risque. Elle doit faire face à des à-coups prononcés, comme les commandes de vêtements militaires qui mettent tant de métiers en mouvement sur les Causses. La ruralisation offre le moyen d'adapter l'emploi aux rythmes de la conjoncture.

La dépendance paysanne

La manufacture rurale de textile, entendue comme la mise au travail des campagnes par le négoce urbain, est acquise depuis longtemps lorsque l'arrêt du 7 septembre 1762 autorise formellement cette pratique. La subordination globale de la filature et du tissage paysans au capitalisme commercial a revêtu bien des aspects. Il serait illusoire d'assigner une évolution linéaire à ce mouvement ou de le réduire à quelques formules. Il vaut mieux cerner les modalités d'intervention du négoce et les degrés de dépendance de la main-d'œuvre paysanne. L'un des critères de distinction est la capacité du paysan-fabricant à négocier directement le produit de son travail. Les tisserands qui vendent leurs toiles écrues sur les marchés bretons, au XVIe siècle, sont certes soumis à la pression des commissionnaires qui vont apprêter la marchandise et la revendre aux négociants de Nantes. Ils demeurent cependant libres de disposer de leur produit comme ils l'entendent. Deux siècles plus tard, les mulquiniers du Saint-Quentinois savent également utiliser la concurrence entre les maisons de négoce des toiles de lin. Les Danse, à Beauvais, vers 1650, collectent de la même façon les toiles pour les faire blanchir. Il ne faudrait pas être dupe de l'apparence : la liberté du vendeur est limitée par son besoin d'argent. La majeure partie de la production est proposée au début du printemps, quand la saison du tissage est finie et que les paysans sont à court de fonds. Alors le marchand dicte sa loi. Par ailleurs, ces ruraux, devenus fabricants par nécessité, ont souvent recours au crédit. Les inventaires après décès l'attestent : bien de ces artisans indépendants ont dû solliciter des avances auprès des marchands. Si le tisserand ne peut travailler pour son compte et doit fabriquer à façon, sa dépendance devient très forte ; il est littéralement aux ordres du marchand. Celui-ci fixe le prix et détaille les spécificités du produit qu'il attend. La pente du système conduit au monopole ; le paysan est contraint de réserver sa production à un seul client. Ce processus est clairement dessiné au XVIIIe siècle, par exemple, dans la région de Lodève.

À mesure que le volume croissait et que les exigences de qualité s'affirmaient, les fileuses étaient dessaisies de leur libre approvisionnement. La venue de laines, de lins étrangers et bien sûr de coton exotique, tranchait le lien de proximité qui unit traditionnellement travail rural et matériau. À vrai dire, quelle que fût la provenance des fibres, le besoin d'une préparation distincte, professionnelle, conduisait à la séparation. À l'étape du tissage, une logique voisine s'impose. L'ourdissage du fil de laine doit précéder son emploi sur un métier. Le marchand qui fait travailler le tisserand est bien placé pour contrôler cette séquence et surtout pour fournir lui-même, lui seul, le fil nécessaire. Le monopole de la commande entraîne celui de la fourniture. La relation peut être simplement binaire. Entre Poupart, le grand drapier sedanais de la mi-XVIIIe siècle, et les fileurs-tisserands qu'il entretient à la campagne, nul intermédiaire. L'intégration du travail rural est directe et complète. Plus souvent, la proto-industrie textile s'est établie, selon l'analyse de Serge Chassagne, sur un modèle triangulaire. Le marchand-fabricant, marchand-serger de laine à Amiens, marchand-filotier de toile à Mortagne, fait travailler les tisserands ruraux auxquels il donne le fil. Il vend les draps ou les toiles à des négociants de la ville, qui les font apprêter et les revendent. Ce schéma, susceptible de complications locales, est attesté aussi bien à Cholet qu'à Reims, dans le Beauvaisis que dans le Bas-Vivarais. Cette structure ternaire, contrôlée de l'aval par le négoce local, confine les tisserands dans une situation de dépendance quasi salariale à l'égard du fabricant. Celui-ci organise et surveille certes l'ensemble de la production, mais n'intervient pas au-delà. Une telle répartition des rôles qui prolétarise l'artisan rural et limite, dans l'échange, la part du marchand-tissier est l'aboutissement d'un processus. Parfois, les fonctions de fabricant et de négociant se sont confondues, donnant naissance à un entrepreneur. En d'autres lieux, l'évolution s'est, pour ainsi dire, arrêtée en chemin. Les paysans-producteurs ont gardé l'accès au marché où les fabricants leur achètent toiles ou draps. Ces « petites étoffes » du Languedoc, ces « bretagnes » de Saint-Brieuc ou ces toiles de Voiron, une fois apprêtées, sont expédiées à des négociants de Montpellier ou de Toulouse, à des armateurs de Saint-Malo, à des maisons lyonnaises. Faute d'un véritable négoce sur les lieux de production, le contrôle marchand est différé ; la pyramide sociale est incomplète (Serge Chassagne). Les campagnes se prolétarisent-elles en s'industrialisant ?

Le sens de l'évolution, telle que l'a dessinée Franklin Mendels, conduit en effet à paupériser sur place les paysans-tisserands qui dépendent d'une façon croissante de l'emploi proto-industriel. Celui-ci entretient la surcharge démographique, aggravant ainsi la précarité de vie des familles et affaiblissant leur capacité de résistance aux exigences de l'employeur. Incapables de garder quelques terres ou d'acquérir un lopin, les tisserands des Mauges, à la fin du XVIIIe siècle, ou ceux du Perche sont presque entièrement liés aux fluctuations de l'emploi textile. Pour eux, les travaux des champs ne sont plus qu'un appoint. Ces ouvriers de la campagne sont au bas de l'échelle villageoise. « Ils n'ont que quelques méchants meubles », écrit en 1698 un avocat lavallois, Leclerc du Flécheray. Contrats de mariage et inventaires confirment la pauvreté du groupe, ainsi dans la région de Cholet. Ces traits ne sont pas propres aux toiles ni à l'Ouest profond. La manufacture rurale d'Amiens repose, aux XVIIe et XVIIIe siècles, sur une couche de sergers de villages, presque totalement démunis. Ils ne sont souvent même pas propriétaires de leur métier qui appartient au marchand-fabricant.

Le système proto-industriel est générateur de dynamique sociale et pas seulement de paupérisation. La ruralisation de l'activité textile a eu aussi ses gagnants, profiteurs marginaux sans doute de ce grand ébranlement, toujours sous la menace d'un revers de fortune, mais gagnants tout de même. Voici Louis Caron, serger près d'Amiens. À sa mort, en 1737, il ne laisse pas une succession dérisoire, comme tant d'autres façonniers. En effet, ses meubles atteignent une valeur de 786 livres. Au côté des instruments nécessaires à son activité principale, figurent, nous dit Pierre Deyon, les éléments d'un petit patrimoine agricole – une vache, quatorze moutons, une bourrique, sept poules et deux journaux de terre portant blé et trèfle. Ce serger est, en outre, locataire de trois autres journaux. Bien qu'il ait été sérieusement endetté auprès du marchand, pour fourniture de laine, notre artisan semble avoir conservé un minimum d'autonomie, ce qui n'est pas une petite victoire. L'étude du milieu des mulquiniers du Saint-Quentinois, au XVIIIe siècle, fournit d'autres exemples de résistance, voire de succès. En examinant les transactions foncières de quelques villages où ces tisserands de lin sont nombreux, de 1750 à 1783, Didier Terrier a constaté que leur patrimoine avait globalement résisté à l'hégémonie des laboureurs. Ils forment une sorte de classe moyenne villageoise, très sensible, évidemment, à la conjoncture textile, mais capable, en définitive, d'en tirer le meilleur parti. Deux voies d'ascension s'ouvrent alors, vers le statut de laboureur ou vers celui de marchand-mulquinier. Peu y parviennent, quelques-uns régressent. La majorité s'en tient à ce point d'équilibre où le travail industriel saisonnier et non exclusif complète utilement les ressources de la terre. La qualité du produit en jeu – les batistes – est certainement un atout précieux pour la conquête de l'autonomie. Mais d'autres facteurs interviennent, dont un comportement démographique avisé, qui fait défaut ailleurs. En somme, si la proto-industrie a un effet conservateur sur le peuplement des campagnes, elle y suscite aussi une forte différenciation sociale.

L'évolution de la manufacture urbaine

Fabricants et marchands

La proto-industrie textile est aussi une affaire urbaine. Près de la moitié de la population active d'Amiens, au XVIIe siècle, est occupée par la « manufacture ». Reims compte alors près de 1 300 métiers, et Beauvais, environ 500. Lyon, au XVIIIe siècle, est une ville industrielle grâce à la soie, qui emploie 30 000 personnes. À plus petite échelle, cette densité reste spectaculaire : il y a 400 ouvriers toiliers vers 1780 à Mamers.

Cette force de travail est encadrée. En ville, l'élaboration du tissu dépend du système plus ou moins contraignant des communautés de métiers. Généralement, les autorités royales et échevinales n'ont fait que codifier et renforcer les solidarités nées au Moyen Âge. La communauté a un triple rôle de représentation, de défense et d'arbitrage. L'essentiel, pour elle, est de maintenir les équilibres. Cela signifie aussi bien lutter contre les forces centrifuges qui menacent son monopole – d'où l'opposition de la fabrique de Lille, jusqu'en 1762, aux tentatives d'autonomie de Roubaix et de Tourcoing – que de limiter le nombre de métiers par maître (pas plus de quatre chez les canuts lyonnais) pour éviter des concentrations perturbatrices. Toutefois, entre l'institution efficace des drapiers d'Elbeuf et la cohésion fictive de ceux de Mazamet, il y a place pour un grand éventail de situations. Partout néanmoins, l'atelier artisanal forme l'unité de base. Un maître y travaille, entouré de compagnons, d'apprentis et d'auxiliaires. Cette dernière catégorie, majoritaire dans les étoffes de soie, comprend les femmes et les enfants des maîtres, des « servantes » et d'autres ouvriers. Qu'ils aident aux métiers ou qu'ils soient confinés dans des tâches de préparation plus obscures, ces travailleurs sont en marge de la hiérarchie fondamentale à trois niveaux qui structure la profession. D'abord, l'apprentissage. Sa durée moyenne est de trois ans. C'est le premier filtre. Si le jeune, nourri et logé, cesse d'être à la charge de sa famille, il ne lui rapporte rien tant que dure l'apprentissage. En outre, il doit acquitter une taxe d'entrée, éventuellement un droit chaque année. Le maître qui le recrute n'est ordinairement autorisé à accueillir qu'un apprenti à la fois. Le fils est prioritaire, bien sûr. N'y en a-t-il que pour lui ? À Amiens ou à Elbeuf, le recrutement familial tend à devenir la règle, au XVIIIe siècle, alors qu'à Valenciennes ou à Lyon ce ne sera jamais le cas. Mais l'inégalité des chances réapparaît, de façon décisive, à l'étape suivante. Une fois devenu compagnon, vers dix-sept/dix-neuf ans, le jeune tisserand passera très difficilement à la maîtrise, s'il n'est pas un « héritier ». À Amiens, par exemple, son avenir est bouché. Les familles se referment sur elles-mêmes. Parmi les mulquiniers de Valenciennes, 87 % des fils de maîtres accèdent à la maîtrise, contre 35 % pour les autres. Les droits à acquitter varient dans la proportion de 1 à 6, selon l'origine. D'autres obstacles financiers parsèment le chemin. Dans la mesure où le délai d'attente s'accroît démesurément au-delà des traditionnels cinq ans de compagnonnage, il se crée une strate professionnelle sans horizon de promotion sociale. En revanche, chez les canuts lyonnais, l'état de compagnon demeure transitoire ; c'est une tranche d'âge et non un statut définitif. « Le motif de celui qui se destine à un métier est d'y travailler non pas comme ouvrier toute sa vie mais comme maître », expliquent des maîtres lyonnais, en 1761.

Nulle cassure entre maîtres et compagnons. L'adversaire commun est le négociant. Là où les compagnons sont maintenus dans une situation subalterne, l'atelier devient un lieu de conflit. À Amiens, les grèves, appuyées par les confréries, se multiplient entre 1620 et 1635. Elles sont particulièrement violentes vers 1721-1727. La communauté des maîtres et des compagnons masque mal l'affrontement des salariés contre les patrons.

En dépit des interdits corporatifs, la concentration de l'outillage gagne du terrain dans bien des villes drapantes. Dès 1680, les ateliers amiénois qui comptent plus de six métiers groupent 40 % de l'équipement total de tissage. Vingt ans plus tard, certains ouvroirs abritent plus de trente « estilles ». S'il ne peut tout tenir chez lui, le propriétaire des métiers en installe chez d'autres ; la concentration horizontale n'est pas synonyme de rassemblement localisé des moyens. La tendance s'accentue au XVIIIe siècle à Amiens : en 1784, vingt-cinq fabricants ont plus de vingt métiers et cinq, plus de cinquante. Les députés du commerce de la ville avaient par avance légitimité le mouvement. « Ce serait borner l'industrie du fabricant, déclaraient-ils en 1716, et le gêner si on lui limitait le nombre de métiers. Non seulement un fabricant peut avoir chez lui autant de métiers qu'il le juge à propos, mais encore il peut en établir ailleurs ; la liberté est ce qu'il y a de plus avantageux pour les fabriques. » La réglementation échoua donc à freiner la concentration au stade du tissage ; elle y réussit mieux pour la concentration verticale qui aurait réuni sous un même contrôle les principales étapes de la fabrication. En allant du tissage vers l'amont, c'est-à-dire vers le filage, les tentatives d'intégration n'ont pas eu de succès. Autant que les interdits, le manque de capital a pesé contre ces initiatives. En aval, pour teindre les draps ou blanchir les toiles, les maîtres tisserands passent aussi le relais. L'élaboration ultérieure du produit leur échappe. À nouveau, la mise de fonds nécessaire excède les moyens et peut-être l'ambition des fabricants. En revanche, les grands manufacturiers de draps fins du XVIIe siècle ont pu, avec ou sans privilège, établir leur loi sur le tissage, en partant des opérations d'apprêt qu'ils avaient concentrées dans leurs manufactures. À Sedan, les sept plus gros drapiers appesantissent ainsi leur emprise au long du XVIIIe siècle. Ils occupent 50 % des métiers en 1731 et près de 77 % en 1774. La maison de fabrique, les succursales et les ateliers dépendants constituent un réseau manufacturier, une véritable entreprise industrielle.

La fabrique des étoffes de soie de Lyon – que l'on appelle simplement la Fabrique – est le modèle achevé du clivage socioprofessionnel qui sépare artisans et marchands, de la subordination de l'atelier au négoce. La catégorie intermédiaire des « maîtres-ouvriers-marchands » qui travaillent à leur compte, au XVIIIe siècle, ne brouille pas vraiment l'image du peuple des canuts face à l'aristocratie des négociants. « Nous ne sommes pas nés pour faire des fortunes, on n'en voit aucun exemple dans notre état, mais nous devons tirer quelque avantage d'un travail pénible et assujettissant. » Ce propos de maîtres-ouvriers, à la mi-XVIIIe siècle, semble plus fondé que les descriptions misérabilistes d'ouvriers condamnés « à ne se repaître que des rebuts dédaignés par l'aisance », « couverts de haillons », dans « leurs réduits dévastés ». La valeur moyenne des apports au mariage est, selon Maurice Garden, de 373 livres pour les compagnons et de 678 livres pour les maîtres. Si l'on s'en tient au groupe médian, 40 % des deux catégories sont situés dans la tranche de fortune comprise entre 100 et 500 livres. En résumé, c'est la médiocrité qui domine. Viennent les crises, et la pauvreté s'installe, comme en 1709, 1756, 1766, etc. Les dettes s'accumulent et, avec elles, la dépendance à l'égard du maître-marchand. Le lot ordinaire de ces ouvriers n'est pas la misère, mais la précarité. Presque tous travaillent à façon pour les maîtres-fabricants – entre 200 et 400 pendant notre période –, mi-manufacturiers, mi-négociants. Ils organisent en effet la production en avançant la matière première aux artisans, en passant les commandes, en fixant les normes et les prix. Disposant d'un fonds de modèles et de dessins, souvent associés à un dessinateur, ils méritent bien le titre d'« industriels sans usine ». La production ainsi collectée est vendue par leurs soins à la clientèle ou à des commissionnaires qui contrôlent en particulier les marchés étrangers. À l'intérieur de ce groupe, une poignée se détache : une cinquantaine d'entre eux, à la fin du XVIIIe siècle, assurent la moitié de la production de la Grande Fabrique. En 1744, un règlement qui établit une séparation nette entre les chefs d'atelier et les marchands provoque une émeute, en vain. Autonomie et ascension sociale ne sont plus que des rêves. Dans la manufacture nîmoise de la soie, le Parlement de Toulouse prend acte, en 1761, d'un semblable partage. Il ordonne que marchands et maîtres-ouvriers constituent deux communautés distinctes. La première s'intitule « corps des marchands faisant fabriquer les étoffes de soie », la seconde, « corps des maîtres-ouvriers fabriquant les étoffes de soie à façon pour le compte d'autrui ». Le fabricant nîmois, qui doit généralement louer son métier, est obligé de suivre des normes rigoureuses, en matière de tissage et de dessin. Il ne possède pas l'outil, il est dessaisi de la compétence ; il n'est qu'un simple exécutant.

Le grand négoce des toiles fait contraste avec celui des soies. Il n'intègre pas la production ni n'intervient dans le processus, sauf au moment crucial du blanchiment. Les principales maisons sont propriétaires de blanchisseries, tel Nicolas Danse, à Beauvais, à la mi-XVIIe siècle, ou René Cohin à La Ferté-Bernard, à la fin du XVIIIe siècle. Mais les Charpentier, de Saint-Quentin, se contentent de donner à blanchir, fuyant ainsi toute forme d'immobilisation. Il n'y a pas de subordination directe des tisserands de la ville et de la campagne, mais un rapport marchand. Ce qui est vrai pour le lin du Nord et de l'Ouest vaut aussi pour le chanvre de Voiron, où s'illustre Claude Perier, à partir de 1750. Dans l'industrie de la laine, les marchands tiennent les maillons décisifs du foulage, des apprêts, de la teinture. Mais leur hégémonie, dans les villes drapières, est également fondée sur le contrôle de la laine et du crédit. En fournissant le fil aux tisserands et en leur avançant l'argent, ils dominent la filière. Quand le milieu des fabricants s'est différencié, comme à Amiens, les entrepreneurs de tissage peuvent résister au capitalisme commercial, voire tenter de s'y introduire. Mais la masse des façonniers – les six cents tisserands de Mazamet, par exemple – est à la merci du négoce. Comment fabriquer des pièces de 40 mètres sur 2, qui exigent quinze jours de travail, et vivre en attendant la vente, sans une avance d'argent ? On comprend la véhémence d'un mémoire remis à Colbert. Tout le négoce d'Amiens, y est-il dit, est aux mains de quelques familles « qui, depuis quinze ou vingt ans, ont fait des fortunes immenses et qui s'engraissent aux dépens des artisans ». Un siècle plus tard, ils ne sont que dix-sept, dont beaucoup sont parents ou alliés, à diriger le commerce des draps de la capitale picarde. Ces fortunes accumulées dans le négoce se diversifient au fil des années. Le placement foncier, sécurité et prestige obligent, est une orientation fréquente. C'est pour l'avoir négligé que les Charpentier disparaîtront sans gloire dès la deuxième génération. Un Louis de Villers, grand marchand d'étoffes amiénois du début du XVIIe siècle, ou les Danse et les Cohin, se sont constitué de solides propriétés terriennes, en y ajoutant d'ailleurs – marque de leurs racines urbaines – de nombreuses maisons. En même temps que l'argent viennent les honneurs. Les charges d'échevins qui échoient à ces négociants sont certes une reconnaissance de notabilité ; elles figurent aussi parmi les moyens du contrôle social. Enfin, si bien de ces affaires tournent court, celle des Motte à Beauvais, par exemple, d'autres donnent naissance à des entreprises industrielles. L'accumulation primitive du capital dans le négoce permet à Morin, de Dieulefit, à Daly, de Crest, ou à Claude Perier, pour nous en tenir au Dauphiné, de fonder des manufactures textiles concentrécs. Du bon usage de la proto-industrie.

La proto-fabrique

En 1708, Josse Van Robais explique à un correspondant que cela a été une erreur de répandre la fabrique « par toute la ville » et qu'il s'emploie à tout réunir sur un même terrain. « La construction de ces bâtiments et ateliers, ajoute-t-il, nous donne sans doute beaucoup de facilité pour la dernière perfection de nos marchandises, en ayant tout ce qui en dépend sous nos yeux et généralement tous les ouvriers rassemblés sous une même clé. » C'est résumer excellemment les avantages de la manufacture concentrée, de la proto-fabrique, selon l'expression de Freuenberger et de Redlich. Ici, en effet, nulle mécanisation du travail, qui reste manuel, ne justifie la concentration ouvrière. Seules comptent l'efficacité de la surveillance et l'économie qui en résulte. Encore faut-il discipliner la main-d'œuvre. La « consigne au portier » rédigée par Oberkampf en 1812, énonce les nouvelles règles : Article 1er : « Le portier n'ouvrira son guichet le matin qu'un quart d'heure avant de sonner la cloche et la grande porte seulement pendant l'intervalle de la cloche [...] ; après quoi il la refermera de suite et tiendra rigoureusement à l'ordre de ne laisser entrer aucun ouvrier qui viendra plus tard [...]. Article 2 : La grande porte restera fermée toute la journée, excepté pour l'entrée et la sortie des ouvriers et pour la circulation des voitures. Article 3 : Aucun ouvrier ne doit sortir avant l'heure sans un permis de son contremaître, qu'il doit déposer entre les mains du portier en sortant. Le portier inscrira sur un registre les noms de ceux qui sortiront sans permis, et la liste en sera donnée tous les mois au caissier pour leur faire à la paye la retenue du temps perdu [...]. Article 5 : Le portier ne laissera rien sortir par aucun ouvrier sans un permis qu'il retiendra ; ce permis doit indiquer le nom de l'ouvrier, l'objet qu'il emporte et le nom du chef qui l'a donné. » Assiduité, ponctualité, honnêteté, tels sont les signes extérieurs du respect de la morale industrielle. Pour « fabriquer des prolétaires », il ne suffit certes pas d'obtenir d'eux ce comportement soumis (Alain Dewerpe et Gaulupeau). Mais cette longue marche de la domestication est un préalable. Il n'est pas indifférent de savoir que le maître de Jouy-en-Josas a été, au début, son propre portier.

Draps fins et manufacture concentrée sont presque synonymes aux XVIIe et XVIIIe siècles. La proto-fabrique, en aval de la filature dispersée, s'est imposée comme la formule la plus efficace. Puisque la qualité des marchandises était la raison même de ces entreprises, il apparaissait judicieux de contrôler directement, en les réunissant dans un local, les opérations les plus « sensibles ». Le tissage entrait-il dans cette définition ? Il est intégré à la manufacture d'Abbeville (1666), mais reste à la périphérie de celle du Dijonval (1646). En tout cas, la préparation des laines et les apprêts finaux figurent toujours dans la maison de fabrique. Celle-ci, en ville, n'atteint pas son plein développement sans encombre ; question d'argent, question d'espace.

Le cas de Villeneuvette, près de Clermont-l'Hérault, est atypique. Cette manufacture, créée en 1675 avec l'appui de Colbert, a en effet été implantée en milieu rural. Elle a groupé, dès l'origine, toutes les séquences de la production, filage compris. Pour fixer la partie la plus qualifiée de la main-d'œuvre, des logements furent construits. Vers 1730, le quart des ouvriers habitaient sur place. La physionomie de l'ensemble le confirme : nous sommes ici en présence d'un village-manufacture. En dehors de ces manufactures, privilégiées pour la plupart, qui marquent la renaissance de la production drapière de qualité dans la seconde moitié du XVIIe siècle, la solution de la proto-fabrique a été retenue par l'industrie du coton, de manière éclatante, au XVIIIe siècle. La première vague, entre la Régence et 1760, est composée d'une dizaine de manufactures royales de tissage. Les plus notables et les plus durables, comme Darnétal (1746) ou Saint-Sever (1752), ont été établies en Normandie, région pilote de la nouvelle fibre. Le souci de la qualité n'a pas été déterminant. C'est plutôt l'économie d'échelle qui a pesé, ainsi que les perspectives de profit. Il est tentant – quand on sait pouvoir bénéficier des exemptions et gratifications royales – de se constituer une force productive de plusieurs dizaines de métiers. L'autre épanouissement de la manufacture concentrée, dans le secteur cotonnier, se situe vers 1760-1780. Depuis l'automne de 1759, l'indiennage n'est plus interdit en France. Quelques manufactures avaient été établies sans attendre. Désormais c'est une lame de fond qui pousse la fabrique des toiles peintes ; la France en compte 170 en 1780. Le pôle normand est fort bien garni. Entre Rouen et Bolbec, il y a deux manufactures en 1763, vingt en 1775, cinquante en 1785. Paris et sa région attirent également les capitaux et les initiatives. La saga des toiles de Jouy commence en 1760. Autre région d'indiennage, l'Alsace. La proximité des manufactures dynamiques de l'enclave mulhousienne et de Neuchâtel est un puissant stimulant. Trois firmes se détachent, aux environs de Colmar : Wesserling (1762), Logelbach (1775) et Munster (1777). Il faudrait citer aussi les implantations le long de l'axe ligérien (Angers, Nantes, entre autres) et de l'axe rhodanien (Lyon, Valence, Orange…) sans oublier l'installation par Claude Perier en 1780 d'une fabrique de toiles peintes au château de Vizille. L'impression des toiles de coton se pratiquait dans des ateliers artisanaux, avant la prohibition de 1686. L'ampleur du marché et le coût croissant des matériels incitent les nouveaux indienneurs à grouper outillage et compétences, en constituant des entreprises intégrées qui transforment les toiles blanches en marchandises de haute qualité. Par là, ils rejoignent la démarche des grands manufacturiers de draps du XVIIe siècle, à une plus large échelle.

Pour former et soutenir une manufacture, il faut d'abord apporter des fonds. Le milieu du grand négoce y est prêt. Les marchands proposent leurs moyens, leur réseau, leur crédit. Paris, bien sûr, fournit son contingent d'entrepreneurs : Nicolas Cadeau, cofondateur du Dijonval, y était marchand-mercier, comme Denis Rousseau, autre drapier sedanais ou Gilbert Paignon, promoteur de la manufacture de draps de Montmirail dont le fils reprend Dijonval en

1711. Le centre d'affaires lyonnais soutient aussi des entreprises textiles dans sa zone d'influence. La manufacture de draps de Vienne, dont l'histoire cahotique commence en 1721, est très vite prise en main par trois marchands-drapiers lyonnais dont Claude Charvet, qui lui fera sa réputation. Jusqu'à la fin de l'Ancien Régime, cette entreprise sera épaulée avec constance par des maisons de Lyon. À Wesserling, après un début difficile, l'équilibre est trouvé par l'alliance du négociant mulhousien Nicolas Risler et de deux grandes maisons suisses, Picot, Fazy, Senn et Bidermann, de Genève, Pourtalès et compagnie de Neuchâtel. Les financiers de l'Ancien Régime, officiers, fermiers généraux et autres « publicains » (Daniel Dessert) ont concouru aussi au lancement des manufactures textiles. L'opération la plus significative, de ce point de vue, est le financement en Languedoc des manufactures de draps fins de Saptes (1666) et de Villeneuvette (1675). Samuel Daliès de La Tour et Pierre Louis Reich de Pennautier, trésorier des États de Languedoc, soutenaient la première entreprise tandis qu'André Pouget, directeur général des gabelles du Languedoc, et d'autres financiers montpelliérains appuyaient la seconde, puis en prenaient le contrôle. La part prise par le négoce et la finance dans la commandite des manufactures de draps ou de coton ne représente pas la totalité de leur contribution à la marche de ces établissements. Car ceux-ci sont à la recherche d'avances qu'ils sollicitent de ces mêmes milieux. La manufacture royale des draps de Reims, par exemple, obtint, dans les dernières années du XVIIe siècle, un apport de 200 000 livres du traitant Choppin de Beaulieu. Associés ou simplement intéressés, ces gens d'affaires se trouvent être parfois parents ou alliés des entrepreneurs. C'est une constante du système industriel français que la collecte des capitaux à l'intérieur du réseau familial. L'homogamie socioprofessionnelle consolide ou prépare des relations financières et commerciales. Que Claude Perier soit le beau-frère du négociant lyonnais Camille Jordan est un atout important pour le Dauphinois. De même, la stratégie matrimoniale des Poupart de Neuflize, au XVIIIe siècle, a certainement aidé à la réussite de cette dynastie sedanaise. Gérard Gayot relève qu'elle a établi des liens « avec le négoce de Paris (Girardot), de La Rochelle (Bonfils) et de Saint-Quentin (De Vâtre, Fromaget), avec la draperie sedanaise (Labauche, Larrivée, Béchet) et avec la haute banque parisienne (Cottin, Tassin, Girardot) ».

Évoquant son père dans le « livre de famille », Jean-Abraham André Poupart écrit qu'il était « bon fabricant » et « grand négociant ». Cette heureuse conjonction n'est pas ordinaire. Dans une branche d'industrie qui réclame de ses entrepreneurs une solide culture technique, voire des dispositions artistiques, la règle est l'association du capital et du savoir-faire. Ainsi Josse Van Robais, directeur d'une manufacture dans l'île de Walcheren, en Zélande, valorise-t-il par son expérience l'argent que le roi, le fermier général Pollart et le banquier protestant Guiguer lui confient. Le mécanicien anglais John Holker ne put créer à Saint-Sever sa manufacture de velours de coton que grâce aux capitaux de ses associés. Il se disait lui-même « entrepreneur principal et conduisant tout », mais devait néanmoins prendre l'avis de ses financeurs avant de lancer de nouveaux projets. Il eut à déplorer leur résistance. « Malgré leur bonté, disait-il à Trudaine, ils sont tous attachés à leur argent. » Christophe-Philippe Oberkampf, d'une famille de teinturiers du Wurtemberg, dut trouver un partenaire fortuné lorsqu'il voulut s'installer à son compte à Paris (Serge Chassagne). Ce soutien indispensable au succès de la manufacture de Jouy eut des conséquences fâcheuses pour le jeune indienneur. Par suite de manœuvres diverses, il fut pratiquement évincé de son entreprise en 1762. Il y revint en force, deux ans plus tard, grâce à un autre associé, Sarrasin-Demaraise. Cette fois, la société paraissait bien assise. Pourtant elle sera rompue, en 1789, du fait d'Oberkampf, soucieux de l'avenir de sa famille.

Les mésaventures d'Oberkampf ont été le prix qu'il a dû payer pour allier un capital-argent à son capital-technique. La première société, en 1762, s'était constituée sur la base de 50 000 livres. La barre était déjà trop haute pour qu'un technicien pût s'installer sans secours extérieur. Les dimensions de l'entreprise, à son début, étaient-elles excessives ? Pour une indiennerie, il ne semble pas. Vers 1760-1770, le capital fixe d'entreprises analogues avoisinait 20 000 livres pour les bâtiments et le terrain, 10 000 livres pour l'outillage. Quant au capital circulant, composé des « drogues » (couleurs), toiles blanches et imprimées, il est beaucoup plus considérable, compte tenu de la longueur des circuits d'approvisionnement et du processus de fabrication. À la manufacture de Tournemine (Angers) en 1769, sa valeur est le triple de celle des immobilisations. Le capital réuni dans la première entreprise de Wesserling, en 1762, se montait à 130 000 livres. Les grandes manufactures de draps fins exigeaient aussi une forte accumulation préalable : la société Cadeau à Sedan a déjà, en 1675, un capital de 270 000 livres. La mise de fonds n'allait pas sans risque. La démographie des proto-fabriques, qui reste à faire, laisse apparaître des ratages nombreux, en dehors des maladies infantiles qui ont affecté quelques-unes de celles qui devaient survivre. Mais le profit peut être superbe, surtout dans le secteur récent de l'indiennage. Dès les premières années, la manufacture de Jouy est une magnifique affaire. Le bénéfice annuel est de 60 000 livres en 1762 et 1763, de 159 000 livres en 1764-1769. Entre-temps, le capital social a été porté à 765 000 livres. Sur cette base, le bénéfice moyen annuel des vingt années qui suivent – jusqu'à la dissolution de la société Oberkampf-de Maraise – est de 33 %. Les toiles imprimées n'ont pas le monopole des réussites industrielles. Il s'est fait aussi de belles fortunes à fabriquer du drap. Une indication parmi d'autres : à son mariage en 1710, André Poupart apportait 10 000 livres ; son petit-fils Jean-Abraham André, en 1781, en aura 442 000. L'argent n'est pas inconsidérément dépensé. Qu'ils soient de religion protestante, comme Oberkampf ou les Poupart, ou catholique, nos industriels ont une éthique de l'investissement productif. L'entreprise, première servie. On ne refuse pas de placer quelques fonds au-dehors, soit dans la spéculation commerciale, comme les Van Robais, soit en achetant maisons et terres, à l'image des Poupart. Dans ce dernier cas, il s'agissait à la fois de « lester » une fortune trop mobilière et de tenir son rang, sans ostentation ni gaspillage.

Les ouvriers de ces manufactures concentrées font nombre, à l'échelle de la cité, sans parler des proto-fabriques du plat pays. Les Van Robais réunissaient entre 1 500 et 1 800 employés à la manufacture de Rames, cas extrême à vrai dire. Mais, à Saptes et à Villeneuvette, il y en avait de 600 à 700. L'indiennage rassemblait aussi des effectifs importants : entre 800 et 900 personnes travaillaient à l'intérieur des manufactures de Wesserling et de Jouy. Les établissements de tissage de coton tenaient en général 300 ou 400 ouvriers dans leurs murs. De cette population ouvrière, on connaît essentiellement, avec quelque détail, les employés des manufactures d'indiennes. Très peu d'enfants de moins de douze ans figurent à l'effectif. Voilà un élément distinctif de la proto-fabrique par rapport à l'usine mécanisée ultérieure. Les postes de travail disponibles à Jouy ou à Wesserling reposent soit sur l'usage de la force physique, soit sur un minimum de savoir-faire. Il en va de même dans les manufactures de draps fins. Les enfants présents, hormis des « gamins » pour des tâches périphériques, ont au moins douze-quatorze ans, l'âge de l'apprentissage. Les femmes, en revanche, constituent une part importante du total, 40 % en moyenne chez Oberkampf. Elles occupent surtout des emplois de manutention – laver, étendre, emballer les toiles – et de précision, tel celui de « pinceauteuses » (retoucheuses) ou de « picoteuses », qui réalisent les fonds « sablés » des pièces. C'est un travail méticuleux mais peu qualifié. La division sexuelle du travail recoupe largement l'opposition, qui structure cette main-d'œuvre, entre qualifiés et non-qualifiés, bien qu'il ne faille pas oublier le renfort nécessaire des journaliers. Au sommet de la pyramide, les commis et techniciens jouissent de hautes payes et d'emplois sûrs. Ainsi les dessinateurs, maîtres graveurs, maîtres imprimeurs, selon la hiérarchie descendante, forment-ils, à Jouy, avec les commis, une aristocratie dont les salaires sont de cinq à quinze fois supérieurs à ceux des autres ouvriers. Les politiques salariales sont diverses, si l'on compare Jouy, Tournemine ou les manufactures de Rouen. En outre, l'entrepreneur apprécie les capacités, l'expérience de tel ou tel individu et non pas d'une catégorie professionnelle. Le talent d'un graveur ou d'un coloriste mérite (sur)salaire. En fin de compte, ces métiers de l'indiennage s'apparentent beaucoup au monde des arts. Mais quelles que soient les pratiques, un intérêt commun conduit les entreprises à « fidéliser » leurs meilleurs techniciens. Le recrutement d'origine s'est fait dans les régions où l'impression sur toiles était la plus avancée, ce qui explique la prédominance des Suisses (de Berne, de Neuchâtel ou de Schaffhouse) dans les emplois les plus qualifiés. En fait, on pourrait presque dire : des Suisses recrutent des Suisses, tant sont nombreux les premiers entrepreneurs ou directeurs de cette provenance. Ils affluent aussi chez Oberkampf, qui se souvient de son apprentissage en Argovie. Jouy de la première époque, ce sera un peu Aarau-en-Josas (Serge Chassagne). L'appel aux techniciens étrangers n'est pas une caractéristique de l'indiennage. Il est le passage obligé du transfert des innovations. John Holker, personnage aux multiples facettes, est peut-être surtout un extraordinaire agent recruteur de tisserands, apprêteurs et mécaniciens anglais pour le compte de l'État français. De même, quand il fallut donner toutes ses chances à l'industrie du drap fin, on se tourna naturellement vers les Hollandais. Josse Van Robais se fit, bien entendu, accompagner de compatriotes, mais à Sedan comme à Villeneuvette ou à Pont-de-l'Arche (pour les fileuses), ils furent également nombreux. Étrangers de langue et de religion, ces experts étaient-ils perçus comme radicalement autres, à la fois différents et dominants ? On ne connaît pas assez le quotidien de ces entreprises pour saisir les attitudes, les points de vue. Le processus d'acculturation de la main-d'œuvre autochtone ne nous est pas davantage perceptible. Pourtant, chacune de ces manufactures a dû, à son rythme, passer d'un recrutement à l'autre, faire transmettre les savoir-faire. Le choix d'Oberkampf, rapidement, est de recruter, dans un rayon restreint, des jeunes gens, pour la plupart fils de journaliers, qu'il forme en huit ans. C'est un investissement de long terme qui fournira à la manufacture un noyau stable de travailleurs très qualifiés. Des dynasties ouvrières ont alors pris naissance.

Il était nécessaire d'inventer de nouvelles méthodes de gestion et de contrôle pour faire travailler efficacement ces centaines de salariés. On a dit la clôture et les règles ; il convient d'évoquer maintenant le rôle des contremaîtres. Un texte des fabricants de draps de Louviers, en 1785, bien que volontairement dépréciatif, éclaire leur fonction de relais. « Les contremaîtres sont des commis à gage dont l'état diffère peu de celui des ouvriers de la classe desquels on les tire presque toujours ; ce sont des machines passives faites pour recevoir l'ordre et l'aller distribuer dans les ateliers soumis à leur inspection ; jamais de vues, jamais d'idées, jamais de travail en chef. Souvent, ils sont placés dans une manufacture de manière à ne voir qu'un très petit coin du tableau. » Surveiller et coordonner la production est d'autant plus indispensable qu'elle reste fragmentée. L'unité de base est la « table » dans les manufactures d'indiennes, la boutique (ou à nouveau la table) dans les manufactures de draps. La disposition des lieux – ateliers juxtaposés ou pièces sans cloisons – influe notablement sur la bonne marche de l'ensemble, y compris sur la discipline du travail. La présence d'une couche d'intermédiaires lubrifie le système et en améliore le rendement.

Les deux tiers, au moins, de l'effectif des ouvriers de l'indiennage fournissent un travail peu ou pas qualifié. Ces auxiliaires, nombreux pour le traitement des toiles après impression, sont dits « journaliers », « ouvrières » dans les dénombrements et registres paroissiaux. Ils exercent pourtant des fonctions précises, telle que préparer le mordant pour la fixation des couleurs (tireur) ou battre les toiles à la rivière. Malgré cela, ils se fondent, au regard de l'observateur extérieur à la fabrique, dans la masse indifférenciée des salariés sans formation préalable. Ils ne peuvent espérer aucun contrat qui les pérenniserait dans l'entreprise. Recrutés selon les besoins, ils sont renvoyés si le travail manque. La distance est grande entre l'élite technicienne et ces prolétaires voués à la précarité. La proto-fabrique cotonnière entretient donc un dualisme fort à l'intérieur du groupe ouvrier. Par comparaison, le personnel des manufactures de draps est plus homogène et autrement structuré. Les métiers réunis sous un même toit, tisserands (chez Van Robais), tondeurs, laineurs, etc. ont gardé une certaine autonomie dans la division du travail – entre l'apprenti et le compagnon – dans les conditions de l'embauche aussi. Entre 1686 et 1716, à Amiens, entre 1698 et 1750, à Sedan, une épreuve de force en plusieurs épisodes aboutit à la défaite – définitive ? – des ouvriers. Que voulaient-ils ? À la manufacture Van Robais, les tisseurs exigeaient d'être maintenus dans l'emploi et non soumis aux fluctuations du marché des étoffes. Deux mois de grèves, après des années de « cabale », se soldèrent par la complète victoire du maître. À Sedan, l'action fut conduite par les tondeurs. L'enjeu était la liberté pour les maîtres d'employer éventuellement des tondeurs « forains », hors de la filière corporative, et de « régler la quantité d'ouvriers sur le travail général de toute l'année ». Plus qu'une question de salaires – qui étaient indirectement mêlés au débat –, c'était une question de pouvoir. Selon le mot de l'inspecteur des manufactures lors de la crise finale (1748-1750), « les tondeurs veulent se choisir eux-mêmes ceux qui auront inspection sur leurs ouvrages et ils s'érigent en arbitres des apprêts. Peut-on porter l'insolence plus loin ? » Choisir les contremaîtres, « se rendre maîtres de leurs maîtres eux-mêmes », voilà, vu des autorités et des entrepreneurs, le défi ouvrier. Les ouvriers sont faits pour la manufacture et non la manufacture pour les ouvriers. Van Robais avait défini ainsi les logiques contradictoires qui s'affrontaient en 1716 dans sa manufacture. Chacun des chefs de proto-fabrique en avait-il une aussi claire conscience ? Le récit, par Gérard Gayot, de la « longue insolence des tondeurs de draps » à Sedan, qui culmine dans une grève perdue de quarante-trois jours, en 1750, montre les hésitations, voire le jeu trouble de certains drapiers. Comme si les calculs individuels, les antipathies (ce sont des entrepreneurs protestants qui sont en première ligne), les solidarités verticales obscurcissaient les données fondamentales du combat. Du côté des pouvoirs, la nécessité du maintien de l'ordre primait tout autre considération. L'arrêt du Conseil du 29 mai 1749, « portant règlement pour les compagnons et ouvriers qui travaillent dans les fabriques et manufactures du royaume », donne entièrement raison aux employeurs. Il rappelle que les ouvriers ne peuvent quitter leur maître sans un congé écrit ni s'assembler « sous prétexte de confrairie ». Quant aux maîtres, ils peuvent recruter « telles personnes qu'ils aviseront bon être » (règlement de juin 1750). Le nouveau point d'équilibre, défini par l'État, traduit le progrès des entrepreneurs dans le contrôle réel de leur affaire. On assiste finalement à l'approfondissement parallèle de deux apprentissages, celui du métier de patron, celui de la condition d'ouvrier.

La fabrication des tissus, dans le système proto-industriel, sollicite beaucoup de métiers distincts. Mais seul le négociant tient les deux bouts de la chaîne. Il contrôle l'approvisionnement en matière première : plus la collecte s'étend, plus s'affirme son pouvoir. Il procure aussi des débouchés à ceux qui fabriquent ; la commande ne leur parvient que par son intermédiaire. L'évolution capricieuse des marchés oblige à la plus grande souplesse dans l'organisation de la production. Temps de presse et temps d'inactivité se succèdent. Il faut savoir suivre les besoins et les goûts ou, mieux, les anticiper. La ruralisation sous domination marchande a été la réponse adaptée. Elle a été la conséquence de la misère agricole et, en partie, sa solution.

La ville a gardé les séquences clés du travail, c'est-à-dire les apprêts et les finitions. Elle continue d'accueillir une fraction du tissage. La cellule de base reste l'atelier artisanal où œuvrent ensemble le maître, ses compagnons et ses apprentis. Malgré les règlements corporatifs et la pression du milieu, des esquisses de concentration horizontale sont apparues dans certaines villes. Par ailleurs, là où l'accès à la maîtrise est pratiquement réservé aux fils de maîtres, un antagonisme se fait jour qui divise le monde des fabricants. Mais le clivage principal distingue la foule des ateliers de l'élite négociante. Par le jeu des avances, celle-ci réduit à peu de chose l'indépendance des artisans. Un nouveau venu, la proto-fabrique, d'implantation urbaine ou rurale, introduit une autre dimension, celle de la manufacture concentrée. Certes, c'est un rassemblement de main-d'œuvre, non de machines, et elle n'occupe qu'un segment de l'ensemble productif. Mais en promouvant l'entrepreneur à la place du négociant ne prépare-t-elle pas le dépassement de la proto-industrie ?

4. Énergies

L'industrie est consommatrice d'énergie. Extraire, transformer, déplacer impliquent une source de mouvement ou de chaleur. Il est donc essentiel de connaître la fourniture et le mode d'utilisation des énergies par les ateliers et les fabriques du royaume, pour mieux les caractériser. L'énergie n'est pas le seul paramètre des états successifs de l'industrie, mais il serait paradoxal de ne pas y voir un indicateur central. L'homme et l'animal sont les moteurs traditionnels du travail ; ils le demeureront fort avant au XIXe siècle. En tout cas, jusqu'à la fin du XVIIIe siècle, le gros des opérations textiles, la mise en marche de toutes sortes de mécaniques, l'exhaure et la remontée du minerai – pour ne citer que quelques exemples – dépendent d'eux. Il ne faut pas, pour autant, sous-estimer la part prise par l'énergie hydraulique, chaque fois qu'il faut mouvoir des marteaux, des pilons, des soufflets. Moteur hydraulique et industrie sont donc associés ; besoins et solutions, périodicité, localisation, tout s'organise en un mode de production spécifique. Quant à l'énergie thermique qui alimente la sidérurgie et la verrerie – les deux principales « industries du feu » –, on l'obtient du sol – par le bois – ou du sous-sol, par la houille. Dans quelle mesure la disponibilité de ces ressources a-t-elle influé sur le régime de la propriété, sur l'implantation et le fonctionnement des usines ? Comment les techniques de fabrication ont-elles évolué pour suivre la demande, en persévérant ou non dans l'emploi du combustible « classique » ?

L'eau motrice

Besoins et partage

Dans son *Projet de Dixme royale,* rédigé en 1698, Vauban a évalué à 16 000, dont 1 000 pour la métallurgie, les moulins participant à une activité manufacturière, à côté des 80 000 moulins de meunerie. Le compte précis est invérifiable, mais l'ordre de grandeur semble plausible. Jusque tard dans le XIXe siècle, l'histoire de l'industrie est une histoire d'eau. Il y a alors incontestablement une « affinité de l'industrie pour l'eau vive » (J.-M. Chaplain). Pour un pays qui dispose d'un très riche capital hydraulique – 700 000 kilomètres de rivières dans les frontières du XIXe siècle –, la multiplication des roues s'impose. Du XIe au XIIIe siècle, une première vague d'installations de moulins traduit la maîtrise à grande échelle de cette énergie. Un deuxième temps fort, de la seconde moitié du XVe siècle au début du XVIIIe siècle, aide à compléter l'équipement des rivières.

Proches du moulin à blé, par la conception, le moulin à tan écrase les écorces avec des meules et les scieries utilisent le mouvement continu pour découper le bois et la pierre. L'autre grand domaine d'application est celui du mouvement alternatif des pilons et des marteaux. Les moulins à foulon opèrent ainsi la trituration répétée des draps pour les décrasser et les feutrer, les « reviquer », disait-on en Picardie. Attestées au début du XIIIe siècle à Louviers, ces mécaniques progressent lentement au cours des siècles suivants, ne s'imposant vraiment dans toutes les régions drapantes qu'au cours du XVIIe siècle. La fabrication du papier à partir de vieux chiffons suit le même schéma. Il s'agit de triturer, à l'aide de maillets, la pâte qui donnera le papier. L'énergie hydraulique, ici encore, est inégalable. Mais c'est la sidérurgie qui subit la transformation la plus spectaculaire grâce à l'eau. Au XIIIe siècle, les « moulins à fer » se répandent, largement sous l'impulsion des cisterciens. Le marteau hydraulique, outil révolutionnaire, permit de « cingler » efficacement les loupes dc fer pour les rendre homogènes et donner un bien meilleur métal. L'alliance est faite, pour six cents ans, entre la métallurgie et l'eau. Lorsque, au cours du XVe siècle, l'autre innovation majeure, celle du haut-fourneau, s'implanta en France, il fallut abandonner le soufflage à bras d'hommes qui était bien insuffisant pour le volume de l'installation. L'énergie hydraulique apporta la solution, en mettant en mouvement de grands soufflets de cuir, inspirés de la maréchalerie, qui seront remplacés, à la fin du XVIIe siècle, par les soufflets, d'origine allemande, à parois de bois et à liteaux. La forge – où la nécessité de la ventilation mécanique était moins évidente – l'adopta aussi.

L'eau fournit une énergie renouvelable, mais qui tend, en bien des cas, à devenir rare. C'est-à-dire que l'équipement de certains tronçons de rivière, en ville surtout, est si dense qu'il rend problématique la mise en valeur de nouveaux sites. Sur les 25 kilomètres de la Commauche, en Perche, on dénombrait, en 1800, onze moulins à blé et huit établissements métallurgiques. Dans la seule traversée de Louviers, l'Eure faisait tourner onze roues à la fin du XVIIIe siècle. Toutes ces roues voisines, ces activités imbriquées sont sources de tensions, voire de conflits. En ville, priorité est donnée à la mouture des grains pour les sites disponibles. C'est pourquoi le foulage mécanique ne s'y installe presque jamais. Les faubourgs et surtout les villages environnants accueillent ces moulins. Au XVIIe siècle, les foulons qui desservent les grands centres drapiers d'Amiens, de Louviers, de Sedan ou d'Elbeuf sont très majoritairement concentrés à une vingtaine de kilomètres de ces villes. Quelle que soit la localisation, la bonne marche des différents moulins le long d'un cours d'eau implique des règles de fonctionnement précises. Augmenter la hauteur de la chute d'un moulin, sans concertation ni correctif, perturbe l'activité des autres, en amont et en aval. Il appartient aux seigneurs, qui possèdent le droit d'eau sur les rivières ni navigables ni flottables, et au roi, pour les rivières domaniales, de faire respecter par tous les usagers l'équilibre nécessaire.

La première destination d'un site hydraulique n'en détermine pas l'avenir. D'un moulin l'autre, l'essentiel demeure : l'emplacement, le droit d'usage, un aménagement minimal du cours. D'où l'extrême plasticité des fonctions remplies, dans un site donné, par l'énergie hydraulique. Les grains, les chiffons, les draps, les barres de fer se sont souvent succédé, au gré des fluctuations économiques et des changements de propriétaires. Tant qu'il ne s'agit pas d'établir une grande usine métallurgique exigeant un équipement hydraulique complexe, les substitutions peuvent se faire en tous sens. En Charente, entre le XVIe et le XVIIIe siècle, des sites hydrauliques alternent à plusieurs reprises la mouture des grains et la fabrication du papier. La tendance, toutefois, est à la transformation massive des moulins à blé en moulins d'industrie, à partir du XVe siècle. Grâce à l'accroissement des échanges, la meunerie peut abandonner progressivement son éparpillement extrême pour s'appuyer sur un réseau d'unités de plus grand module. Cette mutation, qui s'étale sur trois siècles, profite, par exemple, à la papeterie en Agenais, à la sidérurgie, en Nivernais, Bourgogne, Franche-Comté, à l'industrie lainière en Haute-Normandie et en Languedoc.

Les querelles entre moulins ne manquent pas, à mesure que les sites hydrauliques se saturent. Mais l'affrontement principal oppose les maîtres des roues et les autres usagers de la rivière. Mariniers et flotteurs de bois, là où ils coexistent avec les moulins, sont à la fois gênés par les installations et dangereux pour elles. Partout les riverains forment la masse des mécontents. Un barrage trop haut, un canal mal entretenu, et le débordement menace les cultures et les prairies. Est-ce sacrifier l'agriculture à l'industrie ? On verra apparaître ce thème dans certains cahiers de doléances. La protestation n'exprime pas seulement une sorte de physiocratie du pauvre mais aussi bien le point de vue de certaines élites. « Ces rivières, sous le régime féodal, ont été [...] entravées par les moulins, les forges, les digues de toutes espèces », dira un ingénieur des Ponts en 1792. Il faut libérer les eaux. Péages, barrages, serait-ce le même combat ? Il y a en tout cas là de quoi alimenter le courant anti-industrialiste.

Les systèmes hydrauliques
L'énergie hydraulique est étroitement dépendante des conditions physiques – climatiques et topographiques – locales. À force de savoir-faire et de travail, il a été possible de corriger les conséquences de ces données de base. C'est tout l'aménagement hydraulique, son « artifice » même. Il est clair cependant que ces contraintes fortes n'ont pas cessé d'être déterminantes. Autre élément constitutif du système, la nature de l'installation à faire fonctionner et, par conséquent, l'ampleur de l'énergie requise. Enfin, pour mettre en mouvement la meule, le pilon ou le marteau, il faut régler solidairement les caractéristiques de l'arrivée d'eau, de la roue et de la transmission.

Il y a deux France, sous le rapport de l'hydrologie : celle du climat océanique plus ou moins mitigé, zone de plaine ou de faible relief, celle du climat méditerranéen et des zones de montagne. Il y a deux France aussi pour les roues, celle de la roue verticale et celle de la roue horizontale, dont la frontière coïncide – à l'exception du Finistère – avec le découpage hydrologique. La roue horizontale à pales, puis à cuve, est le convertisseur idéal d'un courant à forte chute et à débit faible, tandis que la roue verticale convient mieux aux cours d'eau abondants et réguliers. Davantage, la roue horizontale, machine rudimentaire, n'implique qu'une modeste dépense, mais son rendement est très médiocre. La verticale est affaire de charpentier; c'est déjà l'outil d'une entreprise. Faut-il mettre cette géographie différentielle sur le compte de l'histoire, le triomphe de la féodalité dans la France du Nord et son contrôle de l'eau auraient entraîné le succès du système le plus efficace mais aussi le plus cher ? On se gardera en tout cas de décider d'une chronologie – les deux types de roues étaient connus dès l'Antiquité – ou de déclarer archaïque le procédé le plus simple. Reste que la transmission directe, par la roue horizontale, ne peut convenir qu'au mouvement continu d'une meule, d'une scierie, et que seule la roue verticale, associée à un engrenage, a la capacité de faire mouvoir les pilons et les marteaux. L'hégémonie de la roue verticale dans tout le royaume, en matière d'industrie, est avérée au XVIe siècle, quel que soit le profil du cours d'eau ou l'irrégularité de son débit.

Dans la famille des roues verticales, on distingue les roues par-dessous, par-dessus et de côté, selon le niveau de l'arrivée d'eau. Pour s'en tenir aux deux premiers types, les plus répandus, quels en sont les caractéristiques et les emplois ? Les roues par-dessous agissent en fonction de la masse et de la vitesse du courant qui est canalisé par un coursier, sauf dans le cas, proprement urbain, de roues solidaires d'un pont ou d'un bateau. Elles sont munies de pales. Le rendement est faible (de 25 à 30 %) mais, en jouant du diamètre de la roue – jusqu'à 15 mètres –, on récupère de la puissance. Malgré la solution du coursier, un débit d'eau important est nécessaire. Ces roues rapides, qui conviennent aux marteaux, fonctionnent mal sur les rivières fluettes et lors de l'étiage. Les roues par-dessus sont actionnées par le poids de l'eau, qui est conduite par une canalisation sur les augets. Plus lente que l'autre type, plus économe d'eau aussi, la roue par-dessus nécessite une dénivellation d'au moins 3 mètres. Sinon, l'effet de pesanteur est insuffisant et le diamètre de la roue, trop faible. En montagne, la topographie s'y prête ; c'est très rarement le cas en plaine. D'où la généralisation des retenues, avec l'usine en contrebas de la chaussée, qui caractérise les XVIIe et XVIIIe siècles. Bien conçues et installées, ces roues ont un rendement qui approche 60 %. Les plus performantes, au XVIIIe siècle, développaient quelques chevaux-vapeur, dix au plus. C'était assez pour mouvoir un gros marteau. Mais chacune ne pouvait entraîner qu'un marteau ou une paire de soufflets. À chaque atelier, sa roue. Entre le rendement théorique et l'efficacité réelle, quotidienne, du moteur, il y a place pour toutes les améliorations comme pour les erreurs et les malfaçons, bref pour le savoir-faire des constructeurs et des utilisateurs. Canalisation, roue, engrenage, cames, le bois est partout, mais le fer se fait plus présent au XVIIIe siècle. En l'absence d'innovations, à venir, dans la mécanique des fluides, seule l'expérience a pu faire progresser la conception et la fabrication des roues. Faute de preuve directe, on doit se fier aux résultats industriels. Du XVIe au XVIIIe siècle, le nombre et la durée annuelle d'emploi des roues, le poids des marteaux et la puissance des soufflets n'ont fait que croître.

Quand le profil du cours d'eau et son débit correspondent aux besoins de la roue, l'installation se fait sans aménagement. Au cas de loin le plus fréquent, il convient d'accentuer la pente, voire de la rompre, de rectifier le parcours pour produire au niveau du moteur un flux laminaire, d'accumuler l'eau. Autant de motifs d'aménagement. Le système le plus répandu hors sidérurgie combine barrage d'amont, bief d'alimentation et canal de décharge. Si le cours d'eau est insuffisant et le nombre de roues d'une même entreprise, élevé, la solution de la retenue devient inévitable. Par le moyen d'un très grand plan d'eau – atteignant plusieurs dizaines d'hectares – ou d'un chapelet d'étangs, l'usinier peut emmagasiner et réguler à sa guise l'énergie dont il a besoin. Même alors, le gel d'hiver, les maigres d'été limitent l'activité. Globalement, l'industrie sur l'eau est saisonnière ; heureux sont les exploitants qui peuvent faire rouler neuf mois par an. Ces activités fabricantes, surimposées et parfois perturbatrices, ne s'intègrent finalement pas trop mal aux rythmes de la vie agraire.

Le bois, combustible industriel

« Des gouffres dévorants »
Le bois, en bûchettes, fagots ou charbon, a été, au moins jusqu'au premier tiers du XIXe siècle, le combustible de tous les foyers d'industrie. Avant d'explorer les limites des ressources forestières du territoire et de se faire l'écho des inquiétudes et des protestations que ces prélèvements ont suscitées de longue date, il convient de rappeler la force de cette alliance productive. Pour fabriquer du fer, du verre ou des briques, pour obtenir du sel ou de l'alcool, pour teindre des tissus, il fallait entretenir des milliers de

fours et de chaudières. La sidérurgie, est, de loin, la principale consommatrice. Une usine complète – haut-fourneau et forges – exigeait 15 000 stères par an dans la Normandie du XVIe siècle. Deux siècles plus tard, de très grandes entreprises, comme Rothau en Lorraine, en absorbaient 40 000. À l'échelle d'une région comme la Franche-Comté, le tiers au moins du bois de feu passait dans les usines à fer. Le technicien Pierre-Clément Grignon estimait en 1775 que l'alimentation de la sidérurgie mobilisait 1,5 million d'hectares de forêts sur un total de 8 à 10 millions. Selon la taille des verreries, les besoins oscillaient entre 600 et 6 000 stères, mais à Saint-Louis, il en fallait 20 000. En dehors des salines, les autres « bouches à feu » n'avaient besoin que de quelques centaines de stères. Malgré la densité de ces ateliers modestes – quarante-deux poteries dans la généralité de Grenoble en 1788 –, les forges semblaient accaparer seules le bois de chauffage disponible, dans leurs zones de forte concentration.

Le chauffage domestique absorbe environ 60 % du bois de feu au XVIIIe siècle. Les villes surtout réclament des quantités croissantes de ce combustible. À Paris, les besoins, qui étaient de l'ordre de 300 000 stères à la mi-XVIe siècle, ont quintuplé cent cinquante ans plus tard. L'essor de la population ne justifie pas un tel bond. C'est bien un changement de mode de vie – que les auteurs contemporains condamneront comme un « luxe » –, la revendication d'une sorte de droit au chauffage, qui s'affirme en milieu urbain vers 1750. En campagne, l'évolution est plus lente, mais va, par mimétisme, dans le même sens. Une différence essentielle, cependant : les consommateurs urbains doivent passer par le marché du bois alors que les villageois peuvent espérer bénéficier d'affouages communaux. Sinon, les foyers ruraux s'alimentent dans les haies, brûlent des souches plus volontiers que du bois de coupe. Les paysans les plus pauvres n'achètent pas leur approvisionnement mais le chapardent en forêt. Reste que le prélèvement indu ou l'accession au marché aboutissent également à peser sur les volumes offerts et sur les prix.

Ceux-ci connaissent sur trois siècles une hausse très vive, avec quelques répits. Même en temps de crise, le bois est un « secteur abrité » (Labrousse). Le deuxième tiers du XVIe siècle et les années 1720-1760 paraissent les moments d'accélération maximale. À l'échelle nationale, la hausse est de 63 % entre 1726-1741 et 1771-1789. Régionalement, le mouvement peut être encore plus spectaculaire. Dans la maîtrise de Gray, en Franche-Comté, l'arpent de taillis double de prix entre ces mêmes dates et, dans celle de Dijon, aurait été multiplié par quatorze entre 1674 et 1789 ! Ce sont là d'importants pôles métallurgiques. Voilà l'effet des « gouffres dévorants », dit-on en ville… ou à la Cour. Partout où elle est vraisemblable, l'imputation aux forges est de mise. Une ordonnance de François Ier déplorait déjà en 1543 « le grand dégât et dépopulation qui se faisait ès bois et forêts de notre royaume pour fournir et entretenir le grand nombre de forges à fer […]. » Quant à l'intendant de Rennes, il dira en 1788 que « ces établissements [sont] plus nuisibles qu'utiles parce qu'ils engloutissent les bois de la province ». En Lorraine, les salines et les verreries sont la cible de critiques identiques. La compétition pour le bois de feu nourrit le ressentiment à l'égard de l'industrie.

Face à un tel enjeu, l'État monarchique n'est pas resté inerte. Le maintien de l'ordre, le développement équilibré de l'industrie lui imposaient d'agir. En outre, le domaine royal était directement intéressé, par l'étendue de ses forêts, à une gestion profitable des bois. L'ordonnance des eaux et forêts de 1669, due à Colbert, constitue la pièce maîtresse de la politique forestière. Elle systématise la législation et les pratiques antérieures ; elle pose aussi les bases d'un nouvel usage de l'espace forestier. Le souci majeur qui anime ce texte est la fourniture de bois de marine. D'où le « quart de réserve » en futaie et les baliveaux à laisser sur chaque arpent coupé. Mais la réglementation des taillis sous futaie, tant pour l'âge que pour l'homogénéité des parcelles, introduisait une nouvelle donne ; le choix de sylviculture s'est trouvé conforté par les besoins du Trésor. Enfin, la monarchie affirmait son droit de contrôle. « Nos officiers, disait l'ordonnance, exerceront sur les eaux et forêts des ecclésiastiques, communautés et particuliers de quelque qualité qu'ils soient la même juridiction qu'ils exercent sur les nôtres [...]. » L'application de l'ordonnance sera lente, singulièrement dans les pays nouvellement conquis (Franche-Comté). Pourtant, la pratique de la rotation des coupes de taillis selon une division parcellaire rigoureuse prouvera son efficacité, au moins en plaine, dans les forêts de feuillus. Par intérêt ou par contrainte, l'exploitation se discipline au cours du XVIIIe siècle. Les consommateurs industriels ne peuvent que se réjouir d'un approvisionnement plus abondant, d'un aménagement programmé.

Après le souci de préserver la fourniture du bois de marine, venait la nécessité politique d'assurer aux villes leur provision de bois de chauffage. Il fallait bien, d'une façon ou d'une autre, limiter la concurrence des usines à feu. La méthode la plus brutale consistait à définir un périmètre d'interdiction autour d'une ville. Ce fut fait pour Grenoble, dès le XIVe siècle, et pour Dijon au XVIe siècle. Toutefois, ce principe d'exclusion n'était pas satisfaisant. L'approvisionnement des grandes villes, et de Paris en premier lieu, ne se limitait pas aux environs immédiats. Grâce au flottage, qui se généralise dans la seconde moitié du XVIe siècle, le drainage des forêts pour les foyers parisiens gagne le Morvan et le Nivernais (Jean Boissière). Une solution globale – l'autorisation préalable des usines à feu après examen de leurs moyens en combustible – semblait devoir régler le conflit. Tout au long du XVIIe siècle, l'autorité royale s'efforça de faire prévaloir ce principe régalien. Il fallut attendre l'arrêt du Conseil du 9 août 1723 pour aboutir à une doctrine claire. Il était désormais interdit d'établir toute usine à fer ou verrerie sans lettres patentes. Autrement dit, si l'on ne disposait pas d'une propriété forestière ou d'affouages jugés suffisants et que l'on risquait de consommer des bois « à portée des rivières navigables et des villes », il n'était pas permis de créer l'une de ces usines.

Malgré d'inévitables ratés, cette nouvelle procédure

administrative semble avoir assez correctement fonctionné. Il convient de noter que ce système, destiné à protéger le « chauffage du public », avait aussi l'avantage pour les maîtres de forges permissionnés de leur épargner la concurrence de nouveaux venus. Cet accès réglementé à l'activité industrielle repose sur la conviction que les ressources ne sont pas extensibles. Créer des usines sans bois conduirait à faire tomber « celles qui sont déjà établies ». Bien avant que soit formalisé l'arbitrage entre foyers industriels et foyers domestiques, la pression de la demande urbaine avait esquissé un zonage économique. Le premier cercle de la sidérurgie circumparisienne – Pays de Bray, Perche, Ouche, Sénonais – a ainsi disparu, vers le milieu du XVIe siècle, asphyxié par la hausse du prix du bois.

Crise ou mutation forestière ?

Au XVIe comme au XVIIIe siècle, le sentiment d'une disette de bois menaçante est très répandu ; les usines ont mangé la forêt. Les doléances se sont calmées entre-temps, signe sans doute que la conjoncture maussade du XVIIe siècle s'est traduite par une moindre pression sur l'espace boisé. Peur de manquer, plus que pénurie réelle ? La réponse ne vaut que localement. Il est vrai que des formes de surexploitation des forêts dont les industries du feu sont largement responsables ont fait reculer, voire disparaître, certains massifs, dans l'Ouest normand et breton, ou dans les Pyrénées ariégeoises. Les forges et les verreries pourtant ne sont pas les seules en cause. « Beaucoup de propriétaires de bois les ont arrachés », écrit l'intendant de Bordeaux en 1788. Un mouvement de déforestation s'observe dans le dernier tiers du XVIIIe siècle, encouragé par les idées physiocratiques et par une législation moins restrictive (1766). La faim de terres l'emporte sur le besoin de bois. À tout prendre, ce recul n'a peut-être été qu'une respiration des terroirs, un élément cyclique de l'écosystème agraire. Moins marginal est l'impact d'un prélèvement trop précipité sur des forêts fragiles. L'ordonnance de Colbert fixait à dix ans l'âge minimal de la coupe, mais la généralisation des taillis à courte révolution – six ans parfois – a conduit à un paysage forestier dégradé : la Sarthe en donne l'image.

L'emploi massif du bois comme combustible industriel a eu un effet sur la physionomie et sur le « peuplement » des forêts. Entre le début du XVIIe et la fin du XVIIIe siècle, on a assisté à une « conversion » radicale de la futaie en taillis. C'est la fin d'une forêt, non de la forêt, comme l'intendant de Bretagne déjà cité semblait le croire. À cette transformation s'associe un mode d'exploitation, « à tire et aire », qui substitue la coupe rase à la méthode coutumière du « furetage ». Ce système n'est possible que si les usages paysans, et en particulier le pacage, sont cantonnés et limités dans le temps. La forêt d'usages superposés est devenue un espace quadrillé, largement interdit à ceux qui croyaient pourtant y être chez eux. Quant aux essences dominantes, les usines à feu exercent une pression sélective au bénéfice des bois qui donnent le meilleur charbon et qui se reproduisent en rejet. C'est pourquoi le sapin a été presque éliminé des zones de montagne où la sidérurgie était forte, comme en Ariège, et que le chêne a été favorisé au détriment du hêtre, en Champagne. Ces forêts portent encore aujourd'hui les marques anciennes de leur fonction industrielle.

Entre ressources et demande, l'adéquation du combustible est inégale, précaire. Hors des chemins ou des rivières, le bois de feu circule peu et mal, sauf sous forme de charbon, pour de petits trajets. Les déficits et les surplus ne se compensent pas, ni les prix. En s'accumulant, les bouches à feu arrivent à créer des situations insupportables. Un rapport d'un conservateur forestier sous l'Empire montre que dans un rayon de 30 kilomètres autour d'Is-sur-Tille (Côte-d'Or) coexistent trente et un feux de forges et vingt et un hauts-fourneaux. Leur demande potentielle dépassait, à elle seule, les ressources des localités. Mais souvent l'usine a été le moyen de rendre productive une forêt isolée. « Il est de principe, dit le secrétaire d'État Bertin, en 1770, que les verreries ne sont utiles que par la consommation des bois qui dépérissent par la difficulté des transports. » En Haut-

Doubs aussi bien qu'en Dauphiné, l'usine va au bois et non l'inverse. Même là où il n'y a pas d'obstacle physique à son évacuation, à Châtillon-sur-Seine ou à Montcenis, le produit des coupes, « qui n'a point de qualité à être flotté », resterait invendu sans les usines. Davantage, les maîtres de forges ou les verriers – quand ces derniers ne sont pas itinérants – ont un intérêt majeur à bien gérer l'exploitation des bois qu'ils détiennent comme propriétaires ou comme affouagistes. Le maintien de l'ordre, dans tous les sens du terme, conditionne le rendement de ces forêts d'industrie et, partant, de l'industrie elle-même. Usines prédatrices, usines protectrices. Parlant des forêts de Paimpont en 1630, la duchesse de La Trémoille expliquait : « Je voyais bien que le plus avantageux parti que nous pouvions prendre était de faire des forges. » Le prince de Condé, en Berry et en Bretagne, ainsi que d'autres grands, ont construit des usines dans le dernier tiers du XVIIe siècle pour valoriser leurs propriétés forestières (Jean-François Belhoste). En mobilisant des ressources laissées en jachère, les industries du feu ont su accroître sensiblement la récolte de bois. Mais cette nouvelle forêt, à base de taillis sous futaie, se construisait contre la paysannerie et ne pouvait répondre à l'essor simultané des demandes de combustible.

Le charbon de terre : une relève ?

Des consommateurs réticents

La houille n'est pas un combustible nouveau dans la France du XVIe siècle. Dès le Moyen Âge des forgerons de villages, des serruriers, des couteliers avaient appris, en Flandres particulièrement, à s'en servir. Mais son emploi, industriel ou domestique, était resté très marginal. La nouveauté à la fin du XVIIIe siècle est que l'usage du « charbon de terre » s'est fortement répandu dans le royaume. Au moment où la hausse du prix du bois s'exaspère, la houille peut-elle être un recours ? Premier consommateur industriel de combustible, la sidérurgie lourde n'est pas prête à mettre du charbon de terre dans ses hauts-fourneaux ni dans ses forges. Toutefois, en aval du processus, la transformation des barres de fer en verges ou en tôles se fait désormais à la houille, au XVIIIe siècle, dans beaucoup d'ateliers du Nord et de la Lorraine. À la même époque, les mines de plomb de Poullaouen (Bretagne) et de Pampailly (Bourgogne) sont traitées à la houille. Deuxième industrie du feu, par son importance, la verrerie commence à se convertir au charbon minéral là où le charbon est présent (Hainaut, Touraine) ou peut arriver facilement, comme en Bordelais. C'est aussi la chance de la manufacture de glaces de Tourlaville, près de Cherbourg, où la Compagnie de Saint-Gobain remplace le bois par la houille dans les fours, en 1749. En fait, une grande variété de chaudières – pour les cocons, la raffinerie du sucre, la distillerie, la teinturerie... – et de fours à chaux ou à briques ont adopté la houille au XVIIIe siècle.

En 1788, l'enquête sur les bouches à feu est l'occasion d'un bilan. Certes, le charbon de terre se répand dans l'industrie, mais il est loin d'y tenir le rôle qu'on attend de lui. C'est d'abord affaire de prix. Tout est dans le transport, ou presque. Venu de l'« intérieur », le charbon triple souvent son prix dans le voyage. Il revient plus cher d'en conduire de Littry (Calvados) à Isigny, sur 23 kilomètres, que de l'envoyer ensuite d'Isigny à Rouen par la mer ! Pour les gisements les plus importants, la clientèle proche ne saurait suffire, mais le charbon n'atteint les principaux marchés qu'à grands frais. À Carmaux, le marquis de Solages dut construire une verrerie, faute de pouvoir écouler son charbon, à prix compétitifs, sur le marché bordelais. Le canal, dira l'exploitant de Commentry en 1812, est le « véritable exploitant des mines ». Le charbon de Rive-de-Gier, par le canal de Givors et celui de Fins, par le canal de Briare, ont, dès le XVIIIe siècle, rompu leur enclavement. De toute façon, le transport par eau n'assurait pas la sécurité de l'approvisionnement, l'étiage, les crues, la fermeture annuelle des canaux interrompant la circulation marchande. Il fallait donc des stocks pour amortir les fluctuations des arrivages. Ce handicap du charbon contribua à prolonger au XIXe siècle l'usage industriel du bois, ce combustible de voisinage.

L'autre obstacle à la généralisation de la houille vient de la méfiance, de la résistance même du consommateur. L'usage du charbon est ambigu ; il est à la fois signe de modernité et risque de régression. La chaux noircie, la porcelaine gâtée, le fer cassant lui sont imputés, sans compter une « odeur très pénétrante et très désagréable » et la pollution de l'air. A-t-on seulement le charbon qui convient, l'emploie-t-on comme il convient ? Distinguer les qualités, modifier les appareillages (fours, grilles) auraient prémuni contre bien des déboires. Le retour au bois, après une tentative de houille, n'est pas rare. Tous ces obstacles n'étaient pas propres aux foyers industriels. Le chauffage domestique à la houille, connu dans les bassins houillers et plus récemment dans les grandes villes (Paris, Rouen), se heurtait à des difficultés analogues. Encore à la fin du XVIIIe siècle, abandonner le chauffage au bois pour le chauffage à la houille exigeait une véritable révolution culturelle.

Les foyers industriels ou domestiques qui consommaient du charbon de terre ne s'approvisionnaient pas nécessairement en France. La houille de Liège ou de Sarre et surtout le charbon anglais assuraient presque 30 % des besoins du royaume, à la fin de la période. Le charbon de Newcastle livré à Rouen, à Bordeaux ou à Sète, y était vendu moins cher que celui de Littry, de Carmaux ou de Saint-Chamond. En outre, il donnait une flamme longue, propice aux bonnes cuissons. Ainsi, à mesure que la crise du bois s'approfondissait, le gouvernement devait-il choisir entre stimuler la consommation de charbon et protéger les mines nationales.

Mine paysanne, mine capitaliste

Si le charbon français était souvent cher et médiocre, la faute en revenait, pour une part, aux conditions de son exploitation. L'arrêt du 14 janvier 1744, qui fonda une politique moderne du charbon, était largement motivé par l'état déplorable des mines du royaume. Partout où la petite propriété minière domine (dans la Loire, l'Auvergne, l'Anjou, le Midi, en particulier), la production charbonnière relève plus de la cueillette que d'une exploitation ordonnée. Chacun creuse son champ, multiplie les excavations – le Forez est ainsi « criblé de trous » –, prélève ce qu'il peut, n'étaye guère, abandonne s'il faut descendre au-dessous de 15 ou 20 mètres ou si l'eau apparaît. Cette pratique est évidemment dangereuse – les accidents sont fréquents – et source de gâchis, puisque le meilleur charbon, plus profond, est rendu inaccessible. En outre, le charbon ainsi tiré, « comme l'eau d'un puits », est généralement vendu sans avoir été « épluché ». Ce que les administrateurs éclairés du XVIIIe siècle décriront comme une exploitation aberrante et sauvage est en fait un mode de production minier qui a sa logique, ses moyens et ses limites. Mais ce qui était supportable deux siècles plus tôt devient inadmissible quand la crise énergétique et l'évolution de la société frayent le chemin à une tout autre solution. Au bon vouloir des seigneurs hauts-justiciers et des paysans doit succéder la tutelle effective de l'État. Après l'anarchie de ces extractions itinérantes qui ponctuent le paysage de trous mal comblés, doivent venir une gestion stable, une architecture souterraine, une extraction raisonnée. L'arrêt de 1744 réaffirme la propriété royale sur le tréfonds, contre les prétendus droits des propriétaires de surface et des seigneurs. Ce n'était pas vraiment une innovation dans la tradition monarchique, mais l'État avait désormais les moyens de faire respecter sa loi. Le principe de la concession en découlait. Seuls pouvaient ouvrir une mine ceux qui en auraient reçu permission du contrôleur général. Une enquête préalable assurait les autorités de la réalité du gisement et des moyens du demandeur. La remise en ordre juridique s'accompagna d'une réglementation technique. Alors que le XVIIe siècle avait connu des formules inopérantes – grande maîtrise et concession globale en 1601, liberté indéfinie d'exploitation en 1698 –, le système semblait maintenant cohérent.

L'application de l'arrêt fut lente : sur plus de deux cents mines répertoriées, quarante avaient fait l'objet d'une concession en 1789. Mais les plus importantes étaient du lot. Beaucoup de seigneurs, certains parmi les plus grands, s'étaient mis sur les rangs, pas nécessairement d'ailleurs pour leur propre domaine. Quelques-uns se découragèrent, tels Conti en Languedoc ou Béthune-Charost en Forez. En revanche, un Solages à Carmaux et De Castries à La Grand-Combe se firent durablement industriels. La plupart constituèrent des sociétés de capitaux pour réunir les fonds considérables qu'exigeait une exploitation en grand. À Anzin, la fusion de deux entreprises, celle du vicomte Desandrouin et celle du prince de Croy, en 1757, mit un terme à un affrontement coûteux et permit surtout d'investir. En 1791, Mirabeau évaluera à 400 000 livres par puits – il y en avait une trentaine – la dépense engagée par la compagnie. Pour des entreprises pionnières, qui devaient explorer leur concession et connaître, à l'usage, la nature et l'allure du gisement, les bénéfices se faisaient attendre. À Littry, la concession de 1744 ne produisit de dividende qu'en 1771. Rarement la première société parvenait à se stabiliser ; on constate, au contraire, une rotation rapide avant que l'extraction ne trouve son rythme de croisière et ne conforte ainsi l'actionnariat. Alors les profits suivront : la compagnie d'Anzin en recueille 1 200 000 livres par an dans la dernière décennie de l'Ancien Régime.

L'accumulation de capitaux autorise les travaux en grand. L'arrêt de 1744 est à l'origine d'un nouvel espace d'exploitation, il ouvre la France des profondeurs. Extraire le charbon de bas en haut, selon les dispositions mêmes de ce texte, implique, à Rive-de-Gier et à Anzin de descendre à – 300, – 400 mètres. Les galeries doivent être assez larges pour le travail et la sécurité, et le boisage, particulièrement soigné. Surtout, il convient d'organiser comme un système la circulation des flux d'hommes, de charbon, d'air et d'eau.

Pour l'eau, des galeries d'écoulement suffisaient, en pays de montagne ; ailleurs, il fallait procéder à l'« exhaure ». Les petits exploitants la pratiquaient à la force des bras. Sur tous les gisements importants, on employait des « machines à molettes », mues par des chevaux. Ce procédé, qui se généralise au XVIIIe siècle, allait-il être démodé par les « pompes à feu » ? La première machine de

Newcomen, venue d'Angleterre, fut installée à Fresnes, près d'Anzin, en 1732. Cinquante ans plus tard, la compagnie en faisait fonctionner dix. C'était, à trois ou quatre unités près, l'équipement total des charbonnières françaises. Des tentatives s'étaient mal terminées, à Littry et à Carmaux. Les molettes, rustiques et économes, étaient décidément mieux adaptées à ces entreprises qu'une machine coûteuse en argent, en charbon, en entretien. Le réseau de galeries, la circulation souterraine par traîneaux, l'utilisation de la poudre, l'exhaure par molettes, autant de traits qui caractérisent dès le XVIe siècle le système technique minier des gisements polymétalliques (J.-F. Belhoste). En s'approfondissant, l'exploitation charbonnière empruntait les recettes des mines de plomb et d'argent.

Le modèle ici n'est pas l'Angleterre, mais l'Allemagne. De là viennent les techniciens indispensables, qui ont la culture de la mine profonde. Autres étrangers recherchés pour leur expérience charbonnière, les Wallons. Mais déjà les mineurs d'Anzin transmettent leur savoir-faire à travers le royaume, suivant l'exemple des Mathieu, ces maîtres techniciens. Les effectifs sont à l'échelle de ces exploitations : au total, 300 ouvriers à Littry, 4 000 à Anzin. Une division poussée des tâches, inconnue du mode de production minier des paysans, produit une hiérarchie des qualifications et, progressivement, la formation de dynasties ouvrières. Un nouveau monde se crée, qui garde de fortes attaches à la terre, mais qui appartient déjà à la grande industrie.

L'entreprise d'Anzin, dans sa modernité, ne résume pas l'industrie charbonnière française vers 1760-1780. Au reste, même sur ces sites emblématiques, l'ancien et le nouveau coexistent : la force animale et l'énergie-vapeur. L'exploitation paysanne n'a pas autant reculé que l'escomptait Orry en 1744. Le système de la concession heurte de front les seigneurs et les petits propriétaires, coalition redoutable dont un Tubeuf, titulaire des mines d'Alès en 1774, fera les frais. Dans d'autres cas, les concessionnaires seront contraints, par la force, d'abandonner. Au moment de la Révolution, la liberté d'exploiter le charbon demeure une revendication forte, au moins dans le centre et le midi de la France. La production nationale doit avoisiner 600 000 tonnes en 1780, soit vingt-cinq fois moins que l'Angleterre. Les besoins augmentent ; l'État, les compagnies, les savants, comme Buffon, plaident pour le nouveau combustible. Pourtant, il demeure marginal faute d'avoir encore trouvé, dans la sidérurgie, son véritable débouché.

La sidérurgie de l'âge classique

La révolution du haut-fourneau
Vers le milieu du XIVe siècle, entre Liège et Namur, une révolution technique s'est produite. En introduisant l'étape du haut-fourneau, de la fonte du minerai, les sidérurgistes wallons ont effet transformé radicalement la production du fer. Dans le bas-fourneau traditionnel, le minerai était immédiatement réduit en une loupe de fer, portée ensuite au martinet. S'il était économe en bâtiment, en combustible et en ventilation, le procédé direct ne fonctionnait bien qu'avec un minerai à haute teneur (plus de 50 %) et ne donnait qu'un fer peu homogène, de qualité imprévisible. La méthode indirecte permettait d'employer toutes sortes de minerai, ouvrant ainsi de nouveaux horizons au développement de la sidérurgie. Les gueuses de fonte, décarburées puis martelées, rendaient un fer plus facile à travailler. La nouvelle métallurgie du fer exigeait deux fois plus de combustible que l'ancienne, par unité produite. Elle était, par ailleurs, inséparable de l'énergie hydraulique, pour les soufflets et pour le gros marteau. Enfin, les installations, plus importantes, entraînaient un surcroît d'investissement. Mais le haut-fourneau fait entrer la sidérurgie dans l'ère de la production de masse : le potentiel d'une usine de base est multiplié par dix. Antérieure d'un siècle à la révolution wallonne, la fonte moulée obtenue dans un four à cuve s'est diffusée à partir d'un pôle rhénan. La Franche-Comté, le Nivernais, la Champagne, la Bourgogne ont vite adopté ce nouveau produit dont l'artillerie constituait le meilleur débouché. À partir de ce premier transfert de techniques,

le binôme haut-fourneau-forge s'est introduit dans ces mêmes régions au dernier tiers du XVe siècle. À l'Ouest, du pays de Bray (d'où elle est passée en Angleterre) à la Bretagne, la sidérurgie à deux temps s'est acclimatée entre le milieu du XVe et le milieu du XVIe siècle. Les raisons du décalage dans la diffusion du procédé restent largement obscures. On devine que l'expérience déjà ancienne de l'énergie hydraulique (Bourgogne), un minerai local particulièrement médiocre (pays de Bray) ont hâté le mouvement. Mais il faudrait aussi faire la part du tissu sidérurgique déjà en place et du besoin de rétablir des usines au moment même où l'innovation est connue. En tout cas, l'implantation du haut-fourneau, presque immédiate en Champagne, plus lente à s'imposer en Normandie, ne sera acquise dans le reste du royaume qu'à la fin du XVIe siècle. Encore faut-il évoquer l'exception du Dauphiné qui, après un échec du modèle « nordique », importa au début du XVIIe siècle la technique du haut-fourneau du pôle bergamasque, l'autre grand pourvoyeur européen d'innovations métallurgiques. Surtout, le long des Pyrénées, une frange de la sidérurgie française est restée fidèle, jusqu'au XIXe siècle, au procédé direct. Cette aire « catalane » n'est ni résiduelle ni désuète. Elle compte, entre le Pays basque, le comté de Foix et le Roussillon, plusieurs dizaines d'établissements, de petit module, il est vrai. Au cœur du XVIIIe siècle, qui voit triompher la sidérurgie classique du haut-fourneau et des grosses forges, la solution rustique de la sidérurgie directe garde son efficacité. Le minerai spathique manganésifère est bien adapté à ce traitement. Quant au combustible, l'état des forêts méridionales incite à conserver le procédé le plus économique, qui connaîtra d'ailleurs de constants aménagements. On songera, au contraire, au XVIIIe siècle, à faire bénéficier d'autres régions de minerai analogue – entre autres, le Dauphiné – d'un système de production séduisant.

La méthode wallonne organise la fabrication du fer en deux foyers distincts, celui d'affinage et celui de chaufferie. La gueuse passe d'abord à l'état de loupe pour être ensuite réchauffée et convertie en barre sous le marteau. À ce procédé rapide et de bon rendement la méthode « comtoise » – en fait, allemande – oppose le foyer unique dans lequel l'opération complète, entrecoupée de martelage, est conduite. Affiner à la comtoise présente l'avantage décisif d'économiser jusqu'à 20 % du combustible requis par l'autre procédé. D'où le succès de cette méthode, apparue en France au début du XVIIe siècle. Toutefois, la méthode wallonne résistera longtemps : sous la monarchie de Juillet, la conquête de l'Ouest n'est pas encore achevée. C'est qu'elle paraît, à tort ou à raison, bien correspondre à un ensemble de facteurs locaux, tels que la qualité du minerai et la fonte que l'on en obtient, l'irrégularité des cours d'eau, le choix du produit final.

La géographie sidérurgique est donc constituée d'aires techniques plus ou moins dynamiques, mais qui présentent toutes un système structuré et donc relativement solide. Elles ne sont pas seulement porteuses de solutions dont le rayonnement – on songe à la méthode « nivernaise » – et l'efficacité à long terme peuvent être sujets à caution. Elles forment une culture de travail, et presque une identité régionale.

La barre de fer qui sort de la grande forge doit subir d'autres transformations avant d'être livrée aux échoppes des artisans. Il faut la fendre, l'étirer ou l'aplatir. On ne retiendra ici que la première opération qui produit des vergettes d'où l'on tire les clous. Travail effectué à la force des bras, ce fendage devint mécanique, par l'invention de la fenderie hydraulique à la fin du XVIe siècle (1579 ?) dans les Ardennes françaises. Par le jeu de cylindres qui aplatissaient les barres en plaques et d'autres munis de taillants qui découpaient les plaques en baguettes, ces fenderies pouvaient fournir les clouteries d'une façon massive. Avec cette machine, assure un contemporain enthousiaste, « deux hommes feraient plus en vingt-quatre heures que cent autres » employant l'ancien procédé. Une fenderie est signalée en Normandie en 1608 ; la Bretagne commence à s'équiper en 1623. Les autres régions cloutières sont gagnées dans le courant du XVIIe siècle. L'espace rhéno-mosan où la fenderie est née et d'où vient, au début du XVIIe siècle, la tréfilerie mécanique est, depuis le Moyen Âge, l'un des grands centres européens de traitement des métaux non ferreux. Ces inventions, comme plus tard le laminoir, semblent avoir d'abord servi le travail du plomb et du cuivre. Le fer, plus difficile à travailler, profita, ici encore, d'un transfert de techniques.

Du minerai au fer du commerce se déroule la filière majeure. Toutefois, le haut-fourneau a rendu possible ou a amélioré la fabrication en grand de deux autres produits sidérurgiques : la fonte moulée et l'acier. La fonte moulée, appelée souvent « fonte marchande », est tirée généralement de minerai phosphoreux, qui rendrait le fer cassant. Ainsi, au lieu d'un fer médiocre, le fourneau donne une gamme étendue d'objets moulés. Voici l'énumération que le subdélégué de Sarlat fournit, en 1772, dans sa réponse à l'enquête sur les forges. On y fabrique, écrit-il, « des chaudières, des pots, des chenets, des contrefeux, des tourtières, des grilles, des bombes et des boulets ». Pour compléter cette liste, il faudrait, bien sûr, y faire figurer l'usage le plus noble de la fonte moulée – obtenue, dans ce cas, avec d'excellents minerais –, les canons de marine. Plusieurs usines du Nontronais, au XVIIe siècle, se consacrent à cette production. Hors du Périgord, une fonderie de canons est créée en 1540 à Breteuil, en pays d'Ouche. D'autres apparaissent en Dauphiné (Saint-Gervais, 1679) et en Bretagne. Au XVIIIe siècle, l'essentiel des commandes de la marine est rempli par les fonderies de Ruelle (en Charente), d'Indret (en aval de Nantes) et de Nevers. Les débouchés de la fonte de moulage se multiplient, à mesure que la technique se précise. Des fourneaux jumelés, dont la coulée est simultanée, permettent de fabriquer les plus gros canons. Certains hauts-fourneaux alternent, selon le marché, fonte en gueuse et « poterie », en Normandie et en Franche-Comté. Cette fonte contribue aussi bien au lest des bateaux qu'à la décoration des cheminées. Elle concourt aux infrastructures et aux aménagements hydrauliques par la fourniture de tuyaux (dérivation de l'Eure, 1685).

Avant l'introduction du procédé indirect, les bas-foyers du Dauphiné produisaient un fer aciéreux, sur la base du minerai manganésifère. La méthode ne donnait que des quantités faibles, d'une qualité aléatoire. L'acier rivois était néanmoins recherché pour la confection des épées, des instruments aratoires et des outils de taillanderie. Seul ou soudé au fer, l'acier s'avérait indispensable. La création de hauts-fourneaux changea toutes les données. Il s'agissait désormais d'une décarburation contrôlée des gueuses de fonte, en faisant alterner fonte, chauffage, cinglage jusqu'à l'obtention du produit recherché. La Westphalie est probablement la zone d'origine d'une technique qui apparaît en Dauphiné au XVIe siècle. C'est en effet vers 1530 que se situe la naissance des premiers martinets à acier de Rives, alimentés par les hauts-fourneaux comtois. L'approvisionnement changera, puisque les hauts-fourneaux du Dauphiné, installés au XVIIe siècle, supplanteront progressivement les autres fournisseurs. Mais la technique demeurera globalement stable. Ce n'est pas faute de tentatives, parfois savantes, pour produire mieux et davantage. Tour à tour, Réaumur et Buffon, ainsi que des techniciens comme Jars et Grignon, voudront expérimenter l'autre voie, celle qui conduit du fer à l'acier. Des manufactures seront lancées, avec l'aide d'experts anglais (La Charité-sur-Loire, 1766, Amboise, 1772). Le moins que l'on puisse dire est que cette agitation – soutenue par l'État – n'a pas encore donné, à la fin de notre période, de résultats convaincants.

Les maîtres et les ouvriers

La sidérurgie classique nous a laissé une double image, celle du maître de forges, à la fois patron et notable, celle des hommes du fer, prototype de l'aristocratie ouvrière des « métallos ». Tous gens du feu, vivant ensemble à l'écart des villes. S'il entre du vrai dans cette représentation sociale, il faut reconnaître qu'elle est le fruit d'une lente décantation. Ces deux groupes emblématiques émergent d'une situation qui, encore au XVIIIe siècle, mêle des formes variées de propriété, d'exploitation et de travail.

En cela, la sidérurgie reflète la complexité des statuts et l'enchevêtrement des activités qui caractérisent la société française d'Ancien Régime. La forge est liée au domaine par les droits d'eau, l'affouage, l'extraction de la mine. Fondre la mine, affiner la fonte n'entraînent pas dérogeance. Sidérurgie et seigneurerie ont partie liée. Les ordres monastiques avaient souvent été les initiateurs de la diffusion des usines à fer, comme les chartreux en Dauphiné, au XIIe siècle, et les cisterciens en Champagne. L'essor de la nouvelle sidérurgie, fin du XVe-début du XVIe siècle, leur doit beaucoup, en Châtillonnais ou en Franche-Comté. Toutefois, en l'espace de trois siècles, la part des seigneureries ecclésiastiques dans la propriété des hauts-fourneaux et des forges a beaucoup diminué. En 1789, à la veille d'être nationalisées, les usines du clergé sont concentrées, pour l'essentiel, dans les généralités de Dijon, Châlons et Besançon. Elles ne représentent que 8 % du total national. Au contraire, la noblesse d'épée et de robe est fortement présente dans la propriété des forges, à la coupe de 1772. La moitié des usines, sans doute, lui revient ; elle dépasse même 80 % du total dans les généralités de Rennes, Alençon et Caen. Les nobles ont accompagné dès le XVIe siècle l'essor de la sidérurgie. C'est pourtant aux XVIIe et XVIIIe siècles que l'intervention nobiliaire est la plus spectaculaire. Des forges de Moisdon (Bretagne), de Dampierre (Normandie) et de Clavières (Berry), construites entre 1669 et 1671 pour les Condé, à celle de Vierzon, que le comte d'Artois fait édifier en 1781, le paysage de la sidérurgie classique doit beaucoup à l'initiative des Grands. Il faudrait citer aussi les Orléans, en Champagne, des parlementaires comtois ou dijonnais, la famille de Taillefer, en Périgord et celle de Poulpry, dans la sénéchaussée de Limoux. En Dauphiné, la robe était représentée à Allevard par les Barral (depuis 1675) et l'épée, à Saint-Vincent-de-Mercuze par les Marcieu. Cette énumération prestigieuse ne doit pas faire oublier les dizaines de nobles de clocher, ou plutôt de foyer, qui possèdent de petits établissements en Périgord, Nivernais, comté de Foix, entre autres.

Quelques-uns des plus illustres maîtres de forges de la période n'étaient pas nobles en entrant dans la carrière industrielle, mais le sont devenus. Le fondateur de la dynastie sidérurgiste des Dietrich était banquier à Strasbourg quand il acheta la forge de Jaegerthal. Son fils, Jean III, munitionnaire des armées pendant la guerre de Sept Ans, accéda à la noblesse en 1761. Aidé de son fils, Philippe-Frédéric, le géologue et futur maire de Strasbourg, il ne cessa d'accroître le nombre et la capacité de leurs usines. Entrepreneurs dans tous les sens du terme, gestionnaires avisés et techniciens audacieux, les Dietrich ont pleinement été des maîtres de forges. Le même jugement vaudrait pour la dynastie lorraine des Wendel. À l'origine, Jean-Martin, d'une famille d'officiers, qui acquit en 1704 la forge d'Hayange. Il fut anobli en 1727. Son fils Charles multiplia les usines qui produisaient, en 1788, la moitié de la fonte et du fer de la généralité de Metz. À la troisième génération, Ignace-François s'affirmera comme un remarquable innovateur, à Hayange, à Indret et enfin au Creusot. C'est sa mère, à la mort de Charles, qui dirigera les usines lorraines, en véritable « dame de fer ».

La sidérurgie classique est domaniale, mais n'est pas exclusive des roturiers. Par l'achat d'une seigneurerie, ceux-ci entraient de plein droit en possession du cours d'eau nécessaire. Sinon, ils en sollicitaient l'usage, moyennant une rente. Le cas est banal, au XVIe siècle. Mais ces baillis champenois, marchands manceaux ou limousins, étaient surtout sollicités pour leurs capitaux. Autrement dit, ils devaient relayer, par le fermage, la rente foncière. À mesure qu'augmentait la taille moyenne des établissements et l'étendue des immobilisations nécessaires, peu de fortunes nobiliaires pouvaient faire face aux avances. De toute façon, ces propriétaires nobles trouvaient meilleur compte à faire exploiter leurs entreprises par d'autres. C'était la règle pour les usines du clergé, ce fut la tendance pour les autres. Ces fermiers, qui sont-ils ? D'abord, des marchands de fer qui s'assurent la sécurité de leurs approvisionnements. Des banquiers aussi, et toutes sortes de gens d'affaires. Dans un monde où le négociant est encore rarement spécialisé, il n'est pas étonnant d'associer l'exploitation d'une usine au commerce de l'argent et de marchandises. À la fin du XVIIIe siècle, le Bourguignon Jean-Baptiste Bureau passera de la banque et du commerce des vins à la gestion de forges, tout en menant une entreprise de transport fluvial, en attendant de devenir marchand de bois. L'usine est alors un placement, non une carrière et encore moins une vocation. Quand les titulaires de grands domaines veulent échapper aux embarras de la régie directe, ils mettent en ferme générale la totalité de leurs revenus. À l'occasion, les fermiers ont une usine en charge, en même temps que des terres, des bois ou des péages. L'usine et son affouage constituent souvent le plus gros du revenu ; le fermier ou la compagnie fermière s'y attache en premier lieu. Le négociant se fait-il maître de forges ? Si les baux sont renouvelés au même, voire à sa descendance, le locataire devient industriel. La Champagne des XVIIe et XVIIIe siècles fournit beaucoup d'exemples de ce passage réussi. Au vrai, il s'agit de patrimoines où coexistent propriétés et fermages d'usines. Un métier s'élabore, des dynasties et des alliances se forment. Des noms apparaissent, qui deviendront des raisons sociales, presque aussi durables que les sites.

Au XVIIIe siècle est dit maître de forges l'exploitant effectif de l'usine. Deux siècles plus tôt, il pouvait s'agir, en Bretagne par exemple, de l'artisan spécialisé qui fabriquait le fer pour le compte d'un propriétaire de forge à qui il était redevable de l'installation, de la matière première et du combustible. Ce schéma proto-industriel, plus vivace en Périgord qu'ailleurs, cède la place au XVIIe siècle au salariat, à la distinction franche entre patron et ouvriers. Mais, à l'apogée de la sidérurgie classique, il reste des traces de l'ancien modèle, dans l'autonomie ouvrière de recrutement et de travail. Le premier cercle de main-d'œuvre comprend les « ouvriers internes », ceux qui travaillent au haut-fourneau et aux feux de forge, soit une vingtaine d'hommes pour une usine complète. Non seulement ils opèrent directement dans les ateliers, mais ils logent sur place, ce qui est une nécessité pour la marche de l'usine et un avantage pour eux. Ils sont employés, hors des périodes de crise, aussi longtemps que l'eau le permet, jusqu'à dix mois les bonnes années. D'où viennent-ils ? Deux cas se présentent. Quand la forge est créée sans environnement sidérurgique, les techniciens nécessaires viennent de loin. Les Wallons, plus tard les « Allemands » font prime au XVIe siècle. Par la suite, deux foyers principaux, correspondant aux deux grandes familles de procédés, la Franche-Comté et l'Ariège, alimenteront les fronts pionniers. Ordinairement, le renouvellement de la main-d'œuvre interne s'effectue dans un bassin d'emploi de la taille d'un canton. Là, dans la constellation d'usines qui s'est formée, la relève se prépare. Plus exactement, les familles d'ouvriers sidérurgistes unies par une forte endogamie, organisent la circulation des jeunes entre les emplois vacants. Elles fonctionnent dans la Franche-Comté du XVIIIe siècle, dit François Lassus, comme des « bureaux de placement ». Mais cette remarque vaut en toute région et depuis le XVIIe siècle. Les fondeurs et les forgerons n'acceptent de transmettre leur savoir – leurs secrets, disent les maîtres de forges – qu'à un fils ou à un gendre. Cette endotechnie, qui est, à tout prendre, une caractéristique générale de la société pré-industrielle, atteint ici une sorte de perfection. Elle souligne les limites d'efficacité de l'intégration capitaliste. Des monographies de paroisses sidérurgiques en Nivernais, Normandie, Berry, Alsace, à la fin du XVIIIe siècle, ont montré la solidité de ce tissu familial et professionnel. Des dynasties ouvrières, qui s'esquissent en Franche-Comté au XVIe siècle ou en Mayenne au XVIIe siècle, exerceront le métier du fer pendant deux cents ou trois cents ans.

Contrairement à l'industrie textile et même à l'industrie houillère, la sidérurgie classique laisse femmes et enfants à la périphérie. Le feu est le domaine des hommes adultes ; l'apprentissage ne commence guère avant quatorze ans. Ces ouvriers qualifiés sont bien rémunérés, au moins par rapport aux autres salariés de la campagne. Ils ont l'avantage très envié, en économie ancienne, d'un emploi stable et de longue durée. Il n'est donc pas étonnant que les inventaires après décès traduisent chez certains une petite aisance, une maison au village, quelques terres mises en location. Les « forgeurs » ariégeois, qui rentrent au pays entre deux campagnes, font figure de coqs de village. Haute paye (en comptant logement, chauffage et potager), bonne nourriture aussi. La dépense physique exige certainement une alimentation riche. Mais, dans une société où l'on est défini par ce que l'on mange, il entre certainement de l'ostentation à consommer en abondance, comme le font ces hommes, du vin, de la viande et du pain blanc, le « pa de la fargo », disait-on en Ariège.

Au-delà de ce groupe fermé et restreint – 10 000 ouvriers du fer dans tout le royaume aux alentours de 1780 –, commence le monde plus flou de la main-d'œuvre externe. Les tâches sont bien définies : l'extraction et la préparation du minerai, la coupe du bois et son charbonnage, la voiture de ces matériaux et des produits finis. En revanche, l'incertitude domine quand il faut évaluer l'effectif ou préciser le statut de cette population. Sont-ils 100 000, vers la fin du XVIIIe siècle, à travailler pour les forges ? Le rapport numérique des deux types de main-d'œuvre permettrait de l'affirmer. Mais qui compte-t-on ? Le voiturier ou le mineur qui est porté sur les livres de l'usine, parfois ses aides quand ils sont rémunérés directement. Ici, pourtant, les femmes et les enfants participent à l'activité du chef de famille, en nourrissant les bêtes (voire en portant les charges, dans les Pyrénées !), en lavant le minerai ou en surveillant la combustion des meules. La durée d'emploi varie de quelques semaines par an, pour la voiture, à plusieurs mois, pour la mine. Mais la vérité de ce système se trouve dans la multiplicité des situations particulières, des engagements. Dès lors, il vaut mieux évaluer ce travail externe en termes de journées et de tâches, comme le font les maîtres de forges les plus avisés. Certains de ces ouvriers sont de purs salariés de l'entreprise qui entretient le cheptel et les charrettes (Alsace) ou fournit aux mineurs la poudre et les pics (à Saint-Vincent-de-Mercuze). C'est une sécurité coûteuse. La formule demeure marginale. Il est beaucoup plus avantageux de laisser la reproduction de la force de travail à la charge, pour l'essentiel, de l'économie agraire. Dans tous les cas, le travail est rémunéré à la pièce. Malgré la vigilance des commis, ces chantiers dispersés, fluctuants, ne sauraient être surveillés à la satisfaction de l'employeur. Le rapport qui s'établit entre les deux parties tient beaucoup du lien qui unit donneur d'ordres et artisan dépendant. Au reste, dans les zones de forte concentration sidérurgique, ce deuxième cercle d'emploi industriel détourne les paysans de chercher un supplément de revenu dans le tissage pour la ville. Si l'année sidérurgique commence en octobre, pour se terminer en juin, l'approvisionnement des usines et les charrois se font surtout à la bonne saison… où l'eau est rare dans les trous de mine et sur les chemins. Seuls les bûcherons et les charbonniers travaillent au même rythme que l'usine. De là, les tensions entre entrepreneurs de culture et maîtres de forges, dont la courbe des salaires est le reflet, de là le partage familial des activités : qui la moisson, qui la voiture. Cette main-d'œuvre, recrutée à quelques heures de marche de l'usine, n'est que partiellement intégrée à l'entreprise.

Croissance et dépendance

« Il y a en ce royaume plus de 460 forges, assure le chancelier Poyet en 1542, il y a plus de 400 érigées depuis cinquante ans ; par chacun an, il s'en érige 25 ou 30. » S'il n'est pas question, faute d'un recensement fiable, de tenir pour sûrs les chiffres avancés, ce grand bond en avant du nombre des usines sidérurgiques dans la première moitié du XVIe siècle ne fait pas de doute ; chaque monographie régionale vient le confirmer. Vers 1770, l'effectif a doublé, quelles que soient les réserves que la dénomination de « forges » puisse soulever. Cette croissance globale s'est faite par vagues qui n'ont pas été synchrones dans tout le royaume. On commence à entrevoir les grands traits de la chronologie des implantations. Au départ, la nouvelle sidérurgie se déploie vigoureusement dans toutes les régions du royaume où la présence du minerai de fer est connue et où il est exploité de longue date : Nivernais,

Périgord, Limousin. Mais ce mouvement est peut-être encore plus prononcé en Bourgogne et dans les Ardennes. Dès la fin du XVIe siècle, ces deux pôles sidérurgiques ont atteint le nombre d'établissements qui sera le leur au XIXe siècle. Ici la sidérurgie classique a vite saturé les sites utilisables et clos la phase de croissance extensive. En Normandie, au contraire, l'équipement des rivières en usines à fer connaît deux temps forts : fin du XVe-début du XVIe siècle, avec une quarantaine d'usines entre l'Ouche, le Perche et le Bocage, deuxième tiers du XVIIe siècle, au cours duquel un remaniement intrarégional s'opère. Car la démographie des forges, elle aussi, a ses moments de recul ou, au moins, de glissement géographique ; les atouts de site et de position ne sont pas irréversibles. Une chronologie assez comparable se retrouve en Bretagne et dans le Maine. En Dauphiné, on l'a vu, la plupart des hauts-fourneaux ont été créés dans le premier tiers du XVIIe siècle. La montée en puissance du pôle champenois, en termes d'unités de production, a été étalée du début du XVIe siècle au début du XVIIIe siècle. Enfin les seules régions où le nombre d'usines sidérurgiques a crû de façon significative après 1730 sont la Franche-Comté et la Lorraine. Ce n'est pas dire qu'il ne se crée plus de forges en France. Mais, à coup sûr, un palier a été atteint. L'ordonnance de 1723 en tire les conséquences ; il n'y a plus beaucoup de place pour de nouveaux établissements.

Une fois achevée la constitution du réseau des usines, vient le moment de la croissance intensive, si toutefois la demande des marchés et les progrès de la technique en fournissent les moyens. Augmenter la densité des ateliers sur un même site est l'une des façons les plus courantes de contourner la difficulté. Un second haut-fourneau, parfois (Normandie), plus souvent des feux de forge (Champagne et Bourgogne) rejoignent l'installation initiale. Dans ce cas, l'autorisation est obtenue sans trop de peine, si même elle a été sollicitée. Dès que la saturation relative apparaît, les maîtres de forges ont ce recours. L'autre voie de développement interne suit l'évolution de la taille et des performances des bâtiments de production. Les hauts-fourneaux de la première génération devaient avoir environ 4 mètres de haut ; ils auront presque doublé, dans les entreprises pilotes, à la fin de la période. La hauteur n'est que l'un des paramètres. Il faudrait faire intervenir aussi le volume de la cuve, l'architecture interne de l'installation. En Châtillonnais, une coulée représente 900 livres de fonte, à la fin du XVIe siècle, et 1 600 livres, un siècle plus tard. L'aire catalane n'échappe pas à ce mouvement de fond. Le volume moyen du creuset s'est accru notablement entre le XVIe et le XVIIIe siècle, indice, parmi d'autres, que le procédé n'est pas figé. Partout, le progrès des techniques hydrauliques a été l'agent du succès. Dernier facteur de croissance, la durée annuelle d'utilisation des appareillages a beaucoup augmenté. Entre le « roulement » théorique et le fonctionnement réel d'une usine, la marge peut être considérable, surtout pour la fonte. Des hauts-fourneaux, qui pouvaient travailler cinq mois par an, étaient éteints une année sur deux, faute de combustible ou de clients. Une telle pratique se fait de plus en plus rare. La production française de fer avoisine 65 000 tonnes dans les années 70 du XVIIIe siècle. Pourtant le royaume doit en importer environ 20 000 tonnes. Malgré un essor visible, la sidérurgie nationale ne parvient pas à suivre le rythme de croissance de la demande intérieure. Le fer en barre surtout manque à la métallurgie légère. Les producteurs-exportateurs européens, Pays basque au XVIe siècle, Suède et Russie au XVIIIe siècle, pour ne citer que les plus notables, y pourvoient. Importer du fer brut indique seulement, comme en Angleterre à la même époque, le déficit d'un matériau semi-élaboré. Plus préoccupants sont les arrivages, en dépit des barrières tarifaires, d'acier, de fer-blanc, de quincaillerie. Achetés en Angleterre et dans l'Europe germanique, ce sont là des produits à forte valeur ajoutée. La sidérurgie française manifeste une incapacité durable à en approvisionner le marché intérieur en quantités et en qualités suffisantes. Lorsque le libéralisme économique marquera des points, avec le traité Eden, la faiblesse de la métallurgie légère française mettra bien de nos fabricants à découvert. À l'origine de ce déficit de production, la hausse accélérée du prix du bois qui, sauf pour les usines autosuffisantes, lamine les profits. La relève n'est pas prête, on l'a dit, et l'aventure du Creusot, que va tenter Ignace-François de Wendel, sera très vite un échec. La sidérurgie classique est en train, vers 1770-1780, d'éprouver les limites et la dépendance de son système technique, même si une marge de progression interne demeure et que la protection extérieure et le contrôle intérieur du gouvernement – autre dépendance – semblent lui garantir l'essor.

D'autres foyers : les verreries

La communauté verrière

La fabrication du verre requiert un bon sable, un fondant potassique tiré de la cendre de fougère ou de hêtre, du combustible et de l'argile pour le four. Nul besoin d'eau motrice ; la localisation, comme pour les forges du haut Moyen Âge, est forestière. À la Renaissance, l'essor de la demande de tous les genres de verre, du plus ancien – la gobleterie – au plus récent, le verre à vitre, stimule l'activité des verriers dans les régions de longue culture verrière, Normandie, Languedoc, Lorraine, entre autres. La présence d'une grande ville, telle que Rouen, ou d'un semis urbain comme dans le Midi, des communications aisées pour expédier la marchandise sont des atouts incontestables. Mais compte aussi, plus peut-être, le savoir-faire accumulé localement et transmis, cette longue pratique sédimentée de ce qui reste un art tout en devenant une industrie. La géographie verrière des XVIe-XVIIIe siècles évoque à la fois des constellations très stables, à l'échelle régionale, d'un potentiel verrier, des ateliers longtemps itinérants, au rythme des affectations de bois, et une circulation intense de techniciens d'une province à l'autre, d'un pays à l'autre. Par eux, la verrerie a gagné de nouveaux territoires ; des techniques et des produits ont migré. La Normandie de la fin du Moyen Âge essaime vers la Picardie et l'Argonne. Au début du XVIe siècle, les verriers de la Thiérache et du Valois supplantent les Normands sur leur propre terrain. Des familles originaires de Lorraine apportent en Nivernais, à la fin du XVIe siècle, leur maîtrise du verre à vitre, mais ce sont les Italiens d'Altare qui constituent alors la « colonie verrière » la plus puissante. En Franche-Comté, l'influence lorraine fait place, à partir de 1660, aux techniques en provenance de la Forêt-Noire et du Jura suisse. Un siècle plus tard, la Franche-Comté est devenue, en verrerie comme en sidérurgie, un foyer d'immigration. Techniciens réputés, ces « Allemands » font prime en Berry, Nivernais et dans le midi de la France alors que le monde plein des verreries comtoises ne peut plus tous les absorber. L'Europe rhénane, la Vénétie et la Bohême ont tour à tour fourni à la France leurs spécialistes. Mais un courant inverse a conduit des verriers de Champagne, au XVIe siècle, vers l'Italie et l'Allemagne. De la Lorraine ducale, au XVIIe siècle, des techniciens sont partis créer des verreries dans le Surrey et dans les Midlands. Plus que tout autre fabricant, le verrier est un nomade.

Qui est-il ? Un gentilhomme assurément en Normandie, en Champagne, en Berry, des Pyrénées à la Montagne Noire. Du moins, l'affirme-t-il... même là où le statut d'origine (Franche-Comté sous influence allemande) était tout autre. Disons que, dans les terres verrières anciennes, les nobles n'avaient pas dérogé en créant et en conduisant un four. Hors de ces dynasties, les maîtres et leurs ouvriers ont bénéficié dès le XVe siècle de privilèges et d'exemptions (de milice, de corvées) qui les mettaient au-dessus du commun des ruraux. Mieux que la noblesse incertaine, c'est le four, cette ruche, qui définit la communauté verrière. Qu'il soit de type « italien », circulaire à trois niveaux (de foyer, de fusion, de refroidissement) ou de type « allemand », oblong en deux parties, le four est l'outil collectif des familles copropriétaires. Il est percé de quatre à dix « ouvreaux », à la fois places de travail et parts de société. Des familles associées, des frérèches, voire des individus sans liens d'alliance préalables, achetaient, fabriquaient et décidaient en commun. Telle qu'elle nous est connue, pour la Franche-Comté des XVIIe et XVIIIe siècles (Guy Michel), la communauté verrière fonctionnait d'une façon solidaire mais inégalitaire puisque certaines familles pouvaient avoir, dès l'origine ou à terme, la propriété de plusieurs ouvreaux. Les secrets du métier, si fortement protégés en Normandie pour être transmis aux seuls descendants, étaient ici plus ouverts. Les auxiliaires du maître verrier, généralement deux, ne se recrutaient pas nécessairement dans la parenté. Reste que les enfants du maître, initiés par lui à l'art de souffler le verre, étaient destinés à lui succéder ou à prendre un ouvreau dans une autre verrerie. Les femmes et les filles des maîtres intervenaient elles aussi sous la halle, comme aides. Elles pouvaient même devenir « attiseuses », c'est-à-dire avoir la charge capitale de maintenir les fours à la température requise. La réussite de la fabrication dépendait d'abord de la bonne exécution de cette tâche. Gens de clairière, les maîtres de verreries forestières ont établi leur société à l'écart du village. Ils maintiendront, au moins jusqu'à la fin du XVIIIe siècle, ce mode de production et de vie.

L'entreprise

À côté de ce réseau de verreries traditionnelles, une industrie du verre très différente s'établit dans le royaume, au XVIIIe siècle. Tout change ou presque, les produits, les techniques, la structure du capital, la géographie des implantations. Saint-Gobain est la première et la plus illustre de ces entreprises. La Compagnie royale des glaces a été fondée à Paris en 1665. Elle a bénéficié du privilège, constamment renouvelé, de la fabrication des miroirs, produits de luxe qui commençaient à se répandre dans les demeures des grands. La technique demeurait celle du verre soufflé au manchon qu'il fallait ouvrir puis polir. Avec ce procédé, on ne savait pas dépasser la « barrière des 40 pouces » (1 mètre). La technique du coulage sur plaque, mise au point en France dans les années 1680, fit entrer les miroirs dans l'ère des grandes dimensions. Désormais la Compagnie, transformée en Manufacture royale des glaces en 1702, pouvait répondre à la demande des grandes glaces d'appartement dont les architectes feront le succès au cours du XVIIIe siècle. À vrai dire, la nouvelle Manufacture n'abandonna pas la technique de la glace soufflée qui fut employée à l'usine de Tourlaville, près de Cherbourg. Le remplacement du bois par le charbon de terre, en 1749, prolongea l'usage de ce procédé. À Saint-Gobain, près de Soissons, le bois restait plus économique. L'innovation du coulage y entraîna la construction de grands fours ainsi que des rouleaux de laminage. Il fallut former des ouvriers à ce nouveau métier.

La technique et le privilège fournissaient les conditions de la réussite, mais les finances devaient suivre. Le capital social, 2 millions de livres, était divisé en 24 sols de 12 deniers. Les porteurs de parts de la première compagnie se recrutaient parmi les officiers de finances parisiens. Par le jeu des cessions, une plus large fraction des milieux bancaires prit le pouvoir. La dernière étape, vers 1740-1770, verra le triomphe d'une oligarchie restreinte où domine la grande noblesse. Les Montmorency et les Ségur personnifient cette nouvelle distribution de l'actionnariat. Capitalisme nobiliaire, donc, mais plus rentier qu'entreprenant. Les principaux actionnaires avaient décidé, dès la fondation de la Manufacture, de séparer gestion et propriété. C'était éviter avec sagesse les délibérations sur le quotidien de l'entreprise qui paralysaient certaines sociétés.

Si Saint-Gobain avait le privilège de concourir au décor des demeures, le marché de la gobleterie de qualité, autre produit verrier en vogue au XVIIIe siècle, était aux mains des fabricants étrangers. Le verre « façon de Venise », le « verre de Bohême », le « flint-glass » anglais, tous désignés comme « cristaux » selon l'usage du temps, n'avaient pas leurs équivalents en France. On les importait ou on les imitait maladroitement. Ce fut la perspicacité de Lorrains, vers 1760, de choisir ce marché. La réunion de la Lorraine à la France – *de facto* en 1736, *de jure* en 1766 – laissait espérer un adoucissement des tarifs douaniers sur la ligne des Cinq-Fermes. Deux avocats de Nancy créèrent en 1767, près de Bitche, la verrerie royale de Saint-Louis. Ils obtinrent du roi un affouage de 8 000 arpents. L'un des fondateurs de l'entreprise, René-François Jolly, placera plus tard ses capitaux dans le fermage de grosses forges lorraines, après s'être retiré de Saint-Louis. En verrerie comme en sidérugie, ces hommes d'affaires ont pour règle de s'associer à un technicien, qui dirige effectivement l'entreprise. À Saint-Louis, la recherche aboutira, vers 1780, à retrouver le bon dosage de plomb, base du cristal anglais. La poursuite de la qualité et le risque de l'innovation se révélaient une bonne affaire, pour les propriétaires et pour le royaume. En 1784, le Conseil d'État indiquait : « Il doit résulter de cette découverte un avantage pour le commerce et pour l'État qui ne verra plus sortir du royaume un numéraire considérable. » Sans parvenir encore à la même perfection, les cristalleries de Saint-Quirin et de Baccarat formaient avec Saint-Louis un pôle lorrain d'excellence.

C'est une tout autre stratégie qui est suivie, à partir de la mi-XVIIIe siècle, par les verreries fonctionnant à la houille. Voici l'histoire de l'entreprise de Givors, racontée par Guy Michel. L'un des principaux maîtres verriers comtois, Michel Robichon, de Miellin, s'associe à un de ses parents par alliance, Joseph Enard, marchand de verre à Lyon, pour créer une verrerie à Givors en 1749. En choisissant cette localisation, le négociant pariait sur la proximité du marché lyonnais, et le technicien, sur le charbon de Rive-de-Gier. Leur calcul se révéla payant. Avec une mise de fonds de 60 000 livres, leur entreprise en valait déjà 450 000 en 1774. Alors qu'à Miellin, grosse verrerie forestière, on ne sortait que 10 000 bouteilles par an, la production de Givors avoisinait les 900 000 bouteilles dans les années 1780. Grâce au charbon, le prix de vente avait diminué de moitié, élargissant considérablement la clientèle dans le cercle vertueux de la production de masse. Il avait fallu, dans l'intervalle, adapter toute la chaîne productive au nouveau combustible et d'abord convaincre les consommateurs que le verre à la houille n'alterait pas le vin. Le four devait être transformé pour contenir, comme il convenait, des couches épaisses de combustible. Un tirage puissant s'imposait, sinon la fumée risquait de trop colorer le verre. En modifiant les dimensions du four, on ralentissait la fonte. D'où le besoin de changer de fondant. De toute façon, loin des bois, les cendres revenaient trop cher. La soude d'importation convenait parfaitement. Michel Robichon appartenait à cette élite verrière mobile, curieuse d'esprit, prête à la nouveauté. Il procédait empiriquement, tandis que des savants comme Bosc d'Antic ou Guyton de Morveau tentaient d'articuler savoir théorique et pratique industrielle. Son principal mérite ou sa chance avait été de s'installer à portée de Rive-de-Gier. L'échec de bien d'autres verreries à la houille s'explique par un approvisionnement de médiocre qualité.

En sortant de la forêt, la verrerie a aussi changé de structures. Au lieu de la communauté, l'entreprise. Certains maîtres deviennent de véritables patrons, d'autres se prolétarisent. Finie l'équipe restreinte, à base familiale, où le maître conduisait la manœuvre. Désormais, le directeur contrôle une grosse centaine d'ouvriers. Une division du travail beaucoup plus élaborée se dessine, par opposition à la polyvalence antérieure. Des paysans sans tradition verrière rejoignent les techniciens de départ ; l'usine se constitue peu à peu son bassin d'emploi. L'histoire de Givors, financée entièrement par ses fondateurs, est, sur ce point, atypique. La norme est plutôt l'alliance de capitalistes et d'un verrier. Le plus souvent, des propriétaires de houillères, à Montrelais, près d'Angers, à Épinac, en Bourgogne, à Graissessac, dans le Bas-Languedoc, cherchent à valoriser leur charbon en installant une verrerie. L'autre tendance de la nouvelle géographie verrière est d'attirer des usines vers les grands centres de consommation et de redistribution, pour peu qu'ils soient à portée du combustible français ou anglais. Ainsi Nantes, Bordeaux, Marseille concentrent-ils, à partir de la seconde moitié du XVIIIe siècle, un important potentiel verrier. Le pôle lyonnais, cumulant les deux avantages, devint alors le centre majeur de la nouvelle industrie. Pouvait-on, au-delà du verre à vitre et à bouteille, viser la gobleterie de luxe en employant du charbon ? Ce sera l'un des enjeux de l'aventure du Creusot.

La roue hydraulique, le bois, le charbon : c'est de la campagne qu'il a été ici question, et les deux industries consommatrices de ces énergies sont bien filles du monde rural. Avant d'être affrontées à l'économie agraire dominante, d'être à la fois un souci et une chance pour le village, les usines s'inscrivent dans le paysage. Elles le transforment aussi. Entre industrie et environnement, la relation est ancienne et la prise de conscience chez tous les acteurs n'a certes pas attendu l'ère contemporaine. Toutefois, vues de la société paysanne, les industries paraissent plus menaçantes par leur concurrence sur les ressources naturelles que par d'éventuels dégâts. Le partage de l'eau et du bois crée localement des tensions que compense souvent l'offre de salaire industriel. Le prédateur, le pollueur est aussi l'indispensable employeur. La compétition interne qui oppose les usines n'est pas moins vive. Elle légitime l'intervention de la puissance publique pour réguler l'approvisionnement. Elle traduit les limites du système technique classique. Pourtant celui-ci perdure et ne donne pas, à la fin du XVIIIe siècle, des signes de déclin irréversible. En matière d'énergie, l'industrie française a encore un horizon de croissance. L'intérêt de la vapeur et de la houille n'est pas méconnu, mais rien de décisif n'est encore entrepris. Les techniques employées sont stables. Il n'y a aucune rupture comparable à la révolution énergétique du XIe siècle ou à l'innovation majeure du haut-fourneau du XVe siècle. Cela ne signifie pas que rien ne bouge. Au contraire, des progrès constants dans les rendements ont montré l'efficacité d'un système qui a une grande marge de réformisme.

5. Les lieux d'industrie

Quels sont, du XVIe siècle au XVIIIe siècle, les territoires de l'industrie ? À l'échelle du royaume, comment se répartissent les diverses fabrications ? Quels changements les localisations ont-elles subis ? Cette géographie générale ne peut fournir qu'une configuration schématique de la situation des activités industrielles, caractériser ainsi les branches ou les régions. À une échelle plus fine, on peut se poser d'autres questions. Il est intéressant, par exemple, de chercher à savoir dans quelle mesure les industries – quelles industries ? – se concurrencent au point de s'exclure mutuellement, le fer chassant le verre ou le travail du lin décourageant celui de la laine. À côté de ces formes de ségrégation spatiale, n'existe-t-il pas des « pays » où cohabitent – au moins pour une période – plusieurs industries ? En interrogeant la ville, c'est l'insertion des lieux de travail dans le tissu urbain qui retient l'attention. À quelles conditions et comment s'opère-t-elle ? Ultime étape de ces grossissements successifs, l'analyse de l'espace de production lui-même. Il s'agit à la fois d'une architecture, même rudimentaire, et de fonctions productives, de bâti et de non-bâti, d'emplacements et de déplacements, bref d'un ensemble où l'on peut lire les contraintes techniques, les projets et les prétentions de l'entrepreneur, la condition des travailleurs.

Le royaume manufacturier

Une géographie dynamique

Peut-on parler de régions industrielles dans la France des XVIe-XVIIIe siècles ? L'expression serait certainement inappropriée. Il y a, bien sûr, des villes qui vivent de l'industrie, telle Amiens, et d'autres qui en sont dépourvues, on songe, entre autres, à Aix-en-Provence. Il y a des densités manufacturières différentes entre le Seuil de Rives et d'autres vallées alpines, des esquisses de concentrations ouvrières. Mais le trait dominant est bien l'ubiquité du travail industriel. Des régions où le souvenir même en a disparu au XXe siècle, comme la Bretagne intérieure, ont connu l'activité de tisserands, de forgerons et de bien d'autres métiers. Les industries s'installent en ville aussi bien que dans le plat pays et, à l'exemple de la Haute-Ariège, ne dédaignent pas la montagne. Si l'industrie est partout, toutes les industries ne sont pas également réparties sur le territoire ; elles y ont leurs points forts et leurs lacunes. Par ailleurs, cette cartographie s'est sensiblement modifiée au cours de la période. L'industrie textile s'affirme dans la longue durée comme une industrie d'implantation nationale. Une dominante toilière s'inscrit dans le quart nord-ouest du royaume, entre Bretagne et Picardie, mais ne doit pas faire négliger les pôles lyonnais ou champenois. Les draps de laine font la richesse durable de Beauvais, d'Amiens, de Reims, de Rouen, pour ne citer que quelques villes phares du nord de la France. La laine a d'autres places fortes dans la France centrale – selon le découpage proposé par Thihomir Markovitch –, en particulier le Berry et le Poitou. Enfin la France méridionale – et pas seulement le Languedoc – n'a pas cessé de produire toutes sortes d'étoffes de laine. On a déjà dit la géographie spécifique des soieries et, tardivement, des indiennes, qui donne des cartes plus ramassées. La France sidérurgique se superpose en partie à cette France textile. Aux XVIe et XVIIe siècles, l'Ouest breton et normand figure parmi les zones principales de la métallurgie du fer. La

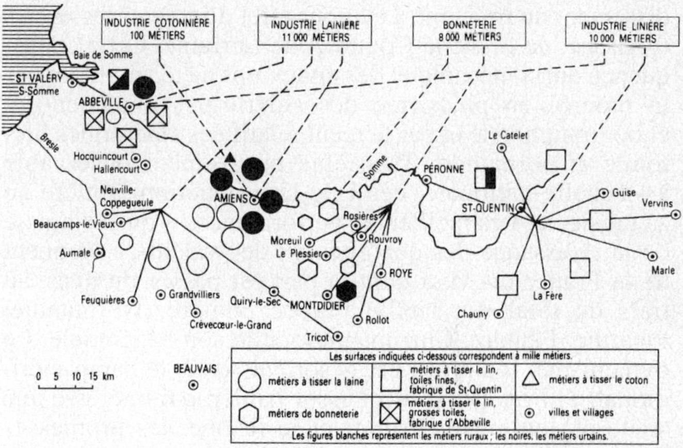

La généralité d'Amiens, vers 1785, compte probablement 170 000 ouvriers du textile. Trois pôles, le long de la Somme, dominent l'activité de tissage : Abbeville, Amiens et Saint-Quentin. La bonneterie est presque entièrement rurale, comme l'industrie du lin. La production de velours de coton est encore marginale ; elle n'est implantée à Amiens que depuis vingt ans. (D'après Charles Engrand, *Revue du Nord,* janvier-mars 1979.)

Champagne, le Nivernais et le Périgord associent également le travail du métal et celui des fibres. Dans le Sud-Est, le Dauphiné est terre de forges et de tissus. En revanche, la sidérurgie est forte dans des régions peu tournées vers les textiles, comme les Ardennes ou le piémont pyrénéen. Le minerai de fer est plus répandu sur le territoire, plus facilement repérable et plus accessible que celui de charbon. Au XVIe siècle, l'extraction de la houille est, pour l'essentiel, centrée sur le bassin de Saint-Étienne et sur de petits gisements de Bourgogne, d'Anjou ou de Bretagne. Au cours du XVIIIe siècle, Anzin, Carmaux, Montcenis – et autres fleurons du capitalisme charbonnier – ont contribué à élargir spectaculairement non seulement les volumes mais la base géographique de l'exploitation. Pendant la même période, le centre de gravité de la sidérurgie française s'est déplacé vers le Centre-Est. L'agrandissement du royaume a eu pour effet d'intégrer les usines d'Alsace, de Franche-Comté et de Lorraine. Cette conséquence quasi mécanique des annexions a été amplifiée par la montée en puissance des sidérurgies champenoise et bourguignonne et par le recul relatif des sidérurgies bretonne et normande. Troisième mouvement observable à l'échelle nationale, celui de la production lainière au XVIIIe siècle. Les meilleures performances – qu'il s'agisse de la croissance des quantités ou des valeurs – viennent de la France du Midi dont la part est passée du quart au tiers du total. La vieille France lainière (Normandie, Picardie, Flandre, Champagne) garde son hégémonie. Le dynamisme, toutefois, est désormais dans le camp méridional. Si l'on ajoute à cet essor lainier, qui intéresse une vaste région entre l'Adour et le Rhône, les promesses des houillères et des gisements métalliques de l'Aveyron et du Gard, l'industrialisation du Midi ne paraît pas mal partie.

À une plus petite échelle, celle, par exemple, du Perche, du Nontronais ou du pays de Voiron, y a-t-il une logique de répartition spatiale des industries ? Comment se compose et se renouvelle le tissu des activités hors de l'agriculture ? Les atouts et les contraintes physiques tiennent, bien entendu, une place majeure. C'est l'évidence pour les industries extractives et pour celles qui donnent une première manutention à la matière. Les ressources énergétiques disponibles conditionnent les emplacements et obligent à des choix, à des arbitrages. Pourtant, les industries du feu cohabitent plus souvent qu'elles ne s'excluent : verreries, forges, faïenceries voisinent en Périgord. Le partage de l'eau, malgré ses inconvénients, n'introduit pas davantage de monopole. Ainsi des papeteries, des tanneries, des usines à fer se succèdent sur quelques kilomètres de rivières.

Le besoin de capitaux et d'une main-d'œuvre au moins saisonnière a-t-il eu pour effet de retenir ou de dissuader localement tel ou tel type d'industrie ? Une coupe chronologique à hauteur de 1730 révèle à Romans et à Vienne un mélange complexe et hiérarchisé d'activités manufacturières. Dans le premier centre et ses environs, la fabrication des draps est certes hégémonique, mais laisse des emplois aux ouvriers bonnetiers, toiliers, gantiers, mégissseurs-tanneurs, chapeliers et mouliniers en soie. Dans l'autre cité, la dominante est également drapière. À côté des industries du textile et de l'habillement, la papeterie et la métallurgie viennent élargir encore l'éventail des produits. La coexistence des activités n'est pas assurée. Entre industries consommatrices de bois, la compétition pour le combustible peut aboutir à l'élimination de l'une des concurrentes. Au XVIe siècle, la Normandie illustre ce processus de substitution : des forges chassent les verreries de la forêt d'Andaine tandis que la situation inverse s'instaure dans la région de Mortain. Autour de la forêt comtoise de Chaux, la rivalité du fer, du verre et du sel conduit, à la fin du XVIIIe siècle à un quasi-désastre écologique et à la mise à mal du tissu industriel. L'affrontement pour le contrôle de la force de travail rural ne se limite pas aux grandes « familles » d'industries, celles du feu, celles des fibres. Des déplacements spectaculaires ont affecté en Normandie, au cours des XVIe et XVIIe siècles, le couple toiles-fers. À partir de la seconde moitié du XVIe siècle, la métallurgie perd ses positions précédentes entre Mortagne et Nogent. Le travail des toiles accapare le temps libre des ruraux et les moyens du négoce. La géographie industrielle de l'Ouche, du Perche et du Bocage évolua au long du XVIIe siècle vers une « ségrégation assez stricte » (Jean-François Belhoste) qui définissait des zones sans recouvrement. Des villages voués à la clouterie et à l'épinglerie formaient une constellation autour de Laigle et de Breteuil, alors que les environs de Lisieux et de Bernay se consacraient aux toiles. L'exemple dauphinois caractérise une combinaison hiérarchisée d'industries multiples, celui de la Basse-Normandie présente une forte polarisation. À l'extrême fin de la période, Mazamet offre le cas de l'exclusion d'une industrie par l'autre, de la fabrication du papier par celle des tissus de laine. Au départ, dans la seconde moitié du XVIIe siècle, les deux « manufactures » se développèrent conjointement. Les moulins à papier, qui fournissaient 1 500 rames en 1692, en donnaient 3 900 en 1775. La production de « molletons », « cordelats » et autres « mazamets », fit plus que quintupler dans le même temps. Vers 1780-1785, la papeterie manifesta un essoufflement certain. Bien des raisons pouvaient en rendre compte : de nouveaux impôts sur le papier, la concurrence pour l'approvisionnement en chiffons, l'insubordination croissante d'ouvriers réputés indociles. Les fabricants auraient pu tenter de surmonter la crise en modernisant les installations, comme Montgolfier venait de le faire à Annonay. Ils ne prirent pas ce risque et, pour certains, se reconvertirent dans le textile dont « l'essor [...] attirait capitaux et initiatives » (Rémy Cazals).

L'industrie dans la ville

Les ateliers et les manufactures s'insèrent dans le tissu urbain. Selon la nature des activités, l'histoire et la configuration de la ville, la greffe prend ou il y a rejet. À l'échelle des agglomérations, la géographie industrielle se caractérise à la fois par un processus de polarisation et par un mouvement du centre vers la périphérie ; ces deux traits s'accentuent à la fin du XVIIIe siècle. L'attrait de l'eau explique une bonne part des localisations. Soit l'industrie utilise l'eau dans le procès de travail, soit elle en a besoin pour la circulation des matériaux et des marchandises. Les industries textiles figurent, à l'évidence, dans la première catégorie : il faut laver et teindre. Ce tropisme professionnel est visible à Amiens ou à Louviers. Ces ateliers sont rejoints par ceux des cuirs et des peaux, comme à Paris, le long de la Bièvre. Mais la proximité d'une rive procure d'autres avantages. Les berges de la Seine ont ainsi attiré dès le XVIe siècle toutes sortes d'industries. Il en va de même, par exemple, à Nantes accueillante aux « gabarres » et autres bateaux de Loire. La ville attire ; elle repousse aussi. Les industries réputées dangereuses sont tenues à l'écart, en bordure de la ville. Les ateliers d'émailleurs de Limoges doivent s'installer à l'extérieur de la ville, à cause des risques d'incendie. Une contrainte identique pèse sur les raffineries de sucre nantaises. S'il n'y a pas de danger, il peut y avoir une gêne. L'histoire des pollutions industrielles et de la sensibilité des citadins à ces nuisances n'a pas encore été faite. On ne dispose seulement que de quelques repères. Le bruit n'est pas (encore) invoqué pour protester contre une installation industrielle. La pollution de l'air, en revanche, suscite inquiétude et protestations. Lepecq de la Clôture, un observateur rouennais du XVIIIe siècle, évoque une « manufacture d'huile de vitriol » dans le quartier de Saint-Sever « dont le voisinage a beaucoup effrayé les citoyens ». « Nous n'avons rencontré personne, note-t-il, dont la santé en ait souffert quelque altération. Mais il faut convenir que lorsque les exhalaisons sulfériques s'évaporent et sont portées par le vent sur quelque maison voisine, tous ceux qui l'habitent sont saisis de suffocation. » Les odeurs fortes, si elles ne menacent pas la santé, dérangent néanmoins le voisinage. C'est pourquoi certaines fabrications sont malvenues en ville. La transformation du pastel dans sa deuxième étape – la fermentation des boules après écrasement – est ainsi conduite hors de Toulouse. Des arrêts des Parlements ou des décisions des autorités municipales ont très tôt cantonné ces activités indésirables à la périphérie. Les tanneries de Saint-Jean-d'Angely ont dû leur localisation à cette politique. L'air n'est pas seul en cause. Plus grave que les odeurs, la pollution de l'eau préoccupe les habitants : à Darnétal, le lavage des laines n'est pas autorisé au centre de la ville. Réciproquement, là où ce type d'activité s'installe, il tend à devenir exclusif. Voici la rue des corroyers, à Amiens, au XVIIe siècle, toute consacrée au peignage et au tissage. C'est un concentré de nuisances : eaux sales du lavage, odeur fade des matières grasses chauffées pour le peignage, bruit des métiers.

À Reims aussi, une géographie contrastée se dessine au début du XVIIe siècle, avec des rues « textiles ». Quartiers industriels en formation mais non quartiers ouvriers : les maîtres y cohabitent avec leur main-d'œuvre. Quand l'industrie s'implante en milieu urbain, l'espace lui est compté ; les ateliers et les manufactures doivent s'adapter à la trame du parcellaire. Tant qu'il s'agit de modestes entreprises, l'intégration spatiale se passe bien. L'activité peut changer, la base foncière demeure. Même dans les centres-villes aux parcellaires serrés, les fabricants trouvent, aux XVIe-XVIIe siècles, à se loger. Mais la réussite et l'ambition de travailler en grand obligent bientôt à un choix : soit disperser les locaux de l'entreprise, soit tenter de concentrer les activités en un seul lieu. Dans cette seconde hypothèse, les industriels qui sont dépourvus de toute marge foncière au cœur de la ville sont contraints à une politique d'acquisition patiente. La manufacture des Gros Chiens, à Sedan, s'est constituée par la réunion en 1688 de deux bâtiments voisins. Poupart de Neuflize, à la fin du XVIIIe siècle, dut acheter plusieurs maisons pour parvenir à construire sa grande manufacture. C'est par ce type de remembrement que Decretot put faire bâtir la sienne, en 1779. L'autre parti possible est de viser une zone peu ou pas construite au pourtour de la ville. Nicolas Cadeau, le fondateur du Dijonval, donne de l'air à sa manufacture en la fixant dans le quartier de la Cassine, un faubourg de Sedan en voie de formation au début du XVIIe siècle. Il ne faudrait pas que les contraintes rencontrées par quelques grandes entreprises laissent croire que l'industrie des XVIe-XVIIIe siècles était à l'étroit en ville. L'exemple de Louviers le prouverait suffisamment : à l'époque où la manufacture de Decretot se surimpose au tissu urbain, de multiples implantations industrielles n'ont pas porté atteinte au parcellaire préexistant. Le paysage a été investi, plutôt que transformé. La pression centrifuge ne tient pas qu'à une question de place, les coûts relatifs expliquent aussi le glissement d'un quartier vers l'autre. La géographie de la soie, à Lyon, illustre le poids des loyers dans la détermination des sites d'industrie. Sans doute le travail de la soie est largement diffusé dans la ville mais, du XVIIe siècle à la fin du XVIIIe siècle, un transfert accéléré s'opère du centre vers les pentes nord et ouest de Lyon. D'une part, la Croix-Rousse dans les murs, de l'autre, Fourvière et la rive droite de la Saône bénéficient de ce report. La principale raison en est la différence des loyers qui sont alors moitié moins chers à la périphérie qu'au centre. Maîtres et compagnons ne cherchent pas seulement la lumière de la Grande Côte ; ils fuient aussi des conditions d'installation qui sont devenues prohibitives. Malgré tout, l'attraction du centre demeure, et cette migration n'a pas encore recouvert toute la Croix-Rousse. Entre Rhône et Saône, les soyeux résistent à l'idée de gagner les faubourgs.

À Paris, en revanche, industries et faubourgs ont depuis longtemps partie liée. Les traditions artisanales des faubourgs Saint-Antoine ou Saint-Marcel ont contribué, autant que des incitations publiques et une disponibilité relative de terrains, à fixer là des manufactures de glaces, de tapisserie, de papiers peints. En fait, tous les types d'industrie sont présents dans ces quartiers qui s'étendent du nord-est (faubourg Saint-Denis) au sud-est (faubourg Saint-Victor). Seule sans doute l'imprimerie garde jusqu'à la fin de l'Ancien Régime une localisation distincte, sur le territoire des paroisses de Saint-Séverin, Saint-Benoît et Saint-André des Arts. C'est que le pouvoir royal a toujours voulu tenir cette industrie potentiellement subversive sous le regard de l'Université. Sinon, les brasseries voisinent au faubourg Saint-Antoine avec les taillandiers et les fabriques de soie ; on fait des couvertures de laine au faubourg Saint-Victor et de la bonneterie aux faubourgs Saint-Marceau et Saint-Denis. Toutefois, l'industrialisation gagne un nouveau territoire à la fin du XVIIIe siècle, l'Ouest parisien. S'agit-il de rompre avec la géographie coutumière de la ville pour développer d'autres branches d'activité ? À vrai dire, des industries toutes récentes vont encore s'installer après 1750 dans le « vieux » Paris, telles que la manufacture d'indiennes à l'Arsenal ou celle d'aciers fins, aux Quinze-Vingts. Mais les nouvelles aventures industrielles, dans les années 1770, se jouent désormais plus volontiers au Roule, à Passy, à Chaillot. La fonderie des frères Perier, sur ce dernier site, pourrait être l'exemple de ce changement. De même, l'attrait de Javel, de la plaine de Grenelle et du plateau de Gravelle sur la toute jeune industrie chimique montre les possibilités qu'offrent des zones pionnières. Les grandes villes ne sont donc pas rétives à l'industrie et à ses bâtiments. Le modèle proto-industriel textile ne doit être, sur ce point, ni mal interprété ni généralisé. L'espace urbain accepte de nombreuses activités fabricantes, quitte à ce qu'elles se fixent en lisière du noyau le plus densément habité. Les industries de transformation trouvent sur place la main-d'œuvre et une partie de leur clientèle ou, à tout le moins, un lieu d'échanges. L'agglomération nantaise est ainsi devenue, vers 1780, un point d'ancrage industriel étonnant. Aux raffineries du sucre déjà évoquées, qui se tiennent à Richebourg, il faudrait joindre des dizaines de manufactures textiles (laine, toiles, soie, coton), des verreries, des faïenceries, des corderies et des clouteries, pour obtenir une image approchée d'une industrialisation urbaine suscitée et entretenue par un dynamisme commercial exceptionnel.

Les espaces de travail

L'atelier : une présence discrète

Toute activité industrielle, si modeste soit-elle, a besoin d'un espace de travail. Elle induit un agencement particulier des lieux, en fonction du volume et des exigences de l'appareillage. Elle doit intégrer des flux, des déplacements, prévoir les conditions particulières de stockage des matériaux et des produits. Autrement dit, il y a, même à l'état naissant, une morphologie et une dynamique des lieux d'industrie à découvrir, des paysages d'industrie à analyser. La démarche dite d'archéologie industrielle incite à ne pas réserver cette enquête à l'ère de l'usine triomphante et à ne pas se limiter, pour la période qui précède, à la manufacture colbertienne. Toutefois, les marques spécifiques de l'industrie des XVIe-XVIIIe siècles sont rares, fragiles et peu de documents viennent en témoigner. Au niveau le plus humble, le lieu de travail est presque indiscernable. Chez les paysans-sergers du Beauvaisis, au XVIIe siècle, le métier et la famille cohabitent dans la même pièce. Les artisans des villes disposent d'un local, le plus souvent au rez-de chaussée de leur maison. « Pauvre pièce » pour un seul métier ou local spacieux dans lequel « six ou sept compagnons manœuvraient des estilles, ourdissaient des chaînes, apprêtaient des étoffes », les ateliers de la manufacture d'Amiens, décrits par Pierre Deyon, traduisent une première forme de spécialisation. Le rez-de-chaussée a des avantages évidents ; c'est le niveau banal de l'activité fabricante. Pourtant, celle-ci se déploie de la cave au grenier, selon les contraintes du travail. Ainsi, les mulquiniers de Valenciennes travaillaient-ils en cave, dans le milieu humide et obscur qui convient au lin. L'éducation des vers à soie occupait, au contraire, le dernier étage des maisons cévenoles. En effet, il fallait un grand espace, sans cloisons. L'aération et l'éclairage adéquats étaient obtenus par le moyen de petites baies, carrées ou rondes, qui signalent encore dans le paysage ces magnaneries. Au XVIIIe siècle, la plupart des maisons rurales étaient aménagées de la sorte, et certains propriétaires, en ville, adaptaient tant bien que mal leur demeure à cette nouvelle fonction. L'essor de l'industrie de la soie aidant, de nouvelles constructions apparurent en Cévennes, hautes et longues, conçues pour la production des cocons. Une petite métairie, édifiée à Saint-Jean-du-Gard, en 1766, « réservait plus de place aux vers qu'aux hommes » (Daniel Travier).

Quand l'industrie dépassait à tous points de vue ce degré élémentaire – en matière d'effectifs, de taille des équipements, etc. –, elle ne rompait pas nécessairement avec son environnement. Jean-Michel Chaplain en a fait la remarque pour Louviers : les manufactures de draps – rez-de-chaussée en maçonnerie, étages de pans de bois – ont emprunté leurs principes de construction aux demeures urbaines, quand elles ne se sont pas logées simplement dans l'une d'elles. Mais il note aussi que, tout en se fondant dans le tissu de la ville, elles manifestent une « générosité de proportions » et une ampleur du vitrage qui dénotent leurs besoins spécifiques. À la fin de la période, les nouvelles manufactures, celle de Decretot, par exemple, modifient sensiblement l'allure, sinon le plan, des bâtiments traditionnels. La brique apparaît en façade, reléguant le pan de bois à l'arrière. C'est le signe d'une distinction industrielle. On appliquerait volontiers une analyse semblable aux bâtiments industriels en milieu rural. La majorité d'entre eux s'intègrent bien à l'architecture vernaculaire dont ils adoptent les matériaux et les types de construction. Les lignes de partage du pan de bois et de la pierre, entre Ouche et Perche, sont ainsi respectées, de même que les traditions régionales de couverture. Le modèle de la grange se retrouve dans beaucoup de cas, comme la halle des verreries. Quant aux moulins, on a dit la plasticité, la réversibilité des sites. D'une fonction à l'autre, le bâtiment change à peine, du moins à l'extérieur. Mais souvent les dimensions nécessaires à la bonne marche de l'atelier ont créé une rupture dans la continuité du paysage bâti. Les papeteries au long de la Couze, en Charente, affirment sans ambiguïté, au XVIIIe siècle, leur destination. Ce sont des constructions de 45 m de long sur 8 m de large, avec trois niveaux de travail correspondant aux étapes du processus de fabrication. De même, les verreries normandes du XVIIe siècle ont-elles besoin de halles de grand module (26 m sur 16) pour les nouveaux fours (Sophie Lagabrielle). Surtout, en poursuivant le même exemple, l'évolution pousse à l'agglomération de bâtiments annexes, autour de l'atelier principal, pour le stockage et la préparation des matières premières. Des logements pour les ouvriers, et non plus de simples chambres au-dessus des bâtiments de production, complètent l'ensemble. La verrerie tend à se structurer, selon une logique de la division du travail, de la répartition des activités. De façon analogue, la disposition des lieux, dans la halle, aide à la circulation des ouvriers, aux dégagements nécessaires. Plus que l'architecture, c'est la gestion de l'espace bâti et non bâti qui singularise, ici, l'industrie.

Les manufactures royales : l'utilité et le prestige

À l'opposé de cette architecture sans ostentation, les manufactures « royales » (celles du roi comme celles qui ont un privilège) expriment emphatiquement leur statut.

Par leurs dimensions hors des normes, la clarté de leur plan, la qualité des matériaux, le traitement des façades, elles se rattachent à la lignée des palais plutôt qu'à celle des ateliers. Pourtant, ces monuments sont des lieux d'industrie, pensés pour cet usage, avant d'être des manifestations de prestige. Selon le parti pris de la manufacture concentrée, il fallait des bâtiments qui puissent accueillir plusieurs centaines d'ouvriers, les métiers, les tables ou les cuves, servir de magasins et au besoin, de logements. Des manufactures du roi, on retiendra trois exemples de brillante facture. La Corderie, pièce maîtresse de l'Arsenal de Rochefort construit en 1666-1667, est un bâtiment de 370 m sur 15. C'est la nature du travail – tordage et toronnage des câbles de chanvre – qui a dicté le format. François Blondel a conçu un ensemble symétrique de deux ailes de part et d'autre d'un corps central avec un porche monumental et un fronton décoré de feuilles d'acanthe. En retenant ce plan et en faisant alterner formes triangulaires et arrondies pour le fronton des baies, à l'étage, l'architecte coupait la « monotonie de cette longue muraille » (Maurice Daumas). Un autre Blondel, Jean-François, est l'auteur de la Manufacture des tabacs, édifiée à Morlaix de 1736 à 1740. Le pavillon central n'est pas contigu aux bâtiments d'exploitation avec lesquels il forme un rectangle. Des murs, remplacés par d'autres constructions au XIXe siècle, font le lien, donnant à la Manufacture, vue de la rivière, une allure aérée. La sobriété domine, si ce n'est l'effet décoratif des matériaux, ardoise grise, schiste et grès rouges. Les salines de Chaux, à Arc-et-Senans, dues à Claude Ledoux, sont certainement la plus célèbre de ces manufactures royales. Elles doivent leur réputation à l'éclat de leur architecture et à la personnalité visionnaire, fascinante de leur auteur. Plus que d'architecture, il conviendrait de parler ici d'urbanisme industriel. Le projet, en effet, visait à bâtir une cité de plan circulaire, dont seule la moitié du premier cercle a été réalisée. Telle qu'elle est, cette manufacture présente une alternance d'ateliers et de demeures, conjuguant ce qui, ailleurs, est dissocié. Au centre du diamètre, le pavillon du directeur, aux massives colonnes à bossages cubiques, fait face à l'entrée située sur la demi-circonférence. De part et d'autre de cette maison, deux grands ateliers, également traités dans le style néoclassique, sont le siège de l'opération décisive, la concentration des saumures. Ils sont flanqués, en bout de ligne, par les pavillons des commis. Le contrôle direct de la phase essentielle du travail est donc assuré. Sur le demi-cercle se succèdent de chaque côté de l'entrée – qui est aussi poste de garde et prison – des bâtiments de logement pour ouvriers et des ateliers de réparation. Est-ce surinterpréter cette disposition des lieux que d'y voir, identiquement, un contrôle direct de la vie des travailleurs ? Le projet de Ledoux, dans toute son extension, a des aspects d'utopie totalitaire. Si la manufacture est d'abord une discipline, il est tentant de dire que les regards croisés du maître et de ses aides remplacent ici les murs.

Quand les entrepreneurs des manufactures de draps fins, établies avec un privilège, pensèrent opportun de réunir en un seul lieu les activités de finition, ils durent résoudre au préalable, on l'a vu, le problème foncier. La construction d'utilité et de prestige à laquelle les plus notables ont abouti n'a pas été, malgré les apparences, une opération rapide et totalement maîtrisée. La manufacture de Van Robais, à Abbeville, est certes bien avancée en 1710-1712, mais sera remaniée et agrandie vers 1740. Celle du Dijonval à Sedan, bâtie pour l'essentiel en 1755, subit des modifications jusqu'en 1778. Les recherches de l'Inventaire général sur ces derniers bâtiments éclairent leur histoire industrielle. Le plan comprend un bâtiment principal sur rue de vingt-cinq travées et quatre niveaux ayant, côté cour, des ailes en quart de cercle prolongées en 1778. Le pavillon central a un aspect soigné, sinon luxueux. Les fenêtres possèdent clés et appuis sculptés, d'inspiration variée. La construction est en pierre de taille, alors que l'on s'est contenté de moellons pour le reste des bâtiments. Décor de façade, à vrai dire. Car, hormis deux petits logements de fonction, le bâtiment sur rue, comme les ailes, a un usage purement industriel : l'entrepreneur

Paignon habite en ville. Toutes les pièces sont bien éclairées, ce qui est indispensable autant pour les opérations de finition que pour le contrôle. L'attribution des locaux ne paraît pas avoir été rigide. On note seulement que le lainage, qui nécessite de l'eau, se situe au rez-de-chaussée, que le tondage (phase suivante) est contigu et que des « colonnes et doubleaux » avaient été construits au rez-de-chaussée du corps principal, en prévision du poids des métiers. Les bureaux de visite jouxtent logiquement les espaces de tonte. Quant aux autres phases de nettoyage et d'apprêt, elles occupent le reste du premier et le deuxième étage. Les indispensables chardons sont entreposés au troisième étage. Entre les étages, la circulation a dû être malaisée, l'implantation des escaliers aux ailes, outre un escalier central, paraissant une idée malencontreuse. En tout cas, le Dijonval est représentatif, dans son élégance appuyée, de la tendance esthétisante des grandes manufactures. Sans être des palais, elles s'inspirent volontiers des grandes demeures. Face à la sobriété des manufactures contemporaines d'Angleterre, elles évoquent une aristocratie du bâti industriel.

Construire les forges

La sidérurgie offre l'exemple le plus riche et le mieux connu de l'aménagement de l'espace et de la construction de bâtiments pour l'industrie. Il convient de rappeler d'abord le poids de la contrainte hydraulique. Si le cours d'eau et le terrain disponible ne supportent pas l'installation projetée, il devient nécessaire soit de répartir les ateliers le long de la rivière, soit de créer une retenue. À la première formule correspond, par exemple, la situation de l'usine de Mouterhausen (Moselle) dont les ateliers sont alignés sur près de 5 km. En revanche, à Vierzon, les dix roues de l'usine, qui auraient dû se partager en deux sites, ont pu rester groupées grâce à l'aménagement d'un plan d'eau. L'énergie hydraulique détermine la position relative des bâtiments de production. Ceux-ci se tiennent le long de la rivière ou de la dérivation en y créant parfois un îlot ou ils sont disposés au pied de la digue, en bandes parallèles aux amenées d'eau. Les ateliers doivent être installés au ras de l'eau, au risque de souffrir des crues. Les entrepôts, les magasins et les logements sont à placer en élévation. À cette distinction fondamentale de niveaux s'ajoute le souci d'une organisation de l'espace selon les types d'activité. Mais entre la forge catalane qui couvre 100 m ^{2} et l'usine d'Audincourt dont l'emprise au sol dépasse 3 000 m ^{2}, les enjeux ne sont évidemment pas comparables. L'histoire du site et de l'entreprise explique largement l'impression de désordre que donnent certaines usines. Un fourneau détruit, deux importantes buttes de laitier témoins d'une occupation ancienne des lieux, un terrain mal drainé, dressent, à la forge de Trézy (Cher) un paysage confus. À l'autre extrême, les forges de Buffon, près de Montbard, construites en 1768, distinguent avec la plus grande clarté niveau de production de la fonte et du fer et niveau de résidence et d'activités annexes, le premier occupé d'ateliers parallèles au courant, le second organisé autour d'une cour rectangulaire. À Vierzon, le concours d'un architecte à l'origine de l'établissement n'a pas empêché, lors de sa construction (en 1778-1783), des erreurs fâcheuses. La halle des feux de forges se révèle si mal proportionnée – trop longue et insuffisamment large – qu'elle rend les déplacements et le travail pénibles (Sylvie Vincent). Sans toujours parvenir à une succession logique d'installations, les usines sidérurgiques s'efforcent au moins de placer les halles à charbon au plus près des foyers et d'adosser, si possible, le haut-fourneau à la pente, pour faciliter son chargement. Contrairement au minerai, qui est stocké en plein air, le charbon de bois doit être mis sous abri, tout en étant ventilé. La halle à charbon remplit cette fonction. Ses ouvertures sont conçues pour que le remplissage – éventuellement par le dessus – et l'évacuation s'accomplissent aisément. Les matériaux de construction – bois et torchis dans les Ardennes, schiste en pays de Châteaubriant – sont étroitement dépendants de l'environnement régional. Il a été souligné que ce type de bâtiment, de même que les halles de forges, n'avait pas toujours été inspiré par des constructions agricoles. En

Franche-Comté ou en Bretagne, les métairies voisines ignoraient ce genre de dépendance. La référence est plutôt la halle de marché, avec poteaux de bois sans mur, ou la grange monastique. C'est la ferme qui s'inspirera de l'usine. Les cheminées signalent les forges, mais c'est le haut-fourneau qui marque le plus le paysage. Extérieurement, il frappe par son élévation, sa massivité, l'emploi fréquent de la pierre de taille (30 % du cubage à Vierzon). En Bourgogne et en Bretagne, les constructeurs du XVIIIe siècle ont renforcé les fourneaux avec des arcs-boutants. Toutes ces dispositions ont pour objet de faire résister le bâtiment à l'éclatement sous l'effet de la chaleur. Mais il n'est pas douteux, à voir la recherche décorative ou au moins le souci de finition que le fourneau suscite, qu'il est aussi un symbole d'industrie. Buffon, en faisant du sien un monument et un spectacle, est allé au terme de cette trajectoire.

La main-d'œuvre « interne » est généralement logée sur place. Dans quelques cas, les ouvriers habitent au village, mais cette solution, à l'évidence, est mal commode. L'habitat le plus élémentaire n'implique pas de construction : les forgeurs d'Ariège, qui ont laissé derrière eux leur famille, dorment à tour de rôle sur une sorte de perchoir fixé au mur de l'atelier, enveloppés dans leur « manto ». Dans la plupart des grandes forges, le commis, le charpentier, le maréchal, parfois le maître fondeur bénéficient d'une maison individuelle. Le reste du personnel dispose d'un logement par famille, c'est-à-dire une « chambre ». Logée, chauffée, ayant un jardin potager – à l'arrière de la maison ou regroupé avec les autres –, un poulailler et une chenevière, chaque famille cumule ainsi revenus en nature et salaires. En outre, ce logement, même rudimentaire, est bâti pour durer. Son sol est ordinairement carrelé, et le chaume est banni de la couverture, par crainte des incendies. En somme, il est probablement plus sain et plus confortable que les maisons paysannes contemporaines. Ces unités d'habitation sont réunies en barres qui s'intègrent parfaitement à la géométrie des grands ensembles sidérurgiques des XVIIe et XVIIIe siècles. Mais déjà au

XVIe siècle, on trouve de pareilles « longères » dans les forges des Ardennes. Le maître aussi habite à la forge. Sa maison se situe, dans les constructions les plus récentes, en clé de voûte de l'ensemble bâti. Elle occupe la place d'honneur, face à l'entrée. Cette ordonnance symbolique ne contredit pas la préoccupation plus concrète de surveiller la bonne marche des ateliers. Il arrive que le maître n'habite pas dans l'espace de la forge, mais en retrait. Cela peut traduire une moindre implication dans l'entreprise. Plus souvent, l'histoire du site et sa topographie ont fait retenir cette solution. La maison est sur la hauteur pour laisser aux autres bâtiments le maximum de place. Cette position dominante, qui entretient la distance entre le patron et l'usine, est en quelque sorte consolidée par le type du bâtiment qui s'y trouve, un château davantage qu'une maison bourgeoise. Au contraire, quand elle est insérée dans le plan, cette maison ne tranche guère sur son environnement, sauf par son étage et par une certaine qualité de finition. En fait, elle reflète avec fidélité le style de son temps, manoir dans les Ardennes du XVIe siècle, demeure de notable dans la Bourgogne du XVIIIe siècle. La prétention architecturale sera pour plus tard.

Outre les bâtiments de production et d'habitation, les grandes forges comportent aussi des granges, des écuries et des remises ainsi que des ateliers d'entretien. Certaines possédaient une chapelle, comme aux Salles en Bretagne. D'autres industries du plat pays ont suscité une agglomération usinière, la verrerie à Saint-Gobain, la manufacture des draps à Villeneuvette, près de Lodève. Mais nulle aussi bien que la sidérurgie n'a su, en construisant des usines, créer des communautés.

•

Le travail industriel, dispersé ou concentré, occupe des bras dans toutes les provinces du royaume. Chaque industrie a ses places fortes et des pôles d'activités multiples, organisés autour de grandes villes – Paris, Lyon, Rouen, Amiens… –, sont clairement visibles, mais la diffusion générale demeure la règle. Ainsi, les positions acquises dans le nord et l'ouest de la France ne doivent pas mas-

quer le développement vigoureux du Midi. Toutefois, cette tendance lourde s'accompagne, en fin de période, de la montée en puissance du quart nord-est du royaume vers lequel se déplace le centre de gravité industriel. La ville ne rejette pas l'industrie, tant qu'elle est compatible avec les contraintes du milieu. Ateliers et manufactures s'y logent volontiers puisqu'ils y trouvent réunis le travail, le capital et le marché. La difficulté tient ici au confinement urbain, qui a une double conséquence, de rendre aléatoire l'extension spatiale des entreprises et de provoquer des conflits quant aux usages et mésusages de l'écosystème commun. D'où le mouvement qui s'esquisse vers les périphéries, les faubourgs. L'unité de production, souvent indiscernable, tend cependant à créer un micropaysage. Même lorsqu'elle se réduit à une cave ou à un grenier, l'industrie oblige à adapter la construction. À l'autre bout de la chaîne, dans les manufactures, le souci de paraître se conjugue avec la nécessité de faire grand. Est-ce là préfigurer l'industrialisation à venir ou refléter les valeurs d'une époque ? Doit-on y voir un modèle ou un excès ?

6. Conjonctures

Quelle conjoncture pour l'industrie ? Celle-ci doit à l'économie agraire le gros de sa main-d'œuvre et de sa clientèle et trouve dans les marchés coloniaux ou étrangers de quoi stimuler son développement. Quant aux matières premières, elles lui viennent des deux côtés. Comment les rythmes de la production et les fluctuations des prix traduisent-ils cette double dépendance ? Est-ce la cherté des grains ou les besoins des Isles qui font le prix et la vente des produits manufacturés ? En fait, l'industrie est fragmentée, diverse. On peut se douter que la sidérurgie ne réagit pas comme les textiles et, parmi ces derniers, les toiles comme les soieries. Il y a peut-être place pour des chronologies décalées. D'une région à l'autre, non plus, l'homogénéité de phases n'est pas assurée, tant les conditions locales sont pesantes.

En trois siècles, le tissu industriel s'est, à coup sûr, densifié et étendu. La production a-t-elle suivi une progression équivalente ? Le mouvement long n'est pas aisé à cerner. Les sources sont ponctuelles et rares jusqu'au XVIIIe siècle et, même alors, n'autorisent pas souvent des évaluations nationales. Pour consolider une histoire quantitative, bien fragile en dépit des apparences, on aimerait retracer au moins les grandes étapes de la production industrielle française, marquer ses moments d'accélération comme ceux de décrue. Ce serait, au bout du compte, prendre la mesure du poids industriel du royaume, alentour de 1780, et fixer l'écart qui sépare – encore ? – la France de l'Angleterre.

Une activité sous influence

« La boussole des fabriques »
Les intendants, les inspecteurs des manufactures et autres observateurs contemporains se sont accordés pour voir dans le prix du pain le facteur déterminant de l'activité industrielle. Quelle que soit la métaphore choisie, « thermomètre », « baromètre » ou « boussole », ils associent l'« excessive cherté des vivres » et l'effondrement de la production marchande. La démonstration paraît évidente pour le secteur dominant, le textile, et singulièrement pour la draperie. À mesure que la courbe des prix des grains s'envole, celle des étoffes fléchit. Pierre Deyon note la régularité du phénomène à Amiens (1529, 1545, 1563...), dès que des séries de prix sont disponibles. Pierre Goubert a parlé, pour sa part, d'une « éclatante corrélation », et les travaux d'Ernest Labrousse ont démontré à l'échelle nationale, pour le XVIIIe siècle, la réalité de cette « contrariété cyclique ». Le pouvoir d'achat des classes populaires s'effondre, les moyens qu'elles pouvaient consacrer à des dépenses non alimentaires font brusquement défaut. Le renouvellement du linge peut attendre. Le recul des prix est beaucoup moins prononcé que l'augmentation des grains : l'amplitude cyclique de la laine, au XVIIIe siècle, ne dépasse pas 6 %. C'est que l'arrêt massif des métiers pèse sur l'offre et freine la baisse. La production est donc l'indicateur le plus sensible, car les marchands réagissent à l'apparition d'une crise frumentaire en réduisant fortement leurs ordres. Au maximum cyclique du blé, écrit Labrousse, correspond – en 1740 ou en 1770 – un recul de la production de laine d'environ 25 %. L'industrie anticipe ainsi la réorientation des consommations populaires. Elle doit également tenir compte des stocks de marchandises constitués à la fin de la phase précédente, car l'antécédent agraire joue dans les deux sens : le bas prix du pain dégage un budget pour les textiles. La chute de la production entraîne un rétrécissement de l'emploi – de l'ordre de 40 % à Beauvais dans les dernières années du règne de

Louis XIV – qui se lit aussi bien dans l'effectif des maîtres que dans celui des apprentis. Le niveau des salaires suit la même pente, bien que l'on note une certaine résistance, autour des valeurs nominales, dans quelques emplois qualifiés. Mais le salaire réel ne peut que se détériorer. Une dernière variable échappe largement à l'analyse ou la complique : le coût de production. Hors du salaire, il s'agit de l'achat de la laine ou du fil. L'approvisionnement autochtone se calque sur une demande qui se restreint au moment des crises frumentaires, et la courbe des prix des matières premières épouse ainsi celle du produit fini. Pourtant plusieurs facteurs jouent en sens inverse. Localement, la crise des grains a pu s'accompagner d'une sous-production linière : c'est le cas, en 1740, pour la région de Saint-Brieuc, foyer des « bretagnes ». L'élevage, de son côté, subit des épizooties ou les effets de la sécheresse.

Pour les marchands qui se fournissent en tout ou en partie à l'étranger – laines d'Espagne, lin de la Baltique –, le renchérissement de ces importations peut survenir à contretemps. Même minime, il écorne le profit et dissuade de maintenir une production dont les débouchés sont devenus aléatoires.

Si forte que soit, pendant toute la période, la corrélation entre le prix du pain et les performances de la principale industrie du royaume, elle n'épuise pas les nuances de la conjoncture textile. D'abord, comme l'avait souligné lui-même Ernest Labrousse, la corrélation n'est significative que lorsque le mouvement des prix céréaliers est fort ; le décrochement des prix textiles retarde de plusieurs mois sur la hausse des grains et peut être neutralisé par un tassement de la production. Selon un schéma qui évoque les transferts de la consommation alimentaire, une fraction de la clientèle délaisse les marchandises les plus chères pour les produits de moindre valeur. Ce faisant, elle tend à accentuer la baisse relative des produits de luxe. Les marchands sont à l'origine d'autres transferts, en mettant sur le marché des produits nouveaux : le succès des étamines du Perche a ainsi contrebalancé, au début du XVIIIe siècle, la conjoncture déprimée des laines communes. Enfin, l'« antécédent agraire » n'est pas toujours ni partout pertinent. En dépit des exemples probants des crises de 1770 et de 1789, il semble que l'enchaînement soit moins assuré au XVIIIe siècle qu'au siècle précédent. Par ailleurs, les régions qui connaissent en temps normal l'autosuffisance alimentaire, comme la plaine de Caen au XVIIIe siècle, ne subissent pas les mêmes troubles industriels, lors des crises frumentaires, que des régions structurellement déficitaires. Enfin, dans les grands ports – tels que Marseille, Rouen, Le Havre ou Bordeaux –, les crises agricoles les plus sévères – celle de 1770-1771 –, par exemple, n'ont pas de conséquences avérées. C'est dire que, en dépit du lien établi entre cherté du pain et sous-consommation des textiles, plusieurs types de conjonctures, pour les mêmes produits, coexistent à la fin de l'Ancien Régime dans l'espace français.

Hors des textiles, il n'est pas aisé d'établir des liaisons univoques entre conjoncture agricole et conjoncture industrielle. Les données de base, autres que qualitatives, manquent le plus souvent. Tout au plus peut-on esquisser, pour les fers, la physionomie de ces mouvements. Sur le fond, la consommation des fers ne se distingue pas de celle des textiles : l'une et l'autre dépendent très largement du pouvoir d'achat des ruraux. La crise frumentaire a donc ici les mêmes effets que là. Que ce soit dans la Normandie des années 1520 ou dans le Périgord de 1812, une mécanique identique est à l'œuvre, que résume ainsi le préfet de la Dordogne : « Le laboureur qui est dans la détresse évite tout ce qui le constituera en dépense. Il emploie, il rajuste les vieux fers et ce n'est qu'à la dernière extrémité qu'il a recours au fer neuf soit pour les outils aratoires, soit pour les besoins intérieurs. » La chute des prix et la mévente des fers au détail se répercutent vers l'amont, des marchands de gros aux exploitants des forges. En remontant la chaîne, l'événement s'amplifie ; le chômage des usines excède la baisse des prix. En effet, les coûts de production des fontes et des fers dépendent, pour les deux tiers, du prix du bois. Celui-ci est orienté à la hausse, dans la longue durée, le prix du fer se réajustant avec retard. Pour tous les maîtres de forges qui ne sont pas trop lourdement engagés, il vaut mieux ralentir ou suspendre le travail que vendre à perte. La courbe des prix des fers trouve ici son principal facteur de résistance à la baisse. En sens inverse, la crise agricole prépare les conditions de la reprise de l'activité des forges. Il y a, en effet, moindre pression sur le bois de chauffage, de la part des consommateurs ruraux et urbains. Ajoutée au ralentissement des usines, cette déprise rend les coupes de bois financièrement plus accessibles et encourage la relance de la fabrication. Un dernier élément tempère la chute des prix, au moins au début de la crise. La main-d'œuvre interne, très spécialisée et difficile à gérer, réclame des hausses de salaires, quand la cherté des vivres s'accentue. Les maîtres de forges, répondant à l'enquête de 1772, indiquent que ce supplément de dépense pèse sur le prix de vente des fers, au moment même où le marché se restreint. Il est probable, en revanche, que la rémunération des ouvriers externes, qui ne bénéficient pas d'un rapport de forces aussi favorable, suit, dans la crise, la pente des autres salaires proto-industriels.

Les contrariétés de l'échange

La conjoncture des grains n'explique pas à elle seule les fluctuations industrielles. La guerre sous toutes ses formes perturbe ou, quelquefois, avantage l'activité des ateliers et des manufactures. Il faut se garder de tout anachronisme : la destruction ou l'occupation militaire de lieux de production sont des événements rares, qui ont des conséquences limitées. La guerre de Trente Ans a ravagé la sidérurgie des Ardennes et celle de Franche-Comté, détruit des verreries dans le Nord. Mais une industrie dispersée, à structures proto-industrielles, est peu sensible aux opérations de guerre. De même, la circulation marchande ne peut être entièrement entravée. Pourtant, les combats, les mouvements de troupe et leur cortège de réquisitions gênent et renchérissent le travail. Un blocus naval est efficace parce qu'il intimide l'échange plus que parce qu'il l'intercepte. Aucun des produits d'industrie n'est vital ; même les achats nécessaires peuvent être différés. La demande n'exerce donc pas une pression irrésistible sur les producteurs. La confiance et le crédit sont les premières victimes de guerre. « Le seul bruit d'une guerre maritime suffit à plonger la manufacture dans la langueur », observe-t-on dans le Perche en 1787. La remarque a portée générale. Mais, dans la longue durée, il faut distinguer deux types de guerre, deux grandes périodes. Les guerres civiles d'abord ont eu un impact sensible sur l'industrie du royaume. Dès 1562, les guerres de Religion retentissent sur la fabrique et le négoce textiles dans le Bassin parisien, la Normandie, la Champagne. Les bandes qui ravagent alors le Languedoc ou le Poitou découragent, plusieurs années durant, l'activité drapière. Pendant la guerre de la Ligue, la sidérurgie normande ne parvint pas à se maintenir. En revanche, les épisodes de la Fronde, même dans leur épicentre de l'Ile-de-France, ne semblent pas avoir eu d'influence notable directe sur la production industrielle.

Les guerres étrangères n'ont pas eu, sauf dans les régions frontalières, d'impact traumatisant sur la production. Mais, à mesure que les industries textiles françaises s'internationalisent, pour leurs matières premières et plus encore pour leurs débouchés, elles souffrent de ces conflits. La mi-XVIIIe siècle dévoile cette nouvelle donne. La guerre de Succession d'Autriche, à laquelle la France prend part en 1744, limite ou renchérit l'écoulement des toiles et des draps vers l'Espagne. La guerre de Sept Ans a des conséquences dévastatrices : la production des toiles bretonnes régresse de moitié, de même que celle des étamines du Perche. La perte du Canada lèse visiblement la manufacture de draps de Niort et celle de Saintes. Enfin, la guerre d'Indépendance américaine provoque une grave crise textile. Les toiles sont davantage atteintes que les draps, car leur essor récent doit beaucoup aux succès du commerce colonial. Dès 1778 et pour quatre ans, les « mortagne » ont perdu leur meilleur débouché ; leur fabrication tombe de 25 000 à 14 000 pièces (Claude Cailly). Le négoce n'est pas sans moyens de réaction. Il tente de réorienter les flux vers des marchés moins exposés. Ainsi le marché national est-il la providence des marchands quand la guerre étrangère interrompt les exportations. Mais la reconversion des trafics n'entraîne-t-elle pas un changement dans les produits ? Les clientèles ne se recouvrent pas. S'ils veulent demeurer fidèles à leur pratique du temps de paix, les négociants doivent utiliser toutes les ressources de l'échange, toutes les failles du contrôle étatique. La contrebande, bien sûr, vit de ces instants de crise. Surtout, ces guerres entre États ou coalitions d'États laissent toujours de côté d'autres puissances. Ces neutres servent volontiers d'intermédiaires. Si le pavillon français est pourchassé, les marchandises nationales disposent de solutions de rechange. Autant de façons de limiter les dégâts.

La guerre n'est pas forcément une mauvaise affaire. Les draps du Languedoc ou ceux d'Alençon ont gagné, pendant les guerres de Louis XIV, le marché de l'habillement des troupes. Ce qui aide certaines productions textiles soutient évidemment une partie de la sidérurgie. Dans les Ardennes, la Normandie ou le Périgord, des usines ont été créées pour répondre aux commandes de boulets, de canons de marine, d'armes à feu et d'armes blanches. D'autres, sans être spécialisées, en profitent. Jean Meyer a montré que les forges de la baronnerie d'Ancenis ont été portées, vers 1630-1640 (donc à contre-conjoncture), par les commandes militaires. L'occasion de ces marchés ne saurait suffire, à l'échelle nationale, pour inverser la tendance. Quand on parcourt une enquête comme celle sur les forges de 1772, il apparaît bien que la sidérurgie dans son ensemble souffre plus qu'elle ne profite de l'état de guerre. Le retour à la paix multiplie les débouchés. Il faut reconstruire, par exemple, la Franche-Comté meurtrie par la guerre de Trente Ans. Tant de besoin de fers dans les bâtiments fera la chance des forges. L'appel des marchés extérieurs est d'autant plus pressant que la rupture a été vive. Les défaites mêmes ne sont pas rédhibitoires. Là où Niort a perdu, Mazamet progresse. « Le Canada [...] consomme plus dans cette province que lorsqu'il nous appartenait », constate un inspecteur des manufactures, à la foire de la mi-carême de 1775. Dès 1764, l'euphorie régnait à la foire de Caen : « On s'aperçoit de plus en plus des progrès de la navigation depuis la paix et par conséquent de ceux du commerce qui excite l'émulation et l'industrie dans presque toutes les fabriques… »

La dépendance de l'industrie nationale à l'égard de la conjoncture internationale ne se résume pas à la situation de guerre. Les fluctuations propres des marchés étrangers touchent aussi les ateliers du royaume. Une crise frumentaire lointaine frappe à distance l'industrie française. Ainsi les toiles de Bretagne. « Le thermomètre de leur commerce, dit-on au XVIIIe siècle, dans un étonnant parallélisme d'expression, est la récolte des grains et des fruits en Espagne. » Moins liée au prix du pain qu'aux caprices de la mode, l'industrie de la soie subit au XVIe siècle des fluctuations violentes. Lyon répercute ainsi brutalement l'engouement ou le désenchantement des cours. Du côté des approvisionnements, une mauvaise récolte de lin en Europe du Nord, une hausse du prix des laines d'Espagne handicapent les productions françaises. Aucune position, par ailleurs, n'est assurée. Qu'il s'agisse de l'Europe méditerranéenne – qui fait pourtant figure de « fonds de commerce » des négociants français – ou de l'Amérique espagnole, ces conquêtes des draps du Languedoc et des étamines de l'Ouest résistent mal, à la fin du XVIIIe siècle, à la concurrence étrangère ou autochtone. La production industrielle est également déterminée, pour tout ce qui touche aux matériaux, par les cycles spécifiques de l'équipement urbain, de la construction publique et privée. Le mieux connu de ceux-ci – le « boom » immobilier des années 1750-1780 – a offert un débouché élargi à la métallurgie du fer et des non-ferreux. Par là est amoindri l'effet, sur ces fournisseurs, des crises proprement agraires, en tout cas dans la zone d'attraction des grandes villes. Enfin, les mouvements du crédit, les spéculations financières et les avatars du commerce entrent nécessairement en ligne de compte. Pour prendre l'exemple du négoce marseillais, la crise de spéculation de 1715 et l'inflation du crédit en 1730 ont fait tort à la vente des draps. Isoler de la sorte les éléments déterminants de la conjoncture industrielle permet sans doute de mieux les comprendre. En fait, c'est la combinaison des facteurs qui fait le vrai malheur. Plus question alors de substituer un marché à l'autre ou de reconvertir les fabrications. Le drame de la saieterie d'Amiens, en 1585-1587, tient à la conjonction de deux crises qui ont leur logique propre, celle qui affecte la céréaliculture et celle qui frappe le commerce de Séville. Les toiles de Bretagne, en 1742, n'affrontent pas seulement le rétrécissement du marché espagnol, mais encore la hausse générale du prix des grains. L'industrie dauphinoise a des soucis parallèles. La guerre de Sept Ans se conjugue également avec une crise agricole, en 1759, et avec une hausse du prix des laines du Levant. La crise qui secoue à l'automne de 1783 la sidérurgie franc-comtoise, puis la dijonnaise, combine, elle, des difficultés commerciales issues de la paix (retour brutal du concurrent suédois et suspension des commandes de la marine), un alourdissement des coûts (dû à l'emballement du prix du combustible) et un manque chronique de liquidités qui avait incité à multiplier des « papiers » douteux. Le tout se déroule sur fond d'un tassement bref, mais malvenu, de la demande civile. Ce cas d'école ne prétend pas illustrer plus que les aléas d'un pôle sidérurgique. Il a l'intérêt de rappeler que l'industrie est au carrefour de plusieurs influences.

Le mouvement long

Fluctuations

Le « beau XVIe siècle » s'étend de 1470 à 1560, dates larges. La chronologie des productions industrielles respecte à peu près ce trend de prospérité. En tout cas, la draperie de Reims, celle d'Amiens et de Beauvais sont alors poussées en avant, malgré quelques vents contraires ; c'est l'heure des bons prix, des fabrications croissantes. La soie, on l'a dit, commence sa percée ; les toiles de Bretagne se constituent une clientèle étrangère. Vérité des textiles ? Pas seulement. L'imprimerie, dans sa place forte de Lyon, continue de grandir jusqu'en 1545. Quant à la métallurgie, sous toutes ses formes, elle explose véritablement. Le « boom minier » qui traverse l'Europe entraîne surtout les marges du royaume. Dans ces Vosges qui ne sont pas encore françaises, l'argent et le plomb, suivis par le cuivre, sont extraits en quantités inusitées. Grâce à l'adoption du haut-fourneau, la sidérurgie lourde change d'échelle. On en saisit l'effet dans la vague de créations d'usines. Mais aussi, à l'autre bout de la filière, les aciéries de Rives, la quincaillerie de Laigle ou de la région stéphanoise expriment le même dynamisme. À nouveau, les prix témoignent de la vigueur de la demande. Le millier de fer du pays de Bray passe de 25 livres tournois en 1535-1542 à 40 en 1554-1556 ; la livre de fer est vendue à Rouen de 18 à 20 deniers de 1545 à 1562 contre 11 ou 12, cinquante ans plus tôt.

La fin du XVIe siècle est, globalement, une période de dépression industrielle. Il faut attendre le règne d'Henri IV pour retrouver un véritable élan. Comme l'a noté Richard Gascon, les grandes places marchandes vers lesquelles convergent les produits manufacturés, Lyon, Paris, Rouen, Marseille, Bordeaux, sont d'excellents observatoires de cet affaissement généralisé. Toutefois, la concordance des mouvements n'est pas parfaite. Ainsi à Lyon, les soieries sont en crise dès 1564, suivies, quatre ans plus tard, par le commerce des draps. À cette époque, la manufacture d'Amiens est très prospère et le restera jusqu'en 1585 : la courbe des entrées en apprentissage s'infléchit brusquement. La crise, par ailleurs, n'a pas partout la même durée ni la même ampleur. Toujours à Amiens, elle cède au retour de la paix, en 1597, et le rebond est spectaculaire (Deyon), la production se retrouve en dix ans aux meilleurs niveaux du siècle précédent. Les toiles de Bretagne semblent avoir été dramatiquement affectées : leur fabrication a baissé de moitié en 1570-1571. Les marchés de Laval et de La Ferté-Saint-Bernard reflètent, dans ces années 1570, le malheur des textiles de l'Ouest. La sidérurgie a été frappée dans son travail, avant de l'être dans ses échanges ; les guerres l'ont mise à mal, singulièrement en Champagne et dans les Ardennes. Dans cette dernière région, la reconstruction des usines précède le rétablissement de la paix. À partir de 1570, non seulement les forges en ruine sont rebâties (Nouzon), mais de nouveaux établissements naissent (Monthermé) sous l'impulsion de seigneuries laïques ou ecclésiastiques. La généralisation et la hausse des baux signalent l'empressement du capital marchand à s'investir dans la production. En Normandie et dans le Perche, la sidérurgie a souffert des troubles et de la conjoncture générale. Des forges disparaissent, entre autres dans les vallées du Sarthon et de la Mayenne ; certaines ne travaillent plus qu'épisodiquement. Le Bocage, si actif dans la période précédente, est presque déserté. Malgré tout, dans les moments de répit (la décennie 70), une certaine vitalité se manifeste : plusieurs usines sont construites entre les forêts d'Écouves et d'Andaine. D'autres créations seront éphémères. C'était une erreur d'investissement, mais qui souligne, en des temps si maussades, les atouts du secteur.

Le redémarrage de l'activité industrielle est donc patent sous le règne d'Henri IV et dure au moins pendant le premier tiers du XVIIe siècle. C'est la belle époque de la manufacture d'Amiens – dont l'apogée se situe en 1628 – comme des autres centres drapiers, en toutes régions. La manufacture lyonnaise repart, elle aussi, après le creux de 1575. En 1621, elle a regagné les deux tiers du terrain perdu. Pour la sidérurgie, qu'elle soit châtillonnaise, normande, dauphinoise ou barroise, l'élan se manifeste sous trois formes : la reconstruction d'usines, la création de nouvelles unités, l'allongement des périodes de « roulement ».

L'activité textile recule la première. Le basculement est acquis entre 1630 et 1636 à Amiens, aussi bien qu'à Beauvais, Troyes et Reims. La dépression, avec quelques paliers ou contre-pentes, se prolonge pendant environ quarante ans. La production drapière baisse de moitié (Beauvais), voire des trois quarts (Languedoc). Le cumul des crises a été fatal à une industrie peut-être trop aventurée dans son expansion et insuffisamment renouvelée dans ses produits. La sidérurgie fait preuve d'une meilleure résistance ou, plus exactement, réagit différemment selon les régions. Les Ardennes, fortement atteintes par la guerre de Trente Ans, ne parviennent pas à maintenir l'activité de leurs usines ; le désastre est encore plus évident en Franche-Comté. En revanche, la sidérurgie de l'Ouest est alors en bien meilleure santé. Dans le pays de Châteaubriant, le potentiel productif s'accroît en 1639. Quelques années plus tard, une forge est installée à Poulancre, au nord de Mur-de-Bretagne. Des fenderies sont intégrées aux usines à fer. Ce comportement pourrait passer pour atypique, comme l'écho d'une prospérité révolue, s'il ne persistait dans la seconde moitié du siècle. Entre 1660 et 1670, l'Ouest breton se peuple de forges du plus grand module (Vaublanc, Paimpont, Moisdon parmi d'autres) et ce dynamisme touche aussi le Berry (Clavières) et la Normandie (Dampierre) par la volonté des Condé. Si Colbert, on l'a souvent noté, subit – hors sidérurgie – une conjoncture très défavorable, la fin du règne de Louis XIV, si dure à bien des égards, présente pour l'industrie des résultats plus mitigés. Certes, la stagnation l'emporte. Toutefois, des percées ou des reconversions pertinentes préparent les succès ultérieurs. Suivant l'indicateur du nombre de métiers actifs, Lille est au plus bas en 1697, Rouen en 1709. Les toiles du Perche et les draps de Caen s'enfoncent parallèlement. Quant au Dauphiné, atteint à la fois par la guerre et par l'émigration des fabricants protestants, il connaît une situation difficile. Mais Pierre Léon observe qu'elle s'apparente plus à un ralentissement qu'à un effondrement. En Bas-Poitou ou en Bourbonnais, les industries traditionnelles pâtissent du rétrécissement de leurs marchés. La crise agit comme un crible. Les serges du Maine se portent fort mal alors que les étamines du Mans et celles du Perche progressent vivement. Un clivage identique se dessine dans le Languedoc en faveur de la draperie de luxe ; la qualité fait la différence. La conjoncture de la manufacture d'Amiens résume sans doute les incertitudes et les promesses de la période. Le tournant y est pris en 1680, mais la reprise se révèle fragile, sensible aux crises frumentaires et aux guerres. Le pire est passé mais, décidément, la vraie croissance n'est pas encore là.

L'élan vigoureux de la production industrielle s'annonce sous la Régence. Dès 1715 à Amiens ou en Dauphiné, en 1720 à Niort, partout, à quelques années près, un même dynamisme anime les ateliers du royaume. Ils sont portés par une houle de bons prix qui signale un élargissement de la demande. Selon les estimations classiques d'Ernest Labrousse, les étoffes de laine augmentent de 22 %, les fers de 30 % et les toiles de 36 % entre 1726-1741 et 1771-1789. Ces moyennes masquent, bien sûr, des disparités régionales ou sectorielles. On n'en soulignera qu'une, à l'intérieur du groupe des métaux : le prix des fontes et des aciers, par suite de la pénurie structurelle de ces deux types de produits, a plus fortement monté que celui du fer en barres. Pour apprécier l'essor des industries, plaçons-nous à Beaucaire. De là partent pour les marchés méditerranéens les draps, les toiles, les fers et les papiers non seulement du grand Sud-Est, mais aussi de la Bourgogne méridionale et d'une partie de la Franche-Comté. Les ventes passent de 8 532 000 livres en 1728 à 15 383 000 livres en 1755, à 24 233 000 livres en 1781 et à près de 42 000 000 livres en 1789. À l'échelle nationale, la balance du commerce, en dépit de ses incertitudes, nous fournit le même tracé : elle comptabilise à l'exportation, en 1716, pour 42 700 000 livres de produits manufacturés et pour 180 400 000 livres en 1787. La part de ces marchandises, dans le total, reste grossièrement stable (autour de 40 %), les réexportations coloniales se détachant du lot. En revanche, les importations tant de matières premières que de produits manufacturés augmentent relativement plus vite que les autres, preuve d'une demande soutenue des industries de transformation (laine, coton, essentiellement), dans le premier cas, et d'un déficit persistant de l'offre, dans l'autre.

Au rang des performances les plus remarquables, il convient de citer celle de l'extraction houillère. D'un niveau probable de 50 000-75 000 tonnes au début du

XVIIIe siècle, elle en est à 600 000 tonnes quatre-vingts ans plus tard. C'est que les principaux bassins, hors du Forez, n'ont commencé à être exploités que dans cette période. Plus que Littry (1744), Carmaux (1752) ou Le Creusot (1768), Anzin (1716) est responsable de ce changement d'échelle : on en extrait, vers 1780, 237 000 tonnes. Nulle cassure durable n'est perceptible dans cette expansion. En effet, le plus haut niveau séculaire ne sera atteint à Anzin qu'en 1790 (375 000 tonnes), et le taux de croissance annuel de Rive-de-Gier se maintient à 4,8 % entre 1757 et 1787. Autre industrie lourde, la sidérurgie progresse à la fois par le nombre de ses usines – surtout dans le quart nord-est de la France –, par leur taille et par leur durée de fonctionnement. Avant l'enquête de 1772, elle-même lacunaire, aucun bilan national n'est possible. C'est pourquoi il faut accepter avec prudence l'évaluation généralement admise d'un taux de croissance annuel de 2 % entre les années 1730 et 1780. Plus sûres, en revanche, sont les données concernant les textiles. La surveillance des autorités garantit ici – avec une marge de fraude – leur solidité. Entre 1716-1718 et 1785-1787, la production lainière s'est accrue au rythme de 1 % par an. Les régions en ont très inégalement profité. La Champagne et la généralité de Montauban sont les championnes de ce palmarès alors que la généralité de Rouen, qui représentait 15 % du produit lainier national en 1715, n'y entre plus que pour 10 % à la fin de l'Ancien Régime. D'autres informations, moins « agrégées » que celles qu'a réunies T. Markovitch, confirment ce tableau d'ensemble. Voici les exportations de draps du Languedoc. Elles se montaient à 10 300 pièces par an en 1700-1705. Elles approchent les 31 000 pièces en 1719, atteignent 60 000 pièces en 1750, 92 000 en 1763 pour culminer à 103 000 pièces en 1776.

À Sedan, la production triple entre 1710 et 1780. Ces avancées superbes cessent, vers 1760, d'être le cas général. Au contraire, si, à Sedan ou à Mazamet, les années 1760-1780 correspondent à une accélération, on pourrait appliquer à la plupart des zones lainières la remarque de l'intendant de Picardie : « Tout tombe depuis 1762. » Les étamines, arme de la reconquête, ont amorcé leur déclin. Leur production recule de 20 % dans le Perche entre 1750 et 1787. La chute est encore plus sévère pour les ratines d'Anduze. Dernier témoignage, celui du nombre de métiers en activité à Amiens. Il était de 2 500 en 1715, de 5 332 en 1752. Passé le milieu du siècle, le reflux s'installe ; on n'en compte plus que 4 350 en 1784. Les autres tissus ont-ils suivi une trajectoire semblable ? Dans le Perche, les toiles forment contraste avec les étamines (Claude Cailly). Aucune interruption n'est perceptible dans le trend d'expansion. Entre 1717 et 1788, la production augmenterait de 1,5 % par an. Mieux, l'essor s'accentue quand les étamines faiblissent ; à la fin de la guerre de Sept Ans, Mortagne triomphe de Nogent. Les toiles de Bretagne semblent également épargnées par une récession précoce. Leur apogée se situerait en 1775 avec une production triple de celle de 1715. Quant à Voiron, sa production a augmenté de 212 % de 1730 à 1789, et sa grande époque date de 1765. Les bureaux de Laval, Mayenne et Château-Gontier avaient marqué 16 773 pièces de toiles de lin en 1740. À la fin de la guerre de Sept Ans, ils en reçoivent 36 000 et ensuite, pendant vingt ans, une moyenne de 31 000. Enfin, l'ensemble Valenciennes-Cambrai, d'une part, celui de Saint-Quentin, de l'autre, connaissent aussi un essor prononcé dans la seconde moitié du siècle. Pierre Léon propose un taux vraisemblable de 1,5 % à 2 % de croissance par an, à l'échelle nationale, pour cette industrie. Quelle a été l'évolution de la production des soieries au cours du XVIIIe siècle ? À Lyon, le nombre des métiers triple presque de 1720 à 1788. Il s'accroît sensiblement plus à Nîmes dans cette période. Toute la branche est stimulée par cette bonne conjoncture : en amont du tissage lyonnais, le moulinage triomphe en Dauphiné tandis que la bonneterie de soie n'a pas cessé de gagner du terrain dans les Basses-Cévennes. Le taux de croissance pourrait dépasser 2 %. Mais, à la différence des toiles, la sériciculture connaît une crise profonde à partir de 1778, par suite de la défaillance en chaîne de ses marchés.

La manifestation la plus neuve de l'essor industriel se

lit dans l'explosion des cotonnades et des indiennes. Deux indicateurs suffiront : l'importation de coton brut se montait en 1690 à 250 tonnes, elle représente 1 200 tonnes vers 1750 et avoisine 5 000 tonnes en 1789. À Mulhouse, les fabriques de toiles peintes sortent 50 000 pièces en 1756-1766 et 100 000 en 1776-1786. La laine et le lin ne sont pas aussi « archaïques » qu'on a voulu le dire, mais il est clair que le coton exprime la modernité industrielle des années 1780.

Une grande puissance industrielle

Le démarrage, vers 1760, d'une industrie cotonnière nouvelle est l'expression ultime de l'élan qui traverse le XVIIIe siècle. Malgré des conjonctures parfois discordantes, selon les branches et les régions, le tracé d'ensemble ne fait pas de doute. Il y a bien eu, du début du siècle à 1775-1780, une hausse soutenue du produit industriel national. T. Markovitch l'évalue à 1,9 % par an. Selon ses calculs, le produit industriel aurait été porté de 1 milliard de livres à 2,2-2,6 milliards. On sait le risque inhérent à ce genre de reconstruction. Lors de la publication par J.-C. Toutain des données agricoles de cette histoire quantitative, beaucoup d'historiens avaient souligné la fragilité de la base statistique. Ici, les sources sont moins contestables, et les monographies régionales confirment plutôt la tendance. Il faut cependant demeurer attentif aux limites de l'exercice. Certains agrégats considérés comme sûrs se révèlent inutilisables. Par exemple, on a longtemps fixé à 100 000 tonnes de fer la production française en 1788. Or son niveau n'était probablement alors que de 65 000 tonnes ; elle n'atteindra qu'en 1809 (à territoire égal) le chiffre précité. Quoi qu'il en soit, la croissance de l'industrie française, même révisée en baisse, a été d'une intensité et d'une durée exceptionnelles au long du XVIIIe siècle. En regard, P. O'Brien et C. Keyder attribuent à l'industrie anglaise une croissance annuelle de 1 %, pour cette période. La supériorité de la France sur l'Angleterre à la fin de l'Ancien Régime, en termes de dynamisme industriel, serait-elle démontrée ? Au minimum, ce serait un match nul.

Résultat inattendu mais plausible. Allons plus loin. Il est possible d'affirmer, sans paradoxe, que la France est, en 1780, la première puissance industrielle. C'est que l'effet démographique joue en sa faveur. Mis à part la Russie, qui n'a pas les mêmes structures de production, aucun pays ne pèse plus que la France. Paul Bairoch a élaboré un tableau des « niveaux d'industrialisation » des différents pays d'Europe en 1789, en prenant la production du Royaume-Uni en 1899-1901 comme base 100. La France est alors à 6,1 ; le Royaume-Uni, à 5,1. L'indice par habitant modifie, bien sûr, le classement. Les niveaux d'industrialisation s'établissent, dans ce cas, à 8,9 pour la France et à 15,1 pour le Royaume-Uni. Préséance du Royaume-Uni, précocité aussi. L'ancienneté de son industrialisation explique largement l'écart constaté à la fin du XVIIIe siècle. L'avance a sans doute été prise à la fin du règne de Louis XIV. On se ralliera à l'appréciation de François Crouzet : « Quand l'économie française commença à croître, elle ne se trouvait pas sur la même ligne de départ que l'économie anglaise. »

La comparaison des performances industrielles des deux pays n'est pas une idée récente. Ce lieu commun de l'historiographie contemporaine avait déjà acquis au XVIIIe siècle droit de cité. Selon la pente du pessimisme que l'on voit à l'œuvre, chez les meilleurs esprits, en matière de population, l'infériorité française paraît aller de soi. Où a-t-elle pris naissance ? L'inspecteur des manufactures Pradier (cité par J. K. Thomson) propose une réponse : « La constitution de l'Angleterre n'est pas la nôtre, écrit-il en 1753, et autant ses négociants sont affermis dans l'idée de la nécessité de perfectionner leurs fabriques pour soutenir leur commerce, qui fait la ressource la plus solide et l'inclination de la nation, autant nos Français [sont] empressés de pousser leur fortune sans s'embarrasser jusqu'à un certain point de la réputation de leurs fabriques, qui forment simplement leurs moyens de gain pour sortir de leur état et passer à des charges qui, en contentant leur amour-propre, satisfont à leur inconstance. » L'évasion vers la rente foncière ou l'office amoindrit l'accumulation de capitaux, de talents, de savoir-faire du côté de l'industrie. Ce n'est que l'un des aspects de la hiérarchie des valeurs et des formes de reconnaissance qui caractérisent la société française d'Ancien Régime par rapport à l'Angleterre. Ainsi en est-il des rapports entre science et technique. Au pays de Newcomen, de Mushet et de Watt, mécaniciens et savants se rencontrent, coopèrent dans un réseau dense d'institutions qui produit l'innovation et la diffuse. Il y a là un véritable « humus » pour l'industrie. En France, l'Académie des sciences, par la *Description des arts et métiers,* et le milieu des philosophes, par l'*Encyclopédie,* ont voulu donner pleine légitimité à la technique. Il s'en faut de beaucoup qu'ils y soient vraiment parvenus. Seule la science valorise. Roland de la Platière jugera sévèrement l'obstination de Vaucanson qui voulait, à force de subventions, créer un métier sur le principe des automates : « Il a plus travaillé en mécanicien qui cherche à se faire admirer des savants qu'en artiste qui veut être utile aux fabriques. » Ce modèle humaniste et élitiste aboutit à disqualifier la pratique et ceux qui en sont porteurs. Il est contesté mais non refoulé à la fin du siècle. On est bien loin encore de la « religion de l'utile ».

En dehors de ce contraste culturel et social, il est clair que les deux industries ne sont pas engagées dans la même voie. L'essor proliférant de la proto-industrie en France a ralenti la mécanisation de l'industrie textile, l'a même rendue indésirable. Dès lors, l'une des sources de croissance intensive faisait défaut. La mécanisation, en tous domaines, autorisait la production de masse, en qualité moyenne. Pour cela, il fallait disposer d'un marché large et sûr. L'Angleterre a construit le succès de ses manufactures sur l'existence d'une classe moyenne qui n'a pas son équivalent en France. C'est pourquoi la recherche du produit de qualité destiné aux classes supérieures, associé à des marchandises plus rustiques, est une stratégie intelligente. Elle traduit aussi les limites d'une industrie prisonnière de son marché.

La dépendance présumée de l'industrie par rapport à l'économie agraire se vérifie, du XVI*e siècle au* XVIII*e siècle.*

Les grains sont bien le « baromètre » des manufactures. Toutefois, ce schéma doit être nuancé. L'ouverture au monde, qui est l'une des lignes de force du développement économique du royaume, introduit l'industrie, principalement ses branches textiles, dans les conjonctures étrangères. Par ailleurs, certaines activités suivent des cycles qui sont décalés par rapport à la conjoncture agraire, voire autonomes. La construction urbaine et les industries associées manifestent une sorte d'inertie face aux turbulences des grains. Les industries d'amont, extraction minière et sidérurgie lourde, sont moins sujettes que d'autres à des variations brusques. Enfin, la commande publique ou l'absence de commande pèsent sur nombre d'entreprises. À l'échelle des trois siècles, les industries ont connu une croissance forte ; l'économie manufacturière fait la preuve de son dynamisme multiplicateur. Chaque rupture cyclique se conclut à un niveau supérieur à la précédente. Le XVIII*e* *siècle, jusqu'en 1780, est une période d'accélération presque continue. Que l'industrie progresse ainsi n'implique pas que des produits, des régions et des établissements ne soient pas défaillants. Au contraire, le renouvellement et la concurrence font l'ordinaire de ce secteur. La France des Lumières est-elle en train de rejoindre l'Angleterre ? Son élan ultime pourrait donner à le croire. En fait, l'industrialisation est plus profonde, dans les structures, et plus prononcée, par tête, outre-Manche que sur le continent.*

Vers 1780, la France est une grande puissance industrielle, sinon la première. Tout le royaume participe au mouvement ; un tissu industriel s'est formé, sur la base, souvent, des traditions fabricantes régionales, mais combien plus actif qu'avant le XVI*e* *siècle. L'essor démographique et frumentaire, en longue durée, a certainement porté en avant la production marchande. Pourtant celle-ci n'a pas encore le marché intérieur solide et pressant sur lequel repose la réussite de l'industrie anglaise. Les négociants et les entrepreneurs ont besoin du grand large, mais ces débouchés extérieurs sont versatiles ; en fin de* *période, la concurrence y est très vive. Dans la logique de la monarchie absolue, l'État est apparu comme le garant, voire le tuteur des manufactures. A-t-il aidé ou freiné ? Toute intervention a un coût. Pour forcer le passage du développement, le Contrôle général, les inspecteurs, les intendants se sont créé un devoir d'assistance, au risque de créer une mentalité d'assistés. Que l'on en accepte l'idée ou qu'on la combatte, l'industrie est une affaire d'État. À la fin du* XVIII*e siècle, le « colbertisme » a mauvaise presse. Il paraît démodé, en désaccord avec le libéralisme moderne. N'est-il pas aussi décalé par rapport au mode de production proto-industriel ?*

Il postule la manufacture concentrée, urbaine, alors que le travail des textiles s'épanouit à la campagne, sans déserter la ville. La proto-industrie, en s'installant dans les « pores » de l'économie villageoise et familiale, résout la contradiction entre les demandes des marchés et les difficultés de toutes natures, techniques, économiques et sociales, à les satisfaire. Elle soulage aussi la pression que la surcharge rurale entraîne en bien des régions. Elle délègue, en quelque sorte, aux campagnes, une partie des soucis de la production. La ville n'en est pas moins active et, hors des industries textiles, d'autres modèles se discernent qui vont dans le sens d'un capitalisme industriel. Vers 1780, les signes d'une industrialisation à l'anglaise ne manquent pas. La croissance des manufactures d'indiennes en est peut-être le plus visible. Une manufacture de machines à vapeur s'installe à Chaillot et bientôt naîtra la compagnie de Montcenis-Le Creusot. Des techniques nouvelles pour de nouveaux produits, le rassemblement de capitaux considérables soutiennent ces aventuriers de l'industrie qui s'appellent Oberkampf, Jacques-François Perier ou François-Ignace de Wendel. Ce sont là des exceptions, dans tous les sens du terme. L'atelier urbain et la manufacture dispersée sont plus représentatifs de l'état de l'industrie française en 1780, de même que l'eau et le bois n'ont pas fini de faire marcher les usines. La voie anglaise n'était pas la seule possible ; le royaume de France a pris un autre chemin.

DEUXIÈME PARTIE

Un développement sans révolution (vers 1780-vers 1880)

1780-1880 : c'est, en France, le siècle des révolutions. Est-ce celui de la révolution industrielle ? La tradition historiographique l'a assuré, jusqu'à une date récente, non sans de solides raisons. Pour ne prendre qu'un indicateur, la production de charbon a été multipliée par 30 pendant cette période. La France est entrée dans l'âge de la vapeur. D'Ignace de Wendel à Eugène Schneider, d'un Creusot l'autre, en somme, ce siècle semble placé sous l'hégémonie de la grande industrie moderne. S'interroge-t-on, pourtant, sur la chronologie d'une rupture aussi radicale ? L'incertitude alors est manifeste. Certains situent la mutation dès la fin de l'Ancien Régime, d'autres la jugent contemporaine de la monarchie de Juillet. Acquise très tôt dans le coton, la révolution industrielle tarderait dans la sidérurgie. Que reste-t-il, après ces fluctuations et ces découpages, de l'unité présumée du moment ? Au fond, tous les synonymes de la rupture ou la métaphore du décollage sont impropres à rendre compte du cas français. Ne vaudrait-il pas mieux substituer à cette révolution insaisissable le schéma d'une évolution qui restituerait les caractères originaux, les rythmes, la complexité de la première industrialisation ? Ce faisant, il serait possible d'envisager autrement les « archaïsmes », les « survivances », les « résistances » qui paraissent déranger l'ordonnance attendue de la révolution industrielle.

Si l'hypothèse d'une transition paraît plus plausible, de nouvelles questions se font jour. Pour quelles raisons l'industrialisation de la France a-t-elle pris ce chemin-là ?

Comment s'articulent et comment cohabitent les façons de faire traditionnelles et le nouveau système productif? Peut-on conjuguer proto-industrie et modernité ? Comment s'effectue le passage d'une forme à l'autre et comment comprendre ici la réussite et là, l'échec ? À mesure qu'il s'affirme, le nouveau système productif consacre deux acteurs fondamentaux, le patronat, la classe ouvrière. Ce n'est pas que l'État disparaisse. « L'État n'est jamais léger, écrivait Jean Bouvier, même au temps où (soi-disant) il n'était que gendarme. » Reste qu'en ce domaine une longue phase se clôt avec l'Empire. Il faudra donc examiner la genèse, la composition, les rôles et les manières d'être de ces groupes qui se constituent l'un par (pour) l'autre. Quelles relations, avec ou sans arbitrage, établissent-ils entre eux ? L'usine est le lieu de la rencontre. C'est à la fois un rassemblement d'hommes et de machines, un espace de contraintes et d'innovations. Elle symbolise l'industrie triomphante. Par elle, le pays s'unifie. Pour autant, la France manufacturière est-elle homogène ou bien des dynamismes régionaux et sectoriels continuent-ils d'agir ? En tout cas, une fois résorbée la vive fluctuation née de la Révolution et de l'Empire, l'espace national sera stable, à l'exception notable de l'amputation, en fin de période, de l'Alsace et de la Lorraine. En examinant la place que tient l'industrie, le terrain qu'elle gagne, au long de ce XIXe siècle, il ne faudra pas seulement évaluer son poids dans l'économie, sa présence dans les paysages, mais tenter aussi d'en apprécier l'impact dans l'imaginaire social.

1. Les caractères originaux de l'industrialisation

À la fin du XVIIIe siècle, la France entre en crise, en révolution et en guerre. Après trente ans de malheurs, sanctionnés par le « grand déclassement » (Pierre Chaunu), l'industrie française aurait été définitivement distancée par sa rivale anglaise. Cette vision apocalyptique revient d'abord à placer les deux pays sur la même ligne de départ. Cette hypothèse, on l'a dit, n'est pas vérifiée. Par ailleurs, elle tend à prolonger les courbes, c'est-à-dire à sous-estimer les contraintes et les blocages du système socio-économique qui est pourtant à l'origine de l'enchaînement des crises. Enfin, elle suggère un désastre sans recours. L'événement a sûrement bouleversé les activités productives, interrompu des échanges, différé des projets. N'a-t-il pas aussi donné leur chance à des initiatives ou au moins consolidé certains secteurs ? Le retard sur l'Angleterre, qu'il faudra évaluer, n'est sans doute pas le seul effet de cette longue rupture. Davantage, la Révolution et la période napoléonienne ont posé de nouvelles règles du jeu industriel et réaménagé les rapports sociaux. Comment ce compromis historique a-t-il déterminé la marche de l'industrie ? D'autres héritages, plus anciens et plus discrets, ont dû peser aussi dans la transition. L'hégémonie des énergies classiques et de l'organisation proto-industrielle du travail – disons, de la roue, du bois, de l'atelier domestique – donne son unité à la période précédente. Dans quelle mesure l'industrialisation française s'est-elle construite sur ces formules éprouvées, comme sur des matériaux de réemploi ?

L'héritage révolutionnaire

Une croissance brisée ?

Il est hasardeux de dessiner la trajectoire de l'industrie française d'une façon globale, à l'échelle nationale, pour les années 1780. Dira-t-on, par exemple, qu'un contraste oppose le dynamisme des cotonnades aux difficultés des soieries et des toiles et au déclin des laines ? Il est vrai que les fibres « classiques » ont, en bien des régions, atteint une sorte de palier dans la production, vers 1775-1778. Les coûts augmentent et les marchés se restreignent. Mais il faudrait citer à décharge de nombreux cas où la croissance n'a pas cédé. À Sedan, écrit Gérard Gayot, la bonne conjoncture qui dure depuis 1760 « est à peine interrompue [...] par la crise de 1788 ». Dans la région de Saint-Quentin, la prospérité textile est incontestable : « Jamais on n'a tissé autant de toiles qu'en 1783 et cette période heureuse se prolonge jusqu'en 1787 » (Didier Terrier). L'extraction houillère ne donne aucun signe de ralentissement. Quant à la sidérurgie, la crise interrégionale de 1783-1784 est très vite effacée. En Champagne et en Lorraine, les archives d'entreprises attestent une hausse régulière des prix jusqu'en 1789 – d'environ 30 % par rapport à l'avant-crise – et une reprise des ventes, moins accentuée, il est vrai. Mais, au plus tard en 1789, la plupart des branches et des régions sont confrontées à la crise. Il est peu de secteurs « abrités ». La crise finale de l'Ancien Régime est, dans son principe, frumentaire ; elle est aussi, pleinement, industrielle. La conjonction de facteurs négatifs explique la gravité de l'événement. Les industries de la laine ont été handicapées, à partir de 1786, par le surenchérissement de leur matière première. L'élevage ovin a subi alors le contrecoup de la disette de fourrages que venait de connaître le royaume. Cette « révolution énorme » dans le prix des laines – pour reprendre l'expression de la municipalité de Nogent – est d'autant plus fâcheuse que les débouchés extérieurs ont tendance à se contracter. La manufacture des toiles, si engagée dans les échanges internationaux, est victime, en 1788-1789, de la défaillance d'une partie de sa clientèle et singulièrement du ralentissement de la demande coloniale. À ces embarras divers le traité d'Eden a-t-il ajouté un handicap insupportable ? C'est l'opinion, en 1787, de l'assemblée provinciale et de la chambre de commerce de Rouen, effrayées de l'afflux des cotonnades britanniques. On lui impute aussi bien les problèmes de la bonneterie troyenne ou ceux de la draperie remoise. « On a sacrifié et livré la Nation à l'Angleterre », écrit en 1789 l'un des principaux commentateurs du traité. Au vrai, les premiers résultats commerciaux sont alarmants. De mai 1787 (mise en application du traité) à la fin de l'année, les importations en provenance de la Grande-Bretagne se sont élevées à 35 300 000 livres (dont plus de la moitié en produits manufacturés) contre 13 250 000 pour l'année 1784 avec, il est vrai, une très forte contrebande. Les exportations se chiffrent respectivement à 26 276 000 et 20 000 000 livres, les produits manufacturés y comptent pour moins de 8 %. Le choc n'est pas douteux, mais son ampleur reste invérifiable tant l'imputation sans preuve a été répandue. Par ailleurs, les marchandises anglaises ne sont pas seules en cause. Les maîtres de forges français se plaignent davantage de la concurrence redoublée que leur font, à partir de 1785, les fers suédois, bien meilleur marché que les produits autochtones. En outre, ce choc a été voulu pour accélérer la modernisation de l'appareil productif : il a été salutaire, se hasardera à dire Costaz en 1816.

Dernier élément du désastre : la crise agraire. Pas d'« antécédent » ici, mais une circonstance aggravante en 1789. La « contrariété cyclique » joue à plein ; à la foire de Guibray comme à celle de Beaucaire, les négociants de toutes marchandises ne peuvent que constater l'effondrement parallèle des prix et des transactions.

La Révolution et l'Empire, envisagés dans l'unité d'une économie en guerre, correspondent-ils à une fluctuation négative de la production industrielle ? Cette question a pris un tour passionnel, voire politique. Un accord, pourtant, se dégage au moins sur un point : sur fond général de crise, il y a eu des phases heureuses, des régions qui s'en sortent, des secteurs abrités. Ce n'est, au reste, que le reflet de la variété des situations industrielles à la veille de la Révolution. Ainsi dans les textiles, les toiles de lin et de chanvre sont-elles très affectées par la crise des débouchés extérieurs : dans la Somme, le Maine et le Perche, par exemple, la chute de la production sous la Révolution est de l'ordre des cinq sixièmes. La période napoléonienne ne connaîtra que des récupérations partielles, telle celle du chanvre dans la Sarthe. Crise annoncée, qui n'est pas seulement celle des marchés mais celle des usages, et que l'événement amplifie et dramatise. Le coton, dont on a dit le dynamisme juvénile, en profite, donnant l'allure d'une reconversion, des consommateurs mais aussi de certains fabricants, à ces mouvements contraires. La Révolution n'interrompt pas le développement de l'industrie cotonnière : 29 % des établissements de filature, tissage, bonneterie et impression recensés au 1er janvier 1806 ont été créés avant 1790 ; 20,5 % l'ont été entre 1790 et 1799. Ce qui est une autre façon de dire que les progrès décisifs datent de l'avènement de Bonaparte (Serge Chassagne). La statistique des filatures mécaniques confirme la tendance. Leur nombre cumulé s'établit ainsi :

1789	*1795*	*1799*	*1806*	*1814*
6	17	37	234	272

La production d'étoffes de laine est doublement touchée par la guerre. À la perte des marchés espagnols et levantins s'ajoute, en effet, l'interruption de l'approvisionnement en laines étrangères dont la part s'est sensiblement accrue à la fin du siècle, principalement en Champagne, en Normandie et en Languedoc. Le recul des fabrications, à l'échelle nationale, est de 51 % entre 1790 et l'an III. Comparée à ce point bas, le niveau de production de 1810 marque un début de redressement ; toutefois le déficit par rapport à 1790 est encore de 37 % (Serge Chassagne). Contrairement à la première période où les régions ont été également touchées, la phase qui commence en l'an III

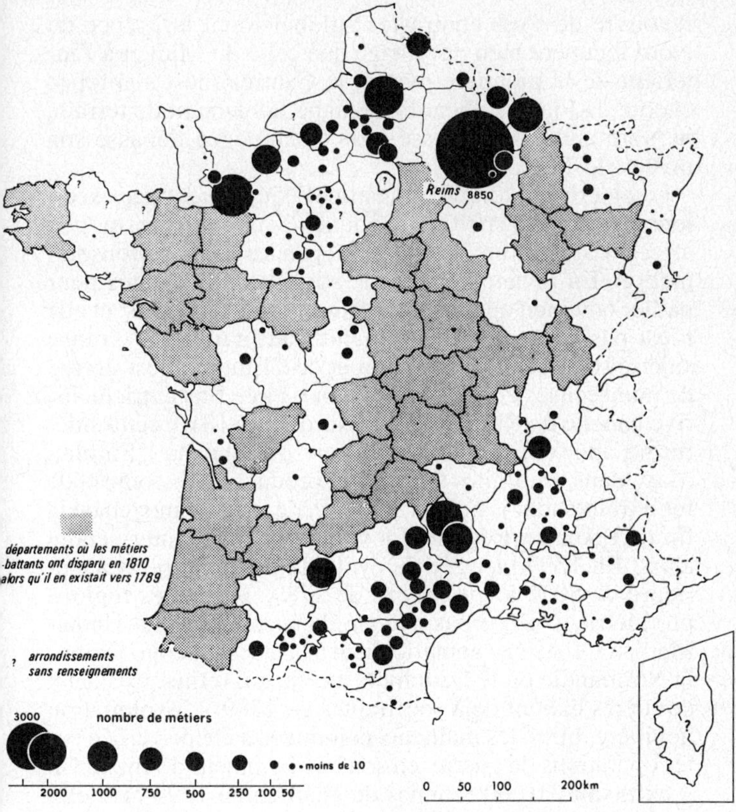

Une géographie resserrée – le tissage a pratiquement disparu de vingt-neuf départements – un rééquilibrage prononcé, au profit de la Champagne et au détriment du Midi languedocien : l'enquête de 1811 sur l'industrie lainière, qui porte sur la situation de 1810, avant la crise, montre que, en vingt ans, la carte lainière s'est profondément transformée. Le rapport entre nombre de métiers et effectif employé, autrement dit le degré de mécanisation et de productivité du travail, également signalé dans cette enquête, confirme l'avance de la Marne ou de la Somme et le retard pris par l'Aveyron ou par l'Hérault.
(D'après Serge Chassagne, colloque : « Voies nouvelles pour l'histoire de la Révolution française. »)

recouvre de forts contrastes : globalement la France du Nord récupère bien davantage que celle du Midi et à l'intérieur de la première moitié, le Centre-Ouest s'enfonce encore, la Flandre-Picardie regagne faiblement du terrain, la Normandie se redresse et la Champagne dépasse son niveau de 1790.

La sidérurgie lourde, industrie d'équipement par excellence, pâtit de la crise économique révolutionnaire, qu'elle affecte l'agriculture, les transports ou les biens de consommation. En revanche, elle a le soutien des autorités pour pallier tant bien que mal la disette de bras et de bois, et elle n'est pas en peine de commandes militaires. La France sidérurgique de la Révolution et de l'Empire s'est accrue de nombreuses conquêtes – Savoie, Pays-Bas autrichiens, rive gauche du Rhin, Italie du Nord. Vers 1810, cette sidérurgie annexée représente le tiers du total de l'Empire. Mais, dans les limites de 1790, la production de fonte et de fer retrouve tout juste en 1801-1802 le volume moyen de la fin de l'Ancien Régime. La vraie croissance interviendra alors. En 1809, apogée du cycle, la production est supérieure de 50 % à son niveau de 1789. Toutes les régions productrices n'ont pas avancé du même pas. La Haute-Marne ou l'Ariège appartiennent à la sidérurgie qui gagne ; la Normandie ou le Dauphiné, à celle qui reflue. Ces deux dernières étaient déjà souffrantes en 1789. L'exploitation houillère, outre les malheurs communs, a été perturbée par les opérations de guerre, en son bassin majeur d'Anzin. On y extrayait 310 000 tonnes de charbon en 1790 et seulement 65 000 en 1794. Sans invasion, le bassin du Gard suit la même pente, passant de 5 700 tonnes en 1792 à 739 tonnes en l'an IV. Le creux de cette année terrible fut

---

Le gouvernement révolutionnaire a multiplié les fonderies de canons et les manufactures d'armes sur tout le territoire. Il fallait approvisionner plusieurs fronts en des quantités inusitées. Ce dispositif, qui culmine en 1795, est ensuite fortement allégé. En 1810, la production s'est concentrée sur les meilleures usines, tout en s'implantant dans les départements annexés. (D'après Denis Woronoff, *L'Industrie sidérurgique en France pendant la Révolution et l'Empire.)* →

LES FABRICATIONS DE GUERRE
1795
1810
Manufacture de fusils
Manufacture d'armes blanches
Fonderie de canons
Arsenal de terre
Arsenal de marine
Forges de la marine
1 Lamothe
2 La Chapelle
3 Etouard
4 Jommelières
5 Bonrecueil
6 La Mouline
0
200 km
Dunkerque
Anvers
Calais
Bergues
Lille
Boulogne
St-Omer
Liége
Douai
Arras
Maubeuge
Abbeville
Cambrai
Couvin
Cherbourg
Charleville
Le Havre
La Fère
Bazeilles
Rouen
Daigny
Sarrelouis
St-Lo
Meulan
Coutances
Caen
La Bonneville
Châlons-sur-Marne
Metz
Strasbourg
Brest
St-Malo
Breteuil
Bourth
Paris
Bar-le-Duc
Mutzig
Alençon
Versailles
Klingenthal
Rennes
Nogent-sur-Seine
Lorient
Orléans
Langres
Amboise
Nantes
Vierzon
La Canonière
Guérigny
Auxonne
Indret
Luçay
Libreval
Autun
Besançon
Etrechet
Habilly
Tronçais
Nevers
Le Creusot
Doucier
Moulins
Rochefort
La Rochefoucault
Roanne
Thiers
Limoges
Lyon
Chambéry
Ruelle
Clermont-Ferrand
St-Etienne
Turin
Tulle
Lavaure
Ans
Perouzet
Grenoble
Gard Dor Isle
Monclard
Valence
Briançon
Bordeaux
Bergerac
St-Gervais
Gap
Montauban
Albi
Avignon
Bayonne
Auch
Montpellier
Toulouse
Marseille
Narbonne
Toulon
Perpignan
Milan
Turin
Gênes
La Spezia
Livourne

vite oublié ; l'extraction se monta à 9 000 tonnes en l'an VI. Au total, l'industrie charbonnière a vivement progressé à partir du Directoire. Partie de 600 000 tonnes à la fin de l'Ancien Régime, elle peut revendiquer de 800 000 à 900 000 tonnes à la fin de l'Empire.

L'innovation technique, clé de l'industrialisation, stagne en sidérurgie. Ni la fonte au coke ni l'acier au creuset ne progressent comme l'élite scientifique et technique l'espérait. Pour réussir des changements radicaux, il faudrait, dit un ingénieur des mines, « du temps, des dépenses et du calme ». Mais des améliorations à l'intérieur du système classique ont prouvé que celui-ci recelait encore des marges appréciables de productivité. L'avancée de la jeune industrie chimique donne une image toute différente de l'inventivité industrielle. Sur la base des découvertes de Berthollet, de Chaptal ou de Leblanc, des entreprises se créent en nombre, principalement dans la région parisienne. Il s'agit d'obtenir industriellement de la soude, de l'acide sulfurique, de l'acide chlorhydrique, à l'usage des industries verrière, textile et savonnière. Moins connu que ces grands savants mais plus représentatif, dans ce domaine, de l'effervescence générale, Jean-Baptiste Mollerat développe la « filière bois » dans son usine de Pouilly-sur-Saône (1809). Il obtient par distillation non seulement un charbon de bois économique mais aussi d'abondants goudrons et divers condensats (Philippe Jobert). Pourquoi cette divergence entre ces deux branches d'activité ? En dehors de raisons évidentes telles que le coût relatif de l'innovation, la nature des marchés, etc., la rupture des liens avec le foyer technique britannique explique probablement une partie des tâtonnements des sidérurgistes français. La connaissance concrète et détaillée des nouveaux procédés vient à manquer à un instant crucial, ainsi que la main-d'œuvre étrangère pour les transférer sur le continent (John Harris). L'industrie chimique française avait la chance de trouver sur place les savoirs empiriques dont elle avait besoin. L'Angleterre demeure source d'inspiration, point de comparaison. L'écart s'est certainement accru. Un indicateur, plus sûr qu'un taux global de croissance, en porte témoignage, celui de la consommation du coton brut par habitant. Paul Bairoch a proposé les estimations suivantes (en kg) :

France	1787-1789 : 0,2	1815-1820 : 0,6
Angleterre	1781-1790 : 0,9	1811-1820 : 4

Les prix relatifs des produits industriels par rapport aux produits agricoles sont beaucoup plus élevés en France qu'en Angleterre, signe manifeste d'une moindre productivité. La confrontation d'après guerre s'annonce rude.

Les évolutions distinctes des secteurs d'industrie ont eu leur traduction territoriale. François Crouzet a insisté sur le déplacement d'axe qui a affecté tout le Grand-Ouest au bénéfice du nord et de l'est de la France. Ce réaménagement de l'espace, qui s'inscrit dans une évolution européenne, aboutit à la désindustrialisation, à la « pastoralisation » de la façade océanique. La fermeture des horizons coloniaux vers lesquels allaient toiles de chanvre et chaudières à sucre lèse incontestablement le tissu industriel régional. Est-ce l'amorce d'un sous-développement ou plutôt d'une réorientation fondée sur une agriculture commerciale ? De toute façon, l'industrie ancienne semble s'effacer et non se reconvertir. S'agit-il de l'effet passager d'une économie en guerre ou cette « hémiplégie » (Jean-Claude Perrot) va-t-elle perdurer ?

Ruptures et compromis

La Révolution commençante fournit un cadre neuf aux activités industrielles. Qu'il s'agisse de la réglementation du travail urbain (loi d'Allarde, 2 mars 1791), des associations professionnelles (loi Le Chapelier, 14 juin 1791), du droit d'exploiter les mines (27 mars 1791) ou de la police des eaux (28 septembre 1791), ce monde paraît changer de bases en quelques mois de travail législatif. Est-ce la voie enfin ouverte à la libre entreprise ? « À partir du 1er avril prochain, proclame la loi d'Allarde, il sera libre à toute personne de faire tel négoce ou d'exercer telle profession, art ou métier qu'elle trouvera bon » moyennant le paiement d'une patente. Les maîtrises et jurandes étaient abolies. Belle revanche pour Turgot. Libres sans trop l'avoir demandé, les filtiers lillois s'efforcèrent de maintenir entre eux, note Jean-Pierre Hirsch, des formes d'arbitrage et de concertation que les institutions dissoutes assuraient jusque-là. Les reproches adressés au système corporatif visaient les situations de monopole, les règlements publics trop contraignants et la fiscalité d'État et non l'esprit d'autocontrôle, la fonction de transparence et de surveillance. Un décret du 27 septembre 1791 paracheva, de ce point de vue, la politique de la table rase en détruisant l'Inspection des manufactures et tout l'édifice réglementaire qui lui était associé. Laisser aux règlements de police et aux tribunaux le soin de trancher les conflits ne pouvait satisfaire le besoin de garanties sur les normes et les qualités. Les métiers anciennement incorporés qui continuaient de suivre certains règlements sans le dire trouvèrent un évident profit à sortir de cette quasi-clandestinité grâce à Chaptal. Celui-ci rétablit et généralisa les chambres de commerce (1802) et institua des « chambres consultatives des arts ». Ainsi était créé un réseau d'instances spécifiques pour le négoce et la fabrique où pouvait s'élaborer une nouvelle convivialité professionnelle, faite d'accords tacites et d'ajustements collectifs. La période napoléonienne n'a pas remis en cause le principe de liberté et d'individualisme qui avait conduit au démantèlement des institutions corporatives. Mais, sous la pression du milieu lui-même, elle en a fait une application équilibrée. La loi Le Chapelier, qui interdisait toute coalition professionnelle, était la conséquence de l'abolition des corporations. Les compagnonnages étaient condamnés comme attentatoires à la liberté du travail. La négociation salariale devait respecter les nouvelles règles du jeu social : il n'y avait plus de place pour des corps intermédiaires dans le dialogue entre citoyens. Bien que les « entrepreneurs » fussent cités avec les « ouvriers et compagnons », ces derniers étaient bien la cible des législateurs. La coalition interdite devenait séditieuse, puisqu'elle bravait la loi au nom des « prétendus intérêts communs ». Cette loi, qui devait faire une longue carrière (jusqu'en 1864), ne souleva sur le moment aucune polémique. D'ailleurs, son application, en temps de troubles et de pouvoirs changeants, était aléatoire. Il revint, ici encore, au régime napoléonien de donner consistance à ce dispositif. La loi du 22 germinal an XI (12 avril 1803) rétablit un semblant d'équilibre en réprimant explicitement les coalitions patronales, bien que les peines encourues dans ce cas fussent plus légères que pour les ouvriers. La coalition des salariés et son corollaire, la grève, constituaient l'arme du dernier recours. Beaucoup plus fréquente, en revanche, était la « divagation » des ouvriers d'un employeur à l'autre. L'instabilité presque consubstantielle à certaines professions, le goût ou le besoin de changer d'atelier facilitaient le « débauchage ». L'Ancien Régime avait inventé, pour contrer ces pratiques, des « billets de congé ». Le Consulat institua le livret ouvrier (9 frimaire an XII-1er décembre 1803), annoté par les employeurs, visé par la police. Sans chercher à empêcher une mobilité raisonnable de la main-d'œuvre, les autorités souhaitaient domestiquer son nomadisme. Depuis l'an III, au moins, des entrepreneurs, des ingénieurs des mines et des autorités diverses avaient plaidé pour l'établissement d'un livret. Ils l'obtenaient, avec l'assurance que cette mesure serait effective. Le vrai changement était là. Des années durant et surtout pendant le Directoire, les ouvriers avaient parfois « pris la licence pour la liberté », voulu « parler en maîtres » et « faire la loi ». Il y avait maintenant un État, des gendarmes pour faire respecter le droit.

Les usages de l'eau opposaient globalement les agriculteurs aux exploitants de moulins et d'usines. Le rapporteur du projet de loi sur les eaux devant l'Assemblée constituante (23 avril 1791) affirme que « l'intérêt de l'industrie ne doit être consulté qu'après celui de l'agriculture ». Sous l'apparence d'un truisme, cette opinion pouvait annoncer une politique très restrictive d'autorisation d'ouvrages hydrauliques. En fait, malgré des menaces sur des usines devenues « nationales » et jugées nuisibles aux riverains, la cause est entendue, pour les autorités, à partir de 1792. Rien ne doit entraver le développement des usines sidérurgiques, et plus largement, de l'industrie nationale. La question se déplace : il s'agit, dans le respect des activités agricoles, de concilier les intérêts des établissements en place et de ceux qui veulent s'installer. Les ingénieurs des Ponts et Chaussées seront les agents de cet usage optimal des ressources hydrauliques. Ils procèdent aux visites, proposent des solutions, recommandent ou non l'autorisation. Tous les cours d'eau – et non pas seulement les rivières « flottables et navigables » selon la nomenclature d'Ancien Régime – passent sous juridiction administrative. L'abolition des « banalités » seigneuriales ne se solda donc pas par une « libération » des rivières, au sens où l'avaient entendu les cahiers de doléances. Ce fut plutôt, à compter du Directoire, une mise en tutelle générale qui ne pouvait être défavorable aux usines.

L'exploitation des mines, depuis l'édit de 1744, se faisait sous le régime de la concession. Par droit régalien, le propriétaire de surface était dessaisi du tréfonds, ou en tout cas mis en concurrence avec d'autres demandeurs. Une limitation de propriété aussi radicale et aussi récente risquait d'être emportée par le courant révolutionnaire. Dans le débat de la Constituante, qui aboutit au vote de la loi du 27 mars 1791, Mirabeau se fit l'avocat de la grande exploitation capitaliste et pratiquement le porte-parole de la compagnie d'Anzin. Les défenseurs des propriétaires de surface plaidaient la rupture avec le système de la concession, au nom des principes qui inspiraient le Nouveau Régime. La loi, certes, mettait les mines « à la disposition de la Nation », mais pour les rendre pratiquement aux propriétaires de surface, libres d'exploiter jusqu'à 100 pieds de profondeur et prioritaires pour la concession au-delà. En outre, la réglementation minutieuse – tatillonne ? – de l'extraction était révoquée. Compromis fâcheux – même s'il maintenait l'autorisation préalable pour les usines à fer – et d'application délicate. Les ingénieurs des mines, dont le corps n'avait pas été dissous, s'employèrent à mettre un peu d'ordre dans les procédures, avec l'appui des bureaux. Mais, de leur point de vue, la loi était irréformable. Pis, le

Code civil accordait au propriétaire du sol « la propriété du dessus et du dessous » sauf modification apportée « par les lois et règlements relatifs aux mines ». La restriction finale autorisait le changement que demandait l'Empereur : « On peut, si l'on veut, ne pas dire expressément que les mines font partie du domaine public, mais j'entends qu'au fond cela soit ainsi. » La loi du 21 avril 1810 trancha dans le sens de la puissance publique et de la modernité industrielle. Elle instaurait, pour toutes les mines en galeries, le régime de la concession, délivrée en raison des capacités financières des demandeurs. La concession, perpétuelle et transmissible, devenait une propriété. Le concessionnaire devait indemniser le propriétaire du sol et verser une redevance à l'État, qui rappelle son droit régalien. Enfin, le corps des mines était chargé non seulement d'examiner les demandes en concession, mais de suivre strictement l'exploitation. L'ancien mode de production minier ne subsistait plus que de façon provisoire, résiduelle, sauf pour les mines à fleur de terre. Innovatrice, mais dans l'esprit de l'édit de 1744, cette loi donnait pour plus d'un siècle un cadre à l'exploitation houillère, en brisant avec les flottements de la Révolution.

La terre occupe une place centrale dans l'héritage révolutionnaire. L'abolition des droits seigneuriaux et le mouvement profond de la propriété ont souvent été présentés comme les principaux acquis de la période. Gilles Postel-Vinay a récemment mis en doute l'idée d'un « grand transfert » et évalué à 10 % la superficie du sol qui est passé aux mains de la paysannerie, par le biais des biens nationaux. On est loin des 25 % repérés en Artois, mais le solde n'est pas négligeable surtout si l'on tient compte du mouvement encore mal connu des transactions privées. Il est clair que, sauf en l'an II, la législation et la pratique ont avantagé les paysans aisés et consolidé leurs positions. Toutefois, le fractionnement des lots, en 1793, et la revente par division de terres acquises en bloc ont donné une chance à des micro-propriétaires (non à des journaliers) d'approcher la suffisance.

Le maintien global des communaux a été un autre atout

pour la petite paysannerie. Quelles qu'aient pu être, en ce domaine, les fluctuations de la législation, il semble certain que le partage a été bloqué, dans la plupart des villages, par une coalition des extrêmes, les gros éleveurs et les paysans pauvres se battant pour garder l'accès à cet espace collectif. De même, les forêts ont subi – moins que l'a prétendu la légende noire – les effets de la pression paysanne par prélèvements, pacage, défrichements. C'était, si l'on veut, un retour, une revanche, mais cela a donné des moyens supplémentaires d'existence aux couches rurales les plus pauvres. En dépit des efforts de l'administration, l'affouage sauvage a persisté tard dans le siècle. L'ensemble des droits collectifs, finalement, n'a guère été entamé et l'openfield n'a pas reculé. Sans exagérer l'impression de stabilité que donne la vision du court terme, force est de constater que la Révolution, dans les campagnes, a été conservatrice de structures. Elle a arrêté ou différé deux mouvements, celui de la concentration des terres, celui de l'exode rural des plus démunis. Ce compromis agraire fixe à la terre beaucoup plus de bras que la rupture en aurait laissé. Il fournit une large base de recrutement aux industries rurales puisque nombre de paysans, qui réussissent à demeurer sur place, ont besoin d'un revenu complémentaire pour tenir. Par conséquent aussi, les ateliers de la ville ne peuvent espérer un gonflement de la demande de travail industriel par le seul jeu du sous-emploi rural. Il est possible aussi que cette France rurale ait entretenu, face à l'industrialisation et à la civilisation urbaine, un mode de vie autonome, un style de consommation économe, peu porté au renouvellement des objets, peu tenté par l'univers marchand.

La combinaison des énergies

L'offre de houille

941 000 tonnes en 1816, 18 805 000 tonnes en 1880, l'essor prodigieux de l'extraction houillère aura marqué le siècle. Ce grand bond en avant – qui a correspondu dans

les années 1850 à un taux de croissance de 6 % – est encore plus spectaculaire si on le compare à la progression britannique :

	1816	*1830*	*1840*	*1880*
France	100	191	307	1998
Royaume-Uni	100	138	211	920

Mais il convient de restituer les écarts : la production charbonnière de la France en 1874 est exactement celle qu'avait atteinte l'Angleterre en 1816. Cette croissance juvénile s'est appuyée sur les bassins anciens, la Loire avec Saint-Étienne et Rive-de-Gier, le Nord, avec Anzin. Ces deux pôles fournissent, vers 1830, les deux tiers de la production nationale. La Loire est en tête avec 43 %. La découverte, en 1847, du gisement du Pas-de-Calais allait modifier ce classement. Le nouveau groupe nordiste dépasse, en 1863, le bassin pilote et extrait, en fin de période, 44 % de la houille française. Les autres gisements progressent inégalement. À Littry, la belle époque est courte ; le déclin s'amorce en 1843. À La Machine, en Nivernais, la production quintuple entre 1816 et la fin du second Empire, elle fait plus que décupler à La Grand-Combe (Gard) pendant la monarchie de Juillet. Parallèlement, la consommation de houille s'accroît, passant de 2 200 000 tonnes en 1827 à 24 700 000 tonnes en 1873. C'est dire que la production nationale, en dépit de ses performances, n'est jamais parvenue à satisfaire la demande. Ce déficit structurel approche 40 % sous l'Empire. Une telle faim de combustible est en elle-même un bon signe pour l'économie du pays, mais contraint celui-ci à faire appel à des importations croissantes. Jusque vers 1840, il s'agit de charbon belge, qui concurrence dans le Bassin parisien les arrivages venus du Centre. Puis le charbon anglais, brusquement favorisé par un allègement des droits de douane, s'imposa le long du littoral, de la Somme à la Gironde. Il en entrait 3 millions de tonnes chaque année, en 1876-1880. La Basse-Seine et la Normandie profitaient évidemment de la proximité relative des bassins anglais et gallois. Par ailleurs, des qualités bien adaptées aux nouveaux besoins (charbons « à vapeur », par exemple) facilitaient la pénétration du marché français. Le coût de transport pénalise les charbons français, hors de leur zone de production et des grands axes d'échange. « Les prix flambent dès qu'on s'éloigne des centres de production » (A. Lemenorel). À l'échelle nationale, le coût moyen du transport d'une tonne de charbon représente la moitié de son prix de vente, sans variation importante entre 1838 et 1871. Ce produit pondéreux et de faible valeur unitaire suit donc une géographie contraignante. Les consommateurs des Côtes-du-Nord doivent payer 26,04 francs la tonne, en 1879, tandis que ceux du Pas-de-Calais ne donnent que 15,54 francs. Cependant, les écarts régionaux se resserrent, sous l'effet du progrès des voies de communication.

Autre rigidité, celle des coûts de production. L'industrie charbonnière est une industrie de main-d'œuvre ; les salaires pèsent pour moitié dans le prix de revient. Les gains de productivité ne sont pas douteux mais finalement modestes : dans la période clé de 1847-1875, le rendement journalier n'augmente que de 10 % (555 kg au lieu de 506 kg). Davantage, la productivité fluctue, pendant la seconde moitié du XIXe siècle, selon la conjoncture des prix et des ventes et selon le point d'équilibre entre la pression des compagnies et la résistance des mineurs (F. Furet et M. Gillet). Ces tendances lourdes sont-elles contrecarrées par un effort particulier d'investissement ? Trois poussées principales affectent les grands bassins. En 1834-1839, le Nord, la Loire et le Gard sont saisis d'une « fièvre houillère », qui anticipe sur une demande domestique et industrielle en pleine mutation. Les nouvelles compagnies qui obtiennent des concessions dans le Nord représentent ainsi un capital global de 150 millions de francs. La hausse du prix du charbon en 1855 et à nouveau en 1873-1875 exprime les besoins accrus de la sidérurgie et des chemins de fer, aggravés pour la seconde période par la perte du charbon lorrain. Chaque fois, l'accent est mis sur la recherche, par extension des concessions (celle d'Anzin couvre 28 000 hectares en 1875), par approfondissement des puits, multiplication des forages (l'usage du trépan se généralise à partir de 1830). Conjointement, les exploitants améliorent, sans discontinuer, les installations. Les machines à vapeur d'exhaure puis d'extraction se répandent dans tous les bassins. L'utilisation du rail pour les transports souterrains est acquise partout dans les années 1830. Quant à l'aérage, qui était avec l'exhaure le défi majeur d'une exploitation en grand, il est également bien résolu. En somme, tout ce qui relève de la circulation (si l'on y ajoute le cuvelage des puits et l'étayage des galeries) bénéficie d'innovations, mais le cœur du système, l'abattage, n'est guère modifié. Il serait excessif de prétendre que rien ne bouge. En effet, l'organisation du travail devient plus rigoureuse ; les procédés évoluent. Mais, dans ces grandes entreprises de terrassement que sont les houillères, les fronts de taille n'avancent qu'au rythme de la force humaine, à l'aide de marteaux, de pics et de pioches. La perforation mécanique, élaborée vers 1860, mettra plus de cinquante ans à l'emporter.

En dépit de son indéniable percée, l'industrie charbonnière en France rencontre des obstacles internes et externes à son développement. En outre, le combustible minéral doit affronter la concurrence des deux sources classiques d'énergie, l'eau et le bois.

Hydraulique et vapeur

L'hydraulique a été, en France, « l'énergie de la première industrialisation » (Serge Benoit). Disons, pour atténuer le caractère provocateur de la formule, que les roues et les turbines ont assuré la marche de la plupart des installations jusque vers 1860. En termes de puissance installée, l'hydraulique fournit alors entre les deux tiers et les trois quarts du total. Cependant, deux correctifs, de sens contraire, doivent être avancés. D'une part, les deux tiers de la puissance hydraulique servent, à cette date, à la meunerie, la vapeur étant concentrée dans l'industrie manufacturière. D'autre part, beaucoup de machines à vapeur sont en fait des moteurs d'appoint, d'emploi intermittent. Il y a donc loin de la puissance installée à la puissance utilisée. Vers 1880, les deux énergies s'équilibrent. Au développement accéléré de la vapeur répond désormais « la déprise de l'énergie hydraulique sous sa forme hydromécanique classique » (Serge Benoit). Mais c'est aussi le moment où une nouvelle énergie – l'électricité – commence à accompagner une nouvelle industrialisation.

Voici Mazamet, important centre drapier. En 1860, tous les moteurs y sont hydrauliques ; la machine à vapeur n'y apparaît que cinq ans plus tard. Dans la région de Flers, où existent une vingtaine de filatures de coton, point de vapeur avant 1867. Le département de la Haute-Loire ne compte que dix machines à vapeur à la fin de la monarchie de Juillet. En dépit d'une augmentation sensible du parc de ces machines (leur nombre sextuple entre 1853 et 1880), l'énergie hydraulique couvre encore, en fin de période, les 9/10 des besoins de ce département. Sans doute faut-il introduire de fortes nuances dans ce tableau. L'industrie houillère a été la première a adopter la vapeur ; elle y recourt massivement. Les grandes compagnies restent à l'avant-garde ; ainsi on ne cesse, à Anzin, d'améliorer le rendement des machines. Les gisements de petite taille se sont également équipés : dès 1837, huit machines à vapeur fonctionnent à Littry. La sidérurgie moderne requiert une énergie supérieure à celle des installations classiques, aussi bien pour la ventilation du haut-fourneau que pour la pression des laminoirs. La conversion des sites ou la création de nouvelles usines incitent donc à l'emploi de la vapeur.

Enfin, en nombre de machines, le secteur de la filature est, à la mi-XIXe siècle, le principal client de la vapeur. Pourtant, sauf sur les bassins houillers eux-mêmes, les entrepreneurs concernés semblent mettre en œuvre une stratégie de retardement, voire de contournement. Pourquoi cet attachement à l'eau et cette répugnance pour la houille ? Richard Waddington, le grand filateur normand, résume le problème à sa manière : l'énergie hydraulique, écrit-il en 1880, est gratuite, propre, « toujours là, toujours disponible ». La vapeur est coûteuse, rend l'industriel dépendant de l'extérieur et donc vulnérable. C'est une énergie sale, qui nécessite un personnel qualifié et qui est source d'accidents. L'industriel de Saint-Rémy-sur-Avre a dû se résoudre à faire une place à la vapeur. Quand il émet ce jugement sévère, les deux énergies viennent tout juste de s'équilibrer dans son usine. Il entre dans la nouvelle ère contraint et forcé. Pour reprendre l'argumentation de Waddington en sens inverse, il convient de souligner d'abord que cette machine polluante est surtout dangereuse. Les risques d'explosion conduisirent à une législation spécifique (ordonnances du 5 octobre 1823 et du 22 mai 1843). L'attention portée dès lors à la sécurité n'empêchera pas des accidents. Plusieurs endeuillèrent la sidérurgie haut-marnaise, dont le plus grave fit trente morts et soixante blessés, le 31 mars 1883. En dehors de ces catastrophes, les utilisateurs, mal conseillés ou sans personnel d'entretien, subissent de nombreux mécomptes. Les chaudières à haute pression fabriquées en fonte sont sujettes à rupture. Dans les années 1840, elles sont remplacées par des chaudières en tôle.

On pourrait dresser l'inventaire des pannes et des accidents multiples qui accablent, à Carmaux, par exemple, les machines d'exhaure. C'est l'histoire d'une acclimatation douloureuse. Des solutions boiteuses entraînent dépenses et dégâts. La machine installée aux forges d'Imphy en 1855 (elle était prévue en fait pour une soufflerie) avait une puissance excessive et un coût d'installation et de fonctionnement prohibitif. On en vient par là à la question des prix. Dire que l'énergie hydraulique est gratuite est un sophisme. Une roue ordinaire revient, tout compris, à environ 10 000 francs, en 1850. Il n'est pas sûr que le coût unitaire par cheval soit défavorable à la vapeur. En fait, les industriels comparent le prix modique de l'accès à l'eau (loyer, patente) et le prix beaucoup plus élevé de l'approvisionnement en combustible. Sur ce point, la localisation fait toute la différence, et les chemins de fer modifieront, sans les abolir, les inégalités devant le transport. Si « le coût moyen du transport des combustibles minéraux n'a guère varié » dans le deuxième tiers du XIXe siècle (A. Lemenorel), des changements régionaux de grande ampleur sont décelables. Le coût d'acheminement d'une tonne de charbon sarrois à Saint-Dizier passe ainsi de 4,34 francs en 1850 à 1,20 franc en 1869. Prétendre que l'eau est disponible et que la houille ne l'est pas paraît relever du paradoxe. En fait, Waddington et ses contemporains intègrent mieux les fluctuations saisonnières de l'une que les ruptures marchandes de l'autre.

Le succès de l'hydraulique à usage industriel se voit en premier lieu à la multiplication des roues. L'équipement des rivières françaises, déjà dense en 1780, croît fortement dans le siècle qui suit. L'Eure, premier département « hydraulique » en 1860, a connu depuis 1800 une progression d'environ 20 % dans l'effectif des établissements implantés le long de ses rivières. Cette « croissance extensive » (Serge Benoit) s'est doublée de changements dans l'affectation des sites, de nombreux moulins se transformant en usines. Un mouvement identique est perceptible à l'Est (dans les Vosges) et dans le Centre ; il y a tout lieu de penser qu'il a une envergure nationale et que certaines régions sont précocement saturées (Haute-Normandie, Alsace). La modernité du phénomène et son efficacité tiennent surtout à la « croissance intensive » de l'hydraulique française entre 1825 et 1875. Un premier signe en est simplement la recherche obstinée et victorieuse de l'amélioration des rendements. Les usiniers du long de la Marne, de Chaumont à Saint-Dizier, ont su, parmi d'autres, se ménager un surcroît de puissance sous les chutes. Plus retentissante, l'innovation technique. Ici, deux roues (Poncelet, 1824 ; Sagebien, 1852) et deux turbines (Fourneyron, 1827 ; Fontaine, 1840) forment les jalons essentiels. Sans insister sur les caractéristiques de ces moteurs ou sur le mélange de théorie et d'empirisme qui varierait, aux deux bouts de la chaîne, entre le polytechnicien Poncelet et Fontaine, l'ancien menuisier, il est sans doute utile d'en retenir trois caractéristiques. L'élévation, d'abord, dans les rendements. L'invention de Poncelet double (de 30 % à 60 %) le rendement des roues en dessous. Celle de Sagebien, roue de côté, a un effet utile de 90 %. Les turbines atteignent ou dépassent 80 %. La puissance développée par les roues classiques était de l'ordre de 10 chevaux-vapeur. Les nouveaux moteurs fournissent plusieurs dizaines et bientôt 100 ou 200 chevaux. Ce saut quantitatif permet de faire face à des besoins industriels inusités. Aux forges d'Hennebont, en 1864, les laminoirs sont équipés de deux turbines Fontaine de 140 et de 150 chevaux. L'énergie hydraulique ainsi revisitée est un atout et non un frein pour l'industrialisation.

Dernier élément de la réussite, l'adaptabilité. Aucune roue ou turbine n'est universelle ; chacune de ces inventions a ses lieux d'efficacité. La roue de Poncelet a peut-être le spectre le plus large ; toutes les basses chutes lui conviennent. La turbine de Fourneyron est apte à fonctionner noyée ou sous des hauteurs de chute très variables. Les inventions de Fontaine et de Sagebien s'opposent termes à termes. La première est adaptée aux chutes et aux débits moyens, la seconde aux eaux abondantes et aux faibles chutes.

Le moteur n'a pas attendu la machine à vapeur pour s'industrialiser. Le clivage ne sépare pas hydraulique et vapeur, mais passe à l'intérieur de la première famille. La masse des roues en service, qui ne doivent rien à un inventeur mais qui tournent néanmoins correctement, continue de provenir d'ateliers ruraux. Cela ne signifie pas que la technique de fabrication soit fruste, mais que la production est faible et l'artisan, proche de son client. Un élève des mines admire à Imphy, en 1861, une roue à augets particulièrement réussie. « Elle a été établie, note-t-il dans son journal, par un nommé Marotte, maître charpentier à Saint-Benin-d'Azy. » En contraste total, l'entreprise que Fontaine dirige à Chartres, de 1837 à 1873, aura produit 4 500 moteurs jusqu'en 1879, issus pour la plupart du brevet maison. Son aire commerciale couvre, en France, le grand Bassin parisien (Serge Benoit et autres). Elle exporte en outre environ le quart de sa production. Sa concurrente mulhousienne, la firme André Koechlin (future SACM) vend, quant à elle, à l'étranger 40 % de ses machines. D'autres maisons – comme celle qu'avait fondée Fourneyron au Chambon-Feugerolles – se partagent ce marché en expansion.

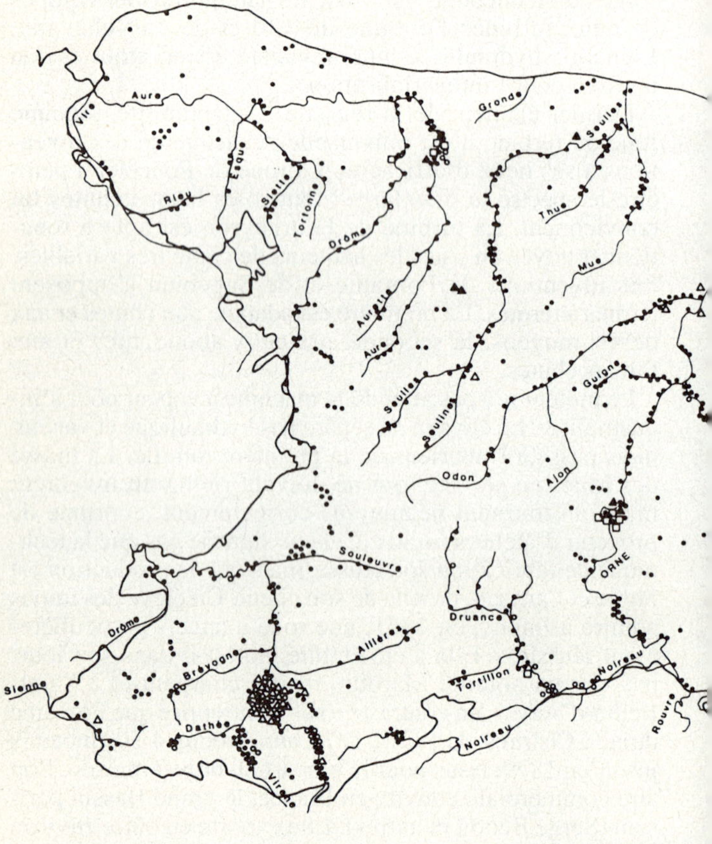

Le cadastre napoléonien, qui se met lentement en place à partir de 1808, permet de reconstituer avec précision le tissu industriel d'un département, mieux que des enquêtes forcément lacunaires. À la coupe de 1830, le département du Calvados compterait, selon cette source, plus de mille

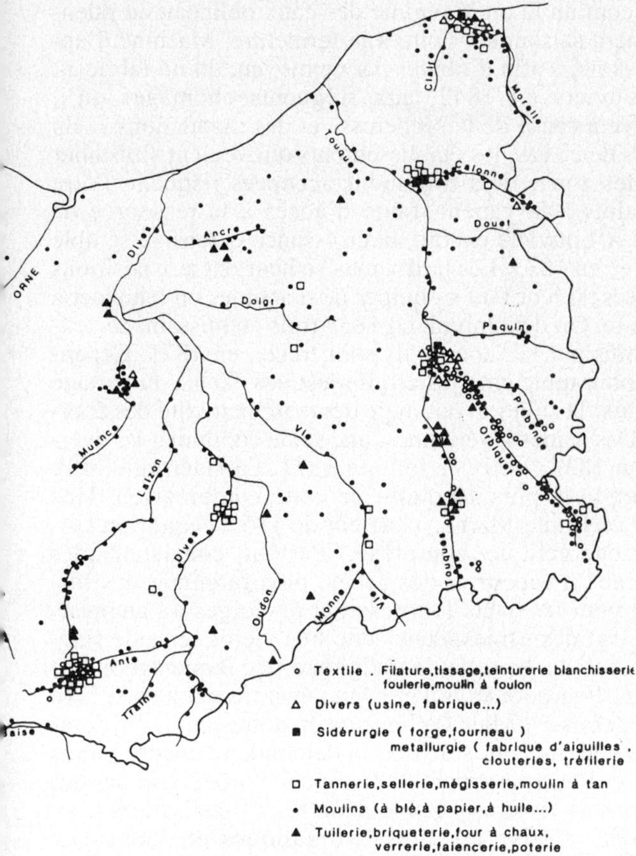

établissements de fabrication. La contrainte hydraulique apparaît clairement, ainsi que la densité d'occupation de certains secteurs et la variété des activités présentes. (D'après Alain Lemenorel, in *L'Homme et l'Industrie en Normandie*.)

Il n'a pas échappé aux industriels, dès les années 1820, que la vapeur apportait une souplesse appréciable dans le roulement de leurs usines. Elle autorise un fonctionnement continu là où le régime des eaux obligeait au ralentissement saisonnier, voire à la fermeture. Machine d'appoint donc, « afin d'obvier par ce moyen, dit un fabricant de Louviers en 1842, aux fréquents chômages qu'il éprouve à cause de la sécheresse et des inondations ». En dehors de ce cas, les établissements qui veulent s'installer dans les zones déjà fortement occupées risquent d'être contraints à la vapeur, faute d'accès à la ressource de l'eau. À Louviers encore, la croissance extensive semble achevée en 1833. Les tard-venus se heurtent aux positions acquises ; il leur faut s'équiper de machines ou renoncer à produire. On dénombrait en 1833 trois établissements textiles mus par la vapeur ; ils sont treize, en 1871. Cependant, pour toute entreprise qui n'est pas exclue du partage des eaux, la solution optimale demeure la mixité des énergies. Des usines lovériennes, une seule combinait les énergies en 1833 ; treize le font en 1871. La sidérurgie offre l'exemple le plus accompli de cette combinaison. Une coupe en Haute-Marne, à hauteur de 1865, dégage un système énergétique complexe. Partout coexistent des machines à vapeur et des roues, plus rarement des turbines, pour les hauts-fourneaux et les forges à l'anglaise. Le réseau des usines, dans cette très vieille terre de sidérurgie, reflète, bien sûr, la tradition d'une implantation liée à l'eau. Pourquoi se priver d'une énergie qui a su si bien se moderniser ? Mais l'alliance a un autre sens. L'hydraulique seule ne peut suffire à la demande et encore moins préparer l'accroissement de la capacité productive sur des tronçons de rivières à faible débit et presque saturées. Le charbon valorise les sites hydrauliques et donne aux forges un nouvel espace de développement. La démonstration vaudrait aussi bien pour les filatures de coton de l'Eure, pour les industries vosgiennes et, plus généralement, pour les régions manufacturières anciennes hors des bassins houillers. Ceux-ci constituent, avec les pôles industriels les mieux desservis, la base d'une autre géographie manufacturière, sous le signe du charbon. Dès 1852, ce regroupement est en place. Cinq départements emploient 52 % du total des machines à vapeur. Ce sont dans l'ordre le Nord, la Seine, la Seine-Inférieure, le Rhône, la Loire, qui sont suivis de quatre départements charbonniers. Les statistiques nationales traduisent la montée en puissance de la vapeur (en milliers de chevaux-vapeur) :

1833	*1839*	*1840*	*1847*	*1852*	*1858-1860*	*1867-1869*
15	29	35	60	75	166	305

Sous la Restauration, les machines viennent d'Angleterre ou de Belgique. Mais, à partir de 1841, les premiers constructeurs français résistent bien à la concurrence étrangère, en dépit de l'allègement des droits. Avec des firmes appelées à devenir célèbres – Derosne et Cail, Farcot, Calla à Paris, Koechlin à Mulhouse –, un nouveau métier, la construction de machines, voit le jour (Jacques Payen). La sidérurgie lourde y trouve également un débouché pour ses tôles. Au fond, la maison mulhousienne, à la pointe des deux fabrications, symbolise cette stratégie originale de la transition énergétique.

Bois et charbon

« On ne doit pas se dissimuler, écrit l'inspecteur des Mines Duhamel en 1789, que l'exploitation des mines métalliques ne pourra plus désormais avoir lieu sans celle des mines de charbon de terre. » La crise du combustible végétal – paroxysme des prix et menace de disette – semble contraindre la sidérurgie française à passer au combustible minéral, à l'exemple de l'Angleterre. Quatre ans plus tôt, la création de la Fonderie du Creusot avait marqué l'entrée dans cette nouvelle ère. Or la sidérurgie au bois parviendra à son plus haut niveau historique en 1856, ayant progressé dans l'intervalle de 375 % pour la fonte et de 160 % pour le fer. À l'intérieur du système technique classique, il restait une belle marge de croissance ! La chronique d'un déclin annoncé anticipait l'événement de près d'un siècle. La mutation escomptée est devenue transition lente ; la substitution finale d'un combustible à l'autre ne s'est imposée qu'après une longue phase de coexistence.

Sur le versant du combustible végétal, une chaîne d'inventions ou d'améliorations cumulées a fait reculer de façon inespérée la consommation unitaire. Ce mouvement prolonge un effort d'économie déjà notable au XVIIIe siècle, mais que la hausse dramatique du prix du bois, jusqu'en 1835 environ, rend impératif. Toutes les étapes de la fabrication sont visées. La première et la plus rentable concerne la carbonisation du bois. Une « floraison inventive » (Serge Benoit), qui s'exprime par le dépôt de brevets dans les années 1830, est à l'origine de progrès spectaculaires. Mais il ne faudrait pas sous-estimer la portée de changements d'apparence réduite, comme le remplacement du débitage à la hache par le sciage. Au total, le rendement moyen de l'opération s'élève de 16 % en 1809 à 25 % en 1856. Parmi les autres modifications engagées depuis longtemps, le choix réfléchi et le traitement préalable du minerai tendent à épargner le combustible. De même arrive à son terme vers 1840-1845 une double évolution, qui a généralisé le procédé comtois d'affinage du fer et l'adoption de la section circulaire pour les hauts-fourneaux. L'innovation du soufflage à l'air chaud, venue d'outre-Manche, se diffuse en France pour les appareils à charbon de bois. Les résultats inégaux, parfois décevants, font cependant apparaître un gain de combustible aux hauts-fourneaux et aux feux de forges de l'ordre de 15 %. Si l'on additionne l'effet de toutes ces mesures, le succès de l'entreprise est évident : pour une production de fonte au bois qui a plus que doublé entre 1809 et 1856 (celle du fer au bois restant étale), la consommation de bois de feu, autrement dit le prélèvement sidérurgique sur la forêt, n'aurait augmenté que d'un tiers (Serge Benoit).

Faire usage du charbon de terre, c'était, à proprement parler, révolutionner la sidérurgie. Le maître de forges

Rambourg, prenant la défense d'une profession tôt accusée d'obscurantisme, écrit en 1815 : « Les personnes qui proposent si aisément la substitution du charbon minéral au charbon végétal paraissent ne pas se douter que cela entraîne à changer presque tout dans les fourneaux, les affineries, les mécaniques, les ateliers, qu'il faut être placé près des houillères donnant le charbon convenable, avoir le minerai à portée du combustible et former des ouvriers à ce nouveau genre de travail. » Cela revenait, non à explorer les réserves de productivité du système classique, mais à en créer un nouveau. Du côté de la fonte et pour se limiter à la question du combustible, il convenait d'employer une houille qui donne un bon coke métallurgique. Ces charbons gras, à haute teneur en matières volatiles, ne faisaient pas l'ordinaire des bassins français. Les départements de l'Allier, de la Loire, de l'Aveyron, du Nord, du Gard et de la Saône-et-Loire produisaient, par endroits, ce type de houille. Encore fallait-il bien le reconnaître et le cokéifier correctement. L'échec persistant du Creusot, au-delà de l'Empire, a tenu, entre autres, à la qualité médiocre et à la cokéification incomplète de la houille locale. Les « forges à l'anglaise », comme on appelait, vers 1820, l'ensemble constitué des fours à puddler et des laminoirs, n'exigeaient pas une qualité de houille aussi précise. En effet, selon le principe du réverbère, il n'y avait pas de contact entre la fonte et le combustible. Coke ou houille brute, le minéral affrontait en France la prévention durable de la clientèle. La fonte au coke était jugée bonne pour le moulage, mais cassante à l'affinage, à cause des traces de soufre qu'elle risquait de contenir. Les fers à la houille n'avaient pas, disait-on, la qualité des fers au bois. Même Boigues, fondateur de la forge à l'anglaise de Fourchambault, devait en convenir. Il fallait donc une incitation puissante, en termes de marché, pour aventurer des capitaux dans pareille entreprise. Dans les années 1820, le calcul des coûts comparés plaide, à l'évidence, pour le nouveau combustible, si l'on peut installer des usines sur les bassins houillers. L'enquête sur les fers de 1828 est l'occasion d'un vaste débat très argumenté. Pour les Stéphanois, en tout cas, la cause est entendue : 1 tonne de fer, fonte incluse, leur revient à 300 francs de combustible végétal ou à 88 francs de combustible minéral. « Dans le rayon d'influence d'un bassin houiller », indique l'un des intervenants, seules celles des usines à bois qui produisent des fers de très haute gamme peuvent subsister. Au-delà, le prix du transport handicape les usines au charbon. La forge à l'anglaise de Charenton, construite en 1823, ferme en 1828. La houille venait de Saint-Étienne. Les entrepreneurs Manby et Wilson, nouveaux acquéreurs du Creusot, font vite le choix d'y transférer le travail du fer ; l'économie est de sept huitièmes. Dans les mêmes années, la forge de Paimpont, refusant les houilles locales, médiocres et chères, doit s'approvisionner en Belgique puis abandonner l'innovation pour revenir au charbon de bois. Les nouvelles forges de Châtillon-sur-Seine, du maréchal de Marmont, payent 5 francs l'hectolitre de houille qui valait 1 franc au départ de Saint-Étienne. Les différences de qualité, réelles ou supposées, la fragmentation du marché, sa protection – reconduite après l'enquête –, autant d'éléments retardateurs de la « révolution inévitable des forges », selon l'expression qui devient banale vers 1825. Dire que « la question des fers n'est qu'une question de transports », comme l'assure, en 1828, un exploitant stéphanois, c'est sans doute négliger les incertitudes persistantes des nouveaux procédés, mais c'est aussi désigner, pour trente ans, l'obstacle majeur.

La technique incitait à créer d'abord des forges à l'anglaise, et les coûts poussaient à les installer sur la houille ou à portée d'elle. De 1819 à 1825, ces usines de type nouveau surgissent dans la Loire (Terrenoire, Saint-Chamond), l'Allier (Fourchambault), la Nièvre (Imphy), la Moselle (Hayange) entre autres ; trente-cinq, au total. Malgré leur nombre très réduit (il y a alors 1 100 feux d'affinerie au bois), ces établissements produisent 27 % (41 000 tonnes) du fer français. Le changement d'échelle est radical. Il est vrai que la conjoncture soutient, jusqu'en 1826, les entreprises sidérurgiques. Les prix montent de 15 % en moyenne ; la production de fer double. La sidérurgie au bois, moins dynamique que l'autre, profite cependant de ces bonnes années pour sauver ses marges. Pourquoi ne pas conduire la révolution à son terme en associant fonte au coke et fer à la houille ? La demande de fonte qu'induit l'essor des fers paraît dégager la voie. On se prend à rêver de faire de Saint-Étienne le Birmingham français. Malheureusement, le minerai de fer n'était pas au rendez-vous. Ainsi les forges de Terrenoire, faute d'un minerai en quantité et en qualité décentes, commencent à acheter – classiquement – des fontes de Franche-Comté. Puis les Frèrejean les associent aux hauts-fourneaux au coke qu'ils créent en 1823 à La Voulte. Ce combinat s'étire sur 150 kilomètres. Le Rhône n'est pas aisément navigable ; le transport de la houille dans un sens et de la fonte dans l'autre coûte cher et force à accumuler des stocks. Quand le chemin de fer le permettra, disent les entrepreneurs en 1828, ces dépenses diminueront des deux tiers. Un problème voisin se pose à Decazeville. Les fonderies d'Alais (1829) furent surtout tributaires d'un combustible médiocre et d'une cokéification mal conduite. La première compagnie, celle du maréchal Soult, n'y résista pas. La crise de 1828-1830 frappa durement un secteur aux structures financières fragiles. À cette date, une quinzaine de hauts-fourneaux au coke fournissaient 10 % de la production totale de fonte. La « voie anglaise » n'avait pas fait entièrement ses preuves.

Les besoins de la sidérurgie en combustible ont l'avantage d'être les mieux chiffrés. Mais il faut se souvenir qu'ils ne forment qu'une partie – 20 % – de la demande globale. Or celle-ci se déplace visiblement d'un combustible à l'autre dans le deuxième tiers du siècle. L'enquête sur les défrichements, de 1844, transmet une image contrastée mais évolutive des consommations. Les fours à chaux, à plâtre, à brique, les verreries et beaucoup de chaudières brûlent massivement du charbon depuis le début des années 1830. En revanche, les foyers domestiques, principalement à la campagne, demeurent majoritairement fidèles au bois. On perçoit cependant un net glissement vers le charbon de terre. Le prix du bois, qui n'a pas cessé de monter jusqu'en 1835, explique largement l'évolution. En retour, le comportement nouveau des consommateurs a stabilisé ce prix par la suite. La sidérurgie en profite et évolue selon la ligne générale : le combustible le plus cher va à son usage le plus pertinent. La fonte au bois, le fer à la houille sera le binôme dominant. Plus les forges à l'anglaise se multiplient, plus la demande de fonte suscite la création de hauts-fourneaux au bois. De 1820 à 1846, l'effectif passe d'environ trois cents unités à plus de cinq cents. La capacité de ces installations a également crû puisque, dans le même temps, la production de fonte au bois triplait. Si, jusqu'en 1830, les autorisations d'usines restent conditionnées par un examen rigoureux des ressources forestières locales, il n'est plus ensuite question, pour les autorités, de ralentir le flux des demandes, tant les nouveaux hauts-fourneaux paraissent s'intégrer à une politique de modernisation progressive.

L'ingénieur des mines Beaunier, interrogé à l'occasion de l'enquête sur les fers de 1828, avait dit sa conviction du triomphe de la houille : « La quantité de bois que les propriétaires de forêts ont à vendre en France est finie… La quantité de houille à extraire de nos mines est indéterminée… », mais il souhaitait que la révolution fût graduelle. De fait, le passage d'un système productif à l'autre s'est opéré progressivement : la production de fer à la houille l'emporte dès 1837 sur celle du fer au bois, alors que la fonte au coke ne s'impose qu'en 1853. À partir de 1860, on ne peut plus parler de coexistence, de division du travail, mais de déclin accéléré. La mise en exploitation du bassin du Pas-de-Calais, la croissance générale de la production et des importations houillères transformaient les données de l'approvisionnement. La révolution des transports – chemins de fer et canaux – cassait les prix et créait de nouvelles solidarités. La cokéification avait bénéficié, dans les vingt années précédentes, d'un mouvement accentué d'inventions (Gérard Emptoz). Le nombre des hauts-fourneaux au bois s'effondre après avoir atteint à la mi-XIXe siècle son plus haut niveau : 1861 : 282 ; 1870 : 82 ; 1878 : 64 ; 1889 : 10. La production de fonte au coke triple dans l'intervalle, en concentrant son outillage (130 fourneaux contre 190). Révolution, si l'on veut, mais révolution tardive.

Le pluralisme industriel

Proto-industrie : un renouveau

L'organisation proto-industrielle de la production, dominante en 1780, a survécu dans le textile pendant près d'un siècle. Mieux, elle a servi de support à l'industrialisation. Le travail dispersé, domestique, loin d'être un frein au développement, en a été l'un des moyens, au moins jusqu'en 1860. Dans les années 1820, la mécanisation a gagné la filature de coton, en commençant par l'Alsace, la région parisienne, la Haute-Normandie, le Nord. La filature de la laine et plus tardivement celle du lin ont adopté à la fois la machine et la concentration usinière, ce qui a mis un terme, avant la mi-XIXe siècle, à la longue séquence du filage rural. Mais la manufacture textile, hydraulique ou mue à la vapeur, relance le tissage familial, à la main. Elle crée en effet un déséquilibre dans la filière, par une offre surabondante de fil que seule une extension du travail rural peut absorber. Dans la région de Condé-sur-Noireau, le tissage du coton occupait 2 500 métiers à bras en 1837 et 7 000 en 1855. La fabrication des toiles de lin et de chanvre suscite dans la Sarthe et en Anjou une explosion de l'offre de travail. En 1848, la maison Cohin emploie ainsi plus de 5 000 personnes autour de Fresnay-sur-Sarthe. Ce n'est pas le signe d'une arriération de l'Ouest puisque le même schéma se retrouve ailleurs. À Roubaix, vers 1870, le tissage à bras l'emporte encore, dans la laine. L'Alsace, haut lieu de la mécanisation et des usines intégrées, connaît toujours, vers 1840, la coexistence des procédés : les entrepreneurs de Wesserling conservaient, sous la monarchie de Juillet, plus d'un millier de métiers à bras dans les villages environnants. La bonneterie troyenne garde une structure dispersée, à base d'ateliers familiaux. Plutôt que d'investir dans le tissage mécanique, les industriels avaient compris qu'ils pouvaient profiter de la surcharge démographique des campagnes pour faire tisser à moindres frais. Ils retrouvaient de la sorte les avantages de la première proto-industrialisation : souplesse d'une embauche au rythme des commandes, offre excédentaire de travail, moindre risque d'affrontement avec une main-d'œuvre dispersée et individualiste. Pour les agriculteurs sollicités, le tissage, même sous-payé, apporte le complément de revenu indispensable. C'est l'assurance de pouvoir rester à la terre, au prix d'une dépendance accrue. Le village de Coutouvre, près de Roanne, étudié par J.-F. Beluze, illustre cette évolution. Dans le premier tiers du XIXe siècle, le tissage n'est qu'un revenu d'appoint. Il devient ensuite l'activité principale de plus en plus d'habitants. 19 % des chefs de famille sont dits tisseurs en 1846 et 24,3 % en 1876. Le système fonctionne à l'avantage – très inégal ! – des deux parties. S'il épargne l'investissement des uns, il retarde le déracinement des autres. Il emprunte une formule traditionnelle qu'il modernise doublement. Le maître du jeu n'est plus le négociant mais un industriel ; la subordination réelle de l'ouvrier proto-industriel s'est renforcée. Serge Chassagne a montré, sur l'exemple de Richard-Lenoir, comment les contremaîtres qui surveillaient les tisserands picards leur imposaient des règles et presque une discipline. Le travail rural tendait à être industrialisé de l'extérieur.

Sur le modèle plus traditionnel d'une « industrie sans industriels » (Brigitte Reynaud), d'autres activités textiles associent donneurs d'ordres et façonniers. La dentelle ne nécessite qu'un outillage très limité. Le « carreau » placé sur leurs genoux, les ouvrières suivent le dessin qu'indique un carton perforé. L'habileté et la régularité du geste, la coordination des mouvements déterminent le résultat. Le « fabricant » crée les modèles, donne la matière première, évalue la qualité. En Haute-Loire, des « leveuses » lui servent d'intermédiaires. Théodore Falcon, à la fin de la monarchie de Juillet, emploie 3 500 ouvrières, réparties dans vingt communes autour du Puy. La dentelle en fait vivre peut-être 50 000 dans ce département et autant dans le Calvados. La rubannerie-passementerie, dont Saint-Étienne est le centre majeur, suit une organisation assez voisine. Ici aussi, le fabricant, « architecte du ruban », est essentiellement un créateur de modèles et un commerçant. Pas d'atelier, mais des magasins et des bureaux. De 40 000 à 45 000 ouvriers, en 1848, travaillent pour le compte de ces fabricants, dont 31 000 autour de Saint-Étienne. Les métiers en usage au XVIIIe siècle (de haute et basse-lisse) ont cédé la place à d'autres, métiers « à la zurichoise » automatiques à pédales, métiers à tambours, améliorés par Jacquard, et qui donnent les plus beaux rubans, enfin le métier « à barre », également automatique. Ces derniers, répandus à partir de 1830, sont lourds à manier, ce qui écarte les femmes du tissage proprement dit. Mais ils permettent de réaliser jusqu'à vingt-quatre pièces à la fois. Des « commis de barre » circulent entre les fabricants et les ouvriers. La productivité, déjà accrue par le jacquard, gagne beaucoup à ce matériel. La proto-industrie et l'innovation technique vont de pair ; la bonneterie troyenne en fait, au même moment, la démonstration en accueillant dans les ateliers familiaux un métier à bas perfectionné. La soierie lyonnaise connaît, dans la première moitié du XIXe siècle, une « proto-industrie décalée » (Pierre Cayez). Elle est, en effet, saisie par un mouvement de ruralisation qui conduit le quart des métiers en 1830 et plus de la moitié en 1850 hors les murs. Les faubourgs d'abord, puis les environs de Lyon sont touchés par l'essaimage. Le plus gros des implantations, à partir de 1840, concerne le Dauphiné. En 1877, les 25 000 métiers de l'Isère ne sont pas loin de balancer l'effectif lyonnais. Des besoins de croissance à moindre coût ont déterminé sans doute une dynamique que la révolte des canuts a précipitée. La compétence acquise dans le tissage du coton (à l'ouest et au nord de Lyon) ou du chanvre (à Voiron) a certainement encouragé la « Grande Fabrique » dans son déplacement. Pas au point, toutefois, de mélanger les qualités. En ville, sur les jacquard les plus coûteux et les plus complexes, se tissent les plus belles étoffes. À la première couronne sont laissées les soieries unies, moins difficiles à réussir. Les soyeux de la campagne ont la charge des « fantaisies ». Le dernier cercle est aussi celui qui porte l'avenir, c'est-à-dire le plus large marché. Pour quitter le textile, suivons à Thiers le cycle du couteau. La coutellerie commune emploie 5 000 personnes en 1827, de 15 000 à 18 000 à la fin du siècle. Une « mosaïque de façonniers » (Alain Faure) réunit de nombreux savoir-faire, classés en « rangs », forgeage, trempe, émonture, polissage, montage, entre autres. Qu'ils soient paysans (les monteurs), ouvriers spécialisés (les forgerons) ou petits patrons (les estampeurs), ils constituent un ensemble dominé par les fabricants et pourtant solidaire d'eux. De rares usines ne parvinrent pas à prendre le dessus. D'autres fabrications métallurgiques, constituées sur une base proto-industrielle, n'ont pas pu se maintenir en l'état aussi longtemps. La serrurerie du Vimeux au XIXe siècle est portée par une tradition locale de quincaillerie. Elle progresse jusqu'au milieu de XIXe siècle, groupant alors 5 000 ouvriers contre 2 000 en 1789. Pourtant la création précoce d'entreprises concentrées, dans les années 1840, qui divisent et simplifient le travail, va gêner puis ruiner, vers 1870, cette activité. La clouterie de l'Ardenne du Nord avait, elle aussi, réussi à procurer du travail à une masse de ruraux. Or l'effectif ouvrier est tombé de 10 682 en 1817 à 8 035 en 1847 et à 1 607 en 1887.

Aux « boutiques » dispersées où les « facteurs » portaient les ordres des marchands succèdent des usines. La clouterie à main ne peut résister à la concurrence des machines. Deux « émotions », en 1847, manifestent le désarroi ouvrier. « Depuis l'établissement des mécaniques de clouterie, reconnaît le juge de paix, cette industrie va périclitant. » En fait, elle est en train de renaître sous la forme d'entreprises concentrées, à Charleville et à Nouzon. Mais le cycle proto-industriel est achevé.

« Le fractionnement des travaux et des entreprises »

« Le caractère distinctif de l'industrie manufacturière à Paris est la division des occupations et le fractionnement des entreprises… Les industries qui vivent à l'aise à l'intérieur des villes sont celles qui peuvent se partager entre un grand nombre de petits entrepreneurs et d'ouvriers à façon. C'est à ce fractionnement des travaux quc tiennent particulièrement la variété des produits et le bas prix auquel ils sont le plus souvent livrés. » L'enquête de 1847 de la Chambre de commerce, citée par François Faraut, décrit une structure qui n'est pas propre à la capitale, mais qui y est bien installée. En 1860, sur environ 100 000 patrons parisiens, il y en avait 7 500 qui occupaient plus de dix ouvriers (seuil d'entrée de la « grande industrie » selon la Statistique générale). La ventilation du reste donne une idée de l'éparpillement des entreprises : 31 000 employaient de deux à dix ouvriers, et 62 000, un seul ou aucun. Ce degré zéro du patronat correspond à l'artisan indépendant. Jeanne Gaillard a montré le dynamisme, sous l'Empire, et la capacité d'adaptation de ce monde de petits producteurs. La spécialisation triomphe. Chaque métier – ébénisterie, bijouterie, maroquinerie, etc. – se subdivise ; la parcellisation des tâches augmente l'efficacité de l'ensemble. Ces savoir-faire de plus en plus délimités et, par là, plus « pointus » s'accompagnent volontiers de nouveaux outillages. Parfois une machine à vapeur, ordinairement louée, mais surtout des instruments (la scie mécanique), des procédés (dans la teinture), des matériaux (tel le zinc) qui valorisent la « main habile ». Les « infiniment petits de l'entreprise » (Alain Faure) ne sont pas une singularité de Paris. Selon le recensement de 1851, la petite industrie réunit près de 4 700 000 personnes en France, contre 1 330 000 pour les manufactures. Les « maîtres » de la première catégorie sont 1 524 000. Faut-il considérer que, hors des grandes villes, ces micro-patrons fabriquent des produits frustes pour le marché local ? Il est vrai que les articles de luxe et les compétences les plus rares appartiennent en premier lieu aux agglomérations riches, puissantes. D'autres configurations sont possibles. Le développement de l'horlogerie, au début du XIXe siècle, dans la région de Morez, témoigne d'une tradition de petite métallurgie fine bien reconvertie. Au reste, la stratégie de ces horlogers, au cours du siècle, rappelle le processus de subdivision des tâches évoqué pour Paris. La Franche-Comté est riche d'autres réussites, sur la base d'un artisanat modernisé ou, déjà, de la petite entreprise. Autour de Saint-Claude, la tournerie de bois puis, vers 1860, la fabrication des pipes conquièrent la notoriété. Contrairement au travail rural de la proto-industrie textile, le système ne tient pas par son faible coût et la simplicité des tâches. S'il résiste à l'usine ou sait coexister avec elle, c'est par le peu de prise qu'il offre à la mécanisation en grand. La monographie de la taillanderie de Nans-sous-Sainte-Anne, dans le Haut-Doubs (Claude-Isabelle Brelot et Jean-Luc Mayaud), raconte l'échec d'une tentative capitaliste (1851-1853) et le succès, sur plus d'un siècle, d'une formule artisanale. Cette fabrique marchait, bien sûr, grâce à l'eau, tout comme les tourneries de Saint-Claude, depuis 1830, et tant d'autres ateliers. En somme, le regain de l'énergie traditionnelle a constitué une prime pour le petit module et a pérennisé une partie du tissu industriel. Un autre type de petites entreprises ou d'artisanat vivace, et non résiduel, nous est proposé par les arts de la terre, briqueterie, tuilerie, chaux. Ici, nulle technique complexe ni marché spécifique. C'est la banalité de l'offre et de la demande qui entretient la dissémination, là où les conditions physiques s'y prêtent. Les fours à chaux, qui consomment davantage de combustible que les autres, ont une contrainte plus précise de localisation. C'est pourquoi, en 1836, on recense une soixantaine de ces fours autour de Littry et que leur diffusion dans l'Ouest exprime un tropisme charbonnier. Au total, cette industrie s'organise en un semis de petites unités (53 tuileries et briquetteries aux environ de Lisieux en 1846 ; en 1870, plus de 200 fours à chaux dans le Maine-et-Loire, près de 300 dans la Mayenne). Les débouchés s'élargissent fortement. Ceux de la chaux combinent les besoins des cultures et ceux de la construction. La terre cuite remplace peu à peu le torchis et le chaume dans les maisons rurales et trouve de nouveaux emplois dans les équipements collectifs, l'habitat urbain et l'architecture industrielle. Pourtant, la structure de la branche, telle qu'on l'observe dans le Calvados, à la coupe de 1860, demeure équilibrée. Certes, quelques usines sont apparues, avec batterie de fours et machines à vapeur. Elles répandent l'usage de la tuile mécanique, des drains et des briques creuses. À côté d'elles, ou plutôt hors de leur sphère technique et commerciale, les briqueteries et tuileries anciennes persisteront une vingtaine d'années encore. La famille du chef d'atelier et quelques journaliers s'activent, le temps de cinq ou six fournées par an. La fabrication s'effectue à la main, tardivement avec une presse. Un rayon de 20 kilomètres définit la clientèle. Vers 1880, la grande majorité de ces établissements rustiques cède au choc de la concurrence. Les terres cuites mécaniques et les ardoises angevines ont gagné la bataille des prix et des transports. Le temps de l'usine est arrivé (Bernard Crenn).

Une industrie née vers 1830, la confection, a exploité d'une façon étonnamment efficace les plus vieilles recettes du travail dispersé, à domicile. Elle allie concentration des capitaux et éparpillement de la main-d'œuvre, production de masse et outillage discret. L'enjeu était de répondre à la demande d'une clientèle nouvelle, celle que va bientôt attirer la Belle Jardinière (1837), le Bon Marché (1852), les Magasins du Louvre (1855) ou la Samaritaine (1869). Il faut aussi ajouter à cette consommation de masse les besoins en vêtements militaires et les ventes à l'étranger. Pour opérer un pareil élargissement dans la fabrication, il fallait produire à bon compte des marchandises standardisées. La manufacture aurait pu être la voie choisie ; les « confectionneurs » privilégièrent la formule du travail à domicile, économe d'investissements et, à sa manière, aussi productive. Des milliers de façonniers – on dit, à Paris, des « apiéceurs » – et d'ouvrières sont donc intégrés, dans les grandes villes mais aussi à la campagne, au circuit productif. L'atelier patronal n'est pas absent du dispositif ; Pierre Parissot, le fondateur de la Belle Jardinière, y a recours, comme beaucoup d'autres (François Faraut). La répartition des tâches laisse la coupe du tissu sous le contrôle direct du confectionneur, le « montage » étant l'affaire des unités familiales. Mais l'atelier peut aussi procéder à la couture, parallèlement au travail dispersé. L'invention des machines à coudre allait-elle faire pencher la balance en faveur du travail concentré ? La diffusion large des machines américaines, dans les années 1850, puis de la machine française de Thimonnier (brevetée dès 1830) semble s'orienter dans ce sens. Quand la maison Godillot investit le marché des effets militaires, à partir de 1860, cette entreprise s'équipe massivement. En 1880, elle abrite 300 machines rue de Rochechouart. Elle ne s'interdit pas cependant la main-d'œuvre domestique et emploie à la fin du siècle 800 ouvrières en chambre. Le système mixte protège d'un alourdissement excessif des immobilisations. Ailleurs, le partage se fait selon la ligne des qualifications. À l'usine, le travail moyen (blouses et vêtements de travail de la région lilloise), à la maison, les produits fins, de confection délicate. L'arrivée dans la profession de machines individuelles à pédale complique un peu plus le schéma.

L'innovation freine le mouvement de concentration, en donnant des capacités nouvelles au travail domestique. En 1872, 10 400 des 24 000 machines à coudre recensées dans le département de la Seine sont utilisées par les apiéceurs en chambre. Marx venait de souligner cette autonomie relative de la technique et la marche complexe de l'industrialisation du vêtement. La machine à coudre, écrit-il dans le tome I du *Capital,* est mise en œuvre « au milieu des combinaisons sociales les plus diverses ». Au-delà d'une activité qui vit de la multiplicité et de la complémentarité des formes de production, l'éventail des modes d'organisation du travail caractérise l'industrialisation de la France au cours de ce long XIXe siècle.

En maintenant à la terre une masse de ruraux aux revenus précaires, la Révolution a créé une voie originale de développement industriel. Ce tremblement de pouvoir, qui a interrompu la croissance, ne se limite pas à des effets destructeurs ou conservateurs. La Révolution a aussi inauguré le nouveau cadre juridique de la production marchande et fourni l'occasion d'un protectionnisme efficace. Un réformisme identique se voit dans l'emploi pro-

longé des énergies traditionnelles et dans le maintien de structures industrielles anciennes. Cette industrialisation à l'économie ne saurait être accusée d'archaïsme. Elle est, au contraire, rationnelle et bien adaptée. Tourner les handicaps en avantages et exploiter jusqu'au bout les marges de productivité ou de commodité d'un système n'est pas preuve d'arriération. Il est vrai que le cloisonnement et la protection du marché intérieur, qui s'effacent dans les années 1860, ont largement contribué à prolonger ici les hauts-fourneaux au bois, là le tissage à domicile. On ne sous-estimera pas, par ailleurs, ce que peut avoir d'illusoire l'autonomie du petit producteur, le maintien dans les lieux ou dans un statut. Il reste que, en combinant les énergies et les formes d'organisation du travail, l'industrialisation à la française a pu tirer parti des deux systèmes.

2. La grande industrie

Le travail éparpillé et épisodique, l'atelier domestique sont les traits familiers de la proto-industrialisation, telle qu'elle se prolonge au XIXe siècle. La concentration de main-d'œuvre et de machines caractérise l'autre visage de la production marchande, celui de la grande industrie. Un nouvel environnement s'installe, fait de bâtisses bien identifiées, d'odeurs et de bruits. Derrière ces façades, ces implantations obsédantes, qui fascinent et rebutent tout à la fois, comment s'organise l'usine ? La disposition des lieux suit une logique de production et de circulation ; l'architecture de ces « nouvelles cathédrales » répond aux besoins du travail, mais reflète aussi l'esprit de l'époque, l'ambition de l'entrepreneur. La démarche d'« archéologie industrielle », attentive à tous ces aspects, aide à comprendre l'enracinement de l'industrie. Elle reconstruit l'activité manufacturière à partir de ses traces matérielles. Contre une histoire désincarnée des entreprises, elle valorise les sites. La monographie parle pour un système ; l'usine renvoie à l'ensemble technique – machines, ingénieurs – qui la rend possible. La grande industrie suppose aussi, avant tout, un marché aux dimensions des nouvelles unités productives. Comment la France encore plurielle de 1780 a-t-elle pu, en un siècle, devenir un espace économique relativement homogène ? Le chemin de fer, qui est classiquement associé à la « révolution industrielle », a-t-il eu en France un rôle structurant et stimulant ? Comment la route et les voies d'eau sont-elles intervenues dans l'établissement nécessaire du marché national ?

La construction du marché national

Routes et voies d'eau : la circulation stimulée

Le réseau routier, mal entretenu ou trop sollicité pendant vingt ans, est en piteux état au début de la Restauration. Il reviendra à ce régime de rétablir les ponts, de réparer le revêtement, en somme d'améliorer les conditions de la circulation des voyageurs et des marchandises. L'administration de la monarchie de Juillet s'attache à parfaire les voies royales – la France en compte 34 510 kilomètres en 1836 – et à lancer un programme de chemins vicinaux. Effort budgétaire soutenu, qualité du personnel de conception, progrès des techniques, l'État construit une infrastructure qui reste politique dans sa visée mais qui va transmettre les flux marchands de l'industrialisation. Transmettre inégalement, car le mieux circuler général n'a pas effacé les disparités régionales de longue durée. Bernard Lepetit a dressé la carte des transports, vers 1840, qui oppose selon une ligne Saint-Malo-Genève une France du Nord bien équipée, avec une desserte dense et des routes pavées, à une France du Midi, où le chemin de terre domine, où des coupures isolent les uns des autres des ensembles régionaux. Au Nord, des réseaux, au Sud, des axes.

Les voies d'eau, ces « routes naturelles », semblent désignées pour supporter l'essentiel du trafic. Chaque fois que l'hydrographie le permet, elles absorbent en effet le gros de la production manufacturière, laissant à la route les produits à haute valeur ajoutée. Le transport par eau souffre cependant de nombreux handicaps. Les fluctuations saisonnières restreignent le temps où les eaux sont « marchandes » ; le profil des rivières et divers obstacles ralentissent la circulation : la Loire ou la Dordogne sont connues pour leur parcours difficile, voire dangereux, pour ne rien dire du Rhône. Des travaux se montrent donc nécessaires pour rendre correctement navigables des tronçons de rivières. L'invention du barrage flottant facilite la régulation du débit. Autant d'aménagements productifs. C'est l'« âge d'or de la navigation fluviale » (Yves Lequin) en amont et en aval de Lyon ; le trafic fait plus que doubler sur le Rhône entre 1828 et 1853. Le Bassin parisien tire, lui aussi, bénéfice d'un usage intensif de ses artères fluviales ; ainsi la Marne est, plus que jamais, un fleuve métallurgique. Le XVIIIe siècle avait légué à la France un réseau de canaux et des projets grandioses. La Restauration, sous l'impulsion de Becquey (lois d'août 1821 et 1822), puis la monarchie de Juillet relancèrent le programme. Des canaux furent enfin achevés (Bourgogne, 1834 ; Centre, 1838) et beaucoup de liaisons établies. En 1851, on fait état de 4 170 kilomètres de canaux, contre 1 200 en 1815. Trois régions ont été privilégiées, celle de Paris dont les liens avec le Nord et l'Est se sont encore intensifiés (Somme, Oise, Aisne), le Centre (canal du Berry, canal latéral à la Loire) au profit de ses houilles et de ses fers, l'Alsace, réunie par le Rhin à la Marne et au Rhône. Plus de 800 millions de francs auront été consacrés, de 1815 à 1870, à cette amélioration profonde de toutes les voies d'eau. Si l'on cumule les résultats de la circulation marchande, en suivant Maurice Lévy-Leboyer et Pierre Léon, l'accélération est flagrante : (en millions de tonnes-kilomètre) :

	1835	*1851*
Routes	1 860	2 400
Eau	900	1 700

Trafic et tarifs se soutiennent mutuellement. Les calculs concernant la route sont hasardeux tant sont nombreuses les variables : trajets, saisons, types de marchandises, etc. La plupart des auteurs évaluent cependant à 40 % environ la baisse moyenne du prix de la tonne-kilomètre entre la fin du XVIIIe siècle et 1850. Le transport par eau, structurellement plus avantageux, allège aussi ses coûts. Les Mulhousiens qui payaient la houille de la Saône 60-62 francs la tonne en 1826 la reçoivent à 39,50 francs, une fois la liaison Rhône-Rhin établie. De Mons à Paris, indique Pierre Léon, le prix de la tonne-kilomètre est passé de 10,50 centimes à 2,85 centimes entre 1830 et 1849. Malgré le succès d'une politique que l'administration des Ponts et Chaussées a conduite avec obstination, des problèmes demeurent. La régularisation des fleuves est lente à aboutir, provoquant de nombreuses ruptures de charge. De leur côté, les canaux ont adopté des gabarits variés, ce qui multiplie encore les transbordements. Faute du relais du capital privé – qui ne s'était engagé que brièvement dans les canaux au début des années 1820 –, l'investissement public pourra-t-il suffire ? Les maillons faibles du système, les mouillages insuffisants, par exemple, retentissent sur tout le circuit de l'échange, à mesure que les connexions s'enrichissent. Enfin, il faut bien admettre que la France du Nord a encore gagné en qualité de desserte. La combinaison des moyens y installe une véritable « surface de transports » (Bernard Lepetit). En contraste, la France du Midi reste le lieu des trajets segmentés, peu ramifiés. L'espace national est loin d'être unifié.

La « révolution ferroviaire »
Les premiers chemins de fer en France ont été des moyens de circulation marchande subordonnés aux axes fluviaux. De Saint-Étienne à Andrézieux (1823), de Saint-Étienne à Lyon par Rive-de-Gier et Givors (1826), d'Épinac à Pont-d'Ouche (1833), d'Alais à Beaucaire (1833), la fonction du nouveau mode de transport a consisté à désenclaver un bassin houiller en amenant le charbon à une voie d'eau. Ces tronçons de quelques dizaines de kilomètres chacun (330 au total en 1839) apparaissent, on l'a souvent dit, comme les affluents des voies navigables. À cette pratique de connexion sur critères économiques et fonds privés se superpose, à partir de la loi du 11 juin 1842, le programme d'un réseau à structure radiale autour de Paris, sans autre référence immédiate que la trame routière. L'État se charge des dépenses d'infrastructure, et les compagnies concessionnaires, des superstructures (rails et gares) et de l'exploitation.

L'histoire des chemins de fer en France ne se confond pas avec celle de l'industrialisation. Jusque dans les années 1870, les « chemins de terre et d'eau » ont largement concouru à l'offre de transport pour les marchandises. Mais il est vrai que, avec retard et hésitation, le nouveau mode de transport s'est affirmé dans la compétition avec les autres, puis a paru les submerger. L'ampleur des investissements est impressionnante : ceux-ci passent d'une moyenne annuelle de 4 millions de francs en 1825-1834 à 437 millions en 1855-1864 et se maintiennent à 400 millions dans la décennie 1875-1884. Ces énormes capitaux, mobilisés par des procédés neufs (actions et obligations, garantie de l'État), n'est-ce pas là, au fond, la révolution ferroviaire ? L'essor du réseau s'exprime dans son extension nationale, l'espace d'une génération :

1840	*1850*	*1860*	*1870*	*1880*
400 km	3 000 km	9 500 km	17 400 km	23 600 km

À cette dernière date, le réseau principal est achevé ; le réseau secondaire vient d'être lancé. Depuis le Paris-Saint-Germain (1837), le chemin de fer a pris goût au voyage. Daumier saisira ce moment d'innovation sociale. Les compagnies exploitent la demande de déplacement, d'abord comme un à-côté du transport, puis comme une composante de leur politique. Mais pour ces regroupements de la banque et de l'industrie lourde, le transport de la marchandise est au cœur de leur activité. En 1851, le trafic qui transite par la route et par l'eau reçoit un renfort appréciable des chemins de fer : ils ont convoyé 462 millions de tonnes-kilomètre. À hauteur de 1882, les chemins de fer ont distancé la concurrence (en millions de tonnes-kilomètre) :

Routes : 2 800. *Eau* : 2 400. *Chemins de fer* : 10 700

Les moyens traditionnels, la voie d'eau surtout, n'ont pas cessé leur progression, mais le chemin de fer apparaît, à l'issue de cette période, comme un gigantesque multiplicateur de trafic.

Le meilleur atout du chemin de fer, pour attirer les flux, est certainement son faible prix. La compétition oppose voie d'eau et voie ferrée, pour les pondéreux, les marchandises en vrac de faible valeur unitaire. Il peut s'agir de produits agricoles (céréales, betterave, etc.), de matériaux de construction, de textiles, de métaux. Le plus gros du volume concerne toutefois le charbon. La tonne-kilomètre de houille revenait, par voie d'eau, à 12 centimes ; le chemin de fer, en 1881, la transporte pour moitié moins. La batellerie, qui contrôlait 40 % du tonnage marchand en 1840, n'en tient plus que 25 % en 1870. Sa résistance a été inégale, à l'image de son implantation. Dans le Midi, elle est atteinte dans les années 1850 ; les entreprises de transport sur le Rhône, en dépit de leur dynamisme, disparaissent. Sur les canaux du Nord, la lutte sera plus longue. Ici la batellerie, en se spécialisant dans le charbon et les matériaux, réussit à garder encore en 1872 la moitié du trafic marchand. La Compagnie du Nord brisera cette concurrence, à force d'abaissements tarifaires que, finalement, les bateliers ne pourront pas suivre (François Caron). Par cette chute du coût de transport, principal goulot d'étranglement de l'économie proto-industrielle, le chemin de fer a incontestablement élargi les capacités de vente de l'industrie. Il a aussi contribué à effacer des dénivellations régionales de prix, selon un mouvement qui lui est antérieur, et remis en cause des localisations. L'effet le plus visible, pour l'industrie, de la « révolution ferroviaire » touche les fournitures nécessaires aux chemins de fer. On évoquera pour mémoire le débouché que le nouveau moyen de transport procure aux houillères. La construction mécanique française a été stimulée par la demande de matériel roulant et principalement de locomotives. François Crouzet a souligné la rapide naturalisation de cette dernière fabrication en France. En 1838, les quelques constructeurs autochtones en ont produit dix-huit. Neuf ans plus tard, la production se monte à 484 unités, soit un taux de couverture de 75 %. L'industrie de la locomotive repose alors sur une poignée d'entreprises, dont certaines – Cavé, Meyer, Pauwels et d'autres – ne seront pas longtemps présentes dans le secteur. En revanche, André Koechlin et Cie à Mulhouse, Fives-Lille, Derosne puis Cail à Paris, Ernest Gouïn aux

Batignolles, Schneider au Creusot, accompagnent sous l'Empire l'expansion rapide du réseau. De 1838 à 1873, il sera sorti 1 100 locomotives des seuls ateliers du Creusot. Par rapport à Marc Seguin, inventeur (1827) et constructeur pionnier (1829-1839), ces maisons ont pu s'adosser à un marché solide. Il devient trop étroit lorsque, à la fin de l'Empire, les achats des compagnies se réduisent brutalement. L'exportation est une première réponse à la crise et aussi une fierté.

« Messieurs, Le Creusot vient de vendre quinze locomotives à l'Angleterre, s'écrie Eugène Schneider, le 3 juin 1865, au Corps législatif. Vous entendez, Messieurs, à l'Angleterre ! » Un parti différent consiste à développer leurs autres métiers, dans la sidérurgie lourde (Schneider) et la construction des machines (Koechlin). La maison des Batignolles choisira une voie plus originale en appliquant son savoir-faire métallurgique aux ponts, avant de devenir une grande entreprise de travaux publics (Dominique Barjot).

Le lien exigeant entre les compagnies ferroviaires et la métallurgie se vérifie davantage encore dans la fourniture des rails. C'est un marché massif (140 000 tonnes par an vers 1860) et un produit apparemment facile à élaborer. Or les rails seront, avec les essieux et les bandages, une occasion de conflits répétés. La technique du fer martelé donne un produit de qualité inégale, qui ne correspond pas toujours aux spécifications et qui se révèle fragile. Les compagnies doivent donc « rebuter » une grande partie des livraisons, importer des rails anglais et pâtir du renouvellement trop rapide des voies. Quant aux sidérurgistes, ils gagnent peu à étendre une production si contestée. L'innovation de Bessemer rompt le cercle. Désormais, à condition d'utiliser des fontes non phosphoreuses, l'acier en convertisseur fournit des rails très résistants. La force des compagnies, explique François Caron, aura été d'obtenir dans un délai très court que leurs fournisseurs appliquent ce nouveau procédé. Jackson, à Saint-Seurin, s'y était mis dès 1859, c'est chose faite chez Pétin et Gaudet (Saint-Chamond), De Dietrich, Terrenoire, Châtillon-Commentry, entre autres, en 1867. Dernier élément du paysage ferroviaire, la gare. Celle-ci n'est pas à proprement parler un débouché pour les produits métallurgiques, mais un lieu de démonstration. Il y entre moins de matériaux que de savoir-faire. Les grandes gares nous font quitter la stricte alliance du chemin de fer et de l'industrie, puisqu'elles sont situées entre la voie et la ville.

Le chemin de fer est-il parvenu, en relais de l'eau et de la route, à construire les bases d'un marché national ? Au terme de la période, l'espace français, qui « résistait de toute sa masse » (Pierre Léon), est largement pénétré, homogénéisé. Les produits de l'industrie circulent plus loin, plus fréquemment, à moindre prix. Faut-il pour autant parler d'un marché unifié ? Ce serait oublier, par exemple, que les politiques tarifaires des compagnies ont dessiné des zones d'influence, voire des monopoles en matière d'approvisionnement charbonnier. Ce faisant, elles ont « doublé le protectionnisme national d'un protectionnisme local » (François Caron). D'autres inégalités sont nées des disparités dans la concurrence. Le Limousin a été ainsi victime de tarifs élevés, parce qu'il n'y avait pas, à la différence du Nord, d'alternative dans l'offre de transports (Alain Corbin). Enfin, ce moyen « révolutionnaire » n'a pas inventé l'espace national. Il s'est inscrit dans un système à la fois centralisé et déséquilibré au profit de la France du Nord.

Le nouveau système productif

Le temps des machines

La fabrique, à l'âge de l'industrialisation, est un rassemblement de machines. On sait que le filage a été le premier bénéficiaire de la mécanisation généralisée. Au commencement était le coton. Cette fibre, résistante et homogène, se prêtait mieux que toute autre à l'opération. En outre, l'engouement pour les cotonnades, au XVIIIe siècle, incitait à investir pour rétablir l'équilibre entre demande et fourniture de fil. Dans les années 1780, un premier transfert technologique entre l'Angleterre et la France s'organise – on a dit le rôle de J. Holker – et des filatures hydrauliques sont créées, six avant la Révolution. Serge Chassagne a montré l'extrême dynamisme de ce secteur, que la crise ralentit mais n'interrompt pas. Plutôt que de « consolidation », il faudrait parler d'accélération napoléonienne, qui propulse le nombre de filatures mécaniques de 37 en 1799 à 272 en 1814, faisant tourner alors un million de broches. L'équipement se poursuit à vive allure : l'enquête industrielle de 1845 recense 3 457 000 broches dans 566 filatures ; il y en aurait 6,8 millions en 1867. La croissance du « parc » des mule-jennys n'épuise pas le phénomène, car, par aménagements incessants, l'efficacité du matériel grandit elle aussi. Entre 1835 et 1865, la vitesse de rotation des broches monte de 3 000 à 70 000 tours-minute. La production annuelle d'une broche passe de 10,6 à 18 kg. L'énergie mécanique est fournie par des moteurs à eau ou à vapeur. Les onze départements qui groupent l'essentiel de la fabrication en 1845 en emploient respectivement 342 et 230. Le pas suivant, qui conduit à l'automatisation intégrale *(self-acting),* sera long à franchir. La Haute-Normandie et le Nord ne s'y mettront réellement que dans les années 1870, alors que l'Alsace a presque achevé la mutation. La filature mécanique de la laine se développe sous l'Empire, Douglas à Paris, Ternaux à Louviers (lui-même filateur) et Cockerill de Liège fournissant à toute la France les machines nécessaires (Louis Bergeron). On gagnait, disait-on, 50 % sur la main-d'œuvre. Philippe de Girard avait su résoudre, dès 1810, les problèmes spécifiques du filage du lin. Découverte prématurée sans doute, puisqu'elle ne fut appliquée en France, après un détour en Angleterre, que dans les années 1830. La mise au point définitive du matériel demanda encore une dizaine d'années. Le démarrage fut d'autant plus brutal : il existait 40 000 broches en 1840 et 705 000 en 1867.

La phase du tissage se caractérise par une mécanisation différée. Les causes en sont en partie techniques, qui tiennent à la construction d'un métier nécessairement plus robuste que le métier à bras. Pourtant des solutions se dégagent dans les années 1820. Elles sont chères et n'emportent pas, sauf en Alsace, l'adhésion des entrepreneurs. Ces derniers, on l'a vu, gardent un intérêt pour la formule proto-industrielle du tissage à bras. En gros, pour le coton comme pour la laine, tissage à bras et tissage mécanique s'équilibrent jusque dans les années 1870. Articulées à ces maillons principaux de la chaîne textile, d'autres opérations préalables ou subséquentes sont touchées par le processus de mécanisation. Sans insister sur les détails, on soulignera simplement le contraste entre le cardage du coton et le peignage de la laine. Les machines à carder furent disponibles en France à la fin de l'Ancien Régime ; la « peigneuse » du Français Heilmann date de 1845. Décalage d'ordre technique, à coup sûr, mais aussi moindre pression de la demande.

La mécanisation n'intéresse pas que l'activité omniprésente du textile. La fabrication du papier, qui n'a pas eu les honneurs du *Capital*, est un bon témoin du processus d'industrialisation. Vers 1780, le système technique datant du XVe siècle continue de fonctionner. À la place des maillets qui broyaient les chiffons, les papetiers sont en train d'introduire en France les cylindres hollandais armés de lames qui découpent les chiffons. La pâte est ainsi préparée plus vite. Rien n'a changé, en revanche, pour la confection de la feuille, toujours fabriquée à l'unité dans une cuve. Un contremaître à la papeterie d'Essonnes, Louis-Nicolas Robert, dépose en 1799 un brevet pour une « machine à fabriquer le papier en très grande longueur ». Le principe en est une sorte de tapis roulant, en toile métallique, sur lequel la pâte est versée, avance en s'égouttant, est pressée entre des cylindres garnis de feutres et s'enroule pour finir sur un rouleau de bois. La machine remplit donc les fonctions de plusieurs ouvriers et produit autant que huit cuves (Louis André). L'invention de Robert (que mentionne Balzac, en 1822) est connue en France sous la forme d'une machine de conception anglaise. Le premier exemplaire, construit par Calla, est installé à Sorel (Eure-et-Loir) en 1815. C'est toutefois dans les années 1820 que la diffusion commence à Corvol-l'Orgueilleux (Nièvre), Annonay (chez Canson et chez Montgolfier), entre autres. La machine subit une amélioration significative vers 1834. Les besoins croissants de papier lui ouvrent un marché immédiat : entre 1836 et 1844, 19 de ces machines Donkin équipent les papeteries aux alentours d'Angoulême. À l'échelle nationale, le succès est également avéré : 30 machines en 1834, 200 en 1849. Charles Dupin, rapporteur de l'Exposition industrielle de 1834, note : « Ce moyen plus économique, plus rapide, plus puissant deviendra bientôt le seul qui puisse être pratiqué sans perte. Alors disparaîtra l'ancien système de fabrication à la main qui présente en outre les inconvénients, les dangers même des coalitions ouvrières. » La cuve classique sortait 18 tonnes par an, la nouvelle machine, 200. D'autres inventions contemporaines, généralement anglaises, complètent le nouveau système : presses mécaniques à essorer, machines à sécher le papier. L'une des entreprises les plus complètes dans ce genre est celle du Mesnil-sur-l'Estrée (Eure-et-Loir) créée en 1823 par Firmin-Didot. Le célèbre imprimeur donnait, trente-cinq ans avant Mame de Tours, l'« exemple d'une concentration verticale réussie » (Louis André).

Pour fournir ces machines – à papier, à filer, à vapeur –, une nouvelle profession se dessine, vers 1820. Quelques noms de firmes sont déjà apparus, qui se signalent par la variété de leur production. À cet égard, André Koechlin, constructeur en tous genres, est représentatif du cas français. Faute de grandes séries que le marché n'autorise pas, ces entrepreneurs visent plusieurs clientèles et différents besoins, comme Feray, mécanicien polyvalent à Essonnes dans les années 1830. André Koechlin et Cie ont maintenu cette tradition – locomotives et machines textiles – tout au long du XIXe siècle. Au contraire, les Jouffray et L'Huillier, charpentiers de moulins à Vienne, quand ils commencent à travailler pour les papetiers d'Annonay, se spécialisèrent dans la machine à papier et en devinrent, dans la seconde moitié du siècle, les premiers constructeurs français. Le cas de la Charente révèle que l'équipement des papeteries en machines diverses a suscité un essaim d'entreprises. Il fallait bien, sur place, monter, réparer, entretenir ces mécaniques. D'où des vocations de bricoleurs qui se font bientôt constructeurs. Après 1840, ces machines proviennent toutes d'Angoulême. De petites fonderies voient le jour, puis des ateliers de chaudières, de toiles mécaniques, de feutres. Bref, un nouveau paysage industriel. Clients et fabricants sont à la recherche de machines de plus en plus fiables, au moindre prix. L'évolution pousse à sélectionner les matériaux. On substitue les cylindres en fonte aux cylindres en cuivre pour améliorer le séchage des papiers. Les machines à filer passent au tout métallique, et la fonte donne aux métiers mécaniques l'indispensable résistance au choc. Le bois, encore si présent dans la construction mécanique avant 1830, disparaît des engrenages au profit de la fonte. La régularité de fonctionnement et la moindre usure commandent les choix. Dans ce jeu des améliorations successives, un autre paramètre est retenu, celui de l'économie de combustible. Le talent des mécaniciens alsaciens, écrit Michel Hau, se mesure, entre autres, à leur capacité de faire progresser les machines anglaises dans ce sens. La machine a les qualités de ses composants. La « fonte douce » propre au moulage et aux engrenages fut au centre du débat inauguré par l'enquête sur les fers de 1828, et on se souvient de la querelle du rail, trente ans plus tard.

La machine a aussi la force de son assemblage. Bruno Jacomy a attiré l'attention sur les modestes progrès du rivetage. La solidité de l'ensemble dépendait pourtant de l'efficacité des jointures. Ne sachant pas souder ces pièces larges, les ingénieurs du XIXe siècle s'appliquèrent à mécaniser l'opération de rivetage, sans résultat très convaincant. Enfin la machine vaut par son système de transmission. Courroies, poulies, engrenages importent autant à la réussite de l'ensemble que la machine elle-même. Distribuer l'énergie en minimisant les pertes et les contraintes a été l'une des tâches les plus délicates et les plus mal connues des industriels.

Sciences, techniques, industrie

La science éclairant l'industrie : ce symbole court le siècle. Il est sûrement prématuré, jusqu'aux années 1880.

Ce n'est pas faute de vouloir. Toutes les branches des mathématiques, de la physique et de la chimie, sont mobilisées pour le progrès de l'industrie. En France, particulièrement, cette idée de science appliquée, chère à Cuvier ou à Chaptal, de transfert des connaissances fondamentales vers les « arts », est dominant. Dire le contraire est se ranger du côté de la routine. Il faut bien convenir que les résultats ne sont guère probants. Non que les ponts soient coupés ou que les inventeurs ne tirent pas profit d'une culture scientifique. Mais l'époque est aux rencontres improbables, à des théories sans issue et à des inventions sans théories. En somme, le cheminement parallèle, le dialogue définiraient la période ; la convergence viendra plus tard (François Caron). Les historiens de la machine à vapeur, par exemple, ont bien montré que la thermodynamique « n'apportait nul secours aux ingénieurs de l'époque » (Jacques Payen). La théorie s'enlisait et les mécaniciens avançaient sans elle, quand le Colmarien Gustave-Adolphe Hirn découvrit la solution théorique au problème des pertes d'eau pendant la détente dans le cylindre et ouvrit la voie à une augmentation des rendements (1855). Ce savant, il est vrai, était de famille industrielle. L'innovation sidérurgique cruciale de Bessemer, puis la mise au point des fours Martin et Thomas-Gilchrist, ne sont pas nées d'une recherche théorique. Elles ont été le fruit des tâtonnements de l'expérience. De même, la nature exacte des réactions chimiques dont le haut-fourneau est le siège ne sera pas comprise avant le XXe siècle. La technique s'aide des savoirs et des procédures scientifiques ; elle n'en découle pas.

Les inventions chimiques décisives datent du XVIIIe siècle : fabrication de l'acide sulfurique dans des chambres de plomb (Roebuck, 1746), découverte des propriétés décolorantes du chlore (Berthollet, 1785), procédé de soude artificielle (Leblanc, brevet de 1791). Ces inventions ont des caractéristiques communes. Elles correspondent d'abord à des besoins industriels. Les verreries et les savonneries, dont la soude est l'une des matières premières, veulent échapper aux contraintes de l'importation des soudes d'origine végétale.

Il entre certainement une part de théorie dans ces recherches lorsqu'il faut isoler les corps, comprendre les raisons de l'altération des tissus. La trouvaille, pourtant, se nourrit surtout d'une expérience sans faille, du flair et de la chance qui font les bonnes recettes. On voit les mêmes ingrédients réunis dans la teinturerie lyonnaise. Les soyeux accueillent volontiers de nouvelles couleurs, du « bleu Marie-Louise » de 1810 à la « pourpre française » de 1857. Il s'agit là de colorants d'origine minérale ou végétale. La chimie intervient d'abord en 1847, quand un colorant jaune est obtenu à partir du goudron de houille et plus encore avec le succès durable de la fuchsine. E. Verguin avait, en 1859, oxydé l'aniline pour imiter le geste qui avait conduit par hasard Perkin au colorant mauve. Il obtint, par action du tétrachlorure d'étain sur une aniline impure, un beau rouge fuchsia. La fuchsine avait l'intérêt supplémentaire de se prêter à des dérivés magnifiques, tels que le « violet impérial » ou le « bleu de Lyon ». Les frères Renard, soyeux lyonnais, acquirent les droits du brevet de la fuchsine et voulurent, à l'abri de la législation de 1844, se réserver le monopole de ce produit. Les tribunaux leur donnèrent raison, ce qui entraîna le départ en Suisse de chimistes français et la naissance d'une industrie bâloise des colorants. La société d'exploitation du brevet fondée par les Renard fit faillite en 1868. Les soyeux avaient négligé d'améliorer le procédé. Ils ignoraient tout, écrit Pierre Cayez, « des liens nécessaires entre la pratique industrielle et les connaissances théoriques en chimie organique ».

Le chlore supprime les longues opérations du blanchiment des toiles par lessivages et expositions multiples. Le procédé Leblanc, par ailleurs, met en jeu l'acide sulfurique (sur le chlorure de sodium) dont il stimule la production. Les deux filières sont donc industriellement solidaires. Lorsque l'on saura récupérer (en 1855) l'acide chlorhydrique dégagé par la soude, la fabrication du chlore deviendra complémentaire des deux autres. Ces produits ont été mis au point, puis améliorés, dans une logique industrielle, par des savants qui ont souvent eux-mêmes dirigé ou conseillé des entreprises. La tradition de Chaptal ou de Berthollet fils a été poursuivie sous la Restauration par Clément-Desormes, professeur de chimie au Conservatoire des arts et métiers et responsable du développement de la chimie chez Saint-Gobain, Gay-Lussac, qui mêle dans cette compagnie recherche appliquée (sur l'acide sulfurique, 1842) et fonctions dirigeantes (censeur, puis président), Frédéric Kuhlmann, professeur de chimie à Lille et fondateur, en 1825, d'une usine de soude et d'acide sulfurique. Son activité d'entrepreneur n'a pas nui à sa capacité de chercheur puisqu'il a déposé cinquante brevets entre 1836 et 1850. Une grande industrie chimique s'est construite sur ces bases. La production de soude fournit un premier indicateur de sa montée en puissance : 13 000 tonnes en 1816, 57 000 tonnes en 1870. Le procédé Solvay (à l'ammoniaque) triompha alors du procédé Leblanc, et Saint-Gobain, avec le renfort de la firme lyonnaise Perret-Ollivier, se concentra désormais sur les acides sulfuriques. Ceux-ci furent plus lentement industrialisés. « La véritable expansion à une échelle moderne s'est produite entre 1860 et 1880 » (Maurice Daumas).

Le lien de la chimie et des textiles ne se réduit pas à l'opération du blanchiment. La clientèle réclame des tissus colorés ; la mode de la cour et de la ville, la concurrence sur les marchés étrangers encouragent la quête constante de nouveaux procédés. Deux villes, Mulhouse et Lyon, deux supports, les toiles de coton et les soieries, animent la recherche et l'industrie des colorants. Parlant de l'impression mulhousienne, un auteur alsacien écrit en 1880 : « Ses procédés de travail fondés sur les découvertes de nos laboratoires et des inventions multipliées réalisent d'incessants progrès en mettant chaque jour à contribution toutes les branches des sciences physiques. » L'éloge paraît mérité. Le souci de l'innovation est déjà patent à la fin du XVIIIe siècle. Jean Koechlin (1746-1836) a inauguré sur le tas une tradition de chimiste industriel. L'indiennerie alsacienne améliore les colorants classiques et progresse sur tous les fronts de la technique, maniement des couleurs (« réserve », « enlevage »), fixation des mordants, perfectionnement du pouvoir tinctorial des produits (Michel Hau). Elle devance aussi ses concurrents, vers 1860, dans l'utilisation des colorants artificiels parce qu'elle a su précocement fixer ces produits sur les tissus.

L'innovation technique a ses lieux, ses agents, ses moyens de diffusion. Encore une fois, Mulhouse donne le bon exemple. Les grands indienneurs Dollfus-Mieg et Cie ont fondé avec Daniel Koechlin, en 1822, un laboratoire de chimie appliquée. On y donnera des cours d'où sortira la future École de chimie. Recherche et formation sont associées dans cette première institution, recherche et diffusion forment le programme constitutif de la Société industrielle de Mulhouse (1826). Son objet, en effet, est de « réunir sur un point central les éléments d'instruction nécessaires à l'avancement et à la propagation de l'industrie ». Deux comités, un pour la mécanique, un pour la chimie, définissent les questions à étudier et coordonnent les travaux des sociétaires. Le grand patronat mulhousien pratique en somme la recherche coopérative appliquée. La « Société d'encouragement pour l'industrie nationale » date de 1802. Elle a été alors et demeure au long du siècle un lieu de rencontre entre savants, fonctionnaires et manufacturiers. Son inspirateur, Chaptal, a laissé sa marque. Par le biais de ses concours et de son *Bulletin*, elle travaille à promouvoir des avancées techniques, à acclimater en France les procédés étrangers les plus modernes. Sans tutelle de l'État, elle a joui d'une véritable autorité intellectuelle jusqu'à la fin du siècle (André Butrica).

La circulation des techniques repose sur la circulation des techniciens. Sur ce point, les progrès de l'édition spécialisée n'ont pas périmé les déplacements. L'Angleterre est le foyer qui attire ou qui procure les techniciens. La visite de usines et des mines d'outre-Manche, entre 1780 et 1840, est pour l'élite des manufacturiers innovateurs ce qu'est le voyage à Rome pour les artistes, un passage obligé. Les sidérurgistes, bien entendu, s'y rendent, comme Émile Martin (1817 et 1828), Wendel ou Schneider (1840), sur les traces de Dufaud. Mais le voyage tente aussi des ingénieurs des mines, des mécaniciens, des patrons textiles et des papetiers. Dans l'autre sens, la venue de techniciens anglais, de leur propre mouvement ou à la demande d'industriels, prend l'allure d'une vague de fond dans les années 1820. Trente ans plus tôt, ils n'étaient qu'une poignée, avec Dobson, Alcock, William Wilkinson. Maintenant, ils se comptent par milliers. La différence est que l'industrie française, en particulier dans la sidérurgie, a besoin pour quelques années d'intermédiaires en nombre pour réussir le transfert de techniques. L'autre composante de cette immigration – ceux qui viennent en France fonder une entreprise – s'est beaucoup étoffée. Après Jackson, à Saint-Étienne (1814), citons parmi les métallurgistes et mécaniciens, Humphrey Edwards (1815) et Manby et Wilson (1822). Le coton tente Rawle, en Normandie, avant Heywood dans les Vosges. L'industrie du lin ou celle du jute ne sont pas à l'écart du mouvement. L'acculturation réussie des techniques et des hommes prépare une assimilation dont la famille Waddington reste le meilleur exemple.

Entre les années 1830 et les années 1850, une modification s'accomplit dans le personnel de Saint-Gobain. Un nouveau groupe y prend place. Par sa médiation, l'entreprise entend passer de l'« esprit stationnaire » au « mouvement progressif » selon l'expression d'un dirigeant, citée par Jean-Pierre Daviet. Profession : ingénieur. Les premiers recrutés étaient ingénieurs d'État, issus des grands corps. L'École des ponts et chaussées (1747), l'École des mines (1783), l'École polytechnique (1794) étaient les seules à former ces nouvelles élites. En termes d'effectifs, l'apport était mince. Le « pantouflage » – autrement dit le passage au privé après démission – n'a touché que 10 % des polytechniciens entre 1830 et 1880. Les deux tiers de ce groupe ont été recrutés par l'industrie minière (27 %), l'industrie chimique (22 %) et les compagnies de chemins de fer (18 %), le reste allant dans les raffineries de sucre, les verreries ou les papeteries. Étaient-ils sollicités comme techniciens ? Pour les « mineurs », c'est très probable, mais le cas n'est pas rare où les nouveaux venus ont tout à apprendre. Ainsi à Saint-Gobain. Leur rôle, à vrai dire, ne se situait pas là. Comme directeurs de la glacerie, les polytechniciens des années 1830-1840 ont eu à rationaliser le travail, non à innover. C'était mettre de l'ordre et de l'économie dans un processus encore mal contrôlé. Accaparés par la gestion, ils n'intervenaient guère dans la production, au moins directement. Mais leur intervention maximisait les techniques à l'œuvre. D'autres profils de carrière, en revanche, offrent le modèle d'une adéquation parfaite du savoir technique et de la responsabilité industrielle. Un Jean-Baptiste Guimet, polytechnicien et ingénieur des poudres, est à l'origine, grâce à son « outre-mer artificiel » (1826), de l'usine chimique de Fleurieu-sur-Saône et soutient Henry Merle dans son entreprise soudière de Salindres (1856). Émile Martin, polytechnicien (1812), entré en métallurgie par son mariage avec la fille de Georges Dufaud, vint aider son beau-père aux forges de Fourchambault (1820) avant de créer avec les Boigues sa propre fonderie. Enfin les stratégies familiales des milieux les plus innovateurs orientent les héritiers vers l'acquisition d'un fort capital scientifique. Il n'est pas étonnant de voir figurer dans les promotions de l'École polytechnique, entre 1828 et 1834, un Peugeot, un Japy, un Koechlin.

Leurs camarades du corps des mines s'efforçaient parallèlement, nous dit André Thépot, d'élargir leur champ de compétence pour légitimer leur existence, autrement que comme des rouages de l'administration. La législation sur les mines de 1810, celle sur les machines à vapeur, de 1810 à 1842, enfin la loi ferroviaire de 1842, leur donnaient, par le biais du contrôle, un pouvoir d'intervention et un droit de conseil, sans compter les liens personnels utiles pour une reconversion. Enfin, maîtres de l'enseignement des nouvelles écoles des mines, ils pesaient sur la formation et la carrière des futurs cadres de l'industrie.

« La technologie n'a point d'école en France, écrit Cuvier en 1810, où l'on en démontre les principes. » La comparaison avec l'Angleterre et ses *civil engineers,* récurrente dans les années 1820, suggère la solution. Le retard industriel de la France découlerait en partie de l'absence de cette catégorie professionnelle. L'École centrale des arts et manufactures a été fondée en 1829, par trois savants (dont le chimiste Dumas) et un homme d'affaires saint-simonien, pour répondre à ce besoin. Vers 1850, les premiers centraliens sont embauchés à Saint-Gobain. Le groupe prendra de la consistance dans la maison, où ils apportent une compétence technique nouvelle.

Deux types de débouchés ont principalement attiré les centraliens. Celui de concepteurs de projets industriels, presque de consultants, installés à leur compte, en a séduit 19 %, à la coupe de 1864. À cette date, par ailleurs, 41,5 % des « anciens » sont chefs d'entreprise, plus souvent héritiers que créateurs. Il s'agit d'un investissement familial. Ingénieurs civils contre ingénieurs d'État ? La création, en 1848, de la Société des ingénieurs civils montre, à tout le moins, une prise de conscience. Un groupe s'affirme, solidaire et bien organisé. Dans le secteur minier, l'École des mines a accepté des « élèves libres » avant d'établir une filière d'ingénieurs civils, en 1882. À Saint-Étienne (1816), à Alais (1843) et à Douai (1878), la mission des écoles était de former de « bons conducteurs de travaux souterrains ». Ces techniciens ont toutefois fréquemment bénéficié d'une forte ascension professionnelle et sociale. Les écoles d'arts et métiers ont reproduit, en grand, cette dérive. Bien peu d'élèves, dit Charles R. Day, sont restés confinés dans les fonctions de maîtrise auxquelles ils avaient été préparés. Sur 800 « gadzarts » sortis de Châlons, d'Angers et d'Aix-en-Provence (à partir de 1846), entre 1825 et 1875, 53 % sont devenus propriétaires ou directeurs d'établissements importants. Fils d'ouvriers, d'artisans ou de tout petits patrons, promis au destin de « sous-officiers de l'industrie » (Napoléon), ils ont franchi la barrière. La carrière de Camille Cavallier, ancien de Châlons, entré à Pont-à-Mousson comme dessinateur en 1875 et nommé coadministrateur en 1899 est exceptionnelle, mais non unique. L'enseignement reçu leur a transmis, à un degré rare, deux qualités qui font les futurs chefs : le sens du concret et le culte de l'autorité. 41 % du groupe considéré ont créé leur entreprise, souvent dans la métallurgie, comme Petin à Rive-de-Gier ou Denis Poulot, constructeur de machines-outils à Charonne et auteur d'un livre sur la « question sociale ». Avant que les

« ingénieurs maison » ne se multiplient, ils ont constitué le principal vecteur de la pratique moderne des techniques.

L'usine

Une nouvelle organisation de l'espace

Pour saisir l'organisation spatiale du travail, suivons l'étude de cette nouvelle génération de forges, par Serge Benoit et Philippe Peyre. La fourniture d'énergie structure l'ensemble, selon un schéma centralisé. Tout a été construit autour du moteur unique (hydraulique dans les années 1820) qui procure l'énergie mécanique aux installations, par le moyen de canalisations et d'engrenages. Le progrès des roues puis des machines à vapeur permet de rompre avec le schéma éclaté des ateliers proto-industriels. Les trains de laminage ont été disposés de part et d'autre du moteur. Les fours à puddler et les fours à réchauffer ont été rejetés à la périphérie de l'atelier. De la sorte, la circulation, toujours délicate, autour des laminoirs, est facilitée tandis que les fours peuvent être alimentés en houille de l'extérieur. Espace unique, aires distinctes, la solution choisie a l'avantage de rationaliser la production tout en minimisant les interférences. En outre, le procédé de construction qui consiste à remplacer les murs latéraux par une série de piliers améliore les déplacements. Fourchambault, Sainte-Colombe, Alais, Decazeville illustrent ce modèle. Il évoluera vers une disposition moins rigide, lorsque, en 1830-1840, la production et la distribution de la force motrice s'effectueront par une pluralité de machines.

Les nouvelles forges du Creusot (1868), telles que Turgan les décrit dans ses *Grandes Usines*, offrent un double contraste avec les forges à l'anglaise des années 1820-1840. Ces dernières, en effet, abritaient sous un même toit le cycle complet de la fabrication du fer. Chez Schneider, l'ampleur de la production a entraîné une autre utilisation de l'espace. D'un côté d'une immense cour (500 mètres sur 60), deux halles de puddlage, de trois travées chacune, traitent la fonte. De l'autre, la forge à laminoir transforme le fer brut en rails et en tôles. En dissociant par nécessité les deux étapes du travail, l'établissement s'oblige à rétablir l'unité du processus au moyen d'un flux continu. Ce qui était réalisé dans les forges à l'anglaise par un placement judicieux des fours – équidistants des trains de laminoir – est ici obtenu par un système linéaire de transport. Turgan explique bien que les « nombreuses voies de chemin de fer où circulent les locomotives » rendent l'ensemble solidaire. Ainsi, « depuis l'arrivée de la fonte, jusqu'à l'expédition des produits finis, la matière, dans ses transformations successives, marche toujours dans le même sens sans jamais revenir sur ses pas et toujours par le plus court chemin ». La sidérurgie lourde, qui est mangeuse d'espace, n'a pas le monopole d'une structure de ce type. Pour prendre un exemple à l'autre extrême du spectre industriel, la manufacture des orgues Alexandre installée à Ivry en 1860 a été conçue selon un schéma équivalent. « L'ensemble du travail est... réparti en marchant de l'ouest à l'est », écrit Turgan, en suivant l'axe du bâtiment. Les bois, fers, laitons, ivoires entrent par une porte, les orgues montés sont exposés à l'autre extrémité. La machine à vapeur a été placée en tête de ligne, pour desservir la scierie et autres ateliers (Olivier Cinqualbre). À ce mouvement d'ensemble se superpose une série beaucoup plus confuse de déplacements courts de matériaux et de produits, autrement dit de manutention. Les usines en élévation, comme les entreprises textiles, ont peu de problèmes, car elles ne traitent pas de pondéreux, et les trajets internes sont forcément brefs. Elles n'échappent pas, toutefois, aux complications et retards divers créés par ce besoin. Les usines métallurgiques ont dû se préoccuper davantage de leur logistique intérieure. Il semble bien qu'aucune solution satisfaisante n'ait été apportée à cette question. Les chariots et les grues manuelles composent, au sol, le parc du matériel. À partir de 1860, le pont roulant se répand dans les ateliers. Mais il faudra attendre les années 1880 pour que l'électricité en fasse un équipement obligé.

Une architecture spécifique
Construire une usine devient un métier, à partir de 1820-1830. La vague des forges à l'anglaise coïncide avec l'affirmation d'un couple constructeur, un ingénieur et un architecte. Au premier, de concevoir la structure de l'ensemble, la disposition des machines, la logique technique propre à l'entreprise concernée ; à l'autre, de donner une traduction, voire un style au projet. Certains architectes, parmi les plus réputés, ont su imprimer leur marque personnelle ; ainsi, dans le Nord, E. Vanderbergh. L'habitude, cependant, a été de laisser à l'ingénieur la responsabilité principale, ou totale, de la construction de cette grande machine. Certains se feront un nom dans le métier, en dehors de leurs autres mérites professionnels. Walter de Saint-Ange, qui a construit en 1824 les hauts-fourneaux de La Voulte avec son collègue Culmann, sera nommé professeur de construction mécanique à l'École centrale en 1830. Sa *Méthode pratique du fer...* (1835-1838) fera autorité. Eugène Flachat, à qui l'on doit les nouvelles forges de Vierzon (1841), est l'un des ingénieurs les plus en vue dans le domaine. Il a également consigné son savoir dans un *Traité de la fabrication du fer et de la fonte* (1842-1846) rédigé avec deux autres ingénieurs, Petiet et Barrault. Des Anglais (Fairbairn à Rouen) ont été sollicités. Le modèle manchesterien, qui a tant frappé Tocqueville, fascinait les entrepreneurs. Si les Français ont pu s'imposer rapidement, l'enseignement de l'École centrale y est certainement pour beaucoup. Françoise Hamon a mis en évidence le rôle de l'enseignement théorique, des visites et voyages industriels, des « travaux de vacances » et des concours de sortie dans la définition progressive d'une « architecture pour l'industrie ». On voit naître dans ce corpus, sous la monarchie de Juillet (le cours de Ferry est de 1841), le souci d'élucider les rapports entre les fonctions productives, les bâtiments et leur environnement.

Deux types fondamentaux se partagent le bâti. L'industrie textile demeure fidèle à un modèle compact de grandes constructions. Les filatures et tissages s'installent verticalement, le besoin majeur d'éclairage étant rempli par de nombreuses fenêtres et par le gaz. Ces structures massives peuvent être disposées selon un plan géométrique classique. Bien d'autres industries adoptent cette formule. En revanche, la sidérurgie est clouée au sol, pour ainsi dire. Le parti retenu est celui d'une succession de halles couvertes et ouvertes. La symétrie caractéristique des forges à l'anglaise a disparu dans les années 1850. Le nouveau paysage est formé d'ateliers juxtaposés, répétitifs.

À fonctions particulières, matériaux spécifiques. En premier lieu, la brique. Elle triomphe partout, dans toutes les branches. Là surtout où elle n'est pas dans les traditions de la construction régionale, elle signe véritablement l'industrie. L'autre matériau de la modernité industrielle est, bien sûr, le fer. À l'état de fonte, il remplace le soutènement par des murs. Les nouvelles halles des années 1860 qui peuplent la plaine des Riaux, au Creusot, bénéficient de cette ossature. Quant à la charpente, la construction en devient entièrement métallique à la fin de la période. C'est le cas dès 1866 à l'« usine des fers creux » de Montluçon et, vers la même époque, dans certaines usines de Rive-de-Gier. Il faut se garder ici de tout anachronisme. Maurice Daumas a insisté sur ce point à juste titre : le bois n'a pas été facilement ni rapidement remplacé par le fer dans la charpente des usines. Si la gare d'Orléans (1869), puis tant d'édifices publics s'inspirent du récent tout-métallique des usines Schneider, il reste que beaucoup d'entrepreneurs craignent les effets de torsion d'un incendie sur des poutres de fer et savent d'expérience que le bois se comporte mieux. L'arrivée d'un métal plus fiable et moins coûteux, l'acier, a définitivement réglé la question. Construire une usine revient cher. Dès 1840, il faut compter 200 000 francs en moyenne pour élever une usine textile. C'est pourquoi des entrepreneurs préfèrent louer le bâtiment et la force motrice, sachant qu'ils devront en tout cas acquérir les machines. L'ampleur des constructions révèle non seulement les moyens et l'activité de l'entreprise, mais aussi les habitudes régionales. Le filateur roubaisien Mimerel est sensible à ce dernier aspect lorsqu'il écrit : « Dans le Nord, on ne voit que l'utile dans les établissements d'industrie, dans le Haut-Rhin, on voit le grand, le beau, de là des constructions plus dispendieuses. » Par ailleurs, l'histoire du site détermine largement son allure. Pour les entreprises d'ancienne implantation et qui ne choisissent pas, comme les Schneider au Creusot, de faire place nette, la construction nouvelle s'ajoute aux précédentes, la coexistence pouvant durer longtemps. À Elbeuf, les établissements Charles Flavigny regroupent vers 1870 des constructions échelonnées sur plus d'un siècle, au rythme des besoins.

Quel style, pour l'industrie ? Les années 1820 voient la diffusion, à partir des premières forges à l'anglaise, d'un modèle néo-palladien. Les filatures s'en inspirent, et toute la France industrielle paraît s'être mise aux pilastres et aux attiques. Les baies en plein cintre font aussi partie de ce vocabulaire dominant. Parfois, l'esthétique est plus discrète ; le jeu de la brique et le rythme des façades suffisent à affirmer le prestige du lieu. Certaines entreprises ont reproduit le plan et le style des anciennes manufactures au point que l'on pourrait dire, par exemple, de l'usine des orgues Alexandre que c'est le Dijonval, plus la machine à vapeur. Une autre tendance, inspirée du néogothique, se répand, vers les années 1860-1880, en particulier dans le Nord. La cheminée crénelée, comme les tours, de l'usine Motte-Bossut à Roubaix, voudraient donner le recul et la légitimité historiques à l'aventure industrielle contemporaine. La filature Levasseur, sur l'Andelle, se place sous le patronage architectural de l'abbaye de Fontaine-Guérard. D'autres se contentent d'un signe, faute de style. Badin, à Barentin, revendique la plus haute cheminée des environs. L'architecte Jules Saulnier, chargé avec l'ingénieur Jules Logre de construire une nouvelle usine à la chocolaterie Menier, de Noisiel, n'a pas voulu de la grandiloquence ni de l'historicisme. Son bâtiment, qui succède à un moulin, emprunte son système constructif à la technique du pan de bois hourdé de terre. L'innovation a été de remplacer le bois par le fer, hourdé de briques, et l'audace, d'avouer cette structure. L'austérité ostensible du métal est compensée par la polychromie de la céramique où la fleur de cacaoyer rappelle le produit, et le monogramme, M, le propriétaire. Celui-ci avait souhaité, raconte Saulnier, décorer le bâtiment « avec un luxe rarement usité dans les constructions nouvelles ». Nouveauté dans l'emploi du matériau, qualité de sa mise en scène, l'œuvre de Saulnier allait devenir l'usine emblématique de l'architecture industrielle française.

Les images de l'industrie

Regards

La représentation de l'industrie, au XIXe siècle, est relativement faible, aussi bien dans l'iconographie que dans les textes. Ce constat est d'autant plus étonnant que les contemporains d'Eugène Schneider avaient vu dans l'industrie la « force dominante du siècle ». Les conventions de la peinture ou du feuilleton faisaient barrage à ce nouveau sujet. En outre, les artistes et les auteurs semblaient être démunis de références pour intégrer l'industrie à leur métier. Leur public, au reste, était-il demandeur ? Il est difficile d'en juger. L'impression, toutefois, s'impose d'un changement progressif de tous ces facteurs : ce qui était improbable en 1820 est accepté, sinon banal soixante ans plus tard.

François Bonhommé, dit « le Forgeron » (1809-1882), est le seul peintre qui ait consacré la quasi-totalité de son œuvre à la représentation de l'industrie (Marie-Laure Griffaton). Comme son surnom l'indique, Bonhommé s'est spécialisé en sidérurgie. Ses principales toiles – « Intérieur de la grande forge de Fourchambault » (1840) ; « Indret, forgeage d'un arbre coudé d'hélice » (1864 ?) ; « Vue… d'un grand établissement » (Le Creusot. 1856 et 1867) – expriment avec talent et rigueur la nouveauté de cette grande industrie. Celle-ci bouleverse (mines de Blanzy) ou organise (Le Creusot) le paysage. Les machines sont présentées en majesté, mais les hommes ne sont pas oubliés. Les ouvriers, parfois les ingénieurs, bénéficient d'un traitement pictural approfondi. Les contrastes de lumière, enfin, sont habilement exploités. Bonhommé a été, en un sens, un peintre officiel, vivant – mal – de commandes publiques ou de celles des propriétaires d'usines. Sa peinture, dont on a dit l'inspiration saint-simonienne, entendait se mettre au service de l'industrie, non des industriels. Elle n'aura eu qu'un écho réduit.

Ce semi-échec provient d'un art élitiste. Le contre-exemple est fourni par la presse périodique, sous l'Empire, dont les numéros accueillent régulièrement des présentations d'usines. *L'Illustration, Le Monde illustré, Le Magazin pittoresque,* parmi d'autres, ont ainsi décrit et représenté, par le moyen de gravures d'une facture remarquable, les lieux et les activités de la grande industrie. Ces visites, toujours élogieuses, acculturent les lecteurs au nouveau monde du travail, au moins à celui qui est présentable ; la mine est oubliée. Pour un public moins vaste, des livres proposent également une initiation par l'image et le texte à ces réalités. *Les Merveilles de l'industrie* de Louis Figuier (1873-1877) explorent le domaine, dans une conception universaliste. Ces quatre volumes de lecture aisée seront au nombre des « livres de prix » de la Ville de Paris. Plus exigeante, l'œuvre de Louis Turgan, *Les Grandes Usines en France et à l'étranger,* insiste sur les techniques et les machines (1860-1882). Décrivant essentiellement des usines françaises, en dépit de son titre, l'auteur s'attache à suivre le parcours de la fabrication, à l'aide d'un texte précis et d'une illustration très riche. L'un soutenant l'autre, l'ensemble apporte une information de grande qualité.

Avant *Germinal* et *La Bête humaine* quelques auteurs avaient évoqué la mine et le chemin de fer dans leurs romans. Mais, comme en peinture, la métallurgie a été le décor le plus réussi. *La Fortune de Gaspard* (1872) de la comtesse de Ségur, et *Le Maître de forges* de George Ohnet (1880) sont situés dans une métallurgie rurale mais non archaïque. Les ateliers de transformation du premier livre apparaissent comme un milieu vivant et complexe, fermé mais non mystérieux. Chez Ohnet, l'attention n'est portée qu'aux personnages ; les hauts-fourneaux sont là comme une preuve de puissance mais ne sont pas autrement décrits. Tout autre est le cadre des *Cinq Cents Millions de la Begum*, de Jules Verne (1879). Visiblement inspirées du Creusot, les usines de Stahlstadt annoncent *Metropolis*. L'espace de production et l'espace de vie y sont organisés d'une façon contraignante, selon une logique scientifique et technique. Des halles immenses, aux colonnes « aussi grandes… que celles de Saint-Pierre de Rome » abritent des dizaines de fours à puddler et des trains de laminoirs. Tout n'est que mouvement, bruit, lumière. Les romanciers commencent à voir la grande industrie comme un lieu d'une intensité exceptionnelle. À lire les notes du *Voyage du Midi* de George Sand (1861), on sent naître l'intérêt quasi professionnel de l'auteur, visitant l'usine Saint-Jacques de Montluçon. Les gestes sont analysés avec une grande attention ; le processus de production est bien saisi. La grande industrie deviendrait-elle familière ?

Regrets et progrès

Si quelques poètes de second ordre ont chanté la vapeur, le Vigny de *La Maison du berger* (1844) se détourne d'elle comme d'un fléau. La civilisation industrielle est une menace : « Sur ce taureau de fer qui fume, souffle et beugle/L'homme a monté trop tôt ». Il faut savoir partir, quitter les « cités serviles » et écouter de loin « les soupirs des tourmentes civiles/S'unissant au charbon noir des villes ». L'industrie moderne est chargée d'angoisse. La « misotechnie » est fréquente chez les auteurs du début du XIXe siècle (Jacques Noiray) ; elle demeure l'une des composantes de l'attitude des élites françaises à l'égard des conséquences de l'industrialisation. Ce mouvement d'hostilité ou au moins de recul s'alimente d'un courant de pensée chrétien. Lacordaire dénonce, en 1835, les méfaits de la grande industrie et voit dans la paupérisation qu'elle entraîne une punition divine : « Dieu a fait croître la misère où ils ont fait croître et pulluler leurs machines. » D'autres diront les dégâts moraux et familiaux que l'industrie crée dans son sillage. Il y a une nuisance fondamentale en elle. Le père de Gaspard, qui n'est pas le porte-parole de la comtesse de Ségur, s'inquiète en ces termes du départ de son aîné chez monsieur Féréor : « J'aimerais mieux le voir rester avec nous, comme Lucas, que d'entrer dans ces fabriques qui vous rendent mauvais sujet et ces mécaniques qui vous mettent en pièces avec leurs rouages et leurs engrenages, si on n'y prend pas garde. » Que n'aurait-il dit si son fils avait dû quitter la région ! L'industrie rend finalement tout le monde mauvais. Les ouvriers « qui jouent, qui boivent, et qui ne mettent pas les pieds à l'église » mais aussi les contremaîtres si durs avec eux. Les maîtres ne sont pas épargnés par cette contagion moderne. Monsieur Frölichen apparaît comme un homme implacable, préfigurant presque Schultze, le fondateur de Stahlstadt. Mais le rival de Frölichen, Féréor, n'est pas flatté, s'il est moins caricaturé. « Il n'a d'affection pour personne, il n'a de confiance en personne. » Le métier l'a rendu égoïste et dur. Chez Jules Verne, l'insistance est mise sur la militarisation de la vie ouvrière. À l'usine, la discipline est indispensable ; hors de l'usine, elle ne cesse pas. La ville-usine, en effet, est concentrationnaire. Portes, murailles, fossés, mot de passe retiennent ou repoussent. Chaque travailleur a sa case ; malheur à celui qui quitterait son secteur. Jacques Noiray, étudiant la machine dans le roman français au XIXe siècle, pense que, jusqu'en 1860-1865, l'expression majoritaire est celle de la violence et du danger consubstantiels au travail industriel. Le livre du mineur Simonin, *La Vie souterraine* (1867), a pu démontrer que ce n'était pas là fantasme d'écrivain. La protestation n'est pas que morale ou littéraire. Elle traduit aussi une attitude philosophique et politique. Quand Fourier parle de la « grande industrie répugnante » et que, à sa suite, d'autres penseurs la dénoncent, le système est visé. Il engendre oppression et chômage. Le mode de production est donc malfaisant, puisqu'« il progresse, dit Fourier, en raison de l'appauvrissement de l'ouvrier ».

Saint-Simon a donné, sous la Restauration, une tout autre direction d'analyse. Avec l'autorité d'un fondateur d'école, il a mis en lumière le caractère progressiste de l'industrie. « La classe industrielle est la classe fondamentale, affirme-t-il, la classe nourricière de la société. » Par industrie, il entend encore l'ensemble des activités productives, mais cela signifie que l'industrie manufacturière est légitimée. Il compare d'ailleurs la « nation française » à un « grand atelier ». Le saint-simonisme corrigé deviendra l'idéologie active de nombreux polytechniciens, ingénieurs, hommes d'affaires : Enfantin, Michel Chevallier, Paulin Talabot, les frères Pereire, Ferdinand de Lesseps, qui inspireront ou réaliseront les grands équipements industriels du second Empire. Ce courant d'idées et d'action rejoignait un optimisme industriel plus ancien qui avait été illustré par François de Neufchâteau et par Chaptal. Le premier surtout se voyait comme un missionnaire de l'industrie. Il a lancé dans cet esprit la première « exposition des produits de l'industrie nationale », en 1798. « On était bien loin de se douter, écrit-il peu de temps après, que les produits inaperçus de cette industrie roturière formeraient un jour un spectacle intéressant et magnifique où accourrait toute la France. » Le spectacle reprit sous le Consulat (an IX et an X) et sous l'Empire (1806), puis s'institua. Il prit davantage d'ampleur lorsque les Expositions universelles furent créées. Désormais, l'industrie était doublement à la fête, comme activité présentée parmi les autres et comme moyen de les valoriser. Du Crystal Palace, de Londres (1851), à la galerie des Machines, de Paris (1878), l'industrie a déployé ses savoir-faire. L'esthétique nouvelle est acceptée, non sans résistance. La presse et les techniciens qui tiennent la plume vulgarisent la nouvelle pensée industrielle. Par exemple, *Le Monde illustré*, dans un article sur la manufacture Alexandre (mars 1861), la compare à une « fourmilière industrielle, active et intelligente ». L'argument « concentrationnaire » est retourné. En juin 1881, *L'Illustration* publie un reportage sur les forges Coutant, à Ivry. « Tout se fait mécaniquement et sans perte de temps. Tout se suit dans un ordre parfait. » Sur un autre registre, Louis Figuier exalte les bienfaits de l'industrie, gage de la prospérité d'un peuple et de son redressement. Car, après la

Défaite, « un peuple dont l'industrie est florissante... peut attendre avec tranquillité la revanche morale de l'avenir ». C'est une industrie « appuyée sur la science » qu'il présente à ses lecteurs. On ne voit plus, dans ces conditions, comment on oserait s'y opposer.

L'industrie, toujours innovante, crée donc des richesses et des emplois. Elle crée aussi des héros positifs, comme l'ingénieur, ce « prétendant désirable » (François Curutchet) des feuilletons et des romans. S'il est, en outre, propriétaire, le monde lui appartient. Le héros de George Ohnet passe du statut de « batteur de fer » vaguement inquiétant à celui, plus enviable, d'industriel doublé d'un chimiste, courageux, probe et aimé des ouvriers.

Le Gaspard de la comtesse de Ségur et le Marcel de Jules Verne n'ont pas eu autant de chance familiale que monsieur Derblay. Il leur faut, surtout Gaspard, gagner par eux-mêmes leur réussite professionnelle et sociale. Justement, l'industrie le permet. À force d'études et d'observation, ils pourront prendre le pouvoir dans l'usine (Gaspard) ou avoir accès aux secrets (Marcel). La grande industrie est source de mobilité sociale ascensionnelle, et non de paupérisation. Encore faut-il être doué, ambitieux. Gaspard réussit en partie parce qu'il surveille et dénonce les ouvriers indolents, qu'il vole même les idées des autres. L'homme nouveau serait-il un homme-machine ? La femme et la foi lui montreront le chemin du paternalisme et du christianisme réconciliateur. Une modification s'opère ; le « mauvais riche » s'est changé en bon patron. Le message de Jules Verne, en dépit des apparences, est proche de celui de la comtesse de Ségur. L'usage diabolique de l'industrie est condamné, non l'industrie elle-même. Cité et usine modernes seront désormais utilisées pour le bien. Contrairement à ce que le début du roman pouvait laisser croire, l'utopie opposée, de « France-ville », n'est pas la fin de l'histoire. Elle se combine au contraire avecl'« admirable établissement » de Stahlstadt. N'est-ce pas aussi la conviction montante du mouvement ouvrier ? Proudhon et Marx, ici réconciliés, ne combattaient pas la machine, mais ceux qui en ont fait un instrument d'exploitation.

L'économie proto-industrielle avait buté sur le coût des transports ; l'industrialisation s'accomplit grâce au décloisonnement de l'espace et à la mise en réseau de tous les moyens, anciens et nouveaux, d'échange. Le plus souple d'entre eux, le chemin de fer, l'emporte finalement, non sans avoir forcé ses concurrents à se moderniser. Le marché national est désormais une réalité, ce qui ne signifie pas qu'il soit parfaitement homogène : des dénivellations de prix se maintiennent, et la politique tarifaire des compagnies aboutit parfois à créer de nouveaux handicaps. Sur ces bases, la grande industrie est devenue le mode de production dominant. L'usine exprime la nouvelle logique de concentration rationnelle du travail ; elle est aussi, dans sa construction même, le reflet du progrès des matériaux et du pouvoir naissant des ingénieurs. Ces derniers commencent à apparaître en nombre, au moins dans les grandes entreprises. Mais le malentendu, sinon l'ignorance, demeure entre sciences et techniques, sauf dans le secteur pilote de la chimie. La grande industrie substitue des machines et des moteurs à la force humaine. Elle développe en amont une activité de fabrication très dynamique qui se satisfait de structures diverses : de simples charrons et charpentiers y coexistent avec un Cail ou un Koechlin. La dénomination de « grande industrie » dit à elle seule l'ambivalence des sentiments qu'elle provoque. L'admiration et la réserve, voire la répulsion, se mêlent, en effet, dans les discours et se découvrent dans les images. Est-elle, au fond, un mal nécessaire ? L'interrogation pèsera sur son avenir.

3. Entreprises et entrepreneurs

Au cœur de l'industrie, les entreprises. Il faut un flux de capitaux pour faire tourner ces rouages. D'où vient l'argent ? Le financement de l'industrialisation commence à s'éclairer, grâce à des études de cas. On saisit mieux, par exemple, à quel point le besoin de capital pour démarrer une affaire a varié selon les branches. Cela a dû influer sur l'origine des fonds et sur l'aire de ramassage. Par ailleurs, l'intérêt s'est porté sur les structures juridiques des sociétés, autrement dit sur les modalités de collecte des capitaux et de partage des responsabilités. Le rapport entre l'évolution du statut des sociétés et la vie des entreprises a été utilement exploré. De même, l'étude des formes du crédit a placé le système bancaire français sous une lumière nouvelle.

Pas d'entreprises sans entrepreneurs. Qui sont ces patrons, à la naissance de l'industrialisation ? Des nouveaux venus, qui se sont faits eux-mêmes, comme l'assurera la légende familiale, ou des héritiers bien pourvus ? Quelles ont été les raisons, ici de la mobilité sociale, là de la longévité des dynasties ? Vu en coupe, le patronat est formé de strates qui délimitent autant de niveaux de fortune. L'enrichissement couronne une carrière, mais les comportements nous disent davantage, car ils révèlent des valeurs collectives, par-delà la diversité des choix individuels. Dépenser ou épargner, s'investir ou non dans des œuvres charitables, exprimer des opinions ou les taire, ces alternatives définissent le champ de l'éthique patronale.

Le financement de l'industrialisation

Besoins et moyens

Le tableau du « capital moyen par établissement industriel dans le Bas-Rhin en 1801 » dressé par Michel Hau répertorie 245 établissements employant au moins dix ouvriers. Le montant du capital varie de 1 400 000 francs pour la manufacture d'armes de Klingenthal à… 2 500 francs pour quatre ateliers fabriquant des nattes de paille. Quatre entreprises seulement dépassent 50 000 francs ; il suffit de deux fois moins pour faire marcher la plupart des autres. Le « seuil d'entrée » est fonction de la branche d'activité – selon qu'elle est ou non capitalistique – et de la possibilité d'accroître progressivement, ou par paliers, les installations. Les houillères l'emportent au palmarès. La Compagnie d'Anzin pèse 50 millions de francs en 1840, et la Compagnie des mines de la Loire se constitue, en 1846, sur la base de 64 millions. Viennent ensuite les sociétés sidérurgiques. Pour lancer une usine « anglaise » complète, vers 1840, il faut réunir de 2 à 4 millions. Une grande filature, à la même époque, exige environ 600 000 francs. Un établissement cotonnier intégré (indiennerie, tissage, filature) coûterait en Alsace, dans les années 1830-1850, entre 1 million et 1,5 million de francs. La masse des entreprises, au milieu de XIXe siècle, se situe probablement à la barre des 100 000 francs. L'enquête dirigée par François Caron en Côte-d'Or a montré qu'il suffisait de cette somme pour créer des sociétés spécialisées dans la chimie, les matériaux de construction, la confection ou le secteur alimentaire. On y voit aussi les écarts qui séparent des entreprises d'une même branche : la « Compagnie des hauts-fourneaux et forges de la Maison Neuve et Rosée » a été constituée avec un capital de 3,2 millions de francs, en 1838, tandis que la société Cordelier et Fils se contentait, en 1846, de 170 000 francs pour exploiter le haut-fourneau de Pouilly-sur-Saône. Jean-Baptiste Mollerat s'est associé en 1854 au négociant parisien Bertrand pour établir une usine chimique. Le capital est de 300 000 francs. Deux négociants ont fondé en 1850 une société de « colle forte et autres produits chimiques », l'un apportant 10 000 francs de matériel, l'autre 10 000 francs de numéraire « pour trois mois ». Ils ont les capitaux de leur ambition. L'évolution des techniques entraîne une augmentation très nette des capitaux requis au départ. Les verreries du Nord, qui démarraient avec moins de 50 000 francs en 1815, auront besoin d'un capital initial de 150 000 francs, dans les années 1860. À Marseille, le capital moyen des nouvelles sociétés industrielles est de 73 900 francs en 1820-1825, de 254 700 francs en 1839-1842, de 518 200 francs en 1851-1852 (Michel Lescure). On vérifie cette tendance dans les entreprises en place. Frédéric Kuhlmann, le grand chimiste lillois, avait créé sa première société avec 200 000 francs, en 1825 ; en 1855, une nouvelle société réunissait 3 350 000 francs. Les grandes sociétés sidérurgiques amplifient le mouvement. La nouvelle société du Creusot a été formée, en 1836, sur la base de 4 millions de francs. Elle atteint 14 millions dans les années 1860 et 33 millions en 1881.

Le Code du commerce de 1807 offrait plusieurs formules juridiques pour mobiliser des capitaux à des fins commerciales ou industrielles. Jusque dans les années 1860, elles furent très inégalement utilisées par les entrepreneurs. Les sociétés en nom collectif fournissent les gros bataillons, probablement les trois quarts de l'effectif pendant toute la période. C'est la solution retenue par la plupart des petites affaires ; elle n'est pas écartée par des entreprises plus volumineuses. Elle implique la coresponsabilité totale et requiert donc une parfaite solidarité des associés. Aussi n'est-elle viable qu'avec un petit nombre de partenaires – certainement moins de dix –, ce qui limite forcément le montant de la collecte. En revanche, la société en commandite simple, qui est encore une société de personnes, et la société en commandite par actions constituent un cadre particulièrement approprié au développement du capitalisme industriel. La distinction des gérants et des bailleurs de fonds – ces derniers n'étant responsables que de leur seul apport – libère l'initiative des premiers et rassure les autres. La commandite par actions a l'avantage de permettre la libre négociation des parts du capital et donc d'introduire un élément de souplesse supplémentaire. Il s'en crée de 400 à 600 par an dans les années 1840 (en comptant les sociétés commerciales) et jusqu'à un millier par an dans la décennie qui suit. Presque toutes les nouvelles entreprises sidérurgiques (Le Creusot, Commentry, Fourchambault, Imphy, etc.) ont adopté cette structure.

À Marseille, l'industrie de la raffinerie du sucre doit son essor, vers 1850, au recours généralisé à la commandite par actions. Ce secteur d'activité portuaire est beaucoup plus capitalistique qu'à Bordeaux, par exemple, fidèle aux sociétés de personnes. L'autre société de capitaux, dite « anonyme », a eu très peu de succès. Il faut dire que le Code avait prévu une procédure d'autorisation préalable et que la jurisprudence du Conseil d'État, autant que l'attitude de l'administration, était finalement dissuasive. Les esprits n'étaient pas préparés à ce qui apparaissait comme une perte de pouvoir, une dilution de responsabilité. L'ingénieur des mines Beaunier, qui fut l'un des acteurs essentiels de l'industrialisation stéphanoise, ne déclarait-il pas en 1828 : « L'association anonyme, merveilleusement appliquée aux constructions des routes, des ponts, des canaux, est moins favorable aux entreprises dans lesquelles il s'agit d'acheter, de fabriquer, de vendre et enfin de trafiquer » ? Le succès ultérieur des SA dans les chemins de fer ne devait pas le démentir. De 1817 à 1867, 617 sociétés anonymes virent le jour. Au nombre de celles-ci, figurent, par exemple, la Société anonyme des houillères et fonderies de l'Aveyron (à l'initiative du duc Decazes, en 1826), la Compagnie des houillères, fonderies et forges d'Alais (maréchal Soult, 1829) ou la Compagnie de Saint-Gobain, en 1830. Dans ce dernier cas, il s'agit d'une transformation. Il n'est pas rare, en effet, qu'une entreprise change de statut sociétaire pour mieux ajuster son cadre juridique à ses besoins. La société anonyme apparaissait de plus en plus comme l'instrument le mieux adapté au drainage massif des capitaux. L'autorisation préalablc fut levée, en 1863, pour les sociétés dont le capital était inférieur à 20 millions. La loi de 1867 la révoqua entièrement. Dès lors, la grande industrie fit son choix : on passa brusquement de dix ou vingt sociétés anonymes par an à plus de deux cents. C'est le moment où la sidérurgie lorraine – sauf Wendel et quelques autres... – choisit de suivre le mouvement. Frédéric Kuhlmann, lui aussi, franchit le pas. Il transforme son entreprise en société anonyme, au début de 1870. C'est la quatrième mutation de son affaire, fondée en commandite par actions, devenue une commandite simple et rétablie en commandite par actions ! Souplesse des institutions.

Le démarrage : la famille d'abord
L'entreprise industrielle, au XIXe siècle, est une affaire de famille, qui trouve dans cette cellule primordiale compétences et argent. Les sociétés de capitaux – qui ne sont d'ailleurs pas toutes étrangères aux circuits familiaux – ne doivent pas brouiller la vue ; le plus grand nombre des entreprises évoque l'histoire d'une famille. Antoine-Joseph Scrive de Lille associe son fils aîné, en 1833, à la direction de la fabrique de cardes qu'il tient de son père. En 1836, une nouvelle société réunit le père, l'aîné et le deuxième fils. Sept ans plus tard, Antoine-Joseph crée une société, avec son quatrième fils, pour exploiter une filature de lin, dont il est propriétaire depuis 1834. Enfin, en 1845, une société établie entre les six fils d'Antoine-Joseph réunit toutes les activités (Frédéric Barbier). Le schéma n'a rien d'exceptionnel. Les entreprises textiles du Nord abondent en cas analogues, mais il n'y a pas, en la matière, de spécificités régionales. Le patronat mulhousien repose, lui aussi, sur une forte assise familiale. Les Koechlin, les Schlumberger, les Dollfus, pour ne prendre que les plus notables, illustrent parfaitement l'adéquation de l'entreprise et de la famille. À Rouen, autre patronat cotonnier, même inclination. La famille nucléaire peut suffire à diriger une affaire, non à la financer. Les sociétés en nom collectif ou en commandite simple s'adressent d'abord à la famille élargie, aux oncles, aux cousins, aux

alliés. Le mariage est l'alliance de deux beaux-pères. Cette vérité d'Ancien Régime guidera longtemps la conduite des industriels. Louis Motte, fils d'un filateur de Roubaix, a épousé en 1841 Adèle Bossut. Il fonde en 1843 une filature de coton sous la raison sociale de « Motte-Bossut et Cie » avec son oncle et son beau-frère. Ernest Gouïn, qui crée en 1846 une entreprise de construction de locomotives en commandite par actions, a épousé la fille du baron Abraham-Édouard Rodriguès-Enriquès. Il peut joindre ainsi dans sa société l'argent et les relations de son beau-père, négociant-banquier à Paris, avec les moyens et le crédit de son père, manufacturier textile à Nantes, issu d'une « puissante famille de banquiers de Tours » (Dominique Barjot). Les débuts du teinturier lyonnais François Gillet, en 1838, ont été presque entièrement financés par son beau-père. Les unions n'ont pas pour seule fonction d'agrandir le réseau. Elles ont aussi pour rôle d'éviter la dispersion du patrimoine. D'où parfois ces mariages consanguins qui « renchaînent » les alliances. L'histoire de François-Joseph Barrois, filateur de coton à Lille, et des siens, est celle d'une politique matrimoniale très subtile que la société de 1822 vient couronner (Pierre Deyon et Jean-Pierre Hirsch). L'endogamie industrielle atteint sa perfection chez le patronat mulhousien. Sur vingt mariages des enfants et petits-enfants de Pierre Schlumberger de Löwenfels, entre 1830 et 1870, quinze se sont faits à l'intérieur du patriciat local. Un dirigeant de la maison Gouvy, grands « barons du fer » lorrain, défendait, en 1900, le principe de l'entreprise familiale : « C'est une garantie sérieuse pour la qualité des produits et la régularité de la fabrication, car, tout en perfectionnant les procédés et en étendant les affaires, la maison ne s'écarte pas des vieilles traditions léguées de père en fils depuis un siècle et demi » (cité par Jean-Marie Moine). On voit que la notion de patrimoine s'est singulièrement enrichie.

La famille n'est pas tout, si elle est beaucoup. L'entrepreneur débutant doit souvent dépasser ce premier cercle et aller chercher, au-delà, des ressources nécessaires. Le point de départ de bien des entreprises est l'alliance d'un technicien et d'un bailleur de fonds, un proche souvent, mais pas toujours. Le modèle parisien, tel que l'analyse Louis Bergeron, combine l'argent du négoce et le savoir-faire d'un manufacturier. Le premier est parisien, pas nécessairement l'autre : des fabricants du Puy, de Saint-Étienne, de Saint-Quentin, dans le cas des tissus et vêtements, des raffineurs de sucre et autres industriels de la transformation alimentaire ont réussi à lancer leur affaire grâce au grand négoce de la capitale. Ailleurs aussi, le commerce a « sué du capital ». L'industrie a bénéficié de cet « argent en rut qui s'agite pour se multiplier » (Jules Janin). Le négoce lyonnais, comme celui de Lille, a largement participé à l'aventure industrielle. Tout argent est bon à prendre ; il n'est pas besoin d'être très fortuné pour contribuer au démarrage d'une entreprise. Jean-Pierre Daviet énumère les commanditaires d'une verrerie de Marchiennes (Nord) en 1866. Figurent, entre autres, six ouvriers, des cultivateurs, un meunier, un marchand de vaches, un hôtelier. Quand des liens d'amitié ou de voisinage n'étaient pas en jeu, les notaires servaient de relais. Est-ce à dire que les banques ont failli ? Alain Plessis a montré, avec d'autres, qu'il n'en était rien. La grande banque parisienne et les maisons d'audience locale ont travaillé au financement d'entreprises, dès la Restauration. Reprenons l'exemple de la Société des établissements Ernest Gouïn. On trouve parmi les actionnaires les banquiers Delahante, Delessert, Thurneyssen, Eichtal, Hottinguer, Fould, Hochet et le baron James de Rothschild. La maison Seillière, déjà présente en sidérurgie par les forges de Bazeilles, participera à hauteur de 3 millions de francs dans la nouvelle société du Creusot (1836), qu'ils appelaient « notre grande et immense affaire ». Les banquiers strasbourgeois n'ont jamais dédaigné la commandite industrielle, que ce soit en sidérurgie (De Dietrich) ou dans le textile. Les banques du Nord ont pareillement soutenu des entreprises nouvelles. La banque Decroix fut ainsi commanditaire de hauts-fourneaux, de sucreries et du peignage de laine d'Amédée Prouvost. Le Crédit mobilier des frères Pereire (1852) voulait être, en quelque sorte, la banque de l'industrie. Son échec, dont les raisons sont multiples, n'était pas celui de la profession. Il avait toutefois valeur d'alarme. Pour s'être risqué dans l'aventure de la fuchsine, le jeune Crédit Lyonnais, d'Henry Germain, y a perdu de l'argent et du crédit. L'un des directeurs avait tiré la leçon de cette méprise lorsqu'il disait en 1874 : « Ce n'est pas notre métier d'être des entrepreneurs, mais de prêter aux entreprises en leur laissant les risques. »

La dernière option était de faire appel à l'actionnariat le plus large, par la voie d'une société anonyme. On a dit les difficultés juridiques, jusqu'en 1867, de cette solution. Mais il fallait vaincre aussi la répugnance des industriels. « Nous sommes des fabricants sérieux, disait Scrive-Labbé en 1838, nous ne vivons pas sur des actions au porteur, nous ne voulons pas jeter aux chiens un nom qui compte déjà honorablement parmi les industriels. » D'autres s'y sont résolus. En 1827, l'entrepreneur de la papeterie du Marais, près de Coulommiers, transformait son affaire en société anonyme. Outre le papetier lui-même, 62 actionnaires ont été recrutés. Il s'agit pour l'essentiel, indique Nathalie Jouannet, « de hauts dignitaires de l'État, en particulier dans le domaine des finances ». Chez Saint-Gobain, la société anonyme de 1830 évoque nettement le passé de l'entreprise. Les Genevois continuent d'être un groupe important ; la noblesse parisienne tient également un fort paquet d'actions (respectivement 23 % et 21, 5 % du capital). Le pouvoir réel appartient aux administrateurs, les actionnaires n'étant pas assez impliqués dans leur fortune pour vouloir intervenir. Contrairement à l'opinion pessimiste de Scrive-Labbé, des familles garderont aussi le contrôle de leur affaire, malgré sa transformation en société anonyme. Frédéric Kuhlmann, sa famille et ses amis ont parfaitement réussi ce passage, en 1870. Bien des entreprises de la sidérurgie lorraine sauront faire du conseil d'administration un « monopole de famille à peine entrouvert » (Jean-Marie Moine).

La croissance : compter sur ses propres forces ?
Quel que soit le statut de l'entreprise, elle ne peut prospérer qu'en limitant au minimum le recours au crédit. Tel est l'axiome généralement admis au XIXe siècle. Eugène Schneider l'exprime en ces termes : « L'indépendance et la liberté d'action sont des éléments sur lesquels se fondent parfois les meilleures affaires. » De fait, les entreprises qui ont le mieux réussi ont pratiqué un autofinancement « presque forcené », pour reprendre la formule que Bertrand Gille a appliquée aux grandes firmes sidérurgiques, vers 1845. Vu du Crédit Lyonnais, en effet, l'effort est important. Eugène Schneider se félicite en 1867 de la baisse de sa « dette flottante ». Les Aciéries et Forges de Firminy ont passé 3,4 millions de bénéfices en amortissements, entre 1859 et 1873. Les Fonderies et Forges de Terrenoire n'ont pas distribué de dividendes entre 1866 et 1871 (Jean Bouvier). À Fourchambault ou chez De Dietrich, l'incorporation d'une grosse part des bénéfices au capital est de règle. Dans l'industrie cotonnière mulhousienne, la même rigueur prévaut. Parfois, des dispositions statutaires évitent toute dérive laxiste aux dirigeants. Les sociétés de personnes prennent l'habitude de laisser les gains sur comptes courants. Les sociétés anonymes les placent en réserve. L'austérité des uns, la prudence des autres consolident, dans les bonnes années, l'autonomie des affaires.

L'autarcie financière relève du mythe. Chaque entrepreneur est confronté à des besoins de trésorerie, à des occasions de développement. Le financement extérieur peut alors devenir indispensable. Quand François de Wendel rachète Hayange (1803) et acquiert Moyeuvre (1811) et que son fils Charles édifie des hauts-fourneaux à Stiring (1846), les Seillière avancent une partie de l'argent nécessaire, inaugurant des relations qui n'ont plus cessé. Ces emprunts obligataires aident une entreprise à faire face à des investissements lourds. Le passage au procédé Bessemer et plus généralement la modernisation des installations sidérurgiques dans les années 1860 ont imposé l'endettement. Entre 1863 et 1866, Le Creusot est constamment débiteur de 4 à 5 millions à l'égard de la banque Seillière (Jean-François Belhoste et Henri Rouquette). Le Crédit Lyonnais, également créancier du Creusot, soutient en même temps Terrenoire. Les grands filateurs, de leur côté, sont aussi demandeurs de crédit pour accroître leurs capacités productives. Les capitaux des banques et du négoce – la distinction est parfois formelle – y pourvoient. Le crédit courant se pratique par escompte des effets de commerce ou par découverts. Les grandes entreprises trouvent sans difficulté ce genre de concours. En revanche, celles qui ont une surface financière modeste n'y ont pas accès et doivent se rabattre sur des crédits beaucoup plus coûteux. Cette disparité structurelle se double d'une inégalité régionale. Là où les capitaux accumulés dans le négoce ou dans des activités fabricantes sont abondants et sans perspectives d'emploi plus rémunérateur, le flux de crédit suffit aux besoins. Les grandes villes et les pôles marchands accueillent volontiers la clientèle industrielle. Lyon, cette « ville des épargnes surabondantes » (Jean Bouvier), Lille, Strasbourg ou, bien sûr, Paris représentent ce premier type. Au contraire, certaines zones sont défavorisées parce que les capitaux s'y mobilisent difficilement pour l'industrie. Si les besoins en capitaux sont élevés, la pénurie relative menace l'existence même des nouvelles entreprises. Les malheurs des Houillères de La Grand-Combe et des Fonderies d'Alais dans les années 1830 découlaient, pour l'essentiel, de cette distorsion. Enfin, l'absence, dans la plupart des régions, de succursales de la Banque de France a probablement freiné le mouvement des affaires puisque le refinancement des banques locales se révélait impossible. Sous la double pression du gouvernement impérial et des élites économiques locales, la Banque de France s'est efforcée de rattraper son retard. Elle a 74 succursales en 1870.

Les origines du patronat

Le négoce et la terre

L'accumulation primitive qui précède l'entrée en industrie est presque naturellement issue de la marchandise ; le père de l'entrepreneur ou ce dernier lui-même est passé par là. Sur les 182 filateurs établis entre 1815 et 1840 et dont Serge Chassagne a retrouvé l'origine socioprofessionnelle, 35 % viennent de la sphère marchande, soit autant que de fils d'industriels. Au plus près de la production, un sous-groupe se dessine, celui des marchands-fabricants. La proto-industrie textile se mue en industrialisation, l'usine remplace la manufacture dispersée et le marchand-fabricant devient patron. Jean-Georges Noblot, qui épouse en 1807 la fille du fondateur d'une fabrique de siamoises à Héricourt, est issu d'une lignée de marchands-fabricants tisserands. Après s'être laissé tenter par la fabrication de l'acier, il rejoint son beau-père. L'entreprise prend en 1811 la raison sociale de Méquillet-Noblot (Claude Fohlen). Jean-Baptiste Motte, dit Motte-Brédard, est le fils d'un marchand-peigneur de Tourcoing. Il fonde une filature de coton à Roubaix. Ses trois fils, Motte-Bossut, Motte-Desurmont et Motte-Grimonprez, seront à l'origine de puissantes entreprises textiles. Dernier exemple illustre, les Pouyer-Quertier. Auguste-Florentin Pouyer, né dans une famille de cultivateurs et de fabricants d'Étouville, s'installe à Rouen après son mariage, en 1819, avec Euphrasie Quertier. Dès lors, il se fait marchand-fabricant de toiles. L'étape suivante, celle de la « filature et tissage » du coton, est ratée. La société fondée à Sotteville en 1834 est dissoute au bout de huit mois. Mais le négociant aidera son fils Augustin-Thomas à établir une filature à Fleury-sur-Andelle, point de départ d'une carrière météorique. Le commerce du produit est une bonne propédeutique à sa fabrication, hors de tout lien proto-industriel. Donat Agache, fils d'un cultivateur, passa du négoce du lin (1820) à la filature (1828), en étant ainsi à l'origine d'une grande entreprise lilloise. Dans le Nord encore, Victor Charvet, fils d'un négociant en tissus, quitta la maison de commerce lilloise pour créer à Armentières, en 1854, un tissage mécanique de lin. Une identique remontée vers l'amont a conduit un marchand de verre franc-comtois, Xavier Fouillot, à acheter en 1858 la verrerie de La Rochère, où il s'approvisionnait. Le commerce des métaux est riche d'histoires semblables. Retenons deux familles phares, les Frèrejean et les Boigues. Les premiers dirigent, à la veille de la Révolution, une très vieille maison de commerce du cuivre lyonnaise (Pierre Cayez). Ils ont déjà commencé à s'intéresser à la fonderie et au laminage de ce métal. La Révolution interrompt leurs projets, mais non, semble-t-il, leur enrichissement. Dès 1803, ils installent à Vienne une usine polymétallique (cuivre, fer, zinc). En 1812, ils acquièrent les mines de fer de La Voulte, futur pôle de la sidérurgie au coke. Une société en commandite (1819) transformée en société anonyme (1821) contrôle un vaste ensemble métallurgique et minier. La maison Boigues exerce le commerce du fer et de la banque à Paris, à la fin du XVIIIe siècle. Sous l'Empire, elle a des participations dans la Compagnie des forges de Toulouse et dans l'usine métallurgique de Montataire. Deux affaires avortées. Le vrai démarrage industriel de Louis Boigues se situe sous la Restauration. 1816 : installation d'une fonderie de cuivre à Imphy, la nouvelle frontière ayant coupé la maison de son approvisionnement sarrois. 1819 : rachat du bail des forges de Trézy et Grossouvre (Cher) dirigées par Georges Dufaud. 1821-1823 : Louis Boigues, associé aux marchands de fer parisiens Paillot et Labbé, fait construire à Fourchambault une grande forge à l'anglaise, qu'il confie au même Dufaud. Jusqu'à sa mort en 1838, Louis Boigues, qui a commandité Émile Martin pour la fonderie de Fourchambault, multiplie, en Berry et dans la Loire, ses participations sidérurgiques et charbonnières. Est-il surtout un financier en quête de placements ? S'il est vrai qu'au Creusot il n'apparaît que comme actionnaire, à Fourchambault il est le « chef de l'usine » (avec Dufaud), selon le mot du préfet lors de la grève de 1837. Il avait pressenti dès 1822 le triomphe du capitalisme industriel.

« Les marchands de fer en gros, écrit-il, seront... les maîtres de forges eux-mêmes. » Ce marchand « quand l'industrie a reçu un grand développement, perd toute son importance et, au lieu d'être un intermédiaire utile, il n'est plus qu'un entremetteur parasite... » (cité par Guy Thuillier). Ce rapide inventaire n'évoque pas l'ensemble des situations où la marchandise a fait naître la manufacture. Il faudrait, par exemple, y introduire tous les « marchands-merciers » ou « négociants » sans autre qualificatif dont le fils a créé une entreprise. La terre, aussi, est une ressource pour les industriels débutants. Bien des enfants de « propriétaires » ont bénéficié de ce type de capitaux ou au moins d'un solide gage hypothécaire. Qu'en est-il des paysans, si présents, par exemple, dans le démarrage industriel du Nord ? (Frédéric Barbier.) Quelques cas s'expliquent facilement. Le cultivateur est déjà brasseur ou sucrier (père et beau-père de Ferdinand Béghin) ; un parent ou un allié est filateur (Dansette, Delattre, Loyer). La mention de la profession de « cultivateur » recouvre de grandes disparités de fortune. Pierre Dumont, cloutier et maître de forges, est le fils d'un cultivateur qui a laissé plus de 116 000 francs à son décès en 1829. D'autres semblent beaucoup moins aisés. Mais comment comprendre l'ascension d'un François Salles, fils de journalier et grand tisseur de coton à La Ferté-Macé, dans les années 1860 ? Le saut, de toute façon, est grand qui amène Émile Protat, issu d'une lignée de paysans viticulteurs, à acheter avec son frère les deux imprimeries de Mâcon (1849 et 1854). L'esprit d'entreprise est ici synonyme de rupture, de déracinement.

Des techniciens

Diriger une entreprise implique la maîtrise d'un savoir-faire. C'est pourquoi, dans les sociétés en nom collectif comme dans les commandites, les bailleurs de fonds ont besoin d'experts, porteurs d'un capital technique.

Cette filière technicienne d'accès au patronat connaît plusieurs variantes. La plus proche du monde proto-industriel concerne les artisans. On la saisit dans la sidérurgie ardennaise du début du XIXe siècle. Nicolas Gendarme était maître ferronnier (cloutier) quand il acheta en 1806 le haut-fourneau de Vrigne-aux-Bois. Devillez-Bodson, qui achète une forge en 1807 et construit plusieurs usines pendant la Restauration, est issu d'une famille de maîtres platineurs à Bazeilles. Frédéric Japy est le fils d'un maréchal-ferrant et serrurier du pays de Montbéliard. Il installe à Beaucourt, en 1777, une fabrique d'ébauches d'horlogerie. Certains de ces ouvriers très qualifiés ont fait étape chez les autres avant de créer leur entreprise. C'est le modèle Oberkampf. Le groupe des industriels du coton étudiés par Serge Chassagne en compte 12 %. À l'intérieur de cet ensemble, les indienneurs comptent 17 % d'anciens ouvriers dans leurs rangs, ce qui confirme qu'ici le savoir-faire est particulièrement valorisé, et le capital, minimisé. L'industrie mécanique parisienne est dominée dans les années 1850 par une poignée de *self-made men*, Cail, Cavé, Decoster, Farcot. Le premier, surtout, a accompli une carrière remarquable.

Fils d'un charron des Deux-Sèvres, il entre en 1824 dans les ateliers de constructions mécaniques de Derosne, à Paris. Il est associé à l'affaire vers 1834 et en prend la tête à la mort de Derosne en 1846. Souvent ces ouvriers talentueux et ambitieux ont occupé l'emploi de contremaître qui les a préparés aux fonctions d'autorité. Leur apprentissage est donc très complet. Ce qui les rassemble aussi, c'est un intérêt très vif pour l'innovation technique et le souci d'apprendre sans cesse. Cependant, leur compétence est d'autant plus utile à leur avancement qu'elle les rend indispensables à leurs employeurs. Un Joseph Bouchayer, fils d'un « pauvre cloutier » des environs de Grenoble, serait-il devenu entrepreneur de constructions mécaniques, en 1870, si, en plus de ses mérites, il n'avait pas épousé la nièce de son ancien patron ? Georges Poull a conté l'histoire édifiante de Nicolas Claude, né en 1821 d'une famille modeste, qui sera dans les Vosges cinquante ans plus tard un grand manufacturier ainsi qu'un homme politique influent. Entre-temps, il a été précepteur des deux fils de Jean Thiébaut Géhin, manufacturier à

Saulxures-sur-Moselotte, puis contremaître dans cette usine. Le manufacturier meurt en 1843 ; Nicolas Claude monte dans la hiérarchie de l'entreprise jusqu'à en devenir le directeur général. La veuve, qui a perdu ses deux fils en 1868 et 1869, l'associe à la société et en fait son « légataire presque universel ». À la mort de Mme Géhin, en 1876, il hérite des usines et de l'essentiel d'une fortune estimée à 15 millions de francs. Une nièce a eu le château et divers biens. Nicolas Claude l'épouse ; le patrimoine des Géhin est désormais réuni dans ses mains.

L'industrialisation sécrète ses propres techniciens qui participent à la genèse du patronat moderne. L'autodidacte, qui doit tout son savoir à l'apprentissage et à l'expérience, n'est plus, à la mi-XIXe siècle, aussi représentatif qu'avant. Il cède progressivement la place aux diplômés, aux ingénieurs. Certains d'entre eux accèdent à la propriété et au pouvoir industriels. Le phénomène est frappant dans les plus récentes et les plus grandes des entreprises, celles qui requièrent une culture scientifique et des connaissances techniques inédites. Un ancien polytechnicien, Cabrol, proposa ses services en 1826 à la nouvelle Compagnie des forges de l'Aveyron. Le duc Decazes le recruta comme directeur. Cabrol prit de plus en plus de poids dans la société, qui dut traiter avec lui, en 1835, pour obtenir son brevet de soufflage à l'air chaud. Sa position forte de technicien lui valut d'abord d'être intéressé aux bénéfices, puis d'être associé au conseil d'administration, dont il fut nommé président en 1860. Sorti lui aussi de Polytechnique, Paulin Talabot eut successivement des activités d'ingénieur des ponts et chaussées, de directeur des mines de La Grand-Combe (1837), de constructeur de voies ferrées. Il participa avec ses frères Léon et Jules au rachat des forges d'Anzin (1847) et devint en 1852 directeur du PLM. C'était, au plus haut niveau, la fusion de l'esprit d'entreprise et de la culture technique. Celle-ci n'allait pas chez les Talabot jusqu'à la recherche innovatrice. Au contraire, Émile Martin, dont Paulin Talabot soutiendra la carrière, a compris que recherche scientifique et développement industriel avaient partie liée. Cet ancien polytechnicien voudra progresser dans deux domaines, les ponts métalliques, les rails de chemins de fer. Au vrai, dans le premier cas, c'est son fils Georges qui imaginera les solutions ; dans l'autre, la percée sera faite par l'autre fils, Pierre-Émile. Mais le « procédé Martin » doit à sa persévérance d'entrepreneur d'avoir abouti.

Portrait de groupe vers 1860

Anciens et nouveaux

Le patronat du second Empire combine plusieurs types de filiation. Des études prosopographiques (Alsace : Michel Hau ; Nord : Frédéric Barbier et Jean-Pierre Hirsch ; Bourgogne : Philippe Jobert ; Franche-Comté : Jean-Luc Mayaud ; Normandie : Jean-Pierre Chaline et Dominique Barjot) aident à démêler la complexité de ce groupe. En effet, réalités et mythes s'entrecroisent si bien que la société patronale se prête à des lectures multiples. Tantôt on est sensible à la longue durée des entreprises familiales les plus connues qui, vers 1860, ont déjà trois générations ou davantage derrière elles. Il est vrai que l'historiographie la plus récente a combattu l'illusion d'une rupture décisive du milieu patronal au cours de la Révolution. Gérard Gayot, par exemple, a défendu l'idée d'une large continuité des entreprises jusqu'au début des années 1840, dans le Sedanais. Le renouvellement radical du milieu des affaires lyonnais, après la Révolution, ne serait que la traduction d'un événement exceptionnel : le siège de la ville suivi de la punition des élites. En somme, ceux qui auraient su « caler la voile » ou profiter de l'occasion auraient survécu et, pour certains, prospéré. Tels ces Saglio, négociants strasbourgeois enrichis sous la Révolution par la spéculation et la contrebande, qui ont fait souche dans l'industrie. Même si, à la coupe de 1860, l'origine anté-révolutionnaire se fait rare, le modèle dynastique demeure prégnant. Il faut toutefois prendre garde à ne pas surinterpréter les données. L'essentiel de l'information concerne la couche supérieure du patronat. Ses moyens de départ et ses capacités financières durables lui confèrent une garantie de continuité à travers les générations que les petites et moyennes entreprises n'ont pas. Si l'on pouvait embrasser toute la plèbe patronale, le pourcentage d'héritiers diminuerait notablement. Le renouvellement du groupe et son instabilité aussi sont certainement plus prononcés qu'on ne l'a cru, au vu d'un échantillon restreint. Sur les 4 000 faillites recensées en 1860, combien de patrons qui n'ont fait que passer !

Faut-il, dès lors, insister plutôt sur les *self-made men* dont la réussite est souvent donnée en exemple, dans la seconde moitié du XIXe siècle ? Ces fils de personne, qui se sont fait un nom, ont fasciné leurs contemporains, bien que leur histoire ait pu être embellie pour l'édification des foules. Pouyer-Quertier, on l'a dit, n'est pas fils de ses œuvres ; il a bénéficié d'une accumulation antérieure. Mais son ascension fulgurante, ce succès sans postérité, ont légitimement impressionné au point d'enjoliver quelque peu le récit. Également normands, les cotonniers de La Ferté-Macé, outre François Salles déjà cité, sont pour la plupart d'origine modeste. « Le père de Bernier était teinturier, celui de Bobot n'était que tisserand. Rallu père fabriquait des rubans et des sangles » (Gérard Bourdin). Plus spectaculaire encore, l'aventure d'Émile Duhazé. Fils d'un colporteur d'Athis, il s'installe à Flers comme fabricant à la main en 1858. En 1876, il fonde une usine de tissage, appelée à un essor rapide. « C'est à pas de géant que le petit ouvrier est devenu le grand patron », écrit le *Journal de Flers,* à sa mort en 1909. À nouveau, il ne faut pas être dupe de la monographie. Jean-Pierre Chaline, parlant du « mythe normand » des *self-made men* s'interroge : « Combien d'échecs à côté de ces éclatants succès ? » La nature de l'industrie, c'est-à-dire son ancienneté et le niveau du capital requis, détermine les possibilités d'accès à une branche donnée et indique son degré d'ouverture. Mais la structure ne décide pas de tout. Au fond, la variable régionale est la plus pertinente ; la diversité patronale s'enracine dans les terroirs.

D'abord, le cas alsacien. Michel Hau a établi la part de chaque génération parmi les dirigeants des grandes entreprises industrielles. Voici les données qui encadrent notre coupe :

Rang de la génération	*1845 (%)*	*1885 (%)*
1er	29	7,1
2e	32,3	14,3
3e	32,3	39,3
4e	6,4	25
5e		14,3

La longévité, déjà remarquable, des firmes alsaciennes s'accroîtra jusque entre les deux guerres mondiales. Ce patronat héréditaire a bénéficié d'une double chance : l'importance du patrimoine préalable et la précocité du démarrage industriel dans la région. En outre, il a mené une politique matrimoniale de stricte endogamie, qui a verrouillé les fortunes, et a entretenu une tradition de familles prolifiques fournissant à chaque génération l'encadrement industriel nécessaire. Les Dollfus, Schlumberger, Koechlin et Mieg ont su moderniser dans la continuité et changer l'entreprise pour ne pas en être dessaisis. À l'autre bout de la chaîne, le patronat normand. Un « patronat sans dynasties » ? On pourrait le croire en sachant que 72 % des industriels normands, en 1855, sont des entrepreneurs de la première génération. Beaucoup, surtout parmi les filateurs, empruntent à la tradition du marchand-fabricant – si puissante dans la région – un comportement détaché à l'égard de l'industrie. On s'y livre volontiers, mais on en sort sans peine. Ces industriels éphémères ne voient pas dans leur métier une profession à transmettre, mais un moyen de faire fortune. La loi des trois générations – la première crée, la deuxième développe, la troisième clôt – s'appliquerait mieux ici qu'ailleurs. Jacques-Juste-Bonaventure Barbet, héritier d'un « samoisier-barbouilleur de toiles » de Bolbec a créé une manufacture d'indiennes près de Deville, en 1784. Ses fils poursuivent cette activité, associée, à Rouen, au commerce des toiles. L'un, Barbet de Jouy, se détache assez vite de l'emprise rouennaise pour s'occuper, de façon malheureuse, de la manufacture d'Oberkampf et se livrer à la spéculation immobilière dans la capitale. Le plus jeune, Louis-Auguste, investit dans la terre et, dès 1824, se dit « vivant de son revenu ». Reste Henry, qui dirige l'affaire. Mais il prépare son passage à la notabilité. Maire de Rouen en 1830, député puis pair de France sous la monarchie de Juillet, l'industriel investit dans l'immobilier : une propriété de 196 hectares, deux massifs forestiers de près de 400 hectares, un domaine en Sologne de 1 000 hectares. Il se retire des affaires en 1858. Un de ses fils liquide l'entreprise en 1863. À la fin de l'Empire, tous les Barbet se diront « propriétaires ». L'aventure de cette « dynastie écourtée » ne doit pas laisser croire que, vers 1860, l'instabilité est la règle dans le patronat rouennais. Au contraire, explique Jean-Pierre Chaline, celui-ci commence à adopter un comportement dynastique. Sous les coups de la « crise cotonnière » venue d'Amérique, les entrepreneurs se sont fermés et même consolidés, pour ceux qui ont pu tenir. Le manufacturier normand, « âpre et marchand » selon le mot d'un magistrat en 1863, pressé de quitter les tracas de la fabrique, s'est mué en industriel attentif à la durée.

Avoir et paraître

La fortune de la génération d'industriels en activité sous le second Empire paraît extrêmement variable. Soit deux patrons textiles en Haute-Normandie : Levavasseur, à Bolbec, est crédité de 32 millions de francs, et Flavigny, à Elbeuf, de 20 000 francs. Cet écart fixe probablement les limites du groupe. Toutes les situations intermédiaires sont représentées, mais l'historiographie a concentré son attention sur la couche supérieure de sorte que les plus modestes sont aussi les moins bien connus. Pourtant, on pressent que certaines branches – textiles, matériaux, industries d'art et de luxe – ont abrité une foule de patrons peu aisés. À La Ferté-Macé, vers 1865, la très grande majorité des entrepreneurs ne payent pas 100 francs de patente. Si l'on se tourne vers le haut du tableau, les multimillionnaires sont encore très rares. La veuve de François de Wendel a certes des biens évalués à 28 millions de francs en 1858 et Eugène Schneider aurait 30 millions de francs en 1870. Situation d'exception. Les cinq plus grosses fortunes industrielles de Haute-Normandie font une moyenne de 8,7 millions de francs, selon Dominique Barjot, qui souligne les contrastes interrégionaux dans ce groupe de tête. En effet, les cinq plus riches industriels de Basse-Normandie n'atteignent, en moyenne, que 1,4 million de francs et ceux du Maine et de l'Anjou, 0,5 million.

Dans le Nord, la fortune modale des cent principaux patrons du second Empire se situe dans la tranche de 1 à 2,5 millions de francs. 34 % d'entre eux ont plus de 1 million ; 25 %, moins de 25 000 francs. Ces industriels millionnaires témoignent du progrès accompli en deux générations par l'activité manufacturière : à la fin du XVIIIe siècle, Poupart de Neuflize, riche de 3 millions à sa mort en 1793, n'avait sans doute pas d'équivalent. Mais les industriels n'ont pas encore rejoint les sommets. Les grandes fortunes foncières dominent, par exemple, en Lorraine, celles des « barons du fer ». Le plus riche de ces derniers, Charles de Wendel, a un revenu estimé à 60 000 francs en 1855, tandis que le revenu de son gendre, Théodore de Gargan, très grand propriétaire terrien, correspondrait à plusieurs centaines de milliers de francs. L'état des lieux, que nous fournit la coupe de 1860, représente le moment où les fortunes industrielles commencent à changer d'échelle (Louis Bergeron). Dans la seconde moitié du XIXe siècle, les fortunes se comptant par dizaines de millions ne seront plus aussi rares. Plus frappante sans doute que le niveau de fortune, la vitesse de l'enrichissement. En Normandie, la génération de nos entrepreneurs a progressé de 70 % sur celle de ses parents. Les études régionales nous livrent quelques trajectoires remarquables. Outherin-Chalandre, papetier à Geneuille (Doubs), disposait de 25 000 francs, à son mariage. Sa fortune au décès, en 1875, se montait à 5 891 000 francs. Antoine Maître, spécialisé dans la reliure industrielle à Dijon, réunissait 3 600 francs, avec la dot de sa femme, en 1831. À sa mort, en 1871, les biens de la communauté dépassaient le million de francs. Pierre Schlumberger de Lövenfels, fondateur de la dynastie, laissa à sa mort, en 1830, un avoir net de 120 000 francs. Son troisième fils, Nicolas, filateur de coton, avait à sa mort, en 1867, 17 780 000 francs. Terminons le palmarès par Jean-François Cail. À son second mariage, le fils du charron a déjà bien réussi puisqu'il apporte à la communauté 20 000 francs. On mesure l'étendue de son triomphe en sachant que sa succession, en 1871, est de 21 519 000 francs. La fortune est à la fois le résultat du travail, un moyen de pouvoir et un élément de prestige. Comment nos industriels la manifestent-ils ? On pourrait leur appliquer la remarque de Jean-Luc Mayaud sur Outhenin-Chalandre : ils tiennent leur rang sans luxe ostentatoire. Tenir son rang, quand on est industriel en 1860, c'est vivre dans une demeure de qualité. Le château, qui s'implantera à tant d'exemplaires dans les années 1880 (de style néo-médiéval), n'est pas encore une obligation sociale. Mais il est toutefois répandu. Soit l'industriel en hérite, comme beaucoup de maîtres de forges. Les de Buyer, à La Chaudeau (Doubs), bénéficient d'un élégant château construit à la fin du XVIIIe siècle, et les Jobez habitent à Syam (Jura) la villa palladienne bâtie sous l'Empire. D'autres font construire pour signifier leur réussite. Ainsi Thomas Waddington, dans la banlieue de Rouen, les Laniel et tant d'autres industriels normands : un tiers d'entre eux ont un château, sous le second Empire. Un autre parti, qui n'exclut pas le précédent, consiste à bâtir en ville. L'hôtel particulier se porte bien. Cail s'est ainsi offert un splendide hôtel (l'actuelle mairie du VIIIe arrondissement) dont le mobilier fut évalué à sa mort à plus de 114 000 francs. Il n'atteint pas le record de Lefebvre-Ducatteau, peigneur roubaisien, dont le mobilier fut estimé en 1876 à 248 000 francs. Il y avait, entre autres, six voitures et de nombreux tableaux. Dans le même ordre d'idées, mais plusieurs crans au-dessous, Aimé Lamy, industriel en lunetterie à Morez, avait un intérieur somptueux, plein de vastes miroirs, de tapisseries d'Aubusson, de vaisselle de Baccarat. En fin de compte, ce luxe est minoritaire. Avoir un château ne signifie pas mener une vie de château. Ces patrons en activité consacrent douze heures et plus par jour à leur usine et considèrent, pour la plupart, que le style de vie doit exprimer l'aisance (voire rassurer les banquiers…), non la précéder. S'il faut paraître, d'ailleurs, pourquoi ne serait-ce pas au travers de l'usine ? La « filature-monstre » de Motte-Bossut à Roubaix suffit à la démonstration ; le train de vie du maître est bourgeoisement ordinaire.

La tendance, donc, est à la retenue. Dira-t-on nos patrons austères ? Ce serait forcer le trait, sauf pour les Mulhousiens. Les écrivains descendants de ce patriciat, comme André Siegfried et Jean Schlumberger, ont évoqué la « nudité spartiate » des demeures de leur enfance. La sobriété est le maître mot des familles. Peu de mondanités, d'où peu de domesticité. La famille élargie cimente son unité (et son ennui…) autour des grandes tablées dominicales. Le style de vie annonce une conception de la vie.

Les patrons dans la société

Chez les industriels mulhousiens, seule la foi est ostentatoire. En bons calvinistes, ils ne séparent pas leurs convictions religieuses, leur métier et leur comportement privé. Le travail leur est une ascèse ; ils l'ont sacralisé. D'autres protestants que ces illustres cotonniers témoignent d'une foi aussi exigeante. En Franche-Comté, les frères Japy manifestent un véritable prosélytisme religieux. Constant Peugeot est, en 1866, un membre influent du « consistoire supérieur ». Les industriels israélites, qui s'affirment à partir de la mi-XIXe siècle dans le textile mulhousien, partagent avec les Schlumberger ou les Koechlin une haute idée de leur devoir d'industriels. Ils ont, comme eux, des familles prolifiques, toutes tendues vers le bien de l'entreprise. Est-ce là un trait de minorité ? Il y aurait beaucoup d'exemples d'industriels catholiques chez qui le métier se nourrit de convictions religieuses et qui ont considéré comme un devoir d'état d'être des militants de la bonne cause. La région du Nord est certainement, de ce point de vue, un lieu de forte densité. C'est une « citadelle du catholicisme militant » (Frédéric Barbier) et même de l'ultramontanisme. Nos patrons n'y détonnent pas. Le plus célèbre, à cet égard, est Kolb, devenu raffineur de sucre par son mariage en 1829 avec une demoiselle Bernard, et qui fit preuve d'un tel activisme qu'on le surnomma l'« évêque laïque de Lille ». Kolb-Bernard, peut-être pour faire oublier ses origines protestantes, fut en effet un catholique passionné. Il fonda ou présida de nombreuses confréries pieuses, comme celle de Saint-Vincent-de-Paul. Moins agités que cet industriel missionnaire mais tout aussi croyants, un Charvet, un Vrau, un Motte et bien d'autres ont vécu pleinement, publiquement leur religion. Souvent un ou plusieurs membres de ces familles se sont faits prêtres ou religieux, comme une autre vocation constamment ouverte. En énumérant ainsi les traces de ces convictions fortes, on risque de se méprendre. Ces industriels ne parlent pas pour les autres, qui ont été ni plus ni moins attachés aux Églises que leurs contemporains. Mais il reste qu'en étant, par profession, des notables et des entraîneurs, ils allaient naturellement vers une expression sociale de leur foi.

Ce raisonnement vaut-il dans le domaine politique ? Il porte au moins les patrons à diriger leur commune. Quand la cité est née de l'usine et en dépend entièrement, ce rôle leur convient parfaitement. Qui d'autre à la tête du Creusot que Schneider ou un de ses proches collaborateurs ? Cela est également évident pour Montceau-les-Mines ou Fourchambault. On comprend le choc que susciteront, dans les deux camps, les premières municipalités ouvrières. Ville-usine ou ville d'usine, les communes industrielles ont tout à gagner d'avoir à leur tête des maires-patrons. Le niveau supérieur – de conseiller général et plus encore de député – implique un choix personnel et des opinions arrêtées. Sur le premier point, il s'agit de savoir si les charges de la fonction ne détériorent pas la capacité de l'entreprise. La combinaison des structures familiales – dans le cas de Richard Waddington – et d'un encadrement étoffé – pour Jules Chagot ou Eugène Schneider – a permis de ne pas perdre ce pari. Quant aux opinions, on dira, par boutade, qu'elles étaient généralement celles du gouvernement, ce qui était bien utile pour être élu au temps de l'Empire autoritaire. Mais il est sûr que, à l'image des Japy fidèles à Napoléon, ralliés à la monarchie constitutionnelle et honorés par le second Empire, les patrons sont, en politique, des opportunistes paisibles. Il faut donc souligner le caractère exceptionnel de positions hostiles au pouvoir. On pourrait dire, en 1860, du plus grand nombre des patrons ce que l'on dit de Jean-François Cail : ils ont des « sentiments dévoués au gouvernement impérial ». Pourquoi, alors, quelques déviants ? La dissidence politique s'appuie, dans le Nord, sur la forte tradition de catholicisme légitimiste. Kolb-Bernard, cinq fois député entre 1849 et 1875, représente parfaitement ce courant que la politique antiromaine du régime exaspère. À l'autre extrême, Richard Waddington, protestant et républicain, ne parle pas seulement au nom du petit groupe de ses collègues normands de même tendance mais pour tous ceux, à Mulhouse, à Montbéliard ou à Reims, qui se reconnaissent dans son combat. La conjoncture aussi entre en jeu. Le « coup d'État douanier » de 1860 efface bien des timidités. Pouyer-Quertier, jusque-là très « gouvernemental », en devient opposant à tendance monarchiste. Le patronat stéphanois, dans sa composante la plus moderne – celle des aciéristes –, a suivi à sa manière une trajectoire symétrique, à la fin de l'Empire. D. Gordon explique que la montée du sentiment antibonapartiste et républicain chez ces entrepreneurs s'effectue par opposition à la vieille élite provinciale de propriétaires fonciers et de marchands-fabricants dévouée au pouvoir. Ces libéraux de progrès, rejoignant leurs ouvriers, enrichissent par là la coalition républicaine.

S'opposer n'est pas dans la nature patronale. En revanche, l'idée de créer un groupe de pression sur l'État pour peser dans le sens de leurs intérêts professionnels peut séduire. Encore faut-il avoir une conscience claire, à l'échelle nationale, de ceux-ci. Les années 1860 voient les progrès inégaux mais réels de ce mouvement. Les plus tôt déterminés ont été les sidérurgistes. Il faut dire que leur fabrication est pour partie destinée à l'État. Dès la fin du

XVIIIe siècle, ceux du Centre-Est se concertaient en foire de Chalon. Il faut pourtant attendre 1840 pour voir apparaître une structure nationale, le Comité des intérêts métallurgiques. Partant d'un objectif protectionniste, il tend à généraliser son action. Mais les grands de la profession restent à l'écart. Une association générale des maîtres de forges (1850) suivie d'un Comité métallurgique (1853), ce dernier suscité par Schneider, attestent un besoin, sans le remplir. Le Comité des forges de France, fondé en 1864, s'organise d'une façon beaucoup plus durable. Il a l'ambition de représenter toute la profession à l'égard de l'État et d'être ainsi, pour les pouvoirs publics autant que pour les industriels, l'interlocuteur obligé. Ce ne sera guère le cas avant les années 1880, mais le projet révèle au moins la maturation des esprits. Hors de la profession très spécifique des maîtres de forges, les patrons ont-ils commencé à se sentir un patronat ? Le point de départ nécessaire a été fourni aux industriels textiles par la question des droits de douane. Le Comité des filateurs de Lille, qu'Auguste Mimerel anime en 1824, tout comme le Comité des industries de l'Est, dont Jules-Albert Schlumberger est le secrétaire en 1835, sont nés de la revendication protectionniste. Les deux mêmes industriels seront les meneurs d'une machine de guerre antilibérale, l'Association pour la défense du travail national. Ce n'est pas pour autant la fin des particularismes. Sur d'autres sujets brûlants, comme la durée du travail, les entrepreneurs sont loin de faire bloc et de savoir utiliser le levier d'une association. Est-ce la contrepartie de leur surreprésentation dans les assemblées parlementaires ? Il semble plutôt que cette réticence à s'unir exprime bien davantage la conviction qu'ils sont, chacun dans leur entreprise, le seul maître à bord.

Les dispositions du Code de commerce n'ont pas été un obstacle à la création ni au fonctionnement des entreprises industrielles. La formule de la commandite, par exemple, a satisfait une foule de sociétés, car elle reprenait la distinction, si rassurante, des porteurs de fonds et des techniciens experts. Cependant, la société anonyme, débarrassée tardivement de ses handicaps, s'est imposée chaque fois qu'il a fallu drainer des capitaux à l'échelle nationale. La famille fournit généralement les moyens de départ, avec le renfort des proches. L'endogamie est une assurance supplémentaire ; elle ne joue pas uniquement pour la recherche des fonds, mais autorise aussi une gestion patrimoniale des entreprises. La mobilité s'estompe, à mesure que l'on avance dans le temps et dans la hiérarchie des entreprises. Toutefois, la pérennité des affaires, y compris des plus notables, n'est pas nécessairement postulée. La tentation d'abandonner, une fois fortune faite, est encore répandue. Le métier d'industriel est certainement honorable mais, peut-être, transitoire. Jusqu'aux années 1860, beaucoup pensent, à l'encontre des Mulhousiens, que l'industrie n'est pas une fin en elle-même. Qu'il soit un dynaste ou un homme neuf, l'industriel – tel qu'on peut l'étudier sous le second Empire – profite de sa fortune, mais ne l'exhibe pas. Il a peu de goût pour la politique, sauf quand la politique se mêle trop d'industrie. Sa vision des choses s'est forcément élargie puisqu'il a dû s'adapter à la généralisation des échanges. On le sent pourtant très lié, par sa famille et ses appuis, à l'environnement proche. Il existe certes des patrons ; pas encore un patronat.

4. La genèse de la classe ouvrière

Comment devient-on ouvrier ? Avant de se constituer en classe, aux frontières sociales claires et à l'identité affirmée, le monde ouvrier français a longtemps présenté de multiples facettes. De même que l'industrialisation a entretenu ou suscité des structures d'entreprises très variées, la formation du prolétariat industriel a emprunté au cours du XIXe siècle des voies diverses. Selon les métiers, les régions, les époques, la provenance a pu changer. On devient ouvrier et on le demeure à travers un apprentissage et une pratique de travail dans lesquels se transmettent les savoir-faire, à travers un mode de vie, un cadre de vie, moins choisis que subis. La question principale est bien celle de la subordination de tous les instants qui crée la condition ouvrière. À l'usine et dans la cité, l'industrialisation, dit-on volontiers, est synonyme de domestication de l'ouvrier, ici par la mécanisation et la discipline, là par un paternalisme bien dosé. Il faut prendre garde cependant à ne pas retenir sans preuves ni critique cette vision commode. Car elle risque de gommer les obstacles à la mise sous tutelle, à force d'insister sur la reproduction des statuts et des comportements. N'y a-t-il pas une autonomie persistante de l'ouvrier, même dans la grande usine, une mobilité aussi, facilement retrouvée, sur laquelle ni les entrepreneurs ni l'État n'ont réellement prise ? Surtout, ne convient-il pas de discerner les divers aspects de la résistance que les ouvriers opposent à leurs employeurs, et pas seulement en matière de salaires ? On rejoindrait ainsi le mouvement qui, progressivement, a donné à certains secteurs du monde ouvrier la conscience d'être une classe, irréductible aux autres, et dont la force est dans l'unité.

Un monde multiple

Composantes

Tout au long du XIXe siècle, les ouvriers ont constitué un groupe très minoritaire. En 1881, ils ne représentent encore que 26,7 % de la population active. À l'intérieur de ce groupe, les salariés de la « grande industrie » ne réunissent sans doute pas plus de 30 % de l'effectif. C'est dire la lenteur de l'émergence de la classe ouvrière contemporaine. Pourtant, les changements, dans le siècle écoulé, sont notables. Le poids spécifique du travail industriel s'est fortement accru, non seulement parce qu'il concerne un actif sur quatre au lieu de un sur sept, mais aussi parce que le temps consacré à l'industrie, dans le cadre de la pluriactivité, et le nombre d'ouvriers permanents traduisent une modernisation prononcée. La répartition par branches reflète l'hégémonie de longue durée des textiles, en même temps que son érosion : ce secteur occupait 60 % des ouvriers sous le premier Empire et 50 % sous le second. Quelque réserves que l'on doive faire à l'égard des statistiques industrielles antérieures à l'enquête de 1866, ce tableau semble bien étayé. Qu'en est-il de la distribution par sexe et par âge ? Les femmes assureraient, en 1866, 30 % des emplois industriels. La proto-industrie n'avait pas négligé cette ressource, mais l'exploitait dans l'intimité du travail à domicile. Désormais, la main-d'œuvre féminine est largement présente dans les ateliers et les usines ; le travail est disjoint du foyer : le vrai changement est là.

La féminisation des tâches suit des critères compliqués. La règle générale est claire et ne déroge pas aux principes proto-industriels : aux femmes le travail le moins qualifié. Par conséquent aussi, l'attribution à des femmes de certaines tâches déqualifie celles-ci. En outre, les femmes sont maintenues à l'écart d'occupations jugées trop dangereuses ou trop exigeantes en dépense musculaire, comme le travail au fond des mines ou au cœur des usines métallurgiques. Cette partition simple ne rend pas compte, loin s'en faut, de toutes les situations. Car d'autres facteurs interviennent comme l'offre locale de travail, la stratégie des entrepreneurs, le choix des familles. Enfin, le travail à l'extérieur n'est pas continu dans la vie des femmes. Il s'applique surtout aux jeunes filles avant leur mariage et secondairement aux veuves. La tradition fait obstacle à la féminisation. À Carmaux, en 1872, la main-d'œuvre féminine – des veuves occupées au triage – ne fait que 5 % de l'effectif du jour. Dans le bassin récent du Pas-de-Calais, les femmes sont plus souvent employées que chez Solages. Autre exemple, celui des textiles. Le passage à la mécanisation provoque un double mouvement. Les filatures emploient certes beaucoup de femmes, mais recrutent aussi des hommes pour l'encadrement et le contrôle. En revanche, la mécanisation du tissage aboutit à une féminisation complète de ce travail. La division sexuelle des tâches a donc été totalement bouleversée. Le maintien de l'ordre ancien, c'est-à-dire du travail à domicile du chef de famille, peut obliger les femmes à se salarier. Le tissage à la main du coton persiste dans le Choletais au-delà de 1850 parce que les femmes s'emploient à l'extérieur (Liu).

Le travail des enfants suit un schéma analogue. Pour revenir au cas des mines, les enfants de moins de treize ans font 15 % de l'effectif total des houillères du Nord-Pas-de-Calais, en 1867, alors que les compagnies du Centre et du Midi n'en occupent respectivement que 3 % et 6 %. Il est possible que, au sud de la Loire, le gabarit des galeries n'implique pas le recours aux enfants et que le poids des chariots s'y oppose. Mais la causalité n'est-elle pas inverse ? Le nombre relativement faible des enfants employés au fond n'est-il pas lié à une tradition régionale en même temps qu'à des capacités d'emploi rural ? Les filatures mécaniques font grand usage d'enfants, dont on vante l'adresse à se glisser sous les machines pour renouer les fils sans que le travail s'arrête. Si l'emploi des femmes n'est limité que par les coutumes (jusqu'à la loi de 1874 qui leur interdit le travail au fond), celui des enfants a suscité un courant législatif. La loi du 22 mars 1841 interdit le travail des enfants de moins de huit ans et en limite la durée à huit heures pour les huit-douze ans et à douze heures pour les douze-seize ans, dans les entreprises employant plus de vingt ouvriers. Encore faut-il que ces règles soient appliquées. La loi sur les mines de 1810 qui prohibe le travail au fond avant l'âge de dix ans est loin d'être observée partout dans les années 1850. La législation de 1841 et celle de 1874 (qui interdit d'employer des enfants de moins de douze ans) seront longues à entrer dans les faits.

La provenance des ouvriers tient à trois sources. D'abord, la proto-industrie qui se prolonge dans ses structures ou fournit la base de la main-d'œuvre usinière. Les « tisserands » du Nord deviennent des « tisseurs ». Ceux de Normandie quittent le métier et se font volontiers ouvriers du bâtiment, mais l'industrie rurale, d'une façon ou d'une autre, fait office de réservoir pour l'industrialisation. Deuxième origine, l'artisanat urbain. Ici la qualification, et pas seulement l'habitude, joue un rôle éminent. Le cas parisien est le plus frappant. Dans la métallurgie fine ou la mécanique de précision, la classe ouvrière s'est construite à partir de cet « humus » artisanal. À Saint-Étienne, le noyau des métallurgistes a une origine analogue. Enfin, la ressource des paysans. Le travail de la mine ne réclame pas une qualification préalable mais une aptitude à l'effort physique. Les cultivateurs forment les deux tiers de la main-d'œuvre de Carmaux, de 1847 à 1913. 70 % d'entre eux sont de petits exploitants, le reste, des ouvriers agricoles. Le morcellement excessif des propriétés, entretenu par un fort taux de natalité, et l'effondrement du tissage rural du chanvre ont déséquilibré la société rurale (Rolande Trempé). L'origine géographique des ouvriers d'industrie varie selon l'offre locale de travail et la qualification attendue. Quand le métier exige un savoir-faire très élaboré, la provenance risque d'être de deux sortes : l'environnement immédiat et un bassin très étendu. Yves Lequin a établi que les ouvriers de la région lyonnaise, dans la seconde moitié du XIXe siècle, étaient majoritairement étrangers aux centres industriels. La souche locale n'a produit que 27 % des ouvriers lyonnais et 44 % des stéphanois. Plusieurs dizaines de départements ont été mis à contribution pour alimenter, selon des trajectoires éprouvées, Lyon, Saint-Étienne mais aussi Saint-Chamond, Givors ou Vienne. Un tel drainage est le résultat d'une demande pressante, à la fois en compétence et en quantité. La Compagnie de Carmaux ne va pas chercher si loin son personnel. La majorité est originaire des environs, dans un rayon de 25 kilomètres autour de la mine. Pour Le Creusot, vers 1850, 75 % de sa force de travail lui viennent d'une zone restreinte à 35 kilomètres de rayon. Le recrutement des mineurs de Littry s'effectue aussi dans le voisinage. Ces trois exemples visent des entreprises qui, à hauteur de 1850, ont déjà vu passer deux, sinon trois, générations de travailleurs. Opposant les mines de fer bas-normandes aux houillères de Littry, Alain Lemenorel note que les premières n'ont pas le « privilège de l'ancienneté » et doivent s'adresser à une main-d'œuvre extérieure à la région. Les mines du Pas-de-Calais se distinguent de même manière de celles de Carmaux. Pourtant ces dernières ont dû faire appel à des étrangers afin de pallier l'insuffisance du recrutement local. On fit venir des Belges, en 1865. Ce fut un échec, comme cela l'avait été en 1848 à La Grand-Combe. Les salaires proposés ne méritaient pas le voyage. En revanche, les mines du Nord et du Pas-de-Calais ont su attirer et retenir les Belges. Les houillères ne sont pas les seules à bénéficier de cet apport étranger ni les Belges à venir travailler en France. Le bâtiment, le textile, la métallurgie accueillent des ouvriers immigrés et les frontaliers italiens participent aussi à la formation de la classe ouvrière française. Au total, on compte 380 000 travailleurs étrangers en 1851 et un million, trente ans plus tard. L'industrialisation en phase de déclin démographique et de stabilité rurale contraint à chercher au-delà des frontières l'appoint nécessaire.

(Im)mobilités

Le monde ouvrier, jusqu'aux années 1880, est un mélange complexe de travailleurs temporaires et d'ouvriers installés dans leur métier depuis plusieurs générations, de nomades et de sédentaires. Il est agité de mouvements contraires, les uns tendant à la reproduction, les autres à l'évasion. Comme l'indique Gérard Noiriel, reprenant une thèse de Simiand, le problème central est celui de la « durabilité » de la condition ouvrière. L'entrée dans les couches les moins qualifiées et les moins bien rémunérées du monde ouvrier n'est pas un choix de vie, encore moins une décision qui engage les générations à venir. Tout montre que les individus et les familles qui inaugurent ce parcours industriel ne le croient pas, ne le veulent pas irréversible. Pour avoir un mineur à Carmaux, il faut en recruter trois. Si la faiblesse relative des rémunérations et la pénibilité du travail expliquent la rotation incessante des mineurs, il apparaît que, d'une façon moins exagérée, cette évaporation est l'une des caractéristiques de la main-d'œuvre industrielle au XIXe siècle. Pour ceux qui restent – de mauvais gré ? – à la mine, expose Rolande Trempé, la nécessité de l'emploi industriel ne leur a pas fait abandonner leur statut de cultivateurs. Ces paysans-mineurs alternent donc, selon les saisons, les deux types d'engagement. La pluriactivité n'est pas propre aux mines de Carmaux, mais touche un large spectre d'emplois industriels. Gilles Postel-Vinay considère que 800 000 ouvriers d'industrie, vers 1860, se consacrent l'été aux travaux des champs. Les mois de juillet et d'août sont ceux du sous-emploi industriel maximal et des sursalaires agricoles. Changer d'horizon, à défaut de condition, est une pratique fort ancienne. Elle subsiste largement au long du XIXe siècle. Il peut s'agir de migrations quasi saisonnières, comme celles des Savoyards, ces « oiseaux de passage », qui viennent travailler dans les industries de la région lyonnaise. Parfois les déplacements ont une périodicité différente et des destinations imprévisibles. Les verriers, détenteurs d'un savoir-faire recherché, sont coutumiers du fait. Joan Scott remarque que la plupart des verriers de Carmaux n'apparaissent que dans un recensement, ce qui signifie que leur séjour y est, en moyenne, inférieur à cinq ans. Jean-Claude Péguignot, recensé comme verrier à Carmaux en 1876, est né dans le Jura et y a eu ses trois premiers enfants. Puis la famille s'est accrue d'un enfant dans la Marne, d'un autre en Saône-et-Loire ; d'autres naissances suivirent en Haute-Marne, dans la Loire, en Saône-et-Loire et enfin à Carmaux. Une autre figure du changement est plus déconcertante, c'est celle de la polyvalence professionnelle. À Saint-Étienne, par exemple, « une bonne part des ouvriers... tourne entre les trois pôles de l'activité locale, la passementerie, l'armurerie et les houillères » (Yves Lequin).

Sur fond de mobilité géographique et professionnelle, des éléments de stabilité se dégagent. Là où l'activité industrielle est anciennement implantée, une part au moins de la main-d'œuvre est issue d'une souche locale, ouvrière. La moitié des ouvriers métallurgistes de Saint-Étienne, vers 1830-1860, avaient un père dans le métier. S'il vient de loin, l'ouvrier n'est pas pour autant un nouvel arrivant ; souvent le déplacement s'explique par l'hérédité professionnelle. Pour Yves Lequin, le prolétariat du premier XIXe siècle, dans la région lyonnaise, s'« autoalimente » largement. Ce n'est pas l'agriculture qui a fourni les gros bataillons : un ouvrier lyonnais sur trois et un stéphanois sur quatre, dans les années 1850, est fils de cultivateur. Des dynasties ouvrières forment ainsi la trame de l'industrialisation. Le cas de Littry évoque cette sédimentation de générations minières qui se transmettent une position sociale en même temps qu'une culture professionnelle. Cependant, la stabilité n'est acquise qu'aussi longtemps que l'entreprise est florissante. À Littry justement, les années 1860 marquent une rupture, qui n'est pas le fait des ouvriers. La crise des houillères interdit désormais d'absorber l'effectif entier de la génération suivante ; un enfant de mineur sur trois peut escompter une embauche à la mine. Mais l'évolution prend aussi un chemin inverse et stabilise peu à peu une main-d'œuvre versatile. Michaël Hanagan, étudiant la formation du prolétariat stéphanois, observe que sa fraction horsaine, faite de travailleurs temporaires et mobiles, se fixe à partir des années 1860-1880 et s'intègre, sans esprit de retour, à la ville.

Le travail discipliné

Contraintes

Les travailleurs de la proto-industrialisation adoptaient ou délaissaient l'activité fabricante en fonction de la demande, de leurs besoins et de leurs autres occupations. Le processus d'industrialisation – au moins dans les fabriques concentrées – implique un travail continu, où les interruptions, en tout cas, ne soient pas le fait de la main-d'œuvre. Cette routine ne fut pas acquise sans luttes ; il y fallut parfois plusieurs générations. On a dit le caractère longtemps saisonnier de l'emploi dans les mines de Carmaux. Il faut ajouter à ces fluctuations annuelles, qui ne sont pas limitées aux houillères, la pratique généralisée de l'absentéisme. Or cette conduite individuelle a des conséquences fâcheuses pour la grande industrie. Celle-ci, expose le règlement adopté par les filateurs de Lille en 1849, « peut être comparée à une machine fonctionnant par engrenages. Une dent cassée ou manquante suffit quelquefois pour tout arrêter ». La « Saint-Lundi » (jour rituel d'absentéisme) est si répandu à Reims, constate Villermé en 1836, que la plupart des établissements à vapeur chôment ce jour-là, faute d'avoir assez d'ouvriers pour justifier la dépense en combustible. Quand la journée est faite, quelle en est la durée ? La réponse est qu'il n'y a pas d'autre règle – sauf pour les enfants, en principe – que le bon vouloir du patron. Dans les mines, le travail du fond ne dépasse pas dix heures. Partout ailleurs, la durée d'occupation avoisine les quinze heures par jour, alentour de 1840, et ne faiblit pas avant 1880. Il est vrai que des pauses, généralement trois, scandent cette longue journée. Il faut donc distinguer, comme le fait Villermé dans son enquête, le temps de présence du temps de travail effectif. À ce compte-là, nous dit-on, les demoiselles des « usines-pensionnats » de l'Ardèche sont retenues aux ateliers de moulinage presque dix-sept heures pour quatorze heures d'emploi. Davantage, en suivant le point de vue de l'employeur, on peut repérer les moments de moindre intensité, voire les arrêts liés au système productif lui-même ou à ses pannes. L'usine de l'avant-taylorisme, que l'on l'appelle « couvent » ou « cayenne », réserve encore des temps de respiration. Mais est-ce la liberté ? Au jugement des ouvriers, le temps pris – auquel il faut ajouter les trajets – reste une contrainte. L'intensité du travail se mesure aussi aux risques encourus. Mettons les mines à part. L'accident menace constamment, que ce soit par éboulement, inondation ou grisou. Dans le département de la Loire, en 1853, on recense 109 accidents, 53 tués et 69 blessés. Ces houillères sont particulièrement meurtrières, mais nulle part la sécurité n'est garantie. On s'explique la répulsion des paysans pour les travaux de fond qui désolait, sous le second Empire, la Compagnie de Carmaux. À côté de ce « métier qui tue », les autres paraissent sans danger, malgré les explosions de machines à vapeur et la menace des courroies et des engrenages. Sous la monarchie de Juillet, qui fut le temps de la prise de conscience, on s'est surtout soucié de l'effet des conditions ordinaires de travail sur l'« état physique et moral des ouvriers » (Louis-René Villermé). Les maladies professionnelles ne sont pas l'apanage des manufactures textiles, mais c'est là qu'elles frappent le plus grand nombre d'ouvriers. L'industrie du coton est principalement incriminée, car les opérations de battage, cardage, débourrage, etc. soulèvent un duvet qui provoque la « phtisie ». L'humidité, le manque d'aération sont aussi la cause, dans les filatures, d'affections pulmonaires. La grande usine n'a pas le monopole de ces dégâts physiologiques. Elle paraît même, écrit Yves Lequin, un « lieu privilégié ». La phtisie, les scrofules, les rhumatismes et autres infirmités s'acharnent encore plus sur les travailleurs à domicile qui ne peuvent ou ne savent aménager leurs conditions d'exercice. Au vrai, certains contemporains du « pluralisme industriel » ont souligné emphatiquement cette différence dans le malheur pour faire ressortir l'aspect progressiste de la grande industrie. C'est oublier que l'auto-exploitation, qui joue aussi sur la durée réelle du travail, est la conséquence de l'hégémonie de la grande industrie. Ure, l'apologiste anglais des manufactures, est fondé à reconnaître « l'extrême misère et le mauvais état de santé des tisserands à la main », écrit Villermé, mais il a tort « de les présenter comme des ouvriers étrangers aux manufactures, tout comme s'ils ne tissaient point pour elles et si elles ne les avaient pas multipliés ».

L'usure au travail est, à coup sûr, l'élément de ce tableau le plus délicat à saisir. Pourtant, la répartition des tâches et l'échelle des salaires ne laissent pas de doute. Passé trente-cinq ans, quarante ans au plus tard, l'ouvrier est considéré comme trop affaibli pour demeurer dans les postes durs et bien payés. Pour les dix ans qui lui restent à travailler et à vivre, il devra se contenter d'emplois de plus en plus marginaux, refaisant sa carrière en sens inverse.

Les proto-fabriques avaient montré la voie ; la discipline fait la force des manufactures. Les règlements fleurissent. Ne nous pressons pas d'y voir la marque d'un arbitraire patronal. C'est plutôt l'absence de règles écrites qui peut entraîner tous les débordements d'autorité. Dans un arrêt célèbre, du 14 février 1866, la cour de cassation estima qu'un règlement affiché avait valeur de « convention librement formée. » En outre, l'entreprise étant une propriété privée, la décision de son détenteur suffisait. Le premier souci de ces textes, analysés, entre autres, par Alberto Melucci, est de contrôler l'assiduité de la main-d'œuvre. Aussi prévoient-ils des peines lourdes, allant jusqu'au renvoi, pour les absences. De même, les heures d'arrivée et de départ sont-elles précisément fixées. Deuxième objectif, faire respecter l'outillage, les matériaux, les qualités de fabrication. Les règlements entrent souvent dans un grand détail pour énumérer toutes les erreurs possibles et châtier la négligence. Les fraudes, le vol – le « piquage d'onces » des moulineuses de soie – sont évidemment réprimés. Le comportement dans l'atelier est également contrôlé. L'ivrognerie, les rixes et toutes formes d'agressivité sont condamnées comme contraires à la bonne marche de l'usine. Couronnant le tout, l'obéissance au chef d'usine ou à ses représentants – contremaîtres, porions des mines – est requise. La rébellion, fût-ce par le biais d'une injure, est gravement sanctionnée. Ce corpus suscite plusieurs lectures. On peut y voir, en creux, les libertés que prenaient les ouvriers. S'interroger aussi sur leur application : osait-on renvoyer une partie de l'effectif à cause d'une « Saint-Lundi » ? Comprendre enfin que, par le jeu des amendes, la paye pouvait être largement entamée. L'architecture de l'industrie, la disposition des espaces et le progrès technique aident à faire respecter ces contraintes. L'entrée de l'usine n'a pas qu'une fonction monumentale. C'est, comme l'a écrit Michelle Perrot, le centre névralgique de la surveillance des ouvriers. Au-dessus de l'entrée de la manufacture de porcelaine de David Haviland à Limoges (1855), « une belle horloge… sonne les heures et règle ainsi de manière uniforme les entrées et sorties des ouvriers », lit-on dans un guide de l'époque. Plus original, l'usine a été construite autour d'un point central d'où « tout mouvement… pouvait être observé ». John Merriman cite une autre fabrique de Limoges, celle d'Alluaud, dont on disait qu'elle avait été « ingénieusement conçue pour prévenir tout faux mouvement » de ses ouvriers. Le contrôle par la technique sera évoqué par trois exemples. Celui de l'éclairage au gaz des manufactures dont c'est une « retombée » disciplinaire intéressante puisque la surveillance en est facilitée. Celui de la distribution des lampes de sûreté, dans les mines de Carmaux, qui permet de contrôler l'arrivée et le départ de chacun. Enfin, dans le même site, l'emploi, à partir de 1871, de cages pour le transport du personnel. Les mineurs devaient se déplacer en groupes, par le moyen de ces ascenseurs, et non plus, à leur guise, par des échelles.

Dernier moyen de coercition, le contremaître. Celui-ci n'est pas né de l'industrialisation, mais le mot et la fonction se généralisent vers 1840, dans les grandes usines. On en compte une cinquantaine au Creusot, sous le second Empire, pour 8 000 ouvriers (Patrice Bourdelais). Ils associent savoir-faire et autorité (Sylvie Vandecasteele). Ils préparent le travail, en dirigent parfois l'exécution, en contrôlent toujours le résultat. Leur pouvoir disciplinaire est très mal ressenti par les ouvriers, car c'est l'un d'entre eux, plus âgé sans doute, qui reçoit un droit de sanction, jusqu'au renvoi inclus. Mais l'extension des espaces de production, le souci du rendement, les nouvelles préoccupations de sécurité, tout pousse à constituer cette couche intermédiaire de commandement, à l'image de l'armée ou plutôt de la marine, d'où le mot est issu. Bergery déjà, en 1831, recommandait dans son *Économie industrielle ou Science de l'industrie* de recruter des surveillants bien payés.

Une marge d'autonomie

Face à cette mise au travail qui traite les ouvriers comme une collection d'individus, des recours sont possibles, soit par le courant même de l'industrialisation, soit par la volonté des acteurs. D'abord, le travail à domicile, dans le cadre familial, n'est pas annihilé ; il trouve, au contraire, une nouvelle vigueur, au prix, il est vrai, d'un surcroît d'effort. Les passementiers de Saint-Étienne et de sa région sont l'un des exemples de coopération des âges et des sexes dans l'unité familiale de production. Tout travail à domicile ne suit pas nécessairement ce schéma ; la confection des clous, à Saint-Chamond, laisse les femmes de côté et ne se transmet pas aussi facilement que la rubannerie d'une génération à l'autre (Accampo). Réciproquement, le travail à l'usine ou à la mine n'exclut pas une base familiale. Les verreries de flaconnage sont fondées sur un système de « places » où le souffleur est le maître. Partant, il recrute, forme, organise à sa convenance, c'est-à-dire en faisant avant tout appel à la parenté. La sidérurgie lourde, qui s'est formée à l'ère proto-industrielle par la juxtaposition d'équipes familiales, a gardé au moins un noyau de main-d'œuvre constitué de la sorte. Quant à la mine, la tendance est identique, malgré les ruptures de continuité qui interviennent, à cause de la répulsion à travailler au fond. Elle serait donc en partie centrifuge. La clé de voûte du système est le double monopole de l'embauche et de l'apprentissage. Le premier est formellement contesté par les entrepreneurs.

Il n'est pas sûr que la réalité du recrutement corresponde à un véritable dessaisissement des maîtres ouvriers. En tout cas, la formation des jeunes sera longtemps contrôlée par les ouvriers de la génération précédente. L'endotechnie l'emporte tard dans le XIXe siècle. Pourtant, selon l'idée-force héritée des Lumières, les patrons de la métallurgie, pour ne citer qu'eux, ainsi que les ingénieurs, sont convaincus que l'apprentissage a tout intérêt à s'institutionnaliser hors de la sphère ouvrière réputée conservatrice, obscurantiste même. Les écoles Schneider veulent répondre à ce besoin. Celles-ci, comme tous les établissements analogues, n'y parviendront pas avant la fin du siècle. L'enjeu n'est pas seulement technique, il est social. Ce que les élites dénoncent comme une routine et un mystère est un ensemble de savoirs efficaces dont la transmission est une preuve d'autonomie. Cette culture pratique n'est ni figée ni désuète. Le Play, observateur pénétrant, le note à propos des métallurgistes gallois : « On est habitué à voir un obstacle dans ce qui constitue la principale force de l'industrie, l'intervention intelligente de l'homme », et Eugène Schneider vantait sa main-d'œuvre dans les termes suivants : « L'homme qui laboure avec des bœufs pense lentement ; celui qui travaille à la vapeur pense, agit vite. » Tout n'est pas affaire de musculature. L'habileté, le coup d'œil, l'interprétation rapide des sensations – une sonorité, par exemple –, l'invention, parfois, de solutions inédites font le métallurgiste accompli. Dans les mines qui ne semblent pas exiger des savoir-faire très élaborés, la qualification sensorielle, gestuelle du fond est pourtant riche ; elle fait la différence de gain et de sécurité. La famille fournit une modalité de l'organisation du travail. Plus largement, celle-ci repose, dans de nombreuses branches d'industrie, sur des équipes. La métallurgie et l'exploitation des mines en donnent massivement l'exemple. Les manufactures textiles du premier XIXe siècle s'y conforment aussi. Le travail et le salaire sont déterminés à l'échelle de ces unités de base. Cette forme de marchandage – qu'il ne faut pas confondre avec l'intervention d'un tiers extérieur chargé du recrutement et qui traite au nom des ouvriers – libère l'employeur du soin de vérifier, à supposer que cela soit possible, le produit de chacun. Les contrats d'équipe – on dit « d'entreprise » – se généralisent à partir de 1850. Le tarif est le résultat d'une sorte d'enchères au rabais, qui ensuite devient la norme. William Reddy indique, à propos de ce contrôle uniquement commercial, que les fileurs ne se voyaient pas comme vendeurs de leur force de travail, mais comme vendeurs de fil. On accordera que l'autonomie ici est illusoire. Pour avoir l'éclairage et la vapeur déduits de leur paye, les ouvriers des manufactures de Lille et de Roubaix n'en sont pas devenus des entrepreneurs. À l'équipe non familiale il faut un chef de file. C'est, dans les ateliers de la métallurgie parisienne, la « grosse culotte », professionnel indispensable, fier de l'être et pour cela redouté des patrons. L'essor du machinisme, explique Denis Poulot – ancien contremaître devenu petit patron –, a ruiné cette compétence, mais a produit un autre type d'ouvrier, qu'il appelle le « sublime ». Ce dernier est à la fois un expert et un insoumis. Il cogère l'atelier avec le « singe » (entendez : le patron). Porte-parole de ses camarades et intermédiaire obligé, il exploite jusqu'au bout sa marge d'autonomie. N'est-ce pas cependant, au moment où Denis Poulot écrit son livre, en 1870, un type social en voie d'être dépassé ? Un ancien employé de Cavé évoque ainsi, en 1875, les années 1830-1840 : « Chez lui, l'ouvrier conservait une personnalité, une indépendance et une initiative qui sembleraient aujourd'hui une impossibilité. Un plan, réduit parfois à des lignes d'axe, était remis à un maître ajusteur ; il s'adjoignait ses compagnons, choisissait une place disponible avec le contremaître, tirait ses lignes et s'outillait comme il l'entendait. Cavé en passant improvisait avec lui les solutions cherchées. Souvent, il se bornait à nous dire : “Allez prendre à la menuiserie des morceaux de bois et faites un bibelot de démonstration jusqu'à ce que vous ayez trouvé”. Si on ne trouvait pas, on cédait la place à un plus ingénieux. » Quarante ans plus tard, l'ouvrier n'intervient que « quand l'ingénieur a donné une forme définitive à la machine et quand tous les détails en sont irrévocablement arrêtés ».

La vie précaire

Être prolétaire, vers 1840

Les années 1840 sont celles de la prise de conscience, par l'élite sociale et intellectuelle du pays, des dégâts humains de l'industrialisation. Trois grands textes en font foi, parmi beaucoup d'autres, le *Tableau* de Villermé, l'enquête d'Eugène Buret, *De la misère des classes laborieuses en Angleterre et en France* (1840), celle d'Adolphe Blanqui sur *Les Classes ouvrières en France pendant l'année 1848* (1849). Ce corpus documentaire propose une moisson d'informations précises, souvent saisissantes, qui ont beaucoup été utilisées. Il convient toutefois de se souvenir que l'éclairage est braqué – dans l'esprit de la démonstration – sur la partie la plus misérable des ouvriers d'industrie et que les couches plus favorisées ne sont pas en vedette. Ce biais d'origine a été aggravé par l'exploitation dramatisante des textes dont certains – le *Tableau* de Villermé en tout cas – sont assez équilibrés. Le salaire est la composante principale du revenu, principale et non exclusive car, suivant des pratiques anciennes, il arrive que la nourriture et le logement (usines-pensionnats) ou que le logement seul (« casernes » des usines métallurgiques) soient assurés. Il résulte des données réunies pour la Normandie, par exemple, que sur cent ouvriers « supposés continuellement employés » dans les manufactures de coton, les deux tiers ne gagnent pas le strict nécessaire. Seuls les jeunes ouvriers célibataires, les ménages sans enfants ou dont les enfants sont en âge de travailler s'en sortent. Sinon, les familles sont à la merci du moindre accident de parcours, du « cahot de l'emploi et des prix » (Yves Lequin). Les fluctuations vives de l'offre de travail – crise de 1831 – et du prix du pain se conjuguent pour paupériser de façon cyclique une main-d'œuvre qui n'est jamais assurée du lendemain. Mais les auteurs ont raison de parler des classes ouvrières ou laborieuses ; le pluriel s'impose. Non seulement les ouvriers âgés, les enfants et les femmes (ces dernières ne gagnant en moyenne que la moitié du salaire des hommes) sont pénalisés, mais l'éventail des gains est structurellement très ouvert. Entre ville et campagne – Roanne et son plat pays –, la différence, pour un même emploi, est du simple au double. Entre branches d'industrie, la dispersion des salaires est également notable. L'échantillon construit par Yves Lequin pour la région lyonnaise donne, en 1840-1844, plus de la moitié des salaires à 2 francs et moins, quand il s'agit de la filature ou du tissage, près de la moitié à plus de 3 francs, dans le cas de la grosse métallurgie. À l'intérieur de l'entreprise, la hiérarchie des salaires ouvriers n'est pas non plus négligeable ; la métallurgie, la mine, la verrerie offrent une gamme de salaires, pour les hommes, qui va de 1 à 3. Dans les métiers de luxe ou à haute valeur ajoutée, une aristocratie ouvrière se perpétue, qui bénéficie d'une petite aisance. Un fraction de la « canuserie » lyonnaise et de la construction mécanique parisienne est dans ce cas.

La nourriture accapare l'essentiel des revenus ouvriers et dans cette dépense envahissante le pain pèse encore beaucoup. À la coupe de 1840, les habitudes alimentaires, en milieu urbain, ont généralement intégré la consommation de pommes de terre. Avec une « soupe maigre », et de l'eau comme boisson, voilà l'ordinaire des « filtiers » lillois ou des ouvriers de Haute-Alsace. La viande apparaît un dimanche sur deux. En revanche, elle est fréquente, presque quotidienne, dans ces mêmes régions, chez les ouvriers les mieux payés. Ils consomment d'autres légumes que les pommes de terre et, dans le Nord, boivent du cidre ou de la bière. On retrouverait facilement l'opposition de deux régimes alimentaires à travers le monde de l'industrie, avec des formes de consommation exagérée, ostentatoire chez les « sublimes » de Poulot. Après se nourrir, se loger. Les ouvriers paysans reçoivent le travail ; ils gardent ainsi la maîtrise de leur habitat. Quand les ruraux vont au travail industriel, le déplacement est une fatigue de plus. En une page superbe, Villermé a décrit les ouvriers se dirigeant vers Mulhouse : « Il faut les voir arriver chaque matin en ville et en partir chaque soir. Il y a parmi eux une multitude de femmes pâles, maigres, marchant pieds nus dans la boue et qui, faute de parapluie, portent renversé sur la tête, lorsqu'il pleut, leur tablier ou leur jupon de dessus, pour se préserver la figure et le cou, et un nombre encore plus considérable de jeunes enfants, non moins sales, non moins hâves, couverts de haillons tout gras de l'huile des métiers, tombée sur eux pendant qu'ils travaillent. » La longueur du trajet explique la solution des « usines-pensionnats » en Ardèche, où les jeunes filles logent en dortoirs et ne rentrent chez elles que le dimanche. Où loger en ville ? La tradition urbaine est d'installer en garnis, c'est-à-dire en habitat collectif transitoire, les jeunes ouvriers célibataires, les étrangers, les ouvriers de passage, comme ceux des chantiers. Par nécessité, la formule s'est étendue à des familles entières, qui subissent entassement et promiscuité. Face à l'afflux de population, le marché du logement des ouvriers devient très lucratif. Le nombre des habitants de Saint-Étienne double presque entre 1846 et 1881 (de 68 000 à 124 000) et le quartier populaire du Soleil passe de 579 habitants à 3 784 (Jean-Paul Burdy). Les bourgeoisies locales font construire à la hâte des maisons qu'elles louent à des familles ouvrières, lesquelles en sous-louent une partie à plus pauvres qu'elles. Autre système, en usage, par exemple, au Creusot, celui des pensionnaires, hommes célibataires ou couples sans enfants qui sont accueillis par une famille en mal de revenus. Quelle que soit la formule, le résultat est souvent pitoyable ! « Caves de Lille ! on meurt sous vos plafonds de pierre ! » L'exclamation de Victor Hugo rappelle la description de Villermé. Pauvreté du mobilier, humidité du lieu, promiscuité, les courées de la rue des Étaques semblent symboliser l'inhumanité de la condition ouvrière. À nouveau, la frange aisée du salariat industriel se distingue. Sans être confortables, ses logements sont sains. Une nappe sur la table, de la vaisselle de faïence signalent chez les canuts une modeste aisance. Rien d'étonnant que l'anthropologie physique des ouvriers accumule les traits désespérants. En 1850, le taux de mortalité de la population des meilleurs logements parisiens est de 18,2 ‰; il est de 33,7 ‰ chez les locataires les moins fortunés. À Lille, en 1840, la mortalité avant cinq ans est de 21 % dans la bourgeoise rue Royale et de 58 % rue des Étaques. À Amiens, pendant la Restauration, quand on déclarait 100 jeunes gens aptes au service militaire, on en avait réformé 93 issus du monde des commis et des employés et 243 venant de familles ouvrières. Misère physique, misère morale. Tous les témoignages insistent sur l'« ivrognerie » en milieu ouvrier, liée aux grandes beuveries d'après-paye. Le phénomène, qui n'épargne pas les femmes, est-il la conséquence de l'industrialisation ? En partie, sans doute. Mais l'alcoolisme est inexistant à Lodève ou à Tarare et omniprésent à Lille. Des comportements populaires de longue durée entrent certainement en ligne de compte. Au reste, la propension à boire ne varie pas selon les moyens d'existence : à la même époque, indiquent nos auteurs, les ouvriers à haute paye des grandes villes sont aussi des piliers de cabaret.

L'autre désolation des observateurs concerne les comportements sexuels. La promiscuité dans l'habitat, la mixité dans le travail sont dénoncées, ainsi que la tentation pour les jeunes femmes de faire le « cinquième quart de la journée », comme on disait à Reims. Le concubinage « à la parisienne » se répand, par commodité ou par nécessité. Il n'est pas exclusif d'unions stables, reconnaît Villermé. Le dernier motif d'accablement des contemporains est l'« imprévoyance » des ouvriers. Ils sont rétifs à l'épargne, même quand ils en auraient les moyens. Ils vivent dans l'instant et dépensent sans compter. En cela, toutes les couches ouvrières se ressemblent. Bien rares sont les salariés économes. Dès qu'ils le peuvent, ils font des frais de table ou de linge. Le « désir d'être bien vêtus » (Saint-Quentin) ou de manger plus et mieux que les pauvres n'est-il pas le seul moyen qu'il leur reste de s'affirmer ?

Le patronage

Pour fixer la main-d'œuvre là où s'installe l'industrie, il faut que la capacité d'hébergement soit convenable. Or beaucoup de nouvelles entreprises minières et métallurgiques suscitent de grands rassemblements ouvriers hors de toute agglomération. Par ailleurs, les villes d'industrie ne peuvent pas toujours absorber le flux de migrants que l'industrialisation rapide entraîne ; on l'a vu dans le cas de Mulhouse. La sidérurgie du siècle précédent fournit un modèle, celui de l'habitat des ouvriers permanents construit à proximité immédiate de l'usine. D'où les « casernes » qui accompagnent les nouvelles forges à l'anglaise et qui groupent plusieurs dizaines de logements. La formule est très en vogue sous la monarchie de Juillet. Son apothéose coïncide avec l'inauguration en 1849, à Paris, de la « caserne Napoléon » rue Rochechouart. À peine a-t-elle gagné le milieu urbain qu'elle subit des critiques décisives. Cette façon, pour ainsi dire, de coaguler la main-d'œuvre est source d'« immoralité » et de subversion. Les escaliers communs, les couloirs sont autant de lieux où les mauvaises rumeurs prennent consistance. Mieux vaut isoler chaque famille, lui donner une coquille indépendante des autres. La maison individuelle ou plutôt une bâtisse à deux logements distincts devient la règle. Elle n'est pas forcément isolée, mais peut être constituée en barres, l'essentiel étant que la famille – base de la recomposition morale – retrouve son autonomie de vie. Le jardin, dans ce schéma, tient un rôle régénérateur. Il occupe et il fournit ; c'est un espace à la fois privatif et productif ; bref, l'anti-cabaret.

L'idéal serait que les occupants accèdent à la propriété, ce qui attacherait, dans tous les sens du mot, la famille à l'entreprise. Cela implique un crédit de longue durée et un pari de stabilité, des deux côtés. Les politiques patronales de logement, tout comme l'attitude ouvrière, n'ont pas suivi partout le même cours. Le plus grand nombre des compagnies minières ont entrepris de construire des logements pour leurs ouvriers, sous forme de cités. Dès 1837, à La Grand-Combe, à partir de 1860, seulement, à La Machine, des casernes puis des ensembles pavillonnaires composent un paysage nouveau. À Carmaux, la Compagnie mit 91 logements à la disposition de ses ouvriers, sans beaucoup de succès. Quand elle voulut les aider à accéder à la propriété, ils manifestèrent une égale réticence.

Ces paysans-mineurs répugnaient à laisser le patron disposer d'un moyen de contrôle et de pression supplémentaire. Dans le Nord et le Pas-de-Calais, les compagnies logeaient, en 1871, 37 % de leur main-d'œuvre. Les industriels mulhousiens s'étaient préoccupés très tôt de la question. André Koechlin, dès 1836, proposait à ses ouvriers mécaniciens des logements à loyer réduit. Une cité J. Dollfus fut construite entre 1852 et 1867, à beaucoup plus vaste échelle : elle offrait 800 logements au lieu de quelques dizaines. Le second Empire vit l'expansion de la politique patronale de logement, en même temps que son exaltation. Des papeteries de la région lyonnaise, dont les Blanchet de Rives et les Montgolfier d'Annonay, firent édifier des bâtiments d'habitation, d'autres industries les imitèrent. Eugène Schneider, le plus illustre de ces industriels bâtisseurs, conduisit une politique mixte, de construction de cités et de lotissements. Pour ces derniers, il imposait des normes de plan et d'hygiène. En 1867, 14,3 % des ouvriers de l'entreprise étaient propriétaires de leur logement. Au total, une minorité seulement des ouvriers du Creusot bénéficiaient directement ou indirectement de l'effort de leur employeur. C'était finalement les mêmes qui envoyaient leurs enfants dans les écoles professionnelles Schneider et qui étaient accueillis dans les cités. Une élite ouvrière, encouragée, récompensée se dégageait. L'école, en effet, était un autre moyen de fixer les salariés, d'acculturer à l'industrie moderne ces familles encore proches de leurs racines paysannes. L'originalité du maître du Creusot – qu'il partage avec les Mulhousiens – aura été d'orienter sa politique éducative dans le sens de l'apprentissage technique. Car le souci de l'enseignement primaire est au moins aussi répandu, chez les grands entrepreneurs, que celui du logement. La compagnie de Littry a créé une école en 1811. Firmin Didot se donne aussi cette tâche, au Mesnil-sur-l'Estrée, à partir de 1835. Puisqu'il ne s'agit pas, ordinairement, de diffuser des savoirs professionnels, l'enseignement est confié à des religieuses ou aux Frères des écoles chrétiennes.

Le troisième commandement d'un patronat responsable était de protéger ses ouvriers contre les aléas du métier et de la vie. Des caisses de secours et de prévoyance alimentées par le montant des amendes et des versements parfois obligatoires assuraient une assistance que l'ouvrier, individuellement, n'aurait pas su se procurer. D'ailleurs, l'échec général des campagnes en faveur de l'épargne ouvrière plaidait pour une intervention permanente des employeurs. Certains de ces derniers ont élaboré, sous le second Empire, une politique globale de patronage, sinon, déjà, de paternalisme. Frédéric Le Play leur a servi d'idéologue, autour de la doctrine de la Réforme sociale, et l'Exposition de 1867 a accueilli dans sa dixième section les premières réalisations. Le Creusot était évidemment en vedette, avec son urbanisme patronal et les institutions multiples qui formaient la trame de la ville.

La personnalité industrielle et politique de Schneider ne doit pas masquer d'autres opérations au moins aussi réussies que la sienne. Ainsi, à Annonay, non seulement l'ouvrier des Montgolfier était logé, mais il pouvait s'approvisionner au magasin patronal, confier ses enfants à la garderie puis à l'école, bénéficier de divers autres avantages. Ce modèle dominant est profondément catholique, dans sa philosophie, et réactionnaire, dans ses intentions, en ce sens qu'il tend à ranimer les vieux liens de dépendance et de clientèle qui ont si longtemps organisé la société d'Ancien Régime. Mais il n'est pas le seul. D'autres inspirations, d'autres stratégies sont à l'œuvre. À Mulhouse, le calvinisme militant des cotonniers les incite à préconiser l'épargne ouvrière, contre la charité (S. Kott). Ils récusent l'interventionnisme systématique des philanthropes catholiques et souhaitent, dit Jules Simon, que l'ouvrier puisse « gouverner librement sa vie ». Émile Menier, à Noisiel, se réclame d'un courant libéral, républicain et laïque. Il combat l'aumône autant que le socialisme et construit une cité qui se veut une démonstration de légitimité industrielle (Marc Valentin, Richard Michel). Ce patronat éclairé, quelle que soit la diversité de ses motivations, entend fixer, contrôler et améliorer la main-d'œuvre avant que l'État ne s'en mêle, comme il avait commencé de le faire en 1848. « Éviter l'intervention administrative dont on viendra peut-être se plaindre un jour », écrit le *Bulletin* de la SIM en 1879. La même année, une « statue de la Reconnaissance » est érigée au Creusot, en souvenir d'Eugène Ier. La population ouvrière participe massivement à cette fête consensuelle. La politique intégrative, si minoritaire soit-elle, est-elle la solution d'avenir ?

Résistances

Les formes de la protestation

Les maîtres ouvriers de la proto-industrie, en querelle avec leur employeur, avaient un moyen radical d'exprimer leur mécontentement : ils partaient. Au temps de l'industrialisation, malgré tous les règlements, cette attitude subsiste chez les ouvriers les plus qualifiés. Leur « capital technique » les autorise à prendre le risque de rompre avec un patron ; ils ne sont pas en peine d'en trouver un autre. Les verriers, les porcelainiers, par exemple, continuent de manifester de la sorte leur capacité de résistance. La violence, en dehors des émeutes, s'exerce très rarement sur les personnes. Elle vise les machines, dans le premier tiers du XIXe siècle. Des tondeuses mécaniques sont saccagées à Mortagne (Vendée, 1819) ou à Lodève (Hérault, 1821). Ce « luddisme » atteint les métiers, à mesure qu'ils se mécanisent. Une vague de destruction secoue le pays, en 1830-1832 : tour à tour des imprimeurs, des ouvrières du châle (Paris), des scieurs de long (Bordeaux), des menuisiers (Le Havre), etc. s'en prennent à ces machines qui menacent leur emploi. Passé les années 1840, un tel comportement disparaît, sans doute parce que la culture ouvrière est en train d'intégrer la machine comme une présence inévitable. L'envie de casser ne s'exprime plus guère qu'en paroles ; Michelle Perrot a rappelé la place du fantasme de l'incendie dans le vocabulaire des grévistes. Jusqu'en 1864, la grève est illégale. Elle n'en est pas moins une arme de lutte. Des cycles de grèves se dessinent, avec des pics en 1817, 1825, 1833, 1847, 1855, 1861, 1869-1870. Le nombre de grèves, autrement dit de foyers de rébellion, importe plus, dans cette préhistoire du mouvement ouvrier, que l'effectif des grévistes lui-même. Que 72 grèves aient éclaté en 1833 et 116 en 1870 montre l'effervescence du monde ouvrier, dans ces années de crise. Cela dit, la grève est un geste très minoritaire ; chaque année, elle n'entraîne que quelques milliers de salariés avant les années 1860, quelques dizaines de milliers, plus tard. L'objectif majeur, dans la longue période, est de résister à la baisse des salaires. Ainsi les porcelainiers de Limoges, en 1833 et 1837, se soulèvent-ils à l'annonce d'une réduction sévère de leurs rémunérations. La mise en cause d'un statut ou de l'organisation du travail est également à l'origine de plusieurs mouvements. Les verriers lyonnais arrêtent le travail à deux reprises sous le second Empire pour protester contre l'atteinte à leur privilège d'embauche. Les mineurs de Carmaux font grève en 1869 quand il apparaît que la Compagnie est décidée à obtenir coûte que coûte un allongement de la durée journalière du travail. Dans bien des cas, la grève ne concerne qu'un secteur de l'entreprise, une fraction de sa main-d'œuvre. Michel Pigenet parle de « guérilla », en pays berrichon, puits par puits, atelier par atelier ; la convergence des luttes est faible. Ces grèves sont courtes : beaucoup ne durent pas plus d'une journée. Une grève qui s'installe doit faire face à deux obstacles redoutables, le manque de ressources et l'opposition des autorités. Pour les fonds, la réunion préalable d'un « trésor de guerre » et la collecte auprès des populations locales aident à prolonger le mouvement. Voilà pourquoi des grèves ont pu durer plusieurs semaines, en particulier dans les mines, à la fin du second Empire. Les grévistes tentent, par pétition et démonstrations pacifiques, de convaincre les représentants du pouvoir du bien-fondé de leurs revendications. Quand l'affaire traîne, ils doivent affronter l'armée puis les tribunaux. Les grèves de mineurs, qui rassemblent des foules autour des puits, ont donné lieu aux confrontations les plus graves. À La Ricamarie, en 1869, la répression fit dix morts. Même sans menace particulière, la présence des troupes semble nécessaire au maintien de l'ordre. À Anzin, en 1837 et en 1846, à Rive-de-Gier en 1844 ou au Creusot en 1870, la militarisation brise la grève. Comment les ouvriers n'en retireraient pas le sentiment qu'on leur mène une guerre, dans laquelle les patrons et l'État sont alliés ?

Pour autant que l'on puisse en juger, la majorité des grèves échouent. Celles qui réussissent ont été, volontairement ou non, déclenchées en bonne conjoncture, quand l'état des stocks et l'urgence des commandes poussent l'entrepreneur à la conciliation. En apprenant ainsi à leurs dépens, les ouvriers accumulent une expérience, des réflexes collectifs. La grève de 1869, à Carmaux, annonce, en dépit de son échec, un nouveau rapport de forces. La Compagnie n'a plus affaire à une foule, mais à un mouvement généralisé, raisonné, solidaire.

L'émeute ouvrière, transgression maximale de l'ordre, se déploie en ville. Elle est redoutée parce qu'elle offre la possibilité d'une conjonction de la rébellion sociale et de l'opposition politique. La première insurrection de grande ampleur a été celle des canuts, en novembre 1831. Le refus, par le gouvernement, d'entériner un « tarif » pourtant négocié avec les fabricants a servi de déclencheur. Maîtres de la ville, les canuts n'ont su que faire de leur victoire. La répression vint vite à bout du mouvement qui laissa une impression profonde. « Les barbares, disait-on, sont dans les faubourgs de nos villes manufacturières. » À nouveau, en avril 1834, le peuple des canuts se souleva. Cette fois, il voulait protéger son droit d'association, c'est-à-dire ses moyens de défense, mis en cause par le gouvernement. Plus que les ouvriers, les républicains étaient visés. Ils participèrent à l'insurrection à Lyon, comme ils le firent dans la capitale.

La guerre de classes, qui éclate, dans les années 1830, affole le pouvoir. Elle n'est pourtant pas la tonalité dominante de la période. Bien des conflits se règlent sans brutalité ni publicité tapageuse, par le biais des prud'hommes. Cette institution, fondée en 1806 pour assurer les fonctions d'arbitrage des défuntes communautés de métier, a été l'agent remarquable « de l'extinction des colères ponctuelles et parfois de la prévention des colères généralisées » (Alain Cottereau). Malgré une représentation minoritaire, les ouvriers ont eu fréquemment recours aux prud'hommes, souvent avec succès. À partir de 1866, les patrons ont systématiquement fait appel devant les tribunaux de décisions qui leur étaient défavorables. Mais pendant au moins soixante ans les prud'hommes ont fait reculer l'arbitraire.

L'émergence de la conscience de classe
Un monde ouvrier fragmenté, composé de groupes aux statuts divers, parfois mouvants, ne pouvait pas se transformer, sans une propédeutique laborieuse, en une classe consciente d'elle-même. Ce long apprentissage prendra tout le siècle. Il fallait, d'une part, saisir le clivage qui séparait travailleurs et employeurs ; de l'autre, comprendre que l'unité était plus forte que les divisions. Les salariés de la grande industrie n'avaient pas moins de chemin à faire, dans cette perspective, que les artisans. Car ces derniers expérimentaient au cours de l'industrialisation l'hégémonie réelle du capital et réactivaient des solidarités traditionnelles tandis que l'organisation du travail sur les chantiers et dans les usines pouvait avoir comme effet d'entretenir l'isolement corporatif. À Vierzon, les puddleurs se savaient distincts des fondeurs comme les décorateurs d'assiettes face aux mouleurs. D'autres éléments entraient en ligne de compte comme l'isolement géographique de l'entreprise ou, au contraire, son insertion dans un tissu urbain. La politique des patrons accélérait ou retardait la prise de conscience. Décrivant l'« état complet d'antagonisme » qui caractérisait la classe ouvrière de Limoges à l'égard des entrepreneurs, un observateur remarquait, en 1855, que, pour désamorcer cette « haine », les industriels devraient s'inspirer « des moyens qui, dans les centres de fabrique du Nord et de l'Est, servent à moraliser l'ouvrier et à l'attacher à l'industrie ».

Enfin, le triomphe des idées libérales à travers le siècle interdisait, mieux, rendait caduques les formes de sociabilité et d'autonomie ouvrières que l'Ancien Régime avait développées. Pourtant, artisans et ouvriers d'industrie – les premiers davantage que les autres – ont utilisé des modes d'organisation éprouvés ou créé des institutions communautaires qui étaient compatibles avec la législation en vigueur pour exister collectivement, d'abord, pour résister, ensuite. Le compagnonnage a traversé indemne la Révolution. Il encadre, selon des principes et des rites immuables, de très nombreux métiers, et pas seulement ceux qui relèvent du bâtiment. La Restauration est son heure de gloire. Il s'est nui en s'enfermant dans l'exclusivisme alors que les ouvriers attendaient, de plus en plus, qu'on leur propose des lieux d'intégration et d'ouverture. Les sociétés de secours mutuel répondaient visiblement à ce besoin. Elles font jeu égal avec les compagnonnages, vers 1830, et deviennent la « forme principale de la corporation ouvrière » dans les années 1840 (William Sewell). En un sens, elles prolongent les anciennes confréries. Elles aussi sont d'inspiration religieuse (avec un saint patron) et s'assignent comme premier devoir de faire enterrer décemment leurs adhérents. Elles se chargent de les aider en cas de maladie, d'accident ou de chômage et de verser un subside à l'ouvrier quand il est trop âgé pour travailler. Un droit d'entrée non négligeable et une cotisation mensuelle constituent la trésorerie de ces sociétés. Nombreuses à Paris (234 en 1840), elles sont présentes dans la plupart des villes industrielles, à commencer par Lyon où la Fabrique en suscite huit, entre 1804 et 1828. Derrière cette facade rassurante – du point de vue de la police –, des activités moins avouables s'implantent. La charité laisse la place à la solidarité ; les sociétés mutuelles, grâce à leurs ressources, font couramment office de caisse de grève, dans les années 1830. Par là le mutuellisme débouche sur une organisation de combat. Quand les fonctions d'aide sociale sont dévolues à des institutions parrainées par l'entrepreneur, les salariés constituent directement leurs organismes de défense ; l'autonomie des mineurs résiste au paternalisme. Il va de soi que ces caisses clandestines impliquent un débat collectif sur leur emploi, des délégués pour les gérer. C'est l'embryon d'une structure, déjà d'un syndicat. Ces derniers, toujours interdits, commencent à apparaître vers 1860, sous la forme de chambres syndicales qui se veulent les répliques des chambres de commerce.

Ces gestes d'autonomie militante et de solidarité esquissent un espace de classe. La conscience d'une identité collective progresse à travers la dialectique de l'unité de la condition ouvrière et de son altérité. Le visage de l'unité, ce pourrait être cet échange, qui date de 1832, entre tailleurs de pierre et ouvriers de soie à Lyon. Les premiers déclarent : « Nous avons enfin reconnu que nos intérêts sont les mêmes et que, loin de nous haïr, nous devons nous aider. » Les autres invoquent dans leur réponse la « confraternité des prolétaires », « la Sainte Alliance des travailleurs ». Dès 1833, des ouvriers porcelainiers de Vierzon consultent leurs collègues de Paris et de Limoges avant d'établir leurs revendications. Attitude d'ouvriers très spécialisés ? Les jeunes moulinières de soie, à Pélussin, qui font grève en juillet 1869, ne veulent pas « rester en arrière de leurs sœurs de Lyon », qui ont entamé un mouvement un mois plus tôt. L'autre versant, c'est l'opposition radicale du capital et du travail. Ici, la détermination ouvrière se lit dans la peur des autorités et des possédants. Le vocabulaire militaire est de rigueur. « Il y a deux camps bien tranchés », écrit le préfet de la Loire en 1866. « Notre ennemi, c'est notre maître », voilà comment le procureur général de Lyon résume le sentiment des ouvriers en 1867. Mais la cassure est intervenue plus tôt. À Lyon, comme à Paris et dans d'autres agglomérations, 1833 est l'année charnière de la prise de conscience. Les salariés urbains, artisans et ouvriers d'industrie mêlés, se voient comme une classe ouvrière et non plus comme une pluralité. Loin de suivre l'évolution de l'industrie, ils l'anticipent. La bataille frontale, même perdue, a porté ses fruits. Pour exprimer ce nouvel état de choses, les ouvriers adoptent d'anciennes images ; héritiers des sans-culottes, ils mettent leurs mots dans les mots de la Révolution. Les employeurs sont des « aristocrates », des « privilégiés ».

Face à eux, les « serfs » peuvent et doivent faire valoir leurs droits. La classe ouvrière est-elle le tiers état du XIXe siècle ?

Sur les barricades, cette question a trouvé un début de réponse. En 1848 et en 1871, les ouvriers ont été la partie agissante du peuple. L'ambiguïté demeure néanmoins. Elle vient de la continuité sociologique et spatiale qui unit, en milieu urbain, la classe ouvrière aux autres catégories populaires. Elle naît aussi des avatars de la parole ouvrière. Tantôt, des militants tiennent le discours de l'universel – qui est si prégnant en 1848 –, tantôt d'autres se réclament de la spécificité du monde du travail. Le manifeste des Soixante, qui, en 1864, revendique pour les ouvriers une représentation politique autonome, se place sur cette dernière position.

S'il fallait désigner un thème qui unifie, vers 1848, la fraction motrice de la classe ouvrière, autrement dit les ouvriers de métier, l'association de producteurs serait le plus appropriée (Bernard Moss). Sans se contenter d'énoncer cette perspective de réappropriation du travail et d'abolition du salariat, nombreux furent ceux qui tentèrent de mettre l'idée en pratique, en 1830-1840, puis dans l'illusion lyrique de 1848, enfin dans les années 1860. Des imprimeurs, des cordonniers, des canuts, des verriers, des tailleurs coururent le risque de donner vie à leur utopie. L'échec ou la récupération « bourgeoise » furent au bout du chemin. De toute façon, reconnaissait Buchez, l'un des théoriciens de l'association, la formule ne valait que dans les industries peu mécanisées. Si ce socialisme en actes a pu mobiliser les espérances, c'est sans doute qu'il rendait à chacun son entière dignité.

Le monde ouvrier se transforme au creuset de l'industrialisation. Le plus neuf, peut-être, est la part qu'y tiennent, hors de leur domicile, les femmes et les enfants. Chaque avancée de la mécanisation facilite leur mise au travail. La famille ouvrière éclate ou reconstitue difficilement son unité. Les trois sources du salariat de la grande industrie, proto-industrie, artisanat, paysannerie, offrent une main-d'œuvre longtemps disparate, qui n'a ni les mêmes capacités ni les mêmes exigences. Le nouveau système productif a besoin précisément de briser les particularismes, d'endiguer le nomadisme. Les conditions de travail sont dures, principalement dans la première moitié du XIXe *siècle. La discipline usinière, la longueur et parfois la pénibilité du travail harassent les ouvriers. L'industrie à domicile n'est pas moins rude alors, si elle ne l'a jamais été. Mais les salariés de la grande industrie font, en outre, l'apprentissage de la dépendance sans retour. L'industrialisation est vécue comme une blessure. Est-ce une malédiction ? Le tableau n'est pas uniformément sombre. Une fraction du monde ouvrier échappe à la précarité et à la paupérisation. Elle le doit à des qualifications qui entretiennent un rapport de forces favorable et protègent une sorte d'autonomie. En deuxième lieu, certains patrons, par calcul et par conviction, réussissent à faire reculer la misère ouvrière en deux domaines sensibles, le logement et la maladie. Enfin, en dépit du morcellement des statuts, une classe ouvrière est en train de naître. Ses éléments les plus combatifs ont déjà établi un lien entre lutte salariale et exigence politique.*

5. Dynamiques

Le processus d'industrialisation, inauguré dans les années 1780, compliqué, voire interrompu par la Révolution et les guerres, achève sa trajectoire vers 1880. Quels en sont les résultats économiques ? De nombreux travaux d'histoire quantitative, ces trente dernières années, se sont efforcés de répondre à cette question. Si l'on évite d'excéder la précision que les sources autorisent, le matériel statistique disponible donne une base d'analyse fiable. On peut ainsi chiffrer, avec une relative sécurité, la croissance globale de l'industrie française au cours du siècle, en volume et en valeur. Au-delà de ce premier aperçu, il serait souhaitable de décomposer le mouvement. Car la croissance n'a pas été uniforme. Quelles ont été les périodes d'accélération et celles de décélération ? Quelles crises, par ailleurs, ont pu briser son élan ? Diversité, aussi, des performances selon les branches d'industrie. La conjoncture productive, sous ses aspects variés, n'est pas séparable de la demande, de son essor, de son inertie ou de sa rétraction. Garder des marchés ou en gagner, l'affaire ne se joue pas qu'en France ou par la seule France. L'étranger est partie prenante de cette histoire industrielle, comme débouché et comme concurrent. La dynamique manufacturière agit également dans l'espace en remaniant le tissu industriel. La France de 1880 a-t-elle une autre allure qu'au siècle précédent ? Il faudra déterminer si la nouvelle géographie introduit des ruptures d'équilibre, génératrices de clivages régionaux. Ce serait faire le bilan territorial du mouvement d'industrialisation et de désindustrialisation.

Le mouvement de la production

Une croissance prononcée

La tendance longue est à la hausse sensible du produit industriel. La plus récente estimation, due à Maurice Lévy-Leboyer, montre que, en volume, la production est passée de l'indice 20,4 en 1820 à 59,4 en 1880, sur la base 100 de 1908-1912. Le même auteur fixe à 3,391 milliards de francs en 1820 et à 7,459 milliards de francs en 1880 la valeur de la production industrielle française. Les résultats obtenus par Tihomir Markovitch et par François Crouzet convergent remarquablement avec ces calculs. C'est, clairement, un bond en avant. Autre indicateur du progrès accompli, la part de l'industrie dans le produit physique a dépassé celle de l'agriculture en 1875-1884 en atteignant 52 % ; elle n'était encore que de 32 % soixante ans plus tôt. Si fragile que soit à cette époque la notion de population active industrielle, il est notable que celle-ci s'établisse à 4 millions de personnes environ vers 1870 alors qu'elle comptait moins de 2 millions de personnes sous le premier Empire. La productivité a connu une augmentation également significative. Une preuve indirecte mais pertinente est fournie par la baisse durable, par l'« écrasement » des prix industriels, selon le mot de Maurice Lévy-Leboyer. Celui-ci situe à 281 en 1809, sur la base 100 de 1880, l'indice pondéré de ces prix. C'est dire que la chute est sévère. La *Statistique générale de la France* indique, par exemple, les baisses suivantes entre 1820 et 1880 : le quintal de fonte, de 30 à 6 francs, le quintal de fer de 46 à 13 francs. Chaque exposition industrielle – il s'en tient une tous les cinq ans – enregistre une baisse de 10 à 15 % dans le prix de revient des draps de laine. La houille, qui fait plus que tripler pendant la période, est le contre-exemple d'une activité dont la productivité a progressé trop lentement.

De 1815 à 1880, l'estimation généralement admise fixe à 2 % par an le taux moyen de croissance industrielle. À l'intérieur de cette phase, se dessine une inflexion majeure

– sur laquelle nous reviendrons – entre 1860 et 1880. Ce n'est pas encore la dépression mais une « décélération » sensible (Maurice Lévy-Leboyer) qui ramène le taux de croissance à 1,7 %. La croissance forte, ce qui ne signifie pas continue, se place donc en amont. Résumant l'apport des historiens quantitativistes, Ernest Labrousse jugeait que l'industrie française avait alors progressé au rythme de 2,5 à 3 % par an. Peut-on affiner le calcul ? En suivant Maurice Lévy-Leboyer, on distinguera deux périodes : 1815-1845 qui culmine à 2,9 % et 1845-1865, à 2,5 %. Le cœur du mouvement se trouverait, à 3,2-3,5 %, dans les années 1830-1850, entre la monarchie de Juillet et l'Empire autoritaire (François Crouzet). Pierre Léon, qui décale un peu la chronologie, a parlé, pour la phase 1840-1870, d'un « dôme d'accélération ». Croissance extensive puis croissance intensive, suggère Jean-Charles Asselain avec une brassée d'indicateurs. Ainsi la population active industrielle augmente beaucoup plus vite dans les années 1830-1840 que par la suite. C'est la productivité qui prend le relais. L'investissement se porte davantage sur les machines, accroissant l'intensité capitaliste de la production. La stabilité de la population active employée dans l'industrie masque des transferts intersectoriels. Cette nouvelle modalité de la croissance a été rendue possible par un changement dans le partage de la valeur ajoutée industrielle. La part des profits augmente en effet de près de 15 % entre 1840-1845 et 1860-1865 au détriment des salaires. Le réinvestissement qui s'ensuit détermine une forte poussée dans la formation de capital fixe.

Envisagée dans une perspective d'ensemble, la croissance industrielle du XIXe siècle est donc inégale et saccadée. Elle l'est aussi si on l'examine secteur par secteur, à partir des indices primaires. En revenant aux données de base, dont l'indice global est issu après pondération, François Crouzet a dégagé des dénivellations importantes. Sur la longue durée (1815-1913), les industries minières et l'industrie chimique caracolent à 4,2 % l'an, tandis que le groupe des textiles s'en tient à 1,5 %. Délestées de ceux-ci, les autres industries auraient connu un taux annuel proche de 5,5 % pour la période 1820-1860. Cette analyse en parallèle permet d'utiles comparaisons, mais n'introduit pas, à elle seule, au fonctionnement du système. Pour cela, il convient de définir le rôle dynamique de chacun des éléments. Renouvelant la problématique des *leading sectors,* Patrick Verley a voulu déterminer les secteurs moteurs dont la croissance a le plus d'effet sur les autres, vers 1860. Pondérée par la taille, cette hiérarchie des capacités d'entraînement classe dans l'ordre les industries alimentaires, les industries textiles, l'habillement, la chimie et la construction d'objets en métal. Par eux doit passer la « contagion de la croissance ». L'autre catégorie rassemble les secteurs « base » qui pèsent, à l'inverse, d'autant plus sur l'économie que la croissance des secteurs moteurs dépend de leurs fournitures. En tête, les industries extractives, combustible et minerais. Suivent l'industrie du bois (matériau), les industries chimiques et l'agriculture. La structure, à la coupe choisie, mêle, dans le palmarès, industries « classiques » et industries « nouvelles ». Elle montre également qu'un même secteur peut être « moteur » et « base », autrement dit parfaitement intégré aux autres. Elle rappelle que l'agriculture et la sylviculture continuent de fournir le plus gros des matières à transformer et que la dépendance de l'industrie à leur égard reste forte. Quarante ans plus tôt, ce lien aurait été encore plus manifeste, mais la suprématie du « facteur charbonnier » et le rôle d'entraînement de l'industrie chimique, calculés sur les volumes réels et non sur l'effet théorique, ne seraient pas apparus. Enfin, la place éminente des « industries alimentaires » renvoie, si l'on veut, à une activité traditionnelle, mais signale surtout l'industrialisation croissante et récente de celle-ci.

Une dynamique interne opère aussi à l'intérieur des branches. La progression de la sidérurgie a été spectaculaire. La France des années 1780 produisait sans doute 100 000 tonnes de fonte et 65 000 tonnes de fer. La France de 1880 sort 1 725 000 tonnes de fonte et 1 355 000 tonnes de fer et d'acier. Le plus remarquable, toutefois, est le changement de base technique qui provoque des contrastes marqués. Dans la première moitié du siècle, le fer au bois maintient tout juste ses positions antérieures : à son apogée de 1840 (103 000 tonnes), il dépasse de très peu son meilleur niveau de 1809. Par opposition, le fer à la houille, dont on a dit le brusque essor pendant la Restauration, bénéficie d'une croissance très forte, qui le conduit de 47 000 tonnes en 1830 à 134 000 tonnes en 1840. Ensuite, la divergence est totale. Au déclin lent (96 000 tonnes en 1860), puis à la quasi-disparition du fer au bois dans les années 1870, répond l'augmentation de l'autre filière : 436 000 tonnes en 1860, 966 000 tonnes en 1880. Du côté de la fonte, on se souvient de la longue résistance du procédé au charbon de bois. De fait, sur la base des résultats des années 1820 – 150 000 tonnes –, les hauts-fourneaux classiques gardaient une bonne marge de progression : ils fabriquent 316 000 tonnes en 1860. Mais déjà cette production ne représente plus qu'un gros tiers du total ; la fonte au coke s'impose. Voici sa trajectoire : 3 000 tonnes au début des années 1820, 27 300 tonnes en 1830, 70 000 tonnes en 1840, 176 000 tonnes en 1850, 582 000 tonnes en 1860. Peu après, la fonte au bois n'assure plus qu'un pourcentage infime du total. Celui-ci est de 1 178 000 tonnes en 1870 et de 1 725 000 tonnes en 1880. Parallèlement au fer, avec un allant encore supérieur, l'acier offre l'image d'une croissance explosive. De ce métal presque confidentiel sous le premier Empire (2 300 tonnes), il se produit 6 000 tonnes en 1835, 11 000 tonnes en 1850, 30 000 tonnes en 1860, 110 000 tonnes en 1865, 390 000 tonnes en 1880. La mise au point des procédés Bessemer (1856-1860) et Martin (1863-1865) ont rendu possible l'accélération finale.

Autres produits, autres conjonctures. L'industrie cotonnière avait connu un démarrage rapide dans les années 1780. La Révolution et les guerres ont changé radicalement ses conditions de fonctionnement, non son dynamisme. La consommation de coton brut, qui était d'environ 4 000 tonnes dans les années 1780 (Tihomir Markovitch), a été multipliée par vingt-deux en 1880. Une première phase s'est close en 1843 : la consommation est alors quinze fois celle de son niveau d'origine. Elle s'installe à ce palier jusqu'cn 1852. Une deuxième poussée conduit la consommation de 58 000 tonnes en 1851 à 114 000 tonnes en 1860, performance qui ne sera reproduite, après une longue crise, qu'en 1883. En reprenant ce même indicateur de consommation productive, on esquissera une courbe différente pour l'industrie lainière. La tendance séculaire est également à la hausse vive : la consommation de laine brute aurait été de 42 300 tonnes dans les années 1780, elle est de 173 000 tonnes en 1880. La différence – en dehors d'une croissance moins éclatante – repose sur un contraste d'allure – ici, elle est moins heurtée – et surtout sur l'accélération des années 1860-1870. Sur la base de la consommation estimée pour 1780, les indices sont les suivants : 1825-1834 : 153 ; 1835-1844 : 190 ; 1845-1854 : 206 ; 1855-1864 : 244 ; 1865-1874 : 325 ; 1875-1884 : 412. Est-ce la revanche provisoire de la laine sur le « roi coton » ? Il faudra voir comment s'est fait l'arbitrage à l'échelle des pôles textiles. La certitude, en tout cas, est que cette croissance correspond à un mouvement irréversible d'internationalisation des approvisionnements lainiers. La laine brute importée faisait 17 % du total en 1780 ; elle entre pour 74 % de la consommation en 1880.

Les ruptures de pente

Des crises ponctuent la période ; elles interrompent la croissance sans la remettre en cause. De part et d'autre de la bourrasque de 1847-1851, des accidents plus ou moins graves se signalent en 1828-1831, 1857, 1867, 1871. Ce sont là des crises nationales ; d'autres secousses viennent perturber spécifiquement des branches d'industrie, voire des régions. Quels sont les caractères de ces crises générales ? On peut retenir l'essentiel de la démonstration labroussienne. Jusqu'au dernier tiers du siècle, la crise de subsistances domine l'économie, de façon presque tyrannique jusque dans les années 1840 et de plus en plus mitigée après cette césure. Comme sous l'Ancien Régime « la contrariété tendancielle persiste entre prix du froment et mouvement de la production textile » (Ernest Labrousse).

La part de l'alimentation dans les budgets populaires et du pain dans l'alimentation explique l'efficacité meurtrière du mécanisme, une fois que la flambée du prix des grains est enclenchée. Or, tout en allant en s'atténuant, les crises des subsistances se traduisent longtemps par des hausses violentes ; l'apaisement – qui s'exprime tout de même par des hausses de moitié – viendra dans les années 1860. Les industries de consommation comme le textile sont évidemment plus dépendantes de ces fluctuations que les industries de biens de production. Celles-ci subissent partiellement l'impact de la crise des subsistances, et avec retard. Si l'onde a été brève, elle ne leur parvient pas. La sous-consommation industrielle n'épuise pas le schéma de la crise. En effet, le secteur manufacturier a sa propre logique qui, selon les cas, anticipe la crise agricole ou se superpose à elle. Ainsi, les mauvaises récoltes de pommes de terre puis de céréales, de 1826 à 1830, ont-elles été précédées puis accompagnées par une crise multiforme du capitalisme industriel. La poussée des investissements (de 1819 à 1825) dans les mines, la métallurgie, les textiles, l'industrie mécanique a créé une sur-accumulation. Celle-ci débouche, dans les branches concernées, sur une baisse du taux de profit et la constitution de capacités excessives de production, dans l'économie industrielle en général, sur le renchérissement du crédit. L'enquête sur les fers de 1828, qui est l'aboutissement de trois ans de consultation sur la politique douanière, reflète bien cet avatar nouveau de l'industrialisation. Une deuxième phase d'accumulation intense parcourt les années 1832-1847. Cette fois, les investissements ont été attirés par les chemins de fer, sans préjudice de la demande des autres secteurs lourds. La recherche de capitaux nécessaires à la poursuite des travaux et des équipements fait de la Bourse le levier de toutes les spéculations. Le retournement de la conjoncture boursière, qui s'amorce à l'été de 1846, fragilise les compagnies de chemins de fer et retentit sur les activités en amont, qu'il s'agisse de la construction mécanique, de la métallurgie ou des mines. Dès lors, il apparaît que la crise frumentaire la plus brutale de la période s'insère dans un complexe de mouvements industriels et financiers et n'explique pas à elle seule l'étendue de la crise manufacturière. D'autres dynamiques interfèrent aussi, celle de la crise sociale, dans la dialectique de la protestation populaire et de la peur des possédants, celle de la crise du pouvoir. 1830, 1848, 1871 sont autant de moments où la politique a rattrapé l'économie.

La périodisation classique situe vers 1880-1882 le retournement de l'économie française, le début de la « Grande Dépression ». Les rythmes longs de l'industrie s'accordent avec cette chronologie. Toutefois, vingt ans plus tôt, un changement s'amorçait, qu'on l'appelle « décélération » (Maurice Lévy-Leboyer) ou « fléchissement » (Jean-Charles Asselain). À première vue, le dommage n'est pas immense. Le taux de croissance industriel (hors bâtiment) était de 2,87 % entre 1845 et 1858, il s'établit à 2,28 % entre 1858 et 1867. Les écarts relatifs à la tendance de longue durée (1815-1913) sont de 15,5 % pour 1860-1869, c'est-à-dire les plus faibles depuis 1840. Pour 1870-1879, ils sont à peine positifs : 0,4 % (François Crouzet). La production industrielle a décidément perdu de son ressort. Plusieurs raisons ont été avancées pour expliquer ces contre-performances. Certains entrepreneurs contemporains ont volontiers vu dans le traité de libre-échange avec l'Angleterre la source de leurs maux. Posée en ces termes, l'équation est inexacte. Les échanges franco-britanniques présentent une amélioration au bénéfice de la France, en ce sens que la part des produits finis industriels dans les ventes françaises s'accroît notablement. La Fabrique lyonnaise – qui contribue pour 37 % en 1847-1856 à la valeur des exportations de biens manufacturiers – ne peut que se féliciter de la promulgation du traité. En revanche, la métallurgie au bois avait tout à perdre à cette ouverture ; les années 1870 sont celles du naufrage de pans entiers de cette sidérurgie. Lors d'un meeting tenu à Saint-Dizier en décembre 1869, des centaines de maîtres de forges, venus de toutes les vieilles régions sidérurgiques, ont dénoncé le traité comme une « défaite pour la France ». Disons plutôt que c'est un révélateur. Mais le commerce extérieur de la

France ne se réduit pas à un tête-à-tête avec l'Angleterre. La balance commerciale se détériore. Les exportations industrielles ralentissent leur croissance ; leur part dans le produit industriel diminue à partir des années 1870. Au contraire, les importations industrielles continuent de progresser au rythme de 4,5 % l'an. La baisse des prix des produits étrangers, plus prononcée que celle des prix intérieurs, entretient ce courant. La moindre compétitivité de l'appareil productif français se solde par la perte de parts de marchés (François Bourguignon et Maurice Lévy-Leboyer). Il convient de relativiser le recul : les importations ne se montent qu'à 12 % du produit industriel. Elles ne peuvent « alourdir à elles seules le marché national » (Albert Broder).

Deux industries textiles ont été frappées dans leur approvisionnement : celle du coton et celle de la soie. La « famine de coton » a été la conséquence de la guerre de Sécession. Les importations en provenance d'Égypte et d'Inde ont en partie pallié la disparition provisoire du coton américain. Solution peu satisfaisante pour la qualité et désastreuse pour les prix : la matière première a triplé dans la décennie 1860. Quant à l'industrie française de la soie, elle a été, elle aussi, victime d'une « famine », mais d'origine intérieure. La pébrine, maladie du ver à soie, a été détectée en 1849 et s'est généralisée dans les quinze années suivantes. De 20 000 tonnes en 1850, la production de cocons tomba à 5 000 tonnes en 1865. La Fabrique lyonnaise, par le relais britannique, substitua remarquablement vite les soies d'Asie à celles des Cévennes. Quand la pébrine sera vaincue, la sériciculture nationale ne pourra lutter contre ces soies étrangères produites à bien moindre prix. Le choc est donc pour les paysans cévenols, qui perdent la « manne séricicole » (Pierre Cornu), non pour les fabricants. Cet événement dramatique mais localisé a touché des paysans fournisseurs de l'industrie. C'est la paysannerie comme clientèle qui, en définitive, est la principale responsable du ralentissement industriel. Comme l'a indiqué Gabriel Désert, la décennie 1860 inaugure une phase de stagnation de la productivité agricole. Après les progrès des vingt années précédentes, les rendements piétinent parce que les investissements sont consacrés aux acquisitions foncières plutôt qu'aux améliorations culturales. Le revenu des exploitants augmente encore, car la hausse des prix masque le plafonnement des volumes. Dans la décennie 1870, l'agriculture française sera bien fragile face à la chute des prix agricoles mondiaux. Ce déficit de croissance dans un « secteur de base » pèse lourd. Ultime manifestation de l'« antécédent agraire ».

Produits et marchés
Le développement de l'industrie suppose une extension comparable des marchés. Il faut répondre à la demande, quitte à la susciter. La production de biens manufacturés en France, les structures de consommation nationale et internationale et la concurrence étrangère sont interdépendantes. À l'issue de la Révolution et des *French wars,* les marchés extérieurs de la France étaient à rebâtir. Le rebond est spectaculaire. Parties de 300,6 millions de francs dans la décennie 1827-1836, les exportations de produits manufacturés se montent à 1,559 milliard de francs en 1867-1876. Elles ont progressé plus vite que le produit industriel national, passant de 11,3 à 19,5 % de sa valeur. En quoi consistent ces exportations ? La France du XIXe siècle, comme celle du XVIIIe siècle, vend essentiellement des textiles. En 1867-1876, ceux-ci font 57,8 % du total. Les soieries occupent de loin la première place, mais la progression la plus forte depuis 1827-1836 est due aux tissus de laine ainsi qu'aux vêtements et à la lingerie. En comparaison, les cotonnades reculent très sensiblement. Elles n'ont guère de chance à escompter sur les marchés étrangers où règnent les cotonnades britanniques, qui bénéficient d'économies d'échelle. Les draps de laine, de qualité supérieure, ont une réputation établie et peu de concurrents dangereux. Le même raisonnement vaut pour les vêtements et la lingerie, qui vendent le haut de leurs gammes aux classes aisées d'Europe et d'Amérique. Les soieries, enfin, correspondent parfaitement, au XIXe siècle, à l'idée que les consommateurs étrangers se font du « luxe français ». Les

« articles de Paris » profitent évidemment de la même prime. Avec l'orfèvrerie, la bijouterie, les modes et les fleurs artificielles, ils constituent en fin de période 15,5 % de la valeur des exportations de biens manufacturés. Si on laisse de côté divers produits tels que la maroquinerie, les livres et les verres, il reste un dernier groupe composé des outils et ouvrages en métal, des produits chimiques et des machines et mécaniques. Cet ensemble participe pour 8 % à la valeur des ventes, dans la dernière décennie. Soieries et articles de Paris, d'un côté, machines et produits chimiques, de l'autre, le contraste de réussite donne une image fort passéiste de l'industrie française. On est sans doute fondé d'y voir, avec Albert Broder, la marque du désintérêt de beaucoup d'entrepreneurs pour les échanges extérieurs. On doit cependant ajouter que la France vend d'autant mieux des produits qu'ils ont une haute valeur ajoutée et que leur écoulement se ressent peu des variations de coût (l'« élasticité/prix » des économistes). Choix ou contrainte, n'est-ce pas un « créneau » judicieux ?

Les avantages comparatifs stimulent sélectivement les exportations. Sur le marché national, ce sont les termes de l'échange intérieur (entre agriculture et industrie) et le partage de la valeur ajoutée (entre salaires et profits) qui influent sur le volume et les structures de la consommation. La chute rapide des prix industriels, en regard de l'évolution des prix agricoles, a avantagé dans la longue période les agriculteurs. En 1809, les termes de l'échange étaient défavorables à l'agriculture (83/281 soit 30 sur la base 1880 =100). Ils se sont progressivement améliorés : 50 en 1833, 84 en 1870. Ce mouvement, bien sûr, n'a pas concerné également toutes les catégories paysannes ni tous les produits, mais les masses rurales ont eu globalement des revenus en hausse entre 1830 et 1870. L'industrie française en a-t-elle profité ? François Bourguignon et Maurice Lévy-Leboyer en doutent. Ils considèrent que l'amélioration de l'alimentation paysanne, en quantité, équilibre et qualité, a emporté l'essentiel du surcroît monétaire, sans compter l'épargne, si elle était possible. Pourtant, aux belles années du second Empire, la paysannerie semble s'habituer à dépenser plus qu'avant pour le vêtement, pour l'outillage agricole ou domestique. L'inertie des modes de consommation est certes importante en milieu rural, mais la monétarisation des campagnes, l'unification progressive des marchés poussaient incontestablement à des achats accrus de marchandises. Il est vrai que, eu égard à sa masse, la paysannerie n'a pas contribué autant qu'elle aurait pu, en termes statistiques, à la consommation des produits manufacturés et que, par là, l'industrialisation en a été freinée.

Le même schéma et, reconnaissons-le, la même incertitude s'imposent pour le comportement des classes urbaines. L'urbanisation, à elle seule, est facteur de consommation industrielle. Elle crée des besoins et elle brise des commodités. Encore faut-il que les revenus suivent. Or le salaire réel stagne ou baisse jusque dans les années 1850. Quand il se redressera vivement, le surplus ne sera-t-il pas consacré à gagner une sorte d'aisance alimentaire ? Un autre poste de dépense rogne ces maigres trésoreries, le logement, qui est coûteux dans les grandes villes. Aussi bien, les classes ouvrières n'ont pas pu donner à la demande de produits manufacturés l'élan doit elle aurait eu besoin. Des nuances doivent cependant être apportées. D'abord l'augmentation de la population active industrielle a dû stimuler la demande. Par ailleurs, la durée de l'emploi, la taille et la composition de la famille changent sensiblement le rapport des moyens aux besoins. Enfin, une fraction des ouvriers qualifiés, proches des artisans par leurs revenus, ont tendu à adopter le mode de vie de ces derniers. Il est difficile et probablement anachronique de délimiter des « classes moyennes » dans la France du XIXe siècle. Mais, entre le prolétariat d'usine ou de chambre, d'une part, et les classes possédantes, d'autre part, un conglomérat de salariés d'industrie, d'artisans, de boutiquiers, de petits propriétaires urbains, d'employés et de fonctionnaires forme la base de la consommation des produits manufacturés, moins par son effectif – qui cependant s'élargit – que par sa propension à acheter. Les nouveaux « Grands Magasins » y puisent, sous le second Empire, le gros de leur clientèle. Les industries cotonnière et linière, peu présentes sur les marchés étrangers, la quincaillerie et la verrerie communes sont les fournisseurs dominants – même après l'instauration du libre-échange – de ces consommateurs. Quant aux classes aisées, elles ont surtout aidé à faire vivre les industries du luxe ou les secteurs de luxe des industries. Outre la demande des milieux ruraux et urbains, il ne faut pas oublier le troisième secteur, celui de l'équipement collectif, des matériaux de construction, des moyens de production. Nous avons évoqué le dynamisme des transports et de la mécanisation des usines. Il y a là un marché largement captif, en dépit de tout, et qui absorbe le produit des industries lourdes. La fièvre de construction des années 1820 puis 1850, l'urbanisme haussmannien qui a remodelé, en dehors de la capitale, des quartiers de Marseille, de Lyon et – marginalement – d'autres grandes villes, et suscité de nouveaux aménagements portuaires sont responsables de l'élargissement cyclique de la demande. Ces poussées, derrière lesquelles se profilent la politique et la commande publique, ont certainement stimulé le groupe des industries de biens de production.

La polarisation des activités

Des chemins pour l'industrialisation

Dans la France de 1780, l'ubiquité du travail industriel était de règle, en l'absence de véritables régions manufacturières. Dans la France de 1880, la géographie de l'industrie est plus ramassée ; son territoire a été en quelque sorte aménagé par un processus sélectif. Celui-ci a pu parfois consolider une activité fabricante née sur des bases rurales et proto-industrielles, moyennant une mutation profonde. L'Ardenne du Nord, entre Charleville et Givet, donne l'image de cette industrialisation en continu (René Colinet). Au début du XIXe siècle, on l'a indiqué plus haut, ce pays à l'agriculture ingrate vivait de la clouterie à la main. Dans les années 1830-1840, ce système de « boutiques » est gravement menacé par la clouterie mécanique effectuée en ateliers. Par ailleurs, la manufacture d'armes de Charleville cesse ses activités en 1836, la verrerie de Fumay ferme en 1838, celles de Monthermé et de Laval-Dieu, en 1846. La « Vallée » est-elle condamnée à la désindustrialisation ? En fait, elle rebondira plutôt, en valorisant ses atouts métallurgiques. La clouterie se poursuit essentiellement dans les usines de Charleville, mais la structure dualiste combine production concentrée, mécanique, et structure dispersée, à la main. Du système proto-industriel émergent de nouveaux entrepreneurs, plus riches de savoir-faire que de capitaux, qui se lancent dans des fabrications très demandées : la boulonnerie et la ferronnerie. Les bourgs cloutiers réussissent leur reconversion en restant fidèles à la métallurgie légère. La « Vallée » s'est ménagé une autre chance, en misant sur la fonte de seconde fusion. La région ne peut, en effet, lutter contre les nouveaux pôles de la sidérurgie lourde puisqu'elle est dépourvue de houille et mal pourvue de fer. En revanche, le moulage intègre surtout des qualifications qui ne manquent pas en Ardenne. À partir de 1860, Nouzon et autres sites fourniront, grâce à la fonte lorraine et au charbon du Nord ou de Belgique, ces pièces moulées que réclament de plus en plus les industries d'équipement. L'« humus » de compétences métallurgiques constamment entretenu et vivifié, la souplesse de structures qui articulent usines, ateliers de sous-traitance, travail à domicile ont rendu possible une industrialisation sans déchirure.

L'essor prodigieux du bassin de Saint-Étienne – qui en a fait l'une des régions phares de l'industrialisation – repose sur trois piliers, le textile, le charbon et la métallurgie. Ce sont là des activités déjà bien implantées dans la région au XVIe siècle. Leur développement au XIXe siècle revêt toutefois des caractères inédits, qui transforment en profondeur chacune de ses branches. La rubannerie de soie est l'industrie qui semble la moins affectée. Elle continue, jusqu'au XXe siècle, à opérer sur la base de l'atelier familial et sous le contrôle de « fabricants », maîtres de l'approvisionnement et du produit final. Pourtant la passementerie est la bénéficiaire d'un triple changement. Sur le plan technique, les métiers automatiques – le « zurichois » dont la percée a été lente et surtout le « jacquard » – ont permis d'accroître la productivité en respectant la qualité des produits et la variété des dessins. Deuxième atout, les Stéphanois se sont émancipés de Lyon, à partir du premier Empire, pour les achats de soie. Enfin, la rubannerie s'est intégrée au marché national de la mode où elle a gagné un quasi-monopole pour ses produits et a su s'imposer sur les marchés étrangers les plus dynamiques comme les États-Unis. Dès lors, le succès est patent. Le chiffre d'affaires de la passementerie stéphanoise est de 60 millions de francs en 1850 – près de la moitié du total des industries de l'arrondissement – contre 8 millions en 1817. Elle emploie à cette date environ 45 000 personnes. Le revers de cette transformation de la passementerie est son extrême sensibilité aux accidents de la conjoncture – la guerre de Sécession – et aux fluctuations de la mode. Le dernier tiers du siècle sera dominé par l'incertitude.

Charbon-sidérurgie : la synergie triomphante du XIXe siècle a des racines anciennes en Forez, car les foyers des maréchaux, des taillandiers, des ateliers d'armes ont su tirer partie de la houille sans gâter le métal. Mais l'essor conjugué des deux industries date bien sûr de la « révolution des forges » et de l'emploi du coke dans les hauts-fourneaux. Il est également contemporain de la révolution des transports, qui donne accès à des sources d'approvisionnement et à des clientèles extérieures à la région. Le bassin stéphanois, de Rive-de-Gier à Firminy, qui produisait environ 300 000 tonnes de charbon à la fin du XVIIIe siècle, en fournit près de 4 millions en 1873. Le changement est aussi structurel. Avant la législation de 1810, l'éparpillement de la propriété était un obstacle à l'industrialisation de l'exploitation. Une fois avortée la tentative de la Compagnie des mines de la Loire (1845-1854) pour parachever à son profit le rassemblement des concessions, quatre compagnies devaient se partager le bassin, jusqu'à la nationalisation (1946). Le travail du métal – fer et acier – pour la quincaillerie et pour les armes a été, jusqu'au XIXe siècle, la seconde spécialité du Forez. Mais alors que la rubannerie se développait, la fabrication des ustensiles de ménage, des outils et des pièces de serrurerie entrait en décadence. L'effectif ouvrier tombait de 12 000 à 1 500 en cinquante ans. Ici le système du marchand-fabricant se révélait régressif. Il maintenait, en effet, des procédés dépassés, donnant des produits médiocres et finalement chers. Les concurrents, serruriers ou couteliers du Vimeu, du Jura et de Thiers, qui avaient adopté machines et outillages modernes sinon rompu avec le mode de production ancien, se sont mieux tirés de l'unification des marchés. L'affaire des Stéphanois fut plutôt de bâtir une sidérurgie lourde sur la base technique la plus avancée. Le minerai local se révéla-t-il décevant ? Les hauts-fourneaux au coke, dont le premier fut installé à Terrenoire en 1822, s'alimentèrent de minerai en provenance de Franche-Comté, d'Ardèche, d'Ariège, et, à compter de 1860, de Mokta, en Algérie. L'alliance du chemin de fer et de la navigation à vapeur donnait naissance à une sidérurgie hors sol, pour ainsi dire. La fabrication du fer à la houille constituait le deuxième axe de développement sidérurgique. Une rafale de forges à l'anglaise – Saint-Julien, Saint-Chamond, Janon, Lorette… – créa, dans les années 1820, un pôle de production puissant. Mais la réussite stéphanoise est plus encore associée au troisième terme, l'acier. De l'acier au creuset produit dès 1815 par James Jackson au Chambon-Feugerolles à l'introduction des convertisseurs Bessemer (1861) par Jean-Marie Gaudet et des fours Martin (1867) chez Verdié, le département de la Loire a été à la fois le laboratoire et le promoteur de toutes les innovations. À défaut d'être le Birmingham français, il a été notre Sheffield, produisant en 1880 116 000 tonnes d'acier. Par là, l'histoire métallurgique du Forez retrouve sa cohérence. Car si Jackson y a installé son aciérie, c'était pour profiter des débouchés qu'offrait traditionnellement la quincaillerie d'acier. Le déclin de celle-ci ne signe pas la fin des activités d'aval. Au contraire, sur une base proprement industrielle, de nombreux établissements ont été créés pour transformer sur place une partie de l'acier en boulons, vis et limes, etc. La fabrication des faux et faucilles prit un tel essor qu'elle représentait en 1880 la moitié de la production française. Sur les ruines de la vieille quincaillerie proto-industrielle prospère la petite métallurgie, comme on désigne désormais cette « forme d'industrie [qui] s'apparente de très près par ses approvisionnements, son organisation industrielle et commerciale, ses machines, à la grosse métallurgie » (Maxime Perrin).

Le cas stéphanois reflète une modalité d'industrialisation par renouvellement des filières existantes. Paris et l'espace circum-parisien illustrent l'effet d'aspiration d'une grande ville sur les industries ainsi que les migrations internes de ces activités. Paris, disait Napoléon, ne doit devenir « ni une grande usine, ni un vaste comptoir » ; il fut cependant un peu les deux au cours du XIXe siècle. Les mêmes causes, qui avaient fait la fortune des industries dans la capitale, continuaient d'agir : la présence d'un marché considérable dans sa masse et son pouvoir d'achat, le rassemblement d'une main-d'œuvre très qualifiée et nombreuse. Les besoins d'une agglomération et la concentration d'une élite de cour et de ville appellent industries de masse et industries de prestige. Au rang des premières, les industries du bâtiment. La demande ordinaire en construction, aménagement, réparation, est puissamment relayée par les grands chantiers qui s'ouvrent dans le Paris du baron Haussmann et, avant ce dernier, au temps de Chabrol et de Rambuteau. Martin Nadaud, « maçon de la Creuse », a été le mémorialiste de ce mouvement. À l'autre bout de la chaîne, l'ébénisterie et les divers métiers du luxe, articles de Paris, arts précieux reçoivent l'impulsion d'une clientèle de plus en plus internationale. La continuité n'empêche pas, dans les deux cas, une évolution du milieu. Citons, comme symptômes des changements en cours, la croissance de l'entreprise Leclaire, peintre-vitrier – fondée en 1827 et qui emploie plus de mille ouvriers dans les années 1870 ou la Maison Christofle, qui atteint cet effectif en 1855 dans son usine de la rue René-Boulanger. Le célèbre orfèvre symbolise l'union de la tradition et de l'innovation technique – application de la galvanoplastie – et la capacité d'anticiper sur une demande pourtant volatile (Marc de Ferrière). Dans les arts de la table, l'élan est identique. La faïencerie (Choisy-le-Roi, 1805), la porcelaine (Charenton, 1836), la verrerie (Choisy-le-Roi, 1837) s'implantent autour de Paris. Les nouveaux modes de consommation influent sur le secteur alimentaire, qui s'industrialise depuis le premier Empire. La branche classique de la meunerie, devenue minoterie, est personnifiée dans les années 1850-1860 par Aimé Darblay et son réseau de moulins dont le centre est à Corbeil (Louis Bergeron). La récente industrie du sucre a été florissante à Paris jusqu'en 1830 et garde ensuite des entreprises importantes comme Say ou Lebaudy-Sommier. Mais la tendance, à la mi-XIXe siècle, est davantage à privilégier les ports et la région du Nord ; le courant s'est inversé. Plus nettement encore, la filature du coton, conquête de l'ère napoléonienne, a presque quitté la capitale en 1850. Au contraire, l'industrie chimique et l'industrie mécanique s'affirment dans le paysage de l'agglomération parisienne. Pour la première, les bases de l'implantation remontent à la fin de l'Ancien Régime (Javel). L'autre s'est greffée sur la tradition du travail des métaux, mais les premiers ateliers de construction, mis à part la fonderie de Chaillot, datent des années 1820.

Le tissu industriel de Paris se modifie avec lenteur. À bien des égards, la distribution des activités rappelle, en 1870, la carte du siècle précédent. Mais sous la stabilité géographique de l'artisanat traditionnel, l'industrialisation inaugure un mouvement de fond, centrifuge. L'industrie mécanique parisienne illustre, plus complètement que d'autres, ces déplacements (T. Nakajima). Quelles raisons déterminent la migration des entreprises ou le choix d'une implantation excentrée comme premier site ? Le besoin de place est certainement le facteur principal. Farcot, par exemple, commence rue Neuve-Sainte-Geneviève, peut s'agrandir en s'installant rue Moreau (au faubourg Saint-Antoine) et finalement à Saint-Ouen. Le déménagement est d'autant plus nécessaire que le coût du foncier s'alourdit dans les arrondissements du centre avant même l'haussmannisation. Être du bon côté des barrières d'octroi représente en outre un avantage pour l'employeur.

Avant 1860, il est donc tentant de quitter l'enceinte des fermiers généraux ; après l'annexion des communes suburbaines, un éloignement supplémentaire est appréciable. Les ateliers glissent donc, dans les années 1850, des IIIe et IVe arrondissements (actuels) vers le XIe, puis vers le XIXe et le XXe. Une concentration s'opère à hauteur du canal Saint-Martin, au bénéfice surtout de la métallurgie légère. Les grosses unités continuent leur marche vers la banlieue. Pas n'importe quelle banlieue, mais celle qui est viabilisée, près de la Seine, d'un canal, d'un réseau ferré. La commodité d'approvisionnement est un atout pour les industries lourdes. C'est pourquoi la Plaine-Saint-Denis est si attractive. Ces déplacements se font par contiguïté, ce qui favorise, par exemple, Pantin et Aubervilliers. Certains entrepreneurs ont vu juste et grand tout de suite, comme Gouïn, aux Batignolles (1846). Ce mouvement n'est pas l'apanage de la mécanique. Jean Bastié souligne la migration de l'industrie du livre, du VIe arrondissement aux XIVe et XVe, à Montrouge et Malakoff et enfin à Choisy-le-Roi. La déconcentration amène en banlieue des secteurs traditionnels rejetés à la périphérie pour cause de nuisance – cuirs et peaux, déchets urbains – et la nouvelle industrie lourde (Dominique Larroque, Claudine Fontanon). Dès 1859, la banlieue proche compte plus de cent établissements dépassant cinquante ouvriers. Ce basculement partiel ne doit pas fausser les perspectives. Au recensement de 1872, il y avait 520 000 ouvriers dans la capitale et 127 000 en banlieue. Le Paris de la Commune était encore un Paris ouvrier.

L'ascension du Nord, les contrastes du Midi

L'industrialisation est source de disparités géographiques, parce qu'elle crée des occasions et des contraintes, parce qu'elle met en relation des espaces de production. À ce compte, le Nord est l'un des principaux gagnants. Il ne part pas de rien. Le futur département est, à la veille de la Révolution, terre de textiles, de mines et même d'une sidérurgie non négligeable. Sur ces bases, il va se développer rapidement en valorisant ses atouts : sa forte densité de population, sa position privilégiée par rapport à la Belgique et à l'Angleterre, sa proximité de la capitale et une desserte de transports en progrès constants. L'extraction houillère ne retrouve son niveau de 1790 qu'au début de la Restauration. Après quoi, une croissance par vagues pousse la production. À son pic de 1846, l'extraction à Anzin, le principal bassin, atteint l'indice 268 sur la base 1789-1791 ou 1817-1819. La découverte du bassin du Pas-de-Calais, en 1847, modifie rapidement les ordres de grandeur. On extrait 23 000 tonnes de ce bassin en 1851 et 812 000 tonnes dix ans plus tard. Le groupe régional pèse alors 2 463 000 tonnes, soit 26 % du total national. Il en sera à 37 % en 1874 et à plus de 44 % en 1880. Le grand concurrent, le bassin de la Loire, a été dépassé en 1863. L'exploitation charbonnière soutient l'essor de deux branches consommatrices, la sidérurgie et l'industrie du verre. Le travail du fer est répandu, à l'époque proto-industrielle, en Valenciennois. Hauts-fourneaux, forges, clouteries surtout font de ce pays un lieu de compétence métallurgique, y compris dans l'usage de la houille pour la dernière manutention du fer. Le démarrage de la sidérurgie nouvelle viendra du milieu cloutier. L'établissement Leclercq-Sézille à Trith (1828) commence par une forge à l'anglaise et remontera progressivement la filière par l'acquisition d'une mine à Nancy et la création, sur place, d'un haut-fourneau. L'usine de Denain (1834), également d'origine cloutière, intègre tout le cycle, de la fabrication du coke – le charbon est à proximité immédiate – au laminage du fer (Odette Hardy). Elle se lance très vite dans la production des rails, suivie de Trith et de nouvelles usines, dans les années 1840, à Raismes, à Anzin, à Maubeuge et à Marquise. L'équipement se poursuit parallèlement en hauts-fourneaux et en forges. En 1864, le Nord est le premier département pour le fer et le deuxième pour la fonte, la Moselle occupant la position inverse. En 1882, le Nord garde son rang, qui correspond à 31 % du total pour le fer et à 12,5 % pour la fonte. Il produit également 13,5 % de l'acier national. L'industrie verrière est, comme la sidérurgie, bénéficiaire du boom minier. Déjà bien implantée à la fin du XVIIIe siècle, elle avance au rythme de 4,3 % de croissance par an jusque dans les années 1860. Elle compte alors pour 25 % de la production française (le département de la Loire étant le deuxième à 12 %), avec une quasi-exclusivité dans le verre à vitre (Jean-Pierre Daviet). Le département du Nord, au début de la Révolution, travaille la laine et le lin sur le mode proto-industriel. Le coton vient de se glisser à côté de ces fibres traditionnelles. Les circonstances lui donneront, ici comme ailleurs, un champ d'expansion. Le Nord y réussit si bien qu'il produit en 1812 plus de la moitié des filés et qu'il est le troisième département pour le nombre de métiers à tisser. Tourcoing, Roubaix, Douai sont les points d'ancrage de cette nouvelle industrie. Bien des lainiers s'y convertissent. La crise frumentaire et industrielle qui s'ouvre en 1827 atteint plus durement le textile le plus récent. S'amorce alors la revanche de la laine, qui prendra plein effet à la fin des années 1830. Roubaix et Tourcoing sont les pôles de fabrication de ces nouveaux tissus de laine (souvent mélangés d'autres fibres). La valeur de la production était de 10 millions de francs en 1835 ; elle se situe à 60 millions en 1849, à 230 millions en 1878. En partie synchrone avec l'« onde elbeuvienne » de la laine cardée, le succès du binôme Roubaix-Tourcoing est celui de la laine peignée, qui l'emporte décidément à partir de 1860, comme à Reims d'ailleurs. Roubaix et Tourcoing reçoivent le renfort de l'ensemble Fourmies-Le Cateau dont la croissance explose, pour ainsi dire, dans les années 1870. En 1820, le Nord assurait environ 12 % du chiffre d'affaires de l'industrie lainière française. Il en fait plus de 50 % en 1878 (Janine Levain, Jacques Rougerie, André Straus). Il convient de signaler enfin que le triomphe de la laine n'a pas fait disparaître les autres textiles. Le coton et le lin – ce dernier mis à mal par la double ascension des industries lourdes et de la laine – ont renoué avec la croissance dans les années 1840.

En comparaison, l'histoire des industries textiles du Midi au XIXe siècle raconte un déclin. Le XVIIIe siècle a été en Languedoc celui de la montée en puissance. La part du Midi dans la production lainière nationale était passée de 28 % en 1708 à 38,2 % en 1790. En 1810, les départements successeurs des anciennes généralités de Montpellier, de Montauban et d'Auch ne produisent plus que 26,7 % (Serge Chassagne). Dans l'intervalle, les exportations dans le bassin méditerranéen sur lesquelles s'appuyait le dynamisme de l'industrie lainière régionale se sont effondrées. La période révolutionnaire, répétons-le, a agi comme un crible ; elle n'a pas fait que des victimes. Au cœur du marasme, en l'an III, on voit ainsi l'industrie lainière champenoise décoller. Au reste, le retour de la paix n'a pas rendu au Languedoc son rang des années 1780. Sauf à Castres et à Mazamet, cette industrie lainière s'éteint. Sa part, en valeur, ne doit pas excéder 10 % du total national dans les années 1830 et 5 % à la fin des années 1870. Pourtant, des efforts de modernisation ont été conduits. Louis Bergeron a détaillé l'équipement en « assortiments mécaniques » pour le cardage (machines Cockerill) que les grands centres drapants du Midi achètent en Belgique à la fin de l'Empire. Les fabricants tenteront de reprendre une place dominante sur le marché du Levant ; ils en seront définitivement évincés par les Anglais dans les années 1840. Sur le marché intérieur, où les « petites étoffes » de Mazamet avaient eu du succès, le recul n'est que relatif, mais les produits du Nord, issus de fabriques plus mécanisées, commencent à faire prime. Ces concurrents ont des atouts qui font défaut aux Languedociens : ils ont un accès plus facile aux laines étrangères (Hollande, Angleterre, Allemagne, puis, à compter des années 1850, Argentine et Australie) directement ou, plus souvent, par l'intermédiaire du marché régulateur de Londres. Ils sont plus à portée aussi des grands bassins de consommation. Ils sont enfin soutenus dans leurs investissements par un réseau de crédit plus précoce et plus dense que celui dont disposent les fabricants méridionaux. L'échec parallèle de la Fabrique de Nîmes (bonneterie et tissus de soie) éclaire d'autres raisons de ce retournement. Les Nîmois ont cherché, mieux que les drapiers de Carcassonne ou de Limoux, à diversifier leur production (du côté des châles, entre autres) et à gagner des débouchés en Europe du Nord et aux États-Unis, nouvel Eldorado pour les textiles français. Mais leur mode de fabrication n'a pas suivi le mouvement européen de modernisation et de concentration de sorte que les industriels anglais, belges et suisses les repoussent des marchés étrangers et les menacent sur le marché français. La mobilité d'esprit et le goût de l'aventure commerciale qui caractérisaient leurs prédécesseurs du XVIIIe siècle semblent avoir quitté ces fabricants. Ils sont surtout soucieux, explique Armand Cosson, de réaliser leur « rêve de propriétaire foncier ». La continuité des entreprises souffre évidemment de ce désinvestissement. D'autres secteurs, comme la viticulture de masse, commencent à attirer les capitaux. La désindustrialisation du Languedoc n'est pas synonyme de sous-développement.

À la fin du XVIIIe siècle, le charbon découvert ou supposé dans le Midi semblait apporter une promesse de développement industriel pour la région. De fait, l'exploitation charbonnière de la bordure orientale du Massif central a été fructueuse au XIXe siècle, au-delà même de ce que les ingénieurs des mines avaient pu espérer. Carmaux produisait environ 10 000 tonnes par an à la fin de l'Empire. Les moyennes décennales traduisent le bond accompli depuis la monarchie de Juillet : 1821-1830 : 12 766 tonnes ; 1841-1850 : 40 755 tonnes ; 1851-1860 : 97 520 tonnes ; 1861-1870 : 128 057 tonnes ; 1871-1880 : 244 107 tonnes. Outre ce bassin du Tarn, celui de Decazeville en Aveyron et de La Grand-Combe, près d'Alès, ont connu une croissance soutenue. Toutefois, la contribution du Midi à l'extraction nationale de houille ne fait que suivre la pente générale et représente environ 14 % du total. L'industrie sidérurgique s'est construite sur la réunion de la houille et du minerai de fer, à Alès et Bessèges, dans le Gard, à Aubin et Decazeville. Les résultats marquent à la fois l'affirmation incontestable d'un pôle et les difficultés structurelles qu'il a rencontrées. En 1864, l'Aveyron et le Gard, modestes producteurs de fer (environ 4 % chacun du total national), sont très spécialisés dans les rails. Ils figurent, pour ce marché décisif, en cinquième et sixième place. En 1882, le Gard a pris, plus nettement que d'autres départements sidérurgiques, le tournant de l'acier. Il est le quatrième du palmarès et apporte 18,2 % de la production française. À regarder les quarante ans qui précèdent cette coupe, on aperçoit les hésitations de la croissance. La production de fer et d'acier des deux principales entreprises se présente comme suit :

	1840 (tonnes)	*1860 (tonnes)*	*1869 (tonnes)*	*1880 (tonnes)*
Alès	18 900	17 000	21 800	
Decazeville	6 500	23 000		13 000

Bertrand Gille a noté l'écart qui sépare ces résultats mitigés de ceux du Creusot : 5 800 tonnes en 1840, 41 800 tonnes en 1860, 140 000 tonnes en 1880. La crise, dans les deux cas, a été financière. La séparation, à Alais, de la société propriétaire et de l'exploitation, confiée à une société fermière (1835), n'a pas résisté à une suite de mauvais résultats. Paulin Talabot a essayé d'intervenir, tout comme le Crédit mobilier. En 1855, la société fermière, liée à Montluçon et Fourchambault, acquerra l'entreprise avant de laisser la place à une autre société en 1870. Quant à la société de Decazeville, qui avait frôlé la faillite en 1835, elle dut être renflouée par la Société Générale (1865) après des années difficiles. Une nouvelle société la remplaça où dominaient Schneider et les dirigeants du Paris-Orléans. En dehors d'erreurs de gestion et de l'insuffisance chronique du capitalisme régional, des faiblesses fondamentales expliquent la crise. L'extraction du charbon est plus coûteuse ici qu'à Saint-Étienne ou dans le Nord. Le minerai de fer ne donne pas toute satisfaction surtout pour le Bessemer. D'où la recherche d'un accord entre Alais et Mokta. En dépit de l'amélioration des transports, ces charbonnages et ces usines restent enclavés. Le traité de libre-échange permettra aux produits anglais d'être vendus finalement à meilleur compte à

Marseille. Le Midi métallurgique n'a-t-il pas manqué d'un grand « avant-pays » que le port phocéen ne remplace pas ? Il a, en tout cas, du mal à défendre son autonomie. Significatives sont la venue de la Compagnie de Terre-noire à Bessèges (1859), l'implantation d'un haut-fourneau à Beaucaire par Châtillon-Commentry (1875-1885), entre le charbon du Gard et les ports d'arrivée de minerai, l'acquisition, par Commentry-Fourchambault, en 1892, d'un Decazeville en perdition.

Modèle alsacien, modèle bas-normand

La distance s'accroît entre le Nord et le Midi ; un clivage comparable, plus sévère peut-être, oppose l'industrialisation conquérante de l'Est à la réserve, voire à la désindustrialisation, de l'Ouest. Dans un Est taillé large, qui irait de Sedan à Strasbourg et de Troyes à Montbéliard, tous les indicateurs prouvent la vigueur de l'industrialisation. L'Alsace est sans doute le foyer le plus actif. C'est celui dont le succès a été examiné avec le plus d'attention (Michel Hau). Sur la base de 1908-1913, l'indice en volume du produit industriel alsacien était à 6,16 en 1820 ; il atteint 62,48 en 1869 (contre 20,4 et 54,7 pour le produit industriel national). Deux vagues soutiennent cette croissance que n'ébranlent pas, avant l'Annexion, les crises du XIXe siècle : celle des industries textiles et celle des industries d'équipement. Le coton donne l'élan initial, la production de filés augmentant de près de 15 % par an de 1816 à 1837. La laine prend alors le relais. Contrairement à d'autres régions textiles qui ne cherchent pas – ou très tardivement – à articuler la production de mécaniques sur celle des filés et des tissus, l'Alsace se rend très vite autonome en la matière. La période faste commence en 1817 et s'achève dans les années 1830. Au moment où la demande de machines textiles s'essouffle, les constructeurs mécaniques anciens (Meyer, Koechlin) et nouveaux (Stehelin, de Dietrich) bénéficient en plein du « cycle du chemin de fer » ; les Mulhousiens fabriquent les deux tiers des locomotives françaises sous le second Empire. Parallèlement, d'autres entreprises se spécialisent dans la machine-outil, l'outillage agricole, la quincaillerie, préparant ainsi le rebond des industries mécaniques après 1873.

Ce bref inventaire désigne quelques-uns des caractères de l'industrialisation de l'Alsace. Elle a été cohérente et autocentrée : la filière textile a été maîtrisée dans toute sa complexité, les industries associées – mécanique, chimique – ont vite assuré un développement régional autonome. À l'intérieur de chaque branche, les industriels ont eu le souci constant d'élargir et de renouveler la gamme des produits, ce qui leur a permis à la fois de se prémunir contre les mutations de la demande et de gagner des marchés. D'où vient ce cercle vertueux ? Fondamentalement, des entrepreneurs eux-mêmes. On a eu l'occasion de décrire la spécificité du patronat alsacien. Rappelons-en les principaux traits. C'est un patronat dynastique, qui situe l'entreprise dans la longue durée. Des générations nombreuses autorisent la relève, l'encadrement et la division familiale des tâches dans les meilleures conditions possibles. L'industrie n'est pas un passage vers une situation plus noble ; elle a sa propre noblesse. L'austérité, le culte de la valeur-travail sont largement partagés, en même temps que le souci du perfectionnement personnel et collectif. Ce dernier élément stimule la curiosité intellectuelle et, par là, l'innovation technique. Ces industriels méritants profitent des avantages que leur offre la main-d'œuvre. Elle est abondante et bon marché, en tout cas dans le premier tiers du siècle. L'Alsace garde au XIXe siècle un régime démographique beaucoup plus dynamique que celui, par exemple, de la Champagne. Une agriculture intensive et presque jardinière a maintenu des densités rurales exceptionnelles. L'industrie puise dans le surplus et parvient à le fixer dans la région, grâce à l'élargissement continuel de son offre de travail. Cette population, toutes catégories confondues, appartient à la France la mieux alphabétisée, la mieux scolarisée. Il n'est pas douteux que cet héritage d'Ancien Régime a ouvert la voie aux multiples initiatives patronales et municipales d'enseignement technique. L'investissement éducatif était ici particulièrement rentable. L'Alsace est donc bien partie à l'aube de l'ère industrielle. À mesure que le marché national se forme, son avance s'accroît au détriment des autres car, comme l'écrit Michel Hau, « la réussite du modèle alsacien d'industrialisation suppose l'échec de ce même modèle dans un grand nombre de régions ayant commencé leur industrialisation par la branche textile ». L'annexion de 1871 fait perdre à la France, avec l'Alsace et le nord de la Lorraine, l'un de ses pôles industriels les plus solides.

La Normandie dans son entier aurait pu contribuer largement à l'industrialisation nationale. Or seule la Haute-Normandie est parvenue à s'affirmer sur la base du coton et des non-ferreux. La Basse-Normandie – en y incluant le Perche – avait pourtant beaucoup d'atouts à l'ère de l'industrialisation, plus que d'autres régions qui ont manqué le XIXe siècle, telles que la Bretagne intérieure ou le Périgord. C'est le « paradoxe normand » (Pierre Chaunu). Le décrochage s'est opéré par paliers, sur près d'un siècle, avec des reprises et des îlots de développement. Le tableau mérite donc quelques nuances, qui ne remettent pas en cause la courbe générale de la désindustrialisation. Le commerce maritime vers les colonies d'Amérique avait tant profité aux marchandises normandes que son effondrement atteint durement la manufacture textile et l'ensemble de la métallurgie. Les fabricants ont cru, après le retour de la paix, que les courants traditionnels allaient se rétablir. Leur obstination à rechercher les mêmes destinations pour les mêmes produits n'a pas été pour rien dans le désastre. Les textiles sont inégalement touchés. Les toiles de chanvre ne se relèvent pas de la crise ; leur temps est passé. Les toiles de lin se concentrent autour de deux pôles, Alençon et Lisieux. Une modernisation prudente est introduite d'abord dans le filage, qui se mécanise, puis dans le tissage grâce aux métiers jacquard. Le tissage mécanique n'interviendra, en dehors de la firme Laniel (1844), qu'à la fin du second Empire. La laine se défend mieux, en partie parce que les fibres anciennes régressent, en partie parce que les lainiers de Lisieux et du Bocage virois ont investi pour améliorer le matériel. La progression du groupe bas-normand n'est pas niable : entre 1810 et 1860, la valeur produite a quintuplé, ce qui maintient tout juste l'ensemble Lisieux-Vire à son modeste rang national, bien loin des performances d'Elbeuf. Au reste, l'essor modéré de la laine s'est brisé ici, dans le dernier tiers du siècle, tandis que le Nord et la Champagne décollaient. La dentelle a connu un sort analogue. Encore vaillante, dans la première moitié du siècle, autour de Caen et de Lisieux, d'une part, d'Alençon et d'Argentan, d'autre part, elle a sombré à la fin des années 1860. La concurrence nationale (Le Puy) et internationale (la Belgique) l'a vaincue. Tant de défaites ont donné leur chance aux tissus et à la bonneterie de coton. L'industrie du coton s'est implantée à Falaise, vers 1760. Mais c'est à Flers et à Condé-sur-Noireau, après des tentatives dans d'autres villes, que les filatures se sont durablement établies à partir de la monarchie de Juillet. Autour d'elles, une industrie d'équipement (cardes) a pris naissance, sans avoir aucunement l'envergure de la mécanique alsacienne issue du textile. Flers n'est pas Mulhouse. De même, la bonneterie se modernise avec lenteur, au risque de creuser l'écart avec la puissante bonneterie troyenne. La crise cotonnière de 1861-1865 ébranle les entreprises bas-normandes dont la productivité est médiocre. Le coton fait désormais figure d'industrie rescapée (Anne-Marie Fixot). La grande tradition métallurgique de la région se maintient difficilement sur la base de la sidérurgie lourde. Celle-ci n'a pas pris à temps le tournant du fer à la houille. Le système technique classique ne connaît pas ici la somme des aménagements internes qui redonnent vigueur à d'autres régions sidérurgiques. L'invasion des produits anglais, à la suite du traité de libre-échange, a achevé une industrie déjà fragilisée. La métallurgie légère, au contraire, est parvenue à se maintenir à partir du fer (clouterie de Tinchebray), du cuivre (chaudronnerie de Villedieu-les-Poêles), du laiton (épinglerie de Laigle). Sans abandonner entièrement sa structure proto-industrielle, cette industrie de transformation s'est concentrée, la tréfilerie Mouchel de Boisthorel (1833) et l'épinglerie Bohin à Saint-Sulpicesur-Risle (1872) étant les établissements vedettes de la nouvelle donne.

Flers et Laigle, ainsi que quelques autres villes, ont été des îlots industriels, non des pôles d'industrialisation. Pourquoi ce recul, au moins relatif, à l'échelle de toute une région ? L'agriculture serait une coupable toute désignée qui aurait détourné des capitaux, des salariés et des initiatives et rompu ainsi l'ancien équilibre. Le « couchage en herbe » qui gagne au début du XIXe siècle le pays d'Auge et le Bessin aurait conduit le développement régional sur une voie antinomique de celle qui mène à l'industrialisation. Cependant, la nouvelle agriculture, fondée sur l'élevage extensif, n'est guère prospère et se révèle peu compétitive. D'autres raisons ont dû jouer. Est-ce le malthusianisme dénoncé par Pierre Chaunu ? La croissance, certes, est un « état d'esprit », mais le Perche avait un dynamisme démographique supérieur à celui de la Haute-Normandie. Le nouveau régime de population y est plus la conséquence que la cause du mal-développement. Faut-il incriminer, selon le penchant des historiens anglo-saxons, le comportement des élites, la force des valeurs nobiliaires, terriennes ? On aurait un modèle anthropologique opposé traits pour traits à celui d'Alsace et valant pour le grand Ouest. Bien des éléments de l'histoire de la Basse-Normandie abondent dans ce sens.

Ainsi, le manque permanent de capitaux a pénalisé les entreprises qui souhaitaient investir dans l'équipement. L'argent disponible allait plus facilement à la terre. Mais n'est-ce pas, autant qu'un penchant culturel, la preuve de la « lucidité des placements » ? (Alain Lemenorel.) Les handicaps géo-économiques de la région sont lourds, les principaux étant la médiocrité des transports et la liaison défectueuse avec Paris. La Haute-Normandie, par la Seine, est au contraire avantagée. Le coût élevé de l'énergie-vapeur gêne le développement industriel. Le bassin de Littry n'a pas pu remplir son rôle, que ce soit en volume, en qualité ou en prix. À partir de 1840-1850, le charbon du Nord, les charbons belge et anglais ont capturé la clientèle bas-normande. L'unification du marché national laisse peu de chances à une industrie aussi pénalisée. À quoi bon, dès lors, investir à contre-courant ? La désindustrialisation a été la résultante, puis l'aliment, de toutes ces faiblesses.

L'industrialisation de la France au XIXe *siècle, c'est une onde exceptionnelle de croissance, associée à une nouvelle géographie manufacturière. La production progresse à un rythme soutenu et sur tous les fronts jusqu'à l'inflexion de 1860. Industries de biens de consommation et de biens d'équipement se soutiennent mutuellement. Les secteurs récents avancent le plus vite. Des crises, dans lesquelles l'événement politique intervient occasionnellement, ponctuent la période. Elles ont longtemps dépendu de la flambée des subsistances, mais reflètent de plus en plus les cycles propres du capitalisme industriel et l'intégration de l'industrie française dans l'économie mondiale.*

Le tissu industriel subit un remaniement important. Des lignes de clivage se dessinent, au détriment de la façade océanique et du Midi. La dynamique d'industrialisation et de désindustrialisation ne suit pas un schéma simple et n'adopte pas partout la même chronologie. Il y a des industrialisations régionales qui tournent court et des désindustrialisations qui ne sont pas, pour autant, des échecs de développement. Mais la mise en relation, par le marché national, des différentes zones accentue les avantages de position et de ressources. Des pôles apparaissent, qui structurent des aires régionales. À une proto-industrie diffuse succède une industrialisation ramassée.

La France s'est industrialisée sans rupture majeure. La production manufacturière a crû de façon spectaculaire, une classe ouvrière est née, le paysage rural et urbain a été affecté par l'intrusion d'un bâti industriel. Pourtant, le changement a été sensiblement plus lent et moins rude qu'en Grande-Bretagne ; ce qui a été là-bas une révolution industrielle a pris chez nous figure de transition.

Pourquoi ce développement a-t-il été si progressif et, somme toute, maîtrisé ? La Révolution française a certainement eu sa part dans cette voie spécifique d'industrialisation. En fixant à la terre l'essentiel des masses rurales, elle a retardé pour longtemps leur exode et leur prolétarisation. Si le travail n'impliquait pas le déplacement, l'industrialisation à domicile fournissait une réponse appropriée. Dans ce cas, la main-d'œuvre ne manquait pas. En revanche, les capitaux ne s'aventuraient pas aisément dans les entreprises, ayant de meilleurs emplois dans les biens-fonds. La limite la plus contraignante était sans doute la faiblesse relative des ressources minérales et le coût élevé des transports interrégionaux. Il faudrait aussi faire entrer en ligne de compte la réticence collective à l'égard de l'industrialisation dans sa version la plus déstabilisatrice, la complicité objective des élites urbaines, des artisans, du peuple des campagnes, pour en amoindrir le choc. Bien des Français faisaient leur ce jugement du Journal de Toulouse *en 1840 : « Hors les pays où elle sort pour ainsi dire du sol, l'industrie n'est pas une source de bonheur pour la population. »*

En exploitant jusqu'au bout les possibilités du système hydraulique, l'industrie a pu se développer dans des régions défavorisées en matière de charbon. La mixité des énergies a été une solution peut-être défensive, mais certainement efficace. Autre forme de coexistence, celle qui s'est établie entre une proto-industrie revivifiée et la grande industrie concentrée. Cette structure originale de production, qu'on ne peut qualifier d'archaïque puisqu'elle a accompagné la modernisation globale de l'industrie, a permis de minimiser les faiblesses et de valoriser les atouts. La mécanisation a donc été progressive, incomplète et la croissance, peu capitalistique. En retour, les fabricants ont tiré parti de la disponibilité de la main-d'œuvre et, particulièrement en ville, de sa haute qualification. D'où l'orientation continue vers des produits de qualité, plus exigeants en savoir-faire qu'en mise de fonds. Le succès de cette industrialisation originale est lié à la protection douanière qui a limité les effets de la compétition internationale. L'instauration du libre-échange, à partir de 1860, modifie la donne et révèle la fragilité de certains secteurs. C'est le moment, par exemple, où la sidérurgie au bois s'effondre. La croissance industrielle, qui, en un sens, est paisible, ne va pas sans secousse et creuse finalement les écarts. En un siècle, la carte a été remaniée : des régions sont lâchées, d'autres se renforcent. Quant aux acteurs du développement, ils se sont éloignés les uns des autres. L'antagonisme social s'est aggravé en dépit de tout. Face à des fabricants de mieux en mieux identifiés comme des patrons, s'affirme l'altérité ouvrière.

TROISIÈME PARTIE

La seconde industrialisation (vers 1880-années 1940)

L'économie française a-t-elle raté la seconde industrialisation ? La soixantaine d'années qui séparent la Grande Dépression de la Seconde Guerre mondiale a longtemps recueilli l'opprobre. D'une crise qui n'en finissait plus à l'« étrange défaite », les raisons d'un échec tenu pour assuré ne manquaient pas. Tantôt on accusait l'agriculture, dont la modernisation trop lente aurait contrarié l'essor de l'industrie. Tantôt la responsabilité était renvoyée aux entreprises elles-mêmes, familiales, c'est-à-dire archaïques, petites, donc impuissantes. L'État n'aurait pas fait assez, ou aurait mal fait. Aux élites politiques incomberait l'erreur d'un protectionnisme qui aurait anesthésié les énergies. Pour tout dire d'un mot, la société française dans son entier aurait été « malthusienne », comme les ménages. Ce discours n'est pas seulement le reflet d'une histoire nationale tragique, revisitée dans le second après-guerre. Car des historiens anglo-saxons, que n'habitait aucune culpabilité collective, ont été les plus véhéments à le tenir. Il ne manque pas, au reste, de pertinence quand il souligne la lenteur avec laquelle le pays s'est tiré des deux crises. Depuis les années 1960, la perspective a été radicalement revisée. Non pour construire, symétriquement, une histoire lisse, heureuse, mais pour expliquer les performances que l'on commençait à découvrir et les situer dans l'alternance d'accélérations et de freinages qui forme la trame de l'époque. Il faut, disait Jean Bouvier, comprendre les « mues du capitalisme français ».

Le changement se noue autour de deux secteurs moteurs, l'industrie électrique et l'industrie automobile. Pour la première, comment apprécier le transfert de l'invention à la production, c'est-à-dire les modalités du mouvement qui lie – dans les deux sens ? – science, technique et industrie ? Dans le second cas, il s'agirait moins de techniques – qui ne sont cependant pas indifférentes ? –, mais de l'émergence d'un nouveau bien marchand, qui passe en peu d'années du statut de prototype à celui de produit de masse. Quelles conséquences cela a-t-il eues sur l'organisation technique et sociale des usines ? En élargissant le point de vue, il conviendrait de savoir comment l'électrification a progressé dans les établissements industriels et si elle a suscité de nouvelles branches manufacturières. Quant à l'automobile, a-t-elle entraîné dans son expansion des industries classiques et fait adopter, par d'autres branches, les principes d'organisation dont elle était le laboratoire ? Cette nouvelle économie industrielle n'a pas dû effacer les structures de la première industrialisation. Comment coexistent-elles dans le tissu des entreprises, dans la variété des formes de travail ? Enfin quelles ont été les politiques que la conjoncture cahotique ou dramatique a inspirées ?

1. Les voies du changement

Le dernier tiers du XIXe siècle avait commencé dans la morosité ; il s'achève dans la crise. L'industrie n'est pas la seule victime du retournement de la conjoncture et la France partage avec d'autres pays développés la même chute des activités. C'est pourquoi, il convient d'éclairer la Grande Dépression par une double approche. D'une part, l'articulation entre demande intérieure et industrie doit mettre en évidence le rôle encore déterminant du monde rural dans la consommation des marchandises. D'autre part, le lien entre les marchés étrangers et l'activité nationale doit être examiné pour estimer la valeur de la « contrainte extérieure ». L'État, entendons par là la politique, l'appareil et l'idéologie qui les sous-tendent, est l'un des acteurs évidents du moment. Comment l'utiliser pour combattre les conséquences de la crise et pour défendre le marché national ? Ces questions de court terme trouvent une autre légitimité dans une plus longue durée. Les entreprises s'orientent-elles assez vers d'autres horizons que ceux de l'Hexagone et de l'empire ? Quels sont, à l'étranger, les terrains de prédilection ? Quels produits ou quels services s'y placent le mieux ? Le second axe qui traverse la période concerne le champ du politique. Le débat doctrinal n'est qu'un élément du dossier. Les pratiques et les attentes ont-elles été modifiées par les épreuves que la société française a traversées ?

La « Grande Dépression »

L'épreuve

Les hésitations de la croissance, perceptibles dans les années 1860, se sont muées en crise ouverte, dans le courant de la décennie suivante. L'élan est brisé jusqu'au milieu des années 1890. En un sens, l'économie française manifeste ainsi sa sensibilité à la conjoncture internationale qui se caractérise de 1873 à 1896 par une baisse prononcée des prix et par un ralentissement de la production et des échanges. À vrai dire, la période n'est pas uniformément sombre pour l'industrie française. Il y aura des embellies, en 1879-1882, des répits, des secteurs abrités. Certaines branches, certaines entreprises s'en sortiront mieux que d'autres ; la crise agit à la fois comme un filtre et comme un révélateur.

La baisse des prix industriels intérieurs donne une première mesure du reflux. Sur la base de 100 en 1880, ils sont descendus de 121 en 1872 à 83 en 1896. Encore cette moyenne amortit-elle des chutes spectaculaires. Il y eut des reculs prolongés : les tissus de laine perdirent 2,39 % par an de 1865 à 1895 ; il y en eut de brutaux : la tonne de charbon du Nord-Pas-de-Calais tomba de 18 francs en 1878 à 9 francs en 1888. La production a-t-elle suivi la même courbe ? Les baisses de volume ont été limitées, ponctuelles ; la tendance d'ensemble est plutôt à une quasi-interruption de croissance. D'une extrémité à l'autre de la période, l'activité manufacturière est presque étale. Sa progression annuelle serait de 1,6 %.

Parmi les industries de biens de consommation, les textiles occupent encore la plus grande place. Avant la crise, la laine avait prospéré sur les malheurs du coton. La croissance du tissage, si vive jusqu'au milieu des années 1870, est désormais interrompue ; elle atteint péniblement 1 % par an entre 1876 et 1894. Le vrai recul est à venir : il se situera à la fin du siècle autour de 4 % par an. Les pôles lainiers sont inégaux face à la crise. L'« onde elbeuvienne » s'est affaiblie dès 1865, tandis que Fourmies, dans les années 1870, Reims et surtout Roubaix prenaient l'avantage. Ce dernier centre, qui avait doublé son chiffre d'affaires entre 1869 et 1890, a pu l'augmenter encore de 50 % en dix ans, grâce en partie à la remontée finale des prix. L'industrie cotonnière a été mutilée par la défaite de 1871, c'est-à-dire par la perte de Mulhouse. Les industriels vosgiens ont pris très vite le relais (« Blanchisserie et teinturerie de Thaon », 1873 ; indiennerie d'Épinal, 1881). La région roannaise a élargi ses positions en sachant renouveler sa gamme. Dans les années 1880, elle se situe en troisième position derrière le Nord et la Normandie. Le prix du coton brut baissant plus vite que celui des cotonnades, cette industrie aurait dû se soutenir. En fait, elle n'a progressé à l'échelle nationale que de 1,9 % par an, entre 1871-1875 et 1886-1890. Elle a décru localement, à Domfront comme dans les Vosges, à compter de 1882, sous l'effet de la concurrence étrangère. La sériciculture a commencé à se relever des atteintes du bombyx, retrouvant en 1875 son niveau de la mi-XIXe siècle. Un second choc, dû cette fois à l'importation massive de soies asiatiques, ruina définitivement l'élevage cévenol. La désaffection des marchés à l'égard des produits traditionnels de la Fabrique, conjuguée à un effondrement des prix, s'ajouta à cette crise d'amont. La soierie lyonnaise eut ainsi, de 1876 à 1885, une passe difficile et ne se rétablit totalement, de façon d'ailleurs superbe, que vers 1888-1892. Autre consommation, celle du logement. La production du bâti urbain suit ses propres cycles. À Paris et à Lyon, le cycle « haussmannien » s'achève vers 1880-1882, après une dernière poussée de construction inaugurée en 1876. Mais ici la conjoncture générale rattrape la spéculation et l'industrie du bâtiment. Les années 1880 forment une coupure, au-delà de laquelle la médiocrité s'installe jusqu'à la fin du siècle. La dépression – plus précoce à Marseille – frappe surtout les loyers les plus élevés. Le stock des immeubles neufs, dans les grandes villes, excède la demande solvable. Des anticipations hasardeuses conduisent au marasme de toute une profession (Marcel Roncayolo).

Les industries d'équipement et de biens de production

ont d'abord bénéficié des effets du plan Freycinet. La construction de canaux et d'un réseau ferroviaire d'intérêt local (18 000 km étaient prévus) a été un incontestable stimulant, de 1879 à 1882, pour l'ensemble des fournisseurs de matériel mécanique et de matériaux. Les difficultés budgétaires, la crise d'une partie du secteur bancaire (faillite de l'Union générale, 1882, engagements industriels risqués de nombreux établissements) ont mis fin à cette reprise. L'industrie de la locomotive connaît la récession ; la fourniture de rails s'effondre : 410 000 tonnes en 1883, 166 000 tonnes en 1889. Les entreprises trop liées aux équipements lourds entrent, telles les forges d'Allevard, dans les « années maigres » (Jean-François Belhoste). Seuls les secteurs apparus récemment conservent un peu d'élan : le « tubiste » Escaut-et-Meuse, créé en 1882, passe d'un taux de croissance de 178 % entre 1882 et 1885, à 30 % de 1885 à 1889 et 60 % de 1889 à 1894. La métallurgie primaire – fonte, fer, acier – reproduit-elle les fluctuations de l'aval ? Pour la fonte et le fer, les sommets se placent en 1882 et 1883. La production reflue vivement ensuite ; la perte, en 1886, est de 27,5 %. La fonte récupère lentement. Son record (2 069 000 tonnes) n'est battu qu'en 1896 (2 300 000 tonnes). À cette date, le fer a encore régressé. L'acier, qui le remplace désormais dans presque tous les usages, présente une courbe de belle allure : 280 000 tonnes en 1878, 554 000 tonnes en 1885, 717 000 tonnes en 1895. Une phase de freinage est toutefois notable entre 1883 et 1890. Les chiffres nationaux masquent des résultats régionaux opposés. Dans la Loire, les productions de fonte et d'acier ont reculé respectivement des deux tiers et de moitié entre 1880 et 1895. Dans le même temps, la Lorraine française doublait sa production de fonte. Le procédé Thomas-Gilchrist permettait enfin d'y exploiter les abondants gisements de « minette » phosphoreuse. Une seconde concurrence menaçait la Loire, celle d'une sidérurgie littorale (près de Nantes, de Bayonne et dans le Nord) approvisionnée en minerai étranger. Pour sortir de la nasse, les sidérurgistes de la Loire devaient changer leurs fabrications et donc investir.

Ceux qui ne le purent pas sombrèrent (faillites de la compagnie Terrenoire, La Voulte, Bessèges en 1888). Au bout de la chaîne, l'extraction de charbon est un bon indicateur du niveau de l'activité industrielle, entre l'effacement de l'énergie hydraulique et la montée en puissance de l'hydroélectricité. De 1875 à 1895, elle passe de 16 500 000 tonnes à 27 500 000 tonnes, couvrant en moyenne à peu près 70 % de la consommation nationale. Examinés par tranches quinquennales, les résultats font apparaître une progression heurtée : 18 800 000 tonnes en 1880, 19 millions de tonnes en 1885, 25 600 000 tonnes en 1890. Davantage, les différences régionales s'accusent, si l'on distingue deux grandes zones charbonnières, le Massif central et le Nord-Pas-de-Calais. Dans le premier ensemble, il n'y a guère que Carmaux pour éviter la stagnation. Les autres bassins reculent nettement jusqu'en 1886 et ne récupèrent leur niveau d'avant la crise qu'à la fin des années 1890. En revanche, le Nord-Pas-de-Calais, sans atteindre les performances des années 1850 et 1860, continue de progresser à vive allure. Il fournit 60 % de la production nationale en 1897 contre 37 % en 1873.

La Grande Dépression se lit enfin dans la baisse des profits qui affecte tous les secteurs, bien que la croissance de la production de certaines entreprises et les efforts de productivité puissent consolider la masse des profits, à défaut de maintenir les taux. Les charbonnages du Pas-de-Calais, par exemple, sont dans ce cas. Au mieux donc, selon un aphorisme du comité des Forges, « l'industrie se développe, les industriels ne prospèrent pas ».

D'où vient la crise ?

L'imputation à l'étranger des malheurs de notre industrie est un lieu commun des années 1880. De fait, la restriction des débouchés extérieurs tend à asphyxier des activités dont l'essor reposait largement sur ces marchés. La croissance des exportations industrielles, au rythme de 6,5 % par an entre 1844-1846 et 1874-1876, avait dopé les manufactures ; elle devient infime, 0,76 % pour la période 1874-1876 à 1894-1896. Si l'on suit la chronologie proposée par Albert Broder, c'est même d'une régression qu'il s'agit. La valeur de ces exportations était de 1 559 millions de francs en 1867-1876. Elle n'est plus que de 1 538 millions de francs en 1887-1896. La hausse des volumes n'a pas réussi à contrecarrer la baisse des prix. Dès 1870, les ventes françaises en Europe centrale ont fléchi. La passementerie stéphanoise, par exemple, se ressent d'un moindre succès de ses ventes dans cette région. Trois phénomènes se conjuguent pour freiner le commerce extérieur des produits manufacturés : le tassement de la demande étrangère, la montée du protectionnisme (acquis dans la plupart des pays d'Europe, sauf l'Angleterre, en 1880, et aux États-Unis en 1883-1890), la concurrence efficace des autres nations développées, en particulier l'Allemagne. À mesure que la crise internationale s'approfondit, la pression des marchandises étrangères sur le marché français s'accentue. Ainsi la guerre d'Orient (1876-1878) ayant nui aux ventes de cotonnades anglaises et suisses dans l'Europe du Sud-Est, ces produits ont pris alors le chemin de la France. Plus durablement, les industries mécaniques d'Angleterre et d'Allemagne accroissent leurs exportations vers la France. La qualité de leurs produits et plus encore peut-être leur faible prix leur donnent un avantage comparatif manifeste. Vers 1883, les fabricants français s'en inquiètent.

Cette crise directe n'aurait pas suffi à arrêter la croissance de l'industrie si l'affaissement du revenu agricole n'avait simultanément pesé dans le même sens. Le prix du froment, marchandise clé de l'économie agraire, est descendu de 31 francs le quintal en 1879 à 19 francs en 1887. La productivité n'est pas à l'origine de cette chute ; elle stagne, au contraire. Les importations de céréales en provenance des « pays neufs » portent la responsabilité du désastre ; elles pèsent lourdement sur les cours. D'autres productions sont atteintes. Dans le Midi, la culture de la garance a disparu dans les années 1870 sous la concurrence de l'alizarine artificielle. Les oléagineux sont progressivement supplantés par les huiles africaines, et l'élevage ovin ne peut résister aux importations de laines australes. La catastrophe du phylloxéra est beaucoup plus généralisée, même si elle frappe plus durement le Sud-Est. Comme le rappelle Pierre Barral, peu de départements, en 1870, ne se sont pas engagés dans la viticulture. Pour le monde paysan, le vin demeure une source souvent irremplaçable de revenu.

C'est dire que l'invasion phylloxérique, qui n'épargne guère que le Bordelais, a mis à mal bien des trésoreries. Peut-être n'a-t-elle pas eu l'allure cataclysmique qu'on lui a très tôt prêtée. Toutefois, l'addition de ces fléaux, en une vingtaine d'années, aboutit bien à une baisse sensible des revenus agricoles, plus prononcée pour les propriétaires que pour les salariés. La consommation de produits industriels de toute nature s'en trouve gravement affectée. Cette masse rurale – 65 % de la population totale – qui n'était pas gagnée, de toute façon, par le modèle de consommation urbain, renonce à beaucoup d'achats ou diffère ceux qui apparaissent indispensables. Cela expliquerait pour les deux tiers la baisse de la croissance industrielle. Les villes profitent moins de la crise du monde rural qu'on l'aurait cru. L'exode se ralentit parce que l'industrie n'est pas en état de fournir assez d'emplois, après l'éphémère poussée d'offre de travail de 1879-1882. En ville comme à la campagne, les comportements démographiques, qui ont leur logique propre, reflètent malgré tout la conjoncture. Le malthusianisme en est justifié.

Après avoir sans doute concouru au freinage général, il accompagne la dépression. En ce domaine aussi, la croissance n'est plus qu'un souvenir à la fin des années 1880. En 1891, les décès excèdent les naissances. La pyramide des âges évolue dans un sens défavorable aux tranches de population actives.

L'amorce d'une restructuration

La chute des prix industriels et le marasme des affaires étaient d'autant plus mal ressentis par les fabricants que les salaires augmentaient dans le même temps. Sur la base 100 en 1908-1912, ils se situaient à 78,8 en 1880 et à 87,4 en 1896. Cette crise des ciseaux laminait les profits ;

il fallait réagir. La réponse a été d'investir pour accroître la productivité du travail. La Grande Dépression favorise la diffusion des équipements, elle est le point de passage vers la mécanisation et la motorisation généralisées. Les industries textiles – qui comptent encore pour 17 % dans la valeur totale de l'industrie française en 1885-1894 – illustrent bien ce mouvement. Le secteur du tissage, où la mécanisation était encore minoritaire, adopte désormais les métiers mécaniques, au détriment des métiers à bras. Elbeuf et sa région disposaient de 459 métiers mécaniques pour tisser la laine, en 1887 ; elles en avaient 1827 en 1895. Le centre drapier de Vienne a triplé son équipement en métiers mécaniques entre 1876 et 1890. Le recul des métiers à bras est rapide, à l'échelle nationale : 62 000 en 1876, 28 500 en 1886. Le tissage des cotonnades est pareillement transformé : en une vingtaine d'années, le nombre de métiers mécaniques fait plus que doubler dans la région roannaise comme dans les Vosges. Quant à la soie, la mécanisation du tissage est l'une des clés du redressement de la Fabrique. 25 000 métiers mécaniques fonctionnent en 1894 contre 19 000 en 1880. L'élan sera plus fort encore dans les vingt années suivantes.

La débâcle du tissage à bras, commune à toutes les fibres, entraîne presque partout la fin de l'atelier domestique. L'industrie rurale, dans sa configuration classique, tend à disparaître. C'est la revanche de la ville, la chance de l'usine. La capacité à investir dans la modernisation de l'outillage décide du maintien ou de l'effondrement d'une activité : la dentelle du Puy se mécanise à temps, celle de l'arrondissement de Bayeux, qui tarde à réagir, voit son effectif fondre. Elle occupait 5 000 femmes en 1868 et seulement 550 en 1889. La mécanisation entraîne la concentration. L'industrie de la soie change de base. L'usine de tissage est encore rare à la fin des années 1870 ; vingt ans après, elle a totalement supplanté les métiers artisanaux. Cette évolution accélérée, spectaculaire, qui lie mécanisation et usine, ne va pas sans quelques exceptions. La passementerie stéphanoise parvient à maintenir un équilibre entre atelier familial et usine parce qu'elle a su mécaniser à domicile. En tout cas, à l'étape de la filature, la concentration déjà ancienne reçoit alors une impulsion supplémentaire, au moins pour le coton. C'est ici la taille de l'entreprise qui sert de révélateur. À Lille, les filatures de plus de 20 000 broches constituent, à la fin du siècle, le groupe en expansion la plus vive. Trente ans auparavant, le module se situait autour de 13 000 broches. La mécanisation n'est pas l'apanage des industries textiles, même si c'est là qu'elle a le plus d'effet. La fabrication des chaussures, par exemple, suit une trajectoire comparable. L'ensemble des opérations – découpage, couture, finissage – bénéficie, à Romans dans les dernières années du siècle, du concours des machines. Le travail des peaux, porté par une tradition régionale de mégisserie, se renouvelle en s'industrialisant. Autre secteur où les investissements de productivité transforment le système technique en profondeur, la porcelaine de Limoges. La machine est désormais présente à tous les stades, pour le travail du kaolin, la fabrication de moules, le tournage ou le pressage. Dans ces deux dernières phases, la mécanisation a fait quintupler la productivité par ouvrier. La concentration a progressé, du fait de cet accroissement d'intensité capitalistique que les petits fabricants ne peuvent pas souvent suivre. L'industrie du verre, vue de Carmaux, nous dit à peu près la même histoire. L'introduction d'un nouveau four de modèle Siemens, en 1884, marque un tournant. Grâce à cet équipement, fonctionnant au gaz de charbon, la production de verre est continue, un bassin de fusion où les matières sont injectées en permanence remplaçant les « pots » classiques. L'industriel Rességuier, suivant de quelques années l'exemple d'une grande verrerie à bouteilles de Rive-de-Gier, s'est acquis ainsi un avantage décisif sur les petites entreprises, en termes de rendement et de coût. La disparition des moins aptes est au bout de ce processus de mécanisation. La mise en mouvement de ces outillages qui représentent la modernisation des années 1880-1890 est acquise par l'énergie-vapeur. Sa montée en puissance est antérieure à la Grande Dépression. La progression a été de 6,2 % par an entre 1871 et 1883 et de 4,6 % de 1883 à 1894. Au total, les machines à vapeur développent plus de 1 million de chevaux-vapeur en 1894 contre 320 000 en début de période. La restructuration est aussi un problème de charbon, qui fera, par exemple, la différence entre la Basse-Seine d'approvisionnement facile et la Haute-Normandie, plus malaisée d'accès.

La contrainte des marchés

Une France exiguë

La seconde industrialisation se caractérise par une expansion lente du marché intérieur. La croissance de la population n'est guère susceptible en elle-même de provoquer un élargissement significatif de la demande de produits industriels. De 1881 à 1939, la population de la France est passée de 37 672 000 habitants à environ 42 millions. Le taux de natalité, qui était légèrement supérieur à 25 pour mille en début de période, est descendu en dessous de 15 pour mille à partir de 1936. Ce ralentissement fait contraste aussi bien avec la démographie des autres pays industrialisés (la population du Royaume-Uni a progressé de 23 % de 1900 à 1939 quand celle de la France ne gagnait que 3 %) qu'avec le rythme de la croissance de la population française au XIXe siècle. La population rurale cesse d'être majoritaire dans le pays au recensement de 1931 ; elle ne représente plus que 48,8 % du total. Retournement historique, assurément, dans l'équilibre de la société française, mais qui ne peut avoir d'effet visible dans le court terme. Le monde des campagnes s'ouvre de plus en plus au mode de vie urbain, à la marchandise. Mais il restera longtemps, en milieu rural, quelque chose de la réserve ancienne, que la Grande Dépression a ravivée. On le vérifie pour les dépenses d'habillement, par exemple, bien que les premières « réclames » et la vente sur catalogues commencent, dès la fin du XIXe siècle, à créer une demande. Mais dans le cas des adductions d'eau, au carrefour des besoins individuels et des équipements collectifs, l'inertie est patente. Pont-à-Mousson, gros producteur de canalisations, a dû prendre en compte la faible élasticité de la demande intérieure. L'eau sur l'évier n'était pas la priorité des campagnes. À la veille de la Seconde Guerre mondiale, moins du tiers des communes rurales en bénéficiaient.

Ce marché étroit, difficile, ne fallait-il pas le protéger contre la concurrence étrangère ? La chute de l'Empire semblait avoir redonné de l'élan aux adversaires du traité de 1860. La Chambre consultative des arts et manufactures de Remiremont écrivait en 1872 : « Des esprits égarés par des théories peut-être justifiées en Angleterre, pays d'ancienne et immense production, mais qui devaient être la ruine de notre industrie, imposèrent à la France le libre-échange. » Ce n'était pas là uniquement propos de cotonniers, car bien d'autres industriels partageaient ce point de vue. La Grande Dépression et le ralliement des agriculteurs allaient donner une base de masse au protectionnisme. Dès 1878, l'Association de l'industrie et de l'agriculture françaises faisait campagne en ce sens. Elle trouva en Jules Méline, député des Vosges, un dirigeant efficace. L'Allemagne de Bismarck avait donné le ton, en 1879, en relevant ses tarifs. Les autres pays européens, sauf l'Angleterre, et les États-Unis faisaient de même. De 1881 à 1883, un premier « cran » fut posé à l'occasion du renouvellement de traités de commerce. Les nouveaux droits restaient modérés. La Chambre élue en 1889 était majoritairement favorable à une meilleure protection douanière. La loi votée le 17 janvier 1892, sous l'impulsion de Méline, institua deux tarifs : un tarif général (de 15 à 30 %) et un tarif minimal, sous réserve de réciprocité. Ce dernier, qui s'élevait à 8 % pour les produits industriels, fut couramment appliqué. Il correspondait en moyenne à une hausse d'un tiers. Le « troisième cran » date de 1910. Il porte le tarif industriel minimal à 11 %, tandis que le tarif général (30 %) est clairement conçu comme une arme de rétorsion. Cette politique défensive a été jugée défaitiste, dans l'euphorie des Trente Glorieuses. Elle ne mérite sans doute pas un jugement aussi sévère, où, curieusement, il entre autant d'idéologie que dans l'exaltation symétrique de l'œuvre de Méline (« notre chef aimé et respecté », selon le comité des Forges, en 1914). En fait, ce protectionnisme mitigé – par comparaison avec les tarifs allemands ou américains – a atteint son principal objectif, qui était de permettre le redressement des prix agricoles intérieurs. Par là, les revenus paysans se rétablissaient, ce qui était de bon augure pour la consommation des biens industriels. Parallèlement, le solde commercial des produits manufacturés s'est amélioré de deux points entre 1885-1894 et 1905-1913. Les importations nécessaires n'ont pas été gênées, aussi bien pour les matières premières industrielles que pour les biens d'équipement, en provenance des États-Unis, de l'Angleterre ou de l'Allemagne. L'importation de machines triple entre 1895 et 1910. Les machines électriques, par exemple, sont faiblement imposées alors que les lampes subissent des taux élevés. Dans un cas, il convient de fournir aux industriels français un outillage indispensable, dans l'autre, de soutenir une production nationale peu compétitive (Paul Bairoch). Finalement, l'intégration de l'économie française au commerce mondial a progressé sous le nouveau régime douanier. Le marché protégé pouvait-il être partagé ? Il est vrai que la législation française (article 419 du Code pénal) punissait l'entente. Mais la loi Waldeck-Rousseau autorisant les syndicats professionnels, en 1884, avait créé une brèche. Il devenait licite pour les producteurs de se concerter pour éviter une « concurrence excessive ». Déjà, les maîtres de forges lorrains avaient établi un comptoir à Longwy, en 1876, destiné à organiser la vente de leurs fontes sur le marché français. Les essieux (1872), les aciers produits dans le Nord (1896), les tubes (1906) ont également suivi une formule d'entente. Dans la chimie, Saint-Gobain était au centre de dix-neuf ententes, dans les années 1890. Le simple maintien de ces alliances, compte tenu de l'individualisme des fabricants, est en soi une réussite. Elles ont généralement fonctionné comme des stabilisateurs de prix et ont ainsi « adouci le marché » (François Caron). Toutefois, ce système a vite rencontré ses limites. Soit, dans le cas des compagnies ferroviaires, que les clients aient su s'opposer à une trop forte organisation du marché. Soit que les producteurs étrangers aient eu assez de poids pour influer directement sur la stratégie commerciale des compagnies françaises. Marcel Gillet a décrit la manière dont l'Entente des houillères du Nord-Pas-de-Calais, au début du siècle, devait composer avec la politique de prix des charbonniers allemands, belges et anglais.

L'étranger nécessaire

Les industries qui impliquent des investissements lourds doivent se déployer dans un marché plus vaste que la France. Cette « contrainte extérieure » est surtout sensible dans quelques secteurs de pointe où souvent les entreprises françaises sont bien placées. Pont-à-Mousson, on l'a vu, ne peut se satisfaire de la croissance poussive de la demande intérieure. À partir de 1870, cette firme a exporté en moyenne les deux tiers de sa production. Vallourec, fabricant de tubes et de profilés d'acier, n'a pu se contenter, dès 1880, d'un « marché national étroit et convoité » (Catherine Omnès). Il sera constamment présent sur les marchés internationaux, fondant toute sa stratégie sur l'expansion des exportations. Or, avant comme après 1914, le marché français n'a jamais été saturé, comme le prouve le dynamisme des importations de tubes. Le paradoxe n'est qu'apparent, car il était vital pour Vallourec d'avoir une assise commerciale large et équilibrée.

Le cas du moteur d'avion, étudié par Emmanuel Chadeau, est bien celui d'un produit dont l'horizon est d'emblée mondial. Les immobilisations gigantesques impliquent de longues séries, de très grands débouchés. Il faut « viser des objectifs internationaux ou ne pas faire de moteurs ». En 1914, les firmes françaises tenaient 40 % du marché mondial des moteurs d'avion. Vendre, certes, mais à quel prix ? Les concurrents anglais et allemands de Pont-à-Mousson ou de Vallourec pratiquent des prix de dumping sur les marchés tiers. Pour résister, les industriels français devraient comprimer leurs prix de revient.

Il y faudrait une production de masse que précisément le marché français ne permet pas. Au moins peut-on faire des sacrifices à l'exportation si les prix intérieurs se révèlent rémunérateurs : la politique des comptoirs a cette ambition. Autre formule, celle des ententes internationales qui fixent les prix, les quotas, les zones de vente. Les producteurs français participent à quelques-uns de ces cartels, comme celui de l'aluminium (1901) ou celui du rail (1904). Souvent, la France occupe une place modeste. En revanche, pour les glaceries, la Compagnie de Saint-Gobain a été l'initiatrice de la convention internationale (1904).

De la dernière décennie du XIXe siècle à la fin des années 1920, l'industrie a su tirer parti de la contrainte extérieure. Avant la Grande Guerre, l'essor des exportations manufacturières est incontestable : 1,9 milliard de francs en 1898, 2,5 milliards en 1905, 4,2 milliards en 1913. Les ventes à l'étranger sont le vrai moteur de la croissance. Une fois effacées les conséquences de la guerre, les exportations reprennent vivement. Au demeurant, le retour de l'Alsace-Lorraine, riche d'aciéries et de filatures, rendait l'exportation plus nécessaire encore. Désormais, le mouvement s'accélère. La valeur des exportations industrielles (en francs constants) est supérieure des deux tiers en 1929 à ce qu'elle était en 1913. Signe d'une forte intégration à l'économie mondiale, un tiers de la production industrielle est exporté à la fin des années 1920, contre 15 % dans les années 1880. Mais les performances se jugent par comparaison. La part de la France dans le commerce mondial n'a fait que se restreindre : 12,8 % en 1860, 7,2 % en 1913, 3,7 % en 1937. Deuxième au palmarès jusqu'en 1880, elle a rétrogradé alors à la troisième place derrière l'Allemagne, puis à la quatrième place en 1910 derrière les États-Unis, en attendant d'être dépassée par le Japon, vers 1930. L'ouverture au monde n'est donc que relative. Ce fut longtemps une ouverture aux voisins ; l'essentiel des marchandises françaises est vendu en 1913 à l'Angleterre, la Belgique, l'Allemagne, la Suisse, l'Italie et l'Espagne. La Russie et la Turquie apparaissent aussi dans les comptes. C'est souvent une extension heureuse, mais ce peut être aussi le signe d'une éviction, par la concurrence anglo-allemande, hors de l'Europe prospère. Les États-Unis, enfin, présents dès avant guerre, sont l'un des enjeux commerciaux des années 1920, du moins pour les plus grandes firmes.

Les secteurs traditionnels d'excellence, comme les soieries et les articles de luxe, composent encore en 1913 la base des exportations industrielles françaises. À côté de ces valeurs sûres, l'automobile, la chimie et l'aéronautique figurent la modernité. Dans les années 1920, l'éventail des produits, sinon leur part respective, n'a guère changé. Un trait s'affirme, qui n'est pas rassurant : les industries de biens d'équipement restent en arrière, qu'il s'agisse des locomotives – la France a perdu pour longtemps la bataille du rail – ou des matériels électriques balayés par la concurrence allemande. Les produits peu élaborés de la métallurgie lourde ne compensent pas ce handicap. Les années 1920 seraient-elles le temps des exportations manquées ?

Il est, en tout cas, une exportation productive, celle des travaux publics, où la France tient les premiers rangs dans la longue période. Non seulement ses ingénieurs et ses techniciens manifestent une capacité d'innovation et de mise en œuvre très recherchée, mais les grandes entreprises des années 1890 et suivantes – Hersent, Batignolles, Schneider, Grands Travaux de Marseille, etc. – pratiquent une politique commerciale particulièrement active (Dominique Barjot). Le marché français est à la fois étroit et irrégulier. Il dépend trop des aléas budgétaires pour constituer une base suffisante. De grandes occasions, comme la Reconstruction, mobilisent les entreprises, mais les bonnes affaires et les belles marges sont ordinairement à l'étranger. Vers quelles destinations se tourner ? La carte est sans surprise ; elle reproduit les zones d'influence de la diplomatie française et les lieux d'investissement privilégiés. L'Europe centrale, l'Europe balkanique, la Russie et l'Empire ottoman attirent ainsi les entreprises françaises chargées de moderniser leurs infrastructures. La Chine (chemin de fer du Yunnan) et surtout l'Amérique latine (port de Rosario) proposent d'intéressants chantiers. L'après-guerre change la donne : finie la Russie, perdue l'Amérique latine. Il faut revenir à cette Europe où la France garde encore influence et moyens d'action : la Pologne, par exemple, où la Société des Batignolles construit le port de Gdynia (1925-1939), la Grèce, avec la modernisation du Pirée, etc., sans abandonner la partie dans des régions plus difficiles, comme le Moyen-Orient. La part des marchés étrangers dans les chiffres d'affaires des principales entreprises s'accroît. L'« impérialisme du pauvre » (Georges Soutou) se défend bien.

L'empire-refuge ?

Les colonies ont très tôt passé pour la nouvelle frontière du capitalisme français. Jules Ferry ne disait-il pas que la « politique coloniale [était] fille de la politique industrielle » ? En 1905, Eugène Étienne voyait dans l'empire la « solution de toutes les crises, présentes et futures ». Ces remarques intéressées étant visiblement excessives, on a un peu trop vite décidé que l'empire n'avait pas pesé dans l'industrie française avant la Grande Crise. Jacques Marseille a établi, au contraire, que le commerce colonial du début du XXe siècle n'est pas négligeable dans sa masse (9,4 % des importations et 13 % des exportations de la métropole en 1913) et est hégémonique pour certains secteurs. En 1906, l'empire a absorbé 86 % des tissus de coton, 80 % des constructions métalliques et 73 % des locomotives exportés par la France. En retour, il a fourni 79 % des phosphates utilisés par l'industrie chimique et les matières premières de plusieurs industries alimentaires. La loi douanière de 1892, largement confirmée par celle de 1928, recréait en quelque sorte le « pacte colonial ». Exutoire aisé des marchandises de la métropole, l'empire était aussi un terrain attractif pour les entreprises de travaux publics. L'Algérie, l'Afrique noire, l'Indochine et finalement le Maroc leur ont demandé des ponts, des canaux, des ports. L'opportunité d'avant guerre est devenue, après la guerre, nécessité. Ainsi Schneider a-t-il remarquablement réussi à orienter sa branche « travaux publics » vers des réalisations portuaires au Maghreb

(Casablanca, Safi, Alger) et en Afrique noire (Abidjan) où elle trouve ses meilleures commandes (Agnès d'Angio). Le monde politique incite à « mettre en valeur notre magnifique domaine colonial » (Raymond Poincaré, 1924) et les budgets, le plus souvent, suivent. La Société des Batignolles intervient dans l'aménagement des ports de Tamatave et de Djibouti (Agnès Burnel). D'autres entreprises se spécialisent dans le marché indochinois. Aux ports, routes et chemins de fer s'ajoutent les aérodromes et les barrages. Dans ce secteur, l'empire se présente comme un substitut du marché métropolitain. Mais il ne remplace pas, on l'a dit, les débouchés étrangers. Au demeurant, la haute qualité technique de certaines de ces réalisations assure que les produits français restent, ici, d'avant-garde et que l'empire n'est pas un pis-aller.

En est-il de même pour les marchandises ? Jacques Marseille voit dans le tropisme colonial de certaines branches d'industrie le reflet soit de difficultés passagères soit de leur manque de dynamisme. Deuxième partenaire commercial de la métropole, en 1913, l'empire en est devenu le premier en 1928. Ce résultat ne signifie pas que les industriels français fuient la concurrence et les marchés non abrités : les colonies n'absorbent, par exemple, que 17,6 % des biens d'équipement vendus par la métropole. Toutefois, certains glissements traduisent un déclassement. Si les matériels électriques, indique Albert Broder, prennent de plus en plus le chemin des colonies, c'est qu'ils cumulent les handicaps face à la concurrence allemande : prix trop élevés, délais de livraison trop longs, service après-vente déficient, fiabilité médiocre. Nos laines et nos soies n'ont sans doute pas tant de disgrâce ; il suffit qu'elles deviennent trop chères. Même l'automobile, à la fin des années 1920, accuse un moindre dynamisme commercial. À nouveau, l'empire est là pour offrir des positions de repli. La Grande Crise porte au paroxysme cette tendance. À la veille de la Seconde Guerre mondiale, l'empire achète 90 % des cotonnades, 54 % des biens d'équipement produits en France. La valeur des exportations en direction des colonies s'est stabilisée dans les dix dernières années alors que le montant des ventes vers l'étranger chutait des deux tiers. L'empire a cessé d'être un horizon de croissance pour devenir le « compagnon des mauvais jours ».

L'État, entre la discrétion et l'intervention

Un rôle régulateur

Qu'attendre de l'État ? Qu'il maintienne un « ordre passable », répondait le philosophe Alain. Il est impropre de parler ici de libéralisme. Disons qu'il y a une tension constante, avant la Grande Guerre, entre le souhait proclamé d'un État minimal et une pratique volontiers réglementaire. L'État gendarme en est la résultante, si l'expression est prise dans un sens élargi de garant des équilibres. La politique douanière a eu ouvertement cette fonction. L'enjeu social et, finalement, politique était de préserver le niveau de vie de la paysannerie, le tissu d'entreprises, l'emploi des ouvriers. À l'intérieur, il faut faire respecter la concurrence et défendre l'intérêt général. L'attitude des pouvoirs publics vis-à-vis des compagnies de chemins de fer correspond à ce balancement. Sur le fond, le rôle de l'État ne change pas : concessions, garantie financière, tutelle technique, droit de regard sur les tarifs. Pourtant, le plan Freycinet, par son ampleur, suscite un débat intense sur les responsabilités et les limites de l'engagement de l'État.

On retrouve un clivage apparu dès la monarchie de Juillet entre ceux qui veulent constituer un réseau d'État et procéder au rachat des lignes et ceux qui, pour des raisons à la fois philosophiques et budgétaires, s'y opposent. D'un côté, Gambetta, de l'autre, Léon Say. La crise financière du 1882 tranche en faveur du désengagement. L'année suivante, les nouvelles conventions confiaient aux compagnies le soin d'exploiter les lignes construites au titre du plan Freycinet (près de 3 000 km), leur concédaient celles qui restaient à construire (8 360 km), à charge pour elles d'emprunter l'argent nécessaire avec la garantie de l'État.

La contrepartie repose sur deux contraintes. L'une, plutôt théorique, est le partage des bénéfices, au-delà d'un certain seuil, avec l'État, l'autre, bien réelle, se traduit par un renforcement de la tutelle publique en matière de tarifs. De sorte que l'on peut interpréter les conventions de 1883 comme un retrait de la puissance publique, dans l'immédiat, autant que comme une confirmation, voire une extension du droit de regard de l'État dans l'exploitation des lignes. D'ailleurs, il faut bien se substituer aux compagnies défaillantes. En 1875-1877, l'État avait dû racheter la très modeste Compagnie des Charentes et Vendée. En 1908, une opération identique vise, cette fois, un vrai réseau, celui de la Compagnie de l'Ouest, en pleine débâcle. Il n'est toutefois pas question, sauf dans des milieux minoritaires, de considérer le réseau d'État comme la préfiguration d'un domaine ferroviaire national.

En dehors des tâches de souveraineté et du rôle, acquis depuis longtemps, de l'État dans la création des infrastructures, aucun type d'intervention ne va de soi. Un large consensus existe, à la fin du XIXe siècle, pour se méfier de toute avancée de la puissance publique dans la sphère économique. Paul Leroy-Beaulieu, chantre du libéralisme, justifie par principe cette attitude quand il assure que « l'État n'invente rien ». Mais les ingénieurs des mines ou ceux des ponts et chaussées, les fonctionnaires du commerce et les gestionnaires des arsenaux peuvent-ils accepter ce point de vue ? Pour un Clément Colson, haut fonctionnaire et doctrinaire de l'économie libérale, beaucoup de serviteurs de l'État gardent une culture d'intervention qui se nourrit sans doute d'une réflexion sur la défaite et d'un certain scepticisme à l'égard des capacités du patronat. Par ailleurs, l'évolution politique qui conduit à la « République radicale » fait progressivement lever de nouvelles exigences qui ont la solidarité pour dénominateur commun. L'équilibre des compétences entre public et privé ne risque-t-il pas de se déplacer sensiblement ? L'examen des dépenses publiques dans leur rapport à l'économie éclaire la tendance, indépendamment des lois et des discours. Certes, il est délicat de ventiler ces dépenses selon leur caractère plus ou moins productif. Si le budget consacré à la marine de guerre a évidemment un effet d'impulsion, celui de l'instruction publique n'en est pas moins intéressant par l'importance des constructions scolaires et par l'investissement éducatif qui prépare des générations mieux formées, mieux préparées à la modernité industrielle. Selon Christine André et Robert Delorme, le taux de croissance annuel des dépenses publiques a été supérieur, pour la période 1872-1912, à celui du produit intérieur brut (1,6 % contre 1,3 %).

Louis Fontvieille a calculé plus précisément la part des « dépenses liées » à l'économie dans le produit physique. Elle se situerait à près de 9 % jusqu'à la fin du siècle pour s'établir à 7 % en 1913. S'il est difficile de parler d'une politique contra-cyclique, sauf pour le plan Freycinet, il apparaît que les dépenses de l'État et des collectivités locales ont contribué de manière non négligeable à la stimulation des activités. Le libéralisme prépondérant n'a pas interdit cette forme indirecte d'encouragement.

Paul Leroy-Beaulieu invitait l'État à ne pas se « disperser ». Pourtant, les années 1890 marquent un tournant. Le législateur élabore alors un véritable droit du travail. L'innovation réside moins dans les nouvelles étapes de la réglementation du travail – ainsi l'interdiction du travail de nuit aux femmes de moins de dix-huit ans (1892) ou l'obligation du repos hebdomadaire (1906) – que dans l'institution laborieuse d'un corps d'inspecteurs chargés de faire respecter la législation sur le travail des femmes et des enfants (1892). Davantage, la loi du 9 avril 1898 sur la responsabilité des accidents du travail inaugure un droit à réparation et transforme, dans ce domaine crucial, la nature du lien entre employeur et salarié. Restait à prendre acte, dans les structures politiques et administratives, de cette évolution. Un Conseil supérieur du travail, où siègent des ouvriers, est créé en 1891. En 1906, Clemenceau fonde le ministère du Travail, qui devait permettre, disait-il, de « coordonner les entreprises de l'altruisme de l'État ». La puissance publique se contente de moins en moins d'arbitrer le jeu social ; elle en change les règles.

Le tournant de la Grande Guerre

La guerre devait être courte. On comprend en 1915 qu'il n'en sera rien. Il faut donc établir, dans l'urgence, de nouveaux modes de fonctionnement pour l'économie, compte tenu des besoins prioritaires des armées et de la désorganisation du système de production. En effet, l'industrie souffre de trois maux majeurs : le départ au front de nombreux ouvriers spécialisés, de techniciens et d'ingénieurs ; l'interruption partielle de ses approvisionnements en matières premières et en machines et surtout la perte de régions hautement industrialisées qui représentent 74 % de la houille et 81 % de la fonte produites sur le territoire.

On doit en convenir, l'économie de marché n'est pas la réponse appropriée à cette situation extrême. Albert Thomas, socialiste jauressien, a été, du printemps de 1915 à l'automne de 1917, le brillant artisan de la reconversion et de la militarisation de l'industrie. Comme sous-secrétaire d'État à l'Artillerie puis, à compter de décembre 1916, comme ministre de l'Armement, il a mis en place les structures du dirigisme qui atteindra sa perfection à l'hiver de 1917, avec le cabinet Clemenceau. Le plus aisé, sans doute, était de faire revenir du front les ouvriers dont le concours était indispensable et de les replacer à la production au titre d'« affectés spéciaux ». Surtout, il fallait établir un minimum d'ordre et de cohérence dans la machine industrielle, tourner vers les fabrications de guerre le plus grand nombre possible d'usines, fournir rapidement et massivement aux besoins des armées.

Pour la sidérurgie, Thomas a bénéficié de l'autorité corporative du comité des Forges et du soutien très efficace de son secrétaire général, Robert Pinot. Le système de répartition des commandes, de réseau de sous-traitance, de fixation des prix s'appuyait sur l'expérience d'une branche d'industrie déjà fortement organisée. Les autres industries engagées dans l'effort de guerre suivaient, autant que possible, ce modèle. L'unité opératoire était le comité (ou commission) dans lequel fonctionnaires, industriels et militaires coordonnaient leurs efforts pour une production donnée. En 1918, près de trois cents avaient été formés. On n'avait pas évité les doubles emplois et les chevauchements, mais, dans l'ensemble, les objectifs de fourniture – en quantité, qualité et délais – étaient remplis. L'approvisionnement en énergie et en matières premières devait être particulièrement discipliné, faute de quoi le système risquait de se bloquer. La sidérurgie s'était très vite dotée d'un consortium d'achat. À partir de 1917, les grands produits d'importation suivirent un canal semblable, ainsi le coton, la pâte à papier ou le pétrole. Chaque organisme avait le monopole des transactions. Bien entendu, les prix de ces matières et marchandises étaient fixés par l'administration, après concertation avec les professionnels.

Tout en répondant à l'urgence, Albert Thomas esquissait un programme global de réforme industrielle. Il associait étroitement progrès économique et démocratie dans l'entreprise, en estimant que de nouvelles relations de travail aideraient à la modernisation des techniques et de la gestion des usines.

C'est pourquoi il instaura dans les usines d'État une commission d'arbitrage mixte et des délégués d'ateliers qui se prononçaient sur les problèmes de rémunération et de conditions de travail. De même a-t-il suscité de nombreuses commissions mixtes sur des questions telles que le travail des femmes ou l'hygiène dans l'entreprise. Les usines nouvelles, comme l'arsenal de Roanne, lui paraissaient être le banc d'essai d'un nouvel ordre industriel. Tant d'anticipation ne pouvait qu'irriter et inquiéter le patronat. Le socialisme de guerre de ce ministre « collectiviste » – qui pourtant se recommandait de la collaboration de classes ! – ne frayait-il pas la voie à la révolution sociale ? Le soupçon ne pouvait pas peser sur l'autre organisateur de la victoire industrielle, Étienne Clémentel. « Radical indépendant », il fut ministre du Commerce de 1915 à 1919, avec des attributions qui lui donnaient les pouvoirs d'un ministre de l'Économie nationale (Richard Kuisel). Pendant toute cette période, il eut la responsabilité d'organiser et de faire fonctionner les consortiums. À son poste, il avait conscience de certaines faiblesses de l'industrie française dans sa compétition pacifique et militaire avec l'Allemagne. L'industrie chimique illustrait ce retard. Comment y remédier, sinon en encourageant l'enseignement professionnel et surtout le regroupement d'entreprises ? Ce n'était pas l'État entrepreneur mais l'État tuteur, incitateur d'une industrie cartellisée. « Si chacun doit être libre d'exercer la profession la mieux appropriée à ses aptitudes, déclarait-il en 1918, il incombe à l'État de coopérer aux efforts collectifs et individuels après les avoir coordonnés », et il ajoutait : « L'individualisme économique de l'avant-guerre doit disparaître et céder la place aux puissances collectives organisées. » Il n'est pas indifférent de savoir qu'au nombre de ses conseillers figurait le jeune Jean Monnet.

Les impasses du libéralisme

À peine la guerre finie, chacun pensait revenir au libéralisme – un peu mythifié – de la Belle Époque. L'étatisme, voilà l'ennemi ! L'intervention administrative dans l'activité industrielle avait peut-être été un mal nécessaire ; elle ne se justifiait plus du tout en temps de paix. Il était facile de trouver dans les épisodes de l'économie de guerre de quoi alimenter cette campagne, lourdeurs bureaucratiques, gestion hasardeuse de certaines usines d'armement, dysfonctionnements multiples. L'« étatisme industriel », loin de constituer un modèle, servait de repoussoir. Le Bloc national gagna les élections de 1919 en partie sur ce thème. Le nouveau ministre du Commerce souhaitait que « le gouvernement revienne à sa sphère naturelle d'activité ». Était-ce possible ? En termes budgétaires, la politique visait à soutenir, sinon à réduire les dépenses. Le choix de Poincaré, en 1926-1928, de lancer un grand programme de travaux rompra avec ce classicisme. L'orthodoxie comptable – de toute façon, difficile à tenir – ne réglait pas tout le problème. En effet, de nouvelles obligations se présentaient. Ainsi, la France avait reçu 25 % de la Turkisch Petroleum Company, c'est-à-dire sa part des capitaux allemands engagés dans la prospection pétrolière de l'Empire ottoman. Les pouvoirs publics suscitent en

1924 la création de la Compagnie française des pétroles pour gérer cette participation. L'État est présent dans la Compagnie à hauteur de 25 % (en 1929), puis de 35 % (en 1931). Quand le pétrole est découvert en Irak, en 1927, la CFP met sur pied la Compagnie française de raffinage (1929) afin de ne pas dépendre entièrement du bon vouloir des puissantes sociétés anglaises et américaines. Une loi votée en 1928 donna un cadre juridique à cette stratégie d'indépendance. L'importation et la distribution du pétrole étaient soumises à autorisation gouvernementale, et un système de taxes soutenait l'industrie française du raffinage. Le souvenir de la dépendance de la France à l'égard de ses alliés avait poussé à cette politique vigoureuse. En 1939, la France avait conquis son autonomie dans le domaine du raffinage.

Une autre énergie, l'énergie hydroélectrique, a fait l'objet d'une intervention lourde de l'État. L'extension débridée des réseaux de distribution était source de gaspillage ; la concurrence sauvage entre compagnies semblait devoir conduire à l'hécatombe. L'intérêt général était de coordonner – bientôt, d'interconnecter – les réalisations, d'organiser le développement. Une loi du 16 octobre 1919 – la « grande loi de la houille blanche » (Henri Morsel) – reconnaissait la propriété publique de l'énergie des marées, des lacs et des cours d'eau. L'installation d'une centrale relevait donc désormais d'une concession. Par là était fondé un droit d'intervention et de contrôle, un peu comme la loi napoléonienne l'avait fait pour le charbon. Le transport à haute tension fut également réglementé. Les attendus de la loi du 11 juillet 1922 qui en donnait la maîtrise à l'État disaient justement qu'il s'agissait d'« assurer une utilisation plus complète et une meilleure répartition de l'énergie électrique ». Troisième élément du dispositif de régulation, la création de sociétés d'économie mixte pour équiper certains cours d'eau. Ces barrages de basse chute impliquaient d'énormes capitaux ; la combinaison du public et du privé s'imposait. La Compagnie nationale du Rhône, créée en 1921, a été l'outil le plus illustre de ce nouveau cours. À tout prendre, le meilleur levier demeurait le contrôle des tarifs. Selon Henri Morsel, l'administration en a constamment ralenti la hausse, au risque de pénaliser les entreprises électriques. Les transports, eux aussi, bénéficiaient d'une surveillance attentive. La convention de 1921 entre l'État et les compagnies ferroviaires donnait à celles-ci de nouvelles garanties financières. En contrepartie, elle accentuait le rôle de l'État dans la définition d'une politique commune aux grands réseaux. L'endettement préoccupant de nombre d'entre eux venait en partie d'une gestion hasardeuse, mais était surtout provoqué par l'alourdissement du cahier des charges, sans compensation équivalente dans les tarifs.

La crise va obliger à choisir, à rompre peut-être avec des habitudes de pensée, à adopter des comportements différents. Les vieux réflexes l'emportent d'abord. Certes, Tardieu annonce vouloir « dépasser la vieille et noble doctrine libérale du laisser-faire, laisser-passer » (juin 1930). Son « plan d'outillage », plus fourni en arrière-pensées politiques qu'en crédits propres, n'est pas à la hauteur de la situation. Les autres plans, celui de Laval (1931) et celui de Marquet (1934), comportent à leur tour des dépenses modestes. Pis, le programme des HBM dû à Loucheur est différé ainsi que l'équipement téléphonique. On est encore loin de Keynes ! L'État sauve, tant bien que mal, des entreprises stratégiques qu'il a parfois contribué à mettre en difficulté, comme les compagnies aériennes ruinées par leurs obligations tarifaires et qui se fondent en 1933 dans une compagnie où l'État a une participation de 25 %, Air France. L'impression domine d'une gestion de la crise à la petite semaine. Même là où de gros crédits finissent par être injectés – les travaux publics à partir de 1934 –, Dominique Barjot constate que le poids de l'État augmente plus vite que son influence réelle ; qu'il y a des dépenses, plus qu'une stratégie.

Pourtant, venues de tous les points de l'horizon politique, des idées neuves commencent à s'imposer dans la crise. C'est le Redressement français de l'industriel Mercier qui milite pour un engagement plus net de l'État,

C'est un autre patron de l'électricité, Detœuf, qui constate la mort du libéralisme par une « inéluctable évolution interne ». Les radicaux s'interrogent sur l'« économie dirigée ». Parmi eux, les « Jeunes Turcs » (Pierre Cot, Jean Zay, Pierre Mendès France) ont franchi le pas. Parallèlement, se développent des courants à la CGT (Robert Lacoste, René Belin) et à la SFIO (André Philip, Jules Moch) qui placent la planification au centre de leur démarche théorique. L'arrivée au pouvoir du Front populaire allait-elle faire déboucher cette effervescence intellectuelle ? On savait Léon Blum réservé quant aux vertus de l'économie mixte. Quelle politique devait-il appliquer ? Si on limite l'analyse aux mesures qui ont eu un effet direct sur l'industrie, sans s'attarder sur la « démocratisation » de la Banque de France ou la création de la SNCF, on retiendra deux axes dans la période 1936-1938 : un fort interventionnisme social, un dynamisme modernisateur dans le secteur des industries de guerre. Les accords de Matignon et la législation qui suivit – quarante heures, congés payés, conventions collectives – consacrent le rôle stimulant de l'État dans les relations de travail. Les conditions de l'activité industrielle dans toutes ses dimensions – des prix de revient à l'autorité patronale – en sortent modifiées. Le pouvoir politique a relayé la pression des masses et institutionnalisé un nouveau rapport de forces. Il en tire aussi les conséquences en soutenant la trésorerie des PME endommagée par le coût des lois sociales (loi Spinasse, 19 août 1936). La nationalisation de l'armement (16 juillet 1936) vise à donner à l'État les moyens d'organiser la défense devant la montée des périls. Les « profiteurs de guerre » n'ont pas bonne presse, mais le gouvernement et la haute fonction publique s'inquiètent bien davantage de l'éparpillement des entreprises, de leur incapacité à entrer dans l'ère de la production de masse. C'est pourquoi la nationalisation se traduit par la concentration (six sociétés aéronautiques) et par un effort de rationalisation. À la limite, le secteur de l'armement pourrait devenir le moteur de la reprise. Léon Blum l'indique, quand il tente d'obtenir les pleins pouvoirs financiers pour son deuxième cabinet (1er avril 1938) : « Le développement de la production dont les industries de guerre sont le centre est susceptible de s'étendre de proche en prochc à d'autres branches de l'économie nationale. » Il est vrai que le réarmement absorbe alors 46 % des dépenses publiques. La fin du Front populaire n'entraîne pas le reflux de l'État. Le « néo-libéralisme » de Daladier et de Reynaud infléchit la politique précédente, en particulier par la remise en cause des quarante heures. L'hésitation toutefois est patente à se priver, face à la militarisation des économies adverses, des moyens d'un contrôle public. Jacques Rueff, chantre du libéralisme, fait partie de l'entourage de Paul Reynaud, mais le jeune Michel Debré aussi, qui écrit tranquillement : « L'État doit se rendre compte que les circonstances exigent qu'il prenne la direction de la vie économique de la nation » (cité par Richard Kuisel). La crise et l'approche de la guerre ont donc consolidé les nouvelles fonctions de l'État. Le conflit va-t-il interrompre ou faire mûrir ce changement ?

La Grande Dépression mérite bien son nom : elle fut profonde et longue. Le paysage industriel qui se découvre après quinze ans de crise larvée ou ouverte présente des caractéristiques toutes nouvelles. La proto-industrie n'y a pas résisté, à part quelques vestiges. Le travail domestique en sort très affaibli. Tout se passe comme si la secousse avait détruit ce qui ne tenait plus guère. Les comptes ont été soldés ; le changement s'affirme. La mécanisation, principalement dans le textile, devient le mode de production dominant. Les régions, les entreprises qui ne prennent pas le tournant, sombrent. La coexistence des énergies a épuisé ses effets ; place aux chevaux-vapeur. L'autre changement en marche s'appelle internationalisation. La Dépression l'avait fait apparaître ; maintenant l'industrie française doit s'y plier. Le nouveau système productif oblige, plus que jamais, à chercher des marchés à l'extérieur. L'empire comble-t-il ce besoin de débouchés ? La tentation existe de s'y réfugier. L'État est dans son plein rôle, selon les chantres mêmes du libéralisme, en protégeant l'espace économique national. Doit-il faire plus ? Chez beaucoup l'emporte la méfiance. Mais la question cesse d'être rhétorique en 1914. L'économie de guerre se dissout avec la fin des hostilités. La dimension des nouveaux enjeux industriels – tel que l'équipement hydroélectrique – ne permet plus de congédier entièrement l'État. La crise forcera à réexaminer les politiques.

2. La nouvelle économie industrielle

On pourrait dire, en pastichant Lénine, que le système industriel dominant dans la France des années 1930, c'est Taylor plus l'électricité. L'énergie nouvelle a su s'imposer en moins de cinquante ans. Comment a-t-elle conquis les marchés de la ville et de l'usine, en prenant la relève de l'hydromécanique, de la vapeur et du gaz ? La production et la distribution de l'électricité ont suivi des logiques techniques, géographiques et financières inédites. De quelle manière ces conditions d'exercice industriel se sont-elles combinées ? Davantage, l'électricité a accompagné le développement ou a même suscité la naissance d'autres industries. Il faudra évaluer la portée de ce rôle stimulant, structurant. L'automobile, industrie clé de la seconde industrialisation, a été le laboratoire de l'organisation scientifique du travail dans toutes ses variantes et modalités. Celle-ci a- t-elle été la réponse adéquate aux difficultés de fonctionnement des entreprises ? Enfin, le changement ne tient pas qu'à l'énergie et aux méthodes. Il s'inscrit aussi dans des sites et dans des paysages. Sans déserter la ville, l'industrie manufacturière a déplacé son centre de gravité. Elle est désormais chez elle en banlieue.

Le système électrique

La lampe et le moteur

À la fin de l'été de 1881, une exposition internationale d'électricité s'est tenue à Paris. Le succès de masse de cette manifestation, placée sous le signe de l'alliance de la science et de l'industrie, a été le résultat d'une stratégie qui ne se démentira plus : « la sollicitation agressive des consommateurs » (François Caron). Il fallait en effet séduire et convaincre ; conquérir les marchés, mieux, les créer. L'électricité, alors, était plus qu'une curiosité. Le télégraphe en a bénéficié à partir de 1845 en France, soit avec un retard dû à l'excellence même du système Chappe. Puis les compagnies ferroviaires ont adopté la signalisation électrique, qui seule pouvait concilier sécurité et accroissement du trafic. Le téléphone, en revanche, d'invention toute récente (1876), n'avait pas encore percé en France. La principale découverte des précédentes années, la réversibilité de la machine de Gramme (1873), permettait d'espérer que le transport d'énergie était en voie de solution. L'enthousiasme de Louis Figuier était un peu prématuré lorsqu'il y voyait les prémices de « toute une révolution industrielle » où les deux usages majeurs de l'électricité, lumière et force, trouveraient leur pleine application. Pour autant, quelques démonstrations ne faisaient pas une mutation. Il fallait gagner la ville et l'usine.

L'éclairage par lampes à arc s'était répandu dans les années 1870, d'abord dans les usines. Quels avantages en attend-on ? Mieux que le gaz, ce puissant éclairage artificiel fait disparaître les zones d'ombre. Il facilite ainsi le travail de nuit, les manipulations et le contrôle des déplacements. Il rend plus transparent, autrement dit il rationalise l'espace de l'usine ou de l'entrepôt. Ainsi, à la fin des années 1870, les grands dépôts de la Compagnie du chemin de fer du Nord sont-ils électrifiés. Le rendement ouvrier y aurait progressé d'un quart. De nombreuses usines d'Alsace prennent le même parti. La lampe à incandescence ajoute, à partir de 1880, une souplesse supplémentaire au dispositif. Parallèlement, pour des raisons de sécurité ou de prestige, des lieux publics (grands magasins, théâtres…) sont équipés de lampes. Dans tous ces cas, c'est une installation privée qui fournit le courant. Avant la création des premières centrales (comme celle de Saint-Étienne en 1885), il est donc exclu que ce nouveau mode d'éclairage pénètre dans les appartements. L'enjeu est ailleurs : l'éclairage public est un marché tentant et un magnifique instrument de promotion. Or le gaz est bien installé dans les villes. Grâce à lui, Paris aux 55 000 becs d'éclairage est devenu la « Ville lumière ». L'industrie gazière va redoubler partout d'initiative commerciale et de capacité d'innovation pour garder ses positions, voire les améliorer. En 1888, un millier d'agglomérations s'éclairent au gaz, soit une progression de 45 % en dix ans. Le gaz profite surtout du système des concessions municipales qui semble handicaper toute concurrence. L'électricité, en outre, a été à l'origine de plusieurs incendies et elle coûte cher. Pour beaucoup, jusqu'à la Grande Guerre, elle constitue un risque et un luxe. Progressivement, cependant, les villes substituent l'électricité au gaz pour leur éclairage ou au moins les associent. La procédure de la concession révèle les préjugés des notables. À Paris, par exemple, celle délivrée à six compagnies en 1889 ne doit durer que dix-huit ans. Est-ce l'idée d'instaurer ensuite le régime de la régie ? Les tarifs initiaux seront révisés en baisse tous les cinq ans, et l'obligation de desserte alourdit le prix de revient. Ces diverses contraintes et une réglementation tatillonne vont finalement stimuler la productivité. Les progrès de la technique (production du courant alternatif sous haute tension), qui améliorent le transport de l'énergie, autorisent à s'éloigner des centres-villes pour installer de grandes centrales. Entre 1899 et 1909, le prix de revient du kilowattheure à Paris a baissé de moitié, grâce à l'usine du « Triphasé » d'Asnières (Alain Beltran). L'éclairage public a servi de vitrine. Les abonnés privés suivent, du moins dans les beaux quartiers. Paris en compte plus de 30 000 en 1900. L'élargissement social de la clientèle sera l'affaire des années 1920 ; le nombre d'abonnés dans la capitale augmente alors de 40 000 à 50 000 par an. Le caprice est devenu un besoin. À l'échelle nationale, la consommation de l'électricité sous basse tension est multipliée par 2,5 entre 1923 et 1939. En longue période, le rythme de développement de cette consommation se calque sur le mouvement d'urbanisation, lent à la fin du XIXe siècle, accéléré dans les années

1920. La grande ville offre aussi à l'électricité le marché de ses transports publics. Le tramway abandonne les chevaux ou la vapeur, au tournant du siècle, pour se convertir au système du trolley. L'engouement est brutal (487 km de lignes en 1899, 1 995 en 1902), mais sans lendemain. En 1913, le réseau français n'atteint pas la moitié du réseau allemand. Les structures urbaines respectives expliquent largement ce décalage, mais il convient aussi d'incriminer la municipalité parisienne qui s'opposa à l'installation de lignes aériennes en centre-ville. L'effet d'entraînement a été manqué. Le métro, dont la première ligne est ouverte en 1900, n'est, de ce point de vue, qu'une demi-revanche.

Le transport ferroviaire a résisté à la tentation électrique. L'effort de la Compagnie du Midi, qui dispose en 1938 de 1 800 kilomètres de lignes électrifiées, demeure isolé. La locomotion à vapeur – dont la technologie progresse jusque dans les années 1950 – n'a pas été menacée. Au contraire, en matière de moteurs fixes, l'électricité, à la mi-XXe siècle, a gagné la partie. La campagne en faveur du moteur électrique a été efficace, car celui-ci palliait les inconvénients et les rigidités de la vapeur. Quels sont ses avantages ? Michel Hau en signale quelques-uns. Le moteur électrique marche à vitesse constante, ce qui évite, dans le textile, la rupture des fils. Il supprime les courroies « qui nuisent à l'éclairage, agitent de la poussière et projettent de l'huile de graissage sur les articles en cours de fabrication » et qui sont source d'accidents. Mais l'intérêt principal est moins technique que social. L'énergie électrique, pense-t-on à la fin du siècle, va irriguer les plus petits ateliers et redonner vie aux unités de production familiale. La vapeur avait concentré, l'électricité pourrait subdiviser. Après le temps des « bagnes industriels » viendrait celui des entreprises à taille humaine.

La « Statistique des forces motrices en 1931 » indique que, sur 11 341 000 kilowattheures de puissance des moteurs primaires, 71 % sont consacrés à produire de l'électricité. Les moteurs électriques recensés – la quasi-totalité d'entre eux sont dans l'industrie – représentent une puissance de 5 503 000 kilowatts. La différence entre puissance des moteurs et puissance des génératrices est due à d'autres « récepteurs » employés en électrochimie, en électrométallurgie ou pour le chauffage. Autrement dit, l'électricité assure à cette date 62 % de l'énergie qui met l'industrie en mouvement. Les industries extractives, la métallurgie lourde et le travail des métaux (construction mécanique), suivis des industries textiles, connaissent une électrification intense : les trois quarts de l'énergie nécessaire leur parviennent sous cette forme. Mais tandis que les mines produisent elles-mêmes leur énergie, les industries de transformation achètent la moitié de leur électricité à des centrales de distribution. Le rattachement au secteur s'accélère, sauf pour les très grandes entreprises. L'énergie mécanique électrifiée s'est répandue dans tous les secteurs. Les scieries, comme les moulins ou les laiteries, y ont recours. C'est autour de 1906 que l'électrification de l'industrie a pris de l'ampleur. Jusque-là, elle se cantonnait à une petite minorité de grandes entreprises dans la métallurgie, le textile ou la papeterie. La vapeur avait considérablement renforcé ses positions à l'issue de la Grande Dépression. La technique en était bien connue et elle ne cessait de progresser, par exemple dans la miniaturisation des moteurs. La fin de l'hydromécanique préparait le triomphe de la vapeur. Pourtant les avantages de souplesse et de divisibilité de l'électricité ont commencé à s'imposer. Quand les installations vapeur donnaient des signes de saturation ou de vieillissement, les entrepreneurs se risquaient à changer de système. À l'usine à cuivre de Flohimont (Ardennes) la vapeur avait été introduite dans les années 1860 et les équipements renouvelés dans les années 1890. Le nouveau cycle d'investissement en 1912 marque l'avènement de l'électricité. La Grande Guerre, qui a beaucoup exigé de l'appareil productif, est à l'origine d'une seconde poussée d'électrification qui se déploie dans les années 1920. La force motrice a pris le relais de l'éclairage comme élément déterminant de la consommation. À Paris, en 1923, 50 % de l'électricité sont utilisés à des fins industrielles. En revanche, l'électrification généralisée s'est révélée utopique ; les entreprises occupant au plus cinq salariés sont restées à l'écart de l'innovation. Un contre-exemple frappant est cependant fourni par la passementerie de la région stéphanoise. La Compagnie électrique de la Loire et du Centre, dirigée par le teinturier Gillet, a en effet aidé à la motorisation rapide des métiers. En 1913, 60 % d'entre eux ont été électrifiés. L'atelier familial retrouve vigueur, face à l'usine. Le gain de productivité est de 25 % pour un travail beaucoup moins éprouvant (Brigitte Reynaud). La politique de l'offre démontre aussi son efficacité – hors de l'industrie concentrée. Dans l'entre-deux-guerres, les industries de l'électricité se sont créé un nouveau marché, celui de l'électroménager. Le premier Salon des arts ménagers se tient à Paris en 1923. La « fée électricité » séduit-elle les consommateurs ? Il est clair que le retard de la croissance urbaine freine l'essor de ces débouchés. Pourtant, par l'intermédiaire de la « réclame », les Français sont très sollicités d'électrifier leur vie quotidienne, du chauffage à la cuisinière, du fer à repasser à l'aspirateur. Une « statistique des chauffe-eau et appareils de cuisine en location » à Paris montre l'effet de la campagne en une décennie : le nombre de ces appareils était respectivement de 123 et de 1 111 en 1930, il est de 19 937 et de 48 585 en 1939. La consommation nationale d'électricité exprime à la fois l'élargissement continu de toutes les demandes et manifeste bien les étapes de leur croissance. Elle triple entre 1901 (340 millions de kWh) et 1910, puis fait plus que tripler jusqu'en 1920 (3,5 milliards de kWh). Les années 1920 sont celles du grand bond en avant (17,2 milliards en 1930), suivi d'une progression modeste, pour cause de crise. Le total de 1939 (22,3 milliards) ne sera dépassé qu'en 1946.

La production et la distribution de l'électricité impliquaient une grande variété d'outillages, tout au long de la filière. Accumulateurs, piles, câbles, fils, lampes, moteurs et machines, la gamme des équipements offrait un champ très étendu à l'industrie de la construction électrique. Pourtant, en 1939, la France n'a aucune de ces grandes entreprises d'envergure mondiale que possèdent les États-Unis

(General Electric), l'Allemagne (Siemens, AEG) ou la Suisse (Brown-Boveri). En dépit de la qualité de ses savants (Deprez) et d'une première vague d'entreprises électrotechniques, la France a vite perdu son avance : l'exposition de Chicago (1893) a révélé la supériorité des technologies américaine et allemande. Le marché intérieur est étroit, les entreprises du secteur, peu dynamiques. En 1913, l'industrie française de la construction électrique n'emploie que 30 000 salariés ; sa concurrente allemande en compte 140 000. De petites entreprises, en Alsace, par exemple, n'ont pu demeurer autonomes. Des sociétés métallurgistes – De Dietrich, Schneider – se sont livrées, sans grand succès, à ce nouveau métier. Deux sociétés se dégagent du lot : la Thomson-Houston française (1893) et la Compagnie générale d'électricité (1898). La première s'est engagée dans la traction électrique (tramway), puis dans l'outillage industriel et l'électroménager. La seconde s'est développée selon deux axes : l'éclairage (lampes, fils de cuivre) et la production de courant. Son volume d'activité a triplé entre les deux guerres. Ces performances honorables largement fondées sur des brevets étrangers ne peuvent dissimuler la dépendance persistante de la France, en la matière, à l'égard de l'industrie américaine (Albert Broder).

Productions et réseaux

L'électricité d'origine thermique a été hégémonique en France jusqu'à la Grande Guerre. Ensuite, l'hydroélectricité s'est affirmée comme une source complémentaire précieuse de production du courant. Elle n'en fournit toutefois que 30 % en 1931. Le système repose donc largement sur le charbon. Les grandes zones d'industrie et les principales agglomérations sont près des bassins houillers ou à portée de combustible, grâce aux ports, aux fleuves et aux canaux. Des centrales thermiques ont été installées à proximité des bassins, mais les compagnies houillères ont laissé ce soin à des sociétés spécialisées, au moins avant 1914. Elles résistent à l'emploi de l'électricité dans l'extraction et s'effrayent des immobilisations que la nouvelle énergie entraînerait. Les sociétés de production d'électricité ont construit des centrales en ville, puis en banlieue. Enfin les gros usagers industriels, tel De Dietrich à Lunéville en 1894, se dotent de leur propre centrale. Cette filière souffre d'un handicap structurel : le prix de revient élevé du charbon français. En outre, la technique de production de l'électricité thermique est mal maîtrisée au début du XXe siècle, ce qui renchérit les coûts. L'effort portera sur l'amélioration du rendement des centrales. De 3 kilogrammes de charbon par kilowattheure en 1914, il descendra à 1,5 vingt ans plus tard. L'une des solutions était de construire de très grandes unités, pour bénéficier des économies d'échelle. La centrale établie à Gennevilliers en 1922 fut, un moment, la plus grande du monde. Malgré tout, cette production est tributaire d'un combustible pour lequel la France n'est pas autosuffisante. Au besoin permanent d'importation de charbon la Grande Guerre ajoutera la perte provisoire des bassins du Nord et du Pas-de-Calais. La dépendance devait être surmontée.

L'hydroélectricité se donnait alors, par contraste, comme l'énergie nationale, presque patriotique et propre, de surcroît. Dans son succès populaire entre peut-être de l'attachement à l'hydraulique retrouvée, tandis que d'autres y voyaient le levier d'une industrialisation équilibrante du Midi. À tant parler de « houille blanche », on a oublié la « houille verte », note justement Serge Benoit. Il s'agit des sites hydrauliques ou plutôt hydromécaniques délaissés que la seconde industrialisation équipe pour l'électricité. Basses chutes, production faible, sans doute. Mais des milliers de ces sites, en 1914, donnent du courant à autant d'ateliers. Avant les grands barrages de plaine, comme Kembs sur le Rhin (1927-1932), l'hydroélectricité de montagne a été un vecteur d'industrialisation régionale, puis l'une des sources de l'énergie, à l'échelle du pays. Les débuts de l'hydroélectricité dans le Dauphiné sont liés à la production de l'aluminium par électrolyse. Le brevet de Paul Héroult (1886), refusé par Pechiney, fut d'abord appliqué en Suisse avant que l'inventeur puisse s'installer à Froges, en Isère (1888). L'aluminium cessait d'être ce métal précieux, digne d'orner la table de Napoléon III, pour être produit à grande échelle : 13 500 tonnes en 1913. Le prix de revient de la tonne était tombé de 125 francs en 1886 à moins de 3 francs en 1900. Les besoins de l'aéronautique militaire, en 1914-1918, devaient stimuler fortement cette nouvelle métallurgie. Celle-ci se tenait au plus près des chutes alpines qui commençaient, à la suite d'Aristide Bergès, à être aménagées. Jusqu'aux premières années du XXe siècle, le transport de l'énergie soulevait des difficultés qui interdisaient l'éloignement des usines. Les vallées de la Tarentaise, de la Maurienne et de la Romanche ont bénéficié d'une occupation industrielle dense, tandis que les Pyrénées, à leur tour, se convertissaient à l'hydroélectricité. L'autre procédé de base de l'électrométallurgie, le four électrique – également dû à Héroult – donna naissance à une nouvelle sidérurgie. La Lorraine surclassait tous les autres pôles sidérurgiques par l'exploitation de la minette ; leur survie dépendait de nouveaux produits. Le conseil d'administration d'Allevard, en 1904, se décida à profiter des « découvertes incessantes de la science dans les applications de l'électricité », en valorisant les ressources hydrauliques locales. Après cinq ans de travaux et 2 millions d'investissement, la société pouvait fabriquer aciers spéciaux et ferro-alliages, comme cela se pratiquait déjà dans la vallée de la Romanche. À Ugine, Girod mettait au point son propre four. Les aciéristes de Saint-Étienne et de Firminy, soucieux de réagir à l'effondrement des productions classiques, s'intéressaient également à l'acier électrique. Les deux familles de procédés – l'électrolytique et l'électrothermique – sont à l'origine de la seconde branche industrielle de l'hydroélectricité, l'électrochimie. Henri Gall crée à Saint-Michel-de-Maurienne, en 1894, la première fabrique de chlorates par électrolyse. Ces chlorates de soude et de potasse ont deux destinations : le blanchiment du papier ou des textiles et la confection d'explosifs (cheddite). Le four électrique permet à Henri Moissan d'obtenir du carbure de calcium. L'application industrielle en est faite à Notre-Dame-de-Briançon, à partir de 1896. Ce produit est riche d'avenir. De lui dérivent en effet des engrais, des explosifs et l'acétylène. Celle-ci a deux emplois :

l'éclairage et la soudure autogène des métaux. En 1913, l'éclairage absorbe 80 % de cette production ; en 1930, la proportion s'est inversée. Entre-temps, la soudure autogène a bouleversé la construction métallique. Le rivetage est surclassé dans bien de ses usages. La soudure autogène le remplace, dans le premier quart du XXe siècle, pour la construction des ponts et bâtiments métalliques, des chaudières à vapeur ou des gazomètres. Elle s'impose dans la construction navale et dans la construction automobile. L'électricité a rendu possible l'émergence de l'une des techniques fondamentales de la seconde industrialisation (Anne-Catherine Robert).

À mesure que les industries nées de l'électricité s'épanouissent, il leur faut une énergie plus abondante, un approvisionnement sans défaillance saisonnière. Les « barrages réservoirs » correspondent à ces besoins. Ils ont l'inconvénient d'être coûteux. Les industriels qui les font construire doivent amortir leurs investissements en vendant le surplus d'électricité. Par ses coûts fixes, l'hydroélectricité entre dans une spirale d'extension des débouchés et de concentration des entreprises. À qui vendre ? Contrairement à l'électricité thermique, l'hydroélectricité de montagne n'est pas au cœur de zones peuplées et elle ne peut pas attirer beaucoup d'usines dans les hautes vallées. Le transport de l'électricité sous haute tension et en courant alternatif, acquis au début du XXe siècle, lève les obstacles techniques. Des usines peuvent être alimentées en courant sans s'établir près des chutes. Grenoble d'avant 1914 a déjà figure industrielle. Au même moment, la région lyonnaise reçoit force et lumière de la Savoie. Des Pyrénées et du sud-ouest du Massif central, la compagnie ferroviaire du « Midi » organise – en choisissant l'autonomie énergétique contrairement au PLM – son alimentation et l'électrification partielle du piémont pyrénéen. L'hydroélectricité, dans les années 1920, débouche sur l'interconnexion.

Production et distribution du courant évoluent, depuis le début du XXe siècle, dans le sens de la rationalisation. Les logiques financière et technique y conduisent les opérateurs, et les autorités publiques – pouvoir central et municipalités – encouragent cette tendance. À Paris, le renouvellement des concessions en 1907 aboutit à créer une « union des secteurs » à laquelle devait succéder en 1914 la Compagnie parisienne de distribution de l'électricité (CPDE). La production, de son côté, se regroupait. Il ne restait plus, à partir de 1919, que deux fournisseurs : l'Union d'électricité créée par Ernest Mercier et la Société d'électricité de Paris, destinée au métropolitain. En province, les sociétés de production se concentrent, mais la distinction radicale entre production et distribution qui s'opère dans la région parisienne n'affecte pas le reste du territoire. On assiste plutôt à un phénomène de cartellisation et de partage des marchés. Dans les années 1920, quelques grands groupes émergent : l'Énergie électrique du Nord de la France, la Compagnie électrique de la Loire et du Centre, l'Union des producteurs d'électricité des Pyrénées-Occidentales et l'Énergie industrielle, dit « Groupe Durand ». La dernière étape, dans les années 1930, sera d'amener l'hydroélectricité du Massif central et des Alpes dans la région parisienne et de réaliser l'interconnexion de l'hydroélectricité et de l'électricité thermique. En 1939, un « *dispatching* à caractère national fut installé rue de Messine dans les locaux de l'Union d'électricité » (Alain Beltran). Parallèlement, beaucoup d'entreprises qui s'étaient dotées d'une alimentation électrique propre y renonçaient après 1918 pour se raccorder au secteur. Une fois de plus, la politique de l'offre avait réussi. En somme, l'électricité, à la fin de la période, avait introduit deux changements décisifs dans l'industrie française. D'une part, la fourniture d'énergie était généralement dissociée de l'entreprise. La « Statistique des forces motrices » de 1931 souligne le « développement énorme de la distribution de l'énergie ». D'autre part, la distribution n'est plus éparpillée, segmentée. Elle s'appuie sur des réseaux, dernière étape avant l'interconnexion généralisée. Concessions publiques (y compris pour les centrales thermiques, depuis 1935), contrôles administratifs et sociétés d'économie mixte, normalisation progressive des appareillages, réseaux et maillage dense : n'est-ce pas une quasi-nationalisation de fait ?

La révolution automobile

De l'atelier à la grande entreprise

La naissance de l'industrie automobile en France, dans la dernière décennie du XIXe siècle, s'est faite sous le signe du bricolage et de la micro-entreprise. La génération des pionniers appartient à des milieux divers : vieilles compagnies métallurgiques (Peugeot, Rochet), négoce du textile (Renault), aristocratie (marquis de Dion) ou artisanat (Adolphe Clément, Marius Berliet). Les fondateurs ont au moins en commun la passion de la mécanique, le goût de l'invention. Ils sont une trentaine en 1900, 155 à la veille de la guerre. Les ateliers surgissent un peu partout : on en signale à Lille, à Montbéliard, à Marseille, au Mans. Mais, dès le départ, l'accroche la plus solide s'est effectuée sur deux pôles d'industrie, Lyon et Paris. Ce dernier surtout réunit le plus de compétences ouvrières dans le travail des métaux, la mécanique de précision – c'est aussi l'atout des Peugeot en terre d'horlogerie –, les métiers du bois aussi. Ce dernier matériau est, jusque dans les années 1920, la base de la carrosserie et du châssis. L'automobile est un objet complexe, au confluent de plusieurs techniques. Les premiers fabricants se chargent de la conception et du montage, c'est-à-dire qu'ils assemblent plus qu'ils ne produisent. Panhard-Levassor (licencié par Daimler) ou De Dion-Bouton font partie du petit nombre de constructeurs qui fabriquent leurs moteurs. Louis Renault, à ses débuts, ne fabriquait que les « pièces détachées du volant d'embrayage, du changement de vitesse, l'arbre de transmission... » (Patrick Fridenson). La nouvelle industrie se greffe donc sur le tissu ancien et suscite en retour un foisonnement de carossiers, de fondeurs, d'équipementiers. Parler de sous-traitance, avec ce que cela implique de dépendance financière, est anachronique, mais l'élaboration en réseau du produit final préfigure l'une des structures possibles du secteur. L'autre est le rapatriement du plus grand nombre d'activités au sein de la firme. Louis

Renault fabrique ses propres moteurs à partir de 1903, créé sa fonderie deux ans plus tard. La tendance ira en s'accentuant, sans atteindre le degré de concentration que visera André Citroën dans les années 1920. Il faut que les moyens financiers de la marque s'y prêtent. Le chiffre d'affaires de Renault dépasse 3 millions de francs en 1902, et les bénéfices tournent communément autour de 50 %. Renault autofinance ses investissements. L'indépendance technique est gagée sur l'indépendance financière. L'entreprise a changé de taille : dans le dernier trimestre de 1898, six ouvriers, travaillant dans 300 mètres carrés avaient monté six voitures. En 1902, il est sorti 509 voitures des usines de Billancourt, qui occupent 500 ouvriers sur une superficie de 7 000 mètres carrés.

L'automobile est-elle parvenue, au début du XXe siècle, à l'âge industriel ? La production de voitures peut légitimement le faire penser. Elle a bondi de 1 850 unités en 1898 à 45 000 en 1913. La France a été le premier constructeur mondial jusqu'en 1904 et ne sera devancé dans les vingt-cinq années suivantes que par les États-Unis. En 1901, un tiers de la production française part à l'exportation. La qualité du produit fait le succès des automobiles françaises. Leur réputation est soutenue par l'effervescence inventive des ingénieurs et des techniciens. La France, nation pilote. L'industrialisation n'est cependant que relative. L'automobile, par son prix et par sa diffusion intérieure encore modeste, est davantage un « article de Paris » qu'une marchandises ordinaire. Elle revendique l'exceptionnel des performances et non la banalité des usages. Elle incorpore beaucoup d'habileté et de savoir-faire, mais elle les conjugue, malgré la croissance vive de la production, sur le mode artisanal. Car les grandes usines de Billancourt ou celle des Peugeot à Beaulieu juxtaposent les opérations, et les ouvriers hautement qualifiés qui y sont réunis travaillent sans contrôle ni coopération véritables, à leur rythme et à leur manière. Même les grandes firmes ont conservé de l'époque héroïque quelque chose du travail à façon. La gamme de Renault en 1910-1911 comporte dix modèles, ce qui correspond mieux au mode de production des petits constructeurs de luxe qu'à celui qui s'impose outre-Atlantique avec les grandes séries. La modernisation avance plus vite que la rationalisation. Chez Renault, le nombre des machines-outils est monté de 400 en 1905 à 2 250 en 1914. Ce décollage a entraîné un fort accroissement de la part des manœuvres dans l'effectif, dont ils constituent désormais le tiers. Le changement d'échelle est aussi un changement de nature.

Un taylorisme à la française

La France avait donné l'exemple de l'innovation pionnière, au premier âge de l'automobile ; elle va chercher aux États-Unis le modèle de la nouvelle industrialisation. Taylor, comme théoricien, Ford, comme entrepreneur, sont, dès avant la guerre de 1914-1918, des références répandues : on traduit le premier (Henry Le Châtelier est son introducteur en France), on rend visite au second (André Citroën, en 1912). L'américanomanie des constructeurs est née. Louis Renault se rendra neuf fois aux États-Unis. Quant à André Citroën, il aimait à dire : « Comme les peintres et les sculpteurs vont à Rome, les ingénieurs doivent aller en Amérique », et il en envoya plusieurs, chaque année. Que leur apportait la découverte de l'Amérique ? L'idée que la mécanisation nécessaire devait s'accompagner d'une organisation rigoureuse du travail, sur des bases scientifiques ; la pratique d'un système où l'emplacement des opérations dans l'espace de l'usine était strictement déterminé par leur succession dans le temps. Enfin, ils en retenaient, plus ou moins, l'exigence d'une triple remise en cause, de la hiérarchie professionnelle de l'usine, du type des fabrications et du système des approvisionnements. L'économie de guerre transforme radicalement l'activité des industriels de l'automobile. Sans délaisser totalement la voiture, ils produisent surtout du matériel militaire : des camions, chez Berliet, à Vénissieux, des obus et des moteurs chez Peugeot, à Audincourt, toutes sortes de fabrications, dont des avions et des moteurs d'avion, chez Renault. André Citroën, qui dirige les automobiles Mors en même temps que sa société d'engrenages, se spécialise, à Javel, dans les obus. Production de guerre, production de masse. Berliet sort 900 camions par jour, Renault a fourni 5 050 moteurs d'avion dans l'année 1918 et l'usine de Javel atteint 10 000 obus par jour. André Citroën a eu le projet d'une nouvelle usine qui en aurait livré 50 000 ! Ces quantités n'ont pu être obtenues que par une mécanisation intense et de nouvelles méthodes de travail. En raison de la guerre, la main-d'œuvre est massivement féminine, seuls les ouvriers très spécialisés ayant été rappelés du front. L'inexpérience de ces ouvrières et le volume des commandes poussent à des solutions neuves qui simplifient les tâches. L'abondance des machines-outils, le recours à des convoyeurs électriques, l'exigence de standardisation et d'interchangeabilité des pièces sont la marque de la nouvelle ère. Chaque constructeur envisage d'adopter ces caractéristiques pour le temps de paix. André Citroën, qui a eu l'expérience de la fabrication la moins complexe dans l'usine la plus neuve, est certainement le plus disposé à franchir le pas, mais les Peugeot ne paraissent pas encombrés par leur longue histoire. Ils décident de moderniser l'usine de Beaulieu « selon les méthodes américaines et l'expérience… acquise pendant la guerre ». Cette branche d'industrie vient de prendre, selon l'expression de Patrick Fridenson, un « tournant taylorien ».

L'organisation du travail n'a pas attendu d'être « scientifique » pour exister. La nouveauté est qu'elle est devenue justiciable d'une quantification intégrale puisque l'on peut, au dire de Le Châtelier, appliquer la « méthode scientifique à l'étude de tous les phénomènes industriels ». Il ne servirait à rien d'accumuler des machines si de multiples retards et dysfonctionnements continuaient d'interrompre le procès de production. Plus le capital fixe augmente, plus sa mise en œuvre doit être intensive. Le maître mot de la seconde industrialisation, bien au-delà de l'automobile, est de produire en continu. La chaîne répond à cette exigence. Le montage s'y effectue en ligne, les machines étant disposées selon l'ordre des opérations. Plusieurs conditions doivent être réunies pour que la chaîne fonctionne en flux continu. Les pièces doivent être parfaitement usinées, ce qui supprime l'ajustage en cours de route, mais nécessite le contrôle permanent des normes de fabrication. L'allure de la chaîne est déterminée par le temps de travail nécessaire à chaque poste. Il a donc fallu le mesurer, puis l'imposer. Le chronométrage a été la première manifestation en France du taylorisme (chez Renault en 1909 et 1913) ; il est maintenant intégré au dispositif général. Par ailleurs, l'approvisionnement de la chaîne est à concevoir de façon qu'il soit en harmonie avec le rythme du travail. D'où les convoyeurs électriques, les magasins le long de la chaîne. L'implantation des chaînes a commencé en 1919 (Javel et essai à Beaulieu) et s'est généralisée dans les années 1920 (1922-1926 à Billancourt, 1925 chez Peugeot). La chaîne est l'aboutissement de la recomposition du travail industriel ; elle est le lieu d'exécution des tâches qui ont été préparées ailleurs, au « bureau des méthodes », ce centre névralgique de l'usine. Celui de Citroën compte cinq cents employés. L'ingénieur qui conçoit et réalise le programme reçoit une sorte de légitimité scientifique et sociale supplémentaire. Sera-t-il, comme l'envisage Le Châtelier, celui par qui patrons et ouvriers se réconcilient ? Il est en tout cas l'homme de la mutation. Ernest Mattern symbolise le mieux ce nouveau rôle (Yves Cohen). Il a été en effet, de 1917 à 1922, directeur technique chez Peugeot, a eu un poste équivalent auprès d'André Citroën avant de revenir à Sochaux. Dans ces deux sociétés, il a été l'introducteur de l'organisation scientifique du travail, l'agent de l'américanisation industrielle.

La chaîne n'est pas donnée une fois pour toutes. Elle évolue et oblige à évoluer. Améliorer les performances, corriger les déséquilibres induits par de nouvelles machines conduisent à l'innovation permanente. Contrairement à l'opinion dominante au début du siècle, la production automatisée n'est pas synonyme de qualité médiocre. André Citroën y insiste : « Une production intensive de très grosses quantités oblige à une précision mathématique. » Non seulement la fourniture doit se dérouler sans à-coups, mais le « cahier des charges » s'est alourdi. Deux raisons pour intégrer les activités d'amont à l'entreprise. À la fin des années 1920, la chaîne n'est plus un élément de l'industrie automobile ; elle la commande (Aimée Moutet). Elle détermine l'espace dans laquelle elle doit s'intégrer ; elle fait repenser l'usine. Louis Renault établit sur l'île Séguin en 1928-1930 l'usine de la nouvelle génération. Les Peugeot remodèlent Sochaux qui concentre, en 1930, la quasi-totalité de leur fabrication automobile (Daniel Henri). André Citroën a longtemps joué la division géographique du travail. Vers 1927, il a obtenu une articulation rationnelle entre ses divers établissements. Clichy réunit les forges et fonderies les plus modernes d'Europe, dans une débauche de ponts-roulants. Saint-Ouen a la charge de l'emboutissage, le montage s'effectue à Levallois, Grenelle et Javel (Paul Smith). Il s'avisera bien tard, en 1933, après une visite à l'île Séguin, que la dispersion, même intelligemment combinée, peut être un handicap : son entreprise occupe 700 000 mètres carrés (à peu près comme Renault) sur douze sites. D'où sa décision de moderniser à marche forcée l'usine de Javel, selon un plan de cinq ans. D'où, pour partie, la déconfiture finale.

La chaîne uniformise et déqualifie. La rationalisation rencontre pourtant une certaine culture du mouvement ouvrier. Albert Thomas, qui voulait associer organisation du travail et expression démocratique, allait dans ce sens. Jouhaux, au nom de la CGT réformiste, s'affirmait favorable à une « industrialisation rajeunie ». Mais, pour les patrons, l'OST visait à une baisse du coût de la main-d'œuvre par le salaire au rendement et, bien sûr, excluait tout contrôle ouvrier sur la définition des tâches et sur les cadences. L'objectif était de limiter les temps morts, de venir à bout de la « flânerie ouvrière » (E. Mattern), en somme d'en finir avec la porosité du mode de production. Les ouvriers de Renault avaient combattu le chronométrage avant guerre, ceux de Citroën feront grève en 1924, 1927, 1933 contre la rationalisation et ses conséquences sur la paye et sur l'emploi. C'est dire que, si le taylorisme avance dans l'industrie automobile française, le fordisme, dans sa dimension sociale, n'a nullement été retenu par les grands constructeurs. Le processus de mécanisation auquel la chaîne donne sa forme revient à substituer constamment du capital au travail et à financer ces investissements en pesant sur les salaires. Le pouvoir d'achat des ouvriers de Renault baisse de 1922 à 1926 et retrouve en 1929 son niveau de 1922 (Denis Phan). Pourtant la productivité a augmenté chez Renault, plus faiblement toutefois que chez Citroën et surtout chez Peugeot. Elle a en effet progressé d'un tiers entre 1927 et 1930, dans le groupe de Montbéliard, et presque doublé de 1930 à 1939. L'OST, la mécanisation et l'intégration ont été, à l'évidence, génératrices d'économies. Les stocks, entre autres, ont subi une forte baisse relative. En revanche, cette révolution automobile a introduit des éléments de fragilité, pas seulement parce qu'elle s'est faite contre la main-d'œuvre ouvrière la plus qualifiée. L'aventure de Citroën éclaire les rigidités redoutables du système. Le brillant entrepreneur a dû emprunter sans cesse – contrairement à Louis Renault et même aux Peugeot – pour poursuivre son programme de modernisation, qui ressemblait de plus en plus à une fuite en avant. Ces machines américaines, ces installations grandioses appelaient une production à leur mesure et donc un marché hors de portée du patron de Javel. Il sortait cinq cents voitures par jour, au sommet de sa réussite, quand il en aurait fallu mille. De ce point de vue, le « retard » de Renault dans l'américanisation complète de sa production, le maintien de plusieurs modèles et de moyennes séries étaient peut-être le fait d'un entrepreneur plus mécanicien qu'industriel, extrêmement soucieux de son indépendance financière. Ces « handicaps » – selon les critères de Javel… ou de Detroit – ont fourni des marges de souplesse bien utiles dans la crise.

Du produit de luxe au produit de masse

La réussite de l'industrie automobile française se reflète dans l'élargissement remarquable de la production. L'apogée se place en 1929 avec 254 000 voitures, soit plus de cinq fois le chiffre de 1913. En 1935, la production a sensiblement reflué ; elle s'établit à 165 000. Citroën a pris la tête des trois grands dès 1919. Cependant, la plus belle progression appartient à Peugeot.

	1923	*1930*
Citroën	32 678	77 788
Renault	21 124	46 956
Peugeot	10 546	41 189

À mesure que les structures de la production se transforment et s'alourdissent, les entreprises de type artisanal s'effacent. La crise de 1930 a précipité le mouvement. Il y avait près d'une centaine de constructeurs en 1929 ; ils ne sont plus que 28 en 1935. Les trois grands détiennent alors les trois quarts du marché français. Le parc automobile national a changé brutalement de format : il comptait 108 000 voitures en 1914 et 2,4 millions en 1939. Les trois grands ont tôt compris que la politique de vente devait être soigneusement menée. Peugeot se dote d'un réseau commercial dès 1897 et Renault suit en 1910. Ce sont là des réflexes de famille, pourrait-on dire. André Citroën, à sa manière emphatique, apporte dans ce domaine aussi des éléments d'innovation. Au reste, chacun de ses concurrents pouvait le comprendre : l'organisation scientifique du travail n'avait pas d'avenir sans une organisation scientifique ou, au moins, rigoureuse, de la vente. Le modèle n'était plus Ford, mais General Motors. D'abord, faire savoir. La « réclame » s'empare de toutes les occasions, de tous les supports. Les courses d'autos avaient beaucoup aidé, dans l'avant-guerre, à la promotion de ce moyen de transport. L'image de la performance sportive et de la haute technicité n'est pas abandonnée. Au contraire, Citroën l'associe habilement à l'aventure et à la science en organisant trois grandes croisières : la traversée du Sahara dans l'hiver de 1922-1923, la « Croisière noire » en 1924-1925 et la « Croisière jaune » en 1931-1932. L'exotisme est une stratégie marginale pour la conquête des marchés, tout comme l'idée astucieuse d'illuminer la tour Eiffel avec le nom de la firme (1925-1934). La présence sur le terrain empruntait des canaux moins prestigieux mais efficaces, tels que les encarts dans les journaux, les affiches et les peintures murales. Citroën, toujours inventif, y ajouta les jouets, bon moyen d'acclimater l'auto dans les familles. L'initiative est presque toujours revenue à la firme de Javel. Ses concurrents, toutefois, ne lui ont pas laissé le champ libre, tout en s'inquiétant, comme Louis Renault, des excès auxquels ils étaient collectivement conduits. Entre 1921 et 1927, chacun des trois grands a dépensé environ 2 % de son chiffre d'affaires en publicité.

Le réseau de vente des principales marques s'étoffe en France et à l'étranger. Peugeot donnera sa préférence au système des succursales, tandis que Citroën misera plutôt sur des concessionnaires et que Renault combinera les deux formules. Quoi qu'il en soit, les points de vente doivent être visibles – les succursales de Citroën bénéficient du concours d'un architecte – et bien mettre en valeur la production de la firme. Toute une panoplie d'incitations financières et de contrôles les maintient sous pression. Du côté de la clientèle, le crédit est un argument qui porte.

Chacun des trois constructeurs crée pour cela une filiale spécialisée. Que vendre et à qui ? Les deux questions sont liées, mais, jusqu'à la fin des années 1930, les industriels français n'y feront que des réponses tâtonnantes. Les principaux constructeurs ont abandonné après la guerre les plus gros modèles pour se concentrer sur des voitures moyennes, de puissance inférieure à 10 chevaux. La clientèle française demeure largement rurale, car l'usage de la voiture en campagne est parfaitement concluant. Par ailleurs, les acheteurs représentent les couches supérieures et moyennes de la population, disons le médecin plutôt que l'employé. Pour aller au-delà, il convenait de concevoir un tout autre produit. En 1905, Méline avait émis cette prophétie imprudente : « La clientèle automobile est servie pour quelques années et il est évident que la période de grande fabrication ne tardera pas à être close. » En 1935, Renault, Peugeot et Citroën-Michelin savaient que l'accès à un plus large public dépendait de la construction d'une petite voiture, réellement « populaire ». Chacun des trois grands avait un projet de cet ordre, en 1935, mais ils s'entendirent pour tout différer. Pourquoi ? Patrick Fridenson a exposé les raisons de cet abandon. Était-il sûr, d'abord, que la clientèle visée allait se tourner vers ces « voiturettes », si le prix proposé n'était pas très attractif, alors que le marché de l'occasion accaparait – crise oblige – 68 % des transactions ? L'arrivée chez les concessionnaires d'une voiture à très faible marge n'allait-elle pas provoquer un séisme commercial et déstabiliser les réseaux ? Une chance, peut-être, a été perdue. Il est toutefois exagéré de parler de malthusianisme quand des constructeurs hésitent à bouleverser leur gamme, à contre-conjoncture. Des projets mûrissaient malgré tout. La « 2 CV » était parvenue en 1939 au stade de la présérie, et la « 4 CV » sera pensée sous l'Occupation. La « démocratisation » de l'automobile et la relance des usines par de véritables grandes séries étaient remises à des jours meilleurs. En attendant, la position internationale de l'industrie automobile française s'était dégradée. À la fin des années 1930, elle avait beaucoup reculé sur les marchés étrangers parce que ses voitures étaient trop chères. Elle n'était plus qu'au cinquième rang mondial et au troisième rang européen des constructeurs.

La banlieue, territoire des usines

Les poussées centrifuges

L'industrialisation des banlieues n'est pas née à la fin du XIXe siècle. On a dit que le glissement de certaines activités, des arrondissements parisiens vers la périphérie, avait débuté sous le second Empire. À Saint-Ouen comme à Saint-Denis, à Ivry ou à Issy-les-Moulineaux, la « première couronne » a accueilli des usines bien avant la reprise industrielle de 1895. La nouveauté, au XXe siècle, est dans l'intensité du mouvement d'implantation industrielle dans les zones suburbaines. Ce ne sont plus Belleville ou La Croix-Rousse, mais Saint-Denis et Vénissieux qui symbolisent en 1930 la ville ouvrière. Dans la région parisienne, seule banlieue à avoir été étudiée comme telle, on discerne trois vagues d'usines. D'abord, entre 1895 et

1904, à l'aube de la seconde industrialisation. Jean Bastié a inventorié vingt-cinq nouveaux établissements à Ivry dans cette période. Les villes du nord-est, de Saint-Ouen à La Courneuve, et du nord-ouest, comme Gennevilliers, bénéficient, pendant cette décennie, d'installations en nombre. Autour de Lyon, l'avant-guerre a vu l'essor d'entreprises verrières à Oullins et à La Mulatière, la création d'importantes usines de teinture à Villeurbanne et la naissance d'une industrie chimique à Saint-Fons. Le deuxième moment d'accélération est associé à la guerre de 1914-1918. La politique d'armement à outrance a bénéficié aux banlieues, où se sont repliées des entreprises des départements envahis et où de nouvelles usines ont été bâties à la hâte pour répondre aux besoins de l'économie du guerre. Les entreprises déjà en place, qu'il s'agisse d'automobiles, d'aéronautique, de construction mécanique, de chimie..., sont stimulées et doivent s'agrandir. Dernière poussée avant la crise, celle des années 1920. Les entrepreneurs en quête de sites industriels sont attirés par les facilités multiples des banlieues.

Dès l'origine, l'industrialisation de la banlieue a été un mouvement « répulsif » et « positif » (Claudine Fontanon). Ces deux versants du phénomène demeurent présents jusqu'à la fin de la période. Tout type d'industrie qui peut être source de dérangement ou d'insécurité n'est pas le bienvenu en ville. Le traitement des peaux en est l'exemple classique, mais, à la fin du XIXe siècle, le problème se pose davantage pour la métallurgie lourde ou la chimie. La banlieue est donc un terrain refuge, on n'ose dire : un dépotoir. En 1912, Saint-Denis supporte 256 établissements « dangereux, insalubres et incommodes ». Aubervilliers détient le record des usines de vernis, de colles et autres produits chimiques de la première classe, la plus menaçante. Quand il faudra construire des usines à gaz, le choix des sites se portera naturellement en banlieue. Pourtant, la poussée centrifuge s'accorde avec un avantage précieux qu'offre la banlieue : l'espace. Attraction et répulsion sont liées. Bien sûr, André Citroën a pu déployer une grande usine au quai Javel. Reste que la place est rare et chère. Le même industriel construit d'autres usines, à Clichy et à Saint-Ouen. L'emprise de Gnôme-Rhône, à Genevilliers, dépasse 10 hectares en 1919. On citera aussi la centrale électrique Arrighi, à Vitry-sur-Seine, qui couvre 16 hectares (1932). La banlieue permet de concevoir des bâtiments de très grand module et même de prévoir des agrandissements ultérieurs. Vénissieux, encore rurale en 1914, présente un cas limite : Marius Berliet peut y étaler sur 400 hectares son usine à l'américaine. Mieux peut-être que cet atout rudimentaire, les infrastructures de transport font de la banlieue parisienne une zone idéale pour beaucoup d'industries dépendant d'un approvisionnement distant. La Seine et ses affluents forment une véritable rue d'industrie. Quand voie fluviale et voie ferrée se combinent, l'incitation est d'autant plus forte.

Ainsi Persan-Beaumont profite de cette conjonction heureuse pour attirer des industries lourdes comme les ciments Poliet et Chausson. Les canaux remplissent aussi un office industriel, mais la polarisation est maximale quand le réseau ferré est suffisamment dense. La gare de marchandises de la Plaine-Saint-Denis constitue une plate-forme sans rivale. Dès avant 1914, la Compagnie du chemin de fer industriel a réalisé le branchement de 83 entreprises sur le réseau du Nord. Leur position par rapport aux bassins houillers et sidérurgiques en est encore valorisée. Il y a là l'une des retombées du plan Freycinet, en particulier pour la réfection des ports fluviaux. La grande industrie a trouvé des équipements à sa mesure.

Un tissu industriel moderne

La banlieue parisienne, et la lyonnaise à un moindre degré, se signalent par une densité de grands établissements supérieure à la moyenne nationale. En 1914, la partie « banlieue » du département de la Seine groupe 369 usines de plus de 100 salariés, contre 300 à Paris. La « Statistique des forces motrices » de 1931 détaille comme suit les grandes usines de la banlieue : 666 usines de 101 à

500 salariés, 80 de 501 à 1 000, 40 de plus de 1 000. Pour cette dernière catégorie, la banlieue parisienne réunit 12 % de l'effectif national, hors des compagnies houillères. Toute la banlieue industrielle ne reflète pas cette structure. Saint-Denis l'excède, puisque 70 % des ouvriers de cette ville travaillent entre les deux guerres dans des usines de plus de 500 salariés. À l'inverse, Montreuil est alors le pays des petites entreprises. Sur 610 établissements répertoriés, quatre seulement dépassent les 500 salariés. L'image de la très grande « boîte », si forte dans le paysage des banlieues, ne doit pas déformer la réalité d'un tissu industriel complexe. La statistique de 1931 énumère, pour la Seine-banlieue, 44 840 établissements de 0 à 5 salariés ; 6 828, de 6 à 20 ; 2 715, de 21 à 100. L'usine Berliet, à Vénissieux, est à la fois entourée d'établissements de gros calibre, comme la SOMUA, et d'autres, de petite taille. L'implantation de grandes usines ne résume pas le processus d'industrialisation des banlieues ; il faut y ajouter un développement manufacturier diffus et intensif.

Les industries nouvelles ne pouvaient ni ne voulaient s'installer en ville, sauf exceptions. La production d'énergie électrique se localise en banlieue à partir du moment où le transport de l'énergie, au moins sur petites distances, est résolu. Dix-huit centrales, en 1914, fonctionnent dans la « couronne », dont l'immense établissement de Saint-Denis, qui fournit le courant au métro, depuis 1903. Un équipement supplémentaire est établi, essentiellement en banlieue sud (Vitry et Ivry), vers 1927-1932. Les usines de constructions électriques se sont répandues, de Saint-Ouen à Ivry. L'automobile s'installe volontiers dans les méandres de la Seine en aval de Paris. L'industrie aéronautique suit une géographie assez voisine : Blériot est à Suresnes, Farman et Salmson à Billancourt. Associées ou non avec l'automobile, la métallurgie et la construction mécanique constituent un contingent d'établissements à fort effectif ouvrier, entre autres à Saint-Denis.

En revanche, le lien est évident entre les usines d'automobiles et la floraison d'établissements spécialisés dans les ressorts et les roulements à bille. En s'installant à La

Courneuve, en 1898, Babcock & Wilcock a suscité localement un mouvement d'« auto-industrialisation ». Elle a, en effet, équipé les usines du secteur en chaudières de sa fabrication et, en retour, a bénéficié de matériaux et de produits semi-élaborés d'entreprises voisines. De telles relations donnent plus de consistance au tissu industriel et assurent un développement autonome à ce front pionnier. Dernière industrie moderne, ou plutôt modernisée, de cet inventaire, la chimie. Elle est largement distribuée autour de Paris, à Saint-Ouen (à partir du pétrole), à Saint-Denis et surtout à Vitry. Dans cette commune, huit établissements chimiques sont en activité en 1914. Les entrepreneurs les plus connus sont les frères Poulenc qui partagent leur entreprise entre le Midi (Drôme, Ardèche) et la région parisienne. Leurs collègues de la Société chimique des usines du Rhône, avec lesquels ils fusionneront en 1928, sont principalement installés à Roussillon (Isère) et à Saint-Fons.

Le marché parisien, par sa masse et son pouvoir d'achat, a fixé des activités tournées vers les biens de consommation et a contribué à les industrialiser. Deux domaines illustrent, en banlieue, ce phénomène. Les matériaux de construction et de décoration donnent substance à la ville. Ainsi la faïencerie Boulenger, de Choisy-le-Roi, participe-t-elle au revêtement du métropolitain, sans abandonner la fourniture à grande échelle d'articles de ménage, de table, de toilette (Hélène Bougie). L'entreprise est issue d'une manufacture créée en 1805. Le petit établissement d'origine a pris beaucoup d'ampleur à la fin des années 1870. Le chiffre d'affaires et le nombre d'ouvriers (1 000 en 1890) témoignent d'une croissance soutenue. Dans son ultime extension, en 1936, la faïencerie s'étendra sur plus de 36 000 mètres carrés. L'alimentation a également pris ses quartiers en banlieue en passant de l'artisanat à la fabrication industrielle. Parmi les nombreux exemples de cette mutation qui est cause et signe d'un profond changement d'habitudes alimentaires, voici Julien Damoy, épicier à Paris depuis 1870, qui fonde à Ivry, en 1904, une fabrique de pâtes, confitures, biscuiterie et conserves. La même année, une chocolaterie s'était également installée à Ivry. Quelques années plus tard, une entreprise de pâtes et une conserverie viennent compléter ce pôle d'industrie alimentaire. La banlieue modernise, renouvelle. Des industries très différentes se succèdent dans un même site. Ainsi dans les années 1920, rappelle Olivier Cinqualbre, la Compagnie générale des bois coloniaux remplace l'usine d'aviation Bessonneau et des produits d'entretien, une usine de tissage, à Choisy-le-Roi ; à Ivry, la savonnerie Galatée succède aux apéritifs Joanne ; à Alfortville, la centrale électrique Est-Lumière laisse la place à une fabrique de papier. La banlieue mélange aussi, sans souci d'un « zoning » quelconque. Martini et Alsthom coexistent à Saint-Ouen et la passementerie se maintient face à la construction électrique, à Persan-Beaumont. Dernier trait de cette identité industrielle, les capitaux étrangers et les filiales des entreprises étrangères semblent avoir une prédilection pour la banlieue. Ford, Liebig, Gibbs, Hoover, Lockheed et bien d'autres y ont acquis des positions. La banlieue internationalise.

L'électricité, célébrée à l'Exposition de 1881, a vite gagné partie. Sa diffusion s'est faite d'une façon révolutionnaire, par une stratégie de l'offre dans laquelle le public et le privé, le domestique et l'industriel s'épaulent. La production et la diffusion de l'électricité offrent aussi l'exemple d'une industrie en connexion étroite avec la science, demandant et recevant l'impulsion qui a fait, chaque fois, franchir un seuil. La nouvelle énergie a disqualifié sans mal la vapeur, sauf dans les chemins de fer et la navigation. Elle accompagne l'industrialisation. Elle la provoque aussi par la naissance du secteur des constructions électriques – où la France n'est pas au premier rang – et par le renouvellement de pans entiers de la chimie et de la métallurgie. L'industrie automobile a d'abord frappé par son produit, puis par la rapidité avec laquelle les constructeurs les plus doués sont passés de l'artisanat à la grande industrie. À partir de la Première Guerre mondiale, elle a été le laboratoire d'une nouvelle organisation du travail, scientifique, technique et sociale. Production de masse, vente de masse, l'américanisation fascine. Pourtant, les constructeurs ne parviennent pas au stade de la grande série. Il reste quelque chose du prototype artisanal au milieu de leur industrie. Le troisième pilier de la nouvelle économie industrielle est la banlieue où s'invente l'usine du XXe *siècle. Un tissu dense d'activités solidaires se constitue dans un espace périurbain. Des villes sont en train de naître, homogènes. Elles forment à leur tour la trame d'une société ouvrière.*

3. Une modernisation inachevée

Science, technique, industrie : comment combiner sur le vif ces trois facteurs ? L'entreprise peut-elle se charger de la recherche ? La réponse est globalement négative, mis à part le très petit nombre d'entre elles qui ont les moyens humains et financiers de courir l'aventure. Il n'est cependant pas exclu, jusque dans les années 1920, d'aboutir à des résultats neufs sans équipe ni laboratoire. La *big science* ne s'est pas encore imposée dans toutes les branches. Au cas général, l'innovation sera empruntée ; le vrai problème est celui de son implantation. L'entreprise a-t-elle le souci et la capacité de l'accueillir ? Peu importe ici qu'il s'agisse d'un produit (la rayonne), d'un procédé (le four continu) ou d'une méthode (la chaîne). La stratégie d'innovation implique toujours des hommes – dirigeants, ingénieurs, actionnaires –, des structures – taille et statuts des entreprises – et des ressources. Quelques idées communes, à vérifier, associent famille et inertie de l'entreprise, PME et incapacité à atteindre la masse critique, banque et frilosité dans l'investissement industriel. Sans compter que les très grandes entreprises ont, elles aussi, été accusées d'être restées à la traîne.

Les stratégies d'innovation

Sciences appliquées

La liaison entre sciences et techniques industrielles, qui était encore problématique au XIXe siècle, est devenue plus assurée, presque organique. Soit que des théories déjà classiques trouvent leur application – cas de l'électricité –, soit que la science en marche suggère ou facilite un développement de la technique. Plus que jamais, en tout cas, les progrès se diffusent à l'échelle internationale. Parler de « science française », voire de « technique française » a peu de sens. En revanche, il est utile de déterminer selon quelles modalités les nouvelles connaissances et les innovations techniques prennent naissance ou sont transmises. Les matériaux sont un domaine où les découvertes scientifiques ont éclairé le chemin des industriels. Dominique Barjot l'a montré pour les travaux publics – la résistance des matériaux y est un déterminant essentiel – et Jean-Pierre Daviet lie la seconde industrialisation du verre et le progrès des connaissances physicochimiques du domaine. La science procure la compréhension des phénomènes d'élaboration du verre et permet de mesurer les propriétés « mécaniques, chimiques, optiques, thermiques, accoustiques » de ce matériau. Elle donne ainsi les moyens d'une intervention rationnelle. La métallurgie est probablement moins avancée. La complexité des réactions dont le haut-fourneau est le siège commence tout juste à se dénouer entre les deux guerres. Mais la production d'aciers spéciaux et de ferro-alliages a bénéficié d'avancées scientifiques et a stimulé la recherche fondamentale.

Dans l'examen de conscience national qui succède à la défaite de 1870, les carences de l'enseignement supérieur et de la recherche ont tenu une grande place. Ce sera l'un des aiguillons du mouvement de création d'écoles d'ingénieurs à Paris et dans de nombreuses villes de province (Lille, Nancy, Grenoble…) où l'initiative appartient ici aux milieux industriels catholiques, là aux facultés ou encore aux chambres de commerce. Une émulation proprement mulhousienne s'empare des élites manufacturières, industrielles, municipales. Henry Le Châtelier, professeur de métallurgie au Conservatoire des arts et métiers, associe enseignement et recherche, tout comme Léon Guillet, directeur de l'École centrale et également professeur au CNAM. Tous deux ont été pendant la guerre les conseillers d'Albert Thomas en matière d'armement. Les écoles et instituts qui apparaissent relèvent principalement des industries les plus récentes : Physique et chimie industrielles de Paris (1882), « Sup'Elec » (1894), Bréguet (1904), Électrotechnique de Grenoble (1900), Mécanique des fluides de Toulouse (1930). Ces branches ont besoin de beaucoup de techniciens de haut niveau. L'image même de l'ingénieur bénéficie de la circonstance : il est le héros positif de la modernité. L'afflux conduit, dans les années 1930, à la réflexion sur les fonctions de l'ingénieur (dirigeant ou technicien ?) et bientôt sur le titre, par crainte d'une dévalorisation (André Grelon).

L'entreprise devait-elle attendre le résultat de recherches conduites à l'extérieur ou pouvait-elle les prendre en charge ? Ce dernier choix, dans sa forme la plus lourde, le laboratoire, ne se rencontre qu'exceptionnellement : une douzaine en 1920. Cela donne encore plus de résonance à la création, en 1923-1924, du laboratoire central de Saint-Gobain où universitaires et ingénieurs travaillent en commun. La recherche de terrain, en usine, n'est pas abandonnée, au contraire. Il s'établit un dialogue fécond entre les intuitions de l'ingénieur isolé et les travaux plus formalisés du centre. Au moins jusqu'en 1914, le modèle de l'ingénieur inventeur est loin d'être hégémonique. Le technicien sans formation longue, voire l'autodidacte, sont souvent à l'origine d'une nouvelle machine, d'un nouveau procédé. Le talent et l'expérience suppléent aux lacunes du savoir. Jean-Pierre Borgis a raconté l'histoire édifiante de « Charles Morel, constructeur dauphinois sous la IIIe République ». Ce fils de jardinier, qui savait juste lire, écrire et compter, a fait ses universités dans des ateliers de mécanique à Vienne, puis à Lyon. À vingt-six ans, il dépose un premier brevet, de peigneuse circulaire, et continuera à inventer sans relâche, une fois devenu son propre patron. Entre 1874 et 1914, il a déposé cent brevets et certificats additionnels ! La pratique la plus courante toutefois est d'acculturer dans l'entreprise des innovations venues d'ailleurs. Le directeur général de Saint-Gobain souhaitait instaurer, en 1920, un transfert généralisé de technologie entre les États-Unis et l'Europe. Pour la glace, la France ou l'Angleterre étaient maîtresses, mais, pour le verre creux, la vitre et les fibres, le Nouveau Monde l'emportait. Les États-Unis ont été la source principale de brevets, suivis par l'Allemagne (en chimie). En dehors de ce mouvement continu d'importation – qui est l'effet en retour des fréquents voyages d'ingénieurs outre-Atlantique –, la provenance usuelle des nouveautés était de France même. La question alors était moins celle du mode et du prix de l'acquisition que de sa pertinence. « L'industrie continue à bien profiter des nouveaux progrès de la science, écrivait Henry Le Châtelier, mais quelquefois à contrecœur, ou de façon inconsciente, presque toujours trop tardivement. »

Nouveaux produits, nouveaux usages

Que retenir de l'avalanche d'appareillages et d'objets, de facilités et de services inédits, que l'industrie propose aux consommateurs au début du XXe siècle ? Bien sûr, l'automobile, déjà évoquée, ou l'avion, comme mythe et comme réalité (Louis Blériot franchit la Manche en 1909). L'environnement domestique est en train de subir une mutation dont l'électricité est responsable ; en ville, au moins, les gestes quotidiens, la vie familiale, les relations sociales se modifient au rythme de l'équipement électroménager, de l'installation des ascenseurs ou de l'usage du téléphone. Ce dernier produit fait une percée beaucoup plus lente en France qu'en Allemagne ou en Angleterre (pour ne rien dire des États-Unis) ; à s'en tenir aux chiffres français, la diffusion du téléphone est cependant très honorable : on recensait 5 000 appareils en 1885, 230 000 en 1911, 960 000 en 1928 et 1 590 000 en 1938. Peu importe que ces nouveautés soient l'apanage d'un petit nombre. Elles ont fonction, comme le répète la « réclame », de devenir le besoin de tous.

Les matériaux de construction sont révolutionnés par l'invention du béton armé auquel François Hennebique donne une large application industrielle. L'avance de la France, en ce domaine, est patente. Elle tient, certes, à la qualité des hommes, théoriciens et bâtisseurs (comme Albert Caquot ou Boussiron), à la fascination qu'exerce ce nouveau matériau sur de grands architectes, tels que Tony Garnier ou les frères Perret. Son succès est surtout assuré par le coût excessif du procédé rival, la construction tout acier. L'Exposition de 1900 consacre le béton, comme celle de 1889 avait exalté le métal et l'École des ponts et chaussées valorise son héritage de maçon. L'acier cher, par la faute du charbon, a perdu un grand marché. Les nouveaux produits se soutiennent les uns les autres : le développement de la circulation automobile entraîne la construction ou le renforcement des ponts, et l'industrie aéronautique appelle des hangars (Orly, 1921). L'industrie hydroélectrique offre le débouché beaucoup plus spectaculaire et innovateur des grands barrages où les ingénieurs rivalisèrent, à la fin des années 1920, en cherchant des portées record. Enfin, la Reconstruction, après guerre, constituait un débouché de masse (21 000 ponts…) ainsi qu'un champ d'expérimentation. Grâce à Freyssinet, inventeur du béton précontraint, dont l'application date de 1934, l'industrie française du BTP gardait son avance en 1939.

L'industrie chimique a toujours progressé par innovation de produits, par une politique de l'offre. Parmi les industriels de la branche, la Société chimique des usines du Rhône se signale par une stratégie d'innovation très active qui allie recherche, acquisition de brevets et publicité vigoureuse.

Son premier succès technique et commercial, l'aspirine – d'abord appelée Rhodine, la marque appartenant à Bayer – symbolise, à partir de 1908, l'entrée du médicament dans l'ère de la grande industrie. En 1922, la SCUR commença la fabrication de la soie artificielle, à partir de l'acétate de cellulose. La société Rhodiaceta – créée pour la circonstance avec la maison Gillet – diversifia la gamme de fils et multiplia les implantations à l'étranger : dans les années 1930, elle était présente en Italie, en Allemagne, aux États-Unis et au Brésil. La production des usines de la région lyonnaise (Péage, Roussillon et Vaise) tripla dans cette décennie.

Certains de ces nouveaux produits ont eu la vertu particulière de déclencher vers l'amont un mouvement d'innovation, soit dans les matériaux, soit dans les machines et les procédés. L'automobile, à nouveau, servira d'exemplc. Le besoin d'un métal de qualité constante et de machines d'un gabarit sans équivalent (les presses à emboutir Budd) est né du choix d'André Citroën en faveur du tout acier (1924). Le caoutchoutier Michelin a construit sa réussite sur la fourniture des pneus de voiture. En 1940, la firme de Clermont-Ferrand allait mettre au point le pneu X à carcasse radiale qui devait lui donner la suprématie mondiale ; elle avait toujours su répondre aux progrès des performances mécaniques et à l'évolution de la circulation automobile. Troisième composant des véhicules, les vitres. C'était un nouveau débouché, qui fut aussi un défi technique puisqu'il fallut inventer un type de verre moins dangereux, en cas de choc, qu'une vitre ordinaire. Le verre Sécurit, conçu par le laboratoire de Saint-Gobain en 1928-1929, correspondait à ce cahier des charges. Verre et voiture avaient décidément partie liée. Des changements certainement moins exceptionnels ont scandé l'histoire d'autres branches ; ils indiquent toutefois un identique souci de transformation. Voici l'industrie cévenole de la soie entre la crise des années 1880 et le triomphe de la rayonne. Elle connaît un temps de splendeur, l'espace d'une génération, en se reconvertissant dans la filature de « schappe » (déchets de soie) pour les tissus de « fantaisie » et en donnant plus d'extension à une fabrication également recherchée à la Belle Époque, la bonneterie. Les industries alimentaires, en plein essor au début du XXe siècle, donnent, elles aussi, à voir un dynamisme comparable dans la quête d'autres produits. Il en va ainsi, par exemple, de l'extension de la conserverie. Au fond, l'entreprise qui réussit est à l'image de ces petites entreprises alsaciennes de l'entre-deux-guerres, « toujours à l'affût de techniques à essayer, de nouveaux produits » (Michel Hau).

Changer les procédés

Prise dans son ensemble, la période 1896-1938 se singularise par un haut niveau d'investissement industriel. Le taux en est de 14,9 % entre 1896 et 1913 et de 16,1 % entre 1922 et 1938. Il est de l'ordre de 20 % en 1929-1930 et descend à 14,5 % en 1935. Les fluctuations courtes traduisent, sans surprise, les aléas des affaires mais, indépendamment de la conjoncture, il y a un véritable devoir d'investir, tant que les moyens ne font pas totalement défaut. Les industriels français considèrent que la main-d'œuvre est chère, insuffisante en nombre et en qualité. L'hémorragie de la Grande Guerre a accentué un déficit qui tend à devenir permanent tandis que les indicateurs démographiques inclinent au pessimisme. Les « prétentions ouvrières », par ailleurs, selon l'expression favorite des patrons, renchérissent le prix du travail. Enfin, la tendance à la réduction de la durée du travail (loi des huit heures de 1919) va dans le même sens.

Comme le dit, en 1916, le patron d'une verrerie : « Il faut remplacer la main-d'œuvre manquante par un large emploi des machines et encourager la repopulation française. » Il est vrai que, de 1906 à 1931, l'effectif des salariés de l'industrie a crû fortement, de 3 679 000 à 5 442 000. Mais ce flux ne comble pas les besoins. En outre, l'instabilité *(turnover)* de la main-d'œuvre – facilitée par ce déséquilibre – est la plaie d'une époque où l'industrie est en quête de régularités. Dans ces conditions, l'investissement ne vise pas seulement à accroître la production ; il doit aussi substituer du capital au travail. Il en est résulté, pour toute la période, une croissance de la productivité supérieure à 2 % par an, avec un pic à plus de 3 % dans les années 1920.

Chaque branche a une intensité capitalistique et des contraintes qui lui sont propres. La philosophie d'ensemble est cependant claire : il faut mécaniser sans limite le processus de production. Deux secteurs contrastés en donnent l'illustration. Le BTP est une « industrie de main-d'œuvre » où la qualification des ouvriers est généralement faible. Ici compte le temps, c'est-à-dire la capacité à creuser, évacuer, construire dans les meilleurs délais. Les ingénieurs français ont été à la pointe de l'innovation, en confirmant l'évolution perceptible depuis le chantier du canal de Suez. Ils ont inventé ou perfectionné une gamme de matériel de dragage (à godets, à succion) et de traction lourde qui fit prime dans la compétition internationale jusqu'en 1914. De même, l'usage de l'air comprimé pour installer des caissons de fondation en eau profonde, mis au point par l'entrepreneur Hersent, révolutionna la construction des ports (Dominique Barjot). Les « produits » de l'industrie du BTP sont de plus en plus élaborés ; ils requièrent aussi un outillage en évolution constante et donc des investissements de grande ampleur.

L'industrie verrière de la fin du XIXe siècle repose sur des savoir-faire très complexes. Pour les glaces, la coulée et le « doucissage-polissage » doivent être opérés avec la plus grande précision. La qualité du produit et le renom de la firme en dépendent. La confection des bouteilles a deux phases délicates : le « cueillage » au four du verre nécessaire et le soufflage. Ces opérations ont pourtant été mécanisées. Saint-Gobain a connu deux générations d'innovations techniques. La première a consisté à mécaniser le travail d'abrasion (1890), puis à inventer la coulée entre cylindres pour laminer le verre. La seconde génération a permis d'obtenir la coulée continue (1929) et le douci-poli continu (1932). Autrement dit, la mécanisation qui déqualifie la main-d'œuvre (tout en créant de nouvelles compétences) a le double avantage de donner une marchandise de qualité constante et d'instaurer une production ininterrompue. Sur ce dernier point, l'industrie verrière rejoint la démarche d'autres branches, celle des métaux et celle du papier. Le patron cité plus haut se préoccupait d'introduire la mécanisation dans son usine de bouteilles. « Notre industrie va se transformer de façon absolue », jugeait-il en 1917, et d'ajouter : « Le verrier deviendra mécanicien pour son plus grand profit, son travail devenant plus régulier et surtout moins fatigant. » Le changement se fera difficilement dans les années 1920, par l'achat de machines automatiques dont le rendement obligera à repenser toute l'usine (Jean Merley).

La mécanisation n'avance pas de façon uniforme ; elle rencontre retards et déboires. Les activités ne s'y prêtent pas également. Les charbonnages français ont, en 1930, une productivité inférieure de moitié à celle de la Ruhr. Le manque de puissance et de continuité des veines a été certainement un obstacle à la mécanisation du travail au fond. Des efforts ont été accomplis pour améliorer les rendements : on pratique de plus en plus les « longues tailles » et le travail se concentre sur les « étages » les plus productifs. L'abattage au marteau piqueur domine après la guerre, mais s'est imposé lentement, hors du bassin pilote du Nord-Pas-de-Calais. Le soutènement métallique des galeries et la traction électrique sont des modernisations périphériques d'un système encore rétif à la mécanisation. Si les compagnies houillères ont buté sur les difficultés techniques de la mécanisation autant que sur son coût, la société Pont-à-Mousson a trop longtemps hésité, dans l'après-guerre, à opter pour la technique de la centrifugation. C'est l'exemple d'une stratégie timorée, mal ajustée à la conjoncture, qui s'explique, en partie, par l'importance des immobilisations en cause (Alain Baudant). À l'autre bout de l'échelle de taille, les petites entreprises de l'aéronautique, inventives s'il en fut, ont longtemps gardé l'équipement et les méthodes de l'artisanat bricoleur. Elles offraient finalement un « article de Paris » où parfois les cordes à piano de chez Gaveau servaient de câbles de gouverne. C'était le style des pionniers, mais il durera. Emmanuel Chadeau indique que, chez Morane, à Vélizy, on utilisait encore l'outillage manuel en 1935.

La croissance de la puissance installée dans les usines permet de remplacer la main-d'œuvre ou d'en intensifier le rendement. Sans distinguer ici vapeur et électricité, il faut, à la suite des rédacteurs de la « Statistique des forces motrices », souligner les performances de l'industrie française, en matière de motorisation. En 1906, les manufactures disposaient de 2 860 000 kilowattheures. En 1926, la force motrice totale était passée à 9 838 000 kilowattheures pour atteindre 12 873 000 kilowattheures en 1931. L'accroissement annuel a été de 14 %. Mettons en regard les chiffres britanniques. Partie de 8 924 000 kilowattheures en 1907, la Grande-Bretagne a, en 1930, une puissance de 17 830 000 kilowattheures dans ses manufactures, soit une progression moyenne de 5 %. Le premier tiers du XXe siècle et singulièrement la période 1926-1931 ont été pour la France le temps du rattrapage. L'entrée en crise ne supprime pas les investissements, mais les ralentit. La stagnation est nette pour l'outillage. Dès avant la Seconde Guerre mondiale, le vieillissement de l'appareil productif est le lot de bien des branches industrielles. La productivité a continué à croître parce que les investissements des dix dernières années donnent leur plein effet et que la dépense s'est davantage concentrée sur la rationalisation du travail.

Réformer les méthodes

Les trois grands de l'automobile ont introduit l'organisation scientifique du travail dans leurs usines, car cette technique de préparation et de contrôle des tâches correspondait à la fois aux besoins et aux capacités de leurs entreprises. D'autres secteurs s'y sont mis aisément, parce qu'ils n'étaient pas entravés par la pesanteur des traditions (à l'exemple des constructions électriques) ou parce que la décomposition des tâches et, pourrait-on dire, la généalogie de la production y invitaient. Aimée Moutet a montré que la chaîne avait conquis, dans les années 1920, certaines industries de biens de consommation jusque-là peu mécanisées et formalisées, telles que celles de la confection ou de la chaussure (entreprise André à Nancy). Le succès de la formule a été manifeste aussi dans l'industrie alimentaire, comme en témoignent, avec beaucoup d'autres, les charcuteries Géo et Olida ou les brasseries Champigneulles.

L'application du taylorisme a été particulièrement complète à la Manufacture française des armes et des cycles de Saint-Étienne fondée en 1885 par Pierre Blachon et Étienne Mimard. Ce dernier instaure dès 1894 l'exigence de standardisation des pièces et réforme en deux étapes (1906-1911 et 1921-1925) l'organisation de l'entreprise. Il adopte une division poussée du travail, rationalise les flux, accentue les contrôles. L'équipement mécanique est donc utilisé de façon intensive. L'innovation touche aussi les méthodes commerciales. La vente par correspondance forme la contrepartie de cette fabrication à l'américaine ; le catalogue de la Manufacture est tiré à 430 000 exemplaires en 1905 (Jean-Paul Burdy).

L'histoire de l'organisation du travail industriel en France à l'époque de la seconde industrialisation est encore lacunaire. Il paraît toutefois acquis que la rationalisation intégrale de la production à l'échelle de l'atelier et la refonte des circuits et des flux à l'échelle de l'usine, soit le taylorisme, d'une part, le fordisme, de l'autre, ont rencontré incompréhension et résistances. Les Mimard n'ont pas été nombreux. Pourquoi ?

Cela tient d'abord à la structure de l'industrie : les entreprises de petite taille ne peuvent envisager une organisation « scientifique », coûteuse au départ, et qui, de toute façon, est inséparable d'une parc diversifié de machines. Davantage, les patrons français dans leur masse semblent avoir considéré comme antinomiques mécanisation et taylorisme et choisi la première voie. Mieux valait remplacer les hommes que de les transformer en machines. Ils auraient sans doute ratifié le propos de ce directeur d'usine qualifiant les militants du taylorisme de « rhéteurs en chambre ». Ces bâtisseurs de systèmes ne tenaient pas assez compte des individus, des « logiques locales » à l'œuvre dans les entreprises (Patrick Fridenson). Surtout, la réorganisation risquait d'aboutir à un dessaisissement d'autorité au profit d'une technostructure, quand il convenait, au contraire, de renforcer le commandement, celui du directeur comme celui des contremaîtres. Enfin la résistance multiforme des ouvriers qualifiés aux nouvelles pratiques, comme le chronométrage, indiquait que la réforme serait source de tensions. Il faut reconnaître, en outre, que l'organisation scientifique du travail entraînait des dépenses de gestion, la croissance du nombre des « improductifs », bref, que la balance des arguments ne penchait pas clairement du côté de l'innovation. Il y avait d'autres voies à explorer. La planification a pu séduire, chaque fois que l'entreprise élaborait de multiples produits et qu'il était opportun de savoir précisément comment tout s'agençait. La politique des budgets prévisionnels a apporté une amélioration sensible à la marche des établissements, une sorte de chaîne de papier, à défaut de l'autre. Le système dit « Bedeaux », d'un autre côté, s'attachait simplement à déterminer le temps d'exécution des tâches et à donner, à partir de là, le calcul des rémunérations. Il pesait sur les salaires, sans entraîner nécessairement un remaniement des séquences de travail. C'était une discipline quantifiée, non un changement de la façon de produire. Il a été appliqué, à partir de 1932, dans certaines exploitations charbonnières du Valenciennois, avec des résultats très probants (Odette Hardy). Dans cette même région, beaucoup d'entreprises métallurgiques restent en arrière. La standardisation des pièces est faible, et le travail, loin d'être un « fleuve qui coule sans remous » (l'expression est de l'un des dirigeants de Pont-à-Mousson en 1930), est troué d'interruptions. Après tout, les temps morts ne sont pas perdus. « Les ébarbeurs se lèvent périodiquement, démontent leur outil, vont l'affûter sur la meule de grès, puis reviennent le remettre en place pour continuer le travail » (boulonnerie de Thiant, 1930). Encore en 1945, dans de telles usines, les ouvriers travaillaient, non sur instructions écrites, mais à partir de la tradition orale et d'un croquis du contremaître. Au lieu d'études de coûts très détaillées, on se contentait en 1936 d'un prix de revient établi une fois pour toutes et rectifié, élément par élément. La grande crise a fait lever certains obstacles, car le rapport des forces s'est modifié. Les industries peuvent exiger plus et ne s'en privent pas. Les ingénieurs des mines se sont dits surpris en 1937 par la « discipline trop brutale » qui règne dans les houillères (Renaud Rouffinac). Du coup, la rationalisation gagne du terrain. C'est l'investissement et le comportement les plus fructueux. Au départ, le travail devient plus fluide ; une mobilité obligée casse les anciennes habitudes. Mais le nouveau système révèle bientôt ses limites. Il n'est vraiment rentable que s'il supporte une production de masse et il est générateur de rigidités. N'est-ce pas trop de risques en temps de crise ?

Structures et dynamique des entreprises

Questions de taille

Petite entreprise, grande entreprise, ces notions sont relatives ; elles dépendent de la branche d'activité et de l'époque considérées ; elles impliquent aussi un jugement. En 1906, les grandes commencent à cent salariés groupés dans un même établissement et les très grandes, à cinq cents. En 1931, la catégorie des plus de mille est créée par la Statistique générale. Les petites sont-elles celles qui réunissent cinq salariés au plus, selon la Statistique, ou jusqu'à vingt, selon beaucoup d'historiens ? Commençons par la grande armée des « isolés ». En 1906, on en recense 1 501 000 : serruriers, couturières, scieurs de long et autres cordonniers. Travaillent-ils pour leur compte ou pour un fabricant ? Bonnetiers de Troyes, dentellières du Puy, gantiers de Grenoble, ils appartiennent tous à un *domestic system* venu de loin. En 1931, ils ne sont plus – ou ils sont encore ? – 855 000. Si on leur joint les salariés d'industrie des établissements qui n'en groupent pas plus de cinq, voici, à la même date, 1 584 000 travailleurs. C'est presque 30 % de moins qu'en 1906. L'effectif est encore compact, mais la décrue s'est amorcée. La ventilation des salariés par catégorie d'établissement, en 1906 et en 1931, met en évidence le glissement qui s'est opéré vers les plus grands.

	1906	*1931*
De 1 à 10 salariés	32,2 %	19,7 %
De 11 à 100 salariés	27,6 %	30,1 %
De 101 à 500 salariés	21,7 %	23,6 %
Plus de 500 salariés	18,5 %	26,6 %

Au sommet de la pyramide, les établissements de plus de mille salariés sont près de 400 en 1931, contre moins de 200 en 1906. Par secteurs, la structure a peu bougé entre les deux repères : alimentation, bois, travail des étoffes, des métaux, construction forment la nébuleuse des plus petits, alors que les mines, la production des métaux et des textiles, ainsi que la chimie fournissent le contingent des plus grands établissements.

Les petites et moyennes entreprises ont eu longtemps la faveur générale. Un industriel marseillais proclamait entre les deux guerres : « C'est l'affaire moyenne, gérée par un patron responsable, qui contient les meilleurs éléments, psychologiques et matériels de prospérité, de stabilité et d'équilibre social. » L'autre discours est tenu en 1919 par Clémentel : « La France a malheureusement été depuis la Révolution sous un régime de petites industries disséminées, dont les efforts se neutralisent souvent au lieu de s'additionner. »

L'opposition doctrinale n'est pas la seule issue : un Mercier ou un Detœuf qui sont, dans les années 1920, les champions de l'entreprise concentrée et de la production standardisée ne refusent pas la petite entreprise. Celle-ci, d'ailleurs, n'est pas synonyme d'arriération, de passéisme.

L'électricité a sans doute déçu les tenants du « morcellisme ». Elle a quand même eu pour effet de relancer à la fois le travail à domicile et le micro-établissement, au-delà même de la Grande Guerre. De toute façon, dans les secteurs d'avant-garde, la petite entreprise est un passage autorisé, presque obligé. Dans la construction électrique ou dans l'automobile, on ne naît pas grand. Des idées neuves sont nécessaires, un peu de capital suffit. Il en va ainsi de l'industrie aéronautique. Sa particularité est d'être majoritairement restée à ce stade, jusqu'aux années 1930. Emmanuel Chadeau y a vu la « main visible de l'État ». Il entend par là la politique du ministère de la Guerre, s'appliquant à éviter tout abus de position, segmentant le marché pour ne pas avoir à subir la loi du fournisseur.

Les commandes immenses de la guerre (90 000 moteurs, 50 000 avions) n'ont pas conduit à la concentration. L'état-major, en outre, ne souhaitait pas que les entreprises aéronautiques s'ouvrent trop à l'étranger. La société Gnôme-et-Rhône a transgressé ce modèle de comportement jusqu'à devenir l'un des principaux motoristes mondiaux. Sa capitalisation boursière était évaluée en 1936 à 600 millions de francs, plus que les crédits prévus pour la nationalisation des constructeurs d'avions.

Étudiant les PME des années 1920, Michel Lescure établit les raisons de leur efficacité. Le marché des biens industriels est beaucoup moins large qu'en Grande-Bretagne ou en Allemagne, parce que l'urbanisation progresse lentement. La demande est segmentée, fragile et n'incite pas aux séries longues. Des produits différenciés, qui n'entrent pas entièrement en concurrence d'un point à l'autre du territoire, font l'affaire des petites et moyennes entreprises. Dans des domaines tels que les constructions mécaniques ou les constructions électriques, les PME progressent relativement plus vite que les grandes. D'une façon générale, les profits d'exploitation sont les plus élevés, et la rotation du capital la plus rapide dans la tranche des entreprises de vingt à cent salariés. Elles ne sont pas les oubliées de la seconde industrialisation et ne sont pas confinées dans le « cousu main », l'alimentation ou le travail du bois. Une concurrence réelle avec les grandes leur serait fatale, tant les prix de revient divergent. Elles n'ont pas, en fait, le même marché. Aux grandes, les séries longues, les fortes puissances : Alsthom accapare ainsi, en 1931, les gros transformateurs et laisse les produits électriques de moindre module aux petits producteurs.

Après la complémentarité, la spécialisation. Michel Lescure donne l'exemple d'une câblerie, d'une tonnerie et d'un fabricant de colle dont l'avance technique a fait, malgré leur petite taille, les meneurs de leur profession. On dira que les PME qui réussissent sont celles qui ont choisi de bonnes « niches », avec ce que la métaphore entraîne d'astuce… et d'ankylose. La sous-traitance est, pour la majorité des PME, la voie du salut, l'assurance de durer. Car si l'effet de petite taille leur ouvre de beaux profits, elles sont aussi très sensibles à la conjoncture, financièrement fragiles et de rentabilité aléatoire. L'industrie automobile, dans sa maturité, a été le principal champ d'expansion de cette formule.

D'autres domaines y ont eu constamment recours. La manufacture de Saint-Étienne en a fait son mode de fonctionnement, entretenant une « nébuleuse » de micro-ateliers qui lui ont fourni des pièces détachées, des armes, des cycles, des machines à coudre. La sous-traitance emprunte, certes, des traits à l'industrie la plus ancienne. Elle est cependant la réponse appropriée aux besoins de la production moderne. Les grandes entreprises n'ont pas cessé d'« externaliser » une partie de leurs fabrications.

L'équilibre, entre grandes, moyennes et petites entreprises est fluctuant. La saga de Louis Renault raconte la croissance exceptionnelle d'une petite entreprise. À sa première année pleine d'exercice, en 1899, la maison de Billancourt a réalisé un chiffre d'affaire de 117 000 francs. La suite est faite d'accélérations foudroyantes :

	Francs	*Ouvriers*
1902	3 087 000	500
1913	57 580 000	3 936
1919	249 195 000	21 200
1939	2 400 000 000	33 000

Le passage, en une génération, de l'atelier au groupe mondial n'a pas d'équivalent, mais la croissance interne ou externe des PME est dans la logique du développement, surtout quand elles ont su conduire une stratégie internationale. Gnôme, dont le chiffre d'affaires en 1904 (après six ans d'exercice) est de 415 000 francs, est déjà devenu en 1914 une très grosse entreprise : son chiffre d'affaires excède alors 15 millions de francs. L'essor collectif et individuel des entreprises de BTP rappelle un peu ce schéma. Un autre chemin conduit à la disparition des petites entreprises au profit d'une plus grande, faute pour les premières d'avoir pu s'étoffer à temps. Les exemples de cet ordre abondent. La filature cévenole doit sa survie provisoire à l'absorption des entreprises familiales par une société anonyme de Lyon. Le raffinage du sucre est totalement contrôlé en 1939, à Marseille, par la société Saint-Louis, après intégration de tous les concurrents. La démonstration est peut-être encore plus nette dans le secteur si dynamique des tubes d'acier. Résister à la concurrence étrangère, investir à grande échelle nécessitent une restructuration qui commence après la Grande Guerre et conduit à l'« éviction de la petite entreprise » (Catherine Omnès).

Les grandes entreprises où les immobilisations sont très importantes et l'entreprise « moyenne » de grand format ont connu également le besoin d'augmenter continuellement la taille critique des entreprises. La société sidérurgique Marine et Homécourt a une double stratégie dans les années 1910. Elle s'associe, d'une part, aux aciéries de Micheville (en Lorraine) et à Pont-à-Mousson – ce qui donne « Marmichepont » – pour plusieurs opérations ; elle prend le contrôle, d'autre part, en 1917, des forges d'Allevard, trop faibles et isolées dans le nouvel environnement industriel. La chimie est l'autre terrain où la croissance capitalistique a explosé. Le capital des trois grands a progressé de la façon suivante : Pechiney : 3,6 millions de francs en 1896, 17 millions en 1914, 208 millions en 1931. Ugine : 600 000 francs en 1889, 10 millions en 1914, 88 millions en 1931. Kuhlmann : 6 millions en 1914, 250 millions en 1931, 316 millions en 1936. La société Kuhlmann a grandi par le rachat de nombreuses usines d'engrais, de colles et de colorants. Elle a créé des filiales à l'étranger (Belgique, Suisse, Espagne) et a multiplié les participations. La fusion pure et simple conduit à des entreprises fort dominatrices sur leur marché : Gnôme-et-Rhône forment une société unique à partir de 1914, et les usines du Rhône s'associent à Poulenc Frères, en 1928. Les participations et associations diverses renforcent la capacité des partenaires sans bloquer nécessairement les évolutions. En revanche, les cartels, comme celui des compagnies houillères du Nord-Pas-de-Calais, risquent de geler les situations acquises. La concentration a été contenue, mais au prix d'une faiblesse persistante de la productivité.

Quels patrons ?

Plusieurs lignes de partage traversent le patronat de la seconde industrialisation. Aucune n'est, à elle seule, déterminante. À hauteur de 1890 ou de 1930, la diversité domine. Ce monde est encore mal connu, car la plèbe patronale et les carrières ordinaires n'ont guère tenté jusqu'ici les historiens.

Le modèle familial demeure prégnant, à la veille de la Seconde Guerre mondiale. Il est très majoritaire dans les PME, mais n'est pas absent dans les plus grandes firmes ; il n'est pas une survivance, mais l'une des modalités de propriété et de direction. Le statut de société anonyme ne gêne pas l'emprise familiale, tant que le contrôle sur le capital est assuré. La sidérurgie est la terre d'élection du patronat familial. Les « barons du fer » (Jean-Marie Moine), les Wendel, les Labbé, les Gouvy tiennent solidement leurs entreprises, au début du XXe siècle. Ils additionnent le pouvoir industriel, l'autorité sociale, l'influence politique nationale : avant 1914 l'un des Wendel (Charles) est au Reichstag, un autre (François) à la Chambre des députés. L'industrie du BTP propose – pour longtemps – un modèle voisin. Ainsi la maison Fougerolle a été l'œuvre d'une dynastie. La première génération d'entrepreneurs apparaît en 1860. Le relais est pris en 1890, par les fils, emmenés par l'aîné, Philippe, qui a gardé le pouvoir jusqu'à sa mort en 1930. Son gendre lui a succédé, d'abord comme directeur général, puis comme PDG en 1955. La maison Dumez et, dans les matériaux, la société Coppée ont également conservé une empreinte familiale. Dans la coupe 1880-1920, le patronat lyonnais, selon Pierre Cayez, a une forte assise familiale ; les entreprises anciennes – le chimiste Gillet, le verrier Souchon – sont rejointes par des affaires récentes, aux mêmes structures, celle de Berliet, celle des frères Lumière. Pourquoi ce modèle est-il tantôt défaillant, avant même la troisième génération, tantôt inaltérable ? Une fois la part faite des histoires de vie, de l'épuisement des lignées, on peut, après Pierre Lamard, insister sur deux facteurs : la transmission du pouvoir d'une génération à l'autre et la souplesse de la gestion. Ainsi s'opposent, trait à trait, les destins de deux entreprises franc-comtoises, Japy et Vieillard-Migeon et Cie. La première n'est pas parvenue, à partir des années 1880, à régler la question du pouvoir entre les branches de la famille. Le conseil de gérance s'est transformé en lieu d'affrontement où les clans se neutralisaient et où aucune stratégie n'obtenait l'assentiment. Les banquiers ont dû trancher dans le vif et imposer, en 1954, l'éclatement de Japy en quatre sociétés autonomes. L'autre maison, issue, elle aussi, de la métallurgie, a choisi de recentrer l'entreprise, à chaque succession, sur l'une des branches, les autres étant indemnisées. Ce « pacte de famille », respecté jusqu'à nos jours, a permis de donner autorité et continuité à l'entrepreneur en charge. Les priorités industrielles et commerciales ont pu être définies clairement, en temps voulu. À l'inverse, le modèle « managérial » laisse le pouvoir à des dirigeants salariés. Les grandes sociétés de production et de distribution d'électricité de l'entre-deux-guerres correspondent bien à ce schéma. À leur origine, des banques, des holdings, une réunion de sociétés. Le pouvoir exécutif y est détenu par des dirigeants, appartenant pour la plupart à la haute bourgeoisie. Des directeurs issus des classes populaires – autour de 12 % de l'échantillon – montrent que la « méritocratie », ici la haute compétence scientifique, corrige un peu la reproduction des « héritiers » – ce n'est plus la famille qui compte, ou du moins son influence est médiatisée par le milieu. Les ingénieurs sont désormais aux commandes. Sortis de Polytechnique ou de Centrale, apportant ainsi un capital scientifique et un réseau de relations dans l'appareil d'État, ils figurent l'avant-garde d'un nouveau patronat. Ils ont d'ailleurs, pour certains, joué un rôle bien au-delà de leur firme d'attache, comme Ernest Mercier, fondateur de « Redressement français », qui eut une influence politique non négligeable dans l'entre-deux-guerres. Cette « bourgeoisie de talents » se retrouve dans de nombreuses branches ; elle est le symbole de la modernisation (Maurice Lévy-Leboyer). La « professionnalisation » du patronat s'est accentuée au XXᵉ siècle. Le BTP est stimulé par des entrepreneurs innovateurs anciens élèves de l'École des ponts et chaussées ou « gadzarts ». 25 % des patrons de grandes entreprises et 11,5 % des patrons de PME, dans l'échantillon des années 1920 analysé par Michel Lescure, ont fait des études supérieures. Chez les maîtres de forges lorrains, la compétence scientifique devient une exigence familiale ; l'hérédité se mérite, en quelque sorte. Cette industrie de vieille souche laisse passer parfois des intrus et les fait siens. Alexandre Dreux (1853-1939), fils d'un cultivateur de la Sarthe, entre comme comptable dans une fonderie du Mans. Il est recommandé par son employeur au Comptoir sidérurgique de Longwy, dont il devient très vite gérant (1877). Les Acieries de Longwy en crise font appel à lui ; il en est nommé administrateur délégué, puis PDG. Sa fortune a progressé aussi vite que sa carrière : il possédait 64 000 francs en 1887 ; il en a 714 000 en 1897 et 4,1 millions en 1912. L'autre *success story* lorraine est celle de Camille Cavallier (1854-1926). Il est le fils d'un garde forestier. Après l'école des arts et métiers de Châlons, il entre à Pont-à-Mousson comme dessinateur. Rapidement, il est promu dans la hiérarchie technique jusqu'au poste de directeur de l'usine. Patron de fait, dès 1895, il devient coadministrateur (en 1899) et enfin président en 1917. Contrairement à d'autres directeurs généraux, il a voulu devenir un actionnaire important de l'entreprise, jusqu'à détenir en 1912, avec ses proches, 37 % des actions.

Les ressources

L'entreprise doit trouver en elle-même ses moyens d'existence et de développement. Une bonne gestion limite le financement extérieur à des situations exceptionnelles, investissements lourds en période de crise. Cette sagesse d'affaires fait le fond de la philosophie des entrepreneurs, jusqu'à la Seconde Guerre mondiale. L'autofinancement suppose un niveau suffisant de profit et une discipline dans son affectation. Les fluctuations du profit appartiennent à l'histoire des cycles ; on se contentera ici d'indiquer l'ampleur des bénéfices dans les phases favorables de la période. Est-ce l'apanage, comme on l'a dit, des industries nouvelles ? Il est vrai que l'automobile ou la construction électrique ont eu un âge d'or, mais, au début du XXe siècle, le mécanicien Morel réalise, lui aussi, des bénéfices plantureux. Dans les constructions aéronautiques, le taux de profit atteint 50 % chez Gnôme à la veille de la guerre. Les bénéfices extraordinaires tirés des commandes de guerre ont tant ému l'opinion qu'une contribution spéciale les a frappés en 1916. Chez les motoristes et constructeurs d'avions, le taux de profit a été d'environ 30 %. À Marine et Homécourt, les bénéfices font plus que doubler pendant la guerre : 6,8 millions de francs en 1914-1915, 15 millions en 1917-1918.

Les années 1920 – tout accident de conjoncture écarté – ne démentent pas la tendance, sans atteindre de tels scores. Selon M. Malissen, les bénéfices industriels imposables des 50 000 plus gros assujettis se montent à 10 milliards de francs en 1921-1922 et à 18 milliards en 1929. Même les activités dont le rendement financier a mauvaise réputation, comme l'exploitation charbonnière, ne se portent pas mal : les principales houillères dégagent un taux de profit moyen de 13 % avant 1931. En somme, la capacité d'autofinancement existe ; la volonté d'autofinancement ne fait pas défaut non plus. Les petites entreprises, on le verra, n'ont guère le choix. Quel que soit le régime juridique qui les gouverne, le passage en réserves ou en investissement de la majeure partie des bénéfices d'exploitation souffre peu d'exceptions ; l'autofinancement est systématique.

Qu'en est-il des plus grandes sociétés ? Elles cherchent, elles aussi, à minimiser le recours à l'extérieur ou même aux commanditaires et actionnaires. Ce comportement n'est pas une preuve de frilosité et d'archaïsme puisqu'une industrie aussi dynamique que celle des tubes d'acier a autofinancé la moitié de ses investissements. L'aéronautique a pu financer elle-même les neuf dixièmes de ses considérables investissements du temps de guerre. Selon Edmond Malinvaud, le taux d'autofinancement a été de 80 % à la veille de la guerre et de 70 % dans les années 1920. Aucune entreprise n'échappe totalement à la nécessité de chercher des ressources à l'extérieur. Quand les houillères de Nord-Pas-de-Calais veulent reconstruire leur patrimoine dévasté par la guerre et que l'État (c'est-à-dire l'Allemagne) est défaillant, que Pechiney, Ugine et Kuhlmann multiplient les acquisitions ou que le papetier Escarfail, en Dauphiné, décide d'acquérir une nouvelle machine (1904), il leur faut ouvrir leur capital ou emprunter. Entre petits et grands, les chances ne sont pas égales.

Par ailleurs, les sources de financement des entreprises, la Bourse, les banques, n'ont pas toujours répondu à l'attente des industriels. Ancienne et nouvelle querelle qui a divisé les entreprises et, depuis, les historiens. La Bourse, écrit Maurice Lévy-Leboyer, a fourni des capitaux abondants, au début des années 1920 (de l'ordre de 200 à 300 millions par société) aux entreprises qui y avaient accès. Ensuite, après l'épisode désastreux de la crise monétaire, près de 100 milliards de francs – deux tiers en actions, un tiers en obligation – auraient été levés sur le marché entre 1927 et 1932. Par secteurs d'activité, en 1910, les transports (compagnies de chemins de fer, de tramways, de navigation) emportent 32 % du total émis (1,693 milliard de francs), suivis de la banque (26,2 %), des industries électriques (11,2 %), des « industries diverses » (9,4 %) et de la sidérurgie lourde (6 %). En 1929, les principaux bénéficiaires industriels du marché boursier (27 milliards émis) sont la banque (18,5 %), les industries électriques (13,3 %), les transports (11,3 %), l'alimentation (9,5 %) et les industries du fer (7,7 %). Une première conséquence découle de cet appel de fonds, l'élargissement brutal du nombre des actionnaires.

Chez Thomson, on en comptait un millier en 1909, 25 000 en 1930. À Saint-Gobain, leur nombre passe de 1 380 en 1914 à environ 50 000 en 1939, après quatre augmentations de capital. L'oligarchie qui tient les conseils n'est pas en péril. La gestion d'une entreprise au capital dispersé entraîne toutefois de nouvelles contraintes. La Bourse étant un cercle restreint, quelles solutions s'offraient aux PME ?

La « commission Caillaux » s'interrogeait en 1911 sur leurs possibilités de crédit. Le crédit-fournisseurs, de pratique courante, assouplissait la trésorerie sans régler le problème des moyens d'investissement. Des prêts hypothécaires, dans l'environnement immédiat de l'entreprise, paraient généralement aux dépenses exceptionnelles.

Pourquoi la banque est-elle demeurée sensiblement à

l'écart des affaires modestes ? Pour Michel Lescure, le souci d'indépendance des PME, entre les deux guerres, explique en partie le *financial gap*. Le crédit bancaire apparaît peu, parce qu'il est peu sollicité. En contrepartie, les banques hésitent à s'engager, lorsque les garanties sont insuffisantes. Le Crédit national, fondé en 1919 pour des opérations de cette nature, n'a aidé que des entreprises de bonne stature, soit de plus de cent salariés. Les banques régionales ont eu un comportement variable. Elles avaient, en particulier dans le Nord et le Nord-Est, une tradition de soutien à l'industrie qui semble s'être évaporée après la Première Guerre.

« Nulle part la banque lyonnaise ne fut d'un secours ou d'un appui déterminant pour les nouvelles entreprises », écrit Pierre Cayez, à propos de l'émergence d'un nouveau patronat, symbolisé par Berliet et les frères Lumière. La banque alpine démentirait, par son interventionnisme industriel, l'impression désastreuse des autres régions. La figure emblématique, quasi mythologique, de Léon Laydernier a entraîné, à partir de 1891, un développement régional intense. Le coton, les forges, le tramway, les automobiles, l'électrométallurgie et l'électrochimie ont été les bénéficiaires de cette boulimie de placements (Hubert Bonin).

Les grandes banques ont-elles boudé l'industrie ? Il est plus exact de dire qu'elles s'y sont intéressées d'une façon partielle et discontinue. Ainsi Paribas s'est-elle impliquée dans l'industrie à deux périodes, vers 1900 et dans les années 1920. Les valeurs industrielles ont alors représenté plus du tiers du portefeuille de la banque. Au début du XXe siècle, l'industrie électrique a été la cible principale (participation à la création de la CPDE). À la fin de la guerre, Paribas soutient les forges et aciéries du Nord et de l'Est, les chantiers navals de Caen, le constructeur automobile Delaunay et des constructeurs de matériel électrique, dont Thomson. Trop engagée dans certaines affaires (dont une malencontreuse initiative dans les pétroles roumains), elle a dû se désengager et n'a pas pris une part active aux grandes restructurations industrielles (Éric Bussière). En revanche, cette banque et quelques autres (la Société Générale, par exemple) ont mis leur savoir-faire exportateur au service des constructeurs mécaniques, en favorisant leurs ventes, en Russie avant la guerre, en Roumanie et en Amérique latine, après le conflit. Les activités de financement international, qui leur ont tant été reprochées, auraient contribué à la croissance de quelques firmes. En somme, des opérations, plus que des participations.

La seconde industrialisation a ouvert l'ère de l'innovation permanente. De nouveaux produits doivent aller au-devant des consommateurs ; de nouveaux procédés doivent améliorer sans cesse la compétitivité des entreprises. Les industriels français ont bien suivi la logique de cette économie de l'offre et généralement compris que le changement des techniques et des méthodes était impératif. Disons qu'ils sont davantage enclins à remplacer un équipement qu'à modifier une procédure. Ils craignent la dépense mais davantage encore le dessaisissement. Quelques entreprises et quelques branches tiennent l'avant-garde internationale, ainsi dans l'aéronautique, le verre ou le bâtiment. Combien suivent ? Le clivage ne sépare pas, dans ce domaine, les grandes entreprises et les PME, car il y a des compagnies houillères amorphes et des petits patrons inventifs. Il ne distingue pas davantage les entreprises familiales des autres. Il faut cependant que plusieurs facteurs soient réunis : la culture technique, ou au moins la curiosité de l'entrepreneur ; la capacité des ouvriers à prendre en charge l'innovation. D'où l'inquiétude récurrente devant la crise de l'apprentissage – comme devant les lacunes de la formation des élites. Il faut aussi atteindre la masse critique et réunir, aux moindres frais, les capitaux nécessaires. Les banques ne se sont pas dérobées – mais l'autofinancement a été privilégié. Si l'innovation doit être permanente, l'investissement ne peut pas se relâcher. La modernisation, entravée par des incompréhensions et des résistances, fera trop souvent les frais de la crise.

4. Travail et travailleurs

Le monde ouvrier a été l'agent principal de la mutation du système productif. Quelles transformations a-t-il subies en retour ? La croissance des effectifs sera un premier indicateur, bien que la notion de « population active industrielle » soit d'un maniement délicat, tant les pratiques d'alternance ou d'emplois mixtes sont vivaces. La reproduction élargie de la classe ouvrière sollicite toutes les sources de recrutement. Le recours au travail féminin n'innove pas, sauf par son étendue. Au contraire, l'appel à une main-d'œuvre étrangère, marginal au XIXe siècle, change l'équilibre. En deuxième lieu, la nature ou travail manufacturé s'est modifiée. Comment la mécanisation généralisée, qui est l'horizon des entreprises, a-t-elle pesé sur les modalités concrètes du travail à la mine et à l'usine ? Il faudrait déterminer si la condition ouvrière, vécue et perçue, en a bénéficié. Face aux patrons, les salariés peuvent désormais s'appuyer, en toute légalité, sur des organisations syndicales. La force de celles-ci dépend de leur capacité à grouper les ouvriers et à créer, à tous les échelons, un rapport de forces favorable aux revendications. Le syndicat est-il parvenu à se faire reconnaître à l'usine comme le porte-parole des salariés ? Si les barricades ne sont plus le moyen pour le mouvement ouvrier de se faire entendre, le suffrage peut-il apporter la réforme ?

La recomposition de la classe ouvrière

Changements d'équilibre

Les contours du marché du travail, à la fin du XIXe siècle, demeurent un peu brouillés. Une frange d'ouvriers hésite entre l'indépendance et le salariat, et la statistique saisit mal ces statuts incertains. La pluriactivité est encore fréquente, et l'emploi, saisonnier. À la coupe de 1936, la notion d'ouvrier s'est délestée de toute ambiguïté. En revanche, la catégorie des salariés de l'industrie s'est grossie, dans des grandes usines, d'employés pour l'administration et le contrôle ; les « cols bleus » ont été rejoints par les « cols blancs ». En dépit du flou irréductible des délimitations, on peut estimer l'effectif ouvrier à 3 millions à l'issue de la Grande Dépression, 3,6 millions en 1906 et 5,4 millions en 1931, à son apogée. Croissance donc, mais, on l'a dit, déficit structurel. L'essoufflement démographique a été amplifié par la Grande Guerre. La force du travail disponible est amputée des plus jeunes (loi du 2 novembre 1892 interdisant le travail aux enfants de moins de treize ans) et ne se reconstitue pas assez vite dans le grand « réservoir » des campagnes. L'exode rural s'est même ralenti à la fin du XIXe siècle. De toute façon, le salariat industriel est considéré comme un pis-aller. Il faut tenter d'y échapper. Les métiers du bâtiment, mais aussi la papeterie ou la petite mécanique, offrent encore des occasions d'ascension sociale, au tournant du siècle. L'apprenti peut imaginer, sans délire, être un jour son propre patron.

Il y a d'autres carrières ouvertes, en ville, dans le petit commerce ou, de plus en plus, dans les rangs des employés ou des fonctionnaires. Les métiers les plus rudes souffrent les premiers de cette stratégie d'évitement. Si l'atelier n'attire pas, la mine repousse. Toutes les compagnies le constatent, à Anzin, à Saint-Étienne ou à Carmaux. Les jeunes Aveyronnais des années 1890 refusent d'aller à la mine ou ne s'y arrêtent guère. À Decazeville, en 1900, 279 mineurs seulement restent au travail sur les 1 267 qui venaient d'être embauchés. La sidérurgie lourde subit un rejet presque équivalent.

L'hérédité industrielle recule dans les principaux centres manufacturés ; l'aptitude physique n'est plus, avant 1914, une qualité aussi valorisante que pour les générations précédentes. Travaux de force, travaux forcés. Les nouvelles industries, moins exigeantes et mieux payées, attirent davantage ; être mécanicien ou électricien, vers 1920, constitue une réussite professionnelle d'autant plus enviable que l'ascension sociale est devenue très aléatoire. Cela n'empêche pas une rotation des effectifs préjudiciable au patron, dans la construction automobile, par exemple. L'instabilité exprime l'insatisfaction. La main-d'œuvre féminine – déjà si nombreuse dans les filatures textiles ou sur le carreau des mines au XIXe siècle – pouvait-elle servir de recours ? Au recensement de 1906, les femmes représentent 33,9 % de l'effectif des salariés industriels. Elles ont donc largement contribué à la seconde industrialisation. Leur participation à l'effort de guerre a confirmé qu'elles pouvaient se substituer aux hommes dans de nombreux emplois ; le pourcentage des femmes dans l'industrie dépasse 40 % en 1918.

Dans bien des cas, le travail à l'atelier ou à l'usine remplace celui, à façon, effectué chez soi ; l'armement y gagne ce qu'y perd la confection. Cependant, les métiers féminins à domicile ne dépérissent pas ; on sait que l'électricité et la machine à coudre leur avaient donné un nouvel élan. L'extériorisation du travail féminin est plus qu'une simple substitution. Les industries les plus récentes, telles que les constructions électriques, la petite mécanique, la chimie, l'alimentation, se féminisent rapidement.

D'autres continuent une tradition ancienne : les femmes forment, en 1929, la moitié du personnel des usines textiles. Mécanisation et féminisation vont de pair. Les tâches les plus dures sont rendues accessibles aux femmes, en particulier dans la métallurgie. Le « dépoussiérage » dans les fonderies de seconde fusion, le polissage des pièces dans les ateliers de cycles leur reviennent. Des métiers échappent aux hommes à partir du moment où une force physique intense n'est plus nécessaire. C'est aussi la preuve que la machine a déqualifié l'emploi.

L'introduction de l'OST a la même conséquence. En simplifiant et en décomposant, elle libère des tâches, à l'usage d'une main-d'œuvre sans culture usinière (Sylvie Zerner). Tout ce qui relève d'une gestuelle minutieuse mais rapide est féminisé. Chez les constructeurs de lampes ou dans les compagnies de téléphone, la dextérité est recherchée. Les ouvrières sont d'autant mieux accueillies qu'elles répondent aux stéréotypes d'agilité ménagère, de répétitivité et de docilité. La guerre, en définitive, n'a pas changé ces représentations fortes des femmes, bien qu'on les ait vues dans les rôles masculins « munitionnettes » ou conductrices de tramways. Les patrons de la métallurgie ne regrettent pas leur manque d'initiative et ne s'attachent pas à leur donner un apprentissage puisque la mécanisation y supplée. Ils redoutent, en revanche, leur manque d'assiduité et un « turnover décourageant » (Downs). Les femmes ont pris le chemin de l'usine, mais nombreuses sont celles qui, comme par le passé, la quittent à l'âge du mariage. Elles ont aussi d'autres perspectives. Il peut leur sembler moins astreignant d'être demoiselle des Postes ou « midinette » d'un grand magasin que bobineuse chez Thomson. La proportion d'ouvrières n'est plus que de 28,1 % en 1931, l'industrie devra s'accoutumer à une main-d'œuvre à la fois indispensable, saisonnière et volatile.

« Tout développement industriel en France se fera avec des ouvriers étrangers. L'industrie française ne peut se développer davantage faute de main-d'œuvre… Jusqu'ici, l'industrie française avait trouvé des réserves de main-d'œuvre dans la population agricole et les avait occupées à son profit. À l'heure actuelle, ces ressources sont taries. » Ainsi parle un patron, en 1907, dans une lettre au *Temps*. L'analyse est partagée par tous les employeurs. Le pronostic de 1907 est devenu « nécessité nationale », après la guerre, selon le Comité des houillères. L'immigration s'enfle au début du siècle et croît jusqu'à la crise. Il y avait 1 160 000 étrangers en France en 1911 (2,8 % de la population totale). L'effectif se monte à 2 715 000 en 1931 (7,1 % de la population totale). Le plus grand nombre, hors des saisonniers agricoles, travaille dans l'industrie. Ils forment en banlieue ouvrière environ 10 % de la population, vers 1930. Certaines communes en comptent 40 % ou plus, comme Vénissieux ou Escaudain en Valenciennois. Dans cette dernière commune, le contingent étranger est entièrement polonais. Ailleurs, plusieurs nationalités cohabitent. L'usine de Sochaux, en 1930, emploit 2 800 ouvriers étrangers, polonais, italiens, suisses, yougoslaves, russes, chinois, autrichiens, géorgiens et espagnols. Les industriels ont d'abord fait appel aux pays voisins. Après les Belges, dans le Nord et la région parisienne, les Italiens et les Espagnols ont pris des emplois de mineurs et de sidérurgistes que délaissaient les Français. La mine, après guerre, est une quasi-exclusivité polonaise. Les houillères du Nord en ont fait venir par villages entiers. Dans le bassin stéphanois, ils constituent, vers 1930, 40 % des mineurs de fond. Les étrangers sont majoritaires, à cette date, dans le personnel ouvrier de Berliet et de Pont-à-Mousson. Ils extraient la quasi-totalité du fer, en Lorraine. L'immigration se « mondialise » (Odette Hardy) sans préjudice du renfort des « indigènes » essentiellement maghrébins qui commencent, entre les deux guerres, à être embauchés dans la grande industrie de la chimie ou du verre. L'acculturation à l'usine est douloureuse, semée d'échecs. Les Italiens sont réputés instables, à Pont-à-Mousson, et les Nord-Africains recrutés par la verrerie de Veauche, en Forez, n'y sont pas restés longtemps. En plus, on les dit « maladroits ». Au vrai, leur savoir-faire de départ est presque nul. Leur venue coïncide avec l'essor de la mécanisation et de l'OST; elle la rend possible et nécessaire. Le patronat attend d'eux un travail simple et sans murmure. « Les Kabyles algériens ne sont pas difficiles, convient un directeur de Pechiney, ils acceptent les besognes les plus pénibles… auxquelles répugnent les Français. »

Certains immigrés apportent, outre leur ardeur, une culture technique précieuse. La transmission du savoir-faire de la construction, dont les Limousins étaient traditionnellement porteurs, s'était interrompue, avec la Grande Dépression. Grâce aux Piémontais, elle a pu renaître. Quant aux Polonais, ils n'apprennent pas la mine, en arrivant en France. Ce sont des ouvriers expérimentés, qui ont souvent commencé en Silésie et fait étape en Westphalie. Leur système de boisage leur valait le respect de leurs pairs. Un pareil flux ne pouvait pas manquer d'entraîner des tensions avec les ouvriers français ; l'incompréhension, à tout le moins. Les « Djibouti » engagés à la verrerie de Veauche, au début des années 1930, représentaient pour les ouvriers du cru l'étrangeté absolue. « Ils ne comprenaient pas le français et ignoraient leur âge », se souvient un témoin. Quand les socialistes de Decazeville voient arriver les Espagnols en rangs serrés vers 1914, ils parlent de « caravanes », de « smalahs », et se demandent s'il ne faudra pas donner bientôt des noms « mauresques » aux rues (Donald Reid). L'assimilation par la communauté ouvrière locale n'est pas hors de portée. C'est un défi au mouvement ouvrier, alors qu'il tend à dépasser les divisions de la classe et cherche difficilement son unité.

Compétences et stratification professionnelles

La seconde industrialisation a entraîné la destruction de savoirs ouvriers liés à des gestes et à des équipements dépassés. En première approximation, elle construit de nouvelles compétences, mais surtout exproprie la masse des salariés de leur capacité antérieure et leur dénie toute autonomie. Comme le dit amèrement *L'Humanité* en 1935, dans un article sur Citroën, « on ne travaille pas ; on produit ». Le groupe des ingénieurs et la hiérarchie de plus en plus complexe ont accaparé l'essentiel de la qualification et toute l'initiative. Du côté des ouvriers spécialisés (OS), la pauvreté du savoir exigible explique la brièveté de l'apprentissage. Quelques semaines suffisent pour régler, dirait-on, l'homme sur la machine. Malgré tout, l'habileté et l'expérience individualisent les ouvriers à l'intérieur du « travailleur collectif », et le taylorisme le mieux conçu ne peut pas abolir toute marge d'autonomie. Sur ce point, l'observation d'une grande usine d'automobile, par exemple, dans les années 1950 vaut plus encore dans les années 1930. Les ouvriers qualifiés (OP), par ailleurs, ont cessé d'être polyvalents. Entre les « grosses culottes » de la mécanique parisienne des années 1880 et les fraiseurs de la génération suivante, l'évolution technique a dissocié les compétences et les a redistribuées. En outre, la mécanisation suscite des besoins nouveaux en personnel qualifié ; les outilleurs, régleurs, contrôleurs prolifèrent. Enfin, rien ne remplace, au moins jusqu'aux années 1950, la compétence empirique, sensorielle, du chef d'équipe ; sa responsabilité a grandi à la mesure des équipements. M. Verry a raconté comment les lamineurs ardennais savaient faire fonctionner les équipements à l'oreille (le son du métal) et à l'œil (sa couleur) et s'arrangeaient pour que les ingénieurs ne surprennent pas leurs « secrets ». L'industrie chimique de base ne marchait pas autrement.

Les emplois les plus qualifiés sont attribués aux hommes, aux Français. La règle non écrite est respectée partout, parce qu'elle a un caractère d'évidence. D'ailleurs, cette élite fournit à l'entreprise son noyau stable. L'investissement de formation est moins risqué qu'avec les autres catégories de travailleurs. Aux femmes donc et aux étrangers les emplois les plus répétitifs, les plus interchangeables. Ils utilisent la machine ; les ouvriers qualifiés la réparent. Quelques exceptions apparaissent, dans des domaines où les travailleurs français se font très rares (la mine), ou encore dans des industries sans tradition (constructions électriques et électrométallurgie).

Comment se transmettent ces nouveaux savoirs, une fois reconnu que l'endotechnie familiale, sans disparaître, ne joue plus le rôle central du siècle passé ? L'apprentissage doit emprunter de nouvelles filières. Elles s'établissent malaisément. Le thème de la « crise de l'apprentissage » est récurrent au début du XXe siècle. Alain Dewerpe juge qu'il y a eu un « rendez-vous manqué de l'industrialisation française avec une reproduction organisée et efficace de la qualification ». Les jeunes se formaient sur le tas au contact des anciens. Ce système était inévitable ; les entrepreneurs et les ingénieurs le jugeaient insuffisant, voir inadéquat. À l'époque proto-industrielle, dans les forges, par exemple, qui transmettait le savoir maîtrisait l'emploi. Dans les vingt dernières années du siècle, un enjeu identiquc avait mobilisé ouvriers et employeurs dans les mines de Decazeville. La Compagnie avait réussi à contrôler la promotion des mineurs débutants, ce qui était un moyen de pouvoir mais ne changeait pas la nature de l'apprentissage. Parfois la formation pratique était épaulée par de véritables cours, d'initiative patronale. Dès 1887, la Chambre syndicale de la couverture-plomberie de Paris organisait des cours ; elle était suivie trois ans plus tard par la Chambre de la maçonnerie. Quelques entrepreneurs mettaient sur pied un enseignement maison, comme l'avait fait Eugène Schneider. La loi Astier de 1919 a eu le mérite de reconnaître la nécessité d'une double formation, en entreprise et en école, sanctionnée par le certificat d'aptitude professionnelle. En 1925, le contrôle de l'apprentissage était confié aux chambres de métiers, et une taxe pesait sur toutes les entreprises dépourvues d'une filière d'apprentissage. Le principe semblait excellent, quoique d'application tardive. Comment les partenaires, y compris les syndicats ouvriers, allaient-ils le faire vivre ?

Conditions de travail et niveaux de vie

« Cayenne » ?

Des villageois des années 1880 attribuant volontiers à l'établissement local le sobriquet de « cayenne » aux articles de *L'Humanité* des années 1930 sur Renault, une même dénonciation court l'époque : l'usine est un bagne. D'abord par la durée du travail. Jusqu'à la loi du 23 avril 1919 instaurant la journée de huit heures, le travail des hommes adultes n'est pas réglementé, sauf dans les mines. Les journées sont encore de douze heures, au début du siècle. Mais la moyenne a-t-elle un sens ? À la mine ou à l'usine, quelle que soit la branche considérée, les fluctuations saisonnières sont très amples et les progrès de l'éclairage n'y changent pas grand-chose. La main-d'œuvre est plus ou moins disponible, les commandes plus ou moins nombreuses.

Selon la nature de la tâche – pénibilité, délicatesse – et des installations – feu continu, par exemple –, des comportements régionaux se dessinent, qui doivent beaucoup aux rapports des forces et à la structure du patronat. Les enfants forment un cas à part ; les femmes aussi, dans une moindre mesure. La loi du 2 novembre 1892, qui limite la journée de travail à dix heures pour les treize-seize ans et à onze heures pour les seize-dix-huit ans et les ouvrières, introduit une complication redoutable dans les locaux où tous les âges coexistent. En dépit des protestations du patronat textile, l'alignement se fait sur les horaires des plus jeunes (1904). Avant la réduction généralisée à huit heures, la durée, cette fois hebdomadaire, du travail a subi un allégement appréciable avec l'établissement d'une journée de repos (13 juillet 1906).

Il est vrai que la plupart des grandes entreprises avaient anticipé la loi en accordant le dimanche à leur personnel. Les « huit heures » obligèrent les industries travaillant en continu à réorganiser le travail. Les mesures du Front populaire – les quarante heures et les congés payés – eurent des effets macro-économiques beaucoup plus forts. Chaque ouvrier, pour sa part, sentit se desserrer l'étreinte. Durée réglementaire et durée vécue du travail ne coïncident pas. Le respect des horaires demandait simplement de la surveillance ; l'installation des pointeuses automatiques avant 1914 modernisait un contrôle déjà ancien. En revanche, le débat est ouvert pour savoir s'il fallait intégrer dans le décompte le nettoyage et le graissage des machines. « Il est absolument nécessaire de disposer de trois heures par semaine pour ces opérations », assure en 1904 le patronat textile. Autre litige, propre aux mineurs, celui des trajets. La descente et les déplacements dans les galeries restreignent, du point de vue de l'employeur, la journée utile. Des contrôles et des équipements doivent s'attaquer à ce gisement de productivité.

L'intensité du travail est la deuxième variable. Le salaire au rendement exerce, à cet égard, une pression favorable. La rémunération calculée sur une base horaire offre le même avantage, à condition que l'ouvrier ne soit pas laissé à lui-même. Le patron de la « petite boîte » peut prévenir en personne tout relâchement. Dans les grands établissements, il est besoin d'un échelon intermédiaire, d'un contremaître. Cette catégorie a cristallisé sur elle l'hostilité, parfois la haine des ouvriers. Pourtant le contremaître figure aussi, contradictoirement, l'ouvrier évolué, dépositaire d'un savoir plus riche que les autres (Sylvie Schweitzer). De part et d'autre de la révolution taylorienne, la mission de la maîtrise a changé. Jusque dans la première décennie du XXe siècle, le contremaître organisait le travail des ouvriers dont il avait la charge, éventuellement procédait à l'embauche et déterminait la rémunération. L'avènement de l'organisation scientifique du travail vide la maîtrise d'une partie de sa fonction ; le bureau des méthodes prend sa place pour élaborer les directives. Les contremaîtres – appelés « agents de maîtrise » à partir des années 1930 – se sont mués en simples relais.

L'accident est-il la rançon d'une intensification incontrôlée du travail ? Les syndicats l'affirment très tôt, non sans preuves. Il faut reconnaître que d'autres facteurs entrent en ligne, tels que les modifications dans les procédés et les outillages ou l'inexpérience de nouveaux venus. Quoi qu'il en soit, le danger n'est jamais loin. Le ministère du Commerce et de l'Industrie a établi en 1903 un rapport sur les accidents par catégories professionnelles, pour mille ouvriers. Métallurgie : 186, bâtiment : 125, bois : 64, textiles : 24,9. En 1906, 277 ouvriers de la métallurgie sont morts des suites d'accidents du travail, 4 518 en sont devenus infirmes à vie. Léon et Maurice Boneff, qui citent cette statistique dans leur ouvrage, *La Vie tragique des travailleurs* (1908), ont raison de ne pas séparer le martyrologe de l'agression quotidienne des organismes et de l'usure précoce des travailleurs. La silicose des mineurs n'est que l'affection la plus connue d'une longue famille. Les auteurs militants ne minimisent pas les effets également dévastateurs de certaines industries à domicile. L'atelier doit être considéré, sans paradoxe, comme un lieu de moindre péril. De même, la grande entreprise protège mieux que la petite. Le progrès de la mécanisation se traduit globalement par une amélioration des conditions de travail : il suffit de songer au remplacement du soufflage des bouteilles à la bouche par le soufflage automatique. La chaîne elle-même, associée à l'idée de cadences, n'est pas génératrice d'accidents. Au contraire, ceux-ci diminuent des deux tiers chez Citroën entre 1926 et 1932, période où la chaîne s'installe. Les ouvriers ne s'y trompent pas et jugent que le nouveau système allège leur effort. « Ils n'ont pas protesté contre le travail à la chaîne, commente *L'Humanité* après une grève, mais contre le tarif excessivement bas » (Sylvie Schweitzer). Plus prosaïquement, les ouvriers du textile avaient compris, dans le dernier tiers du XIXe siècle, que le travail était beaucoup moins fatigant sur métier mécanique que sur métier à main. Parler de progrès ne va pas sans équivoques. Un travail moins dangereux ou exigeant une moindre dépense physique peut demeurer pénible. Beaucoup de tâches féminisées sont dans ce cas. Par ailleurs, la répétitivité induit la fatigue. Une physiologie du travail taylorisé serait nécessaire.

Quelle liberté dans le travail ? Le livret, symbole de sujétion, a été supprimé en 1890. Son usage persiste malgré tout, dans le Nord, jusqu'à la guerre. Le droit d'aller et de venir et de choisir son maître compense une perte réelle d'autonomie à l'intérieur des murs. Les patrons ont gardé la politique du règlement d'usine, teinté encore, ici ou là, d'idéologie. Un règlement de La Ferté-Macé, du début du siècle, stipule ainsi que « jurer, tenir des propos impies, chanter des chansons immorales » sont passibles d'amende (Gérard Bourdin). Si les grandes entreprises ont renoncé à leur mission civilisatrice, elles veillent à enserrer leur main-d'œuvre dans un réseau de contraintes dont l'amende est la sanction. Les rappels à l'ordre sont aussi des aveux d'impuissance.

La seconde industrialisation n'a pas pu accomplir son programme ultime d'usine transparente, de main-d'œuvre domestiquée. Les ouvriers, à Javel ou à Saint-Gobain, ont conservé des espaces d'autonomie et en inventent obstinément d'autres. Gérard Noiriel parle de la « stupeur » des spécialistes de l'OST découvrant aux aciéries de Longwy, vers 1928, les petites libertés de déplacement et d'initiative que s'octroyent les ouvriers sidérurgistes. Il est banal, en tout cas chez les métallurgistes, de fabriquer des objets divers à l'aide de matériaux et des outillages de l'usine. C'est la « perruque ». Ce détournement évident de propriété et de temps s'effectue avec la complicité, voire à la commande, des contremaîtres et des ingénieurs. Un artisanat parodique s'est maintenu dans la modernité. Enfin, malgré les patrons oppressants ou les petits chefs, le travail industriel n'est pas incompatible avec l'estime de soi. Il y entre, chez les ouvriers des petits établissements, le sentiment d'une promotion individuelle et le partage d'une vraie sociabilité. Dans les « grandes boîtes » se construit l'image du nouveau prolétaire dont « 36 » sera l'avènement.

Gagner sa vie

Le salaire ouvrier est une notion statistique qui recouvre des situations très diverses. La disparité réelle des rémunérations suit plusieurs lignes de partage. Entre hommes et femmes, la dénivellation salariale s'atténue dans la période, passant probablement de 50 % au début du siècle à 20-30 % à la fin des années 1930. Ce handicap reflète la hiérarchie des emplois occupés, selon les sexes. Deuxième contraste manifeste, entre les grandes et les petites entreprises. À Paris, dans les années 1920, la différence est de 12 à 37 % en faveur des premières. Sans doute s'agit-il d'une « prime d'aliénation » (L. Hannah) pour travailler dans un environnement inusité, de l'un des moyens inventés pour sédentariser la main-d'œuvre, fût-ce au détriment des petites entreprises. D'autres oppositions se font jour, entre branches d'industrie (au bénéfice de la métallurgie différenciée) ou entre Paris et la province. À l'intérieur d'un bassin d'emploi de taille pourtant limitée – le bocage ornais ou le Grésivaudan –, des différences durables apparaissent entre établissements très comparables, qui évoquent des choix de politique salariale. Abstraction faite de la variété des rémunérations, quelle tendance se dégage, pour l'ensemble de la période ?

La hausse des salaires nominaux jusqu'à 1914 est un fait acquis, si l'on peut débattre de son ampleur. Sur la base 1900 = 100, ils se sont établis à 75 en 1871 et à 115 en 1913. La poussée principale de cette phase se situe entre 1895 et 1913. Le coût de la vie, qui détermine les salaires réels, est délicat à apprécier. Pour ne prendre que les loyers, le cas de Paris, où ils flambent, peut conduire à des conclusions pessimistes. Schématiquement, ce coût baisse jusque vers 1905 et monte vivement de 1909 à 1913. D'où le syndrome de la « vie chère ». Si bien que le pouvoir d'achat ouvrier aurait augmenté dans le premier temps et baissé ensuite, pour laisser à la veille de la guerre un solde légèrement positif.

À l'échelle d'une entreprise, voici la papeterie dauphinoise de Moulin-Vieux. Les salaires réels y ont progressé de 22,47 % entre 1889 et 1909 et reculé de 1909 à 1913 de 19,26 % (Jean-Pierre Borgis). La baisse incontestable du pouvoir d'achat de l'immédiat avant-guerre n'a pas eu partout la même ampleur. Dans les secteurs où la conjoncture commerciale était particulièrement stimulante, il y eut plus d'heures travaillées et, par là, les effets de la vie chère ont été presque neutralisés. Avec la guerre, l'inflation s'élance et brouille l'analyse. Le pouvoir d'achat ouvrier a perdu du terrain de 1914 à 1918 et à nouveau lors de la crise monétaire de 1926. Sinon, il progresse vivement de 1919 à 1924 et à nouveau de 1928 à 1936. Cette seconde avancée est le paradoxe de la crise. Les salaires nominaux ne progressent plus, mais les prix s'effondrent. Tous ceux qui ont la chance de garder un emploi profitent de la déflation. La fin des années 1930, plus confuse, semble marquer une nouvelle dégradation du pouvoir d'achat qui va baisser de façon dramatique pendant la Seconde Guerre mondiale.

Du pouvoir d'achat aux niveaux de vie, voire aux styles de vie, l'amélioration générale, en longue période, se confirme. Un élément discriminant ne doit pas être négligé : le lien du salarié ou de sa famille avec la campagne. Les ouvriers-paysans de chez Michelin, des vallées savoyardes ou du Valenciennois n'ont évidemment pas les mêmes dépenses ni le même mode de consommation que le métallo parisien. Les liens avec la terre demeurent étroits jusqu'aux années 1950, dans de larges couches de la classe ouvrière française. Cela ne fait qu'aggraver la situation d'infériorité des travailleurs étrangers. Un tournant historique est pris dans les années 1890-1910. La disette et la peur de manquer ont disparu des préoccupations populaires. Elles feront un retour dramatique dans les années noires de l'Occupation. L'alimentation est plus équilibrée, c'est-à-dire que le pain, toujours en tête des dépenses, est rejoint par la viande et progressivement par les laitages et les fruits. Ce modèle est celui des ouvriers de la grande ville, des salariés convenablement payés. Il tend à devenir dominant avant 1914, si l'on en croit les témoignages. Reste les poches de misère, et les frères Boneff, en les évoquant, retrouvent le ton de Villermé. Des exemples ne font pas une enquête et nos auteurs n'ont pas la rigueur de Halbwachs. Mais le XIXe siècle tarde à mourir à Armentières où des tisserands ne mangent de la viande que deux fois par an, lorsque la municipalité leur en donne, au 1er mai et au 14 juillet. Le budget d'alimentation représente 60 % du total des dépenses en 1914 et diminuera après la guerre. Cela laisse de la place pour d'autres besoins, mal remplis auparavant. Le souci du vêtement et du décor intérieur monte, en milieu populaire urbain, à partir de 1900 et davantage après la guerre. L'ouvrier « s'embourgeoise » à l'intérieur et à l'extérieur. Plus exactement, il établit ses propres normes d'élégance et d'esthétique ; il s'affirme une identité civile, comme il a une identité professionnelle. Le dimanche gagné, les congés payés, autant de libertés neuves. Il y a un au-delà du travail.

Les salaires sont un dû. Les œuvres patronales viennent par surcroît. Le « paternalisme », si souvent évoqué, n'a été actif sous la forme complète que dans un nombre restreint d'établissements et pendant une période qui dépasse rarement la Grande Guerre. Cette notion commode recouvre en fait tous les degrés de l'assistance et de l'enrôlement. Le plus petit dénominateur commun est la conviction que le patron est un père qui se doit aux enfants de sa « grande famille ». Un courant, chrétien-social – avec Léon Harmel, entrepreneur du Val-des-Bois, près de Reims et des maîtres de forges champenois (Festugière) – a voulu, vers 1891, donner à ce devoir d'aide le sens d'une régénération religieuse. D'autres, inspirés de Le Play ou d'Émile Cheysson, se contentent de promouvoir les vertus chrétiennes, ainsi Cavallier à Pont-à-Mousson, pour « moraliser » leur personnel (Jean-Marie Moine). Le cléricalisme flamboyant de Chagot, à Montceau-les-Mines, est atypique. Toutefois, la confusion des œuvres et des bonnes œuvres assurées par des religieuses persiste longtemps (jusqu'en 1950) dans des entreprises à fort effectif féminin, comme les ateliers de rubannerie stéphanoise. Le souci de fixer la main-d'œuvre, surtout la plus compétente, l'emporte sur toute considération idéologique. La cité ouvrière construite par Denain-Anzin en 1910 répond à un turnover excessif (beaucoup d'ouvriers restaient moins d'un an dans l'entreprise). Quand un ouvrier qualifié du Tarn demande en 1907 à être embauché aux établissements Morel, en Savoie, le directeur lui fait confirmer « ne pas y venir faire seulement un stage ». L'usine étant un pis-aller, la stabilité de la main-d'œuvre, fût-elle du cru, n'est jamais assurée.

D'abord loger. Eugène Schneider avait montré l'exemple, à l'échelle d'une ville. Les Wendel à Stiring, les Peugeot, les compagnies minières complètent leur parc immobilier à l'usage des ouvriers. Des avantages et les contraintes qui en découlent ont été souvent énumérés. L'urbanisation patronale n'épuise pas le paternalisme. D'autres éléments composent cette politique qui n'est pas l'apanage – quoi qu'on ait dit – des grandes entreprises. Les caisses mutualistes de maladie, d'accidents et de retraite se multiplient au tournant du siècle, même dans des entreprises qui ne groupent qu'une centaine d'ouvriers. Les cantines apparaissent fréquentes ; un système d'allocation pour familles nombreuses a été instauré chez Harmel, puis au Creusot. Il se diffuse à la fin du siècle. Un mieux-être évident résulte de cet ensemble. Les bénéficiaires prioritaires, voire exclusifs du paternalisme, sont les hommes mariés, chargés de famille, les ouvriers qualifiés, les employés les plus anciens. Ce faisant, le patron désigne un modèle de comportement professionnel et social dont il voudrait faire la norme. L'assistanat généralisé, tel que le pratiquent les Schneider, se retrouve dans d'autres entreprises. Ainsi M. Chupin, patron d'une verrerie près de Fougères, a-t-il littéralement quadrillé la vie de ses employés, vers 1898. Sa femme, comme chez les Schneider, participe activement à la distribution de secours. Au reste, la fête de Mme Chupin est l'un des temps forts de l'activité de l'entreprise (Denis Madelain).

De façon moins caricaturale, tout est bon pour renforcer l'« esprit maison », comme on le voit chez Mimard à Saint-Étienne. La société Citroën ne dédaigne pas non plus les fêtes et essaie d'inculquer au personnel les valeurs de la firme par le moyen d'un bulletin intérieur. Combiné avec le mouchardage et les listes noires, cela donne, selon le mot de Sylvie Schweitzer, un « paternalisme musclé ». Le modèle familial s'épuise progressivement, ainsi que l'ambition missionnaire. Reste la nécessité de compenser les carences des municipalités et de l'État. Étudiant la politique sociale de Pechiney dans la vallée de la Maurienne, entre 1896 et 1921, Nicolas Bourguignat n'y voit « pas de plans mais des réponses ». Il souligne que l'entreprise rend des services que les communes voisines ne pourraient pas assurer. L'État, lui, le veut-il ? La loi sur les retraites ouvrières date de 1910 et elle ne crée pas d'obligation. Sur bien des points, les entreprises ont été pionnières. Mais l'assurance par l'entreprise sous toutes ses formes se paie d'une dépendance. C'est ce cercle que veulent rompre les syndicats.

Combats et espoirs

Le mouvement des ouvriers

La grève, légalisée depuis 1864, est devenue une arme familière. L'action collective s'enfle à la fin du siècle. En 1880, 190 grèves ont mobilisé 110 000 salariés. En 1890, le décompte est de 341 grèves pour 139 000 grévistes. Le mouvement revendicatif atteint son apogée d'avant guerre en 1906, avec 1 309 grèves et 440 000 grévistes. Partie de ses terres fortes – le Nord, Lyon, Paris – et de ses secteurs de prédilection – la mine, le textile, la métallurgie –, la grève s'est nationalisée et s'est étendue à tous les secteurs. Les arrêts de travail ne sont pas médités par des meneurs, comme l'assurent les patrons. Ils surgissent de manière spontanée, pour la plupart. Cela ne veut pas dire que la protestation n'ait pas mûri, avant d'exploser. La grève est à la jonction d'un mécontentement diffus et d'un incident déclencheur. La rémunération – on dit plutôt le « tarif » – est l'origine la plus fréquente du conflit. On veut résister à sa baisse ou, moins souvent, la faire progresser. Dans ce second cas, le mouvement éclate à la bonne conjoncture, quand l'employeur, assailli de commandes, ne peut refuser. Le conflit salarial cesse de plus en plus d'être l'affaire d'une seule entreprise, car la revendication ouvrière progresse par ricochets. On le voit très bien à Flers, en 1906-1907. Les ouvriers des principales usines de tissage ont voulu forcer le patronat à aligner les salaires sur ceux de l'établissement où ils étaient les plus élevés. Les luttes s'élargissent et s'unifient d'abord par proximité. Le deuxième thème de la grève concerne les conditions de travail. La recherche de gains de productivité, quand elle se traduit par l'accélération des cadences et l'introduction du chronométrage, conduit à des grèves. Le phénomène est tardif et limité. En revanche, protester contre un directeur trop sévère ou des contremaîtres violents, contre telle ou telle brimade est un réflexe de dignité qui transcende tous les clivages. La durée du travail a pris une place centrale dans les revendications ouvrières sous l'influence des syndicats. Elle est par nature unificatrice. Les grandes grèves de 1906 se feront en partie sur ce thème. Les grèves peuvent être longues – « cent jours », à Flers –, elles ne sont pas toujours paisibles. Du côté ouvrier, l'exaspération peut pousser aux extrémités. L'ingénieur Watrin a été la victime emblématique (on dira une « watrinade ») de la colère des mineurs de Decazeville en 1886. Plus que des explosions de rébellion primitive, la grève risque d'être l'occasion d'une violence d'État. Les troupes de ligne interviennent pour « protéger les biens et les personnes » : sept morts à Fourmies, le 1er mai 1891, six morts à Draveil, lors d'une grève des terrassiers, à l'été de 1908. Ces drames qui alimentent la mémoire populaire et cimentent le mouvement ouvrier ne sont pas représentatifs de la grève ordinaire. Elle est grave, sans être triste. Elle crée ou retrouve un rituel de démonstration et de solidarité. Elle est avant tout, a expliqué Michelle Perrot, une rupture avec les contraintes du travail industriel. C'est l'« échappée belle ». Majoritairement, la grève a été un succès, entre 1871 et 1913.

Mais des échecs spectaculaires rappellent aux salariés la précarité des victoires. Chez Schneider, des grèves répétées, en 1899, avaient abouti à quelques gains de salaires. Promesse avait été faite, à l'arbitrage de Waldeck-Rousseau, d'instituer des délégués ouvriers et de ne renvoyer personne pour fait de grève. Eugène II ne toléra pas longtemps cette atteinte à son pouvoir et profita d'une nouvelle flambée, en juillet 1900, pour envoyer à Champagne-sur-Seine les 1 200 électriciens, principaux fauteurs de troubles. Il n'y eut plus de grève au Creusot jusqu'en 1950. Les syndicats ont été autorisés par la loi Waldeck-Rousseau (21 mars 1884). Les chiffres d'adhérents sont sujets à caution, car ils reflètent un volontarisme politique plus qu'une réalité comptable. Les historiens s'accordent sur une estimation grossière de 400 000 syndiqués en 1895 et de 1 million en 1913. L'adhésion suit souvent une grève victorieuse (6 000 adhésions à la CGT au Creusot en 1899), mais ne résiste pas forcément aux intempéries. Elle séduit bien davantage les ouvriers les plus qualifiés que la main-d'œuvre sans spécialité. Les industries minières, textiles et métallurgiques ont le taux le plus élevé de syndicalisation. La chimie et les chemins de fer ont également une implantation syndicale supérieure à la moyenne. C'est un syndicalisme très minoritaire. Quelques centaines de sidérurgistes sont syndiqués dans le Nord et la Lorraine, au début du siècle, alors que les « unions » des Midlands en comptent alors des dizaines de milliers (Judith Vichniac).

Les syndicats français ne sont pas marginaux tant qu'ils expriment une forme de réalité ouvrière. Ils sont cependant désespérément faibles. La Confédération générale du travail – qui fait, en fin de période, les deux tiers de l'effectif total – a été fondée à Limoges en 1895. Elle est composée de syndicats qui implantent progressivement des structures par industrie à la place du regroupement traditionnel par métier. Parallèlement, les Bourses du travail, organismes de placement et de protection à l'échelle d'une localité, se sont fédérées en 1892 (congrès de Saint-Étienne). Elles rejoindront la CGT en 1902. La Confédération est un ensemble d'unités largement autonomes en droit et en fait. Malgré tout, d'un congrès à l'autre, se définissent un programme, une sensibilité commune. Les lignes de force, telles qu'elles se dessinent vers 1906, sont l'abolition du salariat et l'auto-organisation du prolétariat. Programme révolutionnaire donc, que la grève générale doit permettre de faire aboutir. Le courant « anarcho-syndicaliste » personnifie cette ligne, mais des réformistes, dans les années qui précèdent la guerre, critiquent la rigidité d'un pareil maximalisme. L'action quotidienne du syndicat, à mesure qu'il se renforce, dément d'ailleurs, par son pragmatisme, les proclamations doctrinales. Mais sur le fond, la volonté est entière d'en finir avec la condition salariale. L'accord est clair aussi sur la nécessité de maintenir le syndicat dans une double indépendance, à l'égard de l'État, à l'égard d'un parti ouvrier. S'agissant de l'État « bourgeois », l'hésitation est mince avant 1914. Le mouvement syndical applaudit aux réformes sociales, sans se rallier, pour autant. Le parti ouvrier s'est élaboré douloureusement du congrès de Marseille (1879) à l'unification de 1905. Le courant guesdiste de la SFIO revendique la subordination de l'action syndicale à la ligne politique, tandis que Jaurès, surtout dans ses dernières années, plaide pour une alliance équilibrée. La charte d'Amiens de la CGT proclame la totale indépendance du syndicat vis-à-vis des partis et son droit d'intervention dans le champ politique (1906). Ce débat jamais clos porte en lui de futures scissions.

Les patrons n'ont pas accepté le fait syndical qui leur

paraît totalement subversif. Ils se sont donc arc-boutés à leurs droits de propriétaires pour refuser de reconnaître les syndicats, tout en encourageant, comme les Schneider ou les compagnies minières, la naissance de syndicats « jaunes ». Par rapport à l'Angleterre où les conventions collectives sont déjà à l'œuvre à la fin du XIXe siècle, la France est en retard d'une génération : les contrats individuels – hormis quelques professions – sont la seule base d'embauche jusqu'en 1936. Les syndicats vivent ainsi cette période sur le mode de l'affrontement, y compris ceux, d'affiliation chrétienne, qui s'étaient constitués dans l'esprit conciliateur de *Rerum novarum*. Entre répression et paternalisme, il n'y a pas d'espace à l'usine pour une expression collective autonome. Cela crée un type de militant ouvrier à la carrière précaire, dernier embauché et premier licencié. C'est généralement un professionnel très qualifié, mais sans espoir de promotion, sauf dans l'appareil syndical.

Divisions et échecs

L'« Union sacrée » a transformé radicalement, mais provisoirement, le statut des syndicats. Ils sont devenus des interlocuteurs des pouvoirs publics et ont acquis, dans le secteur de l'armement, des moyens d'expression et de contrôle, par le biais des délégués ouvriers. Albert Thomas, d'un côté, Léon Jouhaux, de l'autre, travaillaient pour l'intégration institutionnelle des syndicats ; l'économie de guerre en était le laboratoire. La paix revenue, il ne resta rien du rêve. Le patronat, sauf quelques individualités progressistes, ne voulait toujours pas reconnaître les syndicats. La conjoncture politique n'inclinait plus dans ce sens. Enfin, si la jeune CFTC pouvait être tentée par un pacte social, la CGT renouait avec sa tradition révolutionnaire. Les années 1919 et 1920 sont celles d'une espérance déçue. Une vague de grèves sans précédent (1,3 million de grévistes en 1920), dans un climat de grande violence, fait croire que le mouvement ouvrier va aller au bout de son programme historique et pas seulement faire reculer la vie chère. À l'image de la révolution bolchevique et des soviets qui jaillissent en Europe centrale, le syndicat et le Parti devaient subvertir l'ordre bourgeois. L'échec vint et, avec lui, le repli, la scission. En décembre 1921, la CGT éclate ; les « unitaires » et les réformistes se séparent. Les premiers réunissent un ensemble héréroclite de syndicalistes pacifistes et révolutionnaires, unis dans le rejet des compromissions de l'Union sacrée et dans l'admiration de la révolution d'Octobre. Au même moment, les majoritaires du congrès de Tours (décembre 1920) se constituent en Parti communiste. Leur ligne syndicale qui s'explicite, à la consternation des anarcho-syndicalistes, consiste à mener une lutte intransigeante contre le patronat et les réformistes, sous la direction étroite du Parti. Dans sa formulation la plus sectaire, le syndicat devient la courroie de transmission de l'organisation bolchevique.

Un mouvement ainsi divisé contre lui-même ne pouvait que dépérir. Dès 1921, le nombre de grèves chute et plus encore leur taux de succès. Les syndicats, quelle que soit leur affiliation, sont le plus souvent en position défensive. Le patronat organise une répression efficace contre les militants. Les grandes entreprises se dotent d'une véritable police privée, et les unions patronales coordonnent l'information. Les « listes noires » circulent, moins peut-être que ne l'affirment les syndicats. Réelles ou mythiques, elles concourent au climat d'intimidation. Les effectifs des centrales s'effondrent, l'échec et la division n'incitant pas à l'engagement. La CGT de 1920 revendiquait 1,6 million d'adhérents. Les CGT, dix ans plus tard, n'en ont pas 1 million, deux tiers pour les réformistes de Jouhaux, un tiers pour leurs rivaux. Plus grave, peut-être, pour l'avenir de ces organisations, elles ne semblent pas capables de s'implanter là où l'industrialisation s'accélère le plus. La métallurgie, la chimie et, plus généralement, les grandes usines sont des déserts syndicaux. Le patronat veille, certes, comme Louis Renault, appliqué à éradiquer toute velléité syndicale et politique dans son entreprise. Mais les jeunes OS et les mineurs des « grandes tailles » ne semblent pas attirés par l'action syndicale. En outre, les syndicats ont toujours la même difficulté – ou peut-être la même réticence – à organiser les femmes et les étrangers. En fin de compte, observe Antoine Prost, la tradition syndicale se maintient mieux dans les secteurs d'implantation ancienne – les textiles dans le Nord – où, en outre, le socialisme municipal n'a pas faibli. Un frémissement est perceptible vers 1933. Est-ce la pression patronale qui est devenue insupportable aux plus jeunes ? À moins que l'activité inlassable des militants, surtout des « unitaires », ne commence à porter ses fruits.

« Tout est possible »

Les élections des 26 avril et 3 mai 1936 ont donné une majorité forte (380 élus contre 220) au Rassemblement populaire. La classe ouvrière avait voté massivement pour la gauche et surtout pour le Parti communiste. La grève éclate le 11 mai chez Bréguet, au Havre, le 13 mai chez Latécoère, à Toulouse. Renault suit, et la métallurgie. Le mouvement explose en juin ; on recense 1,8 million de grévistes. Les ouvriers professionnels ont été les premiers à bouger ; la masse des OS est entrée dans le mouvement. Les secteurs les plus modernes ont été les plus touchés. Comme si l'absence de traditions syndicales avait libéré de la peur. « Tout est possible », assure le 27 mai, dans *Le Populaire*, le socialiste de gauche Marceau Pivert. La révolution, pourtant, n'est pas à l'ordre du jour ; les communistes veulent à tout prix rassurer les classes moyennes. Ce qui se passe dans les usines, en tout cas, est révolutionnaire. Les ouvriers occupent leurs lieux de travail sous la conduite vigilante des syndicats. Ils sont devenus symboliquement les patrons des entreprises. Le geste est défensif. Il faut prévenir le lock-out, si fréquent dans les années 1920, avec utilisation de « jaunes » et réembauche partielle des salariés. À partir de là, la portée de cette mesure tactique échappe à ses initiateurs. Le renversement de perspective et d'image est complet si l'on compare 1936 à 1896. Au lieu de fuir l'usine, les ouvriers s'y rassemblent. Ils entretiennent les machines sans tenter de les remettre en marche pour leur compte, comme l'avaient fait à Turin, en 1920, les révolutionnaires de l'*Ordine Nuovo*. En somme, ils ratifient l'usine. Mais ils n'acceptent plus les règles en cours. La maîtrise, parfois, a eu à subir le contrecoup du ressentiment accumulé dans la période récente. Par ailleurs, le succès électoral des communistes et la constitution du gouvernement Blum réintègrent la classe ouvrière dans le jeu politique et, plus profondément, dans la nation. Maurice Thorez est l'auxiliaire adroit de ce mouvement dont le patriotisme, voire le nationalisme, sont le support. À l'égard du mouvement syndical, les accords de Matignon (7 juin 1936) annoncent deux innovations : l'obligation des conventions collectives et l'institution dans les établissements de plus de dix salariés de délégués du personnel. La modernisation sociale, pour reprendre l'expression de Judith Vichniac, a rattrapé la modernisation technique. Reste à dire ce que ne nous disent pas les textes. Pierre Mendès France, à qui l'on demandait un jour ce qui avait le plus changé dans les usines après juin 1936, a répondu : « Les ouvriers ne regardaient plus leur patron comme avant. »

La réunification syndicale avait précédé le mouvement. En mars 1936, en effet, une CGT unique renaît, non sans arrière-pensées de part et d'autre. Les deux composantes additionnées ne devaient pas peser alors le million d'adhérents. La nouvelle confédération en aura près de 4 millions en 1937. De son côté, le Parti communiste compte sept fois plus d'adhérents à la fin de 1936 qu'à l'étiage de 1931. Son triomphe chez Renault fait de Billancourt la « forteresse ouvrière ». La cellule communiste, persécutée il est vrai, avait 19 adhérents en 1931. Le PCF revendique 7 500 adhérents dans l'usine à la fin de 1936. La CGT peut désormais être considérée comme un syndicat de masse, et le Parti communiste, comme un grand parti ouvrier. La double intégration, à l'usine, au pays, que juin 1936 exprime et renforce se complète, sans contradiction, d'une socialisation particulière de la classe ouvrière à travers ses organisations. Ce que l'on a nommé la « fonction tribunicienne » du Parti et du principal syndicat traduit la prise en charge à l'entreprise et à la ville de la vie ouvrière. Autre paternalisme ? Il faudrait pour l'affirmer trouver la coercition manquante. Il suffit de dire l'efficacité de la démarche mais aussi ses étroites limites. D'une part, elle ne fonctionne pleinement que là où des municipalités « ouvrières » sont en place. D'autre part, elle ne concerne jamais qu'une fraction de l'ensemble, le cœur ouvrier des banlieues.

La démission du second cabinet Blum, le 8 avril 1938, marque la mort du Front populaire. Dans les entreprises, l'année écoulée a été dominée par l'aggravation des antagonismes. Les patrons se sont convaincus que les quarante heures sont une hérésie économique qui renchérit le coût du travail. Ils sont surtout animés du désir de faire plier le « pouvoir syndical », de redevenir les maîtres de leurs affaires. La fraction la plus militante de la classe ouvrière, à l'inverse, veut maintenir les « acquis de 36 » et éviter l'effritement de son niveau de vie. Un sentiment neuf de solidarité provoque une onde de grèves lorsque s'exerce la répression patronale ou que les gardes mobiles interviennent dans une usine. L'occupation des ateliers devient un mode ordinaire de lutte et, simultanément, passe aux yeux des classes moyennes pour un désordre intolérable. Le discours radiodiffusé d'Édouard Daladier, le 21 août 1938, exprime parfaitement cet état d'esprit. Il faut, dit le président du Conseil, « remettre la France au travail ». Des dérogations aux quarante heures sont prévues en faveur des entreprises travaillant pour la Défense nationale. Les décrets-lois de Reynaud, en novembre, vont bien au-delà dans le démantèlement des quarante heures. Ils diminuent, en outre, le tarif des heures supplémentaires. La grève générale décidée par la CGT pour le 30 novembre, en riposte aux « décrets-lois de misère », révèle la faiblesse et la division du mouvement. La grève a été très suivie dans les bastions communistes de la banlieue parisienne, beaucoup moins ailleurs. Le patronat tenait sa « bataille de la Marne » (Simone Weil). La grève, réputée politique, fut suivie d'une répression qui rappelait les années 1920 (Jean-Pierre Azéma). 800 000 grévistes furent mis provisoirement à pied. L'unité syndicale sortit blessée de ce désastre. Elle ne devait pas survivre au pacte germano-soviétique.

On devient ouvrier plus tard, et la durée du travail requise, sinon réelle, a beaucoup diminué. Tels sont les changements les plus spectaculaires qu'a obtenus la classe ouvrière en deux générations. Cette classe est féminine, pour un tiers, et étrangère, à hauteur de 10 %. La question demeure de savoir si, pour l'ouvrier français, ces apports se fondent dans l'unité d'une condition commune. La stratification professionnelle complexe et mouvante ne va pas dans ce sens. Elle discrimine ceux dont l'avenir se bornera aux tâches répétitives et ceux, en bien plus petit nombre, qui sont déjà reconnus pour leur compétence et peuvent imaginer une promotion dans leur métier. Être ouvrier n'est pas un choix : l'usine répugne. Tout l'effort du patronat et sa probable victoire a été de fixer la main-d'œuvre, de la discipliner. Il ne suffisait pas de contraindre. Il fallait encore que les normes fussent intériorisées. Le mouvement ouvrier, minoritaire et radical, a passionnément voulu abolir le salariat quand les patrons s'appliquaient à le civiliser. En même temps, l'objectif majeur des organisations syndicales était d'être reconnues par les travailleurs, les entrepreneurs et les pouvoirs publics. Les accords de Matignon couronnent cette lutte persévérante. Pour la fraction la plus conservatrice du patronat, ils minent l'autorité à l'usine, ce qui mérite revanche. D'un autre côté, ils consacrent la place de la classe ouvrière dans la société et l'y intègrent. Le Front populaire a laissé ainsi une trace multiple dans la mémoire collective.

5. Croissance, crise, défaite

L'industrie, convalescente en 1896, a eu à affronter au XXe siècle la Grande Guerre, la dépression des années 1930 et la défaite. Comment a-t-elle réussi à traverser pareilles turbulences ? Les principaux indicateurs, volume de la production, profit des entreprises, doivent éclairer l'ampleur de la croissance comme la gravité des phases de repli. L'image ainsi obtenue a l'avantage de fournir un jalon dans l'histoire longue de l'activité industrielle en France. Elle ouvre aussi sur de possibles comparaisons avec d'autres puissances européennes. La période a été dominée par une transformation décisive du système de production. De nouvelles branches sont apparues, de nouveaux produits ont été proposés et de nouveaux modes de travail, adoptés. Quels effets ces changements ont-ils eus sur le dynamisme des branches ? La modernisation inachevée a dû entraîner des résultats inégaux. Le mouvement a une traduction géographique dans la mesure où l'activité manufacturière repose sur un tissu ancien, mais est génératrice de déséquilibres. Comment la carte industrielle s'est-elle remodelée ? Au terme de l'expansion, quels sont les pôles principaux et les zones de faiblesse ? À l'échelle des entreprises, les comportements face à la crise méritent examen. Ils rappellent en effet à quel point les choix de politique sont déterminants pour limiter les dommages, à contre-conjoncture, voire creuser les écarts. À condition que les mesures retenues ne handicapent pas l'avenir.

La Belle Époque de l'industrie (1896-1930)

Le décollage

1896 a été le point bas des performances de l'industrie française ; la production, les prix et les profits se sont élancés à partir de là jusqu'en 1913. Ces courbes ne sont pas lisses. Ainsi, une crise industrielle se dégage au tournant du siècle. Ce qui autorise certains historiens, comme François Crouzet, à reculer de dix ans le vrai démarrage. L'accélération est évidente dans l'immédiat avant-guerre ; l'indice de la production industrielle élaboré par François Crouzet se situe à 79,3 pour 1907 sur la base 100 en 1913. Mais cette poussée, pas plus que les accidents de parcours ou les événements sectoriels, ne contredisent pas réellement la périodisation retenue. Toutes industries confondues, la production a progressé de 53 % entre les dates extrêmes, d'après les calculs de Louis-André Vincent qui intègrent, bien entendu, une pondération entre les branches. Le taux annuel de croissance s'établirait à 2,4 % par an. Le retournement des prix industriels, hésitant en 1895-1896, s'affirme l'année suivante. Sur la base 1880 = 100, l'indice de Maurice Lévy-Leboyer les place alors à 87. L'indice 100 est retrouvé en 1906-1907, et l'indice 111 atteint en 1913. Les prix aussi ont subi des contre-pentes dont les plus notables se situent en 1902 et en 1908. Dernier angle d'évaluation, le rendement financier des entreprises. L'indice des cours des valeurs boursières cotées à Paris fournit une approximation intéressante de leur attrait. Partant en 1895 au niveau 72 (1913 = 100), elles éprouvent une hausse vive qui les conduit à 88,5 en 1899. Les cours ont presque récupéré le niveau de 1882. L'empreinte de la crise est vive jusqu'en 1904 (71). Désormais, la hausse sera brillante, avec tout juste deux replis, en 1902 et en 1913. Le profit brut donne certainement une approche meilleure des résultats des entreprises. Le livre de Jean Bouvier, François Furet et Marcel Gillet sur *Le Mouvement du profit…* en a fait la démonstration. Empruntons-lui deux exemples, l'un dans la sidérurgie, l'autre dans l'exploitation houillère (profits en millions de francs) :

	Châtillon-Commentry	*Mines d'Aniche*
1888	0,26	0,867
1913	15,2	14,4

Ce sont là des succès d'industries lourdes, anciennes. On a vu que les branches les plus modernes – constructions mécaniques, constructions électriques – donnent des résultats souvent splendides, sans effet de contraste avec une baisse antérieure. Elles mériteraient l'appellation d'« usines à profit » qu'Emmanuel Chadeau a appliquée aux firmes aéronautiques. La domination de l'industrie dans le produit intérieur brut est la conséquence de son dynamisme. Les valeurs des deux principaux secteurs s'équilibraient à peu près en 1895 : 7,693 milliards pour l'agriculture, 8,166 milliards pour l'industrie. Il n'en va plus de même en 1913, bien que les prix aient peu divergé : les chiffres respectifs sont de 11,907 milliards et de 16,143 milliards.

L'ensemble n'a pas avancé au même rythme. Des tableaux élaborés par Louis-André Vincent se dégagent quelques branches à taux de croissance exceptionnel. À 4,5 % et davantage, on trouve la production des métaux, la transformation des métaux, les industries chimiques, le caoutchouc, presse, édition, papier et carton, c'est-à-dire un mélange d'industries classiques, d'industries nouvelles et de secteurs en cours d'industrialisation. Quant à la productivité horaire, sa progression annuelle excède très nettement la moyenne des branches dans trois domaines : la production des métaux, la transformation des métaux et les industries chimiques. Parmi les industries de base, l'extraction de la houille ne peut pas faire état de résultats très probants. En volume, l'augmentation n'est pas négligeable qui fait passer le total de 29 millions de tonnes en 1896 à 40 millions en 1912. Toutefois, compte tenu du déficit structurel de la France en charbon, le score est décevant. Malédiction géologique ou incapacité managériale, la productivité plafonne. En revanche, la production d'acier brut offre une courbe de plus belle allure, sans pouvoir additionner les ressources de la Lorraine annexée. En 1896, elle redémarre brusquement et s'établit à 1 181 000 tonnes, soit 30 % au-dessus de la moyenne des cinq années précédentes. L'élan, ensuite, ne faiblit pas :

1900	1 565 000 tonnes
1907	2 767 000 tonnes
1913	4 687 000 tonnes

En aval de l'acier brut, la jeune industrie du tube s'est créé son marché. La firme Escaut-et-Meuse a sorti 1 800 tonnes en 1882 et 33 000 tonnes en 1913. La percée de l'aluminium est acquise en quelques années. La France en a produit 370 tonnes en 1896 et 13 483 tonnes en 1913. À l'autre bout de l'éventail industriel, les industries de l'habillement et du travail des étoffes manifestent peu de dynamisme. Leur taux de croissance annuel est de 1,3 %. La productivité horaire ne gagne que 1,3 % par an. Ce secteur sans ressort est pourtant un secteur de masse, par la valeur produite et l'effectif employé. Il pèse presque autant que la transformation des métaux (17,5 % contre 18,2 %) dans la pondération établie par Louis-André Vincent pour 1896.

La puissance industrielle de la France ne vaut que par comparaison. Les États-Unis sont hors de portée : ils font plus du tiers, en 1914, de la production mondiale. Qu'en est-il des rivaux européens ? La Grande-Bretagne talonne l'Allemagne. Chacune produit deux fois plus que la France. La production par tête est un meilleur indicateur des niveaux de développement. Paul Bairoch a élaboré un système de comparaison, perfectionné par Jean-Charles Asselain. Le principe est d'exprimer les indices sectoriels français sur la base 1 des deux autres pays. En 1910 (moyenne quinquennale), les données sont les suivantes :

	France / Grande-Bretagne	*France / Allemagne*
Consommation de coton brut	0,7	0,7
Acier	0,7	0,5
Force motrice industrielle	0,3	0,7

L'acier français est insuffisant vis-à-vis de l'Allemagne et le coton est faible dans la compétition avec la Grande-Bretagne. Les nouvelles industries donneraient-elles plus de satisfaction ? La production d'électricité par habitant est inférieure d'un tiers en France à ce qu'elle est en Allemagne. On a dit, par ailleurs, les difficultés de l'électrotechnique nationale face à ses concurrents. Quant à la chimie, après avoir été une science et une industrie françaises, elle n'est pas loin d'être allemande en 1913. L'instantané mesure les décalages, mais ne rend pas justice à la progression antérieure. Jean-Charles Asselain observe qu'à l'égard de l'Allemagne la comparaison dans ce cas est moins défavorable. Depuis 1900, les progressions des deux pays sont équivalentes pour la force motrice, et la France a davantage accru sa consommation de coton (33 % au lieu de 17) et sa production d'acier (130 % contre 100). À l'égard de la Grande-Bretagne, le dynamisme de l'industrie française apparaît encore mieux. L'évaluation porte sur des secteurs de base, déterminants dans l'industrialisation. D'autres, mis en lumière, amélioreraient sensiblement la position de la France et le pronostic pour l'avenir. Les capacités des entrepreneurs dans l'automobile ou l'aéronautique, la qualité des ouvriers dans les produits du haut de la gamme, aussi bien en verre qu'en tissu, laissent penser que l'industrie française ne manque pas d'atouts.

La guerre et le rebond

L'économie en guerre, devenue par force économie de guerre, a su faire face de mieux en mieux aux énormes besoins des armées. Du point de vue de l'industrie dans son ensemble, le bilan est inégal. Les entreprises travaillant pour l'armement ont reçu les moyens de fonctionner, c'est-à-dire que les investissements n'ont pas fait défaut, au contraire, et que la main-d'œuvre spécialisée a été maintenue sur place ou rappelée. Le reste du potentiel a évidemment souffert soit directement des conséquences de la guerre, soit des effets de cette reconversion partielle. Les industries de consommation – textile, alimentation, bâtiment, verre – sont gênées dans leurs moyens et dans leurs débouchés. Un retard est pris dans l'équipement que ne connaissent ni la Grande-Bretagne ni les États-Unis. Par ailleurs, des pôles industriels majeurs – la Lorraine française et le Nord – ont été non seulement occupés pendant quatre ans mais largement détruits. Mines noyées, usines démolies, machines manquantes, le paysage industriel est désolant. Plus encore, les infrastructures ont été endommagées. Des milliers de kilomètres de routes et de canaux, près de 6 000 kilomètres de voies ferrées sont à refaire. Les pertes humaines ont affecté la France plus qu'aucun autre belligérant : 1 310 000 morts ou disparus, plus de 1 million de blessés graves. La France est affaiblie, sans encore le reconnaître, de cette capacité manquante. Des savoir-faire, de l'énergie, des promesses ont disparu dans les tranchées. Le pays a vieilli, brusquement. En contrepoint de cette amère victoire, l'élan dont l'industrie a fait preuve dans l'avant-guerre rassure.

De même, en retrouvant les départements annexés, la France récupère un potentiel considérable pour la sidérurgie, le charbon, les constructions mécaniques et électriques, les textiles. Leur insertion dans l'ensemble allemand n'a pas nui à des industries généralement très bien préparées à affronter la concurrence. Elles ont bénéficié, note Michel Hau pour l'Alsace, d'une conjoncture allemande exceptionnelle, sans le boulet de la Grande Dépression. Faut-il mettre au rang des avantages la nécessité de remplacer une partie de l'appareil productif ? Ce serait justifié si les bâtiments et les outillages avaient été modifiés à cette occasion. L'incertitude demeure sur cette question. Y a-t-il eu, comme on l'assure d'ordinaire, reconstruction à l'identique, selon les presciptions mêmes de la loi ? Ainsi, dans les houillères du Nord, serait-on passé à côté d'une véritable restructuration (Renaud Rouffinac). Les éléments d'information manquent pour décider.

Les années 1919-1924 sont le temps de la récupération. Ici ou là, tout ne sera pas rétabli avant 1930. Mais l'essentiel n'a pas attendu aussi longtemps. L'indice de la production industrielle, sur la base de 1913, est tombé à 55 en 1921. Trois ans plus tard, il est à 116. Quelques branches ont anticipé le mouvement. La production de charbon passe les 38 millions de tonnes en 1923 et approche 45 millions l'année suivante. L'acier brut retrouve son niveau d'avant guerre entre 1922 (4,538 millions) et 1923 (5,222 millions). L'industrie de l'aluminium fait mieux en 1923 (14 343 tonnes) qu'en 1913. L'énergie électrique, on l'a vu précédemment, ignore le recul. Même l'année 1915 – transition difficile dans la production – s'achève à un niveau légèrement supérieur à celui de 1913 (1,9 milliard de kWh contre 1,8 milliard). Quand le reste de l'industrie a récupéré à peu près sa capacité d'avant la guerre, la production d'électricité a plus que quadruplé sur cette base.

La croissance vive succède à la récupération, de 1924 à 1930. Il y aura les « Trente Glorieuses » ; voici les Six Fabuleuses. La production industrielle avance au rythme de 5 % par an ; la productivité gagne 3 %. La France fait mieux que les États-Unis ou que l'Allemagne. À l'été de 1930, avant que la crise ne s'installe, l'indice a culminé à 144. La France produit donc presque moitié plus qu'avant la guerre. Pour quatre branches déjà citées, voici les niveaux atteints : 55 millions de tonnes de charbon extraites en 1930. Ce record tiendra jusqu'en 1952. Le pic de la production de l'acier brut date de 1929 (9,716 millions). Une performance supérieure ne sera pas possible avant 1951. Quant à l'aluminium, le meilleur niveau d'avant la crise (29 000 tonnes en 1929) sera rejoint en 1936, pour cause de réarmement aérien. En 1929, la production de l'industrie du tube est le triple de ce qu'elle était en 1913. Exprimée en pourcentage, la croissance de chaque branche dans les années 1924-1929 dégage un lot de secteurs en expansion accélérée. Parmi eux, outre les industries toujours dynamiques du papier et de l'édition, figurent des industries nouvelles – l'électricité (9,4 %), le caoutchouc (7,7 %), la chimie (7 %) – et d'autres appartenant à des domaines plus classiques, comme les verres, céramiques et matériaux (4,9 %) ou le bâtiment (4,6 %). L'activité des mines et de la métallurgie ayant été évoquée plus haut, il reste à préciser le sort de l'ensemble textiles et habillement. Leur production est quasi stable pendant la période, malgré une croissance non négligeable de la productivité horaire (2,1 % et 2,3 %). L'effectif employé baisse, surtout dans l'habillement. Ces deux branches sont les seules, avec l'agriculture, à perdre de leur population active. Les autres industries y puisent pour leurs besoins.

La croissance de l'après-guerre s'est déroulée sur fond de crise monétaire. L'inflation a pris sa source dans l'énorme déficit public que la guerre a suscité. Les anticipations de tous les agents économiques, en France et à l'étranger, aggravaient la hausse des prix et la dépréciation du franc. Il fallut la rude médecine de Poincaré en 1926-1928 (rigueur budgétaire, dévaluation du franc) pour rétablir un certain ordre monétaire, sans juguler totalement l'inflation qui s'est installée dans le paysage économique français. Au demeurant, l'activité semblait stimulée par la hausse des prix. L'endettement des entreprises et celui des particuliers s'allégeaient, autorisant quelques hardiesses. Les exportations françaises en ont visiblement bénéficié. En dépit de l'extrême brusquerie du phénomène (les prix de gros industriels avaient sextuplé en 1926 par rapport à 1913), beaucoup d'industriels commençaient à associer inflation et prospérité.

Éléments de géographie industrielle

Les pôles de la première industrialisation ne sont pas absents de la seconde. Au contraire, ils la nourrissent de leur puissance. Les grandes zones charbonnières et métallurgiques des années 1880 sont encore vaillantes dans les années 1920, avec le supplément de production des départements recouvrés. Il faut distinguer cependant les bassins houillers et les sites métallurgiques des bordures du Massif central (Carmaux, Alès) et du Centre (Le Creusot, Montceau-les-Mines, Montluçon, Commentry) des véritables pôles que sont le Nord-Pas-de-Calais, la Lorraine et la région stéphanoise. Il existe d'abord, en faveur des seconds, un avantage dans le volume extrait ou produit. Par ailleurs, ceux-ci sont adossés à un réseau d'entreprises, alors que le premier groupe repose sur un monopole ou sur un tout petit nombre de compagnies. En troisième lieu, les ensembles désignés recouvrent un faisceau d'activités, de nature très diversifiée, liées généralement à une tradition ancienne. Le Nord a tissé avant de tirer le « charbon de pierre ». La laine et le coton y entretiennent, entre les deux guerres, une forte activité de filature. La Lorraine combine, selon un axe nord-sud, industries lourdes, industries alimentaires, industries d'art (verrerie, céramique), filature et tissage du coton. Saint-Étienne demeure, vers 1920, un haut lieu de la soie, la « ville du ruban ». La reconversion en direction des soies artificielles s'engage bien. L'« Arsenal de la France » n'a pas oublié sa tradition de quincaillerie ; la « main habile » fabrique des outils, monte des cycles. La métallurgie survit par des métamorphoses successives, tandis que l'exploitation charbonnière décroît.

Paris et Lyon sont le centre de deux zones industrielles fortes et ramifiées. Elles comptent bon nombre des entreprises les plus notables de la nouvelle vague manufacturière, qu'il s'agisse d'automobile, d'aéronautique, de constructions électriques, de métallurgie différenciée ou de chimie. L'industrialisation de la banlieue parisienne ne doit pas faire croire à une désindustrialisation complète de la capitale. Celle-ci conserve de nombreuses entreprises de mécanique et de chimie, et développe d'autres activités, à partir de ses compétences anciennes, dans les métiers d'art, par exemple, ou dans l'édition. Il est vrai toutefois que, au mouvement de plus en plus accentué des sièges sociaux vers la capitale correspond un contre-courant de départ des ateliers. Lyon n'est pas entourée d'une concentration usinière comparable à Paris. Sa région forme pourtant un pôle d'industries où la Fabrique ne donne plus le ton. La chimie a pris le relais. La grande chimie organique, des Usines du Rhône, de Poulenc Frères et du groupe Gillet, est en train de constituer un ensemble industriel sans équivalent autour de Lyon et dans la vallée du Rhône. Deuxième originalité du pôle lyonnais, l'industrialisation remonte les vallées montagnardes, fixe la force de travail au lieu de la déplacer vers la métropole. La mécanique, autour de Cluses, l'électrochimie et l'électrométallurgie en Tarentaise, en Maurienne et en Grésivaudan créent un tissu dense qui retient ou attire d'autres sortes d'industries.

Le « désert français » est-il déjà le négatif de cette image ? Là où l'homme manque, l'industrie s'en va. Des formes d'industrialisation nouvelles ou revivifiées surgissent pourtant. Elles peuvent s'inscrire simplement dans l'essor d'une seule entreprise. La firme Michelin catalyse ainsi la capacité d'industrie de Clermont-Ferrand et de sa région. Ailleurs, il sera question d'un phénomène plus diffus, comme l'essor de la conserverie de poissons et de légumes le long des côtes bretonnes qui retiennent sur place des milliers de paysannes. La guerre a pu être par force un facteur d'industrialisation. Ce sont des réfugiés qui ont été à l'origine de la reconversion judicieuse, pendant la Grande Guerre, de la métallurgie légère des Côtes-du-Nord. Des entreprises ont été créées à Saint-Brieuc et dans la région pour fabriquer des machines agricoles et autres mécaniques. La firme Chaffoteaux s'est greffée, en 1926, sur un tissu solide. Par ailleurs, des usines de bonneterie ont succédé, dans les années 1920, au traditionnel tissage des toiles de lin à domicile. Dans le grand Sud-Ouest, l'hydroélectricité pyrénéenne pouvait avoir un rôle industrialisant. Le directeur de la Compagnie ferroviaire du Midi, Jean-Raoul Paul, imaginait appliquer aux Pyrénées le modèle alpin et faire de Tarbes une seconde Grenoble (C. Bouneau). Des entreprises de construction électriques et mécaniques se fondèrent en effet en 1920-1922 aussi bien à Tarbes qu'à Bagnères-de-Bigorre, occupant au total 15 000 salariés. Toulouse devait être la métropole naturelle, le Lyon de ce pôle en gestation. L'avionneur Latécoère y était déjà, et l'État y implantait en 1924-1926 l'Office national industriel de l'azote. Les engrais et le matériel agricole, d'une part, la construction mécanique de l'autre, esquissaient une industrialisation somme toute volontariste de la région.

Les très grandes entreprises surimposent leur propre logique de localisation au dispositif industriel national. La politique des sociétés chimiques a ainsi abouti à multiplier les unités de production, largement dispersées à travers le territoire. Kuhlmann disposait de seize établissements, entre les deux guerres, en Bretagne, en Normandie, en Franche-Comté et en Lorraine. L'implantation des usines chimiques de Saint-Gobain en 1929 suit une géographie confuse ; les vingt-cinq établissements s'échelonnent de Dunkerque à Bayonne et du Mans à Port-Bouc. L'aire de production de ces groupes déborde facilement le territoire national. Ils localisent à l'étranger une partie de leurs travaux. Par eux, l'industrie française ne se fait plus toute en France. La Compagnie de Saint-Gobain a une longue pratique de la délocalisation. En 1913, elle ne produisait en France que 30 % de ses glaces. L'Allemagne, la Belgique, l'Italie et l'Espagne constituaient, au tournant du siècle, l'aire européenne de production de Saint-Gobain (Jean-Pierre Daviet). Schneider, quant à lui, prospectait l'Europe centrale. Par l'intermédiaire de sa banque spécialisée, l'Union européenne industrielle et financière, l'entreprise du Creusot a acquis en Tchécoslovaquie, en 1919, la firme de mécanique Skoda. Michelin avait pris pied aux États-Unis en 1909, puis en Angleterre en 1917. Au début des années 1930, l'industriel du pneu s'implanta en Argentine, en Allemagne, en Espagne et en Tchécoslovaquie. Il n'y a guère de grande entreprise qui n'ait pas au moins tenté l'aventure.

Hispano-Suiza s'est installé à Barcelone ; Citroën a eu des filiales dans plusieurs pays européens ; Pont-à-Mousson, les Usines du Rhône ont débarqué au Brésil. Sans fonder de société, il suffisait de prendre des participations pour obtenir le même résultat, contourner les barrières douanières. Les Établissements Poulenc Frères ont procédé de la sorte en Angleterre, en Italie, en Pologne et au Canada. La croissance externe était la réponse appropriée aux « entraves ». L'industrie aéronautique offre un cas d'espèce parce qu'elle est très tôt apparue comme un élément irremplaçable de la souveraineté de chaque pays. Il convenait donc de faire construire par des nationaux, sous licence, dès que l'importation pure et simple soulevait des objections politiques. Gnôme-et-Rhône a très bien su jouer des licences et se bâtir une zone privilégiée. En 1937, le motoriste français licenciait seize constructeurs étrangers, du Portugal au Japon (Emmanuel Chadeau). L'industrie française s'est mondialisée, par ses entreprises de pointe.

Années grises et années noires (1930-1944)

L'ampleur de la crise

La crise mondiale s'est installée tardivement en France. Les branches et les entreprises les plus engagées dans l'exportation ont commencé à être touchées, au second semestre de 1930, par le recul des prix de gros et le tassement de la demande étrangère. La contagion gagne ensuite, en remontant des biens de consommation aux biens d'équipement. Les mesures protectionnistes ou monétaires (dévaluation de la livre, septembre 1931) réduisent la compétitivité des industries françaises. Sur le marché intérieur, la demande est atone ou en baisse sensible. L'accumulation intensive de la période précédente bute sur une consommation encore rigide (Robert Boyer). Les investissements pèsent dans les trésoreries et n'ont pas suffisamment modifié les prix de revient pour relancer la demande. La production industrielle recule environ d'un quart entre 1929 et 1935. Une occasion de reprise est manquée, en 1933, quand l'économie mondiale est entrée en convalescence. Une politique malthusienne et déflationniste a prévalu. Le patronat a plutôt recherché la protection que l'offensive. Les années 1936 et 1937 amorcent, dans presque tous les secteurs, un mouvement de reprise qui se casse l'année suivante. L'amélioration évidente des résultats de nombreuses entreprises en 1939 est déjà sous le signe d'une économie de l'armement.

Il est loisible, par conséquent, de prendre la mesure de la crise jusqu'à la fin des années 1930, à condition de distinguer dans cette longue séquence les destins divers des branches et des firmes. Alfred Sauvy a proposé l'évaluation suivante de la production industrielle (1928 = 100) :

1931	*1933*	*1935*	*1937*	*1939*
94	88	79	89	95

Les prix de gros industriels ont baissé de 50 % entre 1929 et 1935. Quant à la population active industrielle, elle a régressé, selon les tableaux de Louis-André Vincent, de 1 330 000 personnes entre 1931 et 1936. Les profits se sont effondrés et, avec eux, la capacité globale d'investissement. Au reste, les entreprises ont déserté le marché financier. Françoise Marnata a chiffré ainsi le volume de leurs émissions d'actions et d'obligations (en millions de francs) :

1929	*1932*	*1934*	*1936*
27 081	16 161	8 328	4 435

Des secteurs échappent au marasme, entre 1929 et 1938 : la chimie, de peu (0,6 % de croissance annuelle), l'électricité, nettement (3,1 %). L'ampleur de la demande à satisfaire explique partiellement ces résultats. Il faudrait aussi tenir compte de l'aide de l'État (investissements hydroélectriques) et la stratégie internationale des groupes chimiques. Les textiles et l'industrie de l'habillement subissent un recul modéré (– 2 % et – 0,9 %). Cette moyenne masque des chances variées. En outre, la période précédente a été médiocre. La soie lyonnaise a fait naufrage. Son chiffre d'affaires s'établissait à 5 milliards de francs en 1928. Il est tombé à 1,3 milliard en 1934. Les marchés étrangers se sont fermés (États-Unis, Angleterre,

Suisse, Allemagne...). La valeur des exportations est passée de 3,8 milliards en 1928 à 670 millions de francs en 1934 ! Si la soie naturelle est victime de ses prix trop élevés et de la concurrence japonaise, les premiers textiles artificiels ne pâtissent pas de la crise. Les usines françaises de Rhône-Poulenc triplent presque leur production de rayonne et de fibranne de 1932 à 1939. Ici la conjoncture encourage l'innovation. L'industrie cotonnière est moins perturbée par la crise. Elle vacille cependant. Son chiffre d'affaires baisse de 7 milliards de francs en 1929 à 4,5 milliards en 1933. La production de tissus, qui était de 180 000 tonnes en 1929, est tombée à 137 600 tonnes en 1934 pour revenir à 149 100 tonnes en 1939. Elle paye apparemment son suréquipement des années 1920 et sa double vulnérabilité – pour la matière première et pour les débouchés – aux fluctuations des cours mondiaux. Le secteur métallurgique rassemble tant de métiers et de produits différents qu'il est peut-être aventureux de l'examiner sans le désagréger. Aussi bien la production des métaux que leur transformation ont sérieusement baissé dans la période 1929-1938 ; les taux respectifs sont de – 4,5 % et – 4,4 % par an. Les effectifs ont été fortement diminués. Pourtant la productivité a reculé. Les profits s'évaporent après avoir été confortables (11 à 12 % en 1930 ; 1,5 à 2,8 % en 1931). La récession ne fait pas de doute, à l'échelle nationale. La production d'acier brut a atteint son point bas en 1932 (5 600 000 tonnes) et, malgré une amorce de remontée (7 893 000 tonnes en 1937), est loin de récupérer son niveau de 1930. Toutefois, le ressort n'est pas cassé. On le voit, par exemple, à Allevard, où les affaires vont mieux en 1935-1937 et où la reprise est manifeste en 1939. Des investissements lourds sont prévus pour 1940. La conjoncture diplomatique puis militaire a soutenu le redressement. On en dira autant de la production d'aluminium, qui redémarre après le creux sévère de 1934. Le niveau de 1929 une fois retrouvé, l'essor ne se ralentit plus : 1937 : 34 700 tonnes ; 1941 : 63 900 tonnes. L'industrie charbonnière subit le contrecoup de la crise des industries consommatrices. La sidérurgie, au pire moment, avait éteint 40 % de ses hauts-fourneaux. Les prix ont chuté d'un quart à un tiers entre 1930 et 1932. Les sources concurrentes d'énergie, l'hydraulique et le pétrole, grignotent la suprématie de la houille :

	Charbon	*Pétrole*	*Bois*	*Hydraulique*
1930	82 %	7 %	4,3 %	6,7 %
1935	76 %	10,7 %	4,1 %	9,2 %

La production faiblit puisque, partant d'un volume de 55 millions de tonnes en 1930, elle ne fournit que 47 millions de tonnes en 1932. Ce niveau sera approximativement tenu jusqu'en 1938 et les 50 millions de tonnes retrouvés l'année suivante. La crise a duré, mais elle n'a pas eu d'effets ravageurs sur l'exploitation.

Des ripostes efficaces ?

Quelle crise ? Si aucune industrie ni aucun entrepreneur ne peut ignorer la tourmente, ne serait-ce que par voisinage, il y a eu des stratégies variées pour y échapper ou pour en sortir. L'étranger, d'où venait – en partie – le malheur, a fourni parfois le bon levier. L'industrie du tube n'a jamais désespéré de l'exportation. Au contraire, les firmes se sont battues sur tous les fronts pour gagner de nouveaux marchés, comme l'Amérique latine, tout en consolidant leurs positions en Europe centrale. Pour cette industrie ouverte sur le monde, la crise n'a été ni tardive ni durable, mais « précoce, profonde et sélective » (Catherine Omnès). La guerre a interrompu un redressement bien engagé. L'étranger offre aussi éventuellement des conditions d'exercice plus favorables aux entreprises que la France. Certains industriels cotonniers se sont ainsi « délocalisés » en Europe centrale. La division internationale du travail apportait des solutions de remplacement à un système bloqué. L'exportation des filés de soie régresse beaucoup moins nettement que celle des tissus. C'est l'indice, sans doute, d'un changement dans la politique de localisation des firmes françaises. De l'étranger, l'entreprise multinationale peut escompter des profits à rapatrier, car la marche des affaires n'est pas uniformément déplorable. Rhône-Poulenc a reçu dans les années 1930 les dividendes de sa stratégie d'expansion et de contrôle à l'étranger. Pierre Cayez estime que 16,30 % des revenus de la société étaient imputables à cette origine, en 1935, et 44,9 % en 1938. La société mère était alors quelque peu rentière de ces établissements. Rhône-Poulenc et les autres chimistes ont très bien joué, pendant ces années difficiles, des ententes internationales de producteurs. Le système fonctionnait dans de nombreuses branches. Il a généralement protégé les producteurs français contre des baisses de prix qui auraient été meurtrières. L'évolution du prix de l'aluminium donne un exemple de l'efficacité de ces cartels : il n'a reculé que de 12 % entre 1929 et 1935. Quand une structure monopolistique s'ajoutait à l'existence d'un cartel international, le marché était bien verrouillé. Sinon, les accords permettaient au moins de discipliner la baisse. Enfin, une politique douanière restrictive (droits plus élevés, quotas) a soutenu la résistance des entreprises.

Les compagnies charbonnières ont usé de la politique des ententes. Cela n'a cependant pas été l'essentiel de leur stratégie. Comme d'autres sociétés, elles ont mené une action incessante de compression des coûts et de recherche de gains de productivité. La démarche classique résidait dans l'investissement, à condition d'avoir dégagé antérieurement de quoi les financer. Les houillères qui y sont parvenues, en 1931-1935, ont creusé encore l'écart avec les autres. Le mieux, bien sûr, était d'avoir modernisé au bon moment du cycle et, tel Rhône-Poulenc, de « vivre sur son acquis » (Pierre Cayez). Louis Renault avait conduit à temps l'opération de l'île Séguin.

Les immobilisations nouvelles étaient risquées sur le plan financier et aléatoires sur le plan technique. La pression sur la main-d'œuvre, dans tous les sens du mot, était d'un meilleur rendement. D'abord, ne garder que le personnel indispensable. Dans une entreprise en difficulté, le licenciement massif allait de soi. Quand la firme Michelin reprit Citroën, elle licencia 6 000 salariés du Quai de Javel. Autrement, il était toujours possible d'ajuster les effectifs au carnet de commandes et de se séparer d'un personnel que l'on ne se croyait pas en peine de réembaucher quand le besoin se présenterait. L'attitude des employeurs faisait écho, en quelque sorte, à celle des marchands-fabricants de la proto-industrialisation. Plus de travail, plus d'emploi. Le caractère encore saisonnier d'une partie de l'activité manufacturière – sensible, par exemple, dans la construction automobile – encourageait ce genre de comportement. Les plus vulnérables étaient, dans cet esprit, les salariés qui s'étaient pour ainsi dire ralliés le plus tardivement au monde industriel et dont la compétence était la moins établie : les étrangers et les femmes. Les entreprises se libèrent donc de leur main-d'œuvre étrangère. La sidérurgie, les mines, les verreries les licencient par dizaines de milliers. Le reflux n'est pas sans danger pour la culture technique. On s'aperçut à Decazeville qu'il existait un seuil au-delà duquel l'activité reprendrait mal. Il était prudent de ne pas renvoyer tous les Polonais au pays.

Les femmes furent les autres victimes de la crise, alors qu'elles avaient été attirées à l'atelier au temps de l'extension de l'outillage et de la rationalisation technique. Les industries textiles et celle de l'habillement, qui ont beaucoup diminué leurs effectifs, étaient les branches les plus féminisées.

Une mesure moins radicale convenait souvent mieux. En réduisant la durée du travail, les employeurs agissaient sur leurs coûts sans conséquence lourde sur le système productif. À leurs yeux, la loi des quarante heures fit perdre toute souplesse, car elle conduisait à payer en heures supplémentaires ce qui aurait, auparavant, été intégré dans la charge de travail. Le plein emploi des équipements, que la reprise de 1936-1937 appelait, devenait trop coûteux. Toutes ces mesures aboutissaient à restreindre le nombre ou le temps de présence des ouvriers et des employés. Une partie des salariés ainsi écartés de la production ont réussi à se réinsérer dans un mode de vie rural qu'ils n'avaient pas quitté depuis très longtemps. Cela adoucit au moins les statistiques : le nombre de chômeurs recensés était de 864 000 en mars 1936. Autre pression, celle qui porte sur les salaires. De toute tradition, l'employeur réagissait par ce biais à ses difficultés financières. Le mouvement ouvrier ne s'était-il pas construit contre cela ? La pratique des années 1930 fut bien de peser sur les salaires, quand le rapport de forces s'y prêtait. Chez Renault, les salaires baissèrent de 15 % entre 1930 et 1935. Toutefois, cette mesure, elle aussi, rencontrait des limites. L'exemple de la Compagnie française de téléphonie Thomson-Houston en donne la raison. À partir du moment où les effectifs avaient été ajustés et que l'entreprise ne conservait qu'une main-d'œuvre restreinte et compétente, il n'était pas politique de rogner les salaires. Ces femmes très qualifiées auraient pu se présenter à un autre employeur. Le noyau stable, abrité, d'ouvrières bénéficiait d'un avantage relatif supplémentaire en sauvegardant son niveau de rémunération, vers 1932-1935. La baisse du coût de la vie améliorait en effet le pouvoir d'achat. La stratégie patronale se complétait de la panoplie des méthodes d'intensification du travail, des plus rudimentaires aux plus sophistiquées. À cela s'ajoutait un effort nouveau pour faire baisser les coûts de fonctionnement et pour mieux atteindre la clientèle. Quand tous ces paramètres ont été réunis, la réussite a été là. Ainsi, chez Louis Renault. Le chiffre d'affaires de la société en 1929 était de 1,367 milliard de francs. Il fléchit légèrement en 1930, davantage en 1931 et surtout en 1932. Le recul cumulé se montait à 35 %. Le niveau de 1929 fut regagné en quatre ans. Puis vint l'essor. 1937 : 1,707 milliard de francs ; 1938 : 1,878 milliard ; 1939 : 2,4 milliards de francs.

L'industrie à l'heure allemande

La « drôle de guerre » avait stimulé quelques secteurs de la production industrielle. Il était difficile de savoir si le rétablissement allait s'étendre à l'ensemble. La défaite, l'armistice et l'Occupation devaient, de toute façon, clore le débat. L'industrie française subirait pendant quatre ans la tutelle et l'exploitation allemandes. Les dommages de la guerre – pertes humaines et destruction des infrastructures de transport – faisaient obstacle à une reprise rapide des activités. On comptait 1 million de chômeurs, à l'été de

1940. La chaîne des fournitures était souvent interrompue par les hasards de l'Exode, et la coupure des « zones » inaugurait un océan de complications administratives. Le maintien en détention des prisonniers de guerre privait les entreprises d'une partie de leur main-d'œuvre spécialisée et de leur encadrement. Malgré la « Relève » et des retours obtenus par Vichy, il restait 940 000 prisonniers, sur un total de 1 850 000, en Allemagne, lors de la libération des camps. L'armistice n'isolait pas la France de la guerre. À partir de mars 1942, des bombardements visèrent des usines qui travaillaient pour l'Allemagne comme Renault à Billancourt ou Schneider au Creusot. L'année 1944 vit l'attaque systématique des nœuds ferroviaires et du potentiel de l'industrie militaire, singulièrement en banlieue parisienne. L'usine Gnôme-Rhône à Gennevilliers, déjà touchée en avril 1942, fut détruite le 10 mai 1944.

Les autorités d'occupation ont organisé, dès l'armistice, le contrôle des secteurs névralgiques de l'industrie française. Elles ont usé à la fois des dispositions de l'armistice (pour inspecter, par exemple, des usines de la zone libre), de prélèvements indus s'apparentant à du pillage, d'une politique de commandes, voire de participations d'entreprises allemandes. La spoliation la plus évidente concerne bien sûr l'annexion *de facto* des trois départements de l'Est et le rattachement du Nord et du Pas-de-Calais à la Kommandantur de Bruxelles. Un potentiel sidérurgique et minier considérable échappe à la France. L'autre détournement dramatique a été le départ forcé en Allemagne de plus de 600 000 jeunes gens par le moyen du Service du travail obligatoire (STO) à partir de février 1943. Un quart des ressources électriques, plus de la moitié de la production sidérurgique, les deux tiers de la production automobile, les trois quarts des constructions mécaniques sont absorbés par l'Allemagne. Travailler pour l'Allemagne et sous son contrôle ne signifie pas que les entreprises ont été nécessairement perdantes, en termes purement comptables. Le groupement sidérurgique créé par les Allemands dans la « zone rattachée », Sidenor, a fait d'excellents bénéfices. La construction du « Mur de l'Atlantique », dirigée par l'organisation Todt, a suscité la création de nombreuses entreprises, attirées par l'ampleur des chantiers, même si le gros des marchés allait à des sociétés allemandes. Pour certains, la collaboration économique était une nécessité de survie, pour d'autres, une bonne affaire.

Autant que l'on puisse le savoir, la « collaboration » active n'a été le fait que d'une minorité d'entrepreneurs. Aucun n'envisageait d'un cœur léger de traiter avec la puissance occupante. Pour un Marcel Paul, dirigeant collaborationniste de Pont-à-Mousson, on pourrait citer l'attitude irréductiblement patriotique de François de Wendel et montrer qu'une branche comme les Travaux publics, fort suspectée à la Libération, compta d'éminents résistants, tel Jean-Marie Louvel, directeur à la Société Générale d'entreprises et futur ministre de l'Industrie sous la IVe République (Dominique Barjot). Au fond, les patrons voulaient par-dessus tout sauver leurs entreprises sans s'apercevoir ou vouloir reconnaître qu'ils participaient à l'effort de guerre de l'Allemagne. Myopie de Louis Renault, plutôt que rapacité. À l'heure des comptes, quelques syndicalistes se souviendront aussi que, dans des usines « protégées », les *Rü-Betriebe, S-Betriebe, V-Betriebe*, le chantage au STO a pu forcer la main des salariés... La grande alliance qui a bercé certains rêves pouvait-elle déboucher sur autre chose qu'une soumission de l'industrie française aux intérêts de l'Allemagne ? Les tentatives de I. G. Farben vis-à-vis de Rhône-Poulenc ou de Volkswagen vis-à-vis de Peugeot ne laissaient pas de doute sur ce point.

L'Occupation s'abat sur un appareil productif qui, sauf exception, a été peu modernisé dans les années 1930. Pendant quatre ans, les investissements ont été négligeables, même l'entretien a été défaillant. Un usage intensif des équipements (aciéries de Pompey) a le même effet qu'une interruption du travail (aciéries de Jœuf) si les réparations ou le renouvellement n'interviennent pas à temps. Les mines de charbon du Nord ont été surexploitées, certaines usines ont tourné au ralenti ; le potentiel industriel a été malmené, d'une façon ou d'une autre. La main-d'œuvre qualifiée d'avant la guerre n'a pas été entièrement reconstituée. Par ailleurs, les conditions de vie pèsent sur l'efficacité du travail. Le rationnement nuit à l'effort, si bien que des entreprises passent contrat de ravitaillement avec des agriculteurs, à l'instar de Gnôme-et-Rhône, dans le Loiret (Noëlle Gérome). La multiplication des accidents du travail témoigne de l'affaiblissement de la main-d'œuvre, tout comme la recrudescence de la tuberculose. Autant dire que la productivité a beaucoup reculé. Quant à la production industrielle, elle s'établirait, sur la base de 1938, à 61 en 1942, 54 en 1943 et à 38 en 1944.

Les ambiguïtés de Vichy

L'historiographie de la période a modifié l'image uniformément réactionnaire et agrarienne du régime de Vichy en éclairant certains aspects modernistes de la politique industrielle. On a également insisté sur le rôle quasi prophétique de quelques hauts fonctionnaires qui auraient préparé les bases de la Reconstruction. Michel Margairaz et Henry Rousso ont récemment nuancé cette analyse. Pour eux, la conjoncture et la tutelle des Allemands ont déterminé étroitement la marche des entreprises. La part du Vichy moderniste n'est pas à dédaigner mais à replacer dans ce cadre. Au centre du dispositif, le ministère de la Production industrielle et du Travail. Son titre annonçait des intentions neuves ; ses titulaires successifs avaient en effet de grandes ambitions. Le premier d'entre eux fut René Belin, ancien secrétaire général adjoint de la CGT. Il représentait le courant d'une gauche pacifiste et anticommuniste qui ne voulait pas laisser le nouveau régime à la « réaction ». Pucheu lui succéda, de février à juin 1941. C'était un ancien de Pont-à-Mousson, du Comptoir sidérurgique et de Japy. Puis vinrent Lehideux, un ancien dirigeant de Renault (juin 1941-juin 1942) et Bichelonne, brillant polytechnicien. En dépit de la diversité des origines, quelques idées-forces les animaient. Ils voulaient s'opposer au courant conservateur dominant à Vichy et défendaient une perspective « industrialiste ». Ils souhaitaient utiliser les circonstances pour une œuvre de redressement. « Nous travaillons tous à fonder pour l'après-guerre, disait Bichelonne, l'économie logique, l'économie intelligente et humaine, qui permettra à notre pays de surmonter les effets de la concurrence économique. » L'économie dirigée, improvisée dans la défaite, serait la matrice de l'économie future. Il y avait là, si l'on veut, des éléments de continuité avec certains cercles des années 1930. Des hommes comme Auguste Detœuf ou Jacques Barnaud faisaient le lien.

Sous le contrôle du ministère, un Office central de répartition des produits industriels était chargé de l'essentiel, c'est-à-dire de la gestion autoritaire de la pénurie. La planification entrevue se résumait au dirigisme. Cette bureaucratie d'une taille inusuelle (16 000 employés au ministère) se coulait finalement dans les règles inégales de la collaboration économique. Les accords Speer-Bichelonne protègent des entreprises cruciales pour l'Allemagne des méfaits des « rafles Sauckel ». Ils entérinent par là même l'existence d'un secteur de production entièrement à part, groupant au total plus de 1 million de salariés, jouissant d'une sorte d'exterritorialité. Les principaux secteurs de la production avaient été dotés, en août 1940, de « comités d'organisation ». Dans l'esprit du gouvernement, ces CO devaient recenser les entreprises et leurs moyens de travail, fixer les programmes de production et les règles de fonctionnement, bref diriger collectivement la marche du secteur. Le corporatisme implicite de l'institution – dont les membres, cependant, étaient désignés par l'État – se heurta vite aux exigences des pouvoirs. Les CO n'eurent comme attributions que ce que leur laissaient l'ORPI et les autorités d'occupation. Philippe Mioche, faisant l'histoire du CORSID (le Comité d'organisation de la sidérurgie) a montré que cet organisme s'est progressivement constitué en instance autonome, face à Vichy. Il s'était placé dans les pas du Comité des forges (qui avait été dissous), proposant sans imposer. Sa tâche principale, outre l'autorisation pour « travaux neufs », aura été de préparer l'avenir de la profession. Des études fouillées sur le laminoir à larges bandes, sur l'apprentissage ou sur un projet de laboratoire technique (le futur IRSID) ont été élaborées par ses services. Parallèlement, le CO de l'énergie électrique concevait des projets hydroélectriques pour l'après-guerre à Donzère-Mondragon, Bort, Serre-Ponçon (Henri Morsel).

Le 4 octobre 1940 était promulguée une loi sur l'« organisation sociale des professions », autrement dit la charte du travail. Elle instituait le syndicat unique par catégories professionnelles (patrons, ouvriers, employés, etc.) pour chacune des vingt-neuf branches définies. Elle avait une apparence corporatiste, par des « comités sociaux » horizontaux qui étaient mixtes. Leur compétence était maigre. Une partie du pouvoir économique avait été délégué aux comités d'organisation, et les confédérations ouvrières avaient été dissoutes. Comme le droit de grève n'était plus reconnu et que les conventions collectives avaient cessé d'être appliquées, on conçoit que la période ait pu passer, du point de vue des relations de travail, pour un « véritable âge d'or du patronat français » (Jacques Julliard). À l'intérieur du patronat, les petites et moyennes entreprises eurent l'impression justifiée que les comités d'organisation étaient l'émanation du haut patronat. Il y avait quelque ironie dans cet accaparement, car les penchants anticapitalistes du régime le poussaient à glorifier la petite entreprise au détriment du grand capital. Mais c'est Detœuf, pourfendeur sarcastique des PME dans les années 1930, qui présidait le CO de l'électricité ; ce sont ses amis qui peuplaient les directions du ministère. Jamais les « technocrates » n'avaient eu une telle marge de manœuvre. Sans contrôle parlementaire, sans contrepoids syndical, les ingénieurs des mines dans et hors le ministère pouvaient penser le long terme, tandis que le haut patronat, formé pour partie à la même école, s'accoutumait à cette cogestion. Vérité des branches lourdes ou des industries modernes qui ne concernait pas les textiles et encore moins l'habillement, le bâtiment ou le bois ? Connivence d'élites dans laquelle l'entrepreneur de base n'entrait pas ? Quelques tensions et problèmes de l'après-guerre se dessinaient déjà.

Le drame collectif de la défaite et de l'Occupation, suivi de la croissance – de la revanche ? – des Trente Glorieuses, ont eu pour conséquence de donner abusivement à la période 1880-1940 une allure étriquée. On sait maintenant que l'activité industrielle s'y est déployée vigoureusement, de la fin de la Grande Dépression au début des années 1930, avec deux décennies d'essor intense, de part et d'autre de la Première Guerre mondiale.

Les secteurs nouveaux, comme l'électricité, l'aéronautique, la chimie organique ont crû plus vite que les autres et ont donné une impulsion vive au reste de la machine. Mais il est frappant d'observer que des secteurs issus de la première industrialisation, comme l'exploitation charbonnière ou la production du verre, ont continué de se développer à un rythme soutenu. L'économie française a connu deux crises majeures à cinquante ans d'intervalle. Elles avaient toutes deux une origine internationale. Mais en France elles ont duré plus longtemps qu'ailleurs. Pourquoi cette sortie malaisée de la crise ? La structure très hétérogène de l'industrie nationale explique la particularité française. L'étroitesse et la rigidité du marché intérieur diminuent aussi les capacités de récupération. Paradoxalement, l'empire colonial a retardé le rétablissement, lors de la crise de 1930, par les facilités qu'il offrait aux industries les moins combatives.

L'État a toujours été un recours dans la crise. Il lui incombait de protéger, au risque de figer, ou d'organiser la mobilisation économique pour le temps de la guerre, puis de se retirer. Le moment est arrivé, pense-t-on dans la France occupée et dans la France libre, où l'intervention publique doit devenir une donnée permanente de l'économie, être le moteur de l'industrialisation et non plus sa béquille.

Une longue histoire, celle du travail domestique pour l'industrie, a pris fin au tournant du siècle, même si des lambeaux en survivent jusqu'en 1930. Sous une forme certes atténuée, ce dualisme avait accompagné le développement des industries textiles et de quelques autres activités au XIXe siècle ; la « mue » du capitalisme industriel l'en débarrasse. La période, en effet, voit le triomphe de la mécanisation dans tous les secteurs et dans toutes les séquences de l'industrie. Les sciences appliquées sont sollicitées de proposer des machines et des procédés économes de main-d'œuvre qui augmenteraient, en même temps, la production dans des proportions inédites. La France s'est électrifiée d'abord avec réticence, puis avec enthousiasme. Un nouveau système productif est né. L'alliance de la science et de la technique n'a pas été toujours un succès industriel ; ainsi, les fabrications électriques et une partie de la chimie ne se sont pas développées aussi brillamment que leurs concurrentes allemandes. Il y a là un handicap et l'origine d'une dépendance supplémentaire qui pèseront longtemps sur l'économie. De la même façon, la construction mécanique n'a pas vraiment décollé. L'une des difficultés persistantes de l'économie industrielle, telle qu'elle s'édifie au XX*e* *siècle, est l'absence d'une main-d'œuvre suffisamment formée. La « crise de l'apprentissage » a été diagnostiquée, plus que résolue. Ici, la mutation du système n'est pas allée jusqu'à son terme. L'enseignement professionnel, c'est-à-dire la transmission organisée et non plus empirique des cultures techniques, n'est pas, en France, à la hauteur des besoins.*

L'automobile symbolise parfaitement la période. C'est un objet technique complexe, fruit de l'artisanat, qui suscite des innovations en chaîne dans les matériaux, la politique de l'offre, les façons de produire. Or la France a eu l'initiative en ce domaine, comme dans l'aéronautique. Elle a été la nation pilote, jusque dans les années 1930. L'automobile française s'exporte bien. Elle contredirait à elle seule l'idée reçue d'un patronat frileux, d'une France repliée sur elle-même. Les marchés extérieurs sont indispensables à l'écoulement des marchandises. Cette constatation serait entièrement positive si elle ne soulignait pas a contrario *la faiblesse structurelle du marché intérieur. La croissance insuffisante de la demande retentit sur la capacité des entreprises à se moderniser. Tant que la consommation de masse ne sera pas de règle, la production de masse ne pourra être que partielle. La classe ouvrière se recompose et se diversifie sous la poussée du mode de production. Son unité reste problématique, compte tenu de la variété des statuts, des rémunérations et des conditions de travail. La cohérence lui vient de ses luttes et de la reconnaissance politique et sociale que celles-ci lui confèrent. Est-ce la fin de son exil ? L'État est tantôt la cible, tantôt l'allié du mouvement ouvrier. Malgré la force de la revendication libérale, il n'est jamais absent de la scène industrielle. Les deux guerres mondiales le contraindront même à en devenir l'acteur principal.*

QUATRIÈME PARTIE

Puissance retrouvée, puissance perdue ? (des années 1940 à nos jours)

La France a terminé la guerre dans le camp des vainqueurs et détient un siège de membre permanent au Conseil de sécurité. Elle a été confirmée dans son statut de grande puissance politique. Est-elle toujours une grande puissance industrielle ? Il lui faut, au moins, le prouver. Les États-Unis et l'Union soviétique ont montré la suprématie de leur potentiel énergétique et manufacturier. L'Allemagne et le Japon ne tarderont pas à les suivre. La France et le Royaume-Uni pourraient être déclassés. Les esprits les plus lucides prévoient dès 1945 que le temps des empires coloniaux s'achève. Pour ceux qui estiment que l'empire est la base de la puissance, la décolonisation sera amère. Comment compenser la perte, mieux, l'anticiper, sinon en développant hardiment les échanges dans le cadre européen ? Le risque de l'ouverture n'est pas négligeable, dans l'immédiat pour le tissu productif, et, à terme, pour la souveraineté. Une nation rajeunie devrait l'assumer. Pour réussir le redressement et, au-delà, engager la croissance, une transformation profonde des structures et des comportements est nécessaire. Comment le monde paysan va-t-il supporter l'épreuve et comment les entreprises archaïques sauront-elles surmonter leur inertie ? Le succès dépend aussi d'un minimum de consentement, sinon d'adhésion populaire. Il faudra en payer le prix. L'État ne peut pas tout, l'entre-deux-guerres l'a rappelé. En se modernisant lui-même, il peut néanmoins être le levier et le fédérateur des énergies. Ce serait renouer avec une tradition colbertienne dont la mémoire ne s'est pas perdue. L'État serait à nouveau l'accoucheur du développement.

Le rebond industriel se mesure d'abord à ses résultats quantitatifs. Il conviendra d'y ajouter deux ordres d'indications. Sur les salariés d'abord. Quels effets la croissance rapide a-t-elle eus sur la composition du monde du travail et sur le contenu des tâches ? Sur les entreprises et les branches industrielles, par ailleurs, quelles mutations a-t-on observées dans les rangs de taille et les types d'activité ?

L'euphorie a disparu en 1974. Comment l'industrie française a-t-elle reçu le choc de la crise et, depuis lors, comment a- t-elle réagi aux fluctuations de sens contraire d'une conjoncture hachée ? Des politiques différentes, voire contradictoires, ont été essayées. N'y a-t-il pas, quand même, des éléments de continuité ? Le pessimisme paraît de rigueur, après tant d'annonces intempestives. Pourtant, si la déchirure est vive, la décantation forcée a dû préparer de nouvelles bases de production. Suffiront-elles à restaurer l'emploi et à redonner vigueur à une industrie désemparée ?

1. Le redressement

La France de 1945 est libérée et victorieuse. Mais elle est aussi affaiblie. En 1918, la tâche était simple, sinon facile. Il fallait renouer le fil rompu, retrouver le dynamisme de l'avant-guerre. Au reste, l'Allemagne devait payer. Rien de tel cette fois-ci. Les années 1930 se sont closes sur une reprise bien timide, et il y a peu à attendre, dans l'immédiat, du vaincu. Les plus lucides le comprennent, la guerre n'a pas été une parenthèse ; l'« étrange défaite » ne se laisse pas oublier. Il doit y avoir un lien entre la crise et la débâcle. Cette double perte de puissance oblige à plus d'effort que dans l'autre après-guerre. L'industrie, comme les institutions ou la morale politique, ne doit-elle pas être réinventée ? Elle est le levier du redressement, l'antithèse du « retour à la terre ». Des moyens nouveaux, peut-être révolutionnaires, sont nécessaires. Un consensus politique et social doit ratifier les changements, autoriser les sacrifices. Pourra-t-il résister à la guerre froide et aux tensions intérieures ? La Reconstruction a-t-elle abouti à fournir les bases d'une nouvelle croissance ? Les choix faits dans ces années charnière ont toute chance de déterminer pour longtemps l'allure de la courbe.

L'« impératif industriel »

La France affaiblie

L'hémorragie est sévère. Les combats ont coûté la vie à 170 000 militaires et 280 000 prisonniers et déportés sont morts en Allemagne. Les opérations de guerre et de répression ont fait 150 000 victimes civiles. À cette comptabilité macabre les démographes ajoutent le déficit des naissances (530 000) et les départs (320 000). La Grande Guerre avait saigné une génération ; la guerre de 1939-1945 affaiblit la population. La renaissance de la fécondité (dès 1942) contredit le pessimisme ambiant, mais les contemporains ne la perçoivent pas. Les départs – qui sont en fait des retours – concernent essentiellement la main-d'œuvre polonaise employée dans les mines. Comment assurer la relève ? Les prisonniers allemands sont envoyés au fond (ou dans les fermes) ; chacun sait que ce remplacement peu satisfaisant n'est que provisoire.

Les destructions s'étendent sur tout le territoire, même si les villes de Normandie et les ports de la côte atlantique ont été les plus durement touchés. Plusieurs années durant, le pays sera semé de terrains vagues, de ponts provisoires, de gares en baraquements. Les bombardements alliés et les sabotages de la Résistance avaient pour objectif de paralyser les mouvements des troupes allemandes en détruisant l'infrastructure des transports et le matériel ferroviaire. À la Libération, à peine 12 000 kilomètres de voies ferrées sur 40 000 sont encore utilisables. Des milliers de locomotives et de wagons ont été démolis. 7 500 ponts ont sauté. On devra beaucoup solliciter la circulation fluviale, or les canaux ont également souffert. Le patrimoine bâti a été gravement lésé dans la zone des combats et dans les environs des gares de triage ou des grandes usines d'armement. L'étendue des dégâts oblige à établir des priorités. Il faudrait deux à trois ans du revenu national d'avant la guerre pour remplacer ce qui a disparu. L'outillage industriel a parfois été l'objet d'ultimes pillages. Les usines Peugeot, frappées par deux bombardements, n'ont pratiquement plus de machines : 1 500 sont parties en Allemagne. Des missions spécialisées auprès des forces alliées s'appliquent à récupérer les équipements. Au total, l'appareil productif est grippé. La carence des transports retentit sur toute la chaîne. Le charbon circule mal, alors qu'il s'en extrait moins que jamais : 26 millions de tonnes en 1944, 35 millions de tonnes en

1945, contre 47 millions en 1938. La situation est d'autant plus critique que les importations indispensables d'avant guerre (23 millions de tonnes en 1938) ne peuvent reprendre immédiatement. Les fournisseurs traditionnels (Grande-Bretagne, Pologne, Belgique, Allemagne) sont incapables de répondre aux besoins du marché français. Ces pénuries de transport et d'énergie pèsent sur l'aval. La sidérurgie lourde ne tourne, en 1945, qu'à 20 % de ses capacités. Toutes les branches sont atteintes, par contagion. Les constructeurs automobiles, par exemple, sont paralysés par le manque de matières premières. Les usines Citroën, beaucoup moins touchées pourtant que d'autres, ne parviennent en 1945 qu'à 13,4 % de leur production d'avant guerre (Jean-Louis Loubet). Sur la base de 1938, la production industrielle est à 38 en 1944 et à 50 en 1945, soit la moitié d'une année médiocre. En prenant 1929 comme référence, l'indice de 1944 n'est plus qu'à 29. La guerre, on l'a dit, a été un temps mort pour l'investissement, succédant à des années creuses. Les machines ont vieilli – dans certaines entreprises, elles ont vingt-cinq ans d'âge ! – et l'entretien en a été défectueux. Des économies inconsidérées de lubrifiants sur les câbles des puits du Nord-Pas-de-Calais menacent la sécurité des personnes (Rolande Trempé). Il faudrait pouvoir enfin apprécier l'usure des hommes. L'affaiblissement de la productivité dans les houillères tient à des causes multiples, mais la carence alimentaire n'est pas la moindre. La bataille économique qui s'engage demandera beaucoup à une main-d'œuvre mal ravitaillée.

Produire, moderniser, intervenir

« Produire, c'est aujourd'hui la forme la plus élevée du devoir de classe, du devoir des Français. Hier, notre arme était le sabotage, l'action armée contre l'ennemi. Aujourd'hui, l'arme, c'est la production pour faire échec aux plans de la réaction. » Le discours que prononce Maurice Thorez, le 21 juillet 1945, à Waziers (Nord), en plein « pays noir », est devenu le symbole de l'engagement du mouvement ouvrier dans la bataille de la production. Les métaphores guerrières fleurissent. Un autre ministre communiste, Marcel Paul, chargé de la Production industrielle, proclame : « On doit mobiliser avec férocité tous les moyens énergétiques. » Étant donné le délabrement de l'appareil industriel, le consensus n'étonnera pas. L'argumentation est plus intéressante. D'une part, la conviction s'est faite, dans la gauche politique et syndicale, que l'élévation du niveau de vie de chacun dépend étroitement du rétablissement de la croissance économique et plus précisement de l'industrie, qui décide de tout. En 1936, cette relation n'avait pas été saisie aussi clairement. D'autre part, collectivement, on comprend désormais que l'industrie est à la base de l'indépendance et de la puissance du pays. « La guerre a montré, dit le socialiste André Philip, que seuls comptent dans la vie moderne les grands États industriels. »

Produire sans changer radicalement les moyens et les méthodes conduirait à l'échec. « L'économie, écrit Jean Monnet, en décembre 1945, dans son mémorandum pour le Plan, se cristalliserait à un niveau de médiocrité. » C'est donc, selon une autre formule du même auteur, « la modernisation ou la décadence ». À nouveau, syndicats et partis de gauche adhèrent à cette analyse. Plus largement, les mouvements de Résistance font de la rénovation industrielle un élément de leur stratégie de rupture. Car le malthusianisme est tenu pour responsable de l'effondrement économique. Restriction des naissances ou refus de l'investissement, la racine est la même : la peur de l'avenir. L'économiste René Courtin, auteur d'un rapport au Comité français de libération nationale, s'exprime en des termes que ne désavouerait pas le démographe Alfred Sauvy. Il dénonce l'absence d'ambition, la médiocrité du Français recroquevillé derrière ses murs. « Sur le plan de l'économie, pas plus que sur celui de la guerre, expose-t-il, il n'est possible de se cantonner dans une action purement défensive. Si fortes soient-elles, toutes les lignes Maginot finissent par être forcées ou tournées… » (cité par Richard Kuisel). Il y a eu comme une panne de volonté dans l'avant-guerre. On n'y a pas ressenti l'« impératif industriel », pour reprendre une expression de Lionel Stoléru, en 1969. La modernisation, dit encore Jean Monnet, « c'est un état d'esprit ». Le néo-libéral Courtin incriminait « le Français », c'est-à-dire une société, une culture ; la majorité de ses camarades de Résistance font le procès du patronat. Il aurait eu une attitude rentière, sans autre perspective que le profit immédiat. Pour regagner une légitimité bien écornée, il devait faire preuve d'une grande vigueur entrepreneuriale. Les patrons, s'ils récusent l'accusation de défaitisme qui leur est adressée, pour l'avant-guerre, connaissent mieux que d'autres l'état des lieux et partagent le souci de rénovation. Certains peuvent dire qu'ils ont précédé le mouvement. Pendant la guerre, les grandes compagnies charbonnières avaient multiplié les études de productivité. « S'équiper ou disparaître », lisait-on dans *Le Nord industriel et charbonnier* en 1941 (Jean-Pierre Thuillier). Le CORSID avait conduit une réflexion approfondie sur les enjeux de l'après-guerre. Les grands investissements hydroélectriques étaient programmés. Quant aux constructeurs automobiles, leurs projets s'étaient affinés pendant l'Occupation, voiture populaire pour Renault et pour Citroën, voiture moyenne chez Peugeot. L'entreprise de Sochaux avait envisagé la stratégie du modèle unique dès 1937. Jean-Pierre Peugeot et ses collaborateurs – au rang desquels figure toujours Ernest Mattern – ont compris que le modèle unique était la clé des économies d'échelle. La guerre a fait mûrir la stratégie de la firme. La conjoncture de la Libération rend possible, voire inévitable, ce qui était simplement envisagé auparavant. C'est vrai, d'une autre façon, pour la sidérurgie, qui pense échapper à la nationalisation en modernisant au plus vite. Le courant modernisateur a besoin d'un appui solide dans l'appareil d'État. Michel Margairaz a exposé le travail de « conversion » qui a transformé les mentalités et les pratiques de la haute fonction publique à partir des années 1930. À la Libération, la continuité relative dans la reproduction des élites s'est payée de l'abandon du dogme libéral de l'Inspection des finances. La relève, sans drame, des générations a fait monter aux postes de direction des hommes jeunes, en harmonie avec les nouvelles idées dominantes, mais bien décidés, pour la plupart, à canaliser l'effervescence rénovatrice. Ainsi François Bloch-Lainé au Trésor et Roger Goetze au Budget, Francis-Louis Closon à l'INSEE, Pierre Massé, Claude Gruson et quelques autres ont-ils constitué, à la Libération, une équipe exceptionnelle de grands commis modernisateurs.

À l'État rénové incombe une politique active. Le temps n'est plus aux faux-semblants de l'entre-deux-guerres. René Courtin s'en prend aux « préjugés libéraux » et plaide pour une intervention de l'État dans l'économie. Beaucoup de patrons, d'ailleurs, n'en disconviennent pas. La mesure la plus urgente est la sanction d'une collaboration économique manifeste qui s'est accompagnée d'une répression anti-ouvrière. Les entreprises en cause subissent soit une nationalisation immédiate (Houillères du Nord-Pas-de-Calais), soit une mise sous séquestre (Renault, Berliet, Gnôme-Rhône, etc.). L'épuration s'attaque à des individus. Sur le thème de la « trahison de la classe dirigeante », certains veulent s'en prendre au patronat dans son entier. Ce point de vue extrême, qui n'est pas celui du Parti communiste, n'a pas été retenu par le programme du Conseil national de la Résistance (mars 1944) qui réclame une « véritable démocratie économique et sociale » et l'élimination des « féodalités capitalistes ». Les termes sont suffisamment flous pour laisser une grande marge d'interprétation et d'application de ces principes. Même le général de Gaulle tonne contre le « système d'intérêts particuliers ». Faut-il entendre que l'État doit prendre en charge les secteurs vitaux de l'économie ? Quelle part de pouvoir ou au moins de contrôle auront les salariés et leurs organisations ? Comment sortir du réglementarisme, qui n'a pas meilleure presse que le libéralisme, tout en donnant les impulsions nécessaires ?

Deux lignes politiques s'affrontent, depuis 1943, à l'intérieur de la France libre. Celle que personnifient Pierre Mendès France et André Philip propose des réformes de structures considérables et une intervention forte de l'État. L'autre, néolibérale, ne méconnaît pas les nécessités du moment, mais veut rétablir le marché, fût-ce avec les ajustements d'une économie mixte. René Pleven défend cette position. Quant à de Gaulle, il ne prend pas publiquement parti avant le printemps de 1945, mais on le sait soucieux de ne pas créer des ruptures inutiles dans un pays « malade et blessé ».

Les nouvelles armes de l'État

Les nationalisations

L'idée de nationalisation a cheminé dans le mouvement ouvrier français depuis la fin du XIXe siècle. Le refus d'un secteur public qui renforcerait l'État bourgeois a longtemps caractérisé le courant guesdiste et le syndicalisme révolutionnaire, autrement dit deux des sources idéologiques du Parti communiste. Celui-ci s'est rallié à la nationalisation en 1937-1939, dans l'esprit d'une lutte contre les « monopoles » et les « trusts ». Il était également opportun pour lui de se rapprocher sur ce point de la SFIO et de consolider l'unité de la CGT. Ce ralliement, qui se confirme à la Libération, fait des nationalisations le « bien commun du mouvement ouvrier » (Jean-Louis Robert). L'entente, cependant, n'existait pas sur les sens à donner à cette revendication. La nationalisation serait-elle un moyen de l'État, libéré de la tutelle des monopoles, ou une étape dans un processus révolutionnaire de socialisation ? Le programme du CNR exige le « retour à la Nation des grands moyens de production monopolisés ». La nationalisation a cette fois franchi la mouvance de la gauche. Les néolibéraux comme René Courtin, les démocrates-chrétiens comme Georges Bidault acceptent cette démarche économique, tout comme le général de Gaulle. Celui-ci, hostile aux nationalisations-sanctions, se félicitait, en revanche, de voir l'État disposer des principaux « leviers de commande ». L'intérêt général et l'intérêt national ne pouvaient qu'en bénéficier.

Le processus n'allait pas prendre le cours paisible que l'on avait imaginé. En dehors des entreprises emblématiques de la collaboration déjà citées, une centaine d'autres, principalement dans le Midi, étaient l'objet de réquisitions « sauvages » de la part de leurs salariés. À Marseille, Toulouse, Montluçon, etc., des comités ouvriers de gestion prenaient le pouvoir dans l'usine après en avoir chassé les directions accusées de collaboration. Une telle « socialisation » n'était pas soutenue par les partis de gauche, du moins à l'échelon national. Elle risquait d'aboutir à des expropriations pures et simples et d'entraver la Reconstruction. Dans d'autres cas, des comités d'entreprises – parfois issus des comités sociaux de la charte du travail – coexistaient avec les dirigeants mais exigeaient un droit de regard sur la marche des affaires. Le gouvernement provisoire réagit en régularisant, pour partie, l'action des comités locaux. Les Houillères du Nord-Pas-de-Calais furent nationalisées le 13 décembre 1944, Renault transformé en Régie nationale le 16 janvier 1945, Gnôme-et-Rhône transféré majoritairement à l'État le 29 mai 1945. Le pouvoir ouvrier, par ailleurs, qui s'était ébauché dans divers comités d'usines, fut canalisé par l'ordonnance du 22 février 1945 créant des comités d'entreprises dans toutes les entreprises de plus de cent employés. Sous couvert de « légaliser et de généraliser » l'existence des comités nés de la Libération, le gouvernement provisoire limitait le pouvoir des nouveaux organismes aux œuvres sociales et ne leur attribuait pour le reste que le droit d'être informés. Par rapport à l'avant-guerre ou aux comités de Vichy, c'était une avancée incontestable. Par rapport aux espoirs entrevus, n'était-ce pas une défaite ? Le retour de l'autorité patronale est une « Restauration » après une révolution rêvée.

« C'est le rôle de l'État d'assurer lui-même la mise en valeur des grandes sources d'énergie : charbon, électricité, pétrole, ainsi que des principaux moyens de transmission, dont tout le reste dépend. C'est son rôle d'amener la principale production métallurgique au niveau indispensable. C'est lui qui doit disposer du crédit de manière à pouvoir diriger l'épargne nationale vers les vastes investissements qu'exigent pareils développements… » Le discours que de Gaulle a prononcé le 2 mars 1945 à l'Assemblée constituante ouvrait la seconde vague de nationalisations. Le 2 décembre 1945 les quatre grandes banques de dépôts – Crédit Lyonnais, Société Générale, Banque nationale pour le commerce et l'industrie, Comptoir national d'escompte de Paris – étaient nationalisées. Le 8 avril 1946, les sociétés de gaz et d'électricité étaient constituées en Gaz de France et Électricité de France. Le 17 mai 1946, les compagnies houillères donnaient naissance à Charbonnages de France. Des secteurs ont échappé à la nationalisation, malgré leur poids économique. Le sort des banques d'affaires fut dissocié de celui des banques de dépôts. Les premières, fit observer René Pleven, ministre des Finances, devaient concourir à la création d'entreprises avec leurs capitaux propres et financer les innovations. Un statut public serait une entrave et inquiéterait les investisseurs internationaux dont l'économie française avait besoin. La sidérurgie, en deuxième lieu, aurait dû pâtir du discrédit supposé qui entourait les « maîtres de forges ». En fait, note Philippe Mioche, il n'y eut pas de mouvement d'opinion pour exiger la nationalisation de ce secteur. Le MRP était contre et les syndicats et partis de gauche, réticents devant une opération qui devait être très coûteuse. Mieux valait, pour emprunter une formule à Robert Lacoste, ministre de la Production industrielle, « orienter l'activité industrielle, c'est-à-dire guider l'esprit d'entreprise ». Le contrôle de la sidérurgie par la puissance publique pouvait s'exercer à plusieurs niveaux, le principal étant celui des investissements. Enfin l'industrie pétrolière ne fut pas non plus comprise dans le champ des nationalisations.

Sans doute en 1946 l'importance de ce secteur n'était pas perçue. Surtout, la dépendance de la France à l'égard de l'étranger, par le biais des filiales des grandes compagnies, rendait prudent. Les groupes étrangers avaient fait savoir que des « mesures de nationalisation, même partielles, compromettraient » l'approvisionnement du pays (Hélène Levier). La commission « Énergie » du plan Monnet estima qu'il convenait de s'en tenir aux lois de 1926 et de 1928 qui constituaient les « bases éprouvées de la modernisation de l'industrie du raffinage ».

Les nationalisations industrielles, qu'elles aient été l'exutoire de l'anticapitalisme ou l'application de la notion classique de service public, avaient une double fonction économique : accélérer la transformation des secteurs concernés, entraîner la croissance des autres branches. L'État actionnaire avait à définir une politique de financement des investissements lourds qui étaient indispensables, une politique des prix des produits et services que le secteur nationalisé offrait aux autres entreprises, une politique sociale différente du secteur privé. Sur toutes ces questions, la marge d'initiative des entreprises nationalisées devait être fixée. Un domaine, en tout cas, semblait devoir relever strictement de la décision publique, celui des objectifs de production à atteindre pour reconstruire le pays.

Le plan

Introduire un plan dans l'économie française n'est pas une idée neuve en 1945. Dans les années 1930, puis sous Vichy, des cercles de sensibilités politiques très variées avaient plaidé en faveur de ce type d'organisation raisonnée. Le programme du CNR demandait, en termes vagues, l'élaboration par l'État d'un plan, après une large consultation. La confusion des idées est grande, alors. Faut-il se réclamer des plans quinquennaux soviétiques ou, plus prudemment, de la politique de Clémentel, en 1919 ? René Pleven parle d'un dirigisme libéral. À l'opposé, Pierre Mendès France, nommé ministre de l'Économie nationale en septembre 1944, veut utiliser le plan pour une transformation radicale des structures. En outre, la planification semble fille d'une économie de pénurie et de rationnement et source de bureaucratie, à la manière du « Gosplan ». En s'en tenant au dénominateur commun, c'est-à-dire à l'établissement des priorités de reconstruction et de développement, était-il possible de trouver un accord ? Pierre Mendès France a tenté, jusqu'à sa démission en avril 1945, d'élaborer cette charte économique. Il n'est pas parvenu à gagner l'appui des administrations de la Production industrielle et des Finances. Il a surtout payé son isolement dans le grand débat de politique monétaire du moment.

Quelques mois plus tard, le 3 janvier 1946, le Commissariat général au plan est créé par décret ; Jean Monnet le dirige.

Une idée presque moribonde a pris corps. Comment un tel retournement a-t-il été possible ? L'échec de Mendès France n'a pas ruiné l'idée de plan. Les essais sectoriels des différents ministères l'ont enrichie, au contraire. Il faut éviter une construction trop ambitieuse ; mieux vaut être planificateur que « planiste ». La reconstruction et le développement, en second lieu, ont besoin d'une perspective et de moyens, d'une hiérarchie des urgences. L'aide américaine, indispensable pour le redressement de l'économie, ne sera débloquée que si la France présente un dossier cohérent de modernisation et d'équipement. La trouvaille de Jean Monnet – qui dirige à Washington la mission du Comité français d'approvisionnement – est d'avoir lié planification et aide américaine et d'avoir convaincu le général de Gaulle que la modernisation devait emprunter ce chemin. Le CGP échappe aux pesanteurs administratives. C'est une équipe légère, que l'on croit provisoire, directement rattachée à la présidence du Conseil. La méthode d'élaboration tranche, elle aussi, avec les habitudes. Dix-huit commissions de modernisation sont chargées de fixer les objectifs de chaque branche. Elles sont composées de hauts fonctionnaires, de représentants des centrales syndicales, de chefs d'entreprise et d'experts. La concertation a l'avantage de garantir la qualité des travaux préparatoires et d'impliquer les agents de l'économie dans l'élaboration. Le plan se présente comme l'outil de la modernisation. Sur ce point, Jean Monnet est fidèle à la pensée dominante, mais il récuse la conception globalisante et dirigiste de la planification. Le plan n'est pas la panacée ; il est, selon le mot de Pierre Massé (successeur de Jean Monnet au CGP), un « réducteur d'incertitudes ». Il ne se substitue pas au marché, sauf lorsque celui-ci est « irréalisable, défaillant ou dépassé ».

Démarche pragmatique mais ambitieuse. Le rapport général qui résuma, à la fin de 1946, les travaux des commissions, fixait comme objectif pour 1950 de dépasser d'un quart le niveau de production de 1929. La priorité était mise sur six secteurs de base dont la croissance devait entraîner le reste de l'économie : charbon, électricité, acier, transports, ciment, machinisme agricole. Le taux d'investissement devait atteindre 23 à 25 % du revenu national contre 19 % en 1946. En quatre ans, les « goulots d'étranglement » qui paralysaient la Reconstruction disparaîtraient. Des choix rigoureux avaient été faits au détriment des industries de consommation. Le logement était sacrifié aux barrages et aux usines. Le plan prévoyait que la durée moyenne du travail excéderait beaucoup les quarante heures. Mais l'indication la plus lourde d'avenir concernait l'agriculture. Une diminution rapide de la population active agricole était programmée. Les auteurs du plan avaient travaillé dans une perspective « industrialiste », qui ne laissait à l'agriculture qu'un rôle second ; la IIIe République était bien morte. Plans et nationalisations se soutenaient mutuellement. Pour les Charbonnages de France, Électricité de France et la SNCF, les objectifs du plan étaient impératifs. Le secteur privé était incité à s'y rallier. Pourtant, le volontarisme butait sur le manque de ressources financières. Le rapport du CGP le reconnaissait : « La France est dans ce dilemme : elle doit investir pour augmenter son rendement actuel insuffisant, mais ce rendement insuffisant ne laisse actuellement aucune marge pour investir. »

L'aide américaine

Pas de redressement sans aide américaine : ni l'autofinancement, tombé au plus bas (15 %, par exemple, des investissements des Charbonnages de France, en 1949), ni le marché financier, convalescent, ni le budget de l'État, tiraillé entre des priorités multiples, ne pouvaient fournir les ressources nécessaires. La France avait bénéficié pendant quelques mois, en 1945, du « prêt-bail » que lui avait consenti le gouvernement américain. L'administration Truman désirait établir de nouvelles règles, passer à une économie internationale de paix. Grâce à l'esquisse du plan que Jean Monnet vient présenter à Washington, Blum obtient, en mars 1946, 900 millions de dollars de crédits. La modernisation peut commencer. Le dossier de la délégation française avait rassuré les Américains, mais, plus que tout, la menace d'un triomphe électoral du Parti communiste avait stimulé leur générosité. La dimension politique de l'aide américaine, évidente en 1946, allait être portée au paroxysme avec le début de la guerre froide : la France serait modernisée ou soviétisée, pensait-on outre-Atlantique. Les accords Blum-Byrnes avaient paré au plus pressé. La détérioration de la situation économique de la France, singulièrement du ravitaillement, à partir de l'hiver de 1946, remet en cause l'existence du plan ; la France épuise ses dollars à acheter du blé et du charbon. La politique d'aide massive à l'Europe, annoncée par le secrétaire d'État George Marshall le 5 juin 1947, vint à point. Le gouvernement français accepta le « plan Marshall » dès le 17 juin. Le plan de modernisation et d'équipement y trouvait enfin la promesse de son financement. Il était prolongé jusqu'en 1952 afin de coïncider avec le terme de l'aide Marshall. La France fut l'une des principales bénéficiaires de cette aide. Elle a reçu, d'avril 1948 à janvier 1952, 2,629 milliards de dollars dont 84 % en subsides gratuits. Cette aide transitait par la Banque de France et le Trésor qui prêtait aux entreprises la contre-valeur des crédits américains. Un organisme intermédiaire était indispensable pour que les financements suivent les priorités retenues. Le Fonds de modernisation et d'équipement, créé le 7 janvier 1948, eut mission d'attribuer les prêts, hors de tout contrôle américain. Contrairement à ce que la propagande communiste avançait, l'antenne parisienne de l'Economic Cooperation Administration ne s'immisça pas dans la ventilation des fonds. La vraie bataille opposa CGP et Trésor qui gagna la tutelle du FME. Le FME était aussi alimenté par des crédits publics, à parité approximative, sur les quatre ans, avec les fonds américains. En 1949, ces derniers correspondaient à 72 % du total. Le Plan Marshall a été l'irremplaçable démarreur de l'investissement. Ce soutien a été d'autant plus vital que les banques nationalisées ont marqué, au départ, une forte réticence à prêter de l'argent pour des investissements dont la rentabilité leur paraissait problématique. Il fallut toute l'insistance du directeur du Trésor, François Bloch-Lainé, pour les amener à coopérer. Dans les secteurs de base, l'aide américaine a financé 36,5 % des dépenses d'équipement d'EDF, 60 % des investissements des Charbonnages de France, entre 1948 et 1952. La sidérurgie avait besoin de s'équiper en laminoirs continus en tôle mince (matériel de fabrication américaine) pour suivre la demande explosive des industries de transformation. Les sidérurgistes du Nord, réunis dans Usinor, se portèrent candidats les premiers (20 février 1946). L'énormité de l'investissement (23 millions de dollars) engagé par Usinor amena les Finances à l'aider par le biais d'une garantie de change. Le plan Marshall contribua, sur la fin, à la bonne réussite de l'opération qui s'était révélée beaucoup plus coûteuse que prévue. Le deuxième « train à larges bandes », pour lequel la Lorraine était candidate, fut financé par moitié par le plan Marshall (1949). L'aide américaine a été le levier décisif de la modernisation sidérurgique. Elle n'a pas créé l'élan, mais l'a accompagné (Philippe Mioche). Les Américains fournissaient les dollars et vendaient les machines. Ils apportaient aussi leur maîtrise en productivité. C'était, on s'en souvient, le mot d'ordre de tous les rénovateurs. Le plan Marshall s'est ainsi accompagné de « missions de productivité » au cours desquelles des entrepreneurs français venaient visiter des usines américaines, à l'invitation de leurs homologues américains. Cela faisait partie, en quelque sorte, de la démonstration et du service après-vente. Des chefs d'entreprise de travaux publics, acquéreurs de machines pour terrassement et travaux souterrains, des responsables de Pechiney qui voulaient transférer une usine américaine d'aluminium en France venaient sur place examiner le matériel, comprendre son fonctionnement. En fait, l'essentiel était ailleurs. On venait outre-Atlantique saisir les raisons de l'écart de productivité entre les États-Unis et l'Europe et, à partir de là, y remédier. Les témoignages sont très contrastés. Il est vrai que la réussite de ces « missions » dépendait de la motivation et de la qualité des visiteurs. Certains, des sidérurgistes par exemple, sont revenus persuadés que les méthodes américaines étaient inapplicables en France parce que les ouvriers ne s'y prêteraient pas. D'autres, plus avancés peut-être dans leur démarche, ont dit avoir beaucoup appris (Pechiney). Ceux qui en étaient restés à Taylor découvraient l'importance du facteur humain dans la modernisation globale de l'entreprise. Une branche, la construction automobile, a assimilé mieux que d'autres la leçon américaine (Patrick Fridenson). Les missions de productivité ont conduit au transfert d'un modèle de gestion. En particulier, les relations sociales dans l'usine devaient être repensées. On ne met pas des machines nouvelles dans un vieux cadre. Les rapports avec la clientèle importaient aussi davantage. Pour tout cela, dit un témoin, « nos usines étaient restées au niveau d'avant la guerre... ». S'américaniser ou périr ? Que le financement, les techniques et les méthodes de gestion doivent être importés n'implique pas, en automobile moins qu'ailleurs, la disparition de la créativité française.

Le creuset de l'expansion

Reconstruction et développement

Les conséquences de la guerre ont été rapidement effacées. À la fin de 1945, le trafic ferroviaire était rétabli et l'extraction charbonnière retrouvait en 1945-1946 son niveau de 1938. La production industrielle totale rejoignait le volume d'avant la guerre en 1947. Sur l'indice 1938 = 100, la progression se poursuivait ainsi :

1948	*1949*	*1950*	*1951*	*1952*
113	122	129	143	145

L'année 1949 marque la fin des « goulots industriels » ; la bataille de la Reconstruction a été gagnée. Toutefois le plan avait une autre ambition. Il se référait aux résultats brillants de 1929 et non à ceux, médiocres, de 1938. Au lieu de dépasser d'un quart la barre de 1929 en 1950, la production industrielle ne l'avait pas encore franchie à cette date (indice 129 au lieu de 133). En dehors de l'acier et des carburants, les objectifs étaient très imparfaitement remplis. Le retard initial n'avait pu être comblé. D'ailleurs, une rectification en baisse des investissements intervint en 1948, pour le charbon, l'hydroélectricité et les matériaux de construction. Les chiffres révisés furent globalement atteints en 1952. Outre ces réajustements quantitatifs, le plan s'élargissait à de nouvelles priorités : produits agricoles, métaux non ferreux, produits chimiques, tourisme, etc. Ce rassemblement hétérogène n'avait pas de logique industrielle ; il visait à restaurer l'équilibre de la balance des paiements (Michel Margairaz).

Une fois reconstruite l'infrastructure des transports, le secteur de l'énergie a eu la plus haute priorité : 47 % des investissements lui ont été consacrés entre 1948 et 1952. Les charbonnages ont retrouvé en 1951 les résultats d'extraction de 1929 (55 millions de tonnes). On est loin des 65 millions de tonnes prévus pour 1950. En 1952, l'extraction se montera à 57 millions de tonnes et plafonnera ensuite jusqu'en 1957. L'industrie houillère française s'essoufflait à rejoindre l'impossible indépendance énergétique. Comme les Américains voulaient une Allemagne occidentale forte, le rêve d'une main-mise sur le charbon allemand s'effondrait. La production d'électricité, au contraire, s'est établie en 1951-1952 au niveau espéré, soit 40 milliards de kilowattheures. C'était presque deux fois et demi la production de 1930. EDF a repris à son compte la mystique d'hydroélectricité qui régnait entre les deux guerres. Le plus gros de l'investissement, jusqu'en 1949, est allé à ce secteur. L'équipement hydraulique était beaucoup plus coûteux que le thermique, mais il avait l'attrait de la nouveauté et portait promesse d'indépendance.

EDF, en outre, le maîtrisait entièrement. Une curieuse alliance s'instaura entre la CGT et la direction d'EDF pour défendre le choix initial. Les barrages sur le Dniepr et ceux de la Tennessee Valley Authority donnaient à cette énergie une coloration de gauche… en tout cas, l'argent public ne manqua pas sur ce front ; François Bloch-Lainé, directeur du Trésor de 1947 à 1953, sut « transformer les liquidités en barrages ». Gaz de France, qui défendait sa place contre son puissant voisin, a su d'abord consolider l'élan de production des sociétés préexistantes. L'indice (1938 =100) passe de 112 en 1945 à 142 en 1946. Un palier de quatre ans précéda la seconde poussée : 1951 : 155 ; 1952 : 162. L'industrie pétrolière, demeurée dans le secteur privé, a progressé au-delà des prévisions, pourtant révisées en hausse, de la commission « Énergie ». Partie d'une capacité de raffinage de 8 millions de tonnes en 1938, elle est parvenue à 24,5 millions en 1952, soit 30 % de plus que n'en escomptait le plan. Avec des marges qui lui permettaient d'autofinancer ses investissements à hauteur de 70 %, ce secteur a dès lors « pu mener ses affaires comme il l'entendait » (Hélène Levier).

Troisième secteur clé de la réindustrialisation, la sidérurgie. Entre les deux guerres, les industriels français n'avaient pas assez valorisé la production primaire. Ils exportaient des lingots d'acier brut plus que des tôles. Le potentiel de la Lorraine « allemande » avait conduit à cette facilité redoutable. En mettant en route les deux trains à large bande, la profession veut refaire son retard. La production d'aciers laminés en 1952 excède de 37 % le résultat de 1930. La métallurgie des non-ferreux donne l'image d'une vitalité toute juvénile. La production d'aluminium avait repris sa croissance à partir de 1935, jusqu'en 1941. Ce niveau (63 915 tonnes) est approximativement rejoint en 1948. Deux années creuses se succèdent, suivies d'un grand bond en avant : 90 336 tonnes en 1951, 106 137 tonnes en 1952. La Reconstruction commençait par la fourniture des matériaux. La production de ciment peut servir de repère. Elle était de 3,787 millions de tonnes en 1938, chiffre retrouvé en 1946. Six ans plus tard, elle se situait à 8,645 millions de tonnes. Les secteurs de base ont largement contribué à cette réussite quantitative et, plus encore peut-être, à la promotion internationale de la technologie française. Génissiat, Tignes, Donzère-Mondragon et la trentaine d'autres barrages construits pendant le premier plan ont été autant de démonstrations de savoir-faire. Un effet aval identique a-t-il stimulé la métallurgie différenciée ? La construction mécanique a bénéficié des commandes d'équipement de la sidérurgie, des houillères, des centrales et des chemins de fer. Dans le domaine des machines ordinaires, l'autosuffisance a été reconquise. Mais le déficit de machines-outils et plus généralement d'équipements de pointe a persisté au-delà du plan Monnet. L'Amérique a comblé cette carence. Elle a dû aussi envoyer ses tracteurs, car le plan ici (200 000 tracteurs à l'horizon 1950) n'a pas été rempli. Elle a enfin contribué, par un transfert massif de technologie, au redémarrage de l'industrie chimique française qui s'affirmera dans les années 1950 (François Caron). Le secteur textile, pris dans son ensemble, est le grand perdant de la période. Il a tout juste récupéré en 1949 la base déprimée de 1938. Il convient cependant de distinguer trois cas de figure : le déclin de la laine, la bonne tenue du coton, la percée des textiles artificiels et synthétiques (en milliers de tonnes) :

	1938	*1948*	*1951*
Tissus de laine	71,8	77	72,2
Tissus de coton	149,1	150,2	206,1
Textiles artificiels et synthétiques	32,7	73,8	103,9

La construction automobile n'était pas dans les priorités du plan. Elle a toutefois bénéficié pour ses achats de machines-outils des conditions de paiement de l'aide américaine. Son dynamisme propre éclate dans l'après-guerre. Partie de presque rien (1 600 voitures particulières produites en 1945 !), elle s'est rétablie en 1950 à la hauteur de 1929 (plus de 250 000 voitures) et a augmenté de 22 % l'année suivante. Le marché, et non l'État, avait pesé dans ce sens.

Aspects de la modernisation

Qu'est-ce que la modernisation, dans l'esprit des fonctionnaires et des chefs d'entreprise novateurs, sinon la politique de la productivité ? Le plan Monnet et le plan Marshall ont été bâtis à cette fin. Les années de guerre ont été sanctionnées par un recul prononcé de la productivité horaire. À la Libération, on ne voit pas d'autre issue, dans l'immédiat, que l'augmentation de la durée du travail. La semaine de quarante heures est loin ; les salariés en effectuent en moyenne quarante-cinq. La « bataille du charbon » se traduit concrètement par des journées plus longues. Il n'est pas rare, en usine, de dépasser les cinquante heures. Le deuxième procédé consiste à intensifier le travail. Toutes les formes de prime et de contrôle concourent à améliorer le rendement individuel. Dans les charbonnages, on fait appel, en outre, au professionnalisme et au patriotisme des mineurs. Maurice Thorez y ajoute significativement qu'il faut « surmonter la crise de moralité », entendons le dégoût d'un travail sans attrait. La troisième mesure, la plus progressiste et la plus efficace, repose sur une transformation des équipements et des procédés pour accroître la productivité horaire. Les investissements, qui augmentent de plus de 5 % par an de 1946 à 1951, améliorent, à terme, le rendement du travail. En 1949, malgré une avancée certaine, la productivité globale de l'industrie n'a recouvré que 91 % de son niveau de 1938. Par la suite, le résultat des efforts est très sensible ; Carré, Dubois et Malinvaud estiment à 7 % par an, de 1949 à 1951, les gains de la productivité industrielle. Presque toutes les branches en proposent la vérification. Les progrès sont d'autant plus spectaculaires que l'industrie était initialement peu mécanisée. La production de l'industrie du bâtiment a quadruplé entre 1945 et 1950, pendant que l'effectif ouvrier n'augmentait que d'un quart (Jean Bastié). L'évolution du prix de revient de la tonne de charbon aux houillères du Nord-Pas-de-Calais exprime, en peu d'années, un gain évident de productivité. Sur la base 100 en 1949, il était à 114 en 1948 et tombe à 89 en 1951. Le surcroît de travail obtenu des mineurs n'explique pas une telle courbe, alors que le consensus national a disparu. L'explication est à chercher, comme dans le bassin de Saint-Étienne, dans des démarches cumulatives.

En premier lieu, des investissements considérables ont été consacrés à moderniser la circulation en sous-sol, grâce à la traction électrique. La remonte a été également améliorée. Par là, les flux s'accélèrent, ce qui lève l'un des obstacles les plus constants à l'avancée du travail. Par ailleurs, l'extraction est de plus en plus mécanisée. Mais le choix décisif a été de concentrer l'exploitation sur les puits les plus rentables. À la place d'une industrie qui en tenait toujours pour une pratique extensive – on prend le charbon partout où il y en a –, on instaure une politique sélective, attentive à valoriser les meilleurs sites. La « périphérie » du gisement est donc abandonnée. Cette stratégie a réussi à comprimer les coûts. Elle porte en elle, malgré tout, une dynamique de restriction irréversible du territoire minier.

En amont de la modernisation, la recherche devait alimenter les programmes de développement des entreprises. Seules les plus grandes sociétés pouvaient se doter d'un véritable laboratoire, à l'image de Michelin ou d'Ugine, par exemple. Hors des principales firmes où la fonction de recherche était un élément reconnu de l'organigramme, cette activité se cantonnait dans un groupe limite de personnes, au hasard des tempéraments et des carrières. Là même où la recherche a pris un tour industriel, comme en chimie, l'entreprise ne peut être le lieu principal de la découverte. Dans un domaine où la mise de capital est lourde, faut-il risquer d'« inventer ce qui a déjà été fait » ou se concentrer sur quelques produits prometteurs ? Saint-Gobain retient la seconde option (Henry Rousso).

Rhône-Poulenc, si inventif pendant la guerre et dans les années 1950, est aussi actif à exploiter les inventions des autres, Nylon, pénicilline (1943), silicone (1948) (Pierre Cayez). La profession sidérurgique s'est dotée en 1944 d'un laboratoire, l'IRSID. Présidé jusqu'en 1959 par Henri Malcor, « numéro trois » du groupe Marine, cet organisme avait le double mérite de conduire des recherches qui dépassaient l'intérêt immédiat (et souvent les finances) des entreprises et de ne pas laisser trop de terrain à la recherche publique. Cette hantise de la « nationalisation » était bien excessive, car le CNRS de 1945 n'avait plus, contrairement à son esquisse de 1938, d'ambition en recherche appliquée. En revanche, la recherche des « nationalisées » était vivace, l'effet d'échelle s'ajoutant à l'enthousiasme des débuts. Les domaines d'application ne se limitaient pas au système technique de l'entreprise – EDF, par exemple, a fait avancer la réflexion économétrique pour les besoins de sa tarification.

La modernisation a-t-elle entraîné la concentration ? En comparant la situation de 1954 à celle de 1931, François Caron a mis en évidence un glissement de la hiérarchie vers les entreprises de « taille moyenne » (de 101 à 500 salariés) ou les « grands établissements » (de 501 à 1 000 salariés). L'intensité capitalistique de certaines branches (la chimie) serait le moteur de cette évolution. Au demeurant, si le supplément de main-d'œuvre s'oriente effectivement ainsi, les stocks bougent lentement : en 1954, les entreprises qui emploient plus de 101 salariés constituent 53 % du total, contre 50,2 % en 1931. La période qui suit immédiatement la guerre se caractérise par un flux important de nouvelles entreprises, un véritable *firm boom*. Il s'en est constitué davantage de 1945 à 1954 que dans toute autre tranche décennale entre 1919 et 1964. Cette « explosion du capitalisme » (François Caron) s'est faite sur la base de la petite, voire de la très petite entreprise. La rationalisation de l'appareil productif gagne pourtant du terrain. En présentant le projet de loi sur la nationalisation du gaz et de l'électricité, Marcel Paul avait tenu un discours sévère pour les compagnies gazières. Il lui paraissait « indispensable de transformer l'équipement d'une industrie stagnante et en voie de péricliter ». Le pullulement de petites usines fort peu rentables gênait la modernisation de la branche. 80 % des usines produisaient moins en un an que les trois « parisiennes » en un jour (Alain Beltran et Jean-Pierre Williot). EDF avait à achever la mise en réseau des installations ; GDF devait, pour sa part, concentrer et raccorder des établissements épars. À l'issue du premier plan, 112 usines ne procédaient plus à la distillation de la houille, mais étaient rattachées aux « feeders » de distribution. Un trentaine d'autres avaient été modernisées. Ce qui était possible dans une industrie nationalisée et correspondait à la nouvelle culture de l'entreprise était-il envisageable dans l'industrie sidérurgique ? La commission du Plan, en 1946-1947, a tenté de convaincre – il n'était pas question de contraindre – la profession de fermer certaines des 177 usines et de regrouper quelques-unes des 27 sociétés (Philippe Mioche). En dépit du soutien d'une fraction du patronat, ce projet se heurta au refus de la Chambre syndicale de la sidérurgie, au nom du droit de propriété. Au moment où la sidérurgie européenne se relevait, une « occasion a été manquée » (Henri Malcor). La restructuration se fera beaucoup plus tard, dans le drame. Il faut cependant mettre dans la balance, comme le fait Malcor lui-même, les débuts du regroupement des plus grandes entreprises (Denain-Anzin et Nord-et-Est donnant Usinor en 1948, Marine, Micheville, Pont-à-Mousson et Rombas formant Sidelor en 1950) qui autorisent quelque espoir.

Les prix et tarifs du secteur nationalisé relevaient de l'autorité de l'État. Ainsi la puissance publique pensait-elle utiliser au mieux de l'économie l'arme des nationalisations. La politique tarifaire, sur laquelle la direction des établissements n'avait guère de prise, a eu des effets variés sur le processus de modernisation. Les prix du charbon et du kilowattheure ont été maintenus très bas. Les consommateurs industriels ont bénéficié d'un avantage décisif dans la phase de redémarrage et d'expansion. Du côté des fournisseurs, les Charbonnages ont certainement souffert de cette politique qui réduisait leur marge sans qu'ils puissent compenser la perte par un gain équivalent de productivité. EDF a également pâti. Le prix de l'électricité était à l'indice 370 en 1947 (1938=100) contre 810 pour les prix de gros. Il fallut attendre l'apaisement de l'inflation, à partir de 1949, pour que l'entreprise puisse reconstituer ses ressources (Jean-François Picard, Alain Beltran, Martine Bungener). Ainsi se vérifiait la logique des nationalisations dans une économie demeurée capitaliste ; elles avaient pris en charge des secteurs en déclin ou à risque pour donner vigueur et profit au reste de l'appareil productif (Jean Bouvier).

Tensions

La modernisation bien avancée, la croissance nette de la fin des années 1940 ont un prix, la paupérisation populaire. En cela, les années noires survivent à la Libération. Le ravitaillement est coûteux et précaire. Quand la mauvaise récolte de l'été de 1947 se superpose au désordre persistant de la distribution, on peut craindre que le pain ne vienne à manquer. Des troubles éclatent à l'automne de 1947 en quelques points ; les cartes de rationnement sont maintenues jusqu'en 1949. Sur fond d'inquiétude frumentaire qui fait revivre les vieux réflexes contre les accapareurs, la vie quotidienne est dure pour les salariés. Leurs traitements – où la part des prestations sociales ne doit pas être négligée – sont loin de suivre la hausse des prix. Le salaire horaire moyen de la métallurgie parisienne (base de référence de la grille nationale des salaires) est à l'indice 375 en 1946, par rapport à 1938, les prix de détail ont atteint l'indice 612. Au printemps de 1947, le pouvoir d'achat ouvrier a sans doute reculé d'un tiers depuis 1938. Des mesures d'urgence, telles que l'importation de blé américain, ne changent pas le cours des choses ; le contrôle des salaires se révèle plus opérant que celui des prix. L'augmentation de la durée du travail adoucit un peu le choc de la crise, tout en aggravant la condition ouvrière. De même, le gain de productivité qui est obtenu par l'intensification du travail est un prélèvement mal ressenti. Dans la mesure, en outre, où les prix des produits manufacturés montent plus vite que les salaires (deux fois plus vite dans le cas de la sidérurgie), il est clair que le freinage des rémunérations est l'instrument commode pour reconstituer les marges. La colère ouvrière éclate donc contre les patrons, l'État, l'État-patron. Les années 1945 et 1946 n'avaient pas été exemptes de grèves. Elles étaient généralement brèves, ponctuelles, et se résolvaient sans difficulté. Le nouveau cours des luttes, beaucoup plus dures et contagieuses, s'ouvre en avril 1947 par une grève chez Renault. Partie d'un groupe trotskiste, elle s'étend rapidement à la Régie. La CGT a pris la grève en marche, et le Parti communiste, en refusant de soutenir la politique salariale du gouvernement, donne à Ramadier l'occasion de la rupture (5 mai 1947). Pendant dix-huit mois, des vagues de grèves vont balayer le pays. D'abord au printemps de 1947, en écho de celle de Renault, puis en septembre et en novembre-décembre. Soit 3 millions de grévistes dans l'année. Le déclencheur prédominant est la revendication salariale. Chaque accord – ainsi celui de Renault – provoque une demande équivalente dans un autre secteur. Le gouvernement fait front, dans l'espoir de contenir l'inflation, quitte à rejeter l'accord CNPF-CGT (6 août). Le départ des ministres communistes du gouvernement donne un tour politique à la contestation cégétiste, créant un malaise dans la centrale ouvrière. Ramadier, de son côté, organise l'épuration des communistes dans les conseils des entreprises nationalisées où leur influence l'inquiétait (EDF, Charbonnages de France). Au-delà, la question des statuts privilégiés des salariés de ces entreprises semble posée. L'actualité sociale et politique n'épuise pas les motifs d'action. Des rancœurs anciennes sont ravivées ; les lendemains déchantent. Chaque vague de grèves a pris naissance dans la métallurgie ou dans les mines et a rallié un large spectre de professions : textiles, chimie, fonction publique, services. Une solidarité régionale s'esquisse dans les bassins miniers ; le petit commerce soutient les travailleurs-consommateurs. Le mouvement est dur, et même violent. Les forces de l'ordre – les nouvelles « CRS » – sont attaquées ; des sabotages de l'outil de travail (et même le déraillement d'un train de voyageurs) sont enregistrés. Est-on en présence, comme l'a pensé Vincent Auriol, de grèves insurrectionnelles ? La direction communiste, suivant la ligne stalinienne, pousse les feux, mais ne veut surtout pas d'une aventure. Des militants frustrés d'une révolution annoncée et impossible ont pu croire le moment arrivé. Les combats (et les armes) de la Résistance ne sont pas loin. Reste que EDF, où la CGT était toute-puissante, n'a subi que des grèves courtes. La cogestion tient bon, en dépit de la « chasse aux sorcières ». Les électriciens n'ont pas, comme les mineurs, un passé à liquider. Vingt fédérations de la CGT organisent un comité central de grève. En vain. Devant la détermination du gouvernement et l'effritement du mouvement, la reprise du travail est ordonnée par la CGT le 10 décembre. 1948 est aussi une année d'effervescence ouvrière ; on y a compté 1 374 grèves. Les plus importantes ont eu pour théâtre, du début d'octobre à la fin de novembre, le bassin houiller du Nord-Pas-de-Calais. Le mouvement procède d'une double volonté. Celle des socialistes Lacoste (ministre de l'Industrie) et Moch (ministre de l'Intérieur) d'en finir avec le contre-pouvoir communiste – jusque dans les coopératives minières –, celle de la direction du PC d'appliquer la politique kominformienne de luttes de blocs, luttes de classes. Ce sera l'affrontement, l'isolement de la grève, la répression (2 000 licenciements). Dix ans après la calamiteuse grève générale contre les décrets-lois Reynaud, le mouvement syndical est à nouveau battu et déchiré. En effet, les réformistes de la CGT se sont organisés au printemps de 1947 dans le courant « Force ouvrière » pour contrecarrer sa dérive sectaire et résister à l'hégémonie communiste. Si les grèves échouent en 1947 et 1948, malgré le potentiel de mécontentement, c'est bien parce qu'une partie du mouvement ouvrier refuse de se laisser entraîner dans une aventure politique. Ceux-là se reconnaissent dans la CFTC (700 000 adhérents en 1945) et dans Force ouvrière. Les amis de Léon Jouhaux décident la scission (18 décembre 1947) et créent une nouvelle centrale, la CGT-FO (12 avril 1948). La guerre froide traverse le mouvement syndical, comme le montre le soutien financier de l'AFL-CIO américaine à FO. La défaite est commune. Sur 6 millions de cartes de la CGT de 1946, il n'en demeure au maximum en 1951 que 3 millions du côté de Frachon et 1 million du côté de Jouhaux. Le paroxysme de grèves est passé. Jusqu'en 1953, le front du travail sera plus calme. Il est vrai que le patronat est en position de force. Il ne craint pas d'installer à l'entreprise un ordre musclé (Citroën) et sait jouer sur la division syndicale, en suscitant au besoin des organisations « maison ». Certaines entreprises renouent utilement avec le paternalisme (Peugeot). La loi du 11 février 1950 sur les conventions collectives symbolise la fin du dirigisme d'après guerre puisqu'elle confie la fixation des salaires à la libre négociation des syndicats ouvriers et patronaux. Le salaire minimum interprofessionnel garanti (SMIG) donne seulement la base. Dans les entreprises nationalisées, les salariés expérimentent de nouveaux rapports sociaux et bénéficient soit d'un statut (les mineurs), soit de moyens collectifs (les œuvres des comités d'entreprises), qui les distinguent favorablement du secteur privé. Le pouvoir d'achat horaire progresse à partir de 1951, mais ne retrouve pas encore son niveau d'avant la guerre. C'est par l'allongement de la durée du travail que les ouvriers sont prêts de rattraper ce retard.

La France n'est pas devenue l'Espagne, comme Jean Monnet et le courant modernisateur disaient le redouter. La Reconstruction s'est effectuée grâce aux sacrifices du plus grand nombre, selon des axes innovateurs. La France est restaurée, mais différente. Les moyens de l'économie mixte ont été mis au service d'une volonté saint-simonienne, qui avait manqué dans l'autre après-guerre. Cela n'est pas allé sans paradoxe. La planification où certains voulaient voir l'ébauche du socialisme a puissamment aidé au rétablissement du marché. Les nationalisations non seulement devaient donner à l'État un socle de pouvoir, mais aussi esquisser une autre logique économique et sociale. Elles ont, en fait, dégagé le capitalisme de secteurs trop lourds, dans cette phase de transition, et ainsi l'ont consolidé. Quant à l'aide américaine, présentée à l'extrême gauche comme un outil de vassalisation, elle a sauvé l'indépendance économique du pays. Les bases d'une croissance inédite de l'industrie française sont posées au début des années 1950. Il est frappant de voir que les branches les plus représentatives de la seconde industrialisation : l'électricité, l'aluminium, le raffinage des produits pétroliers, la construction automobile, sont aussi les plus dyna-

miques. En revanche, le cadre de vie et le confort sont loin d'avoir retenu la même attention. La société française et, plus particulièrement, les salariés d'industrie sont en droit d'espérer que les biens de consommation deviendront plus accessibles et que le fordisme ambiant aura enfin sa traduction sociale.

2. L'ouverture au monde

« La France est vouée au commerce international », disait Jean Monnet. Constatation ou perspective ? L'économie française, et en tout cas son industrie, était accoutumée depuis longtemps aux plus vastes horizons. Mais elle se repliait aussi sur elle-même en temps de crise et venait de sortir d'un long tunnel. La Reconstruction limitait les échanges au strict nécessaire. En outre, la France avait été reconnue comme l'un des cinq grands et croyait toujours pouvoir s'appuyer sur son empire. Que faire de l'Allemagne, ou que faire avec elle ? La question se posait d'autant plus que l'industrie d'outre-Rhin se rétablissait beaucoup plus vite qu'on ne l'avait imaginé. Une fois le redressement acquis, quelle place prendre dans la division internationale du travail ? La réponse incombait d'abord au pouvoir politique. Aurait-il la volonté et la continuité nécessaires pour proposer une nouvelle donne commerciale comme il avait su appliquer une stratégie de redressement et de modernisation ? Les industriels, bien sûr, devaient choisir entre des développements différents, opérer au besoin des reconversions. Les consommateurs – les ménages comme les entreprises – allaient arbitrer entre produits nationaux et produits étrangers à partir du moment où le choix devenait possible. Enfin, l'échange des marchandises n'entraînait-il pas, de France et vers la France, un flux d'investissements et, partant, une interdépendance accrue ?

Le choix de l'Europe

La fin de l'empire

La France libérée s'interroge sur son empire. La nouvelle « Union française », le statut de l'Algérie (1947) veulent être la réponse au grand ébranlement de l'autorité et des esprits dont la guerre mondiale a été la source. Il ne saurait être question d'oublier que la France s'était redressée d'abord en outre-mer, qu'elle était forte de ses positions mondiales, comme l'homme du 18 juin l'avait rappelé. Avant d'entreprendre quoi que ce fût à l'extérieur, il semblait opportun de s'appuyer sur les ressources et sur les débouchés de l'empire. Celui-ci fournissait évidemment à la métropole le plus gros de ses importations en produits exotiques – café, cacao, sucre de canne, oléagineux. Un secteur important de l'industrie agroalimentaire dépend de cet approvisionnement privilégié. L'industrie des engrais achète l'essentiel de ses phosphates dans l'empire (80,5 % en 1949). À un degré moindre, l'industrie du caoutchouc et les industries métallurgiques reçoivent une partie de leurs matières premières de la zone franc (respectivement, 45,1 et 21,4 % en 1949). L'intérêt des colonies, pour l'industrie, réside davantage dans les débouchés. Ils avaient amorti les effets de la Grande Crise. Ne pouvaient-ils soutenir la Reconstruction ? Dans l'immédiat après-guerre, la part de l'empire dans les ventes de marchandises métropolitaines a été beaucoup plus forte que dans les années 1930. Ensuite, elle a globalement diminué ; l'industrie française, entrée dans une phase de croissance, s'extériorisait à nouveau :

Part de l'empire dans les exportations de la France (en %)

	1938	*1949*	*1958*
Tissus de laine	15,7	38,1	29,7
Tissus de soie	17,9	55,8	56,1
Tissus de coton	84,6	89,2	83,6

Produits chimiques	12,2	30,1	37,8
Outils et ouvrages en métaux	47	67,9	56,4
Machines et mécaniques	41,2	55,5	39
Fers et aciers	17,6	24,8	22,8
Automobiles	45,5	53,9	36,8

À l'apogée du mouvement, en 1948, la zone franc était destinataire de 44,3 % des exportations métropolitaines. Pour toutes les branches, l'outre-mer a d'abord été une chance. Puis, au début des années 1950, une divergence de comportement se dessine que Jacques Marseille formule ainsi : les industries « descendantes » s'accrochent au marché colonial ; les industries « ascendantes » s'en délestent. Politique des cotonniers contre politique des constructeurs d'automobiles. En misant sur le débouché colonial, les industriels vosgiens, par exemple, risquaient gros. La Blanchisserie et Teinturerie de Thaon (BTT) avait une relation privilégiée avec l'Indochine. D'autres entreprises de la région avaient construit des usines en Afrique noire et en Afrique du Nord. Un rapport préparatoire au VIe plan (1968) constatait que cette « situation très favorable » pour l'industrie vosgienne, mais aussi très dangereuse avait contribué à « engourdir les initiatives ». « Au fond de leurs vallées immuables, concluait le rédacteur, les chefs d'entreprise se sont parfois laissé surprendre. » Alors que la décolonisation ne s'est pas amorcée, les branches les plus dynamiques délaissent progressivement ce débouché au profit de l'Europe. Au prix d'une vraie compétition, le marché y est beaucoup plus prometteur. Il stimule certainement davantage les entreprises qui doivent se moderniser et évoluer sans répit pour comprimer les prix et gagner des clients. Le marché colonial où l'industrie est balbutiante demande peu de biens d'équipement et favorise les produits de consommation. Installées sur des marchés protégés, les entreprises tournées vers l'empire n'ont pas ressenti à temps la nécessité de se moderniser, encore moins de se reconvertir.

En neuf ans, de Diên Biên Phu aux accords d'Évian, le système colonial a été balayé. Le Syndicat général des industries cotonnières énumérait les pertes en 1960 : « Le débouché indochinois est passé de 20 000 tonnes en 1953 à 800 en 1959. Les ventes françaises au Maroc ont baissé des quatre cinquièmes ; le marché tunisien, moins affecté, s'est quand même fermé de presque moitié. » Il semblait bien, comme le notait ce document que le « desserrement des liens politiques [devait] faire cesser les osmoses économiques ». De nouveaux liens ont certes été élaborés, mais la zone franc est devenue marginale ; elle ne retient plus en 1972 que 9,1 % des exportations françaises. L'Algérie aurait pu contredire la tendance parce que la communauté européenne pouvait servir de moteur à des consommations productives et modernes et parce que le pari d'industrialisation (plan de Constantine, octobre 1958) introduisait de nouvelles perspectives. Les capitaux privés se montrèrent réticents à se risquer en Algérie, dans une situation politique aussi troublée ; quelques usines furent cependant installées dans des industries lourdes (matériaux de construction, métallurgie, chimie). Les industries légères (textiles) eurent encore moins de succès. Pour les plus audacieux, il ne s'agissait pas de participer à l'industrialisation de l'Algérie française, mais de s'installer du bon côté de futures barrières douanières (Daniel Lefeuvre).

Vivre avec l'Allemagne

Chacun en France était convaincu qu'il fallait réussir cet après-guerre mieux que le précédent. Sur le plan industriel, cela signifiait ne pas laisser l'Allemagne distancer la France et empêcher la conjonction, outre-Rhin, de la puissance économique et du nationalisme. Au-delà, il paraissait nécessaire d'associer les forces en Europe à la fois pour éviter un dangereux tête-à-tête avec l'Allemagne et pour contrebalancer partiellement la puissance américaine. Cette politique présentait des aspects contradictoires. La France souhaitait prendre des gages sur l'Allemagne, tout en acceptant peu à peu l'idée que celle-ci devait passer du statut de vaincu à celui de partenaire. Elle hésitait entre la vocation mondiale que la fin de la guerre lui avait restituée et la construction de l'Europe. En deux ans (1948-1949), le choix s'est resserré. L'Organisation européenne de coopération économique (OECE) créée le 16 avril 1948 entre les États-Unis, le Canada et les pays d'Europe destinataires de l'aide américaine n'a pu être la base d'une unité politique, telle que la souhaitaient les Américains et la rêvaient les « fédéralistes ». Le Royaume-Uni a refusé de s'inscrire dans un ensemble plus contraignant et a préféré « le grand large » à une union douanière avec le continent. Par ailleurs, les deux zones alliées en Allemagne, représentées à l'OECE, ont retrouvé un État, sinon une complète souveraineté, par la formation, le 8 mai 1949, de la République fédérale. Il est clair que la France ne pourra plus se mettre en travers du développement de l'industrie lourde allemande. Le démantèlement de la sidérurgie de la Ruhr, la tutelle indéfinie de la France sur la Sarre ont perdu toute vraisemblance. Les élites politiques ont-elles compris que « vivre avec l'Allemagne était une nécessité » (Gérard Bossuat) ? Les réactions à la déclaration de Robert Schuman du 9 mai 1950 sont mitigées. Que propose le ministre des Affaires étrangères ? « Placer l'ensemble de la production franco-allemande de charbon et d'acier sous une Haute Autorité commune dans une organisation ouverte à la participation des autres pays d'Europe », et le Lorrain d'ajouter : « La solidarité de production ainsi nouée manifestera que toute guerre entre la France et l'Allemagne devient non seulement impensable mais matériellement impossible. » Le traité fondant la Communauté européenne du charbon et de l'acier (CECA) est signé à Paris le 18 avril 1951 entre la France, l'Allemagne fédérale, l'Italie et les trois pays du Benelux. Deux produits majeurs circuleraient sans entraves, sous contrôle supranational, entre les Six. Toutes les formes d'ententes et de contingentements devaient être abolies. Ce libéralisme en actes s'accommodait de quelques dérogations. Le gouvernement français gardait le contrôle des prix sidérurgiques. L'industrie allemande redevenait majeure ; elle n'était plus soumise à des restrictions quantitatives. En retour, elle devait se plier à un processus de « déconcentration » (suppression des liens entre charbon et acier au sein d'une même entreprise) et de « décartellisation » (abandon des comptoirs de vente uniques dans la Ruhr). La sidérurgie lorraine aurait ainsi un accès plus facile au charbon allemand et vendrait mieux son acier outre-Rhin. Un marché commun transparent (les barèmes des entreprises étaient communiqués à Bruxelles) au lieu des ententes corporatives : la rationalisation qui commençait dans les charbonnages français par le biais de la nationalisation serait obtenue en sidérurgie par la voie européenne. Cette perspective effrayait plutôt qu'elle ne convainquait les sidérurgistes français. Jacques Ferry, membre influent de la Chambre syndicale de la sidérurgie française dès cette époque, a évoqué la méfiance, voire la panique, des patrons de Lorraine et du Nord devant le plan Schuman (entretiens avec Philippe Mioche). « La sidérurgie française, affaiblie par la guerre et plusieurs années de blocage des prix, n'était pas mûre, pensaient-ils, pour l'ouverture des frontières. » Ils ne craignaient pas seulement leurs concurrents de la Ruhr, mais la politique d'exportation à tout prix des groupes belges et luxembourgeois. Ils voyaient dans la combinaison de la Haute Autorité et du Conseil des ministres une menace pour la liberté des entreprises et pour l'autonomie des organisations professionnelles. En somme, ils avaient échappé à la nationalisation pour tomber dans le dirigisme supranational. Ils durent s'incliner, non sans de substantielles compensations. La canalisation de la Moselle serait entreprise pour désenclaver la sidérurgie lorraine ; divers avantages fiscaux seraient accordés, et les emprunts, facilités. Cette dernière disposition était lourde de dépendances futures, car elle inaugurait la fuite en avant dans l'endettement. La sidérurgie risquait de contourner la discipline de l'autofinancement et des restructurations raisonnées. La conjoncture mondiale a offert la meilleure contrepartie aux dangers de la CECA. Le besoin d'acier hors de la Communauté – autrement dit à prix libres – a rendu les exportations fort rémunératrices. L'offre européenne fut presque constamment insuffisante, jusqu'en 1960.

L'interdépendance

Le charbon et l'acier, quelle que soit leur importance, ne sont que des cas particuliers. L'industrie française doit se réintégrer dans le circuit des échanges extérieurs. La période de la Reconstruction a correspondu avec une demande soutenue d'énergie, de matières premières et d'équipements industriels. Ces importations, que les exportations de produits semi-finis ou manufacturés ne compensent pas, créent un déficit commercial et financier. La France se modernise à crédit. L'équilibre des échanges est momentanément réalisé en 1950, puis en 1955, pour se dégrader à nouveau. Évalué globalement, le commerce extérieur croît plus vite que le produit national. Le déséquilibre, préoccupant en termes monétaires, exprime la dynamique de la croissance. Sur la base de 1950, l'indice de 1957 est à 212 pour les importations et à 176 pour les exportations. La part des produits industriels s'élève à environ un tiers pour les importations et deux tiers pour les exportations. La France s'entrouvre ; elle se protège aussi. Les droits affectant l'importation de produits manufacturés sont de 18,5 % en moyenne, en 1955, soit sensiblement plus que chez les futurs partenaires de la France dans le Marché commun. En outre, une politique de contingentement par produit a été instituée. Le commerce extérieur du début de l'après-guerre est une activité administrée. La libération des échanges, par démantèlement de ces contraintes, est entrevue en 1950-1951. C'est l'époque heureuse d'une balance équilibrée. Les contingentements sont rétablis dès février 1952. Leur sort est suspendu à la réussite des politiques monétaires. Ils sont à nouveau démantelés entre décembre 1953 et juin 1956, rétablis en juin 1957 et supprimés en décembre 1958. En prenant appui sur une vigoureuse dévaluation, la France a quitté l'« économie de serre » (Jean Monnet). Elle confirme dans les faits son intégration au Marché commun. Le succès de la CECA à partir de 1953 incite à élargir la formule à d'autres produits. Ce mélange pragmatique de supranationalité et d'arbitrage intergouvernemental ne pouvait-il s'appliquer à la totalite des activités économiques ? Les partisans des États-Unis d'Europe, disciples de Marc Sangnier ou d'Aristide Briand, poussent activement la « construction européenne ». Beaucoup d'entrepreneurs les suivent sans partager forcément leur idéal. Ils jugent simplement que l'Europe est le passage obligé vers la modernisation. Plus nombreux sont ceux qui hésitent devant ce saut qualitatif. Une Europe sans l'Angleterre ne serait-elle pas vouée à devenir allemande ? C'est, sans doute, sous-estimer par frilosité les atouts de la France. Mais ces industriels redoutent aussi peut-être l'enfermement européen. Gérard Bossuat cite une note d'un haut fonctionnaire, Olivier Wormser, en décembre 1953, qui éclaire le balancement des stratégies. Les projets de marché commun, écrit ce dernier, « s'ils étaient acceptés par la France, conduiraient tôt ou tard à la disparition de la souveraineté française et à l'aliénation de notre empire colonial », et il conseille de s'en tenir à une solution moyenne de libération des échanges « sans risquer de sombrer dans un système supranational, sans s'endormir sur le mol oreiller d'un protectionnisme redoutable ».

La réserve manifestée – que les gaullistes et les communistes exprimaient plus brutalement – portait en définitive sur d'éventuels abandons de souveraineté et sur les conséquences politiques du redressement économique et financier allemand. Croyant contourner ce double obstacle, Robert Schuman et René Pleven avaient proposé aux cinq partenaires de la France d'intégrer le réarmement de l'Allemagne dans une Communauté européenne de Défense (26-27 mai 1952). Les gouvernements successifs, trop divisés pour presser la ratification du traité, laissèrent pourrir la situation. Mendès France eut la charge de présider au rejet de la CED (30 août 1954). Du même coup, semble-t-il, tout projet d'union politique – troisième étage de la construction – était écarté. Mais l'ambition persiste de « maintenir l'Europe à la place qu'elle occupe dans le monde, pour lui rendre son influence et son rayonnement » (conférence de Messine, 1er-3 juin 1955). L'économie servirait de levier. En moins de deux ans, les Six élaboraient les bases de la Communauté économique européenne (traité de Rome, 25 mars 1957). L'échec de la CED avait donné une chance inattendue à l'intégration économique, et la conjoncture mondiale d'expansion avait encouragé les Européens à franchir le pas. Pour la France, on l'a dit, la « décolonisation » de l'industrie, sa réorientation vers l'Europe étaient en partie acquises. Au reste, l'autarcie était illusoire. Sans Marché commun, la France ne pèserait pas dans le concert mondial.

Le traité de Rome organisait, selon un calendrier de douze à quinze ans, la disparition de toute entrave à la circulation des marchandises, des capitaux et des hommes à l'intérieur de la CEE. Ainsi, les subventions, contingentements et ententes étaient condamnés. Des mesures dérogatoires ou suspensives étaient prévues pour amortir les chocs. En fait, l'abolition des droits de douane intracommunautaires se réalisa selon un rythme accéléré. Au 1er juillet 1962, ils avaient diminué de 40 %, au lieu de 25 % et furent entièrement abolis le 1er juillet 1968, dix-huit mois avant l'échéance. Parallèlement, l'Europe s'ouvrait davantage aux productions des pays tiers. Le « tarif extérieur commun » était fixé à la moyenne des droits antérieurs. L'industrie française, très protégée jusque-là, fut donc davantage mise à découvert que les autres. La transformation du commerce extérieur est spectaculaire. Carré, Dubois et Malinvaud ont calculé la progression du commerce des produits manufacturés sur trois périodes : 1951-1957, 1957-1963 ; 1963-1969. En prenant chaque année-origine pour base 100, les résultats sont les suivants :

	Importation	*Exportation*
1951-1957	178	108
1957-1963	247	173
1963-1969	250	170

Pour préciser la nature des exportations industrielles, les auteurs ont détaillé trois catégories : les « demi-produits », les biens d'équipement, les biens de consommation. Sur la base de 1959, les indices d'exportation, en 1968, sont de 198,309 et 196. Rapporté à la production, le commerce fait preuve d'un dynamisme exceptionnel. Entre 1959 et 1972, le taux de pénétration des biens d'équipement sur le marché français passe de 8 % à 21 % de la production intérieure et le taux d'exportation de 18 % à 26 %. Le Marché commun ne coïncide pas seulement avec cet essor, il l'explique. Les exportations industrielles de la France, sur la base de 1958, atteignent en 1964 l'indice 295 vers la CEE et 140 hors CEE (René Girault). Le Marché commun est un grand multiplicateur.

La position internationale de la France

Les échanges de marchandises

Le commerce extérieur de la France a crû beaucoup plus vivement, depuis le début des années 1950, que le produit intérieur brut. La part du commerce extérieur dans le PIB est passée de 22,7 % en 1950 à 34,1 % en 1973. La France est de plus en plus intégrée aux échanges internationaux. En cela, elle rejoint la norme des pays développés qui, dans le même temps, ont intensifié leurs échanges. Après le long tunnel de la crise et de la guerre, malgré les secousses de la décolonisation, l'économie française s'est ancrée dans le commerce international, plus qu'elle ne l'était dans l'entre-deux-guerres. De la création du Marché commun au premier choc pétrolier, la structure de notre commerce extérieur s'est-elle modifiée ? L'équilibre des exportations, en volume, a peu bougé (Jean-Marcel Jeanneney).

	1959 (%)	*1973 (%)*
Denrées alimentaires	11,75	18,40
Matières premières industrielles	13,10	7,83
Produits manufacturés	75,15	73,77

En revanche, les importations ont pris un tout autre visage :

	1959 (%)	*1973 (%)*
Denrées alimentaires	23,58	12,41
Matières premières industrielles	44,13	22,84
Produits manufacturés	32,29	64,75

L'évolution du poste alimentaire reflète l'augmentation vive de la production et de la productivité agricoles et la faible élasticité de cette consommation par rapport au revenu. Le mouvement des matières premières montre une meilleure valorisation interne de celles-ci, mais est déterminé en partie par les fluctuations du prix de l'énergie. La croissance explosive de l'importation de produits manufacturés, dont l'élasticité, en pays développé, est forte, est l'expression du décalage aggravé entre la demande intérieure et les capacités de l'industrie. C'est un risque et un stimulant.

Les exportations industrielles ont gagné en volume 13,3 % par an entre 1969 et 1973. Cette performance est due au coup de fouet de la dévaluation d'août 1969. Les industries exportatrices ont bénéficié d'une marge supplémentaire dans la compétition avec les grands pays industrialisés. L'« accident » de 1968 (hausse prononcée des salaires, déficit commercial) qui était à l'origine de la dévaluation a eu la conséquence inattendue de relancer la production industrielle. Comme la dévaluation Pinay de décembre 1958, la dévaluation Pompidou, moins forte que la précédente (11 % contre 17,55 %), a remis l'industrie française à niveau. Dévaluer pour exporter et, en retour, moderniser est le mot d'ordre explicite. Le VIe plan l'affirme, « le développement des exportations ne peut être fondé que sur une industrie puissante et compétitive ». La France industrielle réussit bien, mais pas mieux que les autres. Jean-Claude Casanova dit justement qu'« elle a accompagné sans faiblir la croissance mondiale du commerce des produits manufacturés ». Tout son effort a abouti à maintenir grossièrement sa part dans les exportations industrielles mondiales autour de 7-8 %.

Rang des pays pour les exportations de produits manufacturés

1952	*1965*	*1973*
États-Unis	États-Unis	Allemagne
Grande-Bretagne	Allemagne	États-Unis
Allemagne	Grande-Bretagne	Japon
France	Japon	France
Benelux	France	Grande-Bretagne

La hiérarchie des exportations par tête donne peut-être une image plus exacte des capacités industrielles. La France est deuxième dans ce palmarès (derrière l'Allemagne) à la fin des années 1970.

La progression des importations industrielles a dépassé celle des exportations. Le « taux de couverture » a été la victime de l'ouverture des frontières. Il s'établit ainsi : 1959 : 195; 1963 : 130; 1969 : 98; 1973 : 107. À l'intérieur des importations, deux postes ont grandi plus vite que les autres : les biens d'équipement professionnel (de 10,3 à 19,9 %) et l'ensemble équipement ménager et biens de consommation (de 6,3 à 14 %). Si la seconde rubrique engage le niveau de vie des consommateurs français, la première fournit les moyens de la croissance industrielle. Le commerce international a été le recours indispensable. N'est-ce pas une carence inquiétante, à moyen terme ? André Gauron remarque que « la dynamique de l'accumulation dépend de l'extérieur » et que, par conséquent, l'activité industrielle française est liée à des normes d'équipement et à des prix sur lesquels elle n'a pas prise.

Les échanges intracommunautaires font plus de la moitié du commerce extérieur de la France. L'élargissement du Marché commun à la Grande-Bretagne, à l'Irlande et au Danemark (1er janvier 1973) a évidemment accentué la tendance. Mais 48,8 % des exportations d'acier français sont destinés à la seule CECA. En suivant A. de Lattre, il est possible de ventiler les principales catégories de produits industriels selon trois regroupements géographiques : la

CEE, les autres pays industrialisés, les pays non développés, à la coupe de 1973. La balance commerciale de la France se présente ainsi (en milliards de francs) :

	CEE	*Autres pays industrialisés*	*Pays non développés*
Équipement professionnel	– 7	– 4	+10
Automobile et matériel de transport	+3	+3	+4
Biens de consommation	+2	+2	+2
Équipement ménager	-2	0	+2
Biens intermédiaires	-10	0	+4

Les ventes aux pays non développés compensent le déficit de la France à l'égard du monde industrialisé. L'excédent interzone en automobile et biens de consommation est le fruit d'une spécialisation réussie, mais est soumis à la pression de nouveaux producteurs, dont le Japon. Enfin, la France est gravement déficitaire pour les matériaux et produits de base des industries textile, sidérurgique et chimique. Ces différents écarts dessinent une position fragile dans la division internationale du travail, à la veille de la crise.

L'exportation est, en France, un comportement ancien. Des firmes comme Pechiney, Saint-Gobain ou Michelin étaient déjà très présentes sur les marchés étrangers avant la Première Guerre mondiale, et l'industrie automobile française a manifesté dès l'origine une propension à exporter. Le changement, au début des années 1950, est dans la généralisation du mouvement d'extériorisation. Tout entrepreneur, finalement, est destiné, sinon disposé, à vendre à l'étranger. Le Marché commun offre des facilités évidentes et accélère les évolutions, mais, psychologiquement, beaucoup avaient déjà franchi le pas. D'autres persistent, selon le mot d'Alain Cotta, à avoir un « comportement résiduel à l'exportation ». Questions de moyens, de culture, mais aussi de conjoncture. Jusqu'au milieu des années 1950, le marché national paraît un débouché suffisant pour bien des branches. Il absorbe tout, comme une « éponge sèche », pour reprendre l'expression de Pierre Jouven, ancien directeur de Pechiney. Progressivement, le système d'échanges international s'étant rétabli puis modifié, la vente à l'étranger cesse d'être une pratique sporadique et s'intègre au comportement de plus nombreuses entreprises. Le changement de politique de Peugeot à l'égard de l'exportation illustre cette rupture (Jean-Louis Loubet). De 1952 à 1956, la firme de Sochaux exporte un quart de sa production, mais traite l'étranger comme un « marché de régulation », peu rémunérateur. « À l'exportation, dit Maurice Jordan, alors directeur général, on ne gagne nullement sa vie… » Peugeot ne conçoit pas une stratégie internationale offensive. S'il est présent dans 130 pays, c'est pour compenser les risques. Le gouvernement Mollet, inquiet du déficit commercial, demande instamment aux cinq grands constructeurs de vendre à l'étranger les deux tiers de l'augmentation de leur production (avril 1957). Des avantages sont promis : amortissements fiscaux et aides à l'exportation. En caricaturant un peu, on dira que Peugeot s'est fait exportateur sur injonction politique. Renault avait précédé le mouvement ; Citroën ne parviendra pas à suivre. La réussite de Peugeot est franche : les exportations se hissent à 43 % de la production en 1960 (qui a augmenté d'un tiers depuis 1957).

Elles se consolident à 40 % en 1965 et se montent à 54,5 % en 1973. L'Allemagne est devenue le premier client, en 1962, suivie par le Benelux. Au total, 47 % des ventes de Peugeot à l'étranger sont destinées à la CEE. Signe de cette intersection satisfaisante, la 104, lancée en 1972, est dévoilée simultanément en France et dans les cinq autres pays de la Communauté. Avec la naïveté des néophytes, les dirigeants de Peugeot étaient partis, dès janvier 1958, à l'assaut du marché nord-américain. Ils avaient pris toutefois la précaution de s'associer au départ au réseau local de Renault. Les fruits de l'aventure ont été amers. En 1960, l'offensive des « compacts » brisait le rêve américain des constructeurs français. L'Amérique latine était plus accueillante, sinon plus sûre. Peugeot y place 19 % de ses exportations en 1966 ; 12 % en 1973. L'Asie est très peu prospectée (6,4 % des ventes en 1973) alors que l'Afrique francophone demeure un bon débouché et une magnifique réclame pour la robustesse des modèles de Sochaux. Le secteur automobile en entier est pris dans une spirale d'exportation. Il vend 31,4 % de sa production à l'étranger en 1950, 38 % en 1961 et de 55 à 60 % entre 1970 et 1975. De 1950 à 1975, la production française d'automobiles a été multipliée par 11, et les exportations, par 19. La vente hors des frontières est devenue l'obsession des firmes et, souvent, leur meilleur atout. Elles y font des bénéfices plus élevés qu'en France et en tirent des économies d'échelle que le marché intérieur ne dégagerait pas. En contrepartie, elles doivent penser leurs modèles en fonction de ces marchés, construire des réseaux de vente efficaces et autonomes, qui sachent gérer les réglementations locales. Les firmes automobiles, puisqu'elles vendent un produit à haute valeur symbolique, font, en outre, l'apprentissage des relations entre industrie, politique et sentiment national. Hors de l'automobile et à une autre échelle de taille, voici un échantillon d'entreprises du Nord-Pas-de-Calais pleinement impliquées dans l'exportation, vers 1970 (Jean-Pierre Debourse). Les Ateliers de construction du Nord de la France (ANF Industrie) sont spécialisés dans le matériel ferroviaire. Ils sont attentifs aux grands chantiers étrangers. Cette entreprise a été retenue pour équiper ou rénover des métros en Amérique latine et participer à la création de turbotrains aux États-Unis, en Iran et en Égypte. Dans la tradition textile, les broderies de luxe Dervaux exportent 80 % de leur fabrication, dont les deux tiers partent pour le Japon. Au contraire, les dentelles Poret et Dayet ont eu une politique moins pointue. Elles s'écoulent principalement en Europe occidentale (Belgique, Pays-Bas et Allemagne) et au Moyen-Orient. Les conserveries Bonduelle ont développé les exportations à partir de 1965. Toute l'Europe occidentale a été touchée, l'Allemagne étant le débouché majeur. En 1973, Bonduelle a réalisé la moitié de son chiffre d'affaires à l'exportation (contre 9,4 % en 1953). L'Europe des Douze, l'Afrique et le Moyen-Orient sont ses cibles. Le fabricant de cardes Thibeau n'a pas tout misé sur la CEE. Son expansion commerciale est planétaire. Au début des années 1970, il a pris pied en Europe de l'Est, aux États-Unis, en Amérique latine et en Asie du Sud-Est. L'Europe communautaire, frappée alors par la crise textile, n'a recueilli que 21 % de ses exportations. Ainsi l'exportation n'est pas le monopole des très grandes firmes. Des PMI s'y lancent, pour peu qu'elles disposent d'un produit de qualité. Des déceptions les attendent parfois quand la démarche n'a pas été assez préparée. En outre, face à une Afrique impécunieuse et à une Amérique latine agitée, des entreprises jugent prudent de s'en tenir à la Communauté européenne, ce qui peut conduire, à terme, à un autre enfermement.

Investissements et implantations

Pour vendre à l'étranger, il est nécessaire d'avoir sur place des agents, ou mieux, des filiales commerciales. L'organisation permanente d'un réseau suggère de passer à l'étape de la fabrication locale ou au moins au montage des éléments, quand il s'agit de constructions mécaniques ou électriques. À l'origine de cette démarche industrielle, il peut y avoir la simple commodité d'une fabrication à portée de la clientèle. Autre cas de figure, hors CEE, les entrepreneurs français doivent contourner des barrières douanières et substituer une production locale à leurs exportations. Enfin, les industries dépendantes de l'importation de matières premières peuvent estimer judicieux de contrôler la source, voire de commencer à la valoriser sur place. De multiples difficultés apparaissent à l'exécution. Elles sont souvent de nature politique. Par exemple, plusieurs sociétés textiles des Vosges et du Nord avaient monté des usines en Afrique du Nord, dans les années 1950. Elles ont été nationalisées par les nouveaux États indépendants. Même au cas où l'indemnisation est prompte et correcte, ce genre de mésaventure laisse un souvenir dissuasif. Un des dirigeants de Peugeot, Georges Taylor, recommande, en 1973, de ne s'installer que dans les pays « politiquement sûrs, des pays où il n'y a pas de révolution, car on ne peut pas bâtir sur du sable »... Deux autres handicaps pèsent sur ces implantations. D'abord, la qualification de la main-d'œuvre et de l'encadrement, dans les zones sans tradition industrielle, n'est pas à la hauteur des normes européennes. La productivité s'en ressent. En second lieu, la réussite même de la politique d'assemblage à l'étranger porte en elle le germe d'une contradiction. Maurice Jordan rappelle à ses directeurs, en 1963, que Fiat et Renault sont en train de subir la concurrence de modèles moins chers que les productions « originales », du fait de l'Union soviétique dans le premier cas, de la Roumanie dans l'autre. En dépit de tous ces aléas, l'implantation à l'étranger apparaît à la fois inévitable – par la pression des gouvernements – et intéressante – quand le coût du travail est faible et les subventions, abondantes. Le prudent PDG de Peugeot reconnaît en 1973 que « le développement d'Automobile Peugeot dépend désormais beaucoup de l'activité industrielle de Peugeot à l'étranger ». À partir de 1966, la firme de Sochaux multiplie les usines de montage en Asie du Sud-Est (Malaisie, Thaïlande) et en Afrique. Une usine construite au Nigeria, à l'été de 1972, est prévue pour produire 16 000 véhicules. Avec une réticence appuyée, Peugeot sort décidément de son provincialisme.

À Saint-Gobain, l'internationalisation est ancienne. La Compagnie est présente, en 1913, en Allemagne, Italie, Belgique et Espagne. La France, cette année-là, n'a produit que 24 % du total des glaces polies du groupe pour l'Europe continentale. Cinquante ans plus tard, la production a été multipliée par sept, mais les cinq piliers européens de Saint-Gobain demeurent. La France fournit 31 % du total, l'Allemagne, 38 %, l'Italie, 19 %, la Belgique, 3 %, l'Espagne, 9 %. Aux États-Unis, les glaceries sont hors d'état, dans les années 1950, de répondre à la demande. La Compagnie veut saisir l'occasion d'occuper le terrain.

La glacerie créée en 1955 échoue dans cette mission, car elle a manqué, comme toute l'entreprise, le tournant révolutionnaire du *float glass*. À mesure que le grand verrier diversifie ses fabrications en développant les branches de l'isolation et du textile, il « enrichit son schéma d'implantation extérieure » (Maurice Hamon). Il pratique volontiers le système des licences. Au cours des années 1960, la balance des brevets devient excédentaire. La Compagnie franchit la Manche, rompant une tradition ancienne de partage des territoires. Surtout, elle tente de rattraper son retard sur le britannique Pilkington, inventeur du *float glass*, par la construction, en 1965-1967, de trois installations en Italie, Allemagne et Espagne. Une troisième, gigantesque, se préparait en Belgique. À la veille de fusionner avec Pont-à-Mousson (août 1969), Saint-Gobain était l'une de ces sociétés « qui avaient depuis longtemps compris et assumé l'enchaînement obligatoire entre l'exportation qui impose la compétitivité et la multinationalisation qui, à partir de certains seuils, reste l'unique moyen de garder les marchés gagnés à l'exportation » (Roger Martin).

La chimie est un secteur où l'internationalisation des activités constitue une règle de survie. Aucun groupe ne peut manquer de s'affirmer comme producteur sur tous les marchés importants. L'extension géographique est un gage de résistance aux fluctuations de la demande et permet seule d'amortir les immobilisations et investissements de recherche qu'exigent les nouveaux produits. Une des difficultés de Saint-Gobain, menacée d'une offre publique d'échange par BSN avant d'être « sauvée » par Pont-à-Mousson, tenait précisément à l'insuffisante assise de sa branche « chimie ». La société Rhône-Poulenc, au contraire, est au cœur du domaine, tout en équilibrant la chimie et la pharmacie par un puissant secteur textile. Ses participations à l'étranger – Europe, Amérique latine – sont déjà étendues dans l'entre-deux-guerres. Le groupe généralise, à partir des années 1960, une politique d'implantation qui, d'agents locaux en filiales commerciales, s'achève par des unités de production. L'Europe forme le socle du dispositif. En Angleterre, Rhône-Poulenc garde une filiale d'avant-guerre, May & Baker, par laquelle passent les ventes des produits chimiques et pharmaceutiques à destination du Commonwealth et de l'Extrême-Orient. L'Allemagne fédérale accueille la fabrication de textiles artificiels, sous le contrôle de Rhodiaceta. Rhône-Poulenc continue d'assurer des productions pharmaceutiques et textiles en Italie. L'Amérique latine est, pour ce groupe, une terre classique. Aux États-Unis, en revanche, la greffe prend mal. Une opération indépendante échoue dans les années 1950 ; la firme française se rabat sur une alliance avec une société chimique américaine. Les années 1960 – on le vérifie à nouveau – sont beaucoup plus propices. L'implantation de Rhône-Poulenc dans la chimie du Nouveau Monde par achat d'entreprises débute réellement. Dernier objectif de la décennie, s'installer en Asie. Le Japon est ici la principale cible de la branche « pharmacie ». Les formules appliquées sont variées et souples : filiales majoritaires, participations, brevets. D'un continent à l'autre, la productivité des usines – par activités comparables – diffère fortement. La Suisse et l'Allemagne figurent aux premiers rangs, la France, au milieu, le Brésil, au bas du classement. Quoi qu'il en soit, les filiales étrangères ont une rentabilité supérieure aux usines françaises, en 1962-1968, et assurent les deux tiers du chiffre d'affaires du groupe. Multinationale au sens plein du terme, Rhône-Poulenc ne s'ouvre pas au monde ; elle le quadrille et le partage. La question des frontières ne renvoie pas aux espaces nationaux mais aux territoires des groupes. On y suit des conflits de bornage, des remaniements et des alliances. En Italie, il convient de ne pas rompre l'équilibre avec Montecatini. Du Pont de Nemours, détenteur du brevet du Nylon, est dans une configuration complexe de coopération et de confrontation avec Rhône-Poulenc. Aucun groupe ne peut tout faire ni être hégémonique. C'est pourquoi, par exemple, Bayer et Rhône-Poulenc se sont partagé en 1965 l'expérimentation de nouveaux produits pharmaceutiques et ont esquissé un rapprochement des activités vétérinaires (1970). Le coût et l'incertitude de la recherche contraignaient à de tels accords (Pierre Cayez).

Peugeot ou Rhône-Poulenc, lorsqu'ils délocalisent une partie de leurs activités productives, cherchent essentiellement à garder des marchés et, dans certaines zones, à profiter du moindre coût du travail. Pour un métallurgiste comme Pechiney, le problème est davantage d'accroître et de diversifier son approvisionnement en bauxite et de minimiser la dépense d'énergie. La France n'étant plus une terre de conquête – épuisement prévisible des gisements, nationalisation de l'électricité –, il fallait chercher hors des frontières. Trois régions se recommandaient par l'abondance de la bauxite. La Guinée possédait d'immenses gisements de teneurs très variables. Une première implantation, à financement international, fut faite à Fria, en 1957. D'autres étaient en projet. La rupture de Sékou Touré et du général de Gaulle (septembre 1958) faillit tout arrêter. Fria fut cependant menée à terme (1961) ainsi qu'une des opérations envisagées (Boké, 1968). L'interférence politique avait amenuisé le programme, sans l'annuler. Deuxième aire d'activité, la Grèce. Pechiney et Ugine y installent en 1966 un complexe alumine-aluminium qui produit près de 500 000 tonnes d'aluminium. L'atout principal, en dehors de considérations techniques, est que la Grèce bénéficie d'accords privilégiés avec la CEE. L'Australie enfin recèle des quantités énormes de bauxite. Une usine d'alumine, actuellement la plus grande du monde, fut construite dans le Queensland par plusieurs groupes (dont l'américain Kaiser). Pechiney y participe pour 20 %. D'autres localisations ont été retenues loin de toute bauxite. Une usine d'aluminium a été établie près de Seattle, en 1967, parce qu'une proposition d'achat d'électricité à un prix exceptionnellement bas avait été faite au groupe (Pierre Jouven). Une seconde usine a vu le jour dans l'est (Maryland) en 1971, moins pour l'offre d'électricité que pour la proximité des marchés. Les débuts de l'énergie nucléaire ont ramené Pechiney en Europe. La centrale en construction à Flessingue (Hollande) cherchait des clients. Pechiney se proposa (1971).

Les investissements français à l'étranger ont crû très fortement dans les années 1960-1967 puis après 1970. Ce faisant, la France compensait à peine le retard pris par une longue phase d'introversion financière. À la fin des années 1970, elle est au sixième rang mondial des investisseurs. Son apport n'atteint que 40 % des investissements de l'Allemagne à l'étranger. Les deux tiers des exportations de capitaux français sont allés dans les pays industrialisés entre 1960-1976, la part des pays non développés tendant à décroître en fin de période. Contrairement aux Japonais, aux Américains et même aux investisseurs anglais et allemands, les Français ont agi par proximité géographique et culturelle, c'est-à-dire qu'ils ont pris des positions, là où ils exportaient, plus que là où ils auraient eu profit à installer des « filiales ateliers » pour la réexportation. Ces « zones franches industrielles » spécialisées dans la sous-traitance (principalement dans l'Asie du Sud-Est) ont servi, en revanche, de points d'appui aux autres nations exportatrices (Charles-Albert Michalet). Fallait-il tant investir à l'étranger ? Le reproche en a été fait, dans les années 1970, aux grands groupes français par l'extrême gauche et par une fraction du mouvement syndical. Il est vrai que le retournement avait été brutal. Le groupe Pechiney-Ugine-Kuhlmann a consacré, dans ses composantes (il a été constitué en septembre 1970), les trois cinquièmes de ses investissements de 1968-1971 à des opérations à l'étranger. En 1972-1973, cette part se montait à un tiers (M. Beaud, P. Danjou, J. David). L'équilibre atteint alors ne paraît pas malsain : 60 % du chiffre d'affaires de PUK en 1973-1974 provient de produits fabriqués et vendus en France, 20 % de produits exportés de France, 20 % de produits fabriqués et vendus à l'étranger. Le chiffre d'affaires de Rhône-Poulenc, quelques années plus tôt, présentait une structure comparable : 50 %, 25 %, 25 %.

Dans la branche si sensible de l'aéronautique, l'industrie française a su trouver la bonne voie de l'affirmation nationale dans l'interdépendance (Emmanuel Chadeau). La première phase, de 1950 à 1958, est dominée par le recours à la technologie étrangère, *via* l'OTAN. Grâce aussi à la « persévérance de la dépense publique », les industriels reconstituent un tissu productif. La Caravelle est leur premier succès (1955). Peu importe, à cette étape, que le réacteur soit importé et les équipements fabriqués sous licence. De 1958 à 1969, la montée en puissance se poursuit. Depuis 1961, le solde de la balance aéronautique est positif. L'exportation de moyens courriers, d'avions d'interception et d'hélicoptères autorise l'importation des gros porteurs civils et militaires. La spécialisation fonctionne bien. Vendre aux États-Unis implique le concours d'un « assembleur » local ; les Français utilisent de plus en plus le système des joint-ventures. Du côte de la production, la logique du partenariat avec des constructeurs européens s'impose. Si les moyens et les marchés n'étaient pas réunis, il n'y aurait pas de fabrications assez massives, pas d'accès « au point mort des séries », autrement dit, pas de profit. Les constructeurs français sont le plus souvent les pivots de ces entreprises communes qui ont nom Jaguar, Concorde, Airbus. La troisième phase s'ouvre en 1970. L'aéronautique française affiche des ambitions mondiales. Une sélection de « créneaux » est indispensable. Le bon choix est fait, qui privilégie l'hélicoptère, fruit de coopérations antérieures, le développement du programme Airbus pour la conquête du marché américain et les moteurs civils pour lesquels la SNECMA s'associe à General Electric (1971). Dans la catégorie des avions de combat tactique, les constructeurs français battent des records de vente, en 1973. Désormais, la France exporte 45 % de ses avions, de 15 à 16 % de ses hélicoptères, de ses moteurs et de ses missiles. En vingt-cinq ans, elle est passée du statut d'assisté à celui de chef de file.

Les investissements étrangers dans l'industrie française deviennent un objet de controverse au début des années 1960. L'attention se focalise sur la pénétration américaine, beaucoup plus que sur les participations venues de la Communauté et de la Grande-Bretagne. Le rapport sur les options du Ve plan, en 1964, suggère qu'il pourrait y avoir contradiction entre la politique d'indépendance nationale et des « investissements étrangers en volume croissant, surtout provenant de pays extérieurs au Marché commun ». Il faut donc, à l'égard de ces derniers, avoir une double attitude : favorable, s'ils s'accompagnent de transferts de technologie, « plus réservée, lorsqu'ils aboutissent [...] à transférer à l'étranger le contrôle d'entreprises françaises situées dans certains secteurs clés ». La mésaventure de Bull (la principale entreprise informatique française), acquise par General Electric cette même année, a déclenché l'alarme. Jusque-là bien accueillis et même sollicités, les capitaux américains évoquent maintenant une forme d'impérialisme, ou, au moins, un « défi ». Des barrières sont mises, sous forme d'une autorisation préalable (1967). La nouvelle politique industrielle de Valéry Giscard d'Estaing atténue beaucoup cet aspect du pompidolisme. Les investissements étrangers s'étaient élevés à 4,370 milliards en 1967-1969 ; ils excèdent 11 milliards en 1970-1972. En 1973, les entreprises contrôlées par des étrangers participent pour un quart dans le chiffre d'affaires de l'industrie française. La pénétration est très inégale. Elle est très accentuée dans les biens d'équipement (machines agricoles, mécanique de précision, matériel électrique) où elle avoisine 50 % des actifs. Elle est encore appréciable dans l'automobile (Simca), le caoutchouc, l'agroalimentaire. L'opinion publique, pour sa part, est sensible à ce qu'elle juge être la désinvolture des actionnaires américains qui licencient, déplacent ou ferment selon des méthodes inédites en France. C'est la rançon, dira-t-on, d'une ouverture si bénéfique, par ailleurs. Les capitaux américains viennent relancer des branches et des entreprises.

La technologie américaine épaule – nous y reviendrons – le démarrage de notre industrie électronucléaire. Les valeurs de la civilisation américaine se naturalisent de mieux en mieux. Est-ce la condition ou le revers du « miracle français » ?

En vingt-cinq ans, l'économie française s'est ouverte au monde. Ce n'est pas, pour l'industrie, une nouveauté absolue, mais plutôt un réapprentissage. Cependant, tant par son ampleur que par sa durée, l'intégration de la

France à la division internationale du travail inaugure une nouvelle époque.

Le redressement a préparé cette stratégie extravertie ; les structures productives et les mentalités sont en état de supporter le choc. La modernisation a rendu l'ouverture tolérable. En retour, le désenclavement largement abouti des activités manufacturières stimule la production et la productivité. En s'ouvrant, la France s'expose. La balance commerciale des produits industriels présente un équilibre instable, et sa structure fait apparaître des faiblesses fâcheuses, en particulier dans le domaine des biens d'équipement. Par ailleurs, la participation des PMI à l'effort d'exportation reste timide, et les facilités offertes aux produits étrangers peuvent mettre en péril bien des entreprises. Ce qui est bon pour Renault ou pour Pechiney est-il bon pour le pays ? L'industrie française a lié son sort à l'Europe et d'abord à l'Allemagne. La Communauté des Neuf lui donne un espace d'expansion et d'intensification des échanges qui suffit à la plupart de ses branches. Certaines entreprises et certains secteurs ont des ambitions mondiales et des modes d'organisation qui y correspondent. Mais, pour la plupart des industriels de l'Hexagone, l'Europe leur épargne le grand large. Pourront-ils longtemps éviter les États-Unis et ignorer l'Asie du Sud-Est ?

3. Les années glorieuses

Si l'expression les « Trente Glorieuses », lancée par Jean Fourastié en 1979, s'est imposée aussitôt, c'est qu'elle correspondait parfaitement à l'attente. Elle caractérisait bien, avec un peu de nostalgie, cette longue période de croissance que la crise de 1974 avait fait basculer dans l'histoire. Comme l'a souligné, dans un livre de 1972, Edmond Malinvaud, cette croissance si rapide était une évidence publique ; elle avait été au cœur de l'expérience de chacun. Sans doute, la coupe chronologique était généreuse, car la fin des années 1940 est encore sous le signe de la Reconstruction et l'été de 1974 inaugure l'époque des turbulences. Mais cette belle formule suggère l'essentiel, c'est-à-dire un progrès vif, même s'il n'a pas été également partagé, un progrès durable et non pas brisé en peu de temps, comme par le passé.

L'inventaire des performances doit détailler les divers aspects de la réussite industrielle et mettre en évidence les branches motrices et les phases principales du développement. Comment saisir le ressort de l'économie si ce n'est dans le cercle vertueux qui lie consommation de masse et production de masse ? Le « fordisme » n'explique pas tout. Le rôle de l'État, plus que jamais, doit être interrogé en sachant que, d'Edgar Faure à de Gaulle et de Pompidou à Giscard d'Estaing, les politiques et les moyens ont dû évoluer. « Miracle industriel français » ? Peut-être, mais qui n'exclut ni les dérives ni les échecs, et qui doit être confronté à d'autres succès contemporains.

Croissances

La production de masse

En 1952, la reconstruction de l'industrie est pratiquement achevée. Pendant plus de vingt ans, la production de toutes les branches va croître sur ces bases nouvelles. Le développement inégal des secteurs et les fluctuations cycliques ne doivent pas masquer l'extraordinaire élan qui traverse la période. L'industrie française, comme toute l'économie d'ailleurs, fait preuve d'un dynamisme sans précédent. Le taux de croissance annuel de l'économie a été de 5,5 % entre 1952 et 1972 ; celui de l'industrie avoisine 6 %. L'éventail des performances annuelles s'étend de 2 à 10 %. Néanmoins, la tendance est à l'accélération ; la Ve République a fait globalement mieux que la IVe République. Quelles ont été, à l'intérieur du cycle, les principales inflexions ? De 1950 à 1952, l'industrie française est portée en avant par le boom coréen. La fin de la guerre pèse sur la conjoncture internationale ; notre industrie en pâtit. L'année 1953 est donc difficile ; le chômage atteint le pic de 217 000 demandeurs d'emploi. Ce record ne sera battu qu'en 1965 (230 000 chômeurs). La reprise est puissante : sur la base 100 en 1952, la production industrielle est de 130 en 1956, 152 en 1959. Pourtant, l'année 1958 a cassé l'essor ; la crise monétaire, politique et coloniale a infligé un préjudice passager aux entreprises. Viennent ensuite les plus belles années de la période, avec une croissance annuelle de la valeur ajoutée industrielle de 7,4 % entre 1959 et 1964. Les résultats sont moins brillants et surtout plus irréguliers pour les trois années suivantes. Quel que soit l'indicateur retenu – croissance en volume ou en valeur ajoutée –, l'industrie progresse à un rythme de 5,7 %. Une nouvelle poussée, que la crise de mai 1968 ne perturbe pas longtemps, affecte l'industrie jusqu'en 1973. La production industrielle augmente de 6,3 % par an. Les progrès de l'industrie, toutes branches confondues, lui donnent un poids croissant dans l'économie nationale. Ainsi, de 1959 à 1969, sa part dans la valeur ajoutée est-elle passée de 31,6 à 37,1 %. En termes de production intérieure brute, elle compte pour 41 % en 1973, soit une augmentation d'un tiers depuis les années 1950. Ses effectifs ont gagné environ 1,2 million de salariés de 1952 à 1972, soit une bien modeste avancée. Au reste, la population active occupée par l'industrie s'est stabilisée depuis 1958 autour de 38-39 % du total. La croissance ne vient donc pas d'une occupation extensive de main-d'œuvre.

Ce tableau d'ensemble offre des résultats qu'il convient de mettre en perspective internationale. Une première comparaison, proposée par l'INSEE, a trait aux effectifs industriels en 1970. Par rapport à la France (indice 100), trois pays de poids démographique assez proche se classent ainsi : Italie : 104 ; Grande-Bretagne : 145 ; Allemagne : 169. Il est vrai que ce critère d'industrialisation doit être relativisé, entre autres parce qu'il méconnaît la variable de la productivité. En outre, la présence du BTP (25 % de l'effectif en France, 14 % en Grande-Bretagne) rend les rapprochements délicats. Ce secteur est-il particulièrement lourd parce que le pays s'équipe ou parce que l'industrialisation de cette activité est encore partielle ? (Bernard Guibert.)

L'examen comparé de la production industrielle de quelques pays en 1970 sur la base de 1963 offre un autre point de vue. Grande-Bretagne : 125 ; États-Unis : 139 ; Italie : 150 ; France : 150 ; Allemagne : 153 ; Japon : 222 (en 1969). La France fait preuve d'un dynamisme indéniable que renforcera l'accélération finale (+20 % en 1973 sur 1970). Il n'est pas étonnant que certains « futurologues » y aient vu l'amorce d'un succès fracassant pour les années 1980.

L'ensemble « industrie » est une notion claire si on l'oppose à l'agriculture, au commerce et aux services. Envisagé pour lui-même, il groupe des secteurs aux limites fluctuantes. L'usage est de distinguer les industries manufacturières de trois autres secteurs bien individualisés : l'énergie, le BTP et les industries agroalimentaires. Le sous-ensemble manufacturier se laisse moins aisément décomposer ou plutôt il est susceptible d'être subdivisé de façons différentes selon que l'on envisage la nature du produit, sa destination ou la structure de la branche. Les statisticiens de l'INSEE ont adopté un découpage en trois secteurs, les biens intermédiaires, les biens d'équipement, les biens de consommation (Alain Desrosières). Le premier groupe les productions de base, sidérurgie, non-ferreux, chimie et matériaux de construction. Par biens d'équipement, il faut entendre les industries qui fournissent les entreprises et les ménages, c'est-à-dire la transformation des métaux, les constructions mécaniques et électriques. Le troisième groupe comporte essentiellement les industries du textile et de l'habillement ainsi que le cuir, le papier et les divers.

Ce découpage s'ordonne principalement selon la ligne de l'intensité capitalistique, c'est-à-dire le rapport entre l'équipement et la main-d'œuvre. Il se présente comme un compromis entre le « critère de destination du produit et celui des structures techniques de l'industrie ». À ce titre, il permet une ventilation commode des données. Son usage toutefois empêche de distinguer la consommation domestique, par exemple, puisque la voiture individuelle et l'électroménager appartiennent à la sphère de l'« équipement ». Il faut aussi prendre garde à la dichotomie implicite et fâcheuse qui oppose biens d'équipement « modernes » et biens de consommation « classiques », voire archaïques, aussi bien pour les produits que pour les installations. On en dira autant pour le clivage entre biens d'équipement durables et biens de consommation courante qui fait classer les ampoules électriques dans le premier groupe et l'ameublement dans le second. À ces réserves près, la « fresque historique du système productif » que l'INSEE a élaborée pour la période 1952-1972 éclaire bien la complexité et les disparités de l'industrie.

Croissance en volume aux prix de 1959

	1972 (1952=100)	*1952-1972 Croissance annuelle moyenne en %*
Industries agricoles et alimentaires	229	4,25
Énergie	403	7,2
Industries intermédiaires	379	6,9
Industries d'équipement	416	7,4
Industries de consommation	248	4,7
Bâtiment et travaux publics	355	6,55

En amont du système, l'énergie se signale par son dynamisme. Elle fournit les industries manufacturières, les transports et la consommation domestique. La production de la branche, exprimée en francs de 1970, se monte à 30 milliards en 1959 et à 83 milliards en 1973. Deux traits caractérisent le secteur : l'insuffisance grandissante de la production nationale (en 1973, 76,3 % de l'énergie primaire doit être importée contre 49,6 % en 1963), le bouleversement des structures du bilan énergétique.

	1950 (%)	*1973 (%)*
Charbon	74	17,5
Pétrole	18	66,5
Gaz	0,5	8,6
Électricité primaire	7,5	7,4

Le mouvement de ciseaux entre charbon et pétrole exprime une relève des énergies et entraîne une dépendance supplémentaire. La production de charbon a dépassé en 1952 le niveau de 1929 (54,9 millions de tonnes), et les 60 millions sont atteints en 1959, soit l'objectif fixé par le plan pour 1952. Il apparaît, dès lors, que le charbon national – dont l'extraction est difficile et coûteuse – ne saurait répondre à l'extension prévisible des besoins. Le « plan Jeanneney » (juin 1960) organise la retraite. L'extraction ne procure plus que 24 millions de tonnes en 1974. La chute des prix du pétrole, dans les années 1960, incite les consommateurs à substituer le fuel au charbon. Dans une économie mondiale de libre-échange, la France peut miser sur des ressources extérieures ; une énergie à bas prix vaut bien ce risque. À défaut de trouver du pétrole dans le territoire national, la CFP et la nouvelle compagnie ERAP (1966) s'appliquent à diversifier et à contrôler leurs approvisionnements. Elles laissent aux quatre grandes étrangères la moitié environ du raffinage. Celui-ci s'accroît à mesure que l'industrie bascule du charbon au mazout : 18 millions de tonnes en 1952, 33 millions en 1958, 134 millions en 1974. Après la mise en service de Lacq (1957), le gaz déçoit ; il ne compensera pas le déclin du charbon. L'hydraulique a saturé les sites disponibles. Quant au nucléaire, il sort à peine du stade expérimental. Décidément, seul le pétrole répond aux exigences françaises d'une énergie massivement disponible à bon marché.

En laissant l'étude de la sidérurgie au chapitre des rapports entre État et industrie, on retiendra la chimie pour suivre les progrès d'une industrie de « biens intermédiaires ». À partir de matières premières minérales (sel, potasse, phosphates) et organiques (houille, pétrole), celle-ci produit une gamme de marchandises très diversifiée, des engrais aux détergents, des fibres synthétiques aux matières plastiques, des colles et des peintures aux médicaments. Elle se place ainsi au cœur de la civilisation industrielle. Par l'importance de la recherche d'innovation de procédés et de produits (3 % du chiffre d'affaires dans les années 1970) et l'intensité capitalistique de cette branche, la chimie fait figure d'industrie exemplaire des Trente Glorieuses. Elle développe sa production au rythme de 8,1 % par an entre 1960 et 1972. Le groupe phare de la branche, Rhône-Poulenc, a augmenté son chiffre d'affaires, en francs constants, de 12,03 % par an dans la période 1951-1961, puis en est venu à une « croissance calmée » (Pierre Cayez) qui se situe, malgré tout, en moyenne annuelle, à

8,38 % (1961-1968). Une entreprise moyenne, comme Thann et Mulhouse, spécialisée dans l'oxyde de titane (colorant) et le chlore (plastiques, solvants, insecticides), a multiplié son chiffre d'affaires par dix (en francs constants) de 1948 à 1974 (Nicolas Stoskopf). Deux faiblesses dérangent toutefois cette euphorie : la lourdeur des investissements par rapport aux fluctuations de la consommation, créant un décalage presque permanent entre capacités productives et besoins du marché, la faible concentration financière et technique, face aux concurrents allemands et britanniques. L'automobile est, à tous égards, le symbole de la production de masse et des effets multiplicateurs d'une activité sur son amont comme sur son aval. Les constructeurs français sortaient 500 000 véhicules en 1952. Six ans plus tard, ils en fabriquent 1 120 000 et 2 700 000 en 1970. Le taux de croissance annuel est de 10 % entre 1965 et 1973, équivalent de celui des Japonais. La France se place en 1970 au quatrième rang des constructeurs. Renault est, de loin, la première entreprise automobile française. Mais la palme de la croissance appartient à Peugeot, dont la production a augmenté de 14 à 15 % par an dans les années 1950 et a continué sur un rythme soutenu. La firme de Sochaux avait construit 89 271 véhicules en 1952. Elle en sort 765 930 en 1973.

Les industries de biens de consommation ne se limitent pas au textile ; elles comprennent en outre le cuir, le bois et les « divers ». Mais l'ensemble textile occupe une position centrale. Il représente à lui seul, en 1960, 13,8 % de la production industrielle, 20,5 % de l'emploi manufacturier, 8,3 % des investissements. Sa progression en volume, entre 1952 et 1972, est de l'ordre de 4 % par an, ce qui n'est pas négligeable mais n'en fait plus, assurément une branche motrice. Contrairement à d'autres secteurs qui présentent des courbes de production beaucoup plus lisses, les textiles subissent les mouvements erratiques de la demande qui risque, d'une année sur l'autre, de faire avancer ou reculer la production de plus de 10 %. Par ailleurs, les textiles-habillement se comportent davantage comme une filière, les produits suivant un processus de valorisation interne, que comme un regroupement d'activités déterminées par la nature de la fibre. La polyvalence des matériels, le mélange des fibres conduisent à envisager le textile par niveaux d'élaboration : filature, tissage, maille-bonneterie. La cohérence de la filière a été renforcée par le succès des fibres synthétiques, dont la production passe de 45 300 tonnes en 1960 à 266 300 tonnes en 1973. Ce sont les activités d'aval qui sont les plus rentables et qui maintiennent encore en 1970 une balance commerciale positive. Mais les importations ont quadruplé dans les années 1960. L'effet de filière peut se révéler redoutable : une importation de 1 200 tonnes de chemises en coton supprime 1 200 emplois dans l'industrie de l'habillement, 300 dans le tissage et 160 dans la filature (Laurent Benzoni).

L'examen de quelques branches d'industrie suggère des croissances différenciées. Aussi, à la fin de la période, la répartition de la valeur ajoutée manifeste-t-elle l'ampleur des changements intervenus (« Fresque historique… »).

	1952 (%)	*1972 (%)*
Industries agricoles et alimentaires	7,6	5,9
Énergie	6,6	9
Industries intermédiaires	6,4	8,3
Industries d'équipement	11,4	16,1
Industries de consommation	10,5	8,8
Bâtiment et travaux publics	8,2	9,9

L'évolution de l'emploi est également significative de ces reclassements. Les effectifs de 1952 à 1972 ont évolué comme suit (en milliers) : Industries agricoles et alimentaires : + 2,2. Énergie : - 74,5. Industries intermédiaires : + 130,9. Industries d'équipement : + 811,17. Industries de consommation : - 415,4. Bâtiment et travaux publics : + 815,1. En règle générale, les industries les plus actives sont les plus créatrices d'emplois. Les effectifs de l'industrie automobile augmentent de 5,4 % par an entre 1968 et 1973 (contre 1 % pour l'industrie entière). Le résultat paradoxal de l'énergie additionne le déclin charbonnier et la montée des autres branches.

Productivité et investissements
Une hausse très substantielle de la productivité du travail a accompagné la croissance, au cours des « années glorieuses » ; elle explique que le saut quantitatif ait pu se faire, avec des effectifs industriels en augmentation modérée. De 1953 à 1973, la productivité horaire du travail industriel, tous secteurs réunis, a gagné 5,4 % par an (soit 0,4 % de plus que l'Allemagne). Bien entendu, cette moyenne dissimule des paliers, mais la tendance est visiblement à l'accentuation des progrès au long de la période, les dernières années se situant au niveau record de 7,2 %. À nouveau, l'ensemble « industrie » doit être décomposé.

Valeur ajoutée par tête (croissance annuelle en % de 1972 sur 1952)

Industries agricoles et alimentaires	4,4
Énergie	8,8
Industries intermédiaires	6,7
Industries d'équipement	5,7
Industries de consommation	6,2
BTP	3,8

Ces résultats dégagent trois secteurs, du point de vue de la productivité ; les IAA et les BTP, d'une part, l'énergie en deuxième lieu, enfin les industries manufacturières. Le niveau de mécanisation et d'intensité capitalistique de chaque groupe est l'une des raisons de cette hiérarchie. De même, à l'intérieur d'une branche donnée, la modernisation plus ou moins prononcée des matériels crée des écarts. Si les dirigeants de la papeterie du Moulin-Vieux en Dauphiné, par exemple, obtiennent un gain annuel de productivité de 7,6 % de 1950 à 1974, c'est par une politique d'innovations productives (atelier de pâte chimique intégré à l'entreprise) et de changement précoce des matériels. L'installation mise en place en 1905 avait tenu jusqu'en 1949. La machine qui lui fait suite est remplacée en 1965. Cette dernière est modernisée dès 1972. Autre entreprise moyenne dans l'industrie des biens intermédiaires : Thann et Mulhouse. L'effort de modernisation et d'équipement ne s'y relâche pas. De nouvelles voies ont été explorées pour le titane et le brome, les produits sont plus purs, mieux adaptés. Mais pour mesurer le bond de la productivité, il faut revenir à une production classique, celle du chlore et de la potasse. Vingt-neuf jours suffisent, à la fin des Trente Glorieuses, pour atteindre la production d'une année d'avant la guerre.

Tout gain de productivité n'est pas le fruit d'un investissement ; l'organisation du travail, on le redira, contribue à ce progrès, ainsi que bien d'autres facteurs, y compris culturels. Mais le capital est quand même le facteur le plus explicatif. Ces années ont pu être glorieuses parce que l'investissement a été l'ardente obligation de tous. L'économie dans son ensemble a été soulevée par ces vagues d'accumulation qui réservaient à l'investissement entre le cinquième et le quart du produit national brut. Dans le champ industriel, le taux d'investissement se tient autour de 18 % dans les années 1960, près du taux allemand et au-dessus du taux anglais. De part et d'autre de cette coupe, l'effort d'accumulation a été encore plus intensif. Il a été aussi inégalement réparti, sur les vingt ans, entre les secteurs, les industries de base entraînant les industries d'équipement et de consommation, en attendant un effet retour. C'est pourquoi les taux de croissance du capital (en matériel) du secteur énergétique reculent fortement après 1960. Au contraire, le BTP, qui entre tardivement dans la voie des équipements lourds, double ce taux dans les dix dernières années. L'investissement provoque le rajeunissement du capital productif (âge moyen en années) :

	1950	*1972*
Énergie	13,3	11,3
Industries agricoles et alimentaires	14,8	9,5
Industries de biens intermédiaires	14,6	8,2
Industries d'équipement	14,5	8,4
Industries de consommation	23,4	11

Au milieu de la « jouvence » générale, on saisit l'avantage des *late comers*. L'autre conséquence majeure est d'accentuer la substitution du capital au travail. Le ratio capital fixe brut par tête progresse, de 1950 à 1972, à la moyenne de 5,2 % par an. L'intensité capitalistique de la production industrielle, qui gagne, en fin de parcours, les branches les moins mécanisées, a été à la fois la condition et la caractéristique de cette longue croissance.

D'où est venu l'argent ? L'autofinancement a été dans les années 1950 et reste ensuite pour beaucoup d'entreprises la ressource essentielle. Conjugué avec des augmentations du capital, si nécessaire, l'emploi des ressources propres a été de pratique courante.

Ce taux décroît de 1950 (98 %) à 1959 (83 %), puis descend irrégulièrement mais nettement. François Caron estime que, pour les seules sociétés privées, l'autofinancement est passé de 91 % en 1959 à 79,5 % en 1973. Plusieurs phénomènes ont joué dans le même sens pour accroître la part de l'endettement. Les industriels souhaitent s'équiper à grande échelle et d'autant plus vite qu'ils s'y prennent tard. Les hausses de salaires des années 1960 incitent à substituer toujours plus le capital au travail pour regagner en productivité. Une entreprise aussi prudente en la matière que Peugeot doit reconnaître, à partir de 1965, qu'elle ne peut plus grandir sans s'endetter. Pourtant rares sont désormais les années où plus de la moitié des bénéfices sont distribués aux actionnaires. En 1973, ceux-ci n'en recevront que 18,2 %. La conjoncture, malgré les traverses, a poussé à l'endettement. La croissance des firmes, indique François Caron, n'est plus orientée par le profit acquis mais par le profit prévu. La rentabilité de l'entreprise, loin de l'amener à se limiter à ses fonds propres, est un atout, au contraire, pour emprunter puisque les capitaux rapporteront beaucoup plus qu'ils ne coûtent (« effet de levier »). S'endetter, c'est se mettre en dépendance sans être sûr que les capacités créées (productivité *apparente* du travail) seront utilisées. D'où la résistance, d'une part, d'entreprises de type familial, d'autre part, de celles qui appartiennent à des secteurs à fort coefficient de capital, à se lancer dans une croissance dont le financement viendrait de l'extérieur. Le contrôle pour les uns, la rentabilité pour les autres, constituent les bornes de l'expansion.

La société industrielle

Paysans : la fin d'un monde

La révolution agricole, introuvable en France au XVIIIe siècle, y est manifeste dans la seconde moitié du XXe siècle. Le nombre des hommes, les façons de produire, les paysages, tout a changé brutalement. Le monde des campagnes, tel qu'il était à la fin des années 1930, est désormais un monde qui s'en va. De 6 millions en 1946, la population active engagée dans l'agriculture est tombée à 2,2 millions en 1974. Au début de l'après-guerre, les travaux agricoles retenaient un actif sur quatre ; à l'issue des Trente Glorieuses, ils n'en occupent plus que un sur dix. L'accélération est particulièrement sensible à compter de 1954. Qui part ? Tous ceux que le nouveau mode de production laisse dehors, ouvriers agricoles et micro-exploitants. L'offre de travail excède constamment les possibilités des exploitations ; la relève complète des générations n'est plus possible. Les fils d'agriculteurs vont grossir les effectifs industriels dont ils constituent le quart en 1970. L'armée de réserve ne se dirige pas toute en ville. La déprise agricole n'entraîne pas nécessairement l'exode rural, pour peu que des ateliers s'installent dans le plat pays, mais la pente conduit bien à l'urbanisation massive de ces exclus de la terre. Des paysans partent, demeurent les agriculteurs. Le changement dans les mots exprime la transformation radicale du métier, telle qu'elle est vécue et observée. Le bond de toutes les productions agricoles en est le premier indicateur.

Le blé a retrouvé en 1949 ses hauts niveaux d'avant la Première Guerre mondiale, soit 81 millions de quintaux. En 1955, la production rejoint le record séculaire de 1907 (104 millions de quintaux). Après un palier, la production de froment s'établit à 149 millions de quintaux en 1971 et à 189 millions trois ans plus tard.

La production de viande a été multipliée par 2,7 entre 1949 et 1974. Quant à la production de lait, elle a plus que doublé dans la même période. Les rendements sont, bien entendu, la clé de la réussite, à surface agricole stable. Les gains de productivité par heure de travail placent l'agriculture aux tout premiers rangs des branches d'activité jusqu'en 1967 (+ 6,8 % par an entre 1949 et 1962, + 8,1 % entre 1962 et 1967). Ensuite la croissance se ralentit sensiblement.

En se transformant, l'agriculture s'industrialise. Elle s'équipe vigoureusement. Le tracteur, symbole de la modernité, rend inutiles les chevaux de trait. Il ne s'impose pas facilement, jusque dans les années 1950, en raison de son prix élevé et de sa puissance excessive. Des modèles plus en rapport avec la taille moyenne des exploitations seront proposés. Le « parc » croîtra très vite : 60 000 en 1946, 123 000 en 1949, 560 000 en 1958, 1 330 000 en 1973. Parmi les autres matériels, la montée des moissonneuses-batteuses traduit l'ampleur de la mécanisation. On en comptait 5 000 en 1949 et 185 000 en 1973. En matière d'engrais, la consommation, en vingt-cinq ans, est multipliée par six pour la potasse et par neuf pour l'azote. Il faudrait aussi faire l'inventaire des constructions supplémentaires (comme les porcheries « industrielles ») et des appareillages multiples (pour l'électrification de la traite et de la conservation du lait, par exemple) que le nouveau mode de production exige. Les exploitants doivent entrer dans la course aux rendements, génératrice d'endettement et de dépendance. Les groupes chimiques et les grands « mécaniciens » (principalement américains : Massey, International Harvest) deviennent l'horizon obligé de l'agriculture. À preuve encore, l'alimentation du bétail, qui est de plus en plus fournie par l'industrie, en particulier pour le porc et pour le poulet. Les tonnages vendus sont dix fois plus importants en 1973 qu'en 1954. Des multinationales, dont Unilever, dominent le marché français. En aval, les produits de l'agriculture tendent à être partiellement intégrés dans la chaîne des industries agroalimentaires. Le phénomène date des années 1950. Des fabricants d'aliments composés ont alors commencé à financer la modernisation d'élevages de volailles et à en acheter la production. Le lait échappe à la commercialisation directe et devient matière première d'une transformation manufacturière en produits « frais » (yaourts, crème). Les plus grandes entreprises, comme BSN, doivent cependant compter avec la concurrence de coopératives, surtout en Bretagne et dans la région Rhône-Alpes. En fait, on a assisté à un partage des tâches entre entreprises et coopératives, ces dernières se cantonnant dans le conditionnement du lait et les fromages de qualité.

Les conserves alimentaires ont suivi un schéma un peu différent. Bonduelle, par exemple, a fondé son expansion sur sa propre production de légumes. Dans l'élevage porcin et dans l'aviculture, les deux systèmes – intégration ou concurrence – coexistent. Quoi qu'il en soit, l'industrialisation de l'agriculture, entendons les formes et les moyens de sa production ainsi que sa soumission aux impératifs industriels, progresse. La standardisation – calibre, couleur, goût – vient avec la commande, les avances et l'outillage. Si les agriculteurs ont changé de monde, les consommateurs aussi.

Le règne de la marchandise

Dans les années 1960, il était banal de dire, pour le déplorer ou pour s'en réjouir, que la France était devenue une « société de consommation ». Il aurait été plus exact de parler de « consommation de masse ». Là se situait, en effet, la rupture, dans l'accès du plus grand nombre au plus grand nombre de biens et de services. L'immédiat après-guerre avait été dominé par le souci de récupérer le niveau de vie antérieur. Il fallait abandonner le rationnement, avant toute chose. Se nourrir, se vêtir, se loger, ces besoins primaires étaient encore mal remplis. Parallèlement, la politique économique, telle qu'elle se présentait dans le premier plan, avait délibérément fait l'impasse sur les industries de consommation ; l'urgence était du côté des équipements. Mais le deuxième plan, arrêté en décembre 1951 pour la période 1953-1957, change les perspectives. L'accent se déplace vers la satisfaction de la demande des consommateurs individuels. Le logement, par exemple, cesse d'être un secteur sacrifié. Les retards cumulés créent un puissant appel de biens de toute nature, individuels ou collectifs, durables ou périssables. À l'inverse, les industries s'attachent à susciter de nouveaux besoins, en proposant des produits et des services inédits. Consommation de masse et production de masse s'épaulent l'une l'autre. Le taylorisme généralisé implique l'élargissement continu des débouchés. Le « point mort » des séries, c'est-à-dire le volume minimal qui dégage du profit, oblige les fabricants à penser en termes de marchés populaires et donc à rendre leurs marchandises le plus accessibles possible. La consommation élargie permet des économies d'échelle et réciproquement. Jean Fourastié cite le cas symptomatique du réfrigérateur, produit de masse s'il en est, dont le prix réel a baissé des quatre cinquièmes pendant les Trente Glorieuses. On ne peut espérer accroître la consommation des ménages sans une augmentation continue de leur pouvoir d'achat. Le succès du fordisme se joue dans cette spirale. De fait, le pouvoir d'achat a progressé dans toute la période de 3 à 5 % par an. Les dernières années (1969-1973) ont vu une hausse plus prononcée des bas salaires, ce qui a eu pour effet immédiat d'entrouvrir le marché des biens de consommation aux laissés-pour-compte de la croissance comme les petits retraités ou les ouvriers agricoles. Les gains de productivité autorisent la revalorisation des revenus, bien que le « partage des bénéfices » (Darras) ne soit jamais égal ni paisible. L'indexation des salaires, par ailleurs, sur les prix de détail tout comme la pratique répandue du crédit sont facteurs d'inflation. C'est le coût, accepté par tous, d'un compromis social durable (Robert Boyer).

La consommation globale s'est accrue ; sa structure s'est modifiée au profit des biens manufacturés des industries les plus récentes. C'est dire que les postes de l'alimentation et de l'habillement reculent dans les budgets familiaux et que l'équipement domestique ou la voiture, au contraire, y prennent de plus en plus de place.

	1949	*1969*	*1973*
Alimentation	44,2	27,7	26,7
Habillement	16,3	8,8	8,9
Logement	11,8	13,7	15,3
Équipement		10,3	6,5
Hygiène, Santé	5,7	9,6	13,4
Transports et Télécommunications	5,6	11,5	10,9
Culture, loisirs	6,3	6,2	8,6
Divers	10,1	12,2	9,7

Ces pourcentages expriment des valeurs. Calculés en volume, ils renforceraient la tendance, car la baisse des prix de l'électroménager ou des voitures cache en partie l'importance du déplacement des dépenses (André Babeau). L'industrie du bâtiment bénéficie d'un effet de rattrapage. Le parc immobilier est vétuste et insuffisant. À partir du milieu des années 1950, la construction prend enfin son essor : 100 000 nouveaux logements sont livrés en 1955, 400 000 en 1965, 500 000 en 1975. L'exigence minimale de confort a franchi un seuil : on ne tolère plus d'être privé d'eau courante. La moitié des logements n'en bénéficiait pas en 1954 ; en 1973, la quasi-totalité (97 %) en dispose. Le grand changement, cependant, concerne l'environnement domestique ; c'est le triomphe de l'électroménager. Le taux d'équipement des ménages bondit en moins de vingt ans :

	Réfrigérateur (%)	*Machine à laver (%)*
1954	7,5	8,4
1973	85,2	65,1

Autant que le succès des deux principaux appareils, la prolifération des mécaniques (aspirateurs, fours, « robots » divers) marque les années 1960. À chaque fois, les « besoins historiques » se recomposent selon une alchimie complexe où entrent la séduction de l'offre, le temps gagné, le coût et la durée probable de l'appareil. On repère, dans des domaines qui sont au cœur de la vie familiale (la cuisine, la propreté), des réticences et des usages disparates. C'est ainsi que la machine à laver le linge a pu, un moment, être envisagée comme un équipement collectif d'immeuble, voire de municipalité (Alsace). Les sociologues ont décrit la manière dont cette machine a été intégrée dans le système traditionnel de la lessive qui a longtemps maintenu ses règles et ses gestes contre les automatismes (C. Denis). L'autre grand gagnant, avec l'électroménager, est la voiture. La France se convertit à la civilisation automobile. Le taux d'équipement n'était pas négligeable au milieu des années 1950, puisque 22,5 % des ménages possédaient une automobile. La progression, toutefois, est forte. Le taux d'équipement est de 61,5 %, vingt ans plus tard. Grâce au crédit, l'acquisition d'une automobile n'est pas impossible pour des revenus modestes. L'automobile n'abandonne pas son image de luxe et de sport, mais elle gagne, en outre, un brevet d'instrument démocratique. Les gammes s'étoffent vers le bas, par des modèles résolument populaires. La 2 CV Citroën et la 4 CV Renault correspondent parfaitement à cette nouvelle dimension de la consommation automobile, pendant que la grand-messe annuelle du « Salon » continue de faire rêver. Le plus récent des objets de l'environnement familial, le poste de télévision, est aussi celui qui se banalisera le plus vite. Il faut attendre 1960 pour trouver un taux d'équipement significatif (12,6 %). Dix ans plus tard, 69,2 % des ménages possèdent un téléviseur. Ils seront 90 % en 1974.

Ces biens dits durables – qui ne tiennent pas dix ans… – provoquent un double effet d'entraînement. Dans la consommation domestique d'abord. L'usage d'un équipement induit d'autres demandes, en énergie (essence, gaz, électricité), en entretien, en ingrédients divers (produits de lessive). Par ailleurs, ils entraînent une consommation productive de matériaux, d'énergie et d'équipement industriel. Les autres postes de consommation, qu'ils soient ascendants (hygiène et santé) ou descendants (habillement), portent sur des types de biens à l'obsolescence accélérée. Non seulement ils s'usent vite et souvent ne valent pas la réparation, mais ils sont sans cesse remplacés par des nouveautés, ce qui ne signifie pas des innovations. Une diversité trompeuse, même dans l'industrie pharmaceutique, introduit la consommation dans l'ère du faux- semblant. Est-ce aussi l'âge de l'aliénation ? (André Gorz.) Il est sûr que la monétarisation des tâches domestiques se précipite. La couture, par exemple, et une partie de la cuisine sont intégrées dans la sphère des échanges. La politique sociale – allocations familiales, assurance maladie, blocage des loyers – facilite les transferts de dépense et encourage du même coup le règne de la marchandise. Au reste, les femmes, premières cibles de cette économie de l'offre, sont appelées à participer davantage à la production industrielle. Si « Moulinex libère la femme », c'est peut-être au sens qu'il lui donne simultanément le temps et le besoin de se salarier.

L'État saint-simonien

Des stratégies renouvelées

En 1953, la Reconstruction est faite. Le deuxième plan (1954-1957) doit préparer l'expansion, tout en améliorant la compétitivité. L'équipe de la rue de Martignac affine ses instruments d'analyse et de prospective, mais les temps ont changé. Le plan s'efface quelque peu. L'incitation remplace la directive. Place à l'initiative privée. Jean-Marie Louvel, ministre de l'Industrie, définit en 1954 ce que doit être la politique de l'État. Il faut faciliter « l'assainissement et le développement de l'industrie » en agissant sur ses conditions d'exercice.

Par conséquent, l'intervention directe sera exceptionnelle, car elle n'est pas adaptée aux besoins de l'heure. Il revient aux entreprises de se moderniser elles-mêmes. Les investissements publics se dirigent beaucoup plus vers le logement, l'agriculture ou l'éducation, qui constituent l'environnement de l'industrie et agissent donc sur sa rénovation. Le secteur public continue d'être massivement aidé, entre autres, par le biais du Fonds de développement économique et social (FDES). L'industrie privée n'est pas abandonnée. Elle bénéficie des marchés publics et d'un effort budgétaire tout neuf en faveur de la recherche-développement. Par ailleurs, si l'État se dégage, à quelques soutiens près, de la charge de répondre aux besoins de financement du secteur privé, il aide encore les entreprises, par de multiples canaux, à trouver des fonds. Des bonifications d'intérêts, des primes ou des garanties d'emprunt viennent conforter le crédit. En somme, on n'en est plus au « faire », on n'en est certainement pas au « laisser-faire » mais plutôt au « faire-faire » (Élie Cohen).

« Expansion, productivité, concurrence, concentration, voilà bien évidemment les règles que doit dorénavant s'imposer l'économie française, traditionnellement circonspecte, conservatrice, protégée et dispersée. » Ce passage des *Mémoires d'espoir* fait écho, malgré lui, au courant modernisateur qui traverse la haute administration et une partie du personnel politique sous la IVe République. De Gaulle, en acceptant le pari du Marché commun, doit faire en sorte que l'ouverture au monde ne se solde pas par l'affaiblissement et par la dépendance. Les nouvelles institutions ont l'intérêt de donner à l'appareil d'État une marge supplémentaire d'autonomie à l'égard des corporatismes… et du contrôle parlementaire. Le gaullisme peut réussir là où le mendésisme a échoué. La planification redevient-elle le moteur de croissance qu'elle était du temps de Jean Monnet ? L'« ardente obligation », dont de Gaulle fait état dans ses *Mémoires*, n'a pas suffi. Seul le IVe plan (1962-

1965) a répondu à l'attente, le IIIe (1957-1961) ayant dû être « recalé » par un plan intermédiaire (1960-1961), et le Ve étant perturbé dans son exécution par la crise sociale de Mai 1968. Il est vrai que le IVe plan innovait par une préparation nettement plus démocratique que précédemment. Les administrations, par ailleurs, se sont senties davantage engagées. Quant aux entrepreneurs, ils étaient au moins informés des priorités affichées par le plan. Celui-ci est défini comme un « instrument d'orientation de l'expansion économique et du progrès social ». Il gère, par conséquent, les grands équilibres macro-économiques et sociaux. Il participe, avec la politique monétaire et les rudiments d'une politique des revenus, à la régulation d'ensemble. Il perd en efficacité sectorielle ce qu'il gagne en ambition. Le gaullisme, sur ce point, est moins « dirigiste » qu'il ne le prétend. Les destins contradictoires de l'IDI (Institut de développement industriel) et de la DATAR (Délégation à l'aménagement du territoire et à l'action régionale) délimitent l'efficacité réelle de cette politique industrielle. Le premier organisme devait être la banque publique spécialisée dont certains rêvaient depuis la Libération. Il ne jouera en fait qu'un rôle modeste de caisse de secours, faute pour le Général d'avoir voulu affronter l'*establishment* financier. En revanche, la DATAR deviendra un outil de choix pour une politique volontariste de rééquilibrage. Sous la conduite d'Olivier Guichard, elle interviendra, à partir de 1963, sur l'environnement de l'industrie (Élie Cohen et Michel Bauer).

L'originalité du gaullisme des années 1960, en matière de politique industrielle, apparaît dans les « grands programmes ». Non pas qu'il ait tout inventé ; la IVe République pouvait revendiquer la paternité de plusieurs d'entre eux. Mais le nouveau régime a réuni les « conditions de continuité, de cohérence et de constance » qui transforment des velléités en stratégie (Alain Cotta).

La recherche nucléaire a été une préoccupation de l'immédiat après-guerre. Le Commissariat à l'énergie atomique (CEA), fondé en octobre 1945 et dirigé à l'origine par Frédéric Joliot-Curie, a construit une pile expérimentale (Zoé) en décembre 1948 et s'achemine vers la mise au point de la bombe (1954, Pierre Mendès France). De Gaulle recueille les fruits de cette politique ; l'explosion de la première bombe atomique française, le 13 février 1960, au Sahara, lui donne les moyens d'une diplomatie affranchie de la tutelle américaine. Le nucléaire procure l'indépendance militaire ; il ouvre aussi la possibilité de l'indépendance énergétique. EDF a créé une première centrale nucléaire à Chinon (1957) sur la base des résultats de l'expérimentation conduite par le CEA à Marcoule. La technique à l'œuvre, la filière uranium naturel-graphite-gaz, présente l'avantage de traiter directement un combustible facilement accessible (l'uranium gabonais) sans recourir au procédé américain de l'uranium enrichi. La filière nationale est plus coûteuse que l'autre au kilowattheure ; l'indépendance a un prix. Le couplage de Chinon au réseau intervient en 1963. La question se pose dès lors du passage de l'expérimental à l'industriel. EDF répugne à lancer un programme de centrales au graphite-gaz, d'autant plus que l'établissement est gêné par la politique de bas tarifs qui lui est imposée et par le poids des investissements hydrauliques et thermiques. Le pétrole, qui est maintenant à si bon marché, contraint à la plus grande rigueur. L'opposition entre EDF et le CEA a un fondement économique, encore que le calcul des coûts du nucléaire soit propice aux manipulations. C'est aussi un enjeu de pouvoir pour décider qui, des chercheurs ou des installateurs, aura la maîtrise du programme. Jusqu'à son départ des affaires, le général de Gaulle a soutenu la filière graphite-gaz, pour des raisons d'intérêt national. Deuxième grand programme, le développement des industries aérospatiales. Dans ce domaine aussi, la Ve République hérite de projets dont l'exécution est bien avancée. Le moyen courrier Caravelle est mis en service en 1959. Dérivé de techniques déjà connues dans l'aviation militaire, cet appareil n'est pas révolutionnaire. Il crée, néanmoins, une situation nouvelle, car son succès à l'exportation stimule l'industrie aéronautique française. Du coup, il ne paraît plus déraisonnable de concurrencer les États-

Unis dans la catégorie où ils ont le monopole, celle des longs-courriers. L'entreprise exige une coopération internationale. Le Concorde, dont la construction est décidée en 1962, sera franco-britannique. La France souhaite aussi être présente sur le marché des « gros porteurs ». Cette fois, c'est une triple alliance – France-Angleterre-Allemagne – qui se charge de réaliser l'Airbus (1967). L'État est au centre du système puisqu'il décide, finance (les crédits d'études augmentent de 60 % entre 1958 et 1960) et fait construire : à la SNECMA, les moteurs, à Sud-Aviation, les cellules. L'année 1959, faste pour l'aviation civile, se signale également par le passage du Mirage IV – secteur de la force de frappe – au stade des séries et par la création de deux organismes publics, le CNES pour les satellites et la SEREB pour les fusées balistiques. Le « tournant engin » a été pris (Guy Jalabert). Les recherches nucléaires et spatiales requièrent de puissants moyens de calcul. Quand le gouvernement américain refuse, en 1966, de livrer un ordinateur Control Data à la France pour le développement de la force de frappe, les pouvoirs publics réagissent. La Compagnie des machines Bull a été rachetée en 1964 par General Electric. Elle ne peut servir de base à une solution nationale. C'est pourquoi le « plan calcul » suscite une nouvelle société, la Compagnie internationale pour l'informatique (CII), réunissant les participations de Schneider, de Thomson et de la CGE. L'État apportait 580 millions de francs sous forme d'études et de prêts. Le nucléaire, l'aéronautique, l'informatique : le gaullisme a fait de ces trois secteurs d'avenir le symbole de la reconquête scientifique, technique et industrielle.

Il s'agit d'un effort financier considérable où l'investissement de recherche a la meilleure part. Est-on sûr, comme on le répète souvent, que ces domaines clés ont un effet d'entraînement, par transferts technologiques et par commandes, qui justifie une pareille concentration de moyens ? Par ailleurs, le souci de l'indépendance nationale n'empêche pas d'établir ou de prévoir des coopérations. Il faudra les chercher en Europe ou se rapprocher de l'Amérique, mais la France ne peut pas s'en sortir seule.

Enfin, le rôle déterminant des dépenses militaires dans ces industries de pointe et le poids d'un petit groupe de décideurs (Pierre Guillaumat, le « pape » du corps des mines, en tête) n'esquissent-ils pas une sorte de « complexe militaro-industriel » ?

« C'est dans le domaine de l'industrie que l'effort le plus grand reste à faire, en dépit des progrès accomplis dans les dernières années. » À peine élu, en 1969, Georges Pompidou place son septennat sous le signe de l'industrialisation. Il a été pourtant un acteur essentiel de la période précédente, en tant que Premier ministre (avril 1962-juillet 1968). Mais il s'alarme du retard de la France, insuffisamment mobilisée jusque-là. Il ne s'agit pas pour elle, déclare-t-il en juin 1970, « de vivoter en cultivant son jardin [...]. Il faut que notre capacité industrielle soit doublée dans les dix ans à venir. » Le ton est donné. Ce sera, dira plus tard Bernard Esambert, conseiller du président, une « époque de foi ». Le VIe plan, qui est préparé en 1970, prévoit une croissance industrielle de 7,5 % par an. Il avait même été question d'un taux à la japonaise (9,5 %) qui fut abandonné, par peur de tensions sociales insupportables. Au lieu d'une politique articulée sur les secteurs, la nouvelle stratégie choisit de s'adresser aux entreprises, acteurs réels, et non pas statistiques, de la guerre économique. Libéralisme et « néo-saint-simonisme » se rejoignent. Face à la concurrence internationale, il faut à la France des entreprises compétitives. La taille est l'un des critères de cette compétitivité. Il faut donc encourager les concentrations pour aboutir à un ou deux groupes par secteur. Le Ve plan avait défendu cette politique des « champions nationaux ». Pompidou avait compris qu'une bonne législation fiscale valait mieux que toutes les exhortations. La loi du 12 juillet 1965 décida la réévaluation des actifs en cas de fusion, ce qui avait pour effet de diminuer l'impôt sur les bénéfices. Christian Stoffaës voit dans cette disposition « l'une des principales motivations des concentrations ». En outre, des crédits étaient particulièrement accordés pour financer la croissance externe. L'absorption de Citroën par Peugeot (1974) fut ainsi aidée par un prêt du FDES. De même, l'État a favorisé les « repreneurs » nationaux. Il avait, enfin, donné l'exemple. Les diverses activités chimiques des Houillères ont été regroupées dans CDF-Chimie, en 1966. La même année, le secteur public pétrolier (sauf les Pétroles d'Aquitaine) donne naissance à l'ERAP. Du côté de la construction aéronautique, Nord-Aviation, Sud-Aviation et la SEREB se sont engagés dans un processus de fusion qui aboutit en 1970 à la SNIAS plus commodément appelée l'Aérospatiale.

Tandis que le tissu industriel subit des transformations que nous examinerons plus loin, les grands programmes sont poursuivis. Sans quitter la trajectoire gaullienne, le pompidolisme l'infléchit. L'indépendance nationale doit s'accommoder de partenariats. Il n'est plus question de développer coûte que coûte des opérations purement françaises quand la technique ou le financement se dérobent. D'autant que l'opinion publique paraît moins sensible à la rhétorique de la grandeur qu'aux exigences de « programmes gloutons ». Le programme du nucléaire civil est le premier à être rectifié dans cet esprit. En décembre 1969, la « filière française » graphite-gaz est abandonnée au profit du procédé américain à l'uranium enrichi. Deux groupes ont acquis des licences : Schneider, celle de Westinghouse (PWR) avec lequel il a créé Framatome ; La CGE celle de General Electric (BWR). EDF, après avoir pensé utile de maintenir une concurrence, fera retenir le PWR. Le CEA a donc perdu. Comme le disait, par boutade l'un des directeurs d'EDF : « Le CEA vise le prix Nobel, EDF, le prix du kWh. » La technique graphite-gaz est encore mal maîtrisée. Les pannes de la centrale de Chinon lui font une publicité fâcheuse. La différence de prix avec le procédé à l'uranium enrichi est de l'ordre de 20 %. L'écart n'est pas considérable ; il le devient quand l'effondrement du prix du fuel fait de l'option nucléaire un pari risqué. Les Anglais, qui avaient adopté le graphite-gaz, l'ont abandonné (1964). La France ne peut pas faire cavalier seul. Au moment du premier choc pétrolier, elle disposera d'une production d'électricité nucléaire encore très modeste (1,8 % de la consommation), mais capable d'une extension rapide.

Les industries aéronautiques et spatiales sont, par nécessité, des lieux de coopération, car le volume des investissements nécessaires dépasse les moyens d'un pays européen. L'entreprise n'en est pas plus facile. La participation britannique à Airbus n'est assurée qu'en 1971. Le gros porteur commence ses essais un an après. Autre opération européenne, la coopération spatiale, inaugurée en 1962, est un échec. Des difficultés techniques, mais aussi des divergences de vues, des incertitudes sur les objectifs sont à l'origine de ces déboires. La nouvelle Agence spatiale européenne, forte du projet Ariane, allait tenter de démontrer aux sceptiques que, entre les États-Unis et l'Union soviétique, il y avait une troisième voie (1973). Autre exemple d'un programme en quête de partenaires, l'informatique. Le paysage industriel est mouvant. General Electric cède ses actifs informatiques à Honeywell System, ce qui se traduit en France par la transformation de la Compagnie des machines Bull-GE en Honeywell-Bull, avec l'accord du gouvernement (juillet 1970). Contrairement aux espoirs des pouvoirs publics, la CMB n'a pas « francisé » les techniques américaines et a dû renoncer à toute recherche indépendante. Quant à la CII, elle a voulu occuper tous les terrains, celui des gros ordinateurs pour la force de frappe, celui des mini-ordinateurs, parce que le marché était tentant. Rien de bien convaincant, du moins en termes commerciaux, n'est sorti de cet activisme. Face aux deux têtes de pont américaines, H-B et IBM-France, une alliance de la CII avec des constructeurs européens paraît raisonnable. En septembre 1972, un accord est conclu avec Philips et Siemens pour créer une filiale commune, UNIDATA. L'ambition est de détenir assez vite 6 % du marché mondial et 20 % du marché européen. En 1975, pourtant, la nouvelle compagnie ne représente que 10 % du parc des ordinateurs en France. Les plans calcul se sont montés à 2,6 milliards de francs entre 1967 et 1975. Le résultat est décevant. Si l'Europe informatique n'est pas possible, la France de Giscard d'Estaing ne va-t-elle pas préférer la « solution transatlantique » ?

La sidérurgie assistée

La sidérurgie française, au milieu des années 1960, offre un mélange de technologie très moderne (autour de Dunkerque, par exemple) et de procédés vieillis (les convertisseurs Thomas, de Lorraine), d'un corporatisme frileux et de stratégie d'avant-garde. Ajoutons les oppositions régionales, propres à cette branche, entre le Nord et l'Est, ou encore la place éminente, mais contestée, que tient la famille De Wendel dans la profession. Les sociétés ont investi massivement afin de suivre la demande intérieure et internationale. La production a atteint 20 millions de tonnes en 1965. Le blocage des prix de l'acier (qui sera maintenu jusqu'en 1970) conduit à des marges faibles et même décroissantes, les dernières années. D'où un endettement préoccupant, à hauteur de 46 % du chiffre d'affaires en 1960 et de 69 % en 1965. Le Groupement de l'industrie sidérurgique (GIS), qui parle au nom de la profession sur le marché obligataire, fonctionne bien, trop bien même. Le retournement de la conjoncture mondiale de l'acier (1963-1964) a mis la sidérurgie française à découvert. Elle ne peut pas cesser d'investir, sous peine d'être submergée par ses concurrents. Elle ne peut continuer de le faire, sans la garantie, mieux, le soutien de l'État. Après tout, disent les sidérurgistes, le blocage des prix, supporté par l'industrie lourde comme contribution à la lutte contre l'inflation, doit être compensé. Les pouvoirs publics (Georges Pompidou, Michel Debré, alors ministre de l'Économie et des Finances) font une autre analyse. Les investissements ont été dispersés dans de trop nombreuses unités de production. La restructuration nécessaire en a été différée. Il convient de resserrer le dispositif. Sans quoi, l'expansion ne pourra pas se poursuivre. C'étaient des crédits, contre des concentrations.

Le « plan professionnel » de 1966 prévoit que la sidérurgie modernisera ses structures et ses fabrications en fermant les installations dépassées. On envisage 15 000 suppressions d'emploi. L'État prête, *via* le FDES, 27 % des dépenses de modernisation et de concentration à un taux très avantageux. Les deux opérations principales se situent à Dunkerque, où Usinor accroît ses capacités productives, et en Lorraine, à Grandange. Deux voies d'expansion sont donc tracées concurremment : la sidérurgie littorale approvisionnée en minerai étranger (mauritanien), la sidérurgie continentale sur la base de la minette lorraine. C'est peut-être une voie de trop. Les structures bougent sous la pression des pouvoirs publics. La sidérurgie aussi a besoin de « champions nationaux ». Usinor absorbe en 1966 Lorraine-Escaut, Saulnes-Uckange et Vallourec ; De Wendel et Sidelor s'associent à la fin de 1967 ; deux ans plus tard, la CAFL et la SFAC, soit les acieries de la Loire et celles du Creusot, fondent Creusot-Loire, moyennant des aides substantielles. Différenciation régionale – produits plats dans le Nord, produits longs en Lorraine, aciers spéciaux dans le Centre-Midi –, délocalisation et gigantisme – Dunkerque aura une capacité de 9 millions de tonnes – caractérisent la sidérurgie de la fin des années 1960. Comme ce plan avait été appliqué convenablement et que la conjoncture internationale faisait prévoir une reprise forte de la demande d'acier, un second plan fut mis au point en 1970. Cette fois, l'objectif était de projeter la Lorraine sur le littoral méditerranéen, au plus près des arrivages de minerais. La Sollac construirait un grand complexe (Solmer) à Fos. Parallèlement, les installations de Grandange et de Sollac en Lorraine devaient s'agrandir encore. Au total, la capacité de la sidérurgie française approcherait 33 millions de tonnes en 1974. Fallait-il faire Fos ? La mise à feu date du 1er octobre 1975, l'année où la consommation mondiale d'acier a reculé de 16 %. « C'est une bonne idée, trop tardive » (Philippe Mioche). De toute façon, l'argent manqua. Il fallut non seulement impliquer Usinor dans l'affaire, mais aussi recourir aux fonds publics à une échelle beaucoup plus grande que prévu. La profession, encouragée par l'État et par les banques, bénéficiait de la « manne empoisonnée des emprunts » (Roger Martin). La modernisation avançait à marche forcée et à bourse ouverte sans que la restructuration soit allée au bout de sa tâche. La Lorraine continuait de développer son potentiel comme si de rien n'était. La « minette » a constitué une facilité piège. En deuxième lieu, si les parties prenantes des deux plans ne pouvaient prévoir la conjoncture de 1974, ils devaient être attentifs à la concurrence. Celle, directe, des Italiens, par exemple, qui commençaient à traiter la ferraille dans de mini-aciéries électriques ; celle, indirecte, que l'aluminium, les plastiques ou le béton faisaient à l'acier dans de multiples usages. La commercialisation ne s'était pas modernisée au rythme de la production. Enfin, les principales innovations de la période – convertisseur à oxygène, coulée continue, aciérie électrique – ont pénétré en France plus lentement qu'ailleurs. Les rigidités techniques et culturelles bloquaient les évolutions au moment où il fallait faire vite. Parler de malthusianisme serait déplacé – tant d'efforts et d'argent ont été déployés dans cette période –, mais la vigilance au moins a été prise en défaut. Roger Martin, qui a désengagé Pont-à-Mousson de la sidérurgie à partir de 1966, juge que les quatre acteurs – gouvernement, administration, Chambre syndicale, maîtres de forges – sont solidairement responsables de la faillite. Les pouvoirs publics, et avec eux l'opinion dominante, ont cédé au « fétichisme de l'acier » et ont pensé que la demande laisserait prospérer la fabrication sans révision régionale déchirante. Par ailleurs, la stratégie d'accumulation décidée par l'État ne coïncidait pas forcément avec les intérêts des entrepreneurs. Ceux-ci étaient légitimement soucieux de la rentabilité de leurs affaires et craignaient, s'agissant des sociétés familiales, d'en être dépossédés. Jacques Ferry l'a reconnu : « La sidérurgie n'a jamais échappé à la hantise de la nationalisation. » Mais chaque mouvement l'en rapprochait.

La Reconstruction n'a pas épuisé le dynamisme de l'après-guerre. La croissance industrielle qui a suivi étonne encore par son ampleur. Elle a été intensive, poussée par les progrès sans précédent de la productivité du travail. Les ralentissements ou les contre-pentes n'ont jamais duré. À la veille de la crise de 1974, la France paraissait avoir une grande marge de développement. Les repères ont changé. Les campagnes se vident et se transforment ; la très ancienne alliance d'une société et de ses terroirs se défait. Cette mutation s'accompagne d'une véritable révolution culturelle. L'économie de la rareté, qui avait repris vigueur pendant la guerre, est abandonnée, discréditée même. La consommation de masse, dont l'emblème est l'automobile, apporte de nouvelles valeurs. Deux décennies durant, la conjoncture politique et sociale, si cahotique, n'a pas sensiblement perturbé la croissance. L'État a pu varier dans sa stratégie et ses modes d'intervention ; il n'a jamais pris congé de l'industrie. Son aide est entrée pour beaucoup dans la réussite d'ensemble, mais elle n'est pas parvenue, dans le domaine crucial de l'informatique, à faire apparaître l'outil national escompté. L'échec parallèle de la politique sidérurgique n'est pas encore patent. Mais la cogestion, avec le patronat, de la crise des années 1960 manque de cohérence, sinon d'audace, et prépare des difficultés. D'autres signaux auraient pu inquiéter, comme l'emballement de l'accumulation du capital, vers 1966, et la dépendance énergétique acceptée. Le pire n'est pas sûr ; pourquoi une société aussi juvénile perdrait-elle confiance ?

4. Métamorphoses

La production de masse, qui explique la croissance intensive des « années glorieuses », a-t-elle créé, en même temps qu'un nouveau consommateur, un autre type d'ouvrier ? Deux images contrastées paraissent définir le monde du travail, celle de l'OS, celle du technicien de la « nouvelle classe ouvrière », comme s'il n'y avait plus place pour le groupe central des ouvriers professionnels. Le mouvement incessant de déqualification et de requalification qui traverse les usines a-t-il touché également les hommes et les femmes, les Français et les immigrés, dans toutes les industries ? En termes de structures industrielles, quels effets le dynamisme productif a-t-il eus sur les établissements et sur les entreprises ? Y a-t-il eu modification dans la hiérarchie des tailles, concentration technique et financière ? Ces années de tous les changements ont-elles abouti, en outre, à donner à la géographie industrielle un autre visage, en modifiant la répartition des activités dans l'espace national ? Ce serait apprécier les résultats d'une logique industrielle conjuguée à une volonté politique de rééquilibrage. L'industrie, enfin, n'a pas traversé indemne cette période. Sur fond général d'adhésion à ses règles, et de fascination pour ses techniques, elle a dû subir critiques et mises en cause. Est-ce l'activité qui était visée ou l'entrepreneur ?

Qualifications

Le travail décomposé

« C'est comme un long glissement glauque ; il s'en dégage, au bout d'un certain temps, une sorte de somnolence scandée de sons, de chocs, d'éclairs, cycliquement répétés mais réguliers. L'informe musique de la chaîne, le glissement des carcasses grises de tôle crue, la routine des gestes : je me sens progressivement enveloppé, anesthésié. Le temps s'arrête. » Robert Linhart, étudiant « établi » à l'usine Citroën de Choisy, après les « événements » de Mai 1968, raconte ainsi son premier contact avec la chaîne. La construction automobile a expérimenté, puis a généralisé, la parcellisation des tâches, la simplification des gestes, la mécanisation ordonnée du procès de production. Les métiers ont disparu au bénéfice d'emplois aux fonctions répétitives et quasi vides de contenu. L'apprentissage ne demande, au plus, que quelques jours. Le travail à la chaîne dans l'industrie automobile n'est que l'élément le plus spectaculaire d'un mouvement de fond qui, sous des aspects variés, touche pratiquement toutes les branches. Le travail en continu, qui se répand dans la métallurgie et dans l'industrie chimique, par exemple, instaure un asservissement équivalent de la main-d'œuvre au flux productif. Les industries agricoles et alimentaires semblent appartenir à un tout autre univers technique. Pourtant le taylorisme y progresse d'autant mieux que la modernisation a été tardive. Partout où il s'est implanté, ce système fonctionne sur la base d'équipes. C'est le « travail posté ». En 1970, 17,8 % des établissements appartenant aux industries de transformation et groupant 25,5 % du total de la main-d'œuvre, marchent selon cette procédure. La branche la plus affectée est la production des métaux – les deux tiers de l'effectif sont « postés » – suivie par l'industrie textile – 47 %. Par comparaison avec les résultats de 1959, la plus forte progression appartient à la branche « caoutchouc-amiante », de 26,4 à 46,2 % (Bernard Guibert). Les modalités varient selon le degré d'avancement de la mutation.

En 1970, le système à quatre équipes concerne plus du tiers des métallos postés. Au contraire, dans les établissements de construction mécanique qui pratiquent le travail en équipes, la quasi-totalité des ouvriers fonctionnent en deux équipes. Dans tous les cas, l'utilisation intensive des installations limite l'investissement et ralentit l'augmentation du capital nécessaire par tête.

Le travail posté est une machine à déqualifier. Il casse les savoir-faire rendus inutiles. Il décompose les travaux complexes en unités simples. Il facilite aussi l'exécution des tâches puisque une partie de la dépense physique – singulièrement dans la manutention – n'incombe plus aux ouvriers. La fatigue revient par d'autres chemins ; le bruit, les vibrations, les postures sont, parmi d'autres, des facteurs d'usure, voire de pathologie. Compte aussi la lassitude d'un travail imposé et machinal, comme ces ouvrières des constructions électriques qui répètent le même geste toutes les 10 ou 20 secondes. À cet homme ou à cette femme « sans qualité », il reste un type particulier de savoir, au plus près de ses gestes et de son micro-espace, celui d'un « usage régulé du corps » (Michel Verret).

Un autre changement s'opère, cette fois dans le sens de la requalification du travail. L'instrument n'en est pas la chaîne, mais la console. L'entreprise emblématique n'est pas Citroën, mais Neyrpic. Cette société grenobloise, spécialisée dans le matériel pour centrales hydroélectriques, a été, au début des années 1960, l'une des vitrines de la « nouvelle classe ouvrière ». Par cette expression un peu journalistique, Serge Mallet et Pierre Belleville désignaient un phénomène effectivement capital, le remodelage du travail par l'automation. À Neyrpic donc, aussi bien que chez Thomson-Houston, à la Caltex (raffinerie de pétrole dans les Landes), dans la chimie ou à Sollac, les observateurs voyaient s'amenuiser les fonctions d'exécution et croître parallèlement les fonctions de contrôle et de surveillance. Des « opérateurs » en blouse blanche portaient leur attention sur la bonne marche des automatismes. De temps à autre, des ouvriers d'entretien, à haute qualification, intervenaient pour régler les machines qu'ils avaient eux-mêmes installées. Jean-Claude Rabier a récemment décrit un processus voisin dans deux « moments » du travail textile, le cardage et la teinture. Des machines ou des procédés à haute production ont remplacé les équipements classiques à partir de 1960. Ce nouveau mode de travail dispense les « soigneurs de carde » ou les « cuisiniers » de teinture de tout effort physique et même de contact avec la matière. En conséquence, les manœuvres qui, par exemple, approvisionnaient les cardes et évacuaient les déchets n'ont plus de raison d'être depuis qu'un système pneumatique y pourvoit (années 1970). L'automation se traduit aussi par des ambiances moins empoussiérées (salle de cardage) ou moins humides (salle de teinture). Comme l'avait déjà noté Serge Mallet, la « ligne hiérarchique » se réduit parce que la machine a pris en charge la plupart des tâches d'exécution. En deuxième lieu, le travail des ouvriers est devenu presque abstrait. Dans les exemples cités par Jean-Claude Rabier, le processus a cessé d'être visible. Les « opérateurs » n'en ont plus qu'une connaissance indirecte, par système de contrôle interposé. C'est pourquoi les compétences attendues relèvent surtout de capacités d'attention et de décision. Qu'en est-il de l'initiative individuelle ? Les ouvriers aux commandes, comme ceux qui entretiennent les machines, manifestent-ils toujours leurs aptitudes et leur expérience personnelles, leur « sens du poil », comme disent les cardeurs ? Certains insistent sur l'accroissement de la polyvalence de ces « nouveaux ouvriers », d'autres jugent, au contraire, que cette polyvalence est perdue dans la spécialisation individuelle et que l'autonomie est un leurre. Le travail est recomposé au niveau de l'équipe. C'est elle qui reconstitue la vision d'ensemble qui manque à chacun. De là à parler, comme Serge Mallet, d'équipage, c'est sans doute aller trop loin dans l'unité du groupe primaire. Au demeurant, les caractéristiques techniques de chaque branche déterminent les modalités de l'organisation du travail.

Le mouvement de déqualification-requalification n'englobe pas toutes les activités industrielles. Plus exactement, il s'effectue dans beaucoup de métiers à vitesse et à échelle moindres que dans les branches presentées ci-dessus. S'il y a métamorphose, elle s'opère de façon incomplète et laborieuse. Une enquête menée en 1978 dans les industries de transformation (BTP et transports exclus) par P. Dubois indiquait que 44 % des ouvriers travaillaient encore à main nue (manutention, emballage) ou à « main outillée ». On pourrait ajouter à cette catégorie les 23 % travaillant sur machines à commande manuelle. D'où vient la résistance ? Comptons d'abord toutes les séquences de travail qui se prêtent mal à la mécanisation et plus mal encore à l'automatisation. L'exploitation minière en fournit bien des exemples qui consolident, particulièrement dans le bassin stéphanois, d'anciennes façons de faire. Même région, autres techniques : la rubannerie à domicile maintient intactes ses qualifications – mais non son effectif – jusque dans les années 1970. La structure des tâches à avantages partagés, pour le fabricant et pour le donneur d'ordres, a reproduit sans rupture des savoir-faire efficaces. L'ancien ne meurt pas forcément parce que le nouveau survient : dans les ateliers de la boulonnerie ardennaise on trouve encore des presses à forger à chaud, bien que la fabrication à froid, à cadences rapides, soit connue depuis le début du XXe siècle. Pour des petites séries et des produits délicats, les presses à chaud gardent leur utilité et ont l'avantage d'être amorties depuis longtemps. Les « vieilles bécanes » qui coexistent dans les mêmes entreprises avec des modèles automatiques font survivre des savoir-faire que l'on aurait pu croire obsolètes (Agnès Paris). Dans une industrie d'art, telle que la cristallerie, l'évolution des techniques ne périme pas une organisation fondée sur des savoir-faire très divers, mais conduit à un déplacement subtil des qualifications (Élizabeth Cibot-Genin). La mutation technique fondamentale de la verrerie, passage du four à pots au four à bassin, est très tardive chez Baccarat qui ne l'adopte qu'en 1968. Le nouveau mode de travail en continu entraîne les 3-8 et supprime des fonctions liées au « cueillage » du verre. Par ailleurs, le « portage » se mécanise aussi ; un seul « gamin » suffit à plusieurs places pour réceptionner les pièces et les porter à l'arche. Par allègement ou fusion d'emplois, la place perd deux ouvriers ; l'effectif passe de neuf à sept. À l'intérieur du groupe, les fonctions ont été quelque peu redistribuées. Entre les souffleurs, les « empontilleurs » (qui approvisionnent la place en cristal) et les aides (les « gamins »), les tâches, les lieux de travail et les déplacements ont légèrement changé. La hiérarchie de la place n'est pas touchée et l'étape cruciale de la finition de la pièce demeure l'apanage de l'« ouvreur ». Le trajet en boucle, attesté en 1960, a amélioré la circulation des hommes et du produit qui, auparavant, dessinait un parcours brouillé. Ainsi, par retouches successives, une structure reformée a-t-elle assimilé l'innovation.

Stratigraphie des emplois

L'approche quantitative des effectifs de l'industrie et leur différenciation par catégories sont malaisées. En dépit des recensements, des déclarations des employeurs et des sondages, une marge importante d'incertitude subsiste. Tenons-nous en, comme niveau plancher, à la totalisation que propose l'INSEE des « effectifs moyens annuels des secteurs industriels français ». La somme des salariés d'industrie, BTP inclus, s'élève à 7 678 000 personnes en 1971. Depuis 1963, le gain annuel est faible, de l'ordre de 0,8 %. La part de l'industrie décline dans la population salariée : 45,5 % en 1970 contre 61 % en 1954. Le tertiaire s'enfle, au contraire. Deuxième évolution perceptible, entre les trois secteurs de l'industrie de transformation. De 1963 à 1972, les biens intermédiaires ont gardé une part stable dans l'effectif (28 % puis 27 %). En revanche, les biens d'équipement passent de 33 à 38 % et les biens de consommation, de 39 à 35 %. C'est confirmer par l'emploi une mutation déjà signalée. La structure des qualifications est ordinairement établie en trois ensembles : les ingénieurs, techniciens et personnels d'encadrement ; le personnel d'exécution qualifié ; le personnel d'exécution non qualifié. La position des contremaîtres prête à ambiguïté : ils figurent dans certaines enquêtes parmi le personnel d'exécution. À hauteur de 1971, la répartition (arrondie) des trois catégories dans l'ensemble des industries de transformation est de 21 %, 47 %, 32 %. La part des ouvriers subit une érosion constante – ils comptent pour 75 % dans le total industriel en 1974 – au profit principal des techniciens. L'analyse de la structure des emplois par branches recoupe les distinctions établies dans le système productif.

	Pétrole (%)	*Mécanique générale (%)*	*BTP (%)*
Cadres, techniciens encadrement	43,7	20,2	14,6
Ouvriers qualifiés	46,3	36,1	61,1
Ouvriers non qualifiés	10	43,7	24,3

Ces trois exemples illustrent des oppositions tranchées dans la composition organique du capital, qui influent sur la nature des besoins de main-d'œuvre. Ils pourraient aussi servir de jalons aux trois époques de l'industrie, présentes dans les années 1970 et que l'on nommera, après Alain Touraine, celle du travail qualifié polyvalent, celle du travail mécanisé spécialisé, celle du contrôle du travail automatisé.

La branche pétrolière vient en appui de la démonstration de Serge Mallet surtout si l'on ajoute que 60 % des ouvriers qualifiés y ont des tâches de surveillance. La construction aéronautique a une structure voisine. Les ingénieurs et techniciens occupent, dans les années 1960, 40 % des emplois et sur 100 ouvriers 87 sont hautement qualifiés. Chez Neyrpic, vers 1963, la ventilation est la suivante ; 300 ingénieurs, 250 dessinateurs, 250 agents techniques, 250 contremaîtres, 400 employés et 1 600 ouvriers, la plupart qualifiés.

Dans la chimie aussi, la « nouvelle classe ouvrière » triomphe. Sur 100 ouvriers qualifiés, 30 ont des fonctions de contrôle en 1972. Ces branches anticipent l'avenir, mais elles ne sont encore qu'une avant-garde ; 5 % seulement du total des ouvriers qualifiés ont une tâche de surveillance des appareillages.

Les catégories ouvrières ne sont connues avec une précision satisfaisante qu'à partir de 1962 ; le traitement de la qualification en 1954 n'est pas compatible avec les statistiques suivantes. Grossièrement, la répartition entre ouvriers qualifiés et non qualifiés est alors de deux tiers/un tiers. Les ouvriers qualifiés, appelés « ouvriers professionnels », sont classés par niveaux croissants de qualification, en P1, P2, P3. Les ouvriers non qualifiés forment deux sous-ensembles, celui des manœuvres, celui des ouvriers spécialisés (OS), chacun articulé en trois niveaux. On retrouve les deux grandes fonctions examinées plus haut : la manutention simple et l'exécution d'un travail taylorisé. La catégorie des manœuvres tend à régresser puisque les tâches d'approvisionnement et de transfert sont de plus en plus mécanisées. En 1967, les OS représentaient 65 % des ouvriers non qualifiés ; ils en constituent 76 % en 1976. Il faut toutefois ne pas être dupe de la rigueur des classifications. Aux échelons les plus modestes, des glissements s'opèrent dans les deux sens, liés aussi bien aux histoires de vie qu'à l'arbitraire patronal. Michel Verret a relevé que, d'après une enquête du ministère du Travail, en 1978, plus de 20 % de « travaux indiscutablement qualifiés » (entretien, réglage, réparation) sont assurés par des OS, voire par des manœuvres et que 15 % de travaux de gardiennage et de nettoyage le sont par des OP.

Dans les années 1970, un ouvrier sur cinq est une ouvrière. La grande majorité des ouvrières (79 %) sont OS ou manœuvres. La part féminine dans la main-d'œuvre ouvrière, qui approchait 20 % en 1954, dépasse 23 % vingt ans plus tard. L'augmentation s'est faite pour l'essentiel après 1968. Elle a été particulièrement forte dans les industries de biens d'équipement (constructions électriques et mécaniques), moindre dans les biens intermédiaires. Les industries de consommation, où les femmes étaient les plus nombreuses (habillement : 87 %), se masculinisent, en revanche. Le travail en atelier ou à l'usine, comme les emplois de service, participe du mouvement général d'extériorisation du salariat féminin dont la composante domestique s'est désagrégée dans les années

1950. C'est une main-d'œuvre sans qualification – ou du moins sans qualification professionnelle reconnue – qui accepte par nécessité les bas salaires et le travail répétitif, réputée disciplinée ou sinon intimidable, sans ambition d'ascension professionnelle, puisqu'elle ne fait pas de l'usine son horizon de vie. Cette demande d'emploi coïncide parfaitement avec l'offre d'un travail taylorisé, avec le statut de manœuvre et, plus souvent, d'OS.

Un ouvrier sur dix travaillant en France est un étranger. Ici aussi, le phénomène n'est pas récent ; il a été amplifié par les besoins de la production industrielle. Les travaux de force des industries peu mécanisées leur sont largement ouverts, puisque les Français s'en détournent. Ils tiennent ainsi 27,4 % des emplois du bâtiment, 17,1 % de la production des métaux. Les branches à travail posté, autrement dit à horaires variables, sont également plus fournies que la moyenne en travailleurs immigrés. Le travail en continu et la chaîne les réclament. En 1974, le tiers des OS de l'automobile sont des étrangers. Le recours à la main-d'œuvre immigrée repose sur des traditions régionales anciennes (Nord et Lorraine) ou sur des bassins d'emplois sans autres disponibilités (région parisienne, région lyonnaise). Ailleurs, il est plus lent : l'usine Peugeot à Sochaux a 18 % de travailleurs immigrés en 1973. C'est que l'exode rural ne s'est pas achevé. Il fournit une troisième source de main-d'œuvre non qualifiée ; celle de jeunes ruraux qui s'acculturent ainsi à l'industrie. Mais, à tout prendre, la jeunesse est bien le caractère dominant de cette force de travail. D'abord parce que l'on ne recrute pas pour ce type de postes au-delà de trente-cinq ans. C'est l'âge même, dans certains cas, où le travailleur ne peut plus suivre. Du point de vue de la demande, ces emplois sont vécus comme des pis-aller, dans l'attente d'une promotion professionnelle, d'un retour au pays ou au foyer. En groupant ces trois catégories, on délimite un marché du travail précaire et infériorisé, parallèle au marché plus stable, plus exigeant aussi, du travail qualifié (Michel Verret).

Ces deux marchés font-ils deux classes ouvrières ? En fait, des clivages multiples fragmentent le monde ouvrier et se surajoutent à l'opposition première qualifiés/non-qualifiés. La durée du travail – qui est, dans les années 1960, la plus élevée d'Europe en moyenne annuelle – distingue les petits établissements (où la charge est la plus lourde) des plus grands. En 1966, 53 % des ouvriers travaillent au moins quarante-huit heures par semaine, mais cette moyenne combine l'habillement, avec quarante-deux heures, et le BTP avec plus de cinquante. Autre plan de clivage, celui des rémunérations. Entre la catégorie des manœuvres et celle des contremaîtres, le rapport de salaire direct est de 1 à 2,2, dans les années 1960. L'OS commence à 1,2 et l'OP à 1,4. Si le pouvoir d'achat ouvrier augmente de 4,5 % par an de 1960 à 1973, les plus bas salaires progressent moins vite. Ils ne rattraperont leur retard qu'après 1968. Les salaires des femmes sont inférieurs d'un tiers à ceux des hommes, en 1962 comme en 1971. Les différences globales de qualification n'expliquent pas tout le handicap. Il faut faire intervenir aussi l'ancienneté (en faveur des ouvriers français) et le volume des heures supplémentaires (qu'assure majoritairement la main-d'œuvre immigrée). La stratigraphie qui conduit à la division et à l'éparpillement est aussi le fruit de la politique patronale. Robert Linhart raconte que, chez Citroën, « les Noirs sont M1 [...], les Arabes sont M2 ou M3 [...], les Espagnols, les Portugais sont en général OS1. Les Français sont d'office OS2. Et on devient OS3 à la tête du client, selon le bon vouloir des chefs. » Le contraste le plus fort se dessinerait peut-être entre qualifiés et non-qualifiés, mais non pas sur la base des postes de travail. Le rapport à l'entreprise fonderait la véritable coupure. D'un côté, les ouvriers professionnels, généralement stables, ayant une espérance raisonnable de promotion et souvent un attachement – même conflictuel – à l'entreprise ; de l'autre, la masse des travailleurs précaires, non reconnus dans leurs aptitudes réelles et sans lien autre que de nécessité avec l'entreprise. À cette classe ouvrière éclatée comment tenir un discours fédérateur ?

Concentrations

Changements d'échelle

L'unité de base de la comptabilité industrielle est l'établissement, lieu physiquement délimité de la production. L'industrie hors BTP (dont l'activité s'exerce dans l'espace provisoire du chantier) groupe en 1962 51 517 établissements employant au moins dix salariés. Leur répartition par effectifs de salariés est la suivante (Chantal Leprêtre) :

Nombre de salariés	*Effectifs salariés (en %)*	*Nombre (en %)*
1 000 et plus	27,31	0,93
500 à 999	13,37	1,79
200 à 499	18,47	5,55
100 à 199	13,12	8,58
50 à 99	10,83	14,22
20 à 49	11,65	34,00
10 à 19	5,25	34,93

L'effectif moyen de ces établissements est de 91. La « médiale », c'est-à-dire le niveau qui départage également la population salariée, se situe à 310. L'équilibre se fait autour de la tranche des 100-500 salariés, mais l'étude ne concerne que 10 % du total des établissements en activité, la masse n'ayant aucun salarié ou moins de dix. Du point de vue de l'analyse de la concentration, le choix est défendable si l'on n'oublie pas ce socle où travaillent sans doute 15 % de la main-d'œuvre. En comparaison, la France a une dispersion de tailles d'établissements analogue à celle de l'Allemagne, mais une moyenne de taille nettement inférieure à celle de ce pays. La situation, dix ans plus tard, traduit une homogénéité plus forte des structures :

Nombre de salariés	*Effectifs salariés (en %)*	*Nombre (en %)*
1 000 et plus	29,1	1,3
500 à 999	14,0	2,4
200 à 499	20,1	7,9
100 à 199	13,4	11,3
50 à 99	10,5	17,5
20 à 49	10,2	36,9
10 à 19	2,7	22,7

Entre les deux dates, il y a eu une hécatombe des plus petits établissements (- 8 300) qui, conjuguée avec un glissement vers le haut (moyenne par établissement : 117), donne un ensemble moins dispersé. La « concentration technique », selon les termes de l'INSEE, a gagné du terrain ; la France se rapproche davantage du modèle allemand. Est-ce un effet de l'ouverture au monde qui, en élargissant les marchés, augmente du même coup la taille optimale des unités de production, recule le seuil des « déséconomies » d'échelle ? (Bernard Guibert.) Peut-être. Il faudrait toutefois s'interroger sur le relatif piétinement des plus gros établissements, que d'autres enquêtes signalent. Ce serait, dans certains cas, la pénalisation de secteurs déjà en crise (mines et métallurgie), mais aussi, pour les plus neufs (pétrole par exemple), la constatation que l'intensité capitalistique contrarie la tendance à l'augmentation des effectifs sur un même site et que, en termes de *management* moderne, les désavantages de la grande taille se font sentir plus tôt qu'avant (François Caron).

Envisagées d'un point de vue économique et financier, les structures industrielles reposent sur des entreprises, qui sont autant de lieux autonomes de décision. La grande majorité d'entre elles se confondent avec un établissement. 88 % du demi-million d'entreprises recensées en 1962 emploient moins de dix salariés, et la moitié d'entre elles, aucun. Au seuil de dix salariés, on compte 41 179 entreprises (hors industries agricoles et alimentaires et BTP), dont l'effectif moyen est de 109. La répartition des entreprises par classe au début des années 1960 recoupe la grille des établissements, en étant décalée vers le haut. La concentration des entreprises, par ailleurs, progresse plus vite que celle des établissements : il est plus facile de fusionner des sociétés que des installations. Dans les années 1950, le rythme des fusions réalisées par des sociétés anonymes dans les secteurs industriels s'élève à 57 par an. La décennie suivante marque une accélération nette du mouvement de concentration économique et financière, de l'ordre de 119 opérations par an. Comme le nombre de sociétés s'accroît peu et que celui des entreprises individuelles chute brutalement (-30 % entre 1961 et 1969), le dispositif se resserre. Une périodisation plus précise dégage trois phases dans ces vingt ans. De 1950 à 1958, la concentration est lente et concerne surtout les PME. Vient le Marché commun, qui précipite la cadence. L'élan décisif date, cependant, de 1966. Les pouvoirs publics, on s'en souvient, ont alors encouragé la modernisation des structures et la montée des « champions nationaux ». En outre, l'ouverture des frontières joue pleinement. L'intensité capitalistique de toutes les branches a augmenté. La croissance externe, par absorption en chaîne, est la réponse nécessaire à tous ces défis. Les grandes ou très grandes entreprises (500 salariés et plus ; 1 000 salariés et plus) sont les gagnantes de cette course. De même, le remembrement s'accentue dans les branches déjà les plus concentrées : chimie, pétrole, constructions mécaniques, sidérurgie. Les regroupements sont généralement horizontaux, c'est-à-dire qu'ils affectent des entreprises engagées dans des activités voisines. En 1974, avant que la crise ne transforme les données du problème, quelle est la configuration des entreprises aux deux extrémités de l'échelle ?

En % du total	*De 10 à 99 salariés*	*500 salariés et plus*
Nombre d'entreprises	70,2	4,2
Personnes occupées	17,4	59,7
Chiffre d'affaires	16,3	65,8
Investissements	9,6	77,1

La meilleure productivité du travail est du côté des grandes entreprises qui doivent consentir en contrepartie un effort supplémentaire d'investissement. En prenant les entreprises de 1 000 salariés et plus, entre 1962 et 1970, le succès des « poids lourds » se confirme. L'effectif employé passe de 43,1 à 46,2 %. La concentration par branche est très dépendante du système technique et de l'histoire longue de l'industrie. La France ne fait pas exception. Nul étonnement donc à ce que, en 1970, la comparaison des secteurs, pour les « 1 000 et plus » donne des résultats très contrastés. Cette catégorie d'entreprises occupe 95,9 % des effectifs de l'énergie, 58 % des biens intermédiaires, 52,2 % de l'équipement et 15,7 % des biens de consommation. Le progrès se lit néanmoins dans la part du chiffre d'affaires qui revient aux plus grandes entreprises de chaque secteur.

Part des quatre premières entreprises

	1970	*1962*
Pétrole	77,7	45,2
Fer, sidérurgie	62,7	42,6
Métaux non ferreux	66,1	58,3
Première transformation des métaux	20,1	15,1
Industrie mécanique	11,1	6,9
Construction navale, Aéronautique	59,2	41,9
Chimie	20,2	15,3
Textile	20,2	11,9

Les secteurs qui ne figurent pas au palmarès en dehors de l'énergie (nationalisée) et du verre (données non disponibles pour 1970 ; 44,3 % pour 1962), ont gardé un ratio sans changement, à un haut niveau pour l'automobile (54 %), à un bas niveau pour l'habillement (3-4 %), les matériaux de construction (14 %) ou le papier (13-14 %).

Le tournant des années 1960 a été le fait de très grandes entreprises : 66 % des actifs transférés à partir de 1966 l'ont été par les sociétés Elf-Erap, Creusot, Loire, Pechiney, Ugine, Kuhlmann, Saint-Gobain, Pont-à-Mousson, CGE, Thomson, BSN. Des groupes ont ainsi été formés autour d'une société mère, avec l'appui de banques (Suez y a travaillé). La stratégie des filiales communes, répandue dans les années 1950, a atteint ses limites. Face aux « grands » d'Europe, pour ne pas parler des méga-entreprises américaines et japonaises, la fusion s'impose. Elle est indispensable dans les secteurs en crise comme la sidérurgie (Usinor : 1966 ; Wendel-Sidelor : 1967 ; Creusot-Loire : 1970) ; elle est utile pour asseoir une stratégie de développement chez Thomson, qui absorbe Brandt (1966) et CSF (1967), ou chez CGE, qui filialise Alsthom. La chimie offre l'exemple d'entreprises aux politiques incertaines quant aux alliances et même quant aux « métiers ».

Pechiney, tiraillé entre chimie et aluminium, laisse Ugine et Kuhlmann s'associer, crée une filiale commune avec Saint-Gobain, qui est ensuite cédée au groupe Rhône-Poulenc (1969). Ce dernier venait de prendre le contrôle de Progil. Puis Pechiney s'unit à Ugine-Kuhlmann tandis que Saint-Gobain, ébranlé par l'offensive de Riboud (OPA de BSN 1968-1969), fusionne avec Pont-à-Mousson (1969). Une étude de l'INSEE constate en 1972 que les dix-huit principaux groupes industriels français sont très peu diversifiés ; ils sont nettement campés dans l'industrie des biens intermédiaires ou dans celle des biens d'équipement. Ils contrôlent les plus grandes entreprises (26 des 37 qui emploient plus de 10 000 salariés) et ont les moyens de poursuivre, rappelons-le, une politique d'implantations à l'étranger. Dans les 304 premières entreprises industrielles occidentales, la France en plaçait 15 en 1959. Elle ne fait pas mieux en 1972, mais ses « champions » sont situés plus haut : 5 dans la première centaine, 8 dans la deuxième, 2 dans la troisième, au lieu de 2,4 et 9. La structure industrielle de la France demeure centrée sur les entreprises moyennes – par rapport à l'Allemagne ou à la Grande-Bretagne –, mais elle s'est brusquement lestée de grandes affaires.

L'aménagement industriel du territoire

La géographie industrielle de la France a gardé, au moins jusqu'à la crise des années 1970, l'empreinte des deux grandes vagues d'industrialisation. Les pôles fondamentaux du Nord-Pas-de-Calais, de la Lorraine, de la région parisienne et de la région lyonnaise conservent leur poids spécifique et les zones plus restreintes où des activités manufacturières se sont affirmées – les régions portuaires, par exemple – participent au dynamisme des Trente Glorieuses. Une mutation se dessine, à l'orée des années 1960, qui procède d'une double source, d'une volonté politique et d'une nécessité industrielle. L'opinion éclairée a pris conscience du déséquilibre qui s'aggrave entre Paris et la province. Le titre du livre de Jean-François Gravier, *Paris et le Désert français* (1947) fait image. Le volontarisme, qui est la culture commune des hommes politiques de l'après-guerre, les incite à agir. L'industrie, mieux que le tertiaire, est considérée comme la clé d'un développement régional satisfaisant. Il faut donc à la fois freiner l'industrialisation de la région parisienne et stimuler celle de la France fragile, à l'ouest d'une ligne Caen-Montpellier. Une aide financière à la conversion et à la décentralisation est mise en place à l'automne de 1954, et le FDES, créé en 1955, reçoit explicitement pour tâche de soutenir les économies régionales. Pourquoi faut-il que la Ve République se soit approprié le mérite de cette politique ? Il faut reconnaître que, en la circonstance, elle n'a pas fait qu'inaugurer le chantier du régime précédent. Au long des années 1960, grâce à l'énergie contagieuse d'une « administration de mission », la DATAR, l'État a financièrement encouragé les implantations industrielles dans les zones les plus « sensibles », par créations nettes ou par transfert hors de la région parisienne. Une telle ambition aurait eu peu d'effet, sauf sur le secteur nationalisé, si elle n'avait rencontré les besoins objectifs de certaines industries d'équipement à la recherche d'espace et plus encore d'une main-d'œuvre docile et bon marché. Augmenter les capacités de production, généraliser le travail à la chaîne impliquaient souvent un changement de cadre, car les moyens faisaient défaut sur place ; les primes emportaient la décision. Les jeunes ruraux, les femmes qui voulaient travailler sans s'éloigner de chez elles, voilà une population disponible, voire captive, si on allait au-devant d'elle. En plus, escomptaient les entrepreneurs, ces futurs ouvriers sans formation ni tradition se plieraient mieux que les OP de Villeurbanne ou d'Aubervilliers aux contraintes du nouveau système. On n'aurait pas, en quelque sorte, à leur désapprendre à travailler. Les zones de salaires, même officiellement en voie d'extinction, rendaient l'opération encore plus attrayante, surtout si la concurrence était faible. 37 % de nouveaux emplois industriels créés entre 1962 et 1966 l'ont été en zones rurales. L'aubaine de la main-d'œuvre n'explique pas toutes les implantations ; celle de Fos suffirait à démentir le principe. Mais elle a été incontestablement un attrait.

François Caron a dressé le bilan géographique de cet aménagement industriel du territoire. La répartition de la population active est examinée en trois régions : celle de Paris, le « Sud-Ouest-Ouest » et le Nord-Nord-Est. Voici l'évolution entre 1954 et 1975 pour la rubrique « industrie sans BTP » :

	Paris	*Sud-Ouest-Ouest*	*Nord-Nord-Est*
1954	38,2	18,2	34,7
1975	29,5	24,6	33,9

Le succès n'est pas niable, encore qu'il soit difficile de dire ce qui appartient à la politique d'aménagement et à la logique industrielle. Disons que les deux espaces se sont recoupés, en particulier en Bretagne, Basse-Normandie et Pays de Loire, qui ont reçu les deux tiers des 538 000 emplois industriels créés entre 1961 et 1970. Paris et sa région, à lire ces statistiques, ont perdu à la nouvelle donne. Jusqu'en 1962, cependant, la croissance demeure, qui profite exclusivement à la banlieue. Ce n'est pas que l'industrie manque intra-muros. 6 300 établissements de plus de vingt salariés y sont actifs en 1960. Mais, suivant un mouvement déjà ancien, le grand format et les branches modernes vont en périphérie. La première couronne – Aubervilliers, Pantin, Saint-Denis, etc. – n'accueille plus guère de nouveaux venus qui, au contraire, trouvent des terrains à La Courneuve, Colombes ou Nanterre (Claudine Fontanon). La région parisienne, prise dans son unité, se signale toujours par une concentration de haute qualification industrielle. Le haut de gamme des techniques et des produits y est plus présent que partout ailleurs, par un enracinement ancien et constamment renouvelé. Cette densité exceptionnelle du milieu industriel n'est pas menacée, dans l'immédiat, par la décentralisation en cours. Voici Bull qui s'implante en 1953 à Vendôme et à Saint-Quentin, où Motobécane est déjà installé. Il s'agit de petites usines reprises par la Compagnie et transformée pour la production de masse. Dès lors, la division du travail confié à ces usines, qui emploient des jeunes gens issus de la campagne, des travaux simples et répétitifs, réservant à l'établissement parisien la mise au point, le montage et le contrôle (Serge Mallet).

Hors de toute subordination au pôle parisien du nouvel établissement, la question demeure de savoir si ce dernier pourra s'insérer utilement dans le tissu local. Le cas de l'aéronautique, dont la décentralisation a commencé dans les années 1930, prouve que l'opération est délicate et pas toujours possible. En 1970, plus du quart des salariés de l'ensemble des industries aérospatiales travaillent dans le Sud-Ouest. À Toulouse même, les effectifs sont passés de 5 800 en 1950 à 15 750 en 1972. Politique persévérante, qui prolonge les implantations pionnières de Latécoère (1917) et de Dewoitine (1921), politique avisée, puisqu'elle associe usines, laboratoires et écoles. Or ce type d'industrie n'a pas seulement besoin de place, d'ouvriers et de capitaux. Elle dépend d'un réseau complexe de sous-traitance qu'elle ne peut pas trouver, à son niveau élevé d'exigence, dans les régions où elle est désormais installée. Trois solutions sont possibles : coopérer malgré la distance avec les fabricants parisiens, passer marché avec leurs équivalents locaux, intégrer une partie de ces travaux externes à l'entreprise. Aucune ne vaut, bien sûr, l'insertion dans le « complexe technique parisien » (Guy

Jalabert). L'arrivée d'une entreprise dans une localité, la reprise par des capitaux extérieurs d'une entreprise du cru créent des emplois ou en sauvent. Ces avantages incontestables ont leur contrepartie, écrivent Michel Hannoun et Philippe Temple. D'abord, ces entreprises sont faiblement intégrées au tissu régional. Leur horizon est national, voire international. Elles vendent et achètent souvent très peu sur place. La localité d'accueil ne peut que subir les effets d'une conjoncture et de décisions qui la dépassent. Second risque, produit cette fois par la taille de l'établissement et l'absence d'un contexte industriel. En Bretagne, plus du tiers des nouveaux emplois ont été créés dans 17 établissements. En Basse-Normandie, la proportion est de 50 % pour 30 établissements, et en Pays de Loire, de 36 % pour 90. Qu'adviendra-t-il si l'un de ces constructeurs automobiles ou électriques connaît des difficultés qui l'obligent à comprimer la main-d'œuvre ? Les grandes usines, comme les grands contrats, font parfois déchanter les bénéficiaires.

Contestations

Mai 68

Le 14 mai 1968, les ouvriers de l'usine Sud-Aviation de Bouguerais, près de Nantes, se mettent en grève, occupent l'usine et séquestrent leur directeur. Ce qui suivra sera le « plus grand mouvement social de l'histoire française au XXe siècle » (René Mouriaux). Il y aura sans doute 5 millions de grévistes dans l'industrie (Gérard Adam) et plus de journées de travail perdues en trois semaines que dans les cinq années écoulées. Un mouvement d'une telle ampleur ne se réduit pas à un schéma simple d'explication, et le frémissement social qui l'a précédé ne pouvait laisser prévoir l'explosion. Pourtant, l'insatisfaction s'accumule dans le monde ouvrier. La modernisation des structures, au cours des années 1960, a des conséquences graves sur l'emploi. Le tissu industriel se remodèle non sans tiraillements. Pour le mineur de Decazeville ou le

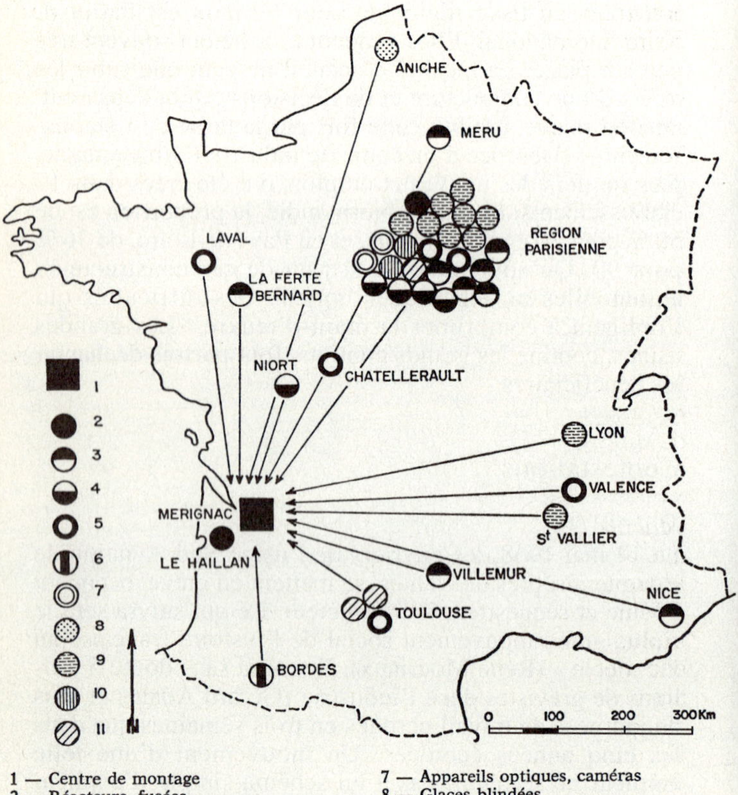

1 — Centre de montage
2 — Réacteurs, fusées
3 — Appareillage électrique
4 — Appareillage électronique
5 — Instruments de mesures
6 — Train d'atterrissage
7 — Appareils optiques, caméras
8 — Glaces blindées
9 — Robinets, valves, pompes
10 — Sièges, casques, ceintures
11 — Conditionnement d'air

Division géographique du travail pour les équipements du Mirage. (D'après Guy Jalabert, *Les Industries aéronautiques et spatiales en France*.)

métallo de Hennebont, tous les emplois et tous les lieux de travail ne se valent pas. Les restructurations entraînent des réductions de la durée du travail, donc des salaires. La mobilité géographique et professionnelle de l'emploi, la disparition rapide de certains métiers et qualifications nourrissent le chômage : il se chiffre à 350 000 en 1967 contre 200 000 en 1962. Enfin, les disparités de rémunération pour un même travail, entre la province et Paris, sont de plus en plus mal supportées. D'où des grèves répétées pour maintenir l'emploi et aligner les salaires. Tour à tour Dassault à Bordeaux (décembre 1966), Rhodiaceta et Berliet dans la région lyonnaise (février-mars 1967), la métallurgie nantaise (printemps de 1967), des entreprises de Mulhouse à l'automne, de Fougères et de la région de Caen (janvier-février 1968) entrent dans le mouvement. Ces grèves limitées sont fréquemment l'occasion de heurts entre les salariés et la police. Des deux côtés, la violence se banalise (André Gauron). Parallèlement, dans les hauts lieux de la « nouvelle classe ouvrière », des revendications inédites se font jour, quant à l'organisation du travail et au contrôle de la production. La CFTC (devenue CFDT en 1964) se fait volontiers l'interprète des « mensuels », techniciens et ingénieurs, porteurs de nouvelles exigences, acteurs de nouvelles formes de lutte, ce que Serge Mallet appelait l'« organisation scientifique de la grève ».

Mai 1968 va fusionner à grande échelle ces expériences multiples. Les étudiants, si loin qu'ils soient socialement des préoccupations ouvrières, montrent la voie. Les affrontements avec les forces de police leur attirent la sympathie. Surtout, en transgressant spectaculairement l'ordre, ils encouragent toutes les remises en cause et délégitimisent, fût-ce symboliquement, l'autorité. Les jeunes ouvriers se reconnaissent dans leur classe d'âge. Ceux de la SNECMA d'Aubervilliers, raconte Noëlle Gérôme, se partagent entre l'occupation de l'usine et les barricades du quartier Latin. Les jeunes ont été les premiers à entrer dans la grève (Bouguerais) et seront les derniers à céder. Les étudiants, qui se proclament de « jeunes travailleurs intellectuels », influent par ailleurs sur le comportement de leurs aînés, techniciens, ingénieurs et cadres. Une minorité de ceux-là ont participé à la grève. Beaucoup d'autres ont accepté de s'associer aux « commissions de travail » dans les usines occupées, ce qui était manifester une solidarité intra-professionnelle inédite. Les petites entreprises ont vécu, semble-t-il, une coupure plus classique, pouvant aller jusqu'à la bagarre entre l'encadrement et les piquets de grève. Les formes de la lutte reprennent largement l'acquis de 1936, c'est-à-dire l'occupation ordonnée des lieux de travail. Les syndicats, surtout la CGT, véritable mémoire du mouvement ouvrier, s'attachent à maintenir intact l'outil de travail, éventuellement contre l'avis des jeunes, dans un « esprit de responsabilité ». Le sens de l'occupation a changé de « 36 » à « 68 ». La peur des « jaunes » ou du lock-out est devenue marginale. Du coup, l'occupation prend un contenu positif. Elle est un moyen de pression et d'expression. Pour quoi dire ? D'abord, certainement, revendiquer une hausse substantielle des salaires, avec un rattrapage pour les plus bas. Aussi, combattre les formes ouvertes ou larvées de l'autoritarisme patronal. Les « cahiers » qui circulent dans les assemblées générales énumèrent ce que les salariés jugent être contraire à leur dignité, en gros, les manifestations abusives de commandement et de contrainte à quoi s'ajoutent, dans les usines à main-d'œuvre féminine, le rejet des pratiques infantilisantes. De la revendication de dignité au droit de regard sur la gestion de l'entreprise, le passage ne fait pas de difficulté parmi les grévistes, tant qu'il s'agit de mieux informer le comité d'entreprise. Au-delà, la CGT renâcle, bien que certaines de ses sections locales (à Usinor-Dunkerque, par exemple) aient soutenu des plates-formes plus ambitieuses. L'autogestion, revendication potentiellement subversive, est réclamée, selon Pierre Dubois, dans une entreprise sur cinq. Cette utopie, qui s'épanouit après l'échec du mouvement, renvoie à un mélange curieux d'anarcho-syndicalisme, de réformisme et de catholicisme social. Les étudiants nanterrois avaient jugé que l'on ne pouvait pas « tomber amoureux d'un taux de croissance ». Cette critique radicale des Trente Glorieuses n'était pas partagée par les ouvriers et les techniciens. De même, ce mouvement, à bien des égards prophétique, n'a pas servi d'amplificateur à la protestation murmurée des plus exploités : les ouvrières, les immigrés.

Que reste-t-il de Mai, une fois la fête terminée et le travail repris ? Le SMIG a été très fortement augmenté (officiellement de 35 % et même de 56 % pour les ouvriers agricoles). Les autres salaires ont progressé d'environ 14 %. Compte tenu de l'inflation et de l'application modulée des accords de Grenelle, le gain de pouvoir d'achat du salaire moyen est de 5,3 % en 1968 (André Gauron). L'autre succès, à l'actif ici de la CFDT, est la reconnaissance de la section syndicale d'entreprise. Mai 68 n'a pas été la révolution que quelques-uns avaient rêvée. Si l'on juge les acquis à l'aune des espérances, la comparaison est rude. Autrement, comment ne pas voir dans ce mouvement atypique, qui a ébranlé toute la société, l'affirmation libertaire par excellence ; plus qu'une grève générale, une rébellion généralisée ?

L'entreprise et l'industrie en question

Le mouvement de Mai 68 avait, sur ses marges, porté atteinte à l'autorité, voire à la propriété dans l'entreprise. Une sorte de guérilla s'est installée ensuite, qui a pour caractéristiques de concerner des secteurs peu mobilisés jusque-là, de contester le mode de production ou le pouvoir de l'entrepreneur, de chercher à gagner le soutien de l'opinion publique. Les années 1971-1973 sont riches en grèves longues – plusieurs semaines – et dures, qui ont – est-ce une « réplique » de l'ébranlement de 1968 ? – un écho inattendu. Énumerons, parmi d'autres, les grèves de Berliet et de Penarroya, à Lyon, en 1971, celle de Renault au Mans, la même année, le Joint français à Saint-Brieuc en 1972 ou Caterpillar, à Grenoble, en 1973. L'agitation traverse les clivages : elle atteint aussi bien une production classique, la chaussure Jordan à Romans, qu'une technologie avancée, l'aluminium à Noguères ; elle vise un entrepreneur « progressiste » comme Riboud, à Évian, ou un patron « archaïque », comme François Michelin, à Clermont-Ferrand. Les revendications sur les salaires et sur l'emploi, qui forment le socle de la doléance, sont exacerbées et même dépassées par des protestations contre l'autoritarisme quoditien. Faut-il croire les ouvriers lorsqu'ils affirment que la pression augmente, que la liberté de parole et de mouvement est rognée ? Les patrons s'inquiètent pour leur part d'un moindre respect de l'outil de travail, du « freinage » des cadences, voire du sabotage. En tous les cas, chaque conflit signale une détérioration ponctuelle mais profonde des relations de travail. Davantage, la plupart de ces grèves mettent en lumière la condition d'OS. De ce point de vue, la grève de Renault au Mans a servi de révélateur. La paye n'est pas en cause ; elle a été augmentée et continuera de l'être. C'est bien le cœur du système taylorien qui est visé. « Ici, dit un gréviste du Mans cité par André Gauron, on paie les machines et pas les hommes. Si tu travailles sur tel engin, tu es payé tant, si tu es muté à tel autre, tu es payé autrement. On se moque de la qualification et de la dignité. » La critique en actes du système productif est autrement plus redoutable que les revendications quantitatives. Elle imposerait un changement coûteux et hasardeux dans les fabrications. Ici, le patronat se divise. Le gros des troupes ne veut pas céder sur le fond, c'est-à-dire sur le pouvoir, quelques-uns acceptent d'explorer d'autres solutions qu'expérimentent alors la firme suédoise Volvo et des entreprises italiennes. Ils soulignent que le consentement ouvrier est, en lui-même, une force productive. L'absentéisme croissant, d'une part, et les grèves bouchons, de l'autre, prouvent la force d'inertie et la force de nuisance d'une main-d'œuvre contrainte. Ils plaident pour l'enrichissement des tâches, les horaires variables, l'autonomie des équipes. Avec l'OS, l'opinion découvre l'immigré. Ce n'est pas leur présence massive dans l'industrie qui étonne, mais leur combativité toute neuve. Peu syndiqués, mal défendus, ils font apparaître une spécificité qui déborde les cadres habituels du mouvement ouvrier. Car ils lient exploitation au travail et précarité du logement, racisme et inégalités. On s'aperçoit aussi qu'ils seraient les moins préparés à s'adapter aux règles du post-taylorisme. La solution de facilité des années 1960 risque de se payer cher.

La grève des mineurs de Decazeville, en 1961, avait mis en avant le maintien de l'emploi sur place. Bien d'autres conflits, par la suite, ont illustré le mot d'ordre vite célèbre « Vivre et travailler au pays ». Alors que la mutation du capitalisme industriel était synonyme de mobilité géographique et professionnelle de l'emploi et de plasticité accrue du tissu productif, la montée en puissance de cette exigence contrariait le mouvement. Le « localisme » pouvait paraître rétrograde ; il revient en force au moment où le jeu des grandes entreprises tend à extraire les établissements de leur environnement. Quand les Tanneries françaises réunies, qui ont supplanté à Annonay les entreprises locales, décident de fermer leur établissement dans cette ville (1974), la protestation de la population conduit la municipalité à agir. Elle s'implique dans une « association pour le renouveau de la tannerie à Annonay » qui aboutit à constituer une entreprise (Bernard Ganne). L'« affaire Lip » peut aussi être lue comme une reviviscence du localisme puisqu'elle a mobilisé autour de cette entreprise moribonde les énergies franc-comtoises. Elle a très tôt, cependant, débordé ce cadre. L'espace d'un été, en 1973, l'opinion s'est passionnée pour le combat des « paroissiens de Palente » (Maurice Clavel). Pourquoi ? Le point de départ était banal. L'entreprise horlogère avait dû déposer son bilan. Au jugement du ministre Charbonnel, elle avait pâti d'une « gestion longtemps fantaisiste », de « choix industriels erronés », d'une « politique sociale inadaptée ». Les salariés, emmenés par la CFDT, n'entendent pas faire les frais de l'incapacité de leur patron et veulent démontrer qu'ils sauront s'en sortir eux-mêmes. Ils reprennent la production avec le stock de pièces disponible et commencent à vendre les montres mises à l'abri. La première « paye sauvage » a lieu le 2 août, sous le slogan : « On fabrique, on vend, on se paye. » En somme, l'autogestion. Edmond Maire, secrétaire général de la CFDT, assurait que le geste « des Lip » annonçait la « légalité de demain ». L'usine fut évacuée de force le 14 août. L'entreprise ne parvint à se stabiliser ni sous forme de coopérative ouvrière ni sur des bases plus classiques. L'aventure avait inquiété le patronat et désorienté le gouvernement. Elle avait été ressentie comme une transgression spectaculaire des règles de la société industrielle. Dernier écho de Mai 68 ou annonce d'une autre révolte ? Le capitalisme avait reçu symboliquement son congé au pays de Proudhon.

L'industrie a toujours été prédatrice d'environnement. Mais l'ampleur et la gravité des atteintes distinguent, sans contredit, le temps présent. La sensibilité écologique, qui s'épanouit dans les années 1960, se préoccupe de la pollution créée par une industrie trop sûre d'elle-même, au moment où la critique de l'entreprise et de l'autorité patronale se renforce. Les salariés de l'industrie sont peu attentifs à ces dégâts de la croissance, si bien que la contestation dans ce domaine est venue de l'extérieur. Pechiney a dû faire face aux paysans atteints dans leurs récoltes et leur bétail en Maurienne, sur le Lannemezan et dans les Alpilles, avant que des militants radicaux ne dénoncent, à partir de 1970, cette mise à mort programmée par le profit. Leur idéologie naturaliste ne fait pas recette, mais ils ont donné l'alarme. Les pouvoirs publics et l'opinion s'émeuvent et demandent que les entreprises songent à prévenir la pollution et pas seulement à en dédommager les victimes. L'industrie chimique est la première visée, pour ses rejets dans l'air et dans l'eau. Pechiney, avec le fluor, Thann et Mulhouse avec le mercure et l'acide sulfurique, doivent se plier à des réglementations de plus en plus contraignantes. Beaucoup de branches sont concernées. Pechiney a fondé, avec une douzaine d'entreprises, un groupement antipollution. Y figurent, en 1971, le papetier Arjomari-Prioux, BSN, les Ciments Lafarge, des pétroliers, Wendel-Sidelor, etc.

Les riverains et les consommateurs découvrent que l'activité manufacturière a un coût écologique, et les communautés aux prises avec la désindustrialisation craignent de s'entendre dire : Ou nous fermons ou nous polluons. Aussi, la critique, ou au moins l'inquiétude, vont bien au-delà des rives du gauchisme. L'industrie des années 1970 est entrée dans l'ère du soupçon.

La chaîne n'est pas l'unique dispositif de production industrielle. Des activités ou segments d'activités échappent au moule taylorien. D'autres sont en train de se doter de nouvelles procédures de travail. Reste, au centre du système productif, un instrument à prétention presque universelle, dont les limites et les inconvénients apparaissent de mieux en mieux. Il implique une destruction de savoir-faire, une paupérisation des tâches et s'appuie sur un prolétariat de femmes, d'immigrés et de jeunes ruraux. Il induit chez l'ouvrier un désintérêt permanent ; au lieu d'un métier, il lui fournit une occupation ; le seul repère est l'économie du corps. Tant que la demande maintient sa pression, les nouveaux emplois non qualifiés progressent en nombre. La réussite, dans la France de l'Ouest, d'une réindustrialisation partielle en découle. Ces implantations n'ont pas, malgré tout, la force d'entraînement attendue. Elles sont trop souvent étrangères au tissu local que, paradoxalement, elles fragilisent. Dans l'immédiat, elles remplacent des entreprises défaillantes et répondent, par là, au souci de ceux qui veulent « vivre et travailler au pays ». La revendication contredit l'exigence de mobilité dont le capitalisme industriel est porteur. D'autres indices font penser que le compromis social des Trente Glorieuses commence à se fissurer. L'explosion de Mai 68 se règle par une augmentation générale des salaires. Elle a révélé un trouble que la distribution classique de pouvoir d'achat ne guérirait peut-être pas.

5. La déchirure

La crise mondiale, qui s'ouvre en 1973-1974, affecte, bien entendu, la France, et particulièrement son industrie. Comment celle-ci a-t-elle reçu le choc, puis suivi l'alternance de récupérations et de rechutes qui caractérise depuis vingt ans la conjoncture économique de l'Occident ? En dépit de l'interdépendance des économies et d'un effort collectif pour rechercher des solutions internationales, la capacité de chaque nation à apporter les bonnes – ou les moins mauvaises – réponses continue de faire la différence. Quelle a été sur ce point la spécificité française, dans un contexte politique dominé par le changement de majorité en 1981 ?

Chacun sent bien qu'une époque s'achève et tente de discerner le nouveau paysage. Cette rupture profonde a accéléré des évolutions et a conduit à réviser des certitudes. Est-ce que l'élan donné dans les dix années d'avant la crise à la concentration financière a pu se poursuivre ? Nos « champions nationaux » ont-ils encore grandi ? À l'autre bout de l'échelle, qu'en est-il des PME ? Y a-t-il eu corrélation entre la taille et la résistance à la crise ? La crise n'est pas seulement dans le système, elle est crise du système. Il convient donc d'examiner si le mode de production taylorien et l'ouverture au monde, principes de base de l'industrie moderne, ont tenu bon. Sortir de la crise, est-ce sortir de l'industrie ? À voir les naufrages, à entendre les prophéties, on le croirait. N'est-ce pas faire bon marché des semences d'avenir ?

La crise

Chocs, reprises, rechutes

La crise économique n'atteint la France qu'à l'été de 1974. Jusque-là, la production industrielle a continué à croître sur une pente de près de 4 %, et le taux d'investissement, rapporté à la valeur ajoutée, s'est maintenu au niveau remarquable du début des années 1970, soit 17-18 %. Le tournant est brutal : en un an, la production industrielle recule de 12 %. La correction était trop forte et, la « relance » aidant, l'année 1976 permet de regagner le terrain perdu. Mais l'élan est brisé ; la stagnation s'installe, la progression annuelle tourne autour de 1 %. Les années 1980-1984 sont celles de la vraie récession. La chute la plus grave se situe en 1981 (- 2,8 %), encadrée par une très modeste croissance : 0,5 % en 1980, 0,2 % en 1984. L'investissement est fort déprimé (12,1 %) et un million d'emplois industriels ont disparu en dix ans.

« C'est la faute au pétrole », dira l'opinion commune. Il serait en effet paradoxal de sous-estimer l'impact des deux chocs pétroliers. En janvier 1974, le baril d'« Arabian light » vaut 11,65 dollars contre 2,89 dollars en juin 1973. Le second choc, en 1979, provoque, en un an, une hausse de 63 %. La « facture pétrolière » se traduit par un transfert brutal de richesses des pays consommateurs vers ceux de l'OPEP, que l'on peut aussi bien analyser, de l'autre côté, comme la fin d'un pillage. C'est en tout cas pour la France, en 1984, 20 % du montant total de ses importations. La dépendance énergétique de la France, qui s'est aggravée dans les dix précédentes années, rend le pays particulièrement sensible à l'augmentation de la rente pétrolière. Avant même cette hausse, un autre facteur de déstabilisation de l'économie mondiale était apparu en 1971, le déficit commercial des États-Unis. La décision du président Nixon, en août 1971, de mettre fin au système de l'étalon-or, puis de laisser flotter le dollar, a brisé l'équilibre de Bretton-Woods et introduit l'incertitude dans les échanges internationaux. Plus peut-être que ces perturbations, si graves qu'elles aient été dans le court terme, compte la détérioration du système de croissance fordien, ce que Robert Boyer a proposé d'appeler le « modèle de régulation monopoliste ». Au cours des années 1960, l'articulation de la production de masse et de la consommation de masse, ainsi que le compromis social et institutionnel qui la validait, ont donné des signes de faiblesse. La modernisation des équipements s'opère à coûts croissants et à efficacité moindre. Le taux de profit plafonne ou régresse. Tout se passe comme si le système entier s'essoufflait. S'agit-il d'une panne de l'innovation technique ? Il est plus probable que les nouvelles technologies – informatique, électronique, entre autres – n'ont pas dans l'immédiat une application aussi étendue que les innovations précédentes dans le secteur des biens de consommation. Celui-ci, par ailleurs, ne dispose plus, dans les pays industriels avancés, du volant de nouvelle clientèle qui l'avait stimulé auparavant. Le taux d'équipement des ménages atteint un niveau qui, dans bien des domaines, ne laisse plus de place qu'au remplacement.

Le moteur économique a donc des ratés, s'il n'est pas prêt de s'arrêter. Son rendement devient médiocre puisque la croissance entraîne un « coût d'organisation » inusité (en matière d'infrastructures et de services liés à l'industrie) tout en détruisant plus d'emplois qu'elle n'en crée. La régulation monopoliste, autrement dit centralisée, fonctionne moins bien depuis que les relations sociales souffrent des embarras du système. Celui-ci exige toujours plus de restructurations, de mobilité du travail et fait peser le doute sur l'efficacité d'un fordisme mutilé. En outre, le modèle de consommation, axé sur la quantité, et le mode de production taylorien, générateur de dégâts sociaux, suscitent la protestation. Les conflits ne participent plus, comme avant, au bon fonctionnement de la machine socioéconomique ; ils la dérèglent.

Les chocs extérieurs ont frappé une économie à la fois dynamique et détraquée, où tous les taux sont à la hausse, la croissance, l'inflation, le chômage. La France n'a pas le privilège de ces tensions internes. Elle est toutefois handicapée par des rigidités supplémentaires. Par exemple, l'archaïsme de la distribution aggrave les tendances inflationnistes et la guerre civile froide des années 1970 est propice aux surenchères et aux blocages. Enfin, l'essor démographique y ayant été plus prononcé qu'ailleurs, cette richesse est devenue un problème. Une fois la dépression installée, l'arbitrage s'est fait en faveur des salaires, au détriment des profits. La part des salaires dans la valeur ajoutée s'est accrue entre 1972 et 1975-1978, passant de 64 à 68 % (charges sociales incluses). La rémunération du travail anticipe excessivement sur la productivité. Un moindre rendement du capital, des frais financiers en augmentation, des capacités de production inemployées, tout se ligue pour dissuader les entreprises d'investir. La crise nourrit la crise. Ce retard à investir se paiera d'un retard à bénéficier de la reprise.

La reprise mondiale se dessine en 1983 ; la France n'y participe que trois ans plus tard. La production manufacturière a frémi en 1985 (+ 0,9 %). Elle retrouve progressivement son allant :

1986	*1987*	*1988*	*1989*	*1990*
+1,3 %	+2,3 %	+5,8 %	+5,9 %	+2,4 %

L'investissement, lui aussi, est de retour : 1985 : 13,6 %

14,2 %	14,7 %	15,5 %	16,2 %	17,7 %

Investissement de productivité et investissements de capacité se conjuguent, car il faut non seulement répondre à la demande intérieure et extérieure, mais aussi tenir les coûts et les prix. La productivité a gagné, de 1986 à 1990, 4,1 % en moyenne. La modernisation permanente est la base de la compétition, en économie ouverte. Au total, le solde des emplois industriels ne peut être très avantageux. Le seul espoir raisonnable est d'inverser la tendance. Ce qui s'est passé, avec un décalage inévitable sur les résultats de la production :

Emploi dans l'industrie manufacturière (en milliers)

1985	*1986*	*1987*	*1988*	*1989*	*1990*
4 129,6	3 975,7	3 863,8	3 804,7	3 834,5	3 870,4

La remontée de l'industrie française a été soutenue par la demande extérieure ; autrement dit, la France a eu l'avantage du *late comer*. Quant au marché national, l'industrie est sollicitée de le fournir en équipements et en biens durables, à raison même de la longue abstention des entreprises et des ménages. Le cycle de vie de cet ensemble de biens ne peut être exagérément allongé. La reprise aura été brève. La production industrielle se replie en 1991. Elle est en « croissance zéro » pour l'année 1992. Une nouvelle rupture de pente s'est dessinée au dernier trimestre de cette année, conduisant, si la tendance se maintenait, à un recul sévère, évalué à - 2,2 % pour 1993. En fait, les avatars de ces dernières années ont rendu les conjoncturistes plus prudents. Significativement, le trimestre paraît la bonne unité de compte. Le « réglage fin » ne concerne pas que les opérateurs. De toute façon, la baisse des investissements (1991/1990 : - 6,6 % ; 1992/1991 : -12 %) va continuer d'entraîner une baisse de la production et de l'emploi. Celui-ci a déjà pâti du ralentissement. L'effectif (en milliers de personnes) est descendu à 3 809 en 1991 et à 3 701,6 en 1992. La productivité, qui n'a fait aucun progrès en 1991, n'a gagné que 2,9 % en 1992. La mauvaise conjoncture internationale, du moins dans les pays industriels « classiques », pèse sur l'industrie française qui est, par ailleurs, menacée par la montée en puissance des « nouveaux pays industriels ». L'effet de l'unification allemande s'est épuisé en 1991, privant, entre autres, l'industrie automobile de son meilleur stimulant. Une industrie qui concentre à nouveau ses investissements sur la productivité – faute d'un usage suffisant des capacités productives – peut-elle simultanément détruire des emplois et espérer élargir ses débouchés intérieurs ?

De l'État d'urgence…
Depuis l'été de 1974, des politiques industrielles variées ont été appliquées tour à tour. Entre la relance organisée par Jacques Chirac, la rigueur préconisée par Raymond Barre, les réformes de structures et le volontarisme du gouvernement Mauroy, le libéralisme mitigé de ses successeurs, la panoplie semble complète. Il ne faudrait pas être dupe d'une impression par trop cahotique. Les éléments de continuité ne manquent pas. Si les moyens, en effet, changent, demeure au moins un consensus fort sur la nécessité d'intervenir. Indépendamment de la pression sociale et politique, qui est un facteur déterminant dans le court terme, les gouvernements successifs et leur administration ont toujours refusé le laisser-défaire. La désindustrialisation est insupportable dans ses deux conséquences, perte de souveraineté pour les branches « stratégiques », effondrement régional de l'emploi. L'État bouclier doit aussi être un État fer de lance, savoir passer à l'offensive et aider, plus que jamais, à la modernisation. Ce n'est pas là seulement un point d'accord entre la tradition gaullienne et la philosophie du Programme commun de la gauche, mais bien le socle idéologique des Trente Glorieuses. La différence entre les deux époques est double. D'une part, bien sûr, la question n'est plus de répartir les fruits de la croissance, mais d'étaler les évolutions et d'amoindrir les traumatismes. D'autre part, en dépit de la sophistication des instruments statistiques, l'incertitude commande ; il est devenu périlleux de prévoir au-delà du moment présent. Cela explique peut-être les deux erreurs majeures d'interprétation commises entre 1974 et 1983. La première, due à Valéry Giscard d'Estaing, a été de ne pas apprécier la profondeur de la crise et donc de ne lui opposer qu'une politique conjoncturelle ; l'autre, qui revient à François Mitterrand, a été de sous-estimer la dimension internationale du problème et, à partir de là, de se risquer dans une relance isolée, donc sans issue. À l'intérieur d'une continuité d'ensemble, un tournant est clairement lisible, celui de la rigueur, en 1983. Avant cette

date, on peut parler, avec Élie Cohen, de l'« État brancardier » et voir l'apogée de l'État entrepreneur. La première fonction correspond à l'urgence. La dépression fait vaciller d'abord des entreprises peu modernisées, dans le secteur des biens de consommation courante (textile, habillement, chaussure), puis elle s'attaque aux biens intermédiaires (matériaux de construction, chimie lourde, papier) et aux biens d'équipement (matériel industriel, construction navale). Compte tenu du déclin amorcé des charbonnages et des difficultés structurelles de la sidérurgie, il n'est guère de secteurs où la puissance publique n'ait à intervenir, écrit Élie Cohen, hors l'industrie de luxe, l'agroalimentaire, la distribution, le BTP et les services informatiques. En termes de taille, la demande de soutien émane d'entreprises de plus en plus considérables : petites affaires familiales (en 1974-1977), entreprises importantes (comme le papetier Darblay en 1978), des « champions nationaux » (PUK en 1981), des groupes même (Peugeot, Thomson… en 1982-1984) et des branches complètes, comme l'équipement mécanique. La troisième dimension du problème est régionale. Si l'intervention dans la crise du groupe Willot (repreneur de Boussac) s'impose, en 1980, c'est, entre autres, parce que la Picardie, où une partie de ces usines textiles sont localisées, subit alors les malheurs de la fonderie, de la construction mécanique et de la chimie de base.

Parmi les organismes appelés à intervenir, le CIASI (Comité interministériel pour l'aménagement des structures industrielles), créé en 1974, a tenu le rôle directeur. Initialement prévu pour aider des PME en difficulté, mais dont la trésorerie serait « fondamentalement saine », il en est venu à s'occuper, au faîte de sa puissance (1979-1983), de tous les dossiers sensibles, Manufrance, La Chapelle-Darblay, Boussac ou Creusot-Loire. Ce petit groupe de fonctionnaires, vite accusé de jouer au « Meccano industriel », a en fait été l'instrument d'une politique de sauvetage ou, plus souvent d'euthanasie. Suggéré par Jérôme Monod (délégué de la DATAR) après le choc de l'affaire Lip, le CIASI se comporte comme une « infirmerie de campagne » (Élie Cohen) où l'on n'amène que des cas presque désespérés. Tout le dispositif de fonds spéciaux et de crédits divers est là pour différer des licenciements que l'on sait inévitables et éviter l'explosion sociale. Toute politique doit être interrogée sur ses résultats, plus que sur ses intentions. Les ajustements dramatiques qu'a connus l'Angleterre ont été épargnés à la France. L'extrême violence du conflit des sidérurgistes de Longwy en 1979 dissuadait les pouvoirs publics, s'il en était besoin, d'appliquer une politique de la terre brûlée. Était-ce économiquement absurde ? La construction navale a souvent été citée comme l'exemple d'une industrie abusivement assistée. 24 milliards de francs (1984) ont été dépensés entre 1975 et 1984 pour maintenir en vie des chantiers, alors que la production s'y faisait à perte. La Normed, constituée à la fin de 1982 des chantiers de Dunkerque, de La Seyne et de La Ciotat, a tenu à coups de subventions, jusqu'en 1987-1989. L'industrie navale, qui comptait encore 22 000 salariés en 1986, n'en avait plus que 6 000 au début de 1991. Mais les deux survivants de ce désastre, les Chantiers du Havre, spécialisés dans la haute technologie, et les Chantiers de l'Atlantique, adossés au groupe Alsthom, se sont trouvés dans une conjoncture mondiale enfin favorable qui soutient, depuis 1989, leurs exportations. Ces opérations de sauvetage ont ralenti l'effondrement de certaines branches, sans pouvoir inverser le cours (machines-outils, imprimerie, informatique, par exemple). Le bilan n'a pas été fait, qui permettrait sans doute de compenser un peu les échecs, voire les scandales (Boussac, La Chapelle-Darblay…) par quelques réussites.

La sidérurgie ne figurerait certainement pas à l'actif de ce bilan. L'extension de la demande mondiale d'acier jusqu'en 1974 avait fait rêver les planificateurs. Ils avaient établi une prévision de 33 millions de tonnes d'acier pour 1980. La production passera de 27 millions de tonnes en 1974 à 17,5 millions en 1983. Entre-temps, les marchés mondiaux et la demande intérieure s'étaient rétractés. De nouveaux exportateurs (Corée du Sud, Brésil) pesaient sur les cours. L'emploi a suivi la dépression du chiffre d'affaires. Dans l'euphorie de 1974, 16 000 salariés avaient été embauchés. Il fallut, à partir de 1978, réduire fortement les effectifs qui tombèrent de 160 000 en 1974 à 60 000 en 1981. Erreur de prévision, erreurs aussi d'orientation. Fos et Dunkerque étaient des paris sur le gigantisme. L'augmentation spectaculaire de la productivité (+ 34 % entre 1976 et 1980) rapproche la sidérurgie française, très mal placée jusque-là, de la moyenne de ses concurrents. Mais elle ne prend pas le chemin de la mini-aciérie qui réussit si bien à l'Italie. Les techniques qui sont à l'œuvre dans ces installations (coulée continue) et les produits qui en sortent (ronds à béton, ronds à tube) font la réputation d'une solution que l'on ne prend plus, sauf en France, pour du bricolage. La mini-aciérie a l'avantage, précieux en temps de crise, d'être plus rapide à construire, plus souple d'utilisation, moins coûteuse à tous points de vue. L'autre distinction fâcheuse s'exerce à l'égard de l'Allemagne. La sidérurgie d'outre-Rhin s'est, depuis longtemps, arrimée à l'aval. Elle produit des aciers très transformés, bien adaptés à la demande intérieure. La stabilité de la sidérurgie allemande et son aptitude à évoluer doivent beaucoup à cette articulation. La sidérurgie française, au contraire, est portée vers l'amont : tradition minière contre tradition métallurgiste. Sa gamme de produits est réduite et souvent mal adaptée aux besoins du marché national (Bernard Billaudot).

Il n'est pas étonnant que les pertes s'accumulent (38 milliards en 1977) et que l'endettement devienne intolérable : il équivaut, en 1977, à 115 % du chiffre d'affaires. Jacques Ferry dira plus tard que les créanciers, au moins l'État, auraient pu « passer l'éponge ». Au lieu de cela, Raymond Barre préféra consolider la dette en faisant de l'État le quasi-propriétaire d'Usinor, Sacilor et Chiers-Châtillon. On nationalisait les pertes. Les plans de sauvetage (1977, 1978) visent à restructurer la sidérurgie de façon rationnelle. Il en a coûté 35 milliards. La modernisation des équipements et le soutien à la reconversion décidés par le gouvernement Mauroy portent la facture à 60 milliards en 1983. Entre-temps, la nationalisation *de jure* a été adoptée

(1981). Ce que les maîtres de forges n'ont pas su faire, l'État entrepreneur prétend l'obtenir. Deux pôles désormais se partagent la sidérurgie : Usinor, associé à Creusot-Loire, et Sacilor, dominant Ugine. Ainsi les aciers spéciaux, à haute valeur ajoutée, sont-ils enfin entrés dans une stratégie de produits. Le marché, toutefois, ne se décrète pas. La branche sidérurgique de Creusot-Loire (l'autre étant la très juteuse Framatome) a perdu près de 3 milliards de francs entre 1978 et 1983. « La charge de la Brigade légère », pour reprendre la formule d'un historien britannique, a échoué.

La crise pétrolière surprend la France dans une situation de dépendance croissante à l'égard des hydrocarbures :

Bilan énergétique en 1973

Charbon	*Pétrole*	*Gaz*	*Hydraulique*	*Nucléaire*	*Nouvelles énergies*
17 %	66 %	8,5 %	6 %	1,5 %	1 %

La politique arrêtée dès 1974 a pour objectif de desserrer l'étreinte en diversifiant les approvisionnements et en recourant autant que possible à des énergies « nationales ». Du côté des Charbonnages de France, l'extraction est trop coûteuse, malgré les gains de productivité, pour ouvrir des perspectives de développement. La production se replie de 1973 (26 millions de tonnes) à 1981 (21 millions de tonnes). Le volontarisme de la gauche (30 millions escomptés en 1986 !) fait long feu : 16 millions de tonnes sont extraites en 1986, 12 millions en 1990, 11 millions en 1992. Symbole d'une activité qui disparaît, le dernier puits du Nord-Pas-de-Calais (le « numéro 9 » à Oignies) a cessé d'être exploité en décembre 1990. La consommation de charbon, qui ne diminue pas avant 1981, doit s'appuyer sur les importations. L'atout majeur de la moindre dépendance énergétique réside dans l'électronucléaire. Un programme très ambitieux de construction de centrales a été établi. Les mises en service se sont succédé depuis 1976, aboutissant à un parc d'une grosse vingtaine de centrales en 1992. La filière s'est complétée par la récupération du plutonium produit par les centrales (surgénérateur de Creys-Malville commencé en 1977), qui fait espérer un auto-approvisionnement en combustible, et le retraitement des combustibles usagés à La Hague, qui boucle le système.

Parallèlement, la montée de la consommation du gaz et une certaine reprise de l'hydraulique permettent de diversifier les sources classiques d'énergie. Le bilan de 1981 traduit ce changement d'équilibre :

Charbon	*Pétrole*	*Gaz*	*Hydraulique*	*Nucléaire*	*Nouvelles énergies*
18 %	49 %	13 %	8 %	10,3 %	1,7 %

Le nucléaire continue son avancée. Il couvre 30 % des besoins en 1988, alors que le pétrole a rétrogradé à 42,6 %. Les proportions se stabilisent. Le faible coût du pétrole explique son seuil de résistance autour de 42 %. Surtout, dans sa fonction de carburant automobile, il n'a pas encore rencontré de substitut sérieux. S'agissant de l'électricité, le nucléaire a approché la moitié du total en 1983 (thermique classique : 27 %, hydraulique : 25 %) et les trois quarts en 1990. Les résultats, désormais, ne tiennent plus qu'à la climatologie : l'hydraulique a repris du terrain en 1992 (16 %) au détriment des deux autres sources (thermique classique : 11 % ; nucléaire : 73 %). La politique énergétique a réussi, par ailleurs, à restreindre la consommation qui augmente moins vite que le PIB. Les deux objectifs principaux, alléger la dépendance, réduire la facture, ont été remplis. En 1992, le taux d'indépendance énergétique a été de 49,1 % et le prélèvement total a représenté 1,4 % du PIB au lieu de 5 % en 1981. Depuis 1983, la France dispose d'excédents d'électricité qu'elle vend à ses voisins, soit 12 % de la production totale en 1992. Elle exporte aussi son savoir-faire en électricité nucléaire. Framatome est le second constructeur mondial, la Cogema approvisionne en combustible une centaine de réacteurs et l'usine de La Hague est devenue, à la fureur des écologistes, un centre mondial de retraitement. Ce système si efficace, et qui a su assurer magnifiquement sa promotion publicitaire, n'a-t-il pas atteint ses limites ? Déjà, le consensus national s'effrite ; depuis Tchernobyl, les écologistes sont davantage écoutés. Une série de pannes est venue rappeler, en 1992, que le nucléaire n'échappait pas à l'usure, voire à la négligence, et qu'il n'était pas à l'abri des surcoûts. Enfin, la politique du lobby nucléaire a eu deux conséquences sans doute regrettables. Elle a conduit à minimiser l'effort d'économie d'énergie, qui était pourtant l'une des orientations fortes du programme de 1974. Elle a aussi gêné, voire discrédité, les énergies renouvelables – solaire, géothermie, biomasse – un peu comme, vingt ans auparavant, les intérêts pétroliers avaient retardé l'avènement du nucléaire.

Le programme nucléaire figure la réussite d'une grande alliance qui réunit le pouvoir politique, des organismes publics – EDF, le CEA – et des groupes industriels, Creusot-Loire, CGE. Un autre programme d'équipement national – les télécommunications et la télématique – est le résultat d'une alliance dans laquelle l'organisme public est la Direction générale des télécommunications (DGT) et les opérateurs industriels, la CGE et Alcatel-Thomson. Ici, la prise de conscience des besoins ne doit rien à la crise ; elle date des années 1960, quand l'archaïsme du téléphone français commençait à handicaper l'économie. De 1969 à 1973, l'investissement grandit, sans que le retard vis-à-vis des autres pays industrialisés soit comblé. En 1972, pour 100 habitants, la France avait 9,5 lignes, l'Italie, 14, l'Allemagne, 17,5. La crise parut remettre en cause un moment le caractère prioritaire de l'entreprise. Ce fut au contraire l'accélération.

Au cours du VIIe plan (1976-1980), 100 milliards de francs (1975) furent dépensés pour le téléphone. Grâce à ce « pipe-line financier » (Élie Cohen, Michel Bauer), l'équipement fut achevé en 1982 ; le nombre de lignes avait quintuplé depuis 1969. Hors de l'équipement, des branches réputées stratégiques ont également profité de grands programmes d'économie mixte, les industries d'armement et les industries aérospatiales. Elles ont plusieurs caractéristiques en commun. Ce sont des secteurs où l'État a un poids déterminant comme fabricant et comme client. Ils comptent, par ailleurs, au nombre des industries qui élaborent et utilisent des « techniques de pointe » et la recherche y est très présente, en termes de budget comme d'effectifs. Des alliances financières et industrielles se révèlent indispensables, tout en étant délicates : à l'intérieur, l'État peut craindre des situations de monopole privé et, à l'extérieur, hésiter devant un partenariat. La coopération européenne, bien engagée dans l'aérospatiale civile, connaît des fortunes diverses dans les armements et l'aéronautique militaire. Ces industries exportent beaucoup ; c'est même pour elles une question de survie. Elles constituent des pôles de développement dont on assure qu'ils vont entraîner le reste de l'industrie. Cet effet de « jouvence » des secteurs classiques est perceptible au début des années 1980. On cite volontiers les transformations induites dans l'industrie de l'habillement par le laser et la robotique. Le détour par l'électronique de défense était-il indispensable ? Le « complexe militaro-industriel » (Thomson, Matra, Aérospatiale, SNECMA...) veut, en tout cas, en persuader chacun. La gauche au pouvoir n'abandonne pas les programmes, elle les redouble. Elle y ajoute l'ambition de reconstruire, à travers des plans sectoriels, les secteurs sinistrés. Par les nationalisations, elle s'empare, pense-t-elle, d'un levier capital. La CGE, Saint-Gobain-Pont-à-Mousson, PUK Rhône-Poulenc, Thomson sont nationalisés, ainsi que CII-Honeywell-Bull, ITT France et la branche française de Roussel-Uclaf. L'État devient l'actionnaire majoritaire de Matra et de Dassault. Des ajustements de frontières et des restructurations franches aboutissent à une « carte » plus lisible des activités et à des ensembles plus cohérents. Thomson, qui avait connu en 1976-1981 les « déboires de la diversification » (Patrick Fridenson) entame, sous la direction d'Alain Gomez, un recentrage sur l'électronique grand public et l'électronique de défense. La Compagnie, qui récupère l'électronique de la CGE, lui abandonne, *via* Alcatel, ses activités dans le téléphone. La chimie est également remodelée. Elf-Aquitaine reprend les intérêts chimiques de PUK ; CDF se renforce dans la pétrochimie et la carbochimie ; Rhône-Poulenc se spécialise dans la chimie fine. Lors de la première cohabitation, Saint-Gobain a été privatisée. Le second retour de la droite verra-t-il la privatisation des autres nationalisées, si l'état de la Bourse l'autorise ? Il faut avouer que l'évolution du statut et des pratiques de ces entreprises dans les dernières années a beaucoup contribué à effacer la barrière entre public et privé.

... à l'État de rigueur

Le keynesianisme dans un seul pays n'est pas viable, surtout si celui-ci est d'un poids moyen et ne renonce pas à son ouverture au monde. Des dévaluations répétées n'ont pu redonner la compétitivité voulue à une industrie ployant sous les charges (augmentation forte du SMIG, généralisation de la cinquième semaine, trente-neuf heures hebdomadaires payées quarante). La « reconquête du marché intérieur » a tourné à la déroute. Par exemple, le taux de couverture du matériel électronique est de 65 % en 1983 contre 75 % en 1979. Le déficit commercial avec les pays développés a triplé pendant la même période. Les créations d'entreprises sont loin de compenser les disparitions. François Bloch-Lainé, auteur du rapport sur la situation de la France en 1981, souligne le retard pris par les « industries du futur » et la faible implication des petites entreprises dans les marchés extérieurs. Le tournant de la rigueur, pris par le gouvernement Mauroy (mars 1983) et prolongé par Laurent Fabius, est un adieu aux armes. La stratégie de rupture abandonnée, le seul enjeu qui vaille, désormais, est de rétablir la profitabilité des entreprises, passage obligé du redressement. Sans le dire explicitement, la gauche se donne pour tâche d'aider à faire reculer les salaires dans la répartition de la valeur ajoutée afin que les entreprises reconstituent leurs fonds propres et soient incitées à investir sans emprunter exagérément. La désindexation des salaires et la liberté accrue pour leur « individualisation » répondent à cet objectif. De même, l'institution des contrats à durée déterminée (CDD), la suppression de l'autorisation administrative de licenciement, l'assouplissement de diverses réglementations (par exemple sur le travail de nuit) donnent plus de flexibilité – selon un mot qui devient à la mode – au système productif. La gauche, qui avait élargi dans un premier temps les droits sociaux, doit maintenant accepter leur révision à la baisse. L'illusion lyrique s'est bien dissipée. Par ailleurs, les entrepreneurs gagnent une liberté d'action, par la levée progressive du contrôle des changes (1989) et du contrôle des prix industriels (1987). Autant de mesures qui troublent les certitudes du « peuple de gauche ». Il faut donc lui expliquer, au-delà des nécessités passagères, les raisons profondes de ce changement politique. C'est la reconnaissance du rôle du profit dans le fonctionnement de l'économie qui dénoue la contradiction. Le tabou levé, peut commencer la réhabilitation de l'entreprise et de l'entrepreneur. Des patrons que l'on dit de gauche – Riboud, Seydoux, Tapie – tiennent le devant de la scène médiatique, mais d'autres sont légitimés par la seule vertu de leur réussite capitaliste. Voici venu le temps des capitaines d'industrie tels que Bouygues, Lagardère (Matra), Bernard Arnault (repreneur du groupe Boussac après la tentative des frères Willot). L'entrepreneur schumpetérien remplace, au Panthéon des socialistes, l'économiste keynesien. Il est difficile de savoir si ce « travail du deuil » a marqué les esprits en profondeur. Il a probablement facilité l'acceptation résignée de la nouvelle politique en reprenant, à destination des salariés, l'effort de pédagogie entrepris sous un autre angle par Raymond Barre. À l'égard des entreprises nationalisées, le discours tenu est celui de la modernisation, entendons de la nécessité de rétablir les grands équilibres financiers, fût-ce par des compressions d'effectifs. Finie l'économie administrée.

L'État ne disparaît pas ; il est devenu modeste. Les effets de cette révolution culturelle ont été un peu longs à se manifester. On a vu que, à partir de 1986, les indicateurs se font, lentement, encourageants. Mais le retour de l'investissement stimule la productivité sans ralentir l'effritement de l'emploi. Au contraire, selon la nouvelle logique, l'État ne veut plus soutenir à fonds perdus les « canards boiteux ». La faillite de Creusot-Loire (28 juin 1984) est un signal. Moins de « prothèses » ne signifie pas moins d'aide, mais une aide autrement répartie. Christian Stoffaës reflète parfaitement l'esprit nouveau lorsqu'il évoque ces investissements qui sont allés à la sidérurgie et qui ont manqué aux composants électroniques. Les chantiers de la Normed qui faisaient de la « valeur retranchée » (Élie Cohen) sont fermés en 1986 ; autre symbole. L'institution vedette n'est plus celle qui gère les restructurations, le CRI (qui a succédé au CIASI), mais celle qui soutient l'innovation, le CODIS, demeure en retrait depuis sa création en 1978.

En 1992, le ministre de l'Industrie, Dominique Strauss-Kahn, a confié à Dominique Taddei et à Benjamin Coriat un rapport sur la compétitivité industrielle de la France. Ce texte intitulé *Made in France* non seulement éclaire la décennie écoulée, mais trace des perspectives que l'alternance politique de mars 1993 ne semble pas avoir condamnées. Significativement, ils préfèrent à l'expression « politique industrielle » celle de « mobilisation industrielle », pour indiquer que l'État ne doit plus avoir le premier rôle. Pour prendre une métaphore sportive, il n'a pas à être l'attaquant, écrivent-ils, mais l'entraîneur de l'équipe. Il lui revient d'« accompagner » l'industrie. D'autres diront : de créer un environnement favorable. L'exemple choisi est le crédit d'impôt pour favoriser la recherche en entreprise, préféré aux grands programmes français ou européens (Eurêka), nécessaires, certes, mais situés trop « en amont » pour être industriellement efficaces. Il convient, disent-ils, que « la recherche se fasse à partir des problèmes de marché ». On est loin, assurément, de l'époque du grand ministère de l'Industrie et de la Recherche dirigé par Jean-Pierre Chevènement (1981-1983). Deuxième fonction, impulser. Dans les secteurs les plus dynamiques – les auteurs pensent à ceux où se concentre la haute technologie –, l'intervention des pouvoirs publics est nécessaire.

Il lui faut contribuer au financement de très lourds programmes de recherche et soutenir le rang de la France, en ces domaines, par les marchés publics. Le désengagement, on le voit, rencontre ses limites. Les industries d'armement sont présentes, si elles ne sont pas nommées. La chute des exportations, qui a précédé de cinq ans celle du Mur de Berlin, toujours avancée comme excuse, exige la vigilance des pouvoirs publics. Il y va de dizaines de milliers d'emplois… et de la souveraineté nationale. Le raisonnement des rapporteurs est plus explicite encore quand ils indiquent que l'État ne peut se désintéresser du sort de l'industrie automobile. L'ouverture de l'Europe aux voitures japonaises a été différée ; il n'est que temps d'« inciter les constructeurs français à se préparer » à cette échéance. La contradiction, à l'intérieur de cet exposé de doctrine, entre libéralisme et intervention n'est qu'apparente. Elle est l'essence même de l'économie mixte. L'État a expérimenté l'autonomie réelle du système face à ses prétentions. Les divers « plans calcul » se sont brisés sur les stratégies antagonistes de CGE et de Thomson. Le PDG de Schneider, D. Pineau-Valencienne, est parvenu à réaménager son groupe à sa convenance, entre 1981 et 1984, sans égard pour les souhaits des pouvoirs publics. Bernard Arnault, qui s'était engagé à maintenir la structure du groupe Boussac et donc à ne pas le « vendre par appartements » pour ne garder que les entreprises rentables, s'empressera de n'en rien faire. Il licenciera, vendra et constituera autour de la maison Dior un groupe spécialisé dans le luxe (1984-1988). Troisième fonction, anticiper. L'État en charge du long terme, il n'est pas nécessaire d'être colbertiste pour défendre ce point de vue. Le partage des rôles entre les pouvoirs publics et l'initiative privée n'est probablement pas un point de désaccord entre ces experts et ceux qui s'apprêtaient alors à les remplacer. Certes, la dénationalisation, en projet, des entreprises industrielles rompt la continuité intellectuelle de la décennie. Mais Dominique Taddei et Benjamin Coriat avaient proposé de laisser à l'État une « minorité de blocage » (33 %) pour « assurer la fonction de long terme ». Sera-t-on tellement loin du compte lorsque les pouvoirs publics, au nom de la défense des intérêts nationaux, auront maintenu au moins un droit de regard sur le capital de ces entreprises et conservé de toute façon une influence certaine, par le biais des crédits de recherche et des commandes ?

Le nouveau paysage

Le tissu remanié

À première vue, l'équilibre interne de l'industrie a peu évolué au cours des vingt dernières années. 96 % des entreprises sont des PME (de 20 à 500 employés) dont la main-d'œuvre totale équivaut à celle des grandes entreprises. Ces dernières assurent plus de 60 % du chiffre d'affaires de l'ensemble et plus des trois quarts de l'investissement. Le changement vient plutôt du « décalage vers le haut » des grandes entreprises. Les vingt-cinq premiers groupes pèsent davantage en 1993 qu'en 1973. En ce sens, les « champions nationaux » ont grandi dans la crise, bien qu'ils ne soient que six à figurer dans les cinquante premiers groupes mondiaux (en fonction du chiffre d'affaires) : Elf-Aquitaine (28e), Renault (32e), Peugeot SA (35e), EDF (38e), Alcatel-Alsthom (43e), Total (48e). Le classement par secteurs d'activité corrige les distorsions d'une hiérarchie purement financière. Alcatel, Michelin, Ciments Lafarge, L'Oréal, Moulinex, Air Liquide sont premiers dans leurs catégories, Thomson, deuxième pour l'électronique de défense, Usinor-Sacilor, troisième dans la sidérurgie, Rhône-Poulenc septième de la chimie, BSN onzième dans l'agroalimentaire. À l'échelle de l'Europe, les entreprises françaises les plus puissantes sont souvent loin de leurs homologues des autres pays, encore que la comparaison avec des groupes plus diversifiés (comme Siemens) soit délicate. BSN, en 1990, n'avait que le quart du chiffre d'affaires d'Unilever ; Rhône-Poulenc, la moitié de celui de BASF ; Renault, 55 % de celui de Daimler-Benz. La croissance parfois spectaculaire (pour Alcatel,

Rhône-Poulenc ou Bouygues) n'a pas remis en cause les tendances lourdes. La concentration à l'intérieur des branches, que la crise avait ralentie, a repris dans les années 1980. Dès 1987, plus de 30 % du chiffre d'affaires est assuré, en moyenne, par les quatre premières entreprises. La dispersion demeure la règle dans les biens de consommation courante (industries alimentaires, textile, ameublement, etc.). Plus préoccupant est l'émiettement persistant dans le travail des métaux, la fabrication des machines-outils, la transformation des matières plastiques.

Les PME n'ont pas bénéficié, de la part des pouvoirs publics, de la même sollicitude que les grandes entreprises, tant ces dernières semblaient détenir la clé du redressement. Un discours apitoyé rappelait généralement que les PME françaises investissaient peu et que leurs gains de productivité étaient médiocres. On notait, à juste titre, qu'elles étaient très timides sur les marchés étrangers et que, en cela aussi, elles se distinguaient des PME étrangères. En Italie, pour l'habillement, en Allemagne, pour la mécanique, des entreprises moyennes faisaient chaque jour la démonstration que taille modeste et apathie n'étaient pas synonymes. Une appréciation moins partiale s'est esquissée depuis 1986. Car il est apparu évident que les PME embauchaient plus que les grandes, dans la reprise, et licenciaient moins, dans la rechute. C'est la contrepartie heureuse d'une moindre propension à investir c'est-à-dire d'une substitution, moins radicale que chez les grandes, du capital au travail. Il a été, en outre, reconnu que les PME étaient pénalisées par un crédit cher et par des délais de paiement longs qui ne leur laissaient, en fait d'investissements, que la voie de l'autofinancement. Les PME sont ainsi relativement plus riches d'emplois que les grandes. L'usine que Citroën a installée à Charleville en 1975 est loin d'avoir remplacé les emplois de grosse métallurgie qui ont été détruits dans les Ardennes. Le réseau de petites entreprises qui, dans les années 1980, faisaient vivre la coutellerie nogentaise, employaient plus de monde que les « grandes » entreprises de la région. S'il est vrai que la majorité des PME est encore peu présente à l'exportation, le marché intérieur compense ce handicap ; il est moins fluctuant et moins volatile que les marchés extérieurs. Au reste, les réussites internationales de PME ne manquent pas. Jean-Pierre Debourse et ses collègues, dans *Histoires d'entreprises centenaires du Pas-de-Calais,* ont recensé beaucoup d'entreprises moyennes qui ont pris pied à l'étranger et que la conjoncture n'a pas dissuadées de persévérer. L'atout essentiel, en définitive, de cette catégorie d'entreprises est la grande souplesse de gestion, l'adaptabilité supplémentaire que donne la petite échelle. La structure familiale, si fréquente encore, renforce ces caractéristiques. En temps incertains, la rapidité de décision, la vitesse d'exécution gagnent à ce circuit court. Voici la maison Deblock, corderie parmi tant d'autres de la zone roubaisienne, qui a su abandonner son métier originel, au début des années 1970, pour se reconvertir dans le câble d'acier et, de là, dans le négoce des produits de levage. Elle est représentative de l'« opportunisme » du patronat nordiste que l'on voit à l'œuvre dans la bonneterie (Poret et Dayet), dans le cuir (Nory) ou dans la grosse mécanique (Paulus-Pon). Les établissements Samuel Roche, de Saint-Étienne, illustrent la capacité d'adaptation d'une petite entreprise familiale (Brigitte Reynaud). Partie de la passementerie, en 1910, cette entreprise se heurte, au milieu des années 1960, au déclin de la pantoufle, débouché principal de ses rubans. Après plusieurs tentatives peu concluantes, elle passe au galon fronceur pour rideaux, la « ruflette ». En même temps, elle se met aux sangles pour fixation de ski, profitant de la vogue récente des sports d'hiver. Au début des années 1970, l'évolution du matériel élimine cette partie de l'équipement. Roche trouve un nouveau marché, la ceinture de sécurité automobile, obligatoire à partir de 1968. En outre, elle développe de nouveaux types de sangles pour le transport et l'amarrage de charges très lourdes. Pour qui sait se renouveler à temps, il n'y a pas de métier condamné. La structure familiale est souvent cause de fragilité, au changement de générations : la relève n'existe pas ou est inconsistante. Les dirigeants n'ont pas toujours à cœur de donner « priorité aux intérêts de la firme par rapport aux stratégies personnelles ou familiales » (Vanoutryve, tissus d'ameublement à Roubaix).

L'opposition PME-grandes entreprises devient en partie illusoire ou, en tout cas, moins pertinente, puisque la moitié des premières sont contrôlées par les secondes. Le système de la sous-traitance arrime financièrement les PME à leurs puissants « donneurs d'ordres ». Les unes se consacrent à la sous-traitance de capacité. Elles déchargent les grosses firmes d'une fraction des commandes dans les branches sensibles aux fluctuations saisonnières. D'autres pratiquent la sous-traitance de spécialité, par exemple dans la construction automobile. Elles dépendent toutes des décisions des grandes entreprises, non seulement quant au volume et au calendrier des commandes mais quant à leur existence même. Car le mouvement d'« externalisation » risque de se transformer en son contraire, le « rapatriement » du travail. La menace est très actuelle dans l'aéronautique et dans les industries d'armement.

La sous-traitance de spécialité semble entraîner l'autonomie de l'entreprise, pour cause de haute technicité. En fait, on observe une tendance à la contrainte et à la subordination. La nouvelle organisation « juste à temps » remodèle toute la filière et impose un respect rigoureux des délais. L'exigence de qualité se transmet à travers des normes impératives, et les techniques de la CAO (conception assistée par ordinateur) laissent de moins en moins de marge au « maillon » fournisseur.

Les grands patrons, comme Jean Gandois (Pechiney), sont conscients du besoin vital pour eux d'un tissu de PME plus dense et de « nouvelles politiques de sous-traitance ». Iront-ils, comme le recommande Dominique Taddei, jusqu'à se reconnaître une « responsabilité civique » ? La formule est ambiguë, mais on peut la rapprocher de la politique d'Elf-Aquitaine lorsqu'il s'était désengagé des Landes (1979). Le groupe avait alors créé une structure spéciale pour aider les 1 200 PME régionales, avec lesquelles il traitait, à se reconvertir. Des groupes privés ou en voie de privatisation auront-ils la même attitude ? Les PME sont comme les haies du bocage (Hervé Le Tellier). Le remembrement ne doit pas déclencher l'érosion des sols.

Taylorisme : suite ou fin ?

L'usine nouvelle, au milieu des années 1970, repose sur l'informatique industrielle et la robotisation. Là où le taylorisme avait triomphé – la production des biens d'équipement –, le système technique décharge les opérateurs de la plupart des tâches manuelles. À l'usine Citroën de Charleville, le moulage des pièces est automatisé, la découpe et la soudure sont effectuées au laser, l'assemblage est robotisé. L'organisation taylorienne du travail est ici dépassée. L'émiettement des fonctions et la hiérarchie lourde destinés à maîtriser la complexité du procès de production ne sont plus de saison. Au demeurant, le taylorisme rencontrait de plus en plus de résistance ; il était générateur de démotivation, d'absentéisme et d'accidents. Le nouveau système est l'antithèse du précédent. Il exige la responsabilité et l'initiative ; là où l'OST dessaisissait les salariés, il recompose les tâches quand le taylorisme les dissociait.

Le principe d'autorité et la hiérarchie à échelons multiples sont bannis. Henri Lagarde, PDG de Thomson Électroménager, parle à ce sujet d'une « révolution culturelle » dans les comportements. Contre la parcellisation, on revalorise l'équipe. Le cloisonnement doit être remplacé par une « vision systémique » de l'entreprise. L'établissement est repensé autour du concept d'ateliers ou d'« îlots de fabrication » (comme à l'usine Carbone-Lorraine d'Amiens) où une quinzaine de personnes disposent de l'ensemble des moyens nécessaires pour fournir une famille de produits. L'effet escompté se nomme qualité. La non-qualité, en effet, a un coût, puisque des consommateurs plus exigeants et mieux informés abandonnent les marques négligentes. Le taylorisme finissant est vécu comme un grand gaspillage. L'horizon est désigné : « Zéro défaut, zéro panne, zéro retard, zéro stock. » Ce beau programme à la japonaise implique une « organisation qualifiante du travail », une gestion différente des « ressources humaines ». Selon le mot d'un patron ardennais rapporté par René Colinet, « C'est l'homme qui assure la réussite de l'entreprise puisqu'il est le seul agent de la qualité totale. »

Le niveau de formation requis laisse en arrière les ouvriers tayloriens. « Trop souvent nouvelles techniques signifient nouveaux opérateurs, remarque Jacques Cristol. On supprime les emplois des ouvriers non qualifiés, souvent âgés et l'on embauche des techniciens. » Beaucoup d'entrepreneurs choisissent plutôt de requalifier le personnel (Compagnie des plastiques industriels de l'Ouest). La réhabilitation de l'entreprise, pour ceux qui y sont extérieurs, se double d'une redéfinition, pour ceux qui la composent. On n'ose pas parler de famille, on préfère le terme de microcosme. Pour que les « cercles de qualité » et l'« autocontrôle » fonctionnent, il faut obtenir l'adhésion des salariés. Le compromis social taylorien, c'était du pouvoir d'achat contre de la dépendance. Le nouveau contrat reste à définir. Est-ce la cogestion ? Le mot même fait peur. Les dirigeants des principaux groupes, participant à l'automne de 1992 à une publication du ministère de l'Industrie, parlent plus raisonnablement de l'« écoute permanente interne » (Henri Lagarde), de « dialogue à l'intérieur de l'entreprise » (Bertrand Collomb, Lafarge-Coppée), de « transparence interne » (Francis Mer, Usinor-Sacilor). Si ce haut patronat moderniste se montre aussi prudent, combien leurs confrères des PME doivent-ils redouter toute ingérence en dépit des expériences de participation et d'intéressement ! Jean Kaspar (secrétaire général de la CFDT) affirme, dans la publication précitée : « Le taylorisme n'est pas mort ; le participatif s'essouffle et déçoit. » Il ajoute sévèrement que « l'industrie française a encore trop tendance à se défausser de ses problèmes d'emplois sur la société comme elle se défausse de ses déchets sur l'environnement ». Ce disant, il pointe la difficulté centrale. Comment inscrire dans les faits une nouvelle culture d'entreprise, quand la « restructuration » est une donnée permanente et que la majorité des patrons pensent – selon Martine Aubry – « que le salarié coûte et que l'investissement rapporte » ? Que les syndicats soient réticents s'explique par la tradition ouvrière qui tient l'entreprise d'abord comme un lieu de profit et de conflit avant de l'envisager comme un lieu de production et de coopération. Mais le néo-paternalisme latent a-t-il les moyens de ses ambitions ? La flexibilité tant vantée pourrait bien n'être un avantage que pour l'entrepreneur. La manière dont les filières de sous-traitance se recomposent suggère que de nouvelles rigidités ne sont pas exclues.

L'internationalisation sans répit

La dépression n'a pas ralenti le commerce mondial, bien au contraire. La France s'est ouverte encore plus que d'autres et a fait de l'exportation sa planche de salut. Exportations et importations de produits industriels ont crû parallèlement. En 1992, les premières ont représenté 35, 7 % de la production nationale, et le taux de pénétration du marché intérieur a été de 36,7 %, ce qui fait de la France le pays le plus « échangiste » d'Europe. Le solde de ce commerce a été constamment excédentaire de 1970 à 1986, puis a accusé un déficit, porté à 57 milliards de francs en 1990. Les pétrodollars avaient alimenté de fabuleux contrats ; le « contre-choc pétrolier » a fait davantage perdre en exportations qu'il a rapporté par la diminution de la facture énergétique. Le tournant bénéfique des investissements industriels s'est payé d'une hausse brutale dans les importations de biens d'équipement. L'excédent est revenu en 1992 (+ 3,9 milliards de francs) ; il se confirme en 1993. Ce rétablissement reflète probablement de meilleures performances, en termes de prix, des branches manufacturières, ainsi que le freinage de la consommation et des investissements. La part de la France dans ce commerce mondial est de 11 %. Il faut toutefois utiliser avec précaution les résultats des échanges commerciaux de ce secteur. « Le poids des échanges intra-firmes, [...] la part croissante de la production réalisée à l'étranger » par les multinationales, écrit l'économiste Jean-Pierre Cling, réduisent la signification des balances nationales, sans que l'on puisse encore les compléter par

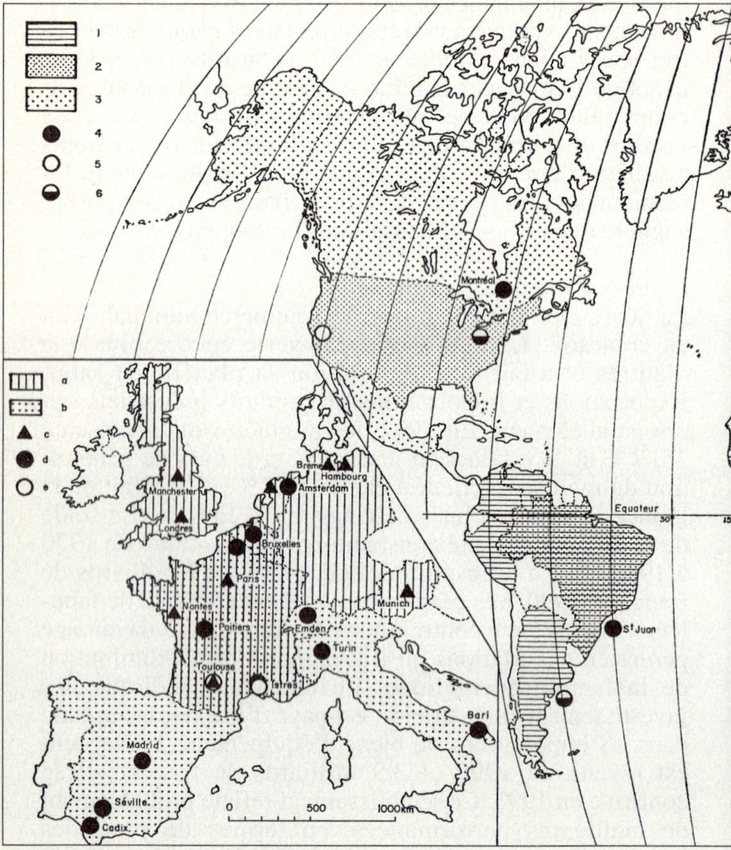

1 – Pays acquéreurs de Mirage
2 – Pays ayant passé des options pour Concorde
3 – Autres acheteurs de matériel français (hélicoptères notamment)
4 – Usines aéronautiques implantées (ou en cours d'installation) à l'étranger avec participation de capitaux français
5 – « Comptoir » de vente d'équipements aéronautiques français aux industries américaines

La mondialisation de l'industrie aéronautique française. (D'après Guy Jalabert, *Les Industries aéronautiques et spatiales en France*.)

En carton : les coopérants des programmes Airbus et Mercure

a – Pays participant à l'Airbus
b – Pays participant à Mercure
c – Principaux établissements de fabrication de l'Airbus
d – Principaux établissements de fabrication de Mercure
e – Montage terminal et essais en vol

des balances de firmes. Par ailleurs, la notion d'étranger semble ambiguë, depuis l'intégration européenne. Les faits ont anticipé sur le droit ; l'Europe est devenue le marché intérieur de beaucoup d'entreprises françaises. On peut au moins poser quelques jalons. D'abord, pour constater que les vingt premiers groupes font 40 % des exportations manufacturières et que les grandes entreprises assurent plus des trois quarts du total. Autre remarque, 80 % de ces ventes se sont passées dans la CEE selon un mouvement de concentration sur l'espace européen de plus en plus prononcé. Cela n'empêche pas, bien sûr, la mondialisation de nombreuses firmes. Les Cristalleries d'Arques, premier producteur mondial de verrerie de table, exportent 75 % de leurs marchandises dans 141 pays ! Le déficit manufacturier demeure avec l'Allemagne, les États-Unis et le Japon, sous réserve, pour les deux premiers pays, des achats intrafirmes. Le poste des machines-outils est déficitaire de moitié, celui des textiles dans les mêmes proportions. Ces derniers produits, en provenance de l'Asie du Sud-Est, tout comme les biens intermédiaires (métallurgie) vendus par les pays d'Europe centrale et de l'ex-Union soviétique concurrencent gravement les fabrications nationales. Le « dumping social » n'est pas le fait des seuls « dragons » d'Asie. La République tchèque, par exemple, y recourt aussi.

Les entreprises françaises, à l'image de leurs concurrentes des grands pays industrialisés, pratiquent la « délocalisation » d'une partie de leurs activités. Ce faisant, d'ailleurs, elles aggravent les statistiques du commerce extérieur… La délocalisation, strictement entendue, est le transfert d'une activité qui cesse dans son lieu d'origine. L'opération beaucoup plus courante consiste à développer une étape de la fabrication à l'étranger, sans l'interrompre immédiatement à domicile. Le plus expédient est d'acquérir une entreprise. Contrairement à une opinion répandue, ces investissements s'orientent peu vers les pays à bas salaires ; l'essentiel va dans l'OCDE. Le flux s'est brusquement gonflé vers 1985. La France est maintenant le deuxième investisseur industriel, derrière les États-Unis.

Il s'agit en premier lieu de contre-mesures préventives, pour parer aux effets d'une éventuelle réglementation. En cela les délocalisations sont solidaires des exportations ; elles les consolident. Il est également nécessaire de naturaliser certaines productions, considérées comme des industries de souveraineté. C'est le cas ordinaire de l'automobile. Il faut aussi tenir compte, pour des produits spécifiques, des cultures ou des contraintes nationales. En matière de pharmacie, Rhône-Poulenc et Elf-Sanofi ont dû s'implanter aux États-Unis pour contourner les exigences de la redoutable agence américaine des médicaments (FDA). Surtout, la mondialisation est inévitable dès que l'entreprise a des ambitions internationales. Être présent dans plusieurs pays est une assurance contre les risques commerciaux ; c'est aussi le chemin de la croissance. Les trois cents premières entreprises françaises misent sur les implantations à l'étranger pour les trois quarts de leur progression. Saint-Gobain fait partie des grandes firmes qui pratiquent l'« internationalisation au long cours » (Élie Cohen). D'autres (Lafarge-Coppée) s'y sont mises récemment. 77 % du chiffre d'affaires de Rhône-Poulenc-Pharmacie sont obtenus à l'étranger. Thomson en est à 72 %. Antoine Riboud, de BSN, explique que les acquisitions de ce type (son groupe est actif en Allemagne, Angleterre, États-Unis, Espagne) permettent d'amortir les très lourds investissements de recherche et d'atteindre la taille mondiale qui seule apporte des profits. 44 % de l'effectif des dix premiers groupes français sont employés à l'étranger.

Des 70 usines Michelin, 21 sont installées en France, 20 dans la Communauté et 29 hors Union européenne (États-Unis et Extrême-Orient). Le pas suivant dans la voie de la multinationalisation est l'alliance des groupes. Matra s'est ainsi associé à Ericsson (Suède), et à AEG (Allemagne). Alsthom fait équipe avec le britannique GEC. Au-delà de l'alliance, l'absorption – l'italien SGS et l'allemand Telefunken par Thomson – ou la fusion signalent la réalité de l'espace européen. Cela n'empêche pas des stratégies qui privilégient d'autres directions au détriment de la cohésion communautaire. « L'Europe des composants ? s'interrogeait Alain Gomez en octobre 1991, elle est morte depuis que Siemens a traité avec IBM. » L'Europe compte de puissantes firmes qui ont leurs politiques spécifiques ; elle n'a pas de « politique industrielle commune ».

Les investissements étrangers en France ont également bondi dans les années 1980. La France est le troisième « pays d'accueil ». À la différence des investissements français à l'étranger qui sont consacrés à hauteur de 45 % au secteur manufacturier, le contreflux vise essentiellement les « services marchands » ; les produits manufacturés ne retenaient en 1990 que 18 % du total. 60 % de ces investissements proviennent de l'Europe (44 % de l'UE) et 30 % des États-Unis. La France est la troisième « cible » américaine. L'industrie d'outre-Atlantique s'est implantée dans les transports (Ford, GM) l'informatique et la bureautique (IBM, Hewlett-Packard), la chimie (Procter & Gamble, Du Pont), le machinisme agricole (Cargill, Caterpillar), le matériel électrique (General Electric) et le papier (International Paper).

En 1992, 29 % du chiffre d'affaires et 24 % des emplois de l'industrie en France étaient contrôlés par des capitaux étrangers. C'est le résultat d'une attirance et d'une facilité. Les Américains, Allemands ou Anglais qui investissent dans l'Hexagone se disent sensibles à la qualité des infrastructures et à la formation de la main-d'œuvre. Ils saluent aussi certains avantages de position dont le moindre n'est pas le bas coût de l'énergie. Par ailleurs, les entreprises sont attractives parce qu'elles se trouvent sous-capitalisées et mal « verrouillées », contrairement aux allemandes. Si les investisseurs étrangers se pressent tant aux portes des usines, les pouvoirs publics en sont largement responsables. L'ère du soupçon est close, pour le moment ; la dénonciation du « défi américain » est passée de mode. La DATAR a travaillé avec obstination à alléger les procédures. L'aggravation du chômage a levé les dernières hésitations. Pourquoi s'inquiéter ? Ces filiales étrangères ne sont-elles pas « très citoyennes » (Élie Cohen) ?

Y a-t-il une industrie française après la crise ?
La France est en 1993 la cinquième puissance industrielle. Pourtant, à quelques années de la fin du siècle, le bilan actuel n'incite pas à l'optimisme. Les bases classiques de la production énergétique et manufacturière se sont dérobées tour à tour. Seule maintenant la Lorraine donne du charbon, jusqu'en l'an 2000 ; l'industrie textile recule ; la sidérurgie piétine. Ces effondrements sectoriels donnent un paysage de friches industrielles (Nord, Lorraine), accentuent le dépeuplement rural (vallées vosgiennes). En forçant la note, on dira qu'une partie de l'industrie française relève désormais de l'ethnologie – enquête sur la fermeture du puits d'Oignies – ou de l'archéologie industrielle, qui obtient le classement comme monument historique du haut-fourneau d'Uckange. L'herbe pousse dans les cours des usines d'Ivry ou d'Aubervilliers qui attendent la démolition. Le taux national de chômage déjà alarmant, qui approche 12 % de la population active à la fin de 1993, masque des phénomènes régionaux redoutables de désindustrialisation. Par endroits, le tissu est déchiré. L'industrie, dans son acception la plus large, n'est plus créatrice d'emplois. La spirale de la productivité ne cesse d'en supprimer. Il est illusoire d'imaginer qu'un retournement de conjoncture aurait un autre effet que de stabiliser l'offre de travail industriel à son niveau actuel. Il n'est pas envisageable de s'enfermer dans l'Hexagone, ni même, à terme, dans la « forteresse Europe ».

L'ouverture au monde reste la meilleure chance de développement. Pendant que l'Europe occidentale stagne ou recule, les NPI, au rythme de 7 % de croissance annuelle, gagnent du terrain. Un nouveau « dragon » se réveille, la Chine côtière, qui va s'imposer dans peu de temps comme l'un des principaux exportateurs de biens courants. Certains analystes, dans la lignée de Raymond Aron, en prendraient volontiers leur parti puisque, aussi bien, nous serions entrés dans l'ère postindustrielle. Il serait plus exact de dire que la fonction industrielle s'est déplacée et diluée. L'agriculture contemporaine en donne un premier exemple, elle qui absorbe de plus en plus de produits manufacturés et fournit la base de filières élaborées. L'agrochimie de Rhône-Poulenc et l'essor, à des niveaux différents, de BSN, de Bonduelle ou de Bongrain, situent la France dans le groupe de tête. Du côté des services de l'industrie, un processus d'externalisation s'affirme. Une partie de la maintenance industrielle et de l'informatique d'entreprise s'est autonomisée, transformant en emplois du tertiaire des tâches qui demeurent articulées à la production. L'industrialisation enfin du BTP, sous l'effet de la concentration tardive de cette branche, s'accentue.

Au milieu des décombres, quelques raisons d'espérer. Cette déjà longue période de crise enseigne que le succès est moins à attendre de la compétitivité des prix que de la qualité et de la spécificité des marchandises. Moins de production routinière, plus de production sophistiquée (Robert Reich). C'est dire que les industries, même les plus classiques, n'ont pas perdu leurs chances, en vieilles terres manufacturières, à condition de se renouveler. Face à la déferlante japonaise, l'industrie horlogère suisse a été capable d'opposer à la fois la très haute qualité des marques traditionnelles et l'invention de la Swatch. Les aciéristes italiens ont su changer à temps, alors que les Français ou les Belges s'obstinaient dans des solutions inadaptées. En Italie, toujours, la confection ou l'ameublement ne sont pas des branches sinistrées. C'est peut-être parce qu'un certain goût du risque n'a pas quitté les entrepreneurs de la Péninsule et que le commerce – vendre ce que l'on a produit ! – n'est pas dédaigné par les élites. Chaque fois que des entreprises françaises, de toutes tailles, ont pris le pari de la mobilité, de la haute valeur ajoutée, elles ont tenu le choc et même davantage. Voici Rhône-Poulenc, devenu l'un des très grands de la pharmacie. À force de croissance externe et de recherche-développement, le groupe s'est situé au centre du secteur de la santé dont on sait qu'il va continuer son expansion vive. Il est d'autant plus regrettable que Thomson ait manqué le tournant du scanner. Les industries du luxe n'ont jamais été marginales en France. Elles constituent dans les années 1990 l'un des meilleurs atouts du pays. Les grandes marques tirent les autres ; les regroupements récents, comme LVMH, ont incontestablement un effet de levier. C'est moins une question de chiffre d'affaires que d'état d'esprit. Les mégissiers de Mazamet qui ont survécu ont eu raison de faire le choix du haut de gamme comme les lunetiers de Morez qui travaillent pour Cartier, Lanvin ou Nina Ricci. Les industriels du parfum de la région de Grasse ne se contentent pas de leur rente de réputation ; ils investissent 10 % de leur chiffre d'affaires dans la recherche.

Dans le domaine des sports et des loisirs, les entreprises françaises ont su marier évolution des goûts et innovations techniques. Rossignol et Salomon, qui dominent à eux deux le marché mondial des équipements pour sports d'hiver, sont en état de veille stratégique permanente pour maintenir leur rang. Le premier est passé du ski à la chaussure, le second, de la fixation au ski. Une diversification s'amorce vers l'équipement de randonnée, voire les raquettes de tennis. Les vallées savoyardes, abandonnées par le décolletage, ont pu ainsi puiser dans leur vocation touristique des emplois de production et pas seulement de gardiennage ou de services. Une autre reconversion se dessine, celle du savoir horloger franc-comtois, que défend encore France-Ébauches, en microtechniques de précision jointes à l'aventure des nouveaux matériaux. Pas d'entreprise énorme, ici, mais un tissu vaillant de PME.

En lançant le programme électronucléaire, la France a fait de nécessité profit. Le nucléaire traverse une passe sociale difficile et connaît, semble-t-il, une pause technique. En revanche, des occasions industrielles se profilent dans les économies d'énergie et les énergies renouvelables. À mesure que le tiers monde s'industrialise et s'urbanise, ces questions, un peu délaissées, vont resurgir. L'autre contrainte à assumer est celle de l'environnement. Les chimistes et les cimentiers l'ont bien compris. D'autres industries, telle l'agroalimentaire, suivent. Non seulement les industries « polluantes » trouvent avantage à se montrer propres (publicité de Rhône-Poulenc ou de Lafarge-Coppée), mais l'environnement fait naître des métiers. Est-ce un gisement d'emplois ? On a parlé de 400 000 emplois possibles. Des entrepreneurs interrogés pensent plutôt à des transferts qu'à des créations nettes. De toute façon, déjà 18 % des budgets d'investissements industriels sont affectés à la sécurité, à la propreté, à l'environnement. Pour donner une idée de la croissance exponentielle du secteur, on indiquera que la Région Île-de-France, qui traitait 120 000 tonnes de déchets toxiques en 1976, en a traité 1,3 million en 1991. Dans ces deux exemples, le produit matériel n'est rien à côté de l'investissement immatériel d'information et de service qui l'entoure. On exporte donc un savoir-faire qui se démode moins et se copie moins qu'une marchandise. En élargissant la formule, l'ingénierie est encore une denrée rare, un gisement à exploiter.

D'autres pistes d'avenir ont été tracées, dans les biotechnologies par exemple. Industries nouvelles ou renouvelées, elles demandent toutes une très forte implication de recherche. Le « sillon alpin de la modernité » (Henri Morsel) a figuré le premier ce que pourrait être cette alliance. La floraison de « technopoles » autoproclamées ne suffira certainement pas. Il ne suffit pas non plus de dire : « L'Europe ! L'Europe ! », comme s'en moquait de Gaulle, pour que l'innovation suive. Mais force est de reconnaître que le Vieux Continent possède un potentiel scientifique remarquable. Les programmes « Race » (télécommunications), « Esprit » (informatique) et « Eurêka » (nouveaux matériaux, micro-électronique, intelligence artificielle) devraient enfin mettre les industries européennes de l'avenir au niveau de leurs concurrentes américaines et japonaises. S'appuyer sur l'Europe, sans négliger l'État. De ce point de vue, l'inventive Italie, qui talonne la France, n'est pas un exemple à suivre. Le succès du pays des « condottiere » doit beaucoup à l'« économie grise », qui se caractérise, entre autres, par un faible respect du droit du travail. Quant à la géographie industrielle, le cas britannique, où pôles d'innovation et zones clochardisées coexistent, fait penser que l'aménagement volontaire de l'espace est plus que jamais nécessaire. Le dualisme, sous toutes ses formes, est un risque majeur.

De 1974 à 1983, la France a vécu la crise en pente douce et a expérimenté toutes les médecines, sur fond d'interventionnisme. Des reprises partielles ont fait croire que l'industrie était « au bout du tunnel », selon une métaphore qui s'est révélée funeste. Car il était vain de protéger les entreprises, les branches et les régions, en l'attente d'un retour aux conditions d'avant la crise. Les politiques libéral-interventionnistes puis social-interventionnistes ont été impuissantes à conjurer la montée du chômage et le déclin de secteurs entiers. Le tissu s'est déchiré quand même. Il ne faut pas en conclure que tous ces efforts ont été inutiles. Ils ont évité une désindustrialisation sans retour et des tensions sociales insupportables. À compter de 1983, la politique a plutôt visé à créer un environnement favorable qu'à soutenir les entreprises. Les choix qui avaient été différés ont dû être faits ; la puissance publique s'est désinvestie. L'état des lieux, dix ans plus tard, donne quelques raisons d'espérer.

Les infrastructures modernisées, une politique énergétique persévérante offrent des conditions favorables aux activités. Jamais, par ailleurs, l'insertion de l'industrie dans les échanges internationaux n'a faibli, même si l'Europe a trop tendance à apparaître comme la circonstance atténuante de la mondialisation. En misant sur la qualité, la recherche et le service, la production manufacturière se donne les meilleures chances. Cela ne devrait pas dispenser les entreprises d'inventer, sur les ruines du fordisme, un nouveau contrat social.

La croissance forte de l'économie française, dont l'industrie est l'élément moteur, n'est pas sans précédent dans l'histoire nationale. La durée de l'expansion, en revanche, fait l'originalité de la période. D'un après-guerre à l'autre, le vrai changement est là. Les années sombres, trouées d'éclaircies, que traverse l'industrie ne doivent pas conduire à mythifier les Trente Glorieuses. Le

« carré magique » – forte croissance, faible inflation, plein emploi, équilibre extérieur – est resté hors d'atteinte. Davantage, la modernisation n'a pas été euphorique ; elle a été lourde de tensions et d'exclusions. Les performances ont été équivalentes, en moyenne, à celles de nos principaux partenaires. De ce point de vue, la France a tenu son rang. Elle n'a pas vu venir la réussite italienne, tout occupée qu'elle était à scruter le « miracle allemand ». L'une des conditions et l'un des résultats de la croissance auront été d'intégrer l'industrie française, étroitement et peut-être sans retour, aux échanges internationaux. Ces entrepreneurs que l'on disait frileux ont fait le pari du grand large et l'ont gagné. Mais n'est-ce pas une illusion statistique ? Le plus gros des échanges repose sur une poignée de grandes firmes, tout comme, au fond, la recherche-développement. Les PME ne sont pas absentes, mais jouent les seconds rôles. Cette situation reflète la subordination de beaucoup d'entre elles aux groupes pilotes et une densité moindre qu'en Allemagne, par exemple, au seuil critique des 500-1 000 salariés.

Les Trente Glorieuses ont été le triomphe de la particularité française, c'est-à-dire d'une intervention plus constante qu'ailleurs de l'État dans l'économie. Le consensus s'est maintenu sur ce principe de fonctionnement, malgré des opinions dissidentes et des fluctuations induites par les changements politiques. Peut-être la complexité du système productif aurait-elle conduit progressivement les pouvoirs publics à prendre leurs distances. La crise n'a pas laissé aux acteurs le temps d'en décider. L'État régulateur a été investi d'une fonction nouvelle, celle d'engager les reconversions et de les rendre supportables. Le tournant de 1983 en a été d'autant plus net. Le social-libéralisme qui en est issu n'a sans doute pas tout à fait trouvé son point d'équilibre. Il n'abandonne pas les grands outils de la période précédente, entre autres la politique énergétique, mais il introduit un « moins d'État », qui paraît devoir l'emporter. En se prolongeant, la crise change de nature, ou plus exacte-

ment elle révèle sa nature véritable, celle d'une dépression qui subvertit le « modèle fordien ». D'autres manières de produire et de consommer émergent. L'industrie française ne peut rester à l'écart de cette révolution si elle veut au moins continuer d'être « la plus faible des fortes ou la plus forte des faibles » (François Bloch-Lainé).

Conclusion

« Toute nation est autre » (Jean Bouvier). Comment caractériser, au terme du parcours, la voie française d'industrialisation ? C'est d'abord une disposition particulière des ressources en énergie. L'eau et le bois sont abondants, sinon toujours accessibles. Le charbon est relativement rare, mal réparti et souvent de qualité médiocre. D'où un système technique fondé sur la roue hydraulique et le combustible ligneux, qui continue de fonctionner tard dans le XIXe siècle. Le handicap a été contourné, l'hégémonie de la houille, différée. Sur ces bases, l'activité fabricante s'est développée sans rupture. La transition énergétique n'a pas permis, il est vrai, une croissance révolutionnaire de la production. Grâce surtout aux nouveaux gisements, l'offre de houille s'est accrue fortement, mais le charbon national restait coûteux et, à bien des égards, insuffisant. Il a fallu importer du charbon en masse, ce qui a créé une situation de dépendance. Celle-ci a redoublé au cours du XXe siècle quand l'économie française s'est largement convertie au pétrole et au gaz. Une autre solution, qui n'était pas exclusive de la précédente, aura été de privilégier un mode de développement économe d'énergie et d'amoindrir la dépendance en exploitant des ressources autochtones. L'hydroélectricité correspond à ce choix et, d'une certaine manière, l'électricité nucléaire s'en inspire.

Deuxième caractéristique, le compromis nécessaire avec l'économie agraire et la paysannerie. L'industrialisation ne s'est pas faite contre elles ; elle a dû s'inscrire, jusqu'au XXe siècle, dans leur cadre. Du point de vue de la force de travail, les campagnes, qui n'ont subi qu'avec retard le traumatisme de l'exode rural, offraient à l'industrie une main-d'œuvre moins exigeante que celle de la ville. La proto-industrie a pu mobiliser cette main-d'œuvre sans la déplacer, en tirant le meilleur parti de la structure familiale et de l'alternance des travaux. Le système, on le sait, n'est pas propre à la France. L'originalité est dans sa durée. L'équilibre obtenu consolidait simultanément l'économie rurale et l'économie industrielle.

Hors de la sphère textile et des autres industries domestiques, les activités concentrées par nécessité technique – exploitation minière, sidérurgie lourde, construction mécanique, etc. – n'ont pas négligé la ressource des emplois mixtes. Des paysans-mineurs de Carmaux, au XIXe siècle, aux ouvriers-paysans des entreprises bretonnes, au XXe siècle, la composition des revenus et le partage du temps ne sont évidemment pas les mêmes ; reste, pour eux, le trait commun d'une industrialisation sans déracinement. Les besoins de la grande industrie se heurtaient au succès même de la formule, que renforçaient des comportements démographiques malthusiens. Il fallut donc aller chercher au loin des travailleurs plus mobiles. L'immigration est devenue, entre la fin du XIXe siècle et les années 1960, la principale condition du fonctionnement de nombreuses branches d'industrie.

Même concurrencée par les commodités du travail à la campagne, la ville demeure le lieu principal de la production manufacturière et réunit la main-d'œuvre la plus qualifiée.

Elle est aussi la cliente désignée de toutes marchandises. Non seulement les élites y vivent, mais les classes moyennes et les couches populaires urbaines sont ouvertes, par nécessité et par imitation, à la consommation des biens manufacturés. Une fois en ville, on n'échappe pas facilement à l'économie monétaire. La campagne n'a quitté que très lentement l'économie de l'autosubsistance et de la frugalité.

Dès lors, la stabilité rurale a ralenti l'essor de la production industrielle, tel que la démographie le suggérait. La répartition générale des revenus, dans une société très inégalitaire, a aggravé ce trait de structure. Le marché intérieur, à toutes époques, n'a pas pu contenter les entreprises : l'exportation n'est pas une idée neuve en France. Symétriquement d'ailleurs, la demande s'exerce sur des biens qui n'ont pas leur équivalent, en qualité et en prix, dans les productions nationales. Double visage de la contrainte extérieure.

Les valeurs dominantes ont-elles influé sur le mode d'industrialisation ? Les explications « culturelles » sont d'un maniement difficile. Essayons cependant d'en dresser l'inventaire. Les valeurs aristocratiques, si prégnantes en France, et la pratique industrielle semblent antinomiques. Le travail manuel et le profit, l'accumulation pour l'accumulation signent une existence besogneuse, « ignoble », donc il n'est pas douteux que ce jugement appartient au fonds commun des élites d'Ancien Régime et a pu inspirer, jusqu'à nos jours, des attitudes de refus. Salaire et profit d'industrie, d'une part, rente foncière et office, de l'autre, s'opposeraient termes à termes. Il faut admettre que les revenus de la terre ou du service public, s'ils sont sans doute plus glorieux, sont en tout cas plus sûrs que ceux de la fabrique. L'incertitude pourrait expliquer la défiance, sans recourir à l'idéologie. Est-il évident, en outre, que toute industrie soit discréditée ? Ne retrouve-t-on pas des éléments de l'éthique nobiliaire dans ce que cette activité peut avoir de risqué et de novateur ? L'industrie comme aventure humaine et intellectuelle aurait une entière dignité. Une distinction un peu équivalente pourrait être opérée dans les attitudes du monde du travail. Se consacrer saisonnièrement au tissage ou à l'extraction du minerai ; pis, devoir quitter son bien pour travailler à la ville n'est pas un idéal ou une preuve d'ascension sociale. L'industrie comble un manque à vivre. Le travail « mécanique », où qu'il se situe, est accepté comme une nécessité, mais n'entraîne aucune adhésion visible ; la filature de coton du XVIIIe siècle et l'usine automobile du XXe siècle ne retiennent pas leurs ouvriers. En revanche, dès que le travail accède au statut de métier, on voit naître la fierté d'une culture technique, le désir de la protéger et de la transmettre. Pour le plus grand nombre cependant, des deux côtés de la barrière sociale, l'occupation industrielle est considérée – ou rêvée ? – comme un moyen de s'en sortir. C'est un passage, pas un destin.

Dernier trait de l'industrialisation à la française, la présence envahissante de l'État. Il n'y a pas lieu de s'étonner, en définitive, de ce poids dominant. L'État a croisé dans sa longue marche le mouvement d'industrialisation. Ils ont progressé ensemble. Il s'agissait, et il s'agit toujours, d'arbitrer, de contrôler, de soutenir. Soit le domaine de l'énergie. Les ordonnances de l'Ancien Régime sur les mines, les eaux et les forêts et la politique industrielle la plus récente obéissent à la même nécessité, veiller au long terme, départager les usages. Il convient aussi d'innover, jadis en améliorant le rendement des moteurs hydrauliques, aujourd'hui en poursuivant les économies d'énergie, toujours en prenant les devants. L'industrie serait-elle une éternelle mineure au regard de l'État ? Son avancée a été cahotique. Elle ne cesse de rencontrer des obstacles et de léser des intérêts. L'intervention s'autorise de ces circonstances, mais crée des habitudes. Les patrons français sont encore un peu orphelins de Colbert. La crise actuelle a accéléré l'internationalisation. Les espaces étatiques cessent d'être pertinents pour évoquer la réalité de la production et des échanges. Les multinationales tendent à imposer leur propre géographie. Dans ce monde qui change, l'Europe aux anciens parapets serait-elle la nouvelle frontière de notre industrie ? Nous vivons probablement la fin d'une exception.

Bibliographie

Le lieu d'édition est Paris, sauf indication contraire.

I. Ouvrages généraux

Asselain Jean-Charles, *Histoire économique de la France du XVIIIe siècle à nos jours,* Éd. du Seuil, 1984-1990, 2 vol.

Braudel Fernand et Labrousse Ernest (sous la dir. de), *Histoire économique et sociale de la France,* I. *1450-1660* ; II. *1660-1789* ; III. *1789-années 1880* ; IV. *Des années 1880 à nos jours,* PUF, 1970-1982.

Caron François, *Les Deux Révolutions industrielles du XXe siècle,* Albin-Michel, 1997.

Lévy-Leboyer Maurice (sous la dir. de), *Histoire de la France industrielle*, Larousse, 1996.

Nouvelle Histoire économique de la France contemporaine,

1. Daviet Jean-Pierre, *L'Économie pré-industrielle 1750-1840,* La Découverte, 1993.
2. Verley Patrick, *L'Industrialisation 1830-1914,* La Découverte, 1989.
4. Gueslin André, *L'Économie ouverte 1948-1990,* La Découverte, 1989.

Puissance et faiblesses de la France industrielle, XIXe-XXe siècle, Éd. du Seuil, 1997.

L'archéologie industrielle en France depuis 1976.

Crouzet François, *De la supériorité de l'Angleterre sur la France. L'économique et l'imaginaire XVIIe-XXe siècle,* Perrin, 1985.

Daumas Maurice, *L'Archéologie industrielle en France,* Robert Laffont, 1980.

Les Brevets, leur utilisation en histoire des techniques et de l'économie, table-ronde CNRS-IHMC, 1985.

Le Financement de l'entreprise au fil de l'industrialisation française, de la fin du XVIIe siècle au milieu du XXe siècle, colloque la Sorbonne-Nanterre (23- 25 septembre 1993).

« L'industrialisation », *Histoire, Économie et Société,* 1989-3.

Le Patrimoine technique de l'industrie, actes du Xe colloque national sur le patrimoine industriel (Mulhouse, 19-21 mars 1992), Société industrielle de Mulhouse, 1992.

Kaplan Steven L. et Koepp Cynthia (éd.), *Work in France. Representations, Meaning, Organization and Practice,* Ithaca, Cornell University Press, 1986.

Léon Pierre, « L'industrialisation en France en tant que facteur de croissance économique, du début du XVIIIe siècle à nos jours », *Première Conférence d'histoire économique internationale,* Stockholm, Mouton, 1960.

Markovitch Tihomir, *L'Industrie française de 1789 à 1964,* ISEA, 1965-1966, 4 vol.

II. Histoires régionales

Cazals Rémy, *Les Révolutions industrielles à Mazamet, 1750-1900,* La Découverte-Maspero, 1983.

Hau Michel, *L'Industrialisation de l'Alsace, 1803-1939,* Strasbourg, Publications de l'Université, 1987.

Léon Pierre, *La Naissance de la grande industrie en Dauphiné (fin XVIIe-1869),* PUF, 1954.

Lequin Yves (sous la dir. de), *Rhône-Alpes. 500 années Lumière. Mémoire industrielle,* Plon, 1991.

Woronoff Denis (sous la dir. de), *L'Homme et l'Industrie en Normandie, du néolithique à nos jours,* Société historique et archéologique de l'Orne, 1990.

III. L'ère proto-industrielle

1. Sources

Description des arts et métiers par l'Académie royale des sciences, 1761-1789.

Encyclopédie ou dictionnaire raisonné des sciences, des arts et des métiers, par Diderot et d'Alembert, 1751-1780.

Encyclopédie méthodique : manufacture, arts et métiers, par Roland de La Platière, 1784-1808.

Grenier Jean-Yves, *Séries économiques (XVIe-XVIIIe siècle),* Éd. de l'EHESS, 1985.

Mémoire pour l'instruction du duc de Bourgogne,
- Généralité de Paris, A. de Boislisle édit., 1881.
- Généralité de Bretagne, J. Bérenger et J. Meyer édit., 1976.
- Intendance de Champagne, J.-P. Brancourt édit., CTHS, 1983.
- Intendance de Rouen, G. Hurpin édit., CTHS, 1985.

– Intendance du Languedoc, F. Moreil édit., CTHS, 1985.
– Intendance de Bourgogne, D. Ligou édit., CTHS, 1988.
– Intendance d'Orléans, J. Boissière et C. Michaud édit., CTHS, 1989.

Tolosan Jean-François de, *Traité sur le commerce de la France et de ses colonies,* 1789.

Traité sur le commerce du Languedoc par Monsieur de Ballainvilliers (1788), M. Peronnet édit., Montpellier, Publications de l'Entente bibliophile, 1989.

2. Consommation et commerce

Gascon Richard, *Grand Commerce et vie urbaine au XVIe siècle. Lyon et ses marchands (vers 1520-vers 1580),* Paris-La Haye, Mouton, 1971.

Léon Pierre, « Structures du commerce extérieur et évolution industrielle de la France à la fin du XVIIIe siècle », *Mélanges Ernest Labrousse,* Mouton, 1974, p. 407-432.

–, *Papiers d'industriels et de commerçants lyonnais. Lyon et le grand commerce au XVIIIe siècle,* Centre d'histoire économique et sociale de la région lyonnaise, 1976.

Lespagnol André, *Messieurs de Saint-Malo. Une élite négociante au temps de Louis XIV,* Saint-Malo, Éditions de l'Ancre de marine, 1992.

Roche Daniel, *Le Peuple de Paris, essai sur la culture populaire au XVIIIe siècle,* Aubier-Montaigne, 1981.

–, *Histoire des choses banales. Naissance de la consommation, XVIIe-XIXe siècle*, Fayard, 1997.

3. L'État nécessaire ?

Cole Charles W., *Colbert and a Century of French Mercantilism,* Columbia University Press, 1939.

Doyon André et Liaigre Lucien, *Vaucanson, mécanicien de génie,* PUF, 1966.

Guéry Alain, « Industrie et colbertisme : origines de la forme française de la politique industrielle ? », *L'Industrialisation, Histoire, Économie et Société,* 1989-3, p. 297-312.

Harris John, *Essays in Industry and Technology in the eighteenth Century : England and France,* Aldershot, Variorum, 1992.

–, « French industrial policy under the Ancien Regime and the pursuit of the British example », *Entreprises et Révolution, Histoire, Économie et Société,* 1993-1, p. 93-100.

Markovitch Tihomir, « Le triple centenaire de Colbert : l'enquête, les règlements, les inspecteurs », *RHES,* 1971-3, p. 305-324.

Meyssonier Simone, *La Balance et l'horloge. La genèse de la pensée libérale en France au XVIIIe siècle,* Montreuil, Éditions de la Passion, 1989.

Minard Philippe, « La fin de l'inspection des manufactures : premières hypothèses sur le dérèglement d'une institution du commerce », *État, finances et économie pendant la Révolution française*, Comité pour l'histoire économique et financière de la France, 1991, p. 295-303.

–, *Les Mésaventures du colbertisme*, Fayard, 1998.

Parker Harold T., *The Bureau of Commerce in 1781 and its Policies with Respect to French Industry*, Durham, Carolina Academic Press, 1979.

Picon Antoine, *L'Invention de l'ingénieur moderne. L'École des ponts et chaussées, 1747-1851*, Presses de l'École nationale des ponts et chaussées, 1992.

Rémond André, *John Holker, manufacturier et grand fonctionnaire en France au XVIIIe siècle, 1719-1786*, Marcel Rivière, 1946.

Schaeper T. J., *The French Council of Commerce, 1700-1715, a Study of Mercantilism after Colbert*, Columbus, 1983.

Sonenscher Michael, *Work and Wages. Natural Law, Politics and the eighteenth Century French Trades*, Cambridge, Cambridge University Press, 1989.

4. La proto-industrie textile

Balsamo Isabelle, Bertrand Patrice, Belhoste Jean-François, Gayot Gérard, *La Manufacture du Dijonval et la Draperie sedanaise, 1650-1850*, Châlons-sur-Marne, Cahiers de l'Inventaire, 1984.

Belhoste Jean-François, « Les manufactures de draps fins en France aux XVIIe et XVIIIe siècles », *Revue de l'Art*, 1984, p. 26-38.

Bottin Jacques, « Structures et mutations d'un espace proto-industriel à la fin du XVIe siècle », *Annales ESC*, juil.-août 1988, p. 975-995.

–, « Les jeux de l'échange et de la production en Normandie à la fin du XVIe siècle », *L'Industrialisation, Histoire, Économie et Société*, *op. cit.*, p. 373-382.

Buffevent Béatrix de, *L'Économie dentellière en région parisienne au XVIIe siècle*, Pontoise, Société historique et archéologique de Pontoise, 1984.

Cailly Claude, *Mutations d'un espace proto-industriel, le Perche aux XVIIIe-XIXe siècles*, Fédération des amis du Perche, 1993.

Chaplain Jean-Michel, *La Chambre des tisseurs : Louviers, cité drapière, 1680-1840*, Seyssel, Champ Vallon, 1984.

Chassagne Serge, *Oberkampf, un entrepreneur capitaliste au siècle des Lumières*, Aubier-Montaigne, 1980.

Deyon Pierre, *Amiens capitale provinciale, étude sur la société urbaine au XVIIe siècle*, Mouton, 1967.

Dornic François, *L'Industrie textile dans le Maine et ses débouchés internationaux (1650-1815)*, Le Mans, Pierre-Belon, 1955.

Garden Maurice, *Lyon et les Lyonnais au XVIIIe siècle*, Flammarion, 1975.

Gayot Gérard, *Les Draps de Sedan*, Éditions de l'EHESS, 1998.

–, *De la pluralité des mondes industriels. La Manufacture royale de draps de Sedan, 1646-1870,* thèse de doctorat, Université de Lille-III, 1993.

Goubert Pierre, *Familles marchandes sous l'Ancien Régime, Les Danse et les Motte de Beauvais*, SVPN, 1959

—, *Beauvais et le Beauvaisis de 1600 à 1730. Contribution à l'histoire sociale de la France du XVIIe siècle,* Imprimerie nationale, 1958.

Lottin Alain, *Chavatte ouvrier lillois : un contemporain de Louis XIV,* Flammarion, 1979.

Markovitch Tihomir, *Les Industries lainières de Colbert à la Révolution,* Genève, Droz, 1976.

Marquié Claude, *L'Industrie textile carcassonnaise au XVIIIe siècle : Étude d'un groupe social, les marchands-fabricants*, Société d'études scientifiques de l'Aude, 1993.

Martin Jean, *Les Manufactures de toile Bretagne, XVIIIe-XIXe siècle,* Presses universitaires de Bretagne, 1998.

Peyrot Jean, « Capitalisme commercial et fabriques de la France du Sud-Est au XVIIIe siècle », *Négoce et industrie en France et en Irlande aux XVIIIe et XIXe siècle,* CNRS, Bordeaux, 1980.

Roche Daniel, *La Culture des apparences. Une histoire du vêtement (XVIIe-XVIIIe siècle),* Fayard, 1989.

Tanguy Jean, « La production et le commerce des toiles « Bretagnes » du XVIe au XVIIIe siècle, premiers résultats », tome 1, *Actes du 91e congrès des Sociétés savantes,* 1966, p. 105-141.

–, *Quand la toile va. L'industrie toilière bretonne du XVIe au XVIIIe siècle,* Rennes, Éditions Apogée, 1994.

Teisseyre-Sallmann Line, *L'Industrie de la soie en Bas-Languedoc, aux XVIIe et XVIIIe siècles*, École des Chartes, 1995.

Terrier Didier, « Une famille de marchands au début du règne de Louis XV : les Charpentier de Saint-Quentin », *Revue du Nord,* 1985, p. 391-412.

–, *Les Deux Âges de la proto-industrie : les tisserands du Cambrésis et du Saint-Quentinois, 1730-1880*, Éditions de l'EHESS, 1996.

Thomson J. K., *Clermont de Lodève 1633-1789. Fluctuations in the Prosperity of a Languedocian Cloth-Making Town,* Cambridge, Cambridge University Press, 1982.

5. Énergies

Alvès Gilles, André Louis, Bertrand Patrice *et al.*, *La Métallurgie de la Haute-Marne, du Moyen Âge au XXe siècle,* Châlons-sur-Marne, Cahiers de l'Inventaire, 1997.

André Louis, Belhoste Jean-François, Bertrand Patrice, *La Métallurgie du fer dans les Ardennes (XVIe-XIXe siècle),* Châlons-sur-Marne, Cahiers de l'Inventaire, 1988.

Andrieux Jean-Yves, *Forges et Hauts-Fourneaux en Bretagne du XVIIe au XIXe siècle,* CID Éditions, 1987.

Bamford Paul W., *Privilege and Profit. A Business Family in Eighteenth-Century France,* Philadelphia, University of Pennsylvania Press, 1988.

Belhoste Jean-François, *Histoire des forges d'Allevard, des origines à 1970,* Grenoble, Didier Richard, 1982.

Belhoste Jean-François, *Fonte, fer, acier, Rhône-Alpes,* Images du Patrimoine, Lyon, 1992.

–, Maheux Hubert *et al., Les Forges du pays de Châteaubriant,* Nantes, Cahiers de l'Inventaire, 1984.

Belhoste Jean-François, Lecherbonnier Yannick, Arnoux Mathieu *et al., La Métallurgie normande* XIIe-XVIIe *siècle. La révolution du haut-fourneau,* Caen, Cahiers de l'Inventaire, 1991.

Belhoste Jean-François, Claerr Christiane, *La Métallurgie comtoise* XVe-XIXe *siècle, étude du Val-de-Saône,* Besançon, Cahiers du Patrimoine, 1994.

Fritsch Pierre, *Les Wendel, rois de l'acier français,* Robert Laffont, 1976.

Gille Bertrand, *Les Origines de la grande industrie métallurgique en France,* Domat-Montchrestien, 1947.

–, *Les Forges françaises en 1772,* SEVPEN, 1960.

Guignet Philippe, *Mines, Manufactures et Ouvriers du Valenciennois au* XVIIIe *siècle,* New York, Arno Press, 1977.

« L'image des mines et de la métallurgie du Moyen Âge à nos jours », *Pierres et terre,* Fédération du patrimoine minier, mai 1990.

Hamon Maurice, Perrin Dominique, *Au cœur du* XVIIIe *siècle industriel, Condition ouvrière et Tradition villageoise à Saint-Gobain,* Éditions PAU, 1993.

Malinverno Bruno, *L'ancienne métallurgie dans le département des Vosges,* Nancy, Images du patrimoine, 1988.

Michel Guy-Jean, *Verriers et Verreries en Franche-Comté au* XVIIIe *siècle,* Erti, 1989.

Pris Claude, *La Manufacture royale de Saint-Gobain, 1665-1830. Une grande entreprise sous l'Ancien Régime,* Université de Lille-III, 1975.

Roche Daniel, *Jacques-Louis Ménétra, journal de ma vie,* Montalba, 1982.

Rouff Marcel, *Les Mines de charbon en France au* XVIIIe *siècle, 1741-1791,* F. Rieder et Cie, 1922.

Vidalenc Jean, *La Petite Métallurgie rurale en Haute-Normandie sous l'Ancien Régime,* Domat-Montchrestien, 1946.

IV. Un développement sans révolution

1. SOURCES

Barjot Dominique, *Annuaire statistique de l'économie française aux XIXe et XXe siècles,* II. *L'énergie aux XIXe et XXe siècles,* Presses de l'ENS, 1991.

Bourgin Georges et Bourgin Hubert, *Le Régime de l'industrie en France de 1814 à 1830,* Picard-Champion, 1921-1941.

Chadeau Emmanuel, *Annuaire statistique de l'économie française aux XIXe et XXe siècles,* I. *L'économie nationale, XIXe-XXe siècle,* Presses de l'ENS, 1988.

Chaptal Jean-Antoine, *De l'industrie française,* 1819, édit. Louis Bergeron, Imprimerie nationale, 1993.

Costaz Claude-Anthelme, *Essai sur l'administration de l'agriculture, du commerce, des manufactures et des subsistances, suivi de l'historique des moyens qui ont amené un grand essor pris par les arts depuis 1793 jusqu'à 1815,* 1818.

Crouzet François, « Essai de construction d'un indice annuel de la production industrielle française au XIXe siècle », *Annales ESC,* 1970, p. 59-99.

Figuier Louis-Guillaume, *Les Merveilles de l'industrie,* 1873-1877.

Gille Bertrand, *Le Conseil général des manufactures. Inventaire analytique des procès-verbaux (1810-1829),* Mouton, 1961.

Jobert Philippe, *Annuaire statistique de l'économie française aux XIXe et XXe siècles,* III. *Les Entreprises aux XIXe et XXe siècles,* Presses de l'ENS, 1991.

Laboulaye Charles, *Dictionnaire des arts et manufactures et de l'agriculture,* 1877.

Lami E. O., *Voyages pittoresques et techniques en France et à l'étranger,* 1890.

Lami E. O. et Tharel A., *Dictionnaire encyclopédique et biographique de l'industrie et des arts industriels,* 1881-1888.

Lévy-Leboyer Maurice et Bourguignon François, *L'Économie française au XIXe siècle, analyse macroéconomique,* Economica, 1985.

Ohnet Georges, *Le Maître de forges,* 1883.

Poiré Paul, *La France industrielle,* 1875.

Schmidt Charles, *L'Industrie. Instructions, recueil de textes et notes,* Commission d'histoire économique et sociale de la Révolution française, 1910.

Ségur Comtesse de, *La Fortune de Gaspard,* 1871, édit. Marc Soriano, Jean-Jacques Pauvert, 1972.

Statistique générale de la France. Industrie.

Turgan Julien, *Les Grandes Usines. Études industrielles en France et à l'étranger,* 1860-1882.

Verne Jules, *Les 500 millions de la Begum,* 1879, Librairie Hachette, 1966.

Villermé Louis-André, *Tableau de l'état physique et moral des ouvriers employés dans les manufactures de coton, laine et soie,* 1840, Jean-Pierre Chaline et Francis Démier édit., EDI, 1989.

2. LES CARACTÈRES ORIGINAUX DE L'INDUSTRIALISATION

Béaur Gérard, Minard Philippe (sous la dir. de), *Atlas de la Révolution française, 10- Économie*, Éditions de l'EHESS, 1997.

Brelot Claude-Isabelle et Mayaud Jean-Luc, *L'Industrie en sabots : la taillanderie de Nans-sous-Sainte-Anne (Doubs),* Pauvert-Garnier, 1982.

Burstin Haïm, *Le Faubourg Saint-Marcel à l'époque révolutionnaire. Structure économique et composition sociale,* Société des études robespierristes, 1983.

Cayez Pierre, « Une proto-industrie décalée : la ruralisation de la soierie lyonnaise dans la première moitié du XIXe siècle », « Aux origines de la révolution industrielle », *Revue du Nord,* janv.-mars 1981, p. 35-104.

Cazals Rémi, *Les Révolutions industrielles à Mazamet, 1750-1900,* La Découverte, 1983.

Chassagne Serge, « L'industrie lainière en France à l'époque révolutionnaire et impériale, 1790-1810 », *Voies nouvelles pour l'histoire de la Révolution française,* Bibliothèque nationale, 1978, p. 143-167.

–, « La diffusion rurale de l'industrie cotonnière en France (1750-1850) », « Aux origines de la révolution industrielle, industrie rurale et fabriques », *Revue du Nord,* janv.-mars 1979, p. 97-114.

–, « Aspects des phénomènes d'industrialisation et de désindustrialisation dans les campagnes françaises au XIXe siècle », *Revue du Nord,* janv.-mars 1981, p. 35-58.

–, « Une institution originale de la France postrévolutionnaire et impériale, la Société d'encouragement pour l'industrie nationale », *Histoire, Économie et Société,* 1989-2, p. 147-165.

–, « L'innovation technique dans l'industrie textile pendant la Révolution », *Histoire, Économie et. Société,* 1993-1, p. 51-62.

Deyon Pierre, « La diffusion rurale des industries textiles en Flandre française à la fin de l'Ancien Régime et au début du XIXe siècle », *Revue du Nord,* janv.-mars 1979, p. 83-96.

–, « Un modèle à l'épreuve, le développement industriel de Roubaix de 1762 à la fin du XIXe siècle », *Revue du Nord,* janv.-mars 1981, p. 59-66.

Faure Alain, « Petit atelier et modernisme économique : la production en miettes au XIXe siècle », *Histoire, Économie et Société,* 1986, p. 531-557.

« French Institutions from the Revolution to the Restoration », *History and Technology,* 1988-5.

Guignet Philippe, « Adaptations, mutations et survivance proto-industrielles dans le textile du Cambrésis et du Valenciennois du XVIIIe siècle au début du XIXe siècle », *Revue du Nord*, janv.-mars 1979, p. 27-60.

Monnier Raymonde, *Le Faubourg Saint-Antoine (1789-1815)*, Société des études robespierristes, 1981.

O'Brien Patrick et Keyder Caglar, *Economic Growth in Britain and France, 1780-1914. Two Paths to the twentieth Century*, Londres, Allen and Unwin, 1978.

Plessis Alain (sous la dir. de), *Naissance des libertés économiques. Le décret d'Allarde et la loi Le Chapelier*, ministère de l'Industrie, 1993.

Reddy William, *The Rise of Market Culture : the Textile Trade and French Society, 1750-1900*, Cambridge, Cambridge University Press, 1984.

Roehl Richard, « French industrialization : a reconsideration », *Explorations in Economic History*, juillet 1976, p. 233-281.

Schmitt Jean-Marie, *Aux origines de la révolution industrielle en Alsace. Investissements et relations sociales dans la vallée de Saint-Amarin au XVIIIe siècle*, Strasbourg, Librairie Istra, 1980.

Verley Patrick, *L'Échelle du monde, essai sur l'industrialisation de l'Occident*, Gallimard, 1997.

–, *La Révolution industrielle*, réédit., Gallimard, 1997

Walton Withney, *France at Crystal Palace. Bourgeois Taste and Artisan Manufacture in the Nineteenth Century*, University of California Press, 1992.

Woronoff Denis, *L'Industrie sidérurgique en France pendant la Révolution et l'Empire*, Éditions de l'EHESS, 1984.

–, (sous la dir. de), *Forges et forêts. Recherches sur la consommation proto-industrielle de bois*, Éditions de l'EHESS, 1990.

3. La grande industrie

André Louis, *Machines à papier, innovation et transformation de l'industrie papetière en France, 1798-1860*, Éditions de l'EHESS, 1996.

Andrieux Jean-Yves (sous la dir. de), *Architectures du travail*, Rennes, Publications de l'Université de Rennes, 1992.

Ballot Charles, *L'Introduction du machinisme dans l'industrie française*, Lille-Paris, Rieder, 1923.

Barral i Altet Xavier (sous la dir. de), *Archéologie industrielle en Bretagne*, Presses universitaires de Rennes-II, 1991.

Bergeron Louis, *Les Industries du luxe : l'image de la France*, Odile Jacob, 1998.

Bourgougnon René et Desnoyers Michel, *Montluçon au siècle de l'industrie. Le temps du canal, du fer et du charbon*, Aubière, Éditions du Kaola, 1986.

Caron François, *Histoire de l'exploitation d'un grand réseau : la Compagnie du chemin de fer du Nord 1846-1937,* Mouton, 1973.
–, *Le Résistible Déclin des sociétés industrielles,* Perrin, 1985.
–, *Histoire des chemins de fer en France, I : 1740-1883*, Fayard, 1997
Cayez Pierre, *Métiers Jacquard et hauts-fourneaux. Aux origines de l'industrie lyonnaise,* Presses universitaires de Lyon, 1978.
Centre de documentation d'histoire des techniques, *Évolution de la géographie industrielle de Paris et sa proche banlieue au XIXe siècle,* CNAM, 1976.
Cotte Michel, « Seguin et Cie, 1806-1824 », *History and Technology,* 1988-6, p. 95-144.
Daumalin Xavier, Courdurié Marcel, *Vapeur et Révolution industrielle à Marseille,* Chambre de commerce et d'industrie Marseille-Provence, 1997.
Daumas Jean-Claude, *L'Amour du drap. Blin & Blin, 1827-1875, Histoire d'une entreprise lainière familiale,* thèse de doctorat, Université de Paris-IV, 1995.
Daviet Jean-Pierre, *La Société industrielle en France, 1814-1914,* Éd. du Seuil, 1997.
–, *Un destin international. La Compagnie de Saint-Gobain, de 1830 à 1939,* Montreux-Paris, Éditions des archives contemporaines, 1988.
Day Charles R., *Les Écoles d'arts et métiers. L'enseignement technique en France XIXe-XXe siècle,* MIT, 1987, trad. française, Belin, 1991.
« De Dietrich, le tricentenaire », *Saisons d'Alsace,* mars 1986.
Durand Geneviève et Wienin Michel, *Architectures d'une industrie en Cévennes. Au fil de la soie,* Montpellier, Images du patrimoine, 1991.
Duvigneau Marion (sous la dir. de), *Lorraine du feu, Lorraine du fer, Révolutions industrielles et transformation de l'espace mosellan (XVIIe-XIXe siècle),* catalogue d'exposition, Archives départementales de la Moselle, 1996.
Edmonson James, *From « Mécanicien to Ingénieur » Technical Education and the Machine Building Industry in nineteenth Century France,* New York, Garland Publishing, 1987.
« Études sur le patrimoine industriel en Normandie », *Annales de Normandie,* octobre 1982.
Faraut François, *Histoire de La Belle Jardinière,* Belin, 1987.
Fargeton Alphonse, *Les Grandes Heures du Creusot au temps des Schneider,* Le Creusot, H. Renaudier, 1977.
Ferrière Marc de, *Christofle, une aventure industrielle, 1793-1993,* Le Monde-Éditions, 1995.
Fiérain Jacques, *Les Raffineries de sucre des ports en France, XIXe-début XXe siècle,* Lille, Champion, 1976.
Fohlen Claude, *L'Industrie textile au temps du second Empire,* Plon, 1954.

Fox Robert, *Education, Research and Industrial Performance in France, c. 1850-1939 : Problems and Perspectives,* University of Lancaster, 1983.

Geiger Reed G., *The Anzin Coal Company, 1800-1833. Big Business in the Early Stages of the French Industrial Revolution,* Newark, University of Delaware Press, 1974.

Gille Bertrand, *La Sidérurgie française au* XIXe *siècle,* Genève, Droz, 1968.

Gillet Marcel, *Les Charbonnages du Nord de la France au* XIXe *siècle,* Mouton, 1973.

Griffaton Marie-Laure, François *Bonhommé, peintre, témoin de la vie industrielle au* XIXe *siècle,* catalogue d'exposition, Metz, Éditions Serpenoise, 1996.

Gueslin André, *L'État, l'Économie et la Société française* XIXe-XXe *siècle,* Hachette, 1992.

Guillaume Pierre, *La Compagnie des mines de la Loire, 1846-1854. Essai sur l'apparition de la grande industrie capitaliste en France,* PUF, 1965.

« Les ingénieurs », *Culture technique,* mars 1984.

Jantzen Hélène, *Cent Ans de patrimoine industriel, Hauts-de-Seine,* Images du Patrimoine, 1997

Jouannet Nathalie, « Le papier à l'âge industriel : l'exemple des papeteries du Marais », *Bulletin du Centre d'histoire de la France contemporaine,* Université de Paris-X, 1991, p. 67-81.

Lamy Yvon, *Hommes de fer en Périgord au* XIXe *siècle,* Lyon, La Manufacture, 1987.

Landes David S., *L'Europe technicienne. Révolution technique et libre essor industriel en Europe occidentale de 1750 à nos jours,* Gallimard, 1975.

Leclercq Yves, *Le Réseau impossible, 1820-1852,* Genève, Droz, 1987.

Lemenorel Alain, *L'Impossible Révolution industrielle. Économie et sociologie minières en Basse-Normandie 1800-1914,* Cahiers des Annales de Normandie, 1988.

Lemoine Bertrand, *L'Architecture du fer. France,* XIXe *siècle,* Seyssel, Champ Vallon, 1986.

Lequin Yves, « Les villes et l'industrie. L'émergence d'une autre France », Lequin (sous la dir. de), *Histoire des Français* XIXe-XXe *siècle,* Armand Colin, 1983, p. 293-480.

Lewis Gwynne, *The Advent of Modern Capitalism in France, 1770-1840 : The Contribution of Pierre-François Tubeuf,* Oxford, Clarendon Press, 1993.

Locke Robert R., *Les Fonderies et Forges d'Alais à l'époque des premiers chemins de fer, 1829-1874,* Marcel Rivière et Cie, 1978.

Loyer François, *Le Siècle de l'industrie,* Genève, Skira, 1983.

Marseille Jacques (sous la dir. de), *Les Industries agro-alimentaires en France, histoire et performances,* Le Monde-Éditions, 1997.

Merley Jean, *L'Industrie en Haute-Loire de la fin de la monarchie de Juillet aux débuts de la IIIe République*, Lyon, Centre d'histoire économique et sociale de la région lyonnaise, 1972.

–, *Histoire d'une entreprise forézienne : la verrerie BSN de Veauche*, Université de Saint-Étienne, 1983.

Merriman John, *Limoges, la ville rouge*, Belin, 1990.

« Le moteur hydraulique en France au XIXe siècle : concepteurs ; inventeurs et constructeurs », *Cahiers d'histoire et de philosophie des sciences*, 1990.

Mollier Jean-Yves, *L'Argent et les Lettres : histoire du capitalisme d'édition, 1880-1920*, Fayard, 1988

Parent Jean-François et Morsel Henri, *Les Industries de la région grenobloise*, Grenoble, Presses universitaires de Grenoble, 1991.

Payen Jacques, *Capital et Machine à vapeur au XVIIIe siècle. Les frères Perier et l'introduction de la machine à vapeur de Watt*, Mouton 1969.

Poull Georges, *L'Industrie textile vosgienne (1765-1981)*, Dombasle-sur-Meurthe, 1962.

Ribeill Georges, *La révolution ferroviaire. La Formation des compagnies de chemin de fer en France 1823-1870*, Belin, 1993.

Schneider Dominique *et al.*, *Les Schneider, Le Creusot, une famille, une entreprise, une ville (1836-1960)*, catalogue d'exposition, Fayard, 1995.

Seitz Frédéric (sous la dir. de), *Architecture et métal en France, XIXe-XXe siècle*, Éditions de l'EHESS, 1994.

Smith John G., *The Origins and the Early Development of the Heavy Chemical Industry in France*, Oxford, Clarendon Press, 1979.

Sutet Marcel, *Montceau-les-Mines. Essor d'une mine, naissance d'une ville*, Roanne, 1981.

Thépot André, *Les Ingénieurs du corps des mines au XIXe siècle*, Eska, 1997.

Thuillier Guy, *Aspects de l'économie nivernaise au XIXe siècle*, Armand Colin, 1966.

Vial Jean, *L'Industrialisation de la sidérurgie française*, 1815-1864, Mouton, 1967.

Weiss John H., *The Making of Technological Man. The Social Origins of French Engineering Education*, Cambridge, MIT Press, 1982.

Williot Jean-Pierre, *L'Industrie du gaz à Paris au XIXe siècle*,thèse de doctorat, Université de Paris-IV, 1995.

4. Entreprises et entrepreneurs

Barbier Frédéric, *Le Patronat du Nord sous le second Empire : une approche prosopographique*, Genève, Droz, 1989.

Barjot Dominique, *Les Entrepreneurs de Normandie, du Maine et de l'Anjou à l'époque du second Empire*, Annales de Normandie, 1988.

–, *Les Patrons du second Empire, Anjou, Normandie, Maine,* Le Mans, Picard-Cénomane, 1991.

–, *Fougerolle : deux siècles de savoir-faire,* Caen, Édition du Lys, 1992.

–, *Travaux publics de France : un siècle d'entrepreneurs et d'entreprises 1883-1992,* Presses de l'École nationale des ponts et chaussées, 1993.

Barral Pierre, *Les Perier dans l'Isère au* XIX*e siècle d'après leur correspondance familiale,* PUF, 1964.

Bergeron Louis, *Banquiers négociants et manufacturiers parisiens sous le Directoire et l'Empire,* Mouton, 1978.

–, *Les Capitalistes en France (1780-1914),* Julliard, 1978.

–, « Permanence et renouvellement du patronat », *in* Yves Lequin, *Histoire des Français, op. cit.*, p. 153-291.

Borgis Jean-Claude, *Charles Morel, constructeur dauphinois sous la Troisième République,* Presses universitaires de Grenoble, 1990.

Bouvier Jean, Furet François, Gillet Marcel, *Le Mouvement du profit en France au* XIX*e siècle,* Mouton, 1965.

Caron François, « Commerçants et industriels de Côte-d'Or au XIXe siècle vus à travers les actes de société », *Annales de Bourgogne,* avril-juin 1982, p. 5-37.

Chadeau Emmanuel, *L'Économie du risque, 1850-1980,* Olivier Orban, 1988.

Chassagne, Serge, *Le Coton et ses patrons, France, 1760-1840,* Éditions de l'EHESS, 1991.

Fohlen Claude, *Une affaire de famille au* XIX*e siècle, Méquillet-Noblot,* Armand Colin, 1955.

Gayot Gérard, « Le point sur le renouvellement des dynasties d'entrepreneurs à travers la Révolution », G. Gayot, J.-P. Hirsch édit., *La Révolution française et le développement du capitalisme,* Revue du Nord, 1989, p. 347-354.

Gille Bertrand, *Recherches sur la formation de la grande industrie capitaliste (1815-1848),* SEVPEN, 1959.

Hau Michel (sous la dir. de), *Trois Familles d'Alsace : les Bussierre, les Saglio, les Schlumberger,* Strasbourg, Éditions Oberlin, 1989.

Hirsch Jean-Pierre, *Les Deux Rêves du commerce. Entreprise et institution dans la région lilloise (1780-1860),* Éditions de l'EHESS, 1992.

Jobert Philippe, « Jalons pour le déclin de la métallurgie en Côte-d'Or (1830-1860) », *Études d'histoire économique au* XIX*e siècle en Côte-d'Or,* Dijon, Société des Annales de Bourgogne, 1984, p. 185-212.

–, « Paul Thoureau : échec d'une concentration métallurgique en Côte-d'Or (1840-1861) », *ibid.*, p. 3-31.

–, (sous la dir. de), *Les Patrons du second Empire. Bourgogne,* Picard-Cénomane, 1991.

Lamard Pierre, *Histoire d'un capital familial au XIXe siècle : le capital Japy (1777-1910)*, Montbéliard, Société belfortaine d'émulation, 1988.

–, *De la forge à la société holding, Viellard-Migeon et Cie, 1796-1996*, Institut polytechnique de Sevenans, 1996.

Lambert-Dansette Jean, *Quelques familles du patronat textile de Lille-Armentières*, 1789-1914, Lille, 1945.

Lassus François, *Métallurgistes franc-comtois du XVIIe au XIXe siècle, les Rochet*, thèse de doctorat de 3e cycle, Université de Besançon, 1980.

Lévy-Leboyer Maurice, *Les Banques européennes et l'Industrialisation dans la première moitié du XIXe siècle*, PUF, 1964.

Lomüller L. M., *Guillaume Ternaux, créateur de la première intégration industrielle française*, Éditions de la Cabro d'Or, 1978.

Miquel René, *Dynastie Michelin*, La Table Ronde, 1962.

Roy Joseph, *Histoire de la famille Schneider et du Creusot*, Marcel Rivière, 1962.

Schwartz Yves, « Pratiques paternalistes et travail industriel à Mulhouse au XIXe siècle », *Technologies, idéologies et pratiques*, oct.-décembre 1979, p. 9-77.

Stearns Peter N., *Paths to Authority, the Middle Class and the Industrial Labor Force 1820-1848*, Urbana, University of Illinois Press, 1978.

Thuillier André, « Émile Martin (1794-1871) », André Thuillier, *Économie et Société nivernaises au début du XIXe siècle*, Mouton, 1974, p. 291-321.

Thuillier Guy, *Georges Dufaud et les débuts du grand capitalisme dans la métallurgie en Nivernais au XIXe siècle*, SEVPEN, 1959.

Verley Patrick, *Entreprises et entrepreneurs du XVIIIe au début du XXe siècle*, Hachette, 1994

Woronoff Denis, « Un entrepreneur d'ancien type en Révolution ; le Bourguignon Jean-Baptiste Bureau », *Histoire, Économie et Société*, 1993, p. 63-75.

5. La genèse de la classe ouvrière

Chevalier Louis, *Classes laborieuses, classes dangereuses à Paris, pendant la première moitié du XIXe siècle*, Plon, 1958.

Delsalle Paul, *La brouette et la navette. Tisserands, paysans et fabricants dans la région de Roubaix (Ferrain, Mélantois, Pévèle), 1800-1848*, Dunkerque, Éditions des beffrois, 1985.

Devillers Christian, *Le Creusot : naissance et développement d'une ville industrielle 1782-1914*, Seyssel, Champ Vallon, 1981.

Dewerpe Alain, *Le Monde du travail en France 1800-1950*, Armand Colin, 1989.

Dewerpe Alain et Gaulupeau Yves, *La Fabrique des prolétaires. Les ouvriers de la manufacture d'Oberkampf à Jouy-en-Josas, 1760-1815*, Presses de l'ENS, 1990.

Gordon David M., « Liberalism, paternalism and immigrant workers : foreign labour and industrial capitalism in late nineteenth century France », *Liberalism and Paternalism in the 19th Century, Tenth International Economic History Congress,* Leuwen, 1990, p. 40-49.

Gullickson Gay L., *Spinners and Weavers of Auffray. Rural Industry and the Sexual Division of Labour in a French Village, 1750-1850,* Cambridge, Cambridge University Press, 1986.

Hanagan Michael P., *Nascent Proletarians. Class Formation in Post-Revolutionary France,* Oxford, Blackwell, 1989.

Jacquemet Gérard, *Belleville au* XIXe *siècle*, Éditions de l'EHESS, 1984.

Lequin Yves, *Les Ouvriers de la région lyonnaise (1848-1914),* Presses universitaires de Lyon, 1977.

Pierrard Pierre, *La Vie ouvrière à Lille sous le second Empire,* Bloud et Gay, 1965.

Pigenet Michel, *Les Ouvriers du Cher (fin* XVIIIe *siècle-1914). Travail, espace et conscience sociale,* Institut CGT d'histoire sociale, 1990.

Poulot Denis, *Question sociale. Le Sublime ou le Travailleur comme il est en 1870 et ce qu'il peut être,* 1872, Maspero, 1981.

Rancière Jacques, *La Nuit des prolétaires. Archives du rêve ouvrier,* Fayard, 1981.

Sewell William H., *Gens de métiers et Révolutions. Le langage du travail, de l'Ancien Régime à 1848,* 1980, trad. Aubier-Montaigne, 1983.

Simonin Louis, *La Vie souterraine : la mine et les mineurs,* 1867, Seyssel, Champ Vallon, 1982.

Trempé Rolande, *Les Mineurs de Carmaux 1848-1914,* Éditions ouvrières, 1971.

–, (sous la dir. de), « Naissance de la classe ouvrière », *Le Mouvement social,* oct.-décembre 1976.

V. La seconde industrialisation

1. Sources

Annuaire statistique de la France.

Situation de l'industrie française (enquête Clémentel), ministère du Commerce et de l'Industrie, 1919.

Statistique des forces motrices en 1906, 1926, 1931.

Statistique minérale.

2. Changements

Bonin Hubert, *Histoire économique de la France depuis 1880,* Masson 1988.

Boyer Robert (sous la dir. de), « Paradoxes français de la crise des années 30 », *Le Mouvement social,* janv.-mars 1991.

Caron François, *Le Résistible Déclin des sociétés industrielles,* Perrin, 1985.

Delorme Robert, André Christine, *L'État et l'Économie. Un essai d'explication de l'évolution des dépenses publiques en France (1870-1980),* Éd. du Seuil, 1983.

Fox Robert, *Education Research and Industrial Performance in France, 1850-1939,* Lancaster, Lancaster University Press, 1983

Fridenson Patrick et Straus André (sous la dir. de), *Le Capitalisme français* XIXe-XXe *siècle. Blocages et dynamismes d'une croissance,* Fayard, 1987.

Gruson Claude, *Origines de la planification française. Éléments pour une histoire de la politique économique de la France depuis 1929,* Dunod, 1968.

Kuisel Richard, *Le Capitalisme et l'État en France. Modernisme et dirigisme au* XXe *siècle,* trad. française, Gallimard, 1984.

Lévy-Leboyer Maurice et Casanova Jean-Claude (sous la dir. de), *Entre l'État et le marché : l'économie française des années 1880 à nos jours,* Gallimard, 1991.

Margairaz Michel, *L'État, les Finances et l'Économie, histoire d'une conversion, 1932-1952,* Comité pour l'histoire économique et financière de la France, 1991.

Margairaz Michel et Rousso Henry, « Vichy, la guerre et les entreprises », *Histoire, Économie et Société,* 1992-3, p. 337-368.

Marseille Jacques, *Empire colonial et capitalisme français, histoire d'un divorce,* Albin Michel, 1984.

Weber Eugen, *La Fin des terroirs. La modernisation de la France rurale 1870-1914,* trad. française, Fayard, 1983.

3. La nouvelle économie industrielle

Bastié Jean, *La Croissance de la banlieue parisienne,* PUF, 1964.

Belhoste Jean-François, Cinqualbre Olivier, Hamon Françoise, *Architectures d'usines en Val-de-Marne (1822-1939),* Cahiers de l'Inventaire, 1988.

Beltran Alain, « Du luxe au cœur du système. Électricité et société dans la région parisienne (1880-1939) », Annales ESC, sept.-octobre 1989, p. 1113-1133.

Beltran Alain, Carré Patrice, *La Fée et la Servante : la société française face à l'électricité,* XIXe-XXe *siècle,* Belin, 1991.

Caron François et Cardot Fabienne (sous la dir. de), *Histoire de l'électricité en France,* I. *1881-1918,* Fayard, 1991 ; II. *1918-1946,* Fayard, 1994.

Chadeau Emmanuel, *L'Industrie aéronautique en France (1900-1950), de Blériot à Dassault,* Fayard, 1987.

« Électricité, électronique et civilisation », *Culture technique,* mars 1987.

Fontanon Claudine, « L'industrialisation de la banlieue (1860-1960) », *in* Annie Fourcaut, *Un siècle de banlieue parisienne (1859-1964), guide de recherche,* L'Harmattan, 1988, p. 49-80.

Fridenson Patrick, *Histoire des usines Renault,* I. *Naissance de la grande entreprise (1898-1939),* Éd. du Seuil, 1972.

–, « Un tournant taylorien de la société française (1904-1918) », *Annales ESC,* sept.-octobre 1987, p. 1031-1060.

–, (sous la dir. de), « La France et l'aéronautique », *Le Mouvement social,* oct.-décembre 1988.

Griset Pascal, *Entreprise, technologie et souveraineté, les télécommunications transatlantiques en France (XIXe-XXe siècle)*, Éditions Rive Droite, 1996.

Laux John M., *In first gear. The French Automobile Industry to 1914,* Liverpool, Liverpool University Press, 1976.

Leroux Muriel, *Les Stratégies de recherche d'une grande entreprise française : Péchiney 1886-1975, le cas de l'aluminium*, Éditions Rive droite, 1997.

Mioche Philippe, *L'Alumine à Gardanne de 1893 à nos jours. Une traversée industrielle en Provence,* Presses universitaires de Grenoble, 1994

Morsel Henri, « Luttes ouvrières et impératifs productifs à l'origine de la politique sociale de la grande entreprise : Un exemple, les industries électriques françaises de 1880 à 1946 », *in* Sylvie Schweitzer, *Logiques d'entreprises et politiques sociales,* Lyon, Centre Jacques Cartier, 1993.

Moutet Aimée, *Les Logiques de l'entreprise. La rationalisation de l'industrie française de l'Entre-deux-Guerres*, Éditions de l'EHESS, 1997.

Ramunni Girolamo, « Recherche scientifique et recherche technique : l'électrotechnique en France », *Histoire, Économie et Société,* 1989-3, p. 415-428.

Schweitzer Sylvie, *Des engrenages à la chaîne. Les usines Citroën 1915-1935,* Lyon, Presses universitaires de Lyon, 1982.

Trempé Rolande, *Les Trois Batailles du charbon,* La Découverte, 1989.

4. Une modernisation inachevée

André Marc, *La Verrerie champenoise Charbonneaux-BSN, de 1870 à nos jours,* Die, La Manufacture, 1984.

Baud Paul, *Les Industries chimiques de la France. Essai de géographie industrielle,* Masson et Cie, 1931.

Baudant Alain, *Pont-à-Mousson, 1919-1939 : stratégies industrielles d'une dynastie lorraine*, Publications de la Sorbonne, 1980.

Burnel Anne, *La Société de construction des Batignolles de 1914 à 1939, histoire d'un déclin,* École des Chartes, 1995.

Bussière Éric, « Entre la banque mixte et la banque d'affaires : la Banque de Paris et des Pays-Bas et sa stratégie industrielle 1900-1930 », *Entreprises et Histoire,* 1992-2, p. 49-64.

Caron François (sous la dir. de), *Entreprises et entrepreneurs* XIXe-XXe *siècle,* Presses de l'Université de Paris-Sorbonne, 1983.

Cayez Pierre, *Rhône-Poulenc, 1895-1975*, Armand Colin-Masson, 1988.

« La chimie, ses industries et ses hommes », *Culture technique,* juin 1991.

D'Angio Agnès, *Schneider & Cie et les Travaux publics (1895-1949*), École des Chartes, 1995.

Daviet Jean-Pierre, « Stratégie et structure chez Saint-Gobain : un modèle français dans les années 1930 ? », *Entreprises et Histoire,* 1992-1, p. 42-60.

Ehrmann Henry, *La Politique du patronat français, 1936-1955,* Armand Colin, Fondation nationale des sciences politiques, 1959.

Hardy-Hémery Odette, *De la croissance à la désindustrialisation, un siècle en Valenciennois,* Presses de la Fondation nationale des sciences politiques, 1984.

« Histoire d'entreprises centenaires de la région Nord-Pas-de-Calais », *La Gazette Nord-Pas-de-Calais,* 1993.

Jeanneney Jean-Noël, *François de Wendel en République, 1914-1940,* Éd. du Seuil, 1976.

Kérouanton Jean-Louis, *Les Ardoisières en pays de la Loire,* Images du patrimoine, Nantes, 1988.

–, *LU, une usine à Nantes,* Nantes, Images du patrimoine, 1989.

–, *La Construction navale en Basse-Loire,* Nantes, Images du patrimoine, 1992.

Lescure Michel, *PME et crise économique, l'expérience française des années 1920,* Economica, 1996.

Lescure Michel et Plessis Alain, « Le financement des entreprises en France de la fin du XIXe siècle au milieu du XXe siècle », *Le Financement de l'industrialisation au fil de l'industrie de la fin du* XVIIIe *siècle au milieu du* XXe *siècle,* colloque la Sorbonne-Nanterre (23-25 septembre 1993).

Lévy-Leboyer Maurice, « Le patronat français a-t-il été malthusien ? », *Le Mouvement social,* juil.-septembre 1974, p. 3-49.

Lévy-Leboyer Maurice (sous la dir. de), *Le Patronat de la seconde industrialisation,* Les Éditions ouvrières, 1979.

Marrey Bernard, *Un capitalisme idéal à Noisiel,* Clancier-Guénaud, 1984.

–, *Le Fer à Paris, architectures,* Picard, 1989.

Mayaud Jean-Luc, Philippe Henry, *Horlogeries : le temps de l'histoire*, Annales littéraires de l'Université de Besançon, 1995.

Moine Jean-Marie, *Les Barons du fer. Les maîtres de forges en Lorraine,* Éditions Serpenoise, Presses universitaires de Nancy, 1989.

Noiriel Gérard, « Innovations et travail dans la sidérurgie lorraine, 1880-1930 », *Milieux*, fév.-mai 1984, p. 42-48.

Omnès Catherine, *De l'atelier au groupe industriel : Vallourec, 1882-1978*, Éditions de la MSH, 1980.

Perrot Michelle (sous la dir. de), « L'espace de l'usine », *Le Mouvement social*, oct.-décembre 1983.

Pierrein Louis, *Industries traditionnelles du port de Marseille, le cycle des sucres et des oléagineux (1870-1958)*, Institut historique de Provence, 1975.

Prêcheur Claude, *La Lorraine sidérurgique*, SABRI, 1959.

Reybaud Marie-Hélène, *Les Moulins à papier d'Annonay à l'ère pré-industrielle, Les Montgolfier et Vidalon*, Annonay, Éditions du Vivarais, 1985.

Reynaud Brigitte, « Histoire d'une entreprise textile stéphanoise, les Établissements Roche (1910-1990) », *Études d'histoire*, Université de Saint-Étienne, 1990, p. 133-148.

–, *L'Industrie rubannière dans la région stéphanoise, 1895-1975*, Saint-Étienne, Publications de l'Université de Saint-Étienne, 1991.

Rust Michaël J., *The Comité des Forges and the French Steel Industry 1900-1914 : Business and Politics in the Third Republic*, thèse de doctorat, Princeton University, 1974.

Schweitzer Sylvie, *André Citroën 1878-1935, le risque et le défi*, Fayard, 1992.

Thépot André (sous la dir. de), *L'Ingénieur dans la société française*, Les Éditions ouvrières, 1985.

Vatin François, *L'Industrie du lait, essai d'histoire économique*, L'Harmattan, 1990.

Weber Henri, *Le Parti des patrons : histoire du CNPF des années 1890 aux années 1980*, Éd. du Seuil, 1986.

5. Travail et travailleurs

Accampo Elina, *Industrialization, Family Life and Class Relations : Saint-Chamond, 1815-1914*, Berkeley, 1988.

Bonneff Léon et Maurice, *La Vie tragique des travailleurs*, 1908, réédit., EDI, 1984.

Bonnet Serge, *L'Homme de fer. Mineurs de fer et ouvriers sidérurgistes lorrains*, I. *1889-1930*, Nancy, Centre lorrain d'études sociologiques, 1976 ; II. *1930-1959*, 1977.

Burdy Jean-Paul, *Le Soleil noir. Un quartier de Saint-Étienne. 1840-1940*, Lyon, Presses universitaires de Lyon, 1989.

Chabot Michel, *L'Escarbille. L'histoire d'Eugène Saulnier, ouvrier verrier*, Presses de la Renaissance, 1978.

Cottereau Alain (sous la dir. de), « Les prud'hommes, XIXe-XXe siècle », *Le Mouvement social*, oct.-décembre 1987.

Depretto Jean-Paul et Schweitzer Sylvie, *Le Communisme à l'usine.*

Vie ouvrière et mouvement ouvrier chez Renault, 1920-1939, EDIRES, 1984.

Dubesset Mathilde, Zancarini Michèle, *Parcours de femmes. Réalités et représentations, Saint-Étienne, 1880-1950,* Presses universitaires de Lyon, 1993.

Dumay Jean-Baptiste, *Mémoires d'un militant ouvrier du Creusot, 1841-1905,* Grenoble, Maspero-Presses universitaires de Grenoble, 1976.

Fourcaut Annie, *Femmes à l'usine en France. Ouvrières et surintendantes dans les entreprises françaises entre les deux guerres,* Maspero, 1982.

Frey Jean-Pierre, *La Ville industrielle et ses urbanités. La distinction ouvriers-employés : Le Creusot, 1870-1930,* Liège, P. Mardaga, 1986.

Grafteaux Serge, *Mémé Santerre, une vie,* Vervier, Marabout, 1975.

Grossin William, *La Création de l'Inspection du travail,* L'Harmattan, 1992.

Gueslin André (sous la dir. de), *Michelin, les hommes du pneu. Les ouvriers Michelin à Clermont-Ferrand, de 1889 à 1940,* Éditions de l'Atelier, 1993.

Jacquemet Gérard, *Belleville au* XIX*e siècle,* Éditions de l'EHESS, 1984.

Julliard Jacques, *Fernand Pelloutier et les origines du syndicalisme d'action directe,* Éd. du Seuil, 1971.

Katznelson Ira (sous la dir. de), *Working Class : Formation nineteenth Century Patterns in Western Europe and the United States,* Princeton, Princeton University Press, 1986.

Lelieur Anne-Claire, Bachollet Raymond, *« La France travaille », François Kollar,* Chêne, 1986.

Lequin Yves, Vandecasteele Sylvie *et al., L'Usine et le Bureau, itinéraires sociaux et professionnels dans l'entreprise* XIX*e et* XX*e siècles,* Lyon, Presses universitaires de Lyon, 1990.

Magri Susanna et Topalov Christian (sous la dir. de), *Villes ouvrières, 1900-1950,* L'Harmattan, 1990.

Noiriel Gérard, *Longwy, immigrés et prolétaires (1880-1980),* PUF, 1984.

–, *Les Ouvriers dans la société française* XIX*e*-XX*e siècle,* Éd. du Seuil, 1986.

Omnès Catherine, *Ouvrières parisiennes, marchés du travail et trajectoires professionnelles au* XX*e siècle*, Éditions de l'EHESS, 1997.

Rabier Jean-Claude (sous la dir. de), *Travail et Travailleurs dans l'industrie textile,* Éditions du CNRS.

Reid Donald, *The miners of Decazeville, a genealogy of desindustrialization,* Cambridge, Harvard University Press, 1985.

Reynaud Brigitte, « Entre famille et métier : les passementiers stéphanois », *Entreprises et Histoire,* 1992-1, p. 79-90.

Scott Joan, *Les Verriers de Carmaux, la naissance d'un syndicalisme*, trad. française, Flammarion, 1982.
Viet Vincent, *Les Voltigeurs de la République. L'inspection du travail en France jusqu'en 1914*, CNRS-Éditions, 1994.

VI. Puissance retrouvée, puissance perdue ?

1. SOURCES

Annuaire de statistique industrielle.
Commissariat général au Plan.
INSEE Économie et statistiques.
E-Entreprises.
Fresque historique du système productif, 1950-1970, 1974.
Le mouvement économique en France, 1949-1979, 1981.
Tableaux de l'économie française.

2. LE REDRESSEMENT

Andrieu Claire, Le Van Lucette, Prost Antoine (sous la dir. de), *Les Nationalisations de la Libération : de l'utopie au compromis*, Presses de la Fondation nationale des sciences politiques, 1987.
Bloch-Lainé François, Bouvier Jean, *La France restaurée, 1944-1954. Dialogue sur le choix d'une modernisation*, Fayard, 1986.
Bossuat Gérard, *La France, l'aide américaine et la construction européenne, 1944-1954*, Comité pour l'histoire économique et financière de la France, 1992.
Carré Jean-Jacques, Dubois Paul, Malinvaud Edmond, *La Croissance française. Un essai d'analyse économique causale de l'après-guerre*, Éd. du Seuil, 1972.
La France en voie de modernisation, 1944-1952, Fondation nationale des sciences politiques, 4-5 décembre 1981.
Mioche Philippe, *Le Plan Monnet. Genèse et élaboration. 1941-1947*, Publications de la Sorbonne, 1987.
Le Plan Marshall et le relèvement économique de l'Europe, Comité pour l'histoire économique et financière de la France, 1993.
Rousso Henry (sous la dir. de), *De Monnet à Massé. Enjeux politiques et objectifs économiques dans le cadre des quatre premiers plans (1946-1965)*, Éditions du CNRS, 1986.

3. VUES D'ENSEMBLE

Bandt Jacques de, *Les Politiques industrielles*, Economica, 1985.
Bellon Bertrand, *Le Pouvoir financier et l'Industrie en France*, Éd. du Seuil, 1980.
Bellon Bernard et Chevalier Jean-Marie (sous la dir. de), *L'Industrie en France*, Flammarion 1983.

La Concentration dans l'industrie, de 1974 à 1980, ministère de l'Industrie et de la Recherche, 1983.

Delapierre Michel et Michalet Charles-Albert, *Les Implantations étrangères en France, stratégies et structures*, Calmann-Lévy, 1976.

Desrosières Alain, *La Concentration dans l'industrie française : la diversification des productions*, INSEE, 1969.

Emploi, qualification et croissance dans l'industrie, INSEE, 1979.

Fourastié Jean, *Les Trente Glorieuses ou la révolution invisible de 1946 à 1975*, Fayard, 1979.

Gauron André, *Histoire économique et sociale de la Ve République*, La Découverte, 1983-1988.

Guibert Bernard *et al.*, *La Mutation industrielle en France. Du Traité de Rome à la crise pétrolière*, INSEE, 1975.

Hannoun Michel et Temple Philippe, *Les Implantations industrielles et l'Emploi régional en France*, INSEE, 1976.

Husson Michel et Holcblat Norbert, *L'Industrie française*, La Découverte, 1990.

L'Industrie française en 1991, INSEE Études, 1992.

L'Industrie française face à l'ouverture internationale, colloque du Comité d'histoire industrielle, Economica, 1991.

Leprêtre Chantal, *La Concentration des établissements industriels français en 1962 et 1972*, INSEE, 1976.

Mac Arthur John et Scott Bruce, *L'Industrie française face aux plans, Harvard ausculte la France*, Éditions d'organisation, 1970.

Michalet Charles-Albert (sous la dir. de), *L'Intégration de l'économie française dans l'économie mondiale*, Economica, 1984.

Saint-Julien Thérèse, *Croissance industrielle et Système urbain*, Economica, 1982.

Les Structures industrielles françaises en 1970, INSEE, 1972.

Trente Ans de décentralisation industrielle en France (1954-1984), Cahiers du CREPIF, septembre 1984.

Wickham Sylvain, *L'Espace industriel européen*, Calmann-Lévy, 1969.

Zysman John, *L'Industrie française entre l'État et le marché*, Bonnel, 1982.

4. Branches d'activité et entreprises

Beaud Michel, Danjou Pierre, David Jean, *Une multinationale française : Pechiney-Ugine-Kuhlmann*, Éd. du Seuil, 1975.

Beltran Alain et Willot Jean-Pierre, *Le Noir et le Bleu. Quarante ans d'histoire de Gaz de France*, Belfond, 1992.

Billaudot Bernard, Laurencin Jean-Paul, Monateri Jean-Charles, *Les Industries intermédiaires. Comparaison entre la France et la RFA*, Grenoble, IREP, 1982.

Chadeau Emmanuel (sous la dir. de), *L'Ambition technologique : la naissance d'Ariane*, Éditions Rive Droite, 1995.

Daviet Jean-Pierre, *Eurodif 1973-1993, histoire de l'enrichissement de l'uranium*, Fonds Mercator, 1993.

Dumont Guillaume et Marseille Jacques, « Les entreprises de construction électrique en France, 1945-1980 : ressources et emplois », *Recherches et Travaux*, Institut d'histoire économique et sociale, Université de Paris-I, décembre 1991, p. 33-50.

Eveno Patrick, *Le Monde, histoire d'une entreprise de presse, 1944-1995*, Le Monde-Éditions, 1996.

Ferrière Marc de, « L'industrie du luxe en France depuis 1945, un exemple d'industrie compétitive », *Entreprises et Histoire*, 1993-3, p. 85-96.

Fridenson Patrick, « De la diversification au recentrage : le groupe Thomson (1976-1989) », *Entreprises et Histoire*, 1992-1, p. 26-41.

Grinberg Ivan et Mioche Philippe, *Aluminium de Grèce, l'usine aux trois visages*, Presses universitaires de Grenoble, 1996.

Jacomet Dominique, *Le Textile-habillement, une industrie de pointe*, Economica, 1987.

Jalabert Guy, *Les Industries aéronautiques et spatiales en France*, Toulouse, Privat, 1974.

Jublin Jacques et Quatrepoint, Jean-Michel, *French Ordinateurs*, Alain Moreau, 1976.

Levier Hélène, « Les investissements dans l'énergie au cours des trois premiers plans », *Recherches et Travaux*, Institut d'histoire économique et sociale, Université de Paris-I, novembre 1982.

Loubet Jean-Louis, *Automobiles Peugeot. Une réussite industrielle 1945-1974*, Economica, 1996.

Marseille Jacques (sous la dir. de), *Alcatel-Alsthom : histoire de la CGE*, Larousse, 1992.

Mioche Philippe, *La Sidérurgie et l'État des années 40 aux années 60*, thèse de doctorat, Université de Paris-IV, 1992.

Morsel Henri (sous la dir. de), *Histoire de l'électricité en France*, tome III : 1946-1987, Fayard, 1996

Mounier-Kuhn Pierre, « Les débuts de l'informatique en France, 1945-1965 », *Culture technique*, juillet 1990, p. 35-46.

Naville Pierre *et al.*, *L'État entrepreneur, le cas de la Régie Renault*, Éditions Anthropos, 1971.

Picard Jean-François, Beltran Alain, Bungener Martine, *Histoire(s) de l'EDF. Comment se sont prises les décisions de 1946 à nos jours*, Dunod, 1985.

5. Acteurs

Barbe Noël, *Hommes du verre. Les verriers de La Rochère*, Éditions Cêtre, 1992.

Belleville Pierre, *Une nouvelle classe ouvrière*, René Julliard, 1964.

Bernard P.-J. et Daviet J.-P., *Culture d'entreprise et Innovation*, Presses du CNRS, 1992.

Bonnet Serge, *L'Homme de fer…, op. cit.*, III. *1960-1973*, Presses universitaires de Nancy, 1984 ; IV. *1974-1985*, *ibid.*, 1985.

Browaeys Xavier et Chatelain Paul, *Les France du travail,* PUF, 1984.

Campagnac Élizabeth et Nouzille V., *Citizen Bouygues,* Belfond, 1988.

Carlier Claude, *Marcel Dassault, la légende d'un siècle,* Perrin, 1992.

Cultures du travail. Identités et savoirs industriels dans la France contemporaine, ministère de la Culture, collection « Ethnologie de la France », Éditions de la Maison des sciences de l'homme, 1989.

Esambert Bernard, *Pompidou, capitaine d'industrie*, Odile Jacob, 1994.

Ganne Bernard, *Gens du cuir, Gens du papier. Transformation à Annonay depuis 1920,* Éditions du CNRS, 1983.

Gérôme Noëlle, *SNECMA. Les moteurs de la banlieue,* Scandéditions, 1992.

Granotier Bernard, *Les Travailleurs immigrés en France,* Maspero, 1979.

Grelon André, « Profils d'ingénieurs (1950-1980) », *Le Mouvement social,* avril-juin 1993, p. 85-99.

Kergoat Danielle, *Les Ouvrières,* Le Sycomore, 1982.

Linhart Robert, *L'Établi,* Les Éditions de Minuit, 1978.

Mallet Serge, *La Nouvelle Classe ouvrière,* Éd. du Seuil, 1963.

Martin Roger, *Patron de droit divin,* Gallimard, 1985.

Mendras Henri, *La Fin des paysans,* Armand Colin, 1970.

Mioche Philippe et Roux Jacques, *Henri Malcor. Un héritier des maîtres de forges,* Éditions du CNRS, 1988.

Mioche Philippe, *Jacques Ferry et la sidérurgie française depuis la Seconde Guerre mondiale,* Aix-en-Provence, Publications de l'Université de Provence, 1993.

« Ouvriers, ouvrières, un continent morcelé et silencieux », *Revue Autrement,* janvier 1992.

« Le patronat », *Actes de la recherche en sciences sociales,* mars-avril 1978.

Pinçon Michel, *Désarrois ouvriers. Familles de métallurgistes dans les mutations industrielles et sociales,* L'Harmattan, 1987.

Pochna Marie-France, *Bonjour Monsieur Boussac,* Laffont, 1980.

Tornatore Jean-Michel, « Être ouvrier de la Navale à Marseille », *Terrains,* mars 1991, p. 88-105.

Touraine Alain, *L'Évolution du travail ouvrier aux usines Renault,* Éditions du CNRS, 1955.

Verret Michel, *L'Ouvrier français*, 2. *Le travail ouvrier,* Armand Colin, 1982.

6. La crise

Boyer Robert et Mistral Jacques, *Régulations nationales et politiques économiques dans la crise,* CEPREMAP, 1982.

Boyer Robert, *Capitalismes, fin de siècle,* PUF, 1986.

Brulé Jean-Pierre, *L'Informatique malade de l'État, du Plan calcul à Bull nationalisé,* Les Belles Lettres, 1995.

Brunet Roger, *Le Redéploiement industriel. Analyse géographique des phénomènes du développement industriel en France,* GIP Reclus, 1986.

Cohen Élie et Bauer Michel, *Les Grandes Manœuvres industrielles,* Belfond, 1985.

Cohen Élie, *L'État-brancardier : politiques de déclin industriel 1974-1984,* Calmann-Lévy, 1989.

Dominati Jacques (coordination de), *Quel avenir industriel pour la France ?,* Economica, 1987.

Dutailly Jean-Claude (sous la dir. de), *La Crise du système productif,* INSEE, 1981.

Freyssenet Michel et Omnès Catherine, *La Crise de la sidérurgie française,* Hatier, 1982.

Les Grandes Friches industrielles, DATAR, La Documentation française, décembre 1985.

Le Tellier Hervé et Torrès Asdrad, *La France, l'industrie, la crise : chroniques d'un déclin évitable,* Le Castor Astral, 1993.

Stoffaës Christian, *La Grande Menace industrielle,* Calmann-Lévy, 1978.

Stoléru Lionel, *L'Impératif industriel,* Éd. du Seuil, 1969.

Une politique industrielle pour la France, colloque du ministère de la Recherche et de l'Industrie, La Documentation française, 1983.

Index

INDEX THÉMATIQUE

INDEX DES LIEUX

INDEX DES NOMS PROPRES

Seuls les principaux noms ont été retenus. Les entreprises et institutions figurent en italiques

Table

Deuxième partie

Un développement sans révolution (vers 1780-vers 1880)

Troisième partie

La seconde industrialisation (vers 1880-années 1940)

Quatrième partie

Puissance retrouvée, puissance perdue ? (des années 1940 à nos jours)

RÉALISATION : PAO ÉDITIONS DU SEUIL
IMPRESSION : MAURY-EUROLIVRES À MANCHECOURT
DÉPÔT LÉGAL : MARS 1998 – N° 33824 (98/02/63412)

Collection Points

SÉRIE HISTOIRE

H1. Histoire d'une démocratie : Athènes
Des origines à la conquête macédonienne
par Claude Mossé
H2. Histoire de la pensée européenne
1. L'éveil intellectuel de l'Europe du IXe au XIIe siècle
par Philippe Wolff
H3. Histoire des populations françaises et de leurs attitudes devant la vie depuis le XVIIIe siècle
par Philippe Ariès
H4. Venise, portrait historique d'une cité
par Philippe Braunstein et Robert Delort
H5. Les Troubadours, *par Henri-Irénée Marrou*
H6. La Révolution industrielle (1770-1880)
par Jean-Pierre Rioux
H7. Histoire de la pensée européenne
4. Le siècle des Lumières
par Norman Hampson
H8. Histoire de la pensée européenne
3. Des humanistes aux hommes de science
par Robert Mandrou
H9. Histoire du Japon et des Japonais
1. Des origines à 1945, *par Edwin O. Reischauer*
H10. Histoire du Japon et des Japonais
2. De 1945 à 1970, *par Edwin O. Reischauer*
H11. Les Causes de la Première Guerre mondiale
par Jacques Droz
H12. Introduction à l'histoire de notre temps
L'Ancien Régime et la Révolution
par René Rémond
H13. Introduction à l'histoire de notre temps
Le XIXe siècle, *par René Rémond*
H14. Introduction à l'histoire de notre temps
Le XXe siècle, *par René Rémond*
H15. Photographie et Société,
par Gisèle Freund
H16. La France de Vichy (1940-1944)
par Robert O. Paxton
H17. Société et Civilisation russes au XIXe siècle
par Constantin de Grunwald
H18. La Tragédie de Cronstadt (1921), *par Paul Avrich*
H19. La Révolution industrielle du Moyen Age
par Jean Gimpel

H20. L'Enfant et la Vie familiale sous l'Ancien Régime
par Philippe Ariès

H21. De la connaissance historique
par Henri-Irénée Marrou

H22. André Malraux, une vie dans le siècle
par Jean Lacouture

H23. Le Rapport Khrouchtchev et son histoire
par Branko Lazitch

H24 Le Mouvement paysan chinois (1840-1949)
par Jean Chesneaux

H25. Les Misérables dans l'Occident médiéval
par Jean-Louis Goglin

H26. La Gauche en France depuis 1900
par Jean Touchard

H27. Histoire de l'Italie du Risorgimento à nos jours
par Sergio Romano

H28. Genèse médiévale de la France moderne, XIVe-XVe siècle
par Michel Mollat

H29. Décadence romaine ou Antiquité tardive, IIIe-VIe siècle
par Henri-Irénée Marrou

H30. Carthage ou l'Empire de la mer
par François Decret

H31. Essais sur l'histoire de la mort en Occident
du Moyen Age à nos jours, *par Philippe Ariès*

H32. Le Gaullisme (1940-1969), *par Jean Touchard*

H33. Grenadou, paysan français
par Ephraïm Grenadou et Alain Prévost

H34. Piété baroque et Déchristianisation en Provence
au XVIIIe siècle, *par Michel Vovelle*

H35. Histoire générale de l'Empire romain
1. Le Haut-Empire, *par Paul Petit*

H36. Histoire générale de l'Empire romain
2. La crise de l'Empire, *par Paul Petit*

H37. Histoire générale de l'Empire romain
3. Le Bas-Empire, *par Paul Petit*

H38. Pour en finir avec le Moyen Age
par Régine Pernoud

H39. La Question nazie, *par Pierre Ayçoberry*

H40. Comment on écrit l'histoire, *par Paul Veyne*

H41. Les Sans-culottes, *par Albert Soboul*

H42. Léon Blum, *par Jean Lacouture*

H43. Les Collaborateurs (1940-1945), *par Pascal Ory*

H44. Le Fascisme italien (1919-1945)
par Pierre Milza et Serge Berstein

H45. Comprendre la révolution russe, *par Martin Malia*

H46. Histoire de la pensée européenne
6. L'ère des masses, *par Michaël D. Biddiss*

H47. Naissance de la famille moderne
par Edward Shorter
H48. Le Mythe de la procréation à l'âge baroque
par Pierre Darmon
H49. Histoire de la bourgeoisie en France
1. Des origines aux Temps modernes
par Régine Pernoud
H50. Histoire de la bourgeoisie en France
2. Les Temps modernes, *par Régine Pernoud*
H51. Histoire des passions françaises (1848-1945)
1. Ambition et amour, *par Theodore Zeldin*
H52. Histoire des passions françaises (1848-1945)
2. Orgueil et intelligence, *par Theodore Zeldin* (épuisé)
H53. Histoire des passions françaises (1848-1945)
3. Goût et corruption, *par Theodore Zeldin*
H54 Histoire des passions françaises (1848-1945)
4. Colère et politique, *par Theodore Zeldin*
H55. Histoire des passions françaises (1848-1945)
5. Anxiété et hypocrisie, *par Theodore Zeldin*
H56. Histoire de l'éducation dans l'Antiquité
1. Le monde grec, *par Henri-Irénée Marrou*
H57. Histoire de l'éducation dans l'Antiquité
2. Le monde romain, *par Henri-Irénée Marrou*
H58. La Faillite du Cartel, 1924-1926
(Leçon d'histoire pour une gauche au pouvoir)
par Jean-Noël Jeanneney
H59. Les Porteurs de valises
par Hervé Hamon et Patrick Rotman
H60. Histoire de la guerre d'Algérie, 1954-1962
par Bernard Droz et Évelyne Lever
H61. Les Occidentaux, *par Alfred Grosser*
H62. La Vie au Moyen Age, *par Robert Delort*
H63. Politique étrangère de la France
(La Décadence, 1932-1939)
par Jean-Baptiste Duroselle
H64. Histoire de la guerre froide
1. De la révolution d'Octobre à la guerre de Corée, 1917-1950
par André Fontaine
H65. Histoire de la guerre froide
2. De la guerre de Corée à la crise des alliances,1950-1963
par André Fontaine
H66. Les Incas, *par Alfred Métraux*
H67. Les Écoles historiques, *par Guy Bourdé*
et Hervé Martin
H68. Le Nationalisme français, 1871-1914, *par Raoul Girardet*
H69. La Droite révolutionnaire, 1885-1914, *par Zeev Sternhell*
H70. L'Argent caché, *par Jean-Noël Jeanneney*

H71. Histoire économique de la France du XVIIIe siècle à nos jours
1. De l'Ancien Régime à la Première Guerre mondiale
par Jean-Charles Asselain
H72. Histoire économique de la France du XVIIIe siècle à nos jours
2. De 1919 à la fin des années 1970
par Jean-Charles Asselain
H73. La Vie politique sous la IIIe République
par Jean-Marie Mayeur
H74. La Grèce archaïque d'Homère à Eschyle
par Claude Mossé
H75. Histoire de la « détente », 1962-1981
par André Fontaine
H76. Études sur la France de 1939 à nos jours
par la revue « L'Histoire »
H77. L'Afrique au XXe siècle, *par Elikia M'Bokolo*
H78. Les Intellectuels au Moyen Age, *par Jacques Le Goff*
H79. Fernand Pelloutier, *par Jacques Julliard*
H80. L'Église des premiers temps, *par Jean Daniélou*
H81. L'Église de l'Antiquité tardive
par Henri-Irénée Marrou
H82. L'Homme devant la mort
1. Le temps des gisants, *par Philippe Ariès*
H83. L'Homme devant la mort
2. La mort ensauvagée, *par Philippe Ariès*
H84. Le Tribunal de l'impuissance, *par Pierre Darmon*
H85. Histoire générale du XXe siècle
1. Jusqu'en 1949. Déclins européens
par Bernard Droz et Anthony Rowley
H86. Histoire générale du XXe siècle
2. Jusqu'en 1949. La naissance du monde contemporain
par Bernard Droz et Anthony Rowley
H87. La Grèce ancienne, *par la revue « L'Histoire »*
H88. Les Ouvriers dans la société française
par Gérard Noiriel
H89. Les Américains de 1607 à nos jours
1. Naissance et essor des États-Unis, 1607 à 1945
par André Kaspi
H90. Les Américains de 1607 à nos jours
2. Les États-Unis de 1945 à nos jours, *par André Kaspi*
H91. Le Sexe et l'Occident, *par Jean-Louis Flandrin*
H92. Le Propre et le Sale, *par Georges Vigarello*
H93. La Guerre d'Indochine, 1945-1954
par Jacques Dalloz
H94. L'Édit de Nantes et sa révocation
par Janine Garrisson
H95. Les Chambres à gaz, secret d'État
par Eugen Kogon, Hermann Langbein et Adalbert Rückerl

H96. Histoire générale du XXe siècle
3. Depuis 1950. Expansion et indépendance (1950-1973)
par Bernard Droz et Anthony Rowley
H97. La Fièvre hexagonale, 1871-1968, *par Michel Winock*
H98. La Révolution en questions, *par Jacques Solé*
H99. Les Byzantins, *par Alain Ducellier*
H100. Les Croisades, *par la revue « L'Histoire »*

H101. La Chute de la monarchie (1787-1792),
par Michel Vovelle
H102. La République jacobine
(10 août 1792 - 9 Thermidor an II)
par Marc Bouloiseau
H103. La République bourgeoise
(de Thermidor à Brumaire, 1794-1799)
par Denis Woronoff
H104. La France napoléonienne (1799-1815)
1. Aspects intérieurs, *par Louis Bergeron*
H105. La France napoléonienne (1799-1815)
2. Aspects extérieurs
par Roger Dufraisse et Michel Kérautret (à paraître)
H106. La France des notables (1815-1848)
1. L'évolution générale
par André Jardin et André-Jean Tudesq
H107. La France des notables (1815-1848)
2. La vie de la nation
par André Jardin et André-Jean Tudesq
H108. 1848 ou l'Apprentissage de la République (1848-1852)
par Maurice Agulhon
H109. De la fête impériale au mur des fédérés (1852-1871)
par Alain Plessis
H110. Les Débuts de la Troisième République (1871-1898)
par Jean-Marie Mayeur
H111. La République radicale ? (1898-1914)
par Madeleine Rebérioux
H112. Victoire et Frustrations (1914-1929)
par Jean-Jacques Becker et Serge Berstein
H113. La Crise des années 30 (1929-1938)
par Dominique Borne et Henri Dubief
H114. De Munich à la Libération (1938-1944)
par Jean-Pierre Azéma
H115. La France de la Quatrième République (1944-1958)
1. L'ardeur et la nécessité (1944-1952)
par Jean-Pierre Rioux
H116. La France de la Quatrième République (1944-1958)
2. L'expansion et l'impuissance (1952-1958)
par Jean-Pierre Rioux

H117. La France de l'expansion (1958-1974)
1. La République gaullienne (1958-1969)
par Serge Berstein
H118. La France de l'expansion (1958-1974)
2. L'apogée Pompidou (1969-1974)
par Serge Berstein et Jean-Pierre Rioux
H119. La France de 1974 à nos jours
par Jean-Jacques Becker (à paraître)
H120. La France du XXe siècle (Documents d'histoire)
présentés par Olivier Wieviorka et Christophe Prochasson
H121. Les Paysans dans la société française
par Annie Moulin
H122. Portrait historique de Christophe Colomb
par Marianne Mahn-Lot
H123. Vie et Mort de l'ordre du Temple, *par Alain Demurger*
H124. La Guerre d'Espagne, *par Guy Hermet*
H125. Histoire de France, *sous la direction de Jean Carpentier et François Lebrun*
H126. Empire colonial et Capitalisme français
par Jacques Marseille
H127. Genèse culturelle de l'Europe (Ve-VIIIe siècle)
par Michel Banniard
H128. Les Années trente, *par la revue « L'Histoire »*
H129. Mythes et Mythologies politiques, *par Raoul Girardet*
H130. La France de l'an Mil, *collectif*
H131. Nationalisme, Antisémitisme et Fascisme en France
par Michel Winock
H132. De Gaulle 1. Le rebelle (1890-1944)
par Jean Lacouture
H133. De Gaulle 2. Le politique (1944-1959)
par Jean Lacouture
H134. De Gaulle 3. Le souverain (1959-1970)
par Jean Lacouture
H135. Le Syndrome de Vichy, *par Henry Rousso*
H136. Chronique des années soixante, *par Michel Winock*
H137. La Société anglaise, *par François Bédarida*
H138. L'Abîme 1939-1944. La politique étrangère de la France
par Jean-Baptiste Duroselle
H139. La Culture des apparences, *par Daniel Roche*
H140. Amour et Sexualité en Occident,
par la revue « L'Histoire »
H141. Le Corps féminin, *par Philippe Perrot*
H142. Les Galériens, *par André Zysberg*
H143. Histoire de l'antisémitisme 1. L'âge de la foi
par Léon Poliakov
H144. Histoire de l'antisémitisme 2. L'âge de la science
par Léon Poliakov

H145. L'Épuration française (1944-1949), *par Peter Novick*
H146. L'Amérique latine au XXe siècle (1889-1929)
par Leslie Manigat
H147. Les Fascismes, *par Pierre Milza*
H148. Histoire sociale de la France au XIXe siècle
par Christophe Charle
H149. L'Allemagne de Hitler, *par la revue « L'Histoire »*
H150. Les Révolutions d'Amérique latine
par Pierre Vayssière
H151. Le Capitalisme « sauvage » aux États-Unis (1860-1900)
par Marianne Debouzy
H152. Concordances des temps, *par Jean-Noël Jeanneney*
H153. Diplomatie et Outil militaire
par Jean Doise et Maurice Vaïsse
H154. Histoire des démocraties populaires
1. L'ère de Staline, *par François Fejtö*
H155. Histoire des démocraties populaires
2. Après Staline, *par François Fejtö*
H156. La Vie fragile, *par Arlette Farge*
H157. Histoire de l'Europe, *sous la direction de Jean Carpentier et François Lebrun*
H158. L'État SS, *par Eugen Kogon*
H159. L'Aventure de l'Encyclopédie, *par Robert Darnton*
H160. Histoire générale du XXe siècle
4. Crises et mutations de 1973 à nos jours
par Bernard Droz et Anthony Rowley
H161. Le Creuset français, *par Gérard Noiriel*
H162. Le Socialisme en France et en Europe, XIXe-XXe siècle
par Michel Winock
H163. 14-18 : Mourir pour la patrie, *par la revue « L'Histoire »*
H164. La Guerre de Cent Ans vue par ceux qui l'ont vécue
par Michel Mollat du Jourdin
H165. L'École, l'Église et la République, *par Mona Ozouf*
H166. Histoire de la France rurale
1. La formation des campagnes françaises
(des origines à 1340)
sous la direction de Georges Duby et Armand Wallon
H167. Histoire de la France rurale
2. L'âge classique des paysans (de 1340 à 1789)
sous la direction de Georges Duby et Armand Wallon
H168. Histoire de la France rurale
3. Apogée et crise de la civilisation paysanne
(de 1789 à 1914)
sous la direction de Georges Duby et Armand Wallon
H169. Histoire de la France rurale
4. La fin de la France paysanne (depuis 1914)
sous la direction de Georges Duby et Armand Wallon

H170. Initiation à l'Orient ancien, *par la revue « L'Histoire »*
H171. La Vie élégante, *par Anne Martin-Fugier*
H172. L'État en France de 1789 à nos jours
par Pierre Rosanvallon
H173. Requiem pour un empire défunt, *par François Fejtö*
H174. Les animaux ont une histoire, *par Robert Delort*
H175. Histoire des peuples arabes, *par Albert Hourani*
H176. Paris, histoire d'une ville, *par Bernard Marchand*
H177. Le Japon au XXe siècle, *par Jacques Gravereau*
H178. L'Algérie des Français, *par la revue « L'Histoire »*
H179. L'URSS de la Révolution à la mort de Staline, 1917-1953
par Hélène Carrère d'Encausse
H180. Histoire médiévale de la Péninsule ibérique
par Adeline Rucquoi
H181. Les Fous de la République, *par Pierre Birnbaum*
H182. Introduction à la préhistoire, *par Gabriel Camps*
H183. L'Homme médiéval
collectif sous la direction de Jacques Le Goff
H184. La Spiritualité du Moyen Age occidental (VIIIe-XIIIe siècle)
par André Vauchez
H185. Moines et Religieux au Moyen Age
par la revue « L'Histoire »
H186. Histoire de l'extrême droite en France, *ouvrage collectif*
H187. Le Temps de la guerre froide, *par la revue « L'Histoire »*
H188. La Chine, tome 1 (1949-1971)
par Jean-Luc Domenach et Philippe Richer
H189. La Chine, tome 2 (1971-1994)
par Jean-Luc Domenach et Philippe Richer
H190. Hitler et les Juifs, *par Philippe Burrin*
H192. La Mésopotamie, *par Georges Roux*
H193. Se soigner autrefois, *par François Lebrun*
H194. Familles, *par Jean-Louis Flandrin*
H195. Éducation et Culture dans l'Occident barbare
(VIe-VIIIe siècle) *par Pierre Riché*
H196. Le Pain et le Cirque, *par Paul Veyne*
H197. La Droite depuis 1789, *par la revue « L'Histoire »*
H198. Histoire des nations et du nationalisme en Europe
par Guy Hermet
H199. Pour une histoire politique *collectif*
sous la direction de René Rémond
H200. « Esprit ». Des intellectuels dans la cité (1930-1950)
par Michel Winock
H201. Les Origines franques (Ve-IXe siècle), *par Stéphane Lebecq*
H202. L'Héritage des Charles (de la mort de Charlemagne
aux environs de l'an mil), *par Laurent Theis*
H203. L'Ordre seigneurial (XIe-XIIe siècle)
par Dominique Barthélemy

H204. Temps d'équilibres, Temps de ruptures
par Monique Bourin-Derruau
H205. Temps de crises, Temps d'espoirs,
par Alain Demurger
H206. La France et l'Occident médiéval
de Charlemagne à Charles VIII
par Robert Delort (à paraître)
H207. Royauté, Renaissance et Réforme (1483-1559)
par Janine Garrisson
H208. Guerre civile et Compromis (1559-1598)
par Janine Garrisson
H209. La Naissance dramatique de l'absolutisme (1598-1661)
par Yves-Marie Bercé
H210. La Puissance et la Guerre (1661-1715)
par François Lebrun
H211. L'État et les Lumières (1715-1783)
par André Zysberg (à paraître)
H212. La Grèce préclassique, *par Jean-Claude Poursat*
H213. La Grèce au Vᵉ siècle, *par Edmond Lévy*
H214. Le IVᵉ Siècle grec, *par Pierre Carlier*
H215. Le Monde hellénistique (323-188), *par Pierre Cabanes*
H216. Les Grecs (188-31), *par Claude Vial*
H219. Le Haut-Empire romain en Occident
d'Auguste aux Sévères, *par Patrick Le Roux*
H220. Le Haut-Empire romain.
Les provinces de Méditerranée orientale,
d'Auguste aux Sévères, *par Maurice Sartre*
H225. Douze Leçons sur l'histoire, *par Antoine Prost*
H226. Comment on écrit l'histoire, *par Paul Veyne*
H227. Les Crises du catholicisme en France, *par René Rémond*
H228. Les Arméniens, *par Yves Ternon*
H229. Histoire des colonisations, *par Marc Ferro*
H230. Les Catholiques français sous l'Occupation
par Jacques Duquesne
H231. L'Égypte ancienne, *présentation par Pierre Grandet*
H232. Histoire des Juifs de France, *par Esther Benbassa*
H233. Le Goût de l'archive, *par Arlette Farge*
H234. Économie et Société en Grèce ancienne
par Moses I. Finley
H235. La France de la monarchie absolue 1610-1675
par la revue « L'Histoire »
H236. Ravensbrück, *par Germaine Tillion*
H237. La Fin des démocraties populaires, *par François Fejtö et Ewa Kulesza-Mietkowski*
H238. Les Juifs pendant l'Occupation, *par André Kaspi*
H239. La France à l'heure allemande (1940-1944)
par Philippe Burrin

H240. La Société industrielle en France (1814-1914) *par Jean-Pierre Daviet*
H241. La France industrielle, *par la revue « L'Histoire »*
H242. Éducation, société et politiques. Une histoire de l'enseignement en France de 1945 à nos jours. *par Antoine Prost*
H243. Art et Société au Moyen Age, *par Georges Duby*
H244. L'Expédition d'Égypte 1798-1801, *par Henry Laurens*
H245. L'Affaire Dreyfus, *collectif Histoire*
H246. La Société allemande sous le Troisième Reich *par Pierre Ayçoberry*
H247. La Ville en France au Moyen Age *par André Chédeville, Jacques Le Goff et Jacques Rossiaud*
H248. Histoire de l'industrie en France du XVIe siècle à nos jours, *par Denis Woronoff*

Collection Points

DERNIERS TITRES PARUS

P111. La Femme du dimanche
par Carlo Fruttero et Franco Lucentini
P112. L'Affaire D., *par Charles Dickens, Carlo Fruttero et Franco Lucentini*
P113. La Nuit sacrée, *par Tahar Ben Jelloun*
P114. Sky my wife ! Ciel ma femme !, *par Jean-Loup Chiflet*
P115. Liaisons étrangères, *par Alison Lurie*
P116. L'Homme rompu, *par Tahar Ben Jelloun*
P117. Le Tarbouche, *par Robert Solé*
P118. Tous les matins je me lève, *par Jean-Paul Dubois*
P119. La Côte sauvage, *par Jean-René Huguenin*
P120. Dans le huis clos des salles de bains, *par Philippe Meyer*
P121. Un mariage poids moyen, *par John Irving*
P122. L'Épopée du buveur d'eau, *par John Irving*
P123. L'Œuvre de Dieu, la Part du Diable, *par John Irving*
P124. Une prière pour Owen, *par John Irving*
P125. Un homme regarde une femme, *par Paul Fournel*
P126. Le Troisième Mensonge, *par Agota Kristof*
P127. Absinthe, *par Christophe Bataille*
P128. Le Quinconce, vol. 1, *par Charles Palliser*
P129. Le Quinconce, vol. 2, *par Charles Palliser*
P130. Comme ton père, *par Guillaume Le Touze*
P131. Naissance d'une passion, *par Michel Braudeau*
P132. Mon ami Pierrot, *par Michel Braudeau*
P133. La Rivière du sixième jour (Et au milieu coule une rivière)
par Norman Maclean
P134. Mémoires de Melle, *par Michel Chaillou*
P135. Le Testament d'un poète juif assassiné, *par Elie Wiesel*
P136. Jésuites, 1. Les conquérants
par Jean Lacouture
P137. Jésuites, 2. Les revenants
par Jean Lacouture
P138. Soufrières, *par Daniel Maximin*
P139. Les Vacances du fantôme, *par Didier van Cauwelaert*
P140. Absolu, *par l'abbé Pierre et Albert Jacquard*
P141. En attendant la guerre, *par Claude Delarue*
P142. Trésors sanglants, *par Paul Levine*
P143. Le Livre, *par Les Nuls*
P144. Malicorne, *par Hubert Reeves*
P145. Le Boucher, *par Alina Reyes*
P146. Le Voile noir, *par Anny Duperey*
P147. Je vous écris, *par Anny Duperey*

P148. Tierra del fuego, *par Francisco Coloane*
P149. Trente Ans et des poussières, *par Jay McInerney*
P150. Jernigan, *par David Gates*
P151. Lust, *par Elfriede Jelinek*
P152. Voir ci-dessous : Amour, *par David Grossman*
P153. L'Anniversaire, *par Juan José Saer*
P154. Le Maître d'escrime, *par Arturo Pérez-Reverte*
P155. Pas de sang dans la clairière, *par L. R. Wright*
P156. Une si belle image, *par Katherine Pancol*
P157. L'Affaire Ben Barka, *par Bernard Violet*
P158. L'Orange amère, *par Didier Van Cauwelaert*
P159. Une histoire américaine, *par Jacques Godbout*
P160. Jour de silence à Tanger, *par Tahar Ben Jelloun*
P161. La Réclusion solitaire, *par Tahar Ben Jelloun*
P162. Fleurs de ruine, *par Patrick Modiano*
P163. La Mère du printemps (L'Oum-er-Bia)
par Driss Chraïbi
P164. Portrait de groupe avec dame, *par Heinrich Böll*
P165. Nécropolis, *par Herbert Lieberman*
P166. Les Soleils des indépendances, *par Ahmadou Kourouma*
P167. La Bête dans la jungle, *par Henry James*
P168. Journal d'une Parisienne, *par Françoise Giroud*
P169. Ils partiront dans l'ivresse, *par Lucie Aubrac*
P170. Le Divin Enfant, *par Pascal Bruckner*
P171. Les Vigiles, *par Tahar Djaout*
P172. Philippe et les Autres, *par Cees Nooteboom*
P173. Far Tortuga, *par Peter Matthiessen*
P174. Le Dieu manchot, *par José Saramago*
P175. Molière ou la Vie de Jean-Baptiste Poquelin
par Alfred Simon
P176. Saison violente, *par Emmanuel Roblès*
P177. Lunes de fiel, *par Pascal Bruckner*
P178. Le Voyage à Paimpol, *par Dorothée Letessier*
P179. L'Aube, *par Elie Wiesel*
P180. Le Fils du pauvre, *par Mouloud Feraoun*
P181. Red Fox, *par Anthony Hyde*
P182. Enquête sous la neige, *par Michael Malone*
P183. Cœur de lièvre, *par John Updike*
P184. La Joyeuse Bande d'Atzavara
par Manuel Vázquez Montalbán
P185. Le Petit Monde de Don Camillo *par Giovanni Guareschi*
P186. Le Temps des Italiens, *par François Maspero*
P187. Petite, *par Geneviève Brisac*
P188. La vie me fait peur, *par Jean-Paul Dubois*
P189. Quelques Minutes de bonheur absolu
par Agnès Desarthe
P190. La Lyre d'Orphée, *par Robertson Davies*

P191. Pourquoi lire les classiques, *par Italo Calvino*
P192. Franz Kafka ou le Cauchemar de la raison, *par Ernst Pawel*
P193. Nos médecins, *par Hervé Hamon*
P194. La Déroute des sexes, *par Denise Bombardier*
P195. Les Flamboyants, *par Patrick Grainville*
P196. La Crypte des capucins, *par Joseph Roth*
P197. Je vivrai l'amour des autres, *par Jean Cayrol*
P198. Le Crime des pères, *par Michel del Castillo*
P199. Les Cahiers de Malte Laurids Brigge
par Rainer Maria Rilke
P200. Port-Soudan, *par Olivier Rolin*
P201. Portrait de l'artiste en jeune chien, *par Dylan Thomas*
P202. La Belle Hortense, *par Jacques Roubaud*
P203. Les Anges et les Faucons, *par Patrick Grainville*
P204. Autobiographie de Federico Sánchez, *par Jorge Semprún*
P205. Le Monarque égaré, *par Anne-Marie Garat*
P206. La Guérilla du Che, *par Régis Debray*
P207. Terre-Patrie, *par Edgar Morin et Anne-Brigitte Kern*
P208. L'Occupation américaine, *par Pascal Quignard*
P209. La Comédie de Terracina, *par Frédéric Vitoux*
P210. Une jeune fille, *par Dan Franck*
P211. Nativités, *par Michèle Gazier*
P212. L'Enlèvement d'Hortense, *par Jacques Roubaud*
P213. Les Secrets de Jeffrey Aspern, *par Henry James*
P214. Annam, *par Christophe Bataille*
P215. Jimi Hendrix. Vie et légende, *par Charles Shaar Murray*
P216. Docile, *par Didier Decoin*
P217. Le Dernier des Justes, *par André Schwarz-Bart*
P218. Aden Arabie, *par Paul Nizan*
P219. Dialogues des Carmélites, *par Georges Bernanos*
P220. Gaston Gallimard, *par Pierre Assouline*
P221. John l'Enfer, *par Didier Decoin*
P222. Trente Mille Jours, *par Maurice Genevoix*
P223. Cent Ans de chanson française
par Chantal Brunschwig, Jean-Louis Calvet
et Jean-Claude Klein
P224. L'Exil d'Hortense, *par Jacques Roubaud*
P225. La Grande Maison, *par Mohammed Dib*
P226. Une mort en rouge, *par Walter Mosley*
P227. N'en faites pas une histoire, *par Raymond Carver*
P228. Les Quatre Faces d'une histoire, *par John Updike*
P229. Moustiques, *par William Faulkner*
P230. Mortelle, *par Christopher Frank*
P231. Ceux de 14, *par Maurice Genevoix*
P232. Le Baron perché, *par Italo Calvino*
P233. Le Tueur et son ombre, *par Herbert Lieberman*
P234. La Nuit du solstice, *par Herbert Lieberman*

P235. L'Après-Midi bleu, *par William Boyd*
P236. Le Sémaphore d'Alexandrie, *par Robert Solé*
P237. Un nom de torero, *par Luis Sepúlveda*
P238. Halloween, *par Lesley Glaister*
P239. Un bonheur mortel, *par Anne Fine*
P240. Mésalliance, *par Anita Brookner*
P241. Le Vingt-Septième Royaume, *par Alice Thomas Ellis*
P242. Le Sucre et autres récits, *par Antonia S. Byatt*
P243. Le Dernier Tramway, *par Nedim Gürsel*
P244. Une enquête philosophique, *par Philippe Ken*
P245. Un homme peut en cacher un autre, *par Andreu Martín*
P246. A l'ouest d'Allah, *par Gilles Kepel*
P247. Nedjma, *par Kateb Yacine*
P248. Le Prochain sur la liste, *par Dan Greenburg*
P249. Les Chambres de bois, *par Anne Hébert*
P250. La Nuit du décret, *par Michel del Castillo*
P251. Malraux, une vie dans le siècle, *par Jean Lacouture*
P252. Une année en Provence, *par Peter Mayle*
P253. Cap Horn, *par Francisco Coloane*
P254. Eldorado 51, *par Marc Trillard*
P255. Juan sans terre, *par Juan Goytisolo*
P256. La Dynastie des Rothschild, *par Herbert Lottman*
P257. La Trahison des Lumières, *par Jean-Claude Guillebaud*
P258. Je suis vivant et vous êtes morts, *par Emmanuel Carrère*
P259. Minuit passé, *par David Laing Dawson*
P260. Le Guépard, *par Giuseppe Tomasi di Lampedusa*
P261. Remise de peine, *par Patrick Modiano*
P262. L'Honneur perdu de Katharina Blum, *par Heinrich Böll*
P263. Un loup est un loup, *par Michel Folco*
P264. Daddy's Girl, *par Janet Inglis*
P265. Une liaison dangereuse, *par Hella S. Haasse*
P266. Sombre Sentier, *par Dominique Manotti*
P267. Ténèbres sur Jacksonville, *par Brigitte Aubert*
P268. Blackburn, *par Bradley Denton*
P269. La Glace noire, *par Michael Connelly*
P270. La Couette, *par Camille Todd*
P271. Le Petit Mitterrand illustré, *par Plantu*
P272. Le Train vert, *par Herbert Lieberman*
P273. Les Villes invisibles, *par Italo Calvino*
P274. Le Passage, *par Jean Reverzy*
P275. La Couleur du destin, *par Franco Lucentini et Carlo Fruttero*
P276. Gérard Philipe, *par Gérard Bonal*
P277. Petit Dictionnaire pour lutter contre l'extrême droite *par Martine Aubry et Olivier Duhamel*
P278. Le premier amour est toujours le dernier *par Tahar Ben Jelloun*

P279. La Plage noire, *par François Maspero*
P280. Dixie, *par Julien Green*
P281. L'Occasion, *par Juan José Saer*
P282. Le diable t'attend, *par Lawrence Block*
P283. Les cancres n'existent pas, *par Anny Cordié*
P284. Tous les fleuves vont à la mer, *par Elie Wiesel*
P285. Parias, *par Pascal Bruckner*
P286. Le Baiser de la femme-araignée, *par Manuel Puig*
P287. Gargantua, *par François Rabelais*
P288. Pantagruel, *par François Rabelais*
P289. La Cocadrille, *par John Berger*
P290. Senilità, *par Italo Svevo*
P291. Le Bon Vieux et la Belle Enfant, *par Italo Svevo*
P292. Carla's Song, *par Ken Loach*
P293. Hier, *par Agota Kristof*
P294. L'Orgue de Barbarie, *par Bernard Chambaz*
P295. La Jurée, *par George Dawes Green*
P296. Siam, *par Morgan Sportès*
P297. Une saison dans la vie d'Emmanuel, *par Marie-Claire Blais*
P298. Smilla et l'Amour de la neige, *par Peter Høeg*
P299. Mal et Modernité, *suivi de* Vous avez une tombe au creux des nuages *par Jorge Semprún*
P300. Vidal et les Siens, *par Edgar Morin*
P301. Dieu et nous seuls pouvons, *par Michel Folco*
P302. La Mulâtresse Solitude, *par André Schwarz-Bart*
P303. Les Lycéens, *par François Dubet*
P304. L'Arbre à soleils, *par Henri Gougaud*
P305. L'Homme à la vie inexplicable, *par Henri Gougaud*
P306. Bélibaste, *par Henri Gougaud*
P307. Joue-moi quelque chose, *par John Berger*
P308. Flamme et Lilas, *par John Berger*
P309. Histoires du Bon Dieu, *par Rainer Maria Rilke*
P310. In extremis *suivi de* La Condition, *par Henri James*
P311. Héros et Tombes, *par Ernesto Sábato*
P312. L'Ange des ténèbres, *par Ernesto Sábato*
P313. Acid Test, *par Tom Wolfe*
P314. Un plat de porc aux bananes vertes *par Simone et André Schwarz-Bart*
P315. Prends soin de moi, *par Jean-Paul Dubois*
P316. La Puissance des mouches, *par Lydie Salvayre*
P317. Le Tiers Livre, *par François Rabelais*
P318. Le Quart Livre, *par François Rabelais*
P319. Un enfant de la balle, *par John Irving*
P320. A la merci d'un courant violent, *par Henry Roth*
P321. Tony et Susan, *par Austin Wright*

P322. La Foi du charbonnier, *par Marguerite Gentzbittel*
P323. Les Armes de la nuit *et* La Puissance du jour
par Vercors
P324. Voltaire le conquérant, *par Pierre Lepape*
P325. Frère François, *par Julien Green*
P326. Manhattan terminus, *par Michel Rio*
P327. En Russie, *par Olivier Rolin*
P328. Tonkinoise..., *par Morgan Sportès*
P329. Peau de lapin, *par Nicolas Kieffer*
P330. Notre jeu, *par John le Carré*
P331. Brésil, *par John Updike*
P332. Fantômes et Cie, *par Robertson Davies*
P333. Sofka, *par Anita Brookner*
P334. Chienne d'année, *par Françoise Giroud*
P335. Nos hommes, *par Denise Bombardier*
P336. Parlez-moi de la France, *par Michel Winock*
P337. Apolline, *par Dan Franck*
P338. Le Lien, *par Patrick Grainville*
P339. Moi, Franco, *par Manuel Vázquez Montalbán*
P340. Ida, *par Gertrude Stein*
P341. Papillon blanc, *par Walter Mosley*
P342. Le Bonheur d'apprendre, *par François de Closets*
P343. Les Écailles du ciel, *par Tierno Monénembo*
P344. Une tempête, *par Aimé Césaire*
P345. Kamouraska, *par Anne Hébert*
P346. La Journée d'un scrutateur, *par Italo Calvino*
P347. Le Tambour, *par Günter Grass*
P348. La Minute nécessaire de monsieur Cyclopède
par Pierre Desproges
P349. Fort Saganne, *par Louis Gardel*
P350. Un secret sans importance, *par Agnès Desarthe*
P351. Les Millions d'arlequin, *par Bohumil Hrabal*
P352. La Mort du lion, *par Henry James*
P353. Une sage femme, *par Kaye Gibbons*
P354. Dans un jardin anglais, *par Anne Fine*
P355. Les Oiseaux du ciel, *par Alice Thomas Ellis*
P356. L'Ange traqué, *par Robert Crais*
P357. L'Homme symbiotique, *par Joël de Rosnay*
P358. Moha le fou, Moha le sage, *par Tahar Ben Jelloun*
P359. Les Yeux baissés, *par Tahar Ben Jelloun*
P360. L'Arbre d'amour et de sagesse, *par Henri Gougaud*
P361. L'Arbre aux trésors, *par Henri Gougaud*
P362. Le Vertige, *par Evguénia S. Guinzbourg*
P363. Le Ciel de la Kolyma (Le Vertige, II)
par Evguénia S. Guinzbourg
P364. Les hommes cruels ne courent pas les rues
par Katherine Pancol

P365. Le Pain nu, *par Mohamed Choukri*
P366. Les Lapins du commandant, *par Nedim Gürsel*
P367. Provence toujours, *par Peter Mayle*
P368. La Promeneuse d'oiseaux, *par Didier Decoin*
P369. Un hiver en Bretagne, *par Michel Le Bris*
P370. L'Héritage Windsmith, *par Thierry Gandillot*
P371. Dolly, *par Anita Brookner*
P372. Autobiographie d'un cheval, *par John Hawkes*
P373. Châteaux de la colère, *par Alessandro Baricco*
P374. L'Amant du volcan, *par Susan Sontag*
P375. Chroniques de la haine ordinaire, *par Pierre Desproges*
P376. La Prière de l'absent, *par Tahar Ben Jelloun*
P377. La Plus Haute des solitudes, *par Tahar Ben Jelloun*
P378. Scarlett, si possible, *par Katherine Pancol*
P379. Journal, *par Jean-René Huguenin*
P380. Le Polygone étoilé, *par Kateb Yacine*
P381. La Chasse au lézard, *par William Boyd*
P382. Texas (tome 1), *par James A. Michener*
P383. Texas (tome 2), *par James A. Michener*
P384. Vivons heureux en attendant la mort, *par Pierre Desproges*
P385. Le Fils de l'ogre, *par Henri Gougaud*
P386. La neige tombait sur les cèdres, *par David Guterson*
P387. Les Seigneurs du thé, *par Hella S. Haasse*
P388. La Fille aux yeux de Botticelli, *par Herbert Lieberman*
P389. Tous les hommes morts, *par Lawrence Block*
P390. La Blonde en béton, *par Michael Connelly*
P391. Palomar, *par Italo Calvino*
P392. Sous le soleil jaguar, *par Italo Calvino*
P393. Félidés, *par Akif Pirinçci*
P394. Trois Heures du matin à New York, *par Herbert Lieberman*
P395. La Maison près du marais, *par Herbert Lieberman*
P396. Le Médecin de Cordoue, *par Herbert Le Porrier*
P397. La Porte de Brandebourg, *par Anita Brookner*
P398. Hôtel du Lac, *par Anita Brookner*
P399. Replay, *par Ken Grimwood*
P400. Chesapeake, *par James A. Michener*
P401. Manuel de savoir-vivre à l'usage des rustres et des malpolis *par Pierre Desproges*
P402. Le Rêve de Lucy *par Pierre Pelot et Yves Coppens (dessins de Liberatore)*
P403. Dictionnaire superflu à l'usage de l'élite et des bien nantis *par Pierre Desproges*
P404. La Mamelouka, *par Robert Solé*
P405. Province, *par Jacques-Pierre Amette*
P406. L'Arbre de vies, *par Bernard Chambaz*
P407. La Vie privée du désert, *par Michel Chaillou*
P408. Trop sensibles, *par Marie Desplechin*

P409. Kennedy et moi, *par Jean-Paul Dubois*
P410. Le Cinquième Livre, *par François Rabelais*
P411. La Petite Amie imaginaire, *par John Irving*
P412. La Vie des insectes, *par Viktor Pelevine*
P413. La Décennie Mitterrand, 3. Les Défis
par Pierre Favier et Michel Martin-Roland
P414. La Grimace, *par Heinrich Böll*
P415. La Famille de Pascal Duarte, *par Camilo José Cela*
P416. Cosmicomics, *par Italo Calvino*
P417. Le Chat et la Souris, *par Günter Grass*
P418. Le Turbot, *par Günter Grass*
P419. Les Années de chien, *par Günter Grass*
P420. L'Atelier du peintre, *par Patrick Grainville*
P421. L'Orgie, la Neige, *par Patrick Grainville*
P422. Topkapi, *par Eric Ambler*
P423. Le Nouveau Désordre amoureux
par Pascal Bruckner et Alain Finkielkraut
P424. Un homme remarquable, *par Robertson Davies*
P425. Le Maître de chasse, *par Mohammed Dib*
P426. El Guanaco, *par Francisco Coloane*
P427. La Grande Bonace des Antilles, *par Italo Calvino*
P428. L'Écrivain public, *par Tahar Ben Jelloun*
P429. Indépendance, *par Richard Ford*
P430. Les Trafiquants d'armes, *par Eric Ambler*
P431. La Sentinelle du rêve, *par René de Ceccatty*
P432. Tuons et créons, c'est l'heure, *par Lawrence Block*
P433. Textes de scène, *par Pierre Desproges*
P434. François Mitterrand, *par Franz-Olivier Giesbert*
P435. L'Héritage Schirmer, *par Eric Ambler*
P436. Ewald Tragy et autres récits de jeunesse
par Rainer Maria Rilke
P437. Histoires pragoises, *par Rainer Maria Rilke*
P438. L'Admiroir, *par Anny Duperey*
P439. Une trop bruyante solitude, *par Bohumil Hrabal*
P440. Temps zéro, *par Italo Calvino*
P441. Le Masque de Dimitrios, *par Eric Ambler*
P442. La Croisière de l'angoisse, *par Eric Ambler*
P443. Milena, *par Margarete Buber-Neumann*
P444. La Compagnie des loups et autres nouvelles
par Angela Carter
P445. Tu vois, je n'ai pas oublié
par Hervé Hamon et Patrick Rotman
P446. Week-end de chasse à la mère
par Geneviève Brisac
P447. Un cercle de famille, *par Michèle Gazier*
P448. Étonne-moi, *par Guillaume Le Touze*
P449. Le Dimanche des réparations, *par Sophie Chérer*

P450. La Suisse, l'Or et les Morts, *par Jean Ziegler*
P451. L'Humanité perdue, *par Alain Finkielkraut*
P452. Abraham de Brooklyn, *par Didier Decoin*
P454. Les Immémoriaux, *par Victor Segalen*
P455. Moi d'abord, *par Katherine Pancol*
P456. Traité du zen et de l'entretien des motocyclettes *par Robert H. Pirsig*
P457. Un air de famille, *par Michael Ondaatje*
P458. Les Moyens d'en sortir, *par Michel Rocard*
P459. Le Mystère de la crypte ensorcelée, *par Eduardo Mendoza*
P460. Le Labyrinthe aux olives, *par Eduardo Mendoza*
P461. La Vérité sur l'affaire Savolta, *par Eduardo Mendoza*
P462. Les Pieds-bleus, *par Claude Ponti*
P463. Un paysage de cendres, *par Élisabeth Gille*
P464. Un été africain, *par Mohammed Dib*
P465. Un rocher sur l'Hudson, *par Henry Roth*
P466. La Misère du monde, *sous la direction de Pierre Bourdieu*
P467. Les Bourreaux volontaires de Hitler *par Daniel Jonah Goldhagen*
P468. Casting pour l'enfer, *par Robert Crais*
P469. La Saint-Valentin de l'homme des cavernes *par George Dawes Green*
P470. Loyola's blues, *par Erik Orsenna*
P472. Les Adieux, *par Dan Franck*
P473. La Séparation, *par Dan Franck*
P474. Ti Jean L'horizon, *par Simone Schwarz-Bart*
P475. Aventures, *par Italo Calvino*
P476. Le Château des destins croisés, *par Italo Calvino*
P477. Capitalisme contre capitalisme, *par Michel Albert*
P478. La Cause des élèves, *par Marguerite Gentzbittel*
P479. Des femmes qui tombent, *par Pierre Desproges*
P480 Le Destin de Nathalie X, *par William Boyd*
P481. Le Dernier Mousse, *par Francisco Coloane*
P482. Jack Frusciante a largué le groupe, *par Enrico Brizzi*
P483. La Dernière Manche, *par Emmett Grogan*
P484. Les Lauriers du lac de Constance, *par Marie Chaix*
P485. Les Fous de Bassan, *par Anne Hébert*
P486. Collection de sable, *par Italo Calvino*
P487. Les étrangers sont nuls, *par Pierre Desproges*
P488. Trainspotting, *par Irvine Welsh*
P489. Suttree, *par Cormac McCarthy*
P490. De si jolis chevaux, *par Cormac McCarthy*
P491. Traité des passions de l'âme, *par António Lobo Antunes*
P492. N'envoyez plus de roses, *par Eric Ambler*
P493. Le corps a ses raisons, *par Thérèse Bertherat*
P494. Le Neveu d'Amérique, *par Luis Sepúlveda*